DER LOTUSKRIEG
BAND EINS

STORMDANCER

VON

JAY KRISTOFF

Ins Deutsche übersetzt von

AIMÉE DE BRUYN OUBOTER

cross cult

Die deutsche Ausgabe von DER LOTUSKRIEG 1: STORMDANCER
wird herausgegeben von Cross Cult/Andreas Mergenthaler, Teinacher Straße 72, 71634 Ludwigsburg. Übersetzung: Aimée de Bruyn Ouboter; verantwortlicher Redakteur und Lektorat: Markus Rohde; Lektorat: Kerstin Feuersänger; Korrektorat: Peter Schild; Satz: Rowan Rüster; Printausgabe gedruckt von CPI books GmbH. Printed in Germany.

Titel der Originalausgabe: STORMDANCER

Umschlag-Illustration: Jason Chan | www.jasonchanart.com
Karte: David Atkinson | www. handmademaps.com
Kanji-Design: Araki Miho | www. ebisudesign.com
Clan-Logo-Design: James Orr

ISBN Paperback-Ausgabe: 978-3-96658-386-2 (Mai 2021)
ISBN limitierte Hardcoverausgabe 978-3-96658-388-6 (Mai 2021)
E-Book ISBN: 978-3-96658-387-9 (Mai 2021)

WWW.CROSS-CULT.DE

Für Amanda,
meine Liebe, mein Leben,
meinen ersten und einzigen Grund

CLANS DES REICHES SHIMA

TIGER-CLAN (TORA)

FUCHS-CLAN (KITSUNE)

DRACHEN-CLAN (RYŪ)

PHÖNIX-CLAN (FUSHICHŌ)

DIE LOTUSGILDE

DAS INSELREICH SHIMA
SHABISHII
MINORI
IISHI-GEBIRGE
YOTAKU
YAMA
DANRO
ERSTES HAUS
KAWA
SEIDAI
KOJIMA
TOU
KIGEN
KOGANE
KIGENER BUCHT
TERRITORIEN
TIGER-CLAN
PHOENIX-CLAN
FUCHS-CLAN
DRACHEN-CLAN
CHI-ROHR-LEITUNGEN
GLEISE

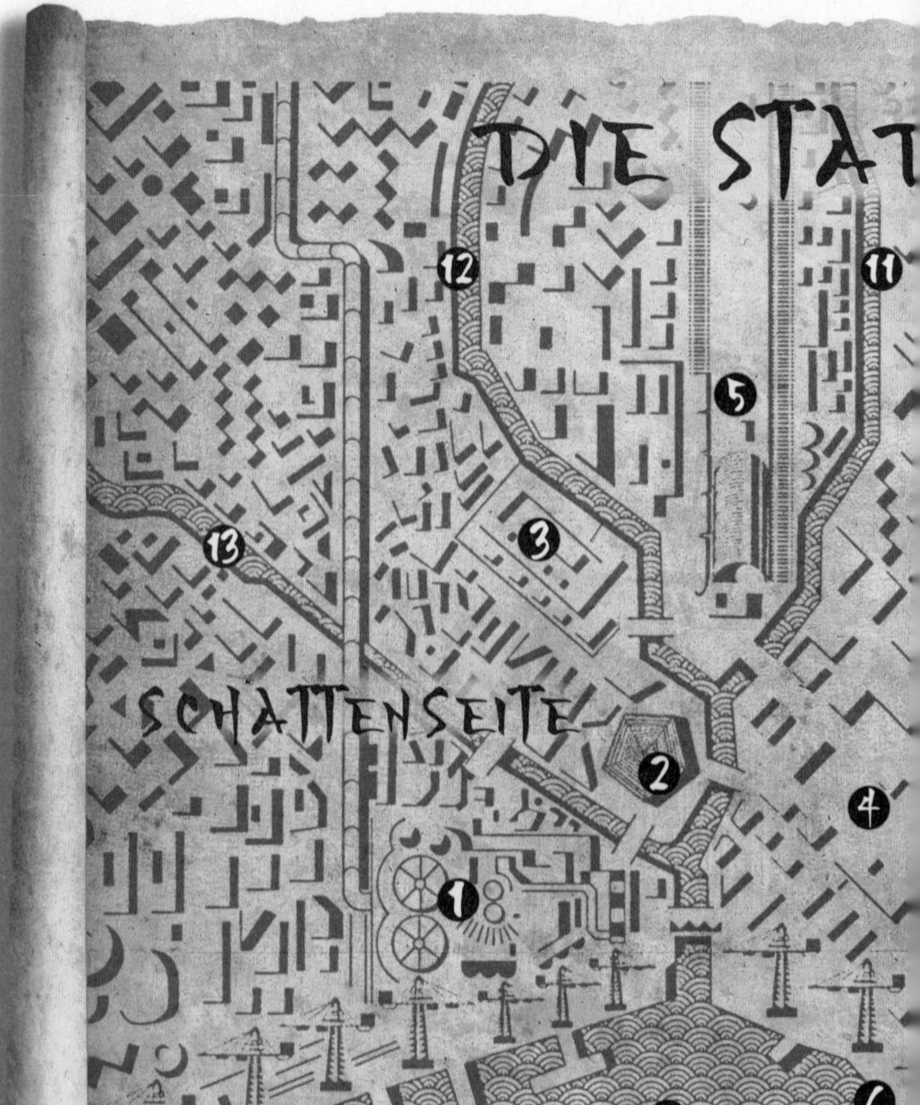

DIE STAT
SCHATTENSEITE
1
2
3
4
5
6
10
11
12
13

…DT KIGEN
SONNENSEITE
HAFENVIERTEL
1 CHI-RAFFINERIE
2 KAPITELHAUS DER GILDE
3 GEFÄNGNIS KIGEN
4 MARKTPLATZ
5 BAHNHOF
6 HIMMELSTURMREIHE
7 DIE ARENA
8 PALASTGÄRTEN
9 PALAST DES SHŌGUN
10 KIGENER BUCHT
11 FLUSS SHIROI
12 FLUSS SHŌJO
13 FLUSS JUNSEI

ERSTER TEIL

FEUER

Im Anfang war das Nichts.
Jene unendlichen Möglichkeiten,
ehe das Leben Atem holt.
Aus niemandem wurden zwei:
Der strahlende Izanagi,
Schöpfer und Vater,
Und seine geliebte Braut,
die herrliche Izanami,
Mutter allen Seins,
Und aus ihrer glücklichen Vereinigung
gingen acht Kinder hervor:
Die Shima-Inseln.

Das Buch der zehntausend Tage

1 YUKIKO

Als die eiserne Kampfkeule auf ihren Kopf herabfuhr, wünschte sich Yukiko, sie hätte auf ihren Vater gehört.

Hastig rollte sie sich zur Seite. Im nächsten Augenblick zerschmetterte der Oni ihre Deckung: Zarte Azaleenblüten stoben wie duftende Schneeflocken auf und wirbelten über die Schultern des Dämons hinweg. Drohend ragte er über ihr auf, ein dreieinhalb Meter großer Riese mit eisenbewehrten Hauern und langen, schartigen Fingernägeln. Er stank nach geöffneten Gräbern und brennendem Haar, seine Haut war mitternachtsblau und glänzte wie poliertes Metall, und seine Augen erinnerten Yukiko an Grabkerzen, die den finsteren Wald mit ihrem flackernden Licht erhellten. Die Eisenkeule in seinen Händen war zweimal so lang wie sie. Wenn der Oni damit einen Volltreffer landete, würde sie den Samurai mit den meergrünen Augen nie wiedersehen.

Was bist du doch clever, tadelte sie sich selbst. *Mitten im Kampf an Jungs zu denken!*

Das Gebrüll des Oni traf sie wie ein Schlag gegen die Brust. Blitze züngelten durch die Wolken und tauchten die Szene in flüchtiges, strahlendes Weiß: eine endlose Wildnis, ein hilfloses sechzehnjähriges Mädchen und ein Höllendämon, der bereit war, dem Mädchen den Schädel einzuschlagen. Speichel troff aus seinem Maul.

Yukiko wirbelte herum und floh.

Bäume, wohin sie auch blickte, ein dampfendes Gewirr aus Wurzeln und Unterholz, das durchdringend nach Grünfäule roch. Zweige peitschten ihr ins Gesicht und zerrten an ihren Kleidern, ihre Haut war nass von Regen und Schweiß. Sie berührte die Fuchstätowierung auf ihrem Arm, zeichnete die neun Schwänze nach – ein verzweifeltes Gebet. Irgendwo hinter ihr heulte der Dämon, und sie rannte, sprang über das Wurzelgeflecht und duckte sich unter niedrigen Ästen hindurch. Immer weiter drang sie in die erstickende Hitze vor.

Sie rief nach ihrem Vater. Nach Kasumi und Akihito. Irgendjemandem.

Aber niemand kam.

Plötzlich schwankte vor ihr ein Baum, stürzte – ein gewaltiges Schwert hatte ihn bis zum Kernholz gespalten. Es maß zehn Oni-Handbreiten. Ein weiterer Dämon kam durch den Schleier aus fallenden Blättern, sein Gesicht eine Grabmaske, durch Unter- und Oberlippe hatte er sich rostige Eisenringe gestochen. Yukiko warf sich zur Seite, als das große Schwert durch die Luft zischte. Die Klinge schnitt ein paar lange schwarze Haarsträhnen ab, die sich aus ihrem Zopf gelöst hatten; sie sanken auf den mit toten Blättern übersäten Waldboden.

Sie schaffte es nicht rechtzeitig, sich aufzurappeln; der Oni packte sie und hob sie in die Höhe. Sein Griff fühlte sich abscheulich an, und sie schrie. Sie konnte die blasphemischen

Schriftzeichen sehen, die in seine Halskette eingeritzt waren. Seine Haut war heiß. Der andere Oni tauchte hinter ihr auf und grölte entzückt. Yukikos Häscher öffnete das Maul: Eine schwarze madenartige Zunge schlängelte sich zwischen seinen Zähnen herum.

Sie zog ihr Tantō und rammte es dem Dämon in die Hand. Die fünfzehn Zentimeter lange Klinge aus gefaltetem Stahl versank bis zum Griff in seinem Fleisch. Schwarzes Blut spritzte, es war so heiß, dass es auf ihrer Haut brannte. Der Oni kreischte und schleuderte sie gegen eine Zeder. Ihr Kopf knallte gegen den Stamm, und dann stürzte sie, schlaff wie eine Stoffpuppe. Das blutige Messer entglitt ihren Fingern. Finsternis drohte sie zu verschlingen, und verzweifelt kämpfte sie dagegen an.

So will ich nicht sterben!

Das Gelächter des ersten Dämons erinnerte sie an die Todesschreie der Kinder, die auf den Scheiterhaufen der Gilde gebrannt hatten. Sein verwundeter Kamerad stieß Worte in einer dunklen, unterentwickelten Sprache hervor, stampfte zu ihr herüber und hob sein Schwert, um sie zu erschlagen. Die Schneide schimmerte im Licht eines weiteren Blitzes. Die Zeit schien sich zu verlangsamen. Erneut dachte Yukiko an ihren Vater und wünschte sich nichts sehnlicher, als dass sie einmal in ihrem Leben getan hätte, was er ihr befohlen hatte.

Donner rollte über den Himmel. Eine weiße Gestalt brach aus dem Unterholz hervor und landete auf dem Rücken des Oni: ein Wirbel aus rasiermesserscharfen Krallen, sprühenden blauen Funken und schlagenden Flügeln. Der Dämon kreischte, als die Bestie ihm die Schulter zerfetzte und mit ihrem blutigen Schnabel ganze Brocken Fleisch aus der Wunde riss.

Der erste Oni knurrte und schwang seine Eisenkeule in einem weiten, pfeifenden Bogen durch die Luft. Der Angreifer sprang in die Höhe, kleine Tornados aus fallendem Laub und schneeweißen Blütenblättern tanzten im Rhythmus seiner Flügelschläge. Der Tetsubō des Dämons traf die Schulter seines Kameraden. Knochen splitterten unter der Wucht der Keule, das Rückgrat des Oni zersprang wie dunkles, nasses Glas. Er brach zusammen, und sein letzter Atemzug besudelte Yukikos vor Entsetzen verzerrtes Gesicht mit dampfendem schwarzem Blut.

Die Bestie setzte auf dem Boden auf und grub ihre blutigen Krallen in die Erde, um ihr Gleichgewicht zu halten.

Der Oni warf einen kurzen Blick auf die Leiche seines Gefährten und wechselte die Kampfkeule von einer Hand in die andere. Dann brüllte er herausfordernd, riss die Waffe in die Höhe und stürmte auf die Bestie los. Die beiden Gegner prallten zusammen, dann stürzten Bestie und Dämon gemeinsam und rollten in einem Durcheinander aus Federn, Blütenblättern und Gekreische über den Boden.

Yukiko rieb sich das klebrige schwarze Blut aus den Augen und blinzelte, als könne sie so etwas gegen ihre Gehirnerschütterung tun. Verschwommen sah sie Leiber, die sich durch die gefallenen Blätter wälzten. Dunkle Spritzer besudelten die weißen Azaleenblüten. Sie hörte ein Krachen, ein ersticktes Gurgeln und dann nichts weiter als eine große, gespenstische Stille.

Sie spähte ins Halbdunkel. Ihr Puls pochte hinter ihren Augen.

Die Bestie kam aus den Schatten geschlichen, die Federn schwarz von Blut. Sie senkte den Kopf, in ihrer Kehle vibrierte ein Knurren. Yukiko tastete wild um sich, suchte im Schlamm und zwischen den nassen Blättern nach ihrem Tantō. Sie konnte kaum noch etwas sehen. Beinahe verlockend kam ihr die Finsternis nun vor, als stünde sie mit weit ausgebreiteten Armen da und flüsterte ihr Versprechen zu. Dass sie keine Angst mehr haben müsse. Dass sie ihren Bruder wiedersehen würde. Dass sie diese sterbende Insel mit dem vergifteten Himmel darüber hinter sich lassen, endlich nachgeben und schlafen durfte, nachdem sie ein Jahrzehnt lang immer hatte wachsam sein müssen. Und immer verborgen hatte, wer und was sie war.

Sie schloss die Augen und wünschte, sie wäre zu Hause, läge warm und geborgen in ihre Decken gewickelt, während der Pfeifenrauch ihres Vaters die Luft blauschwarz färbte. Die Bestie öffnete ihren Schnabel und kreischte, ein Schrei wie ein Sturm, der das Licht und die Erinnerungen mit sich fortriss.

Die Finsternis überkam sie.

2

HACHIMANS AUSERWÄHLTER

Zwei Wochen zuvor

An einem glutheißen Morgen trat Yoritomo no Miya, Seii Taishōgun des Inselreiches Shima, aus seinem Schlafgemach, gähnte und verkündete dann, er begehre einen Greifen.

Sein ältlicher Haushofmeister, Tora Hideo, erstarrte. Sein Kalligrafiepinsel schwebte über den Haftbefehlen, die sich auf seinem Tisch stapelten. Blutlotusrauch stieg aus der Knochenpfeife auf, die er in der linken Hand hielt, und kräuselte sich in der Luft. Mit zusammengekniffenen Augen betrachtete Hideo seinen Herrn durch den Dunst: Selbst nach sieben Jahren als oberster Minister Yoritomos gab es immer noch Tage, an denen er es unmöglich fand, die Miene seines Shōgun zu deuten. Lachen oder nicht lachen? Das war hier die Frage.

»Mein Gebieter?«, fragte er schließlich vorsichtig.

»Du hast mich schon verstanden. Einen Greifen.«

»Mein Gebieter spricht von einer Statue? Von einem Monument vielleicht, um das zweihundertjährige Bestehen der ruhmreichen Kazumitsu-Dynastie zu feiern?«

»Nein. Ich begehre das wahrhaftige Tier.«

Eine Augenbraue Hideos erwies sich als verräterisch; sie hob sich unwillkürlich. »Aber mein Herr …« Der alte Mann räusperte sich. »Donnertiger sind ausgestorben.«

Durch die hohen Erkerfenster des Salons drang schmutziges, irisierendes Licht. Der Blick ging auf den riesigen Schlosspark hinaus, dessen Bäume verkrüppelt und kränklich aussahen, obwohl sie täglich von einer Legion Bediensteter gepflegt wurden. Schwacher Vogelsang stieg wie Nebel aus dem Laub auf: die kummervollen Rufe von Spatzen. Der Shōgun ließ sie einmal im Monat aus dem Norden importieren. Ihre Flügel wurden gestutzt, sodass sie dem Gestank nicht entfliehen konnten.

Eine Dunstglocke hing über der Stadt und schloss die drückende Hitze des Tages ein. Als der neunte Shōgun der Kazumitsu-Dynastie zum Erker schritt und über seine Hauptstadt blickte, stieg ein Himmelsschiff über dem Hafen Kigens auf und trat seine lange Reise nach Norden an. Es zog eine Wolke blauschwarzer Abgase hinter sich her.

»Die Wolkenwandler sind anderer Ansicht«, sagte Yoritomo.

Hideo seufzte innerlich und legte behutsam seinen Pinsel beiseite. Der Rauch seiner Pfeife kringelte sich zur Decke auf, einer Kuppel aus Obsidian, die mit Perlen besetzt war. Einst, als die Luft noch klar gewesen war, hatte so der Nachthimmel ausgesehen. Das seidene Sokutai-Gewand, das er trug, war abscheulich schwer, es bestand aus vielen Lagen goldenem und scharlachrotem Stoff. Es war eine Schande, sich bei dieser Hitze in ein derart aufwendiges Monstrum kleiden zu müssen. Die Knie des alten Mannes ächzten, als er sich erhob. Er nahm einen weiteren Zug Lotusrauch und starrte den Rücken seines Gebieters an.

Vor sieben Jahren war Shōgun Kaneda, Yoritomos Vater, seiner himmlischen Belohnung entgegengegangen. Seitdem hatte

Yoritomo sich stark verändert. Dies war sein zwanzigster Sommer, und er hatte breite Schultern und ein kantiges Kinn bekommen. Das lange schwarze Haar trug er nun nach der Art erwachsener Männer. Wie es bei den bedeutenden Familien Shimas Sitte war, war er an seinem dreizehnten Geburtstag mit wunderschönen Tätowierungen geschmückt worden: Der stolze Tiger, der sich seinen rechten Arm hinunterschlich, ehrte den Schutzgeist seines Clans; die Reichssonne über einem Blutlotusfeld auf seinem linken Arm wies ihn als Shōgun der vier Throne des Inselreiches aus. Als der Haushofmeister den Tiger anstarrte, blinzelte die Tätowierung und spreizte Krallen scharf wie Katanas. Das Totem schien seinen Blick zu erwidern.

Hideo schielte auf die Pfeife in seiner Hand hinab. Wahrscheinlich würde er sie heute Morgen kein weiteres Mal stopfen.

»Diese Wolkenwandler, von denen Ihr sprecht, waren Männer des Kitsune-Clans, nicht wahr?« Er stieß eine mitternachtsblaue Fahne des berauschenden Rauchs durch Mund und Nase aus. »Der weise Mann traut dem Fuchs nicht über den Weg, o Gebieter.«

»Also ist dir das Gerücht zu Ohren gekommen.«

»Meinen Spionen entgeht nichts, Gebieter. Unser Netz spannt sich über das gesamte Shōgunat.« Der alte Mann beschrieb einen weiten Bogen mit dem Arm. »Fuchs, Drache, Phönix oder Tiger, es gibt keinen Clan, kein Geheimnis, das …«

»Es kam dir nicht in den Sinn, mich in Kenntnis zu setzen?«

Hideos Arm fiel herab. Er runzelte kaum wahrnehmbar die Stirn. »Vergebt mir, mein Herr. Ich hatte nicht vor, Euch mit dem abergläubischen Getuschel des Bauernvolks zu belästigen. Wollte ich Euch jedes Mal behelligen, wenn in den Schenken und Bordellen über fliegende Tiger, gewaltige Meeresschlangen oder andere Yōkai geflüstert wird …«

»Sag mir, was du weißt.«

Stille senkte sich herab, nur durchbrochen von den jammervollen Rufen der erstickenden Spatzen. Hideo hörte die leisen Schritte eines Dienstboten in einem weit entfernten Korridor, hörte ihn zehnmal eine eiserne Glocke läuten und mit klarer, heller Stimme verkünden, dass die Stunde des Kranichs angebrochen sei.

»Fantasterei, hoher Herr«, sagte Hideo endlich und zuckte mit den Schultern. »Vor drei Tagen ist eine Gruppe Wolkenwandler im Hafen an Land gegangen. Sie behaupten, Monsunwinde hätten ihr Himmelsschiff vom Kurs abgebracht und über das verfluchte Iishi-Gebirge getragen. Sie hätten zum Donnergott Raijin gebetet, er möge ihren Ballon nicht zu Asche verbrennen, und dabei hätten mehrere Männer die Silhouette eines Arashitora zwischen den Wolken gesehen.«

»Ein Donnertiger, Hideo!«, sagte Yoritomo. »Stell dir das nur mal vor!«

Der alte Minister schüttelte den Kopf. »Schiffsmannschaften spinnen liebend gern Seemannsgarn, mein Gebieter. Diejenigen, die über den Himmel segeln, sind da keine Ausnahme. Wahrlich, sie sind die Schlimmsten ... Männer, die den lieben langen Tag Lotusabgase einatmen, verlieren mit der Zeit den Verstand. Ich habe von einer Besatzung gehört, deren Mitglieder Stein und Bein schwören, sie hätten den gesegneten Schöpfer Izanagi über Wolken hinwegschreiten gesehen. Eine andere Gruppe hat angeblich das Tor nach Yomi gefunden – in die Unterwelt! – nebst dem Felsbrocken, mit dem der große Izanagi ihn einst versiegelt hat. Sollen wir auch ihren verworrenen Hirngespinsten Glauben schenken?«

»Es handelt sich hierbei nicht um Hirngespinste, Hideo-san.«

»Mein Gebieter, was ...«

»Ich träumte von einem solchen Tier.« Yoritomo sah Hideo über die Schulter hinweg an. Seine Augen leuchteten. »Ich sah mich selbst im Traum: Ich ritt einen prächtigen Arashitora durch die Gewitterwolken und führte meine Armee über das Meer in den Krieg gegen die Horden rundäugiger Gaijin. Wie die legendären Sturmtänzer! Zweifellos eine Vision, die mir der Kriegsgott selbst, der mächtige Hachiman, eingegeben hat.«

Hideo bedeckte seinen Mund mit einer Hand und hustete. »O großer Gebieter, Himmelsgleicher ...«

»Verschone mich.«

»Shōgun, die letzte bestätigte Sichtung eines Donnertigers gab es zu Lebzeiten Eures Urgroßvaters. Nicht nur die Meeresdrachen sind an den Lotusabgasen zugrunde gegangen, sondern auch die Donnertiger. Die fabelhaften Yōkai sind für immer verschwunden. Vielleicht sind sie ins Geisterreich zurückgekehrt, das sie einst hervorgebracht hat.« Hideo strich sich über den Bart. »Oder sie sind ins Totenreich eingegangen.«

Der Shōgun wandte sich vom Fenster ab und verschränkte die Arme vor der Brust. Der tätowierte Tiger schritt um seinen Bizeps herum; in seinen kristallklaren Augen glitzerte es. Kurz blieb er stehen, um den nun schwitzenden alten Mann lautlos anzubrüllen. Hideo fummelte an seiner Pfeife herum.

»Die Bestie muss gefangen werden, Hideo-san.« Der Shōgun funkelte seinen Minister an. »Geh persönlich zum Jagdmeister und sende ihn mit folgendem Erlass aus: Entweder er bringt mir jenen Donnertiger, lebendig, oder er und seine Männer werden bald schon mit Izanami dinieren, der Mutter der Toten, und den tausendundein Oni, die ihrem schwarzen Schoß entsprungen sind.«

»Aber, mein Herr, Eure Flotte ... Alle Eure Schiffe sind im ruhmreichen Krieg oder fliegen die Lotushöfe an. Der Gilde wird es ein dringendes Anliegen sein ...«

»Ihrem Shōgun den Gehorsam zu verweigern? Hideo-san, du solltest dich einzig um *mein* Anliegen bekümmern.«

Es folgte ein Schweigen, so scharf und glänzend wie die Klinge eines Henkers.

»Hai, mein Gebieter. So soll es geschehen.«

»Gut.« Yoritomo nickte und blickte dann wieder aus dem Fenster. »Mir steht der Sinn danach, noch vor dem Frühstück zu feiern. Schick mir drei Geishas.«

Hideo verneigte sich so tief, wie sein steifer Rücken es erlaubte. Die Spitze seines dünnen Barts strich über die polierten Dielen, während er sich zurückzog, um einen respektvollen Abstand zwischen sich und seinen Shōgun zu bringen, dann drehte er sich um und eilte davon. Die geschmackvoll dekorierten Reispapiertüren schob er hinter sich zu. Er huschte über den Nachtigallenboden, der fröhlich unter seinen hastigen Schritten zirpte. Die dünnen Wände waren mit langen Papieramuletten in der Farbe von Blut geschmückt, auf denen in breiten schwarzen Pinselstrichen Schutzmantras zu lesen waren. An dem Balken über Hideos Kopf waren federwerkbetriebene Ventilatoren angebracht, die einen vergeblichen Kampf gegen die sengende Hitze führten. Neben jeder Tür ragte eine Granitstatue des Tora-Clan-Totems auf: der prächtige und stolze Tiger, der kämpferischste aller Kami, die krallenbewehrten Tatzen erhoben, die spitzen Zähne entblößt.

Neben den Statuen standen jeweils zwei Männer der Leibgarde des Shōgun Wache, Kazumitsus Elite. Die Samurai trugen goldene Jin-Baori; die Wappenröcke reichten beinahe bis zum Boden. Die gepanzerten Hände lagen auf den Heften ihrer Kettensägenkatanas. Die Wachen beobachteten, so reglos wie die Tigerstatuen selbst, wie der alte Haushofmeister vorbeieilte.

Endlich war Hideo aus dem Flügel hinaus, in dem sich die Gemächer des Shōgun befanden. Eine Spur blauschwarzen Rauchs aus seiner Knochenpfeife schwebte hinter ihm in der Luft und zeichnete den Weg nach, den er genommen hatte. Er keuchte. Mit dem langen Ärmel seines Gewandes tupfte er sich die Stirn ab, blieb aber nicht stehen. Sein Gehstock trommelte einen schnellen Rhythmus auf den Dielen. Sein Magen flatterte nervös.

»Jetzt schenken ihm die Götter also schon Visionen«, murmelte er. »Der Himmel möge uns beistehen!«

3

ROTER SAKE

Masaru spähte durch den öligen Dunst auf die Spielkarten, die vor ihm lagen. Der Geber, ein fetter Kerl, saß mit halb herabgesunkenen Lidern da, ließ ihn aber nicht aus den Augen. Um seinen Kopf wand sich ein blauschwarzer Kranz aus Rauch. Masaru hob seine Lotuspfeife und nahm einen weiteren tiefen Zug.

»Der Drache ist ein schlechter Steuermann, mein Freund«, raunte Akihito. Die traditionelle Warnung an einen Lotusraucher, der im Begriff war, eine furchtbar schlechte Entscheidung zu treffen.

Masaru atmete aus: Rauchfäden schlängelten sich durch seinen ergrauenden Schnurrbart und verschleierten kurz seine blutunterlaufenen Augen. Er nahm einen kleinen Schluck roten Sake und wandte sich dann mit erhobenen Augenbrauen seinem Freund zu.

Akihito war ein Hüne, der aus Teakholz geschnitzt zu sein schien, unversöhnlich wie der Kater nach einer durchzechten Nacht und sieben Pfeifen. Seine schwarzen Haare waren mit gebleichten Strähnen durchsetzt und zu kleinen, festen Zöpfen geflochten, die sich diagonal über seinen Kopf zogen. Vier gezackte Narben liefen über seine Brust und zogen sich bis über die prächtige Phönix-Tätowierung auf seinem rechten Arm. Der große Mann war auf eine raue, wettergegerbte Art und Weise gut aussehend. In seinen klaren dunklen Augen war Sorge um seinen Freund zu lesen.

»Du machst dir viel zu viele Gedanken.« Masaru lächelte.

Sechs Männer saßen im Halbkreis um den niedrigen Spielhöllentisch herum, auf Kissen, die aus dem Wrack einer motorisierten Rikscha stammten. Die Wände des Zimmers waren aus Reispapier, bemalt mit exotischen Frauen und noch exotischeren Bestien: Dicke Pandabären waren zu sehen, wilde Leoparden und andere ausgestorbene Tiere. Die kugelförmigen Lampen an der Decke spendeten schwaches, flackerndes Licht. Ein Schallapparat aus mattem grauem Blech stand über dem Schanktresen. Ausgefranste Bündel Kupferdraht verbanden ihn mit den Lautsprechern, aus denen von der Gilde genehmigte Musik drang: die weichen, schwebenden Töne von Shakuhachis, begleitet vom Rhythmus hölzerner Trommeln. Das Brummen eines altersschwachen Generators war aus dem Keller zu hören. Unter den Dachsparren kreisten Schwärme fetter schwarzer Lotusfliegen.

Es herrschte eine Bullenhitze. Die Männer hatten sich bis zur Hüfte ausgezogen und eine große Zahl farbenprächtiger Irezumi enthüllt. Einige Spieler gehörten zum Tiger-Clan. Ihre Tätowierungen waren von unbedeutenden Künstlern gestochen worden; demnach waren sie Männer mit bescheidenen Mitteln. Zwei weitere trugen keine Clan-Motive auf der Haut, sondern nur schlichte Ornamente – Koi, Geishas und Wildblumen –, sie waren von niederer Geburt. Clanlose Männer und Frauen waren als

Burakumin bekannt, sie drückten sich auf der untersten sozialen Stufe von Shimas Kastensystem herum und hatten wenig Hoffnung, jemals aufzusteigen. Aufwendige Tätowierungen konnten sie sich nicht leisten, ein Rasiermesser und eine Handvoll Tintenfischtinte mussten das Tätowierstudio ersetzen.

Alle Anwesenden hatten Notiz von den prunkvollen Reichssonnen auf Akihitos und Masarus linken Oberarmen genommen, aber nicht, weil sie die beiden als Männer des Shōgun auswiesen. Schattenseitig gab es keinen Mangel an Menschen auf den Straßen, die so verzweifelt waren, dass sie vielleicht sogar das Risiko eingingen, den Zorn Yoritomos zu erregen: denn ein Mann mit üppigen, schönen Tätowierungen schleppte nun mal für gewöhnlich einen prallen Geldbeutel mit sich herum.

Auch die anderen Tische im Zimmer waren besetzt. Zwielichtige Gestalten tuschelten miteinander, tauschten Gerüchte über den Raffineriebrand in der letzten Woche, den Krieg gegen die ausländischen Rundaugen und den neusten Angriff der Kage-Rebellen auf die Lotusfelder im Norden aus. Die leisen Worte hingen in der Luft wie der dichte Rauch.

Masaru rollte den Kopf von links nach rechts und ließ seinen Nacken knacken. Dann berührte er die kunstvolle Tätowierung des neunschwänzigen Fuchses, die seinen ganzen rechten Arm bedeckte, und wisperte ein Gebet. Fuchs war vielleicht nicht so kämpferisch wie Tiger, nicht so mutig wie Drache oder so visionär wie Phönix. Kitsune-Clansleute waren keine großen Krieger, Entdecker oder Künstler. Fuchs war das Geistwesen, das am häufigsten unterschätzt wurde. Doch war er gerissen, schnell und leise wie ein Schatten, und in jener alten, fernen Zeit, als die Kami das Reich Shima noch in irdischer Gestalt durchstreift hatten, hatte Fuchs seinem Clan eine wertvolle Gabe verliehen: großes, beinahe unheimliches Glück.

Masarus fleckige Finger spielten mit einer Kōka, einem fünf Zentimeter langen Rechteck, geflochten aus grauen, glanzlosen Eisenbändern. Die Münze war mit dem Reichssiegel geprägt. Sie waren mitten in einer Partie Oicho-Kabu, einem Glücksspiel, älter als das Inselreich selbst. Zwei Felder, die jeweils aus vier Karten bestanden, lagen bereits auf dem Tisch. Masaru war am Zug und konnte bestimmen, ob für eine oder mehrere der vier Reihen noch ein drittes Feld hinzugefügt werden sollte. Er deutete auf die zweite Reihe: eine weitere Karte. Die anderen Reihen ließ er, wie sie waren. Seine Mitspieler tauschten ungläubige Blicke und murrten leise, während sie widerwillig Abschied von ihren Wetteinsätzen nahmen.

Der schwabbelige Geber erinnerte unangenehm an eine Nacktschnecke. Sein geschorener Schädel glänzte sogar im schmutzigen Licht des Etablissements. Die Tätowierung, die sich seinen rechten Arm hinunterschlängelte, gab ihn als Mitglied der Ryū, des Drachen-Zaibatsus zu erkennen. Einst, in düsterer und unzivilisierter Vergangenheit, ehe das Inselreich geeint worden war und die Lotusgilde an Macht gewonnen hatte, waren die Drachen Seefahrer und Plünderer gewesen. Die Irezumis auf dem linken Arm des Gebers erklärten seine Loyalität zu den Sasorikai, einer Bande, die illegale Spielhöllen in den vergifteten Slums auf der Schattenseite Kigens betrieb. In den Reihen der Yakuza fanden sich nur selten Clansmänner hoher Abstammung, aber der Qualität der Tätowierungen des Dicken nach zu urteilen, ging es dem Syndikat der Mörder, Zuhälter und Erpresser ausgesprochen gut.

Der Schneckenmann legte Masarus Karte an die zweite Reihe an, die nun als Einzige aus drei Feldern bestand. Dann nahm er die vierte Karte von oben aus dem Deck und fügte sie seiner eigenen Hand hinzu. Er grinste so breit, dass seine Zahnlücken durch seinen geflochtenen Schnurrbart hindurch zu erkennen waren, und deckte einen Ahorn und eine Chrysantheme auf. Die anderen Spieler schauten finster drein und nippten an ihren Gläsern. Einer gab Masaru einen ärgerlichen Schubs.

Masaru hob eine Hand und tippte auffordernd auf die Karten.

»Wozu die Mühe?«, seufzte Akihito. »Er hat neun! Bei Gleichstand gewinnt der Geber.«

»Fuchs sorgt für die Seinen.« Masaru verscheuchte eine Lotusfliege. »Dreh sie um«, sagte er zum Geber.

Der Dicke zuckte mit den Schultern und deckte die erste Reihe auf: Pinie und Pampagras, ebenfalls neun. In der zweiten Reihe lagen drei Kirschblüten, sodass sie ebenfalls neun Punkte wert war. Die Spieler hinter dem Schleier aus Lotusrauch lebten sichtlich auf: Falls auch die dritte Reihe in der Summe neun ergab, würden sie alle das Dreifache ihres Einsatzes zurückbekommen.

Fünf Punkte waren bereits sicher. Akihito betete laut. Sollte die Glücksgöttin ihnen hold sein, würde er sie persönlich mit verschiedenen akrobatischen Kunststücken beglücken, versprach er. Keins, das er nannte, kam Masaru tatsächlich durchführbar vor. Jeder einzelne Mann im Zimmer hielt den Atem an, als der Geber die letzte Karte umdrehte. Uzume selbst musste sie ihnen geschickt haben: Es war eine Blauglockenbaumblüte. Eine gesegnete, wunderbare Vier.

Die Spieler brachen in ohrenbetäubenden Jubel aus.

»Du großartiger Scheißkerl!« Akihito fing Masarus Gesicht zwischen seinen Pranken und küsste ihn auf den Mund. Masaru grinste und schubste seinen Freund von sich. Die anderen Spieler schlugen ihm begeistert auf den Rücken, bis er lachend die Hände hob. »Gnade!« Dann hielt er sein Sake-Schälchen in die Luft und brüllte: »Auf Kitsune! Fuchs sorgt für die Seinen!«

Aber ehe er darauf trinken konnte, schlug ihm jemand die Schale aus der Hand. Sie prallte gegen den äußeren Holzrahmen einer Reispapierwand und zersprang in glitzernde Scherben. Der fette Geber erhob sich, das Gesicht vor Zorn gerötet. Die Finger hatte er um den Griff des Streitkolbens geschlossen, den er am Gürtel trug. Das Holz war mit eisernen Stacheln besetzt. Masarus neue Freunde waren mit einem Mal sehr beschäftigt damit, in ihre Gläser oder an die Decke zu starren. Das Mädchen, das sich um den Ausschank kümmerte, hob lautlos die Trinkgeldschale auf und duckte sich hinter den Tresen.

»Verfluchte Kitsune!«, fauchte der Geber. »Ihr seid doch allesamt Betrüger!«

Akihito seufzte.

Masarus Augen weiteten sich. Taumelnd kämpfte er sich auf die Füße und warf dabei den Tisch um. Karten und Münzen verteilten sich auf dem Boden. Seine Haut hatte den aschgrauen Farbton eines Lotusabhängigen, aber er war schlank und drahtig. Seine angespannten Muskeln zeichneten sich deutlich ab. Er rammte die Faust in seinen Obi und zog einen abgegriffenen Nunchaku hervor. Aus roten, tränenden Augen starrte er den Schneckenmann an.

»Typisch Ryū«, knurrte er. »Wie kommt es, dass ihr Drachen *immer* wie Aasratten zu quieken anfangt, wenn ihr verliert?«

»Bastardfüchse ...«

»Du hast das götterverfluchte Kartendeck selbst gemischt! Wenn du Clan Kitsune noch ein einziges Mal beleidigst, misch ich *mich* auf!«

Der Geber hob eine Augenbraue.

»Dich, meine ich! Ich misch *dich* auf!« Masaru blinzelte und schwankte ein wenig.

»Du kannst ja kaum stehen, Alter«, sagte der Yakuza mit einem hässlichen Grinsen. Er warf einen Blick auf das Nunchaku. »Glaubst du wirklich, du kannst damit noch umgehen?«

Masaru hielt inne. Sein Blick wanderte ziellos über die schmutzige Zimmerdecke.

»Vielleicht hast du recht«, sagte er nachdenklich. Dann gab er dem Dicken eins mit der Faust auf die Nase.

Yukiko blieb vor dem Eingang der Spielhölle stehen, durchsuchte ihren mentalen Kleiderschrank nach einem entschlossenen Gesichtsausdruck und setzte ihn auf wie einen Hut. Dann blickte sie stirnrunzelnd zur Mittagssonne hoch. Kränkliches Rot spiegelte sich auf den Gläsern ihrer Schutzbrille. Ein Himmelsschiff tuckerte durch den Dunst aus Lotusabgasen, der sich nie auflöste; im matten Licht schimmerte sein schmutziger, rauchfleckiger Rumpf hier und da schwach auf.

Yukikos schlichte, zweckmäßige Kleider waren aus robustem grauem Stoff geschneidert und einzig mit einer kleinen Fuchsstickerei auf ihrer Brust verziert. Die Uwagi – eine Jacke mit weiten Ärmeln, die sich schwach in der kraftlosen Brise bewegten – reichte ihr bis auf die Oberschenkel herab. Um die Taille geschlungen trug sie einen breiten Obi aus schwarzer Seide, der im Rücken zu einer einfachen Schleife gebunden war. Die Beine ihres Hakama waren so großzügig geschnitten, dass er weniger wie eine Hose und mehr wie ein Rock aussah. Locker fiel ihr der Stoff auf die Füße, die in Tabi-Socken mit abgeteiltem großem Zeh und Sandalen steckten. Das lange mitternachtsschwarze Haar floss ihr über die Schultern und bildete einen reizvollen Kontrast zu ihrer blassen, makellosen Haut. Sie hatte sich ein graues Tuch vor Mund und Nase gebunden. Ihre Schutzbrille mit den polarisierten Gläsern war von einem dünnen Messingrand und weichem schwarzem Gummi eingefasst und wurde von einem Kopfband gehalten.

Die Straßen wimmelten von Menschen – ein wogendes Meer aus verschwitzter Haut und bunter Seide, aus dem sich Stimmengewirr und gelegentlich das Brummen einer Motor-Rikscha erhoben. Ganz in der Nähe hatte sich eine plappernde Schar Neo-Chōnin versammelt. Die Kaufleute hatten ernste, stumme Leibwächter dabei und feilschten mit einem Schrotthändler um den Preis seines Alteisens. Behandschuhte Finger blätterten in Wirtschaftsbüchern und befühlten pralle Geldbeutel – Sonnenseitenmänner, die abschöpften, was es auf der Schattenseite zu holen gab. Allesamt trugen sie mechanische Atemmasken, um sich vor der grellen Sonne und der Abgasglocke zu schützen, die wie ein Leichentuch über der Stadt hing. Die Masken waren kunstvoll aus poliertem Messing, gewelltem Gummi und gewundenen Filterrohren gefertigt. Ein dünner Film aus Ruß und Lotusasche überzog die runden Glasfenster vor den Augen der Männer. Wie Yukiko begnügten sich die meisten schmuddeligen Schattenseitenbewohner mit Tüchern vor Mund und Nase und Schutzbrillen aus Rattenleder und billigen, polarisierten Gläsern. Manche hatten sogar nur einen bunten Reispapierschirm dabei.

Yukiko hörte, wie im Inneren der Spielhölle etwas zerbarst, dann lautes Fluchen. Im nächsten Augenblick kam ein Mann in einem Hagel aus Holzsplittern durch die geschlossene Tür geflogen. Beinahe hätte er Yukiko mit sich zu Boden gerissen. Er landete mit dem Gesicht im Staub und blieb liegen. Seine gebrochenen Finger zuckten, sein Blut färbte die Straße rot. Die Menge beachtete ihn nicht weiter. Die meisten Leute schlugen einen Bogen um ihn, ohne mehr als einen flüchtigen Blick zu riskieren. Die Neo-Chōnin stiegen geschäftig über ihn hinweg.

»Nicht schon wieder«, murmelte Yukiko und trat ein.

Der Gestank von Lotusrauch, Schweiß und rotem Sake schlug ihr entgegen. Sie rümpfte die Nase, streifte aber trotzdem Tuch und Schutzbrille ab, sodass ihr beides um den Hals hing. Dann spähte sie in das düstere Zimmer. Zuerst konnte sie die hünenhafte Gestalt Akihitos ausmachen, der zwei Yakuza im Schwitzkasten hielt, einen unter jedem Arm. Mit einem Kopfstoß zermalmte er die Nase eines dritten. Ein fetter Kerl mit Glatze und blutigem, geflochtenem Bart hatte Masaru die Arme hinter den Rücken gedreht und hielt ihn fest, während sein rattengesichtiger Kumpel ihn wiederholt in den Bauch schlug. Das Ganze wurde von einer spröden Shakuhachi-Melodie untermalt. Masarus grau meliertes Haar hatte sich aus seinem Haarknoten gelöst. Dunkle Strähnen klebten ihm im Gesicht, nass von Blut. Unbekümmert verdrehte er den Hals und schlug die Zähne in den Unterarm des Mannes, der ihn festhielt.

Der Glatzkopf brüllte auf und ließ Masaru los, der ohne zu zögern Rattengesicht zwischen die Beine trat. Der Bursche stieß ein schrilles Quieken aus und sank auf die Knie. Masaru versetzte dem Glatzkopf einen rechten Haken gegen den Unterkiefer, und der fette Kerl fiel rücklings gegen den Schanktresen und landete auf einem Scherbenhaufen. Gerade hob Masaru einen der niedrigen Tische auf, um Rattengesicht damit zu verprügeln, da hallte Yukikos Stimme über das Chaos hinweg.

»Ist es dafür nicht noch ein bisschen früh am Tag, Vater?«

Masaru hielt inne und blinzelte triefäugig in ihre Richtung. Als er sie erkannte, hellte sich seine Miene auf. Er tat einen unsicheren Schritt auf sie zu und grinste. »Tochter! Genau im ...«

Eine Flasche Sake segelte durch die Luft und kollidierte mit seinem Hinterkopf. Bewusstlos stürzte er zwischen die umgekippten Spieltische. Der Glatzkopf sammelte seinen Streitkolben auf und marschierte auf Masaru zu. Er wischte sich die blutende Nase mit einem teigigen Handrücken ab.

Yukiko stellte sich ihm in den Weg. »Bitte«, sagte sie, »ist es für heute nicht genug?«

»Keinesfalls«, knurrte er. »Weg da, Mädchen!«

Yukikos Hand stahl sich zu ihrem Tantō, das sie hinten im Obi verborgen trug. Ihre Finger schlossen sich um den lackierten Griff. Mit der anderen Hand schob sie den lockeren grauen Baumwollärmel ihrer Uwagi bis zur Schulter hoch. Die Reichssonne auf ihrem linken Bizeps war selbst im flackernden künstlichen Licht deutlich zu erkennen. Der Blick ihrer dunklen Mandelaugen wanderte zu der identischen Tätowierung auf dem Arm ihres Vaters, dann schaute sie wieder den Yakuza an.

»Ich bitte dich, Herr«, sagte sie noch einmal. In ihrer Stimme klang kaum hörbar eine Warnung mit. »Sollte dieser unbedeutende Diener Yoritomo no Miyas, des neunten Shōguns der Kazumitsu-Dynastie, dich und dein Haus beleidigt haben, bitten wir untertänigst um Vergebung!«

Der Glatzkopf zögerte. Er atmete schwer. Speichel und Blut rannen durch seinen Kinnbart und tropften auf die Dielen. Er sah sich in dem verwüsteten Zimmer um, betrachtete die bewusstlosen Männer, die zerbrochenen Möbel und die Kōka aus geflochtenem Eisen, die überall verstreut lagen. Das Serviermädchen spähte über den Schanktresen, quietschte und tauchte wieder unter.

Der fette Yakuza zog einen Flunsch und legte nachdenklich die Stirn in Falten. »Das Etablissement behält die Gewinne«, grunzte er schließlich. Er gestikulierte mit dem Schlagkopf seiner Waffe zu ihrem Vater hinunter. »Dann sind wir quitt.«

»Das ist sehr großzügig.« Yukiko verneigte sich leicht und ließ den Messergriff los. »Möge Amaterasu dich für deine Güte segnen, Herr.«

Sie wandte sich zu Akihito um. Der Hüne war mitten im Kampf erstarrt: Seine Arme umschlangen noch immer die Hälse der beiden kleineren Männer, die purpurrot angelaufen waren und in naher Zukunft zu ersticken drohten. »Würdest du mir bitte zur Hand gehen?«

Akihito hob eine Augenbraue und blickte zwischen den eingeklemmten Köpfen in seinen Achselhöhlen hin und her. Dann zuckte er mit den Schultern, schlug sie gegeneinander und warf die ohnmächtigen Männer über den Tresen. Glas splitterte, der Schallapparat spielte ungerührt weiter Musik, und das Serviermädchen kreischte.

Akihito grinste Yukiko breit an und wuchtete sich Masaru über die Schulter.

Sie runzelte die Stirn. »Hab ich dich nicht gebeten, auf ihn aufzupassen?«

Der Hüne überragte das Mädchen beinahe um einen halben Meter, doch nun duckte er sich verlegen ein wenig. »Er ist doch noch am Leben, oder etwa nicht?«

Sie verdrehte die Augen. »Aber auch nur gerade so.«

»Wohin geht's denn, kleine Füchsin?«

»Zum Hafen.« Sie stieg über die Trümmer der Möbelstücke und verschwand durch die Tür.

»Zum Hafen?« Akihito runzelte die Stirn und stolperte ihr hinterher. Draußen war es so heiß wie in einem Hochofen. Mit der freien Hand streifte er sich seine Schutzbrille über. Menschen tummelten sich auf den Straßen, Lotusfliegen tummelten sich über den Menschen in der Luft – alles summte unter der glühenden blutroten Sonne hierhin und dorthin.

Yukiko wartete auf ihn. Akihito blieb stehen, zog sich ein graues Tuch über Mund und Nase und setzte seinen Kegelhut aus Stroh auf. »Was, bei allen Dämonen, sollen wir denn im Hafen?«

Yukiko antwortete nicht direkt; sie holte eine Schriftrolle aus der Innentasche ihrer Uwagi und drückte sie dem Hünen in die Hand. Sie beobachtete, wie Akihito Masaru auf seiner Schulter zurechtrückte. Das Reispapier raschelte wie spröde Vogelfedern, als er es entrollte. Er furchte die Stirn und starrte auf die Kanji hinab. Sie waren in einer dünnen, krakeligen Schrift gemalt, er schien Schwierigkeiten zu haben, sie durch die Schicht aus Ruß und Asche auf seinen Brillengläsern zu entziffern. Es dauerte ein paar Sekunden, bis ihm das Blut aus dem Gesicht zu weichen begann. »Das ist das Reichssiegel!«

»Wohl wahr.«

Als er zu Ende gelesen hatte, war er so bleich wie alte Knochen. Er holte tief Atem, starrte Yukiko an und zerknüllte die Schriftrolle dann mit einer Hand. Hektische rote Flecken erblühten auf seinen Wangen. »Der Shōgun will, dass wir ihm einen Arashitora fangen? Einen götterverfluchten *Donnertiger?*«

Drei Männer in Geschäftskleidung warfen ihnen neugierige Blicke zu. Yukiko zupfte dem Hünen den zerknüllten Befehl aus der Faust, rollte ihn so gut sie konnte wieder zusammen und steckte ihn ein.

Akihito warf wilde, zornige Blicke um sich und senkte die Stimme zu einem wütenden Flüstern. »Warum macht er das? Haben wir ihn verärgert?«

Sie zuckte mit den Schultern. »Er will halt einen Donnertiger haben, Akihito.«

»Und ich will eine Frau, die mit den Fußknöcheln ihre Ohren berühren, ein ordentliches Essen kochen und ihre Ansichten für sich behalten kann ... Aber solche Frauen sind verdammt noch mal wie Donnertiger: *Es gibt sie nicht!*«

Masaru stöhnte, als Akihito ihn auf die andere Schulter verlagerte.

»Geht's dir jetzt besser?« Yukiko verschränkte die Arme vor der Brust. »Hast du dich abreagiert?«

»Wir können nichts fangen, was es nicht gibt, Yukiko.«

»Glaubst du wirklich, ich wüsste das nicht?«

»Ha! Und wenn wir Yoritomo enttäuschen, was passiert dann?« Der Hüne fuchtelte mit dem Zeigefinger in der Luft herum. »Was erwartet uns, wenn wir mit leeren Händen zurückkommen? Als Erstes erhält Masaru Befehl, Seppuku zu begehen. Möchtest du gern dabei zusehen, wie dein Vater sich den Bauch aufschlitzt? Und wer weiß, was sie mit *uns* machen …«

»Vielleicht solltest du dich an den Shōgun wenden. Sag ihm doch einfach, wie du die Sache siehst! Dann überlegt er sich's bestimmt noch mal.«

Akihito schöpfte Atem, um zu antworten, schluckte die Worte dann aber herunter. Er spannte den Kiefer an, rieb sich den Nacken und schaute sich um. Um sie her wimmelte es von Menschen jeglicher Couleur. Die verschiedenen sozialen Schichten waren beinahe alle vertreten, sie kamen Akihito wie brüchige Ziegelsteine vor, die ein Kind wackelig aufeinandergestapelt hatte. Er sah Händler mit ihren prallen Bäuchen und noch pralleren Geldbeuteln; Angestellte, Lohnsklaven, die ein bescheidenes Leben führten und ihre ehrlich verdienten Münzen in den Taschen hatten; schwitzende Bauern mit halb leeren Wagen; Trödler mit ihren Karren voller Altmaterial und recycelten Waren; Hausierer, die ihr Hab und Gut und ihre Waren auf dem Rücken trugen; Bettler in den Rinnsteinen, die mit den Ratten um die Abfälle der anderen kämpften. Zahllose Gestalten drängten sich durch die ölige Hitze, und niemand schenkte den anderen auch nur die geringste Beachtung.

Yukikos Miene wurde weicher. Sanft legte sie dem Hünen eine Hand auf den Arm. »Natürlich hast du recht«, sagte sie,

»aber was bleibt uns anderes übrig?« Sie setzte ihre Schutzbrille auf und seufzte. »Wir können versuchen, das Unmögliche zu bewerkstelligen, oder wir missachten einen Befehl des Shōgun und lassen uns hinrichten. Was ist dir lieber?«

Akihitos Schultern sanken herab wie die Blütenblätter einer Blume, die in der Hitze verwelkte.

»Komm schon, gehen wir.« Yukiko schlug den Weg Richtung Hafen ein.

Akihito blieb reglos stehen und beobachtete, wie das Mädchen von der Menge verschluckt wurde. Dann schloss er die Augen, balancierte seinen bewusstlosen Freund auf der Schulter und kniff sich so kräftig in den Arm, dass er einen blauen Flecken davontragen würde. Einen Augenblick wartete er ab, dann öffnete er ein Auge und spähte um sich. Entgegen seiner Hoffnung hatte sich die Welt kein Stück verändert.

»Bei Izanagis Klöten!«, murmelte er und eilte dem Mädchen hinterher.

4

REINHEIT

Kigen, jener wimmelnde, glutheiße Bienenstock, bevölkert von zweibeinigen, regenbogenbunten Insekten, bot eine unendliche Fülle von Eindrücken. Eine Wolke aus Lotusabgasen hing in der Luft, die in Dutzenden ölig schwarzen Strömen aus den Auspuffrohren der Himmelsschiffe quollen.

Sie drängten sich über der Stadt: zigarrenförmige Segeltuchballons, in rostige Exoskelette gepresst, unterbaut mit den lang gezogenen Rümpfen hölzerner Dschunken. Ihre Laderäume waren mit ausländischen Kriegsgefangenen, Handelswaren oder kostbarem Blutlotus von den Feldern der Clans gefüllt. Jeder Ballon war mit dem Totem des Zaibatsu bemalt, dem das Schiff gehörte, und am Himmel schienen sich angreifende Tiger (Tora), fauchende Drachen (Ryū), flammende Phönixe (Fushichō) und hier und da sogar neunschwänzige Füchse (Kitsune) zu tummeln. Auf jedem Rumpf prangten außerdem unübersehbar die Kanji der Lotusgilde, in breiten Pinselstrichen auf den Kiel geschrieben. Die Verbindungsstraßen des

Inselreichs waren nicht gepflastert, sie bestanden aus erstickenden roten Wolken.

Einst hatte es über die acht Inseln verstreut zwei Dutzend Großfamilien gegeben, allesamt Untertanen des mächtigen Kaiserreichs Shima. Doch dann hatte sich der erste Shōgun des Tiger-Clans, der große Tora Kazumitsu I, gegen den korrupten Tenma-Kaiser aufgelehnt, triumphiert und seine drei loyalen Kommandanten mit weitläufigen Ländereien und der Vorherrschaft über alle dort ansässigen Clans belohnt. Und so waren aus zwei Dutzend Clans allmählich vier geworden: Die Zaibatsu hatten den Clan des Falken, der Schlange, des Ochsen und alle anderen verschlungen. Ihre Kami waren vergessen worden. Es waren lediglich ein paar seltene Tätowierungen und verstreute Fußnoten in den langen, staubigen Schriftrollen der Geschichtsschreibung geblieben.

Über dem fernen Marktplatz stiegen eine wabernde Hitze und exotische Düfte auf, überlagert vom allgegenwärtigen Gestank des Lotusdunstes: Abgase der Himmelsschiffmaschinen, der motorisierten Rikschas, der Lokomotiven und der riesigen rauchenden Chi-Raffinerie. Yukiko musste jedes Mal gegen einen Würgereiz ankämpfen, wenn sie herkam: Die unzähligen Gerüche, die sich mit dem öligen Gestank mischten, und die knalligen Farben drehten ihr den Magen um.

Während sie sich durchs Gedränge schob, ruhte eine ihrer Hände auf dem Geldbeutel, der unter ihrem Obi steckte. Wie sie ihren Vater kannte, hatte er seinen Lohn bereits für Alkohol und Lotusharz ausgegeben; die paar Münzen, die sie besaß, würden sie beide über den Monat bringen müssen. Die Gossen Kigens hatten tausend Taschendiebe mit zehntausend klebrigen, ölbesudelten Fingern hervorgebracht, einer verzweifelter und hungriger als der nächste. Hier auf der Schattenseite war ein Narr, der sich sein Geld stehlen ließ, im Vergleich noch ein Glückspilz.

In der brodelnden, fliegenverseuchten Menge drückten sich schmutzstarrende und wunderschön bemalte Haut, dreckige Lumpen und kostbare Seide aneinander. Kaum ein unverhülltes Gesicht war zu sehen: Das gemeine Volk trug polarisierte Schutzbrillen, die am Hinterkopf mit Gummibändern gehalten wurden, und Tücher vor Mund und Nase; reiche, angesehene Bürger hatten sich teure mechanische Atemmasken vors Gesicht geschnallt. Es machte den Eindruck, als hätte die gesamte Stadtbevölkerung etwas zu verbergen. Da man sich kaum an der Miene des Gegenübers orientieren konnte, verließ man sich in den Straßen Kigens auf die Körpersprache: Achtung wurde daran gemessen, wie tief der andere sich vor einem verneigte, Handzeichen ersetzten das Lächeln, eine herausfordernde Haltung das Stirnrunzeln. Gesten waren so wichtig wie Worte.

Die Gebäude auf der Schattenseite waren mehrstöckig und baufällig. Sie wirkten, als seien sie ganz und gar willkürlich aus dem Boden geschossen, und erinnerten Yukiko an eine Brandblase aus rissigem Lehm und ausgeblichenem Holz, die immer mehr anschwoll. Die Architektur auf der Sonnenseite jenseits des Flusses war nicht weniger heruntergekommen, wies jedoch wenigstens eine gewisse Symmetrie auf. Überall in der Stadt sah man die breiten, spitzen Dächer, gedeckt mit Zypressenrinde, trocken und grau; die gnadenlose Sonne und der verschmutzte schwarze Regen der Wintermonate hatten dafür gesorgt, dass der Lack vor langer Zeit von den dünnen Schindeln geplatzt war. Fenster aus trübem Strandglas oder Reispapier starrten mit leeren Blicken auf das Gewimmel in den Straßen hinab. An jeder Kreuzung kauerte ein kleiner Schrein, der Fūjin geweiht war, dem Gott des Windes und der Wege. Tempel für die

Sonnengöttin Amaterasu und ihren Vater, den großen Schöpfer Izanagi, standen neben hoch aufragenden Bordellen, Spielhöllen und den rauchverhangenen, teerfleckigen Lotushöhlen. Vor allen Fenstern, die nach Norden gingen, lag eine kleine Handvoll Reis: eine Opfergabe, die den Hunger der dunklen Mutter besänftigen sollte, der schrecklichen Izanami, der Erdgöttin, die nach der Geburt Shimas von Yomi – der Unterwelt – verdorben worden war.

Drei Flüsse mühten sich durch die Stadt, schwarz und zähflüssig wie Teer. Am bröckelnden Ufer des Shōjo hockte das Gefängnis Kigens und blickte trübsinnig auf das verrostende Gleisfeld auf der anderen Seite des Wassers. Am schäumenden schwarzen Zusammenfluss des Shiroi und des Junsei ragte das Kapitelhaus auf, eine fünfseitige Faust aus gelbem Stein, die sich durch das zerbrochene Kopfsteinpflaster himmelwärts reckte. In jeder der fünf fensterlosen Wände saß unten ein rostiges Eisentor. Das Pentagon erhob sich vier Stockwerke hoch in die verpestete Luft und warf einen dunklen Schatten über Kigens pockennarbiges Gesicht. Im Süden bliesen die gewaltigen verkohlten Schornsteine der Raffinerie ihren Dreck in den Himmel; schwarze Finger aus beißendem Rauch streckten sich in die wogende Masse, wanden sich an Tüchern vorbei und Kehlen hinunter. Lärmend schlug Metall auf Metall, tausend hungrige Stimmen riefen und murmelten im Chor, das brünstige Quieken der Aasratten mischte sich darunter. Hohe, spitze Giebeldächer schwangen sich in den roten Himmel auf und verliehen der rauchverhangenen Silhouette der Stadt die Gestalt eines Sägeblatts.

Yukiko bahnte sich gerade ihren Weg durch eine Gruppe rauchender Rikschaboten, da erspähte sie in der Menge den barometrischen Apparat eines Wetterpriesters. Das Periskop ragte über die meisten Köpfe hinweg, seine vielen Arme drehten sich beständig hierhin und dorthin. Schließlich verschwand es durch die Tür eines Nudelrestaurants. Prompt fing Yukikos Magen an zu knurren, und ihr fiel ein, dass sie heute noch nichts gegessen hatte.

»Frühstück?« Sie sah sich nach Akihito um, der sich ein gutes Stück hinter ihr durch das Meer der Maskierten kämpfte.

»Ich denke, wir wollen Donnertiger jagen!«, rief er.

»Auf leeren Magen?«, fragte Yukiko und lächelte. Ohne eine Antwort abzuwarten, betrat sie das gedrängt volle Restaurant und zog sich das Tuch von Mund und Nase.

Ein kurz geratener Junge mit pickeligem Gesicht und einer nicht besonders beeindruckenden Tigertätowierung fragte sie nach ihren Wünschen und schaufelte dann mit einem Löffel dürre schwarze Krabben und Tofu in Schalen aus Reiscrackern. Dampf hing in der siedend heißen Luft. Yukiko sah sich um, während sie wartete, und hörte den Nachrichten aus dem Schallapparat zu. Es ging um die Ernte des Tages (reichlich war sie ausgefallen, Lobpreis sei dem Shōgun), den Krieg mit den Gaijin (nach zwanzig Jahren ruhmreichen Kampfes war der sichere Sieg nun in greifbarer Nähe) und um das Feuer in der Raffinerie letzte Woche (ein Kraftstoffleck war die Ursache gewesen). Die Wände des Restaurants waren mit Rekrutierungsplakaten der Armee tapeziert. Ein fettiger Film überzog die Illustrationen ernster Jungen, die vor der Reichssonne standen. Stumm riefen die Plakate dem Betrachter Parolen entgegen:

»Schöpf dein Potenzial voll aus!«
»Unsere Besten. Unsere Klügsten.«
»Folge Bushidō! Um der Ehre willen!«

Yukiko beobachtete den Wetterpriester, einen runzeligen kleinen Mann in einem Gummianzug, der über und über mit Riemen und Schnallen besetzt war. Kleine rote Lichtbögen tanzten über den Apparat, den er auf dem Rücken trug; er schwenkte seine Wünschelrute über die Plakate und kicherte. Einen wie ihn sah man selten in den Metropolen der Clans – die meisten Wetterpriester trieben sich in den ländlichen Provinzen herum und brachten abergläubische Bauern um ihre hart verdienten Kōka, indem sie sich Gebete und Anrufungen an Susanoo bezahlen ließen, den Gott des Sturms.

»Schenk uns Regen!«, riefen sie flehend. »Lass es aufhören zu regnen«, beteten sie inbrünstig. Die Wolken kümmerte es nicht, sie zogen auf oder ab, wie es ihnen gefiel. Die Wetterpriester kamen entweder in den Genuss eines glücklichen Zufalls oder schüttelten bekümmert die Köpfe und sprachen von »ungünstigen Omen«. So oder so erleichterten sie die Bauern um einige Münzen.

Yukiko gab dem Jungen hinter dem Tresen ein paar Kōka aus geflochtenen Kupferbändern, nickte ihm zu und verließ das Restaurant. Draußen hielt sie Akihito eine der Schalen hin. Der Hüne war damit beschäftigt, einem in Lumpen gekleideten Taschendieb auf die Finger zu hauen. Er versetzte dem Jungen einen Tritt in den Hintern, und der flitzte durch die Menge davon. Dabei brüllte er Beleidigungen, die ein recht anschauliches Bild von Akihitos sexueller Unfähigkeit zeichneten.

»Nichts für Masaru?« Akihito schlug nach dem Fliegenschwarm, der um seinen Kopf herumsummte.

»Der kann sich selbst was kaufen.«

»Aber du hast dem Yakuza seinen ganzen Gewinn geschenkt!« Akihito schnitt eine Grimasse. »Und meinen auch, dass du's nur weißt.«

Yukiko lächelte reizend. »Darum lad ich dich ja zum Frühstück ein.«

»Und Kasumi?«

Yukikos Lächeln verblasste. »Was ist mit ihr?«

»Na, hat sie schon was gegessen, oder …«

»Wenn Kasumi Hunger kriegt, besorgt sie sich schon was. Bis jetzt hat sie noch alles bekommen, was sie haben wollte.«

Der Hüne machte ein schiefes Gesicht, ließ sich dann aber von den dampfenden Krabben ablenken. Vorsichtig schlürfte er am Rand der Reiscrackerschale herum, während er sich durch die Leute drängte. Auf seiner Schulter stöhnte Masaru. »Ich glaub, er kommt zu sich.«

»Meinetwegen kannst du ihn ruhig wieder k.o. schlagen«, sagte Yukiko ungerührt.

Vor ihnen teilte sich die Menge: Die Menschen wichen einer eisernen, mit den Kanji der Lotusgilde bemalten Motor-Rikscha aus. Yukiko blieb auf der Straße. Auf breiten Gummireifen rollte die knatternde Metallbestie auf sie zu, die vollbauchigen Scheinwerfer erleuchtet. Sie zog eine blauschwarze Abgasfahne hinter sich her. Dicht vor Yukikos Schienbeinen kam sie zum Stehen; der Fahrer drückte auf die Hupe, aber Yukiko rührte sich nicht vom Fleck.

Wieder hupte der Fahrer und gestikulierte wütend. Seine vulgären Flüche drangen nur gedämpft hinter der Windschutzscheibe aus Strandglas hervor, aber Yukiko schnappte dennoch ein paar gute auf. Sie nahm ein Stück Tofu aus ihrer Schale, warf es sich in den Mund und kaute bedächtig darauf herum.

»Komm schon!« Akihito packte sie am Arm und zog sie beiseite.

Der Rikschafahrer trat aufs Gas. Der Motor rülpste eine Abgaswolke in den erstickenden Dunst, der in der Straße hing, und setzte sich wieder in Bewegung. Yukiko konnte die Silhouette eines Gildenmanns auf dem Rücksitz erkennen.

Wie alle seine Brüder trug der Lotusmann einen Atmos-Panzer aus Messing. Er war mit merkwürdigen Vorrichtungen und surrendem Räderwerk übersät und schützte ihn vor der verseuchten Luft, die das gemeine Volk tagein, tagaus einatmen musste. Der Helm war wie der Kopf eines Insekts geformt. Aus dem Maul quollen metallische Tentakel, die mit den verschiedenen Anschlüssen in seinem Messingpanzer gekoppelt waren: dem Blasebalg für die Atemmaske, den Kraftstofftanks und dem Mech-Abakus, den alle Gildenmänner auf der Brust hatten. Das Gerät glich einem Abakus, den jemand in Leim getaucht und dann in einem Eimer voller Kondensatoren, Transistoren und Elektronenröhren geschwenkt hatte. Der Lotusmann starrte Yukiko aus roten Facettenaugen an und schob einige Perlen von einer Seite seines Mech-Abakus auf die andere.

Die einfachen Mitglieder der Gilde wurden gemeinhin »Lotusmänner« genannt, obwohl ihr Geschlecht unmöglich zu bestimmen war. Yukiko warf dem Insekt dennoch eine Kusshand zu.

Erst als die motorisierte Rikscha ein gutes Stück entfernt war, ließ Akihito ihren Arm los und seufzte. »Warum musst du dich denen jedes Mal in den Weg stellen?«

»Warum gehst du jedes Mal brav zur Seite?«

»Weil es hier draußen besser ist als im Knast, deshalb.«

Yukiko schaute finster drein und wandte sich ab.

Schweigend gingen sie weiter, vorbei am fünfeckigen Kapitelhaus der Gilde und über breite Steinbrücken, die sich über den Shōjo und den Shiroi mit ihren schleimigen Ufern schwangen. Yukiko warf einen Blick über das Geländer und sah einen toten Fisch im schwarzen Wasser treiben. Zwei Bettler wateten eilig darauf zu. Auf der anderen Seite der Brücke kauerte ein Straßenmusikant im Schatten über seinem Instrument und sang schief ein Lied über den Frühlingswind. Vor ihm lag ein fadenscheiniger Teppich und darauf seine magere Ausbeute, ein paar Kupferspäne. Die Menschenmenge wurde immer dichter, die Lautstärke stieg – Hunderte Stimmen verwoben sich zu einem immerwährenden an- und abschwellenden Summen.

Yukiko und Akihito zwängten sich durch das Gedränge in den Straßen auf den belebten Marktplatz hinaus. Auf allen vier Seiten erstreckte er sich einen Häuserblock weit, eine enorme offene Fläche, auf der sich dicht an dicht Stände jeglicher Art drängten. Gewürzhändler, Hausierer, die Fleisch zweifelhafter Herkunft feilboten, und Textilfabrikanten brachten Seite an Seite ihre Waren an den Mann. Es gab Imbissbuden, Tuchmacher und Kräuterkundige. Heilige Männer aus verschiedenen Tempeln standen neben Straßenkurtisanen und Söldnern und tauschten Kupferspäne gegen Segen. Dutzende Gaukler verblüfften ihre Zuschauer, und Beutelschneider mit wachen, lächelnden Gesichtern schlängelten sich durch die Menge. Wohin man auch blickte, waren Verkäufer mit hölzernen Bauchläden zu sehen, die Schutzbrillen mit Gläsern aus der Massenproduktion anboten. In der Gosse hockten sich wiegende Bettler mit ihren Almosenschalen. Schmutzige Kinder mit knurrenden Bäuchen und harten Augen starrten vor sich hin; sie verbargen geschärfte Eisenstücke unter ihren Lumpen. Überall zwischen den Leuten blitzten die scharlachroten Jin-Baori der Stadtsoldaten auf, wie rote Haie, die auf Blut aus waren.

In der Mitte des Marktes gab es eine große gemauerte Grube mit ebenem Grund, etwa einen halben Meter tief. Vier Säulen aus rußgeschwärztem Stein wuchsen daraus empor und überragten die Menge. Sie waren drei Meter hoch und repräsentierten die Himmelsrichtungen. An allen waren verkohlte Eisenfesseln angebracht. Der offizielle Name des Richtplatzes war »Altar der Reinheit«. Die Städter sprachen nur von den »Brandsteinen«.

Vier Lotusgildenmänner stapelten trockene Reisigbündel um die Nordsäule herum. Ihre Facettenaugen glühten blutrot; rotes Sonnenlicht spiegelte sich auf der glatten Messingoberfläche ihrer mechanischen Atmos-Rüstungen. Segmentierte Rohre verbanden die geschwärzten Mündungen auf ihren Handgelenken mit den großen Tanks auf ihren Rücken. Yukiko starrte die weißen Jin-Baoris an, die sie über ihren Metallpanzern trugen, die Schriftzeichen, die sie als das auszeichneten, was sie waren.

»Reinheitsbringer«, zischte sie.

Auf den Stufen, die zu den Brandsteinen hinabführten, entdeckte sie ein kleines Ahnentäfelchen aus poliertem Feuerstein, nicht einmal fünfzehn Zentimeter hoch. Jemand hatte das Ihai aufgestellt, um einen geliebten Menschen zu ehren, der gestorben war. Da es in Kigen unmöglich war, echte Blumen aufzutreiben, hatte der Trauernde einen Kreis aus zarten Reispapierblüten um das Täfelchen arrangiert. Yukiko konnte den Namen nicht lesen, der in den Stein geritzt war. Sie reckte den Hals, um besser sehen zu können, aber just in dem Moment stampfte einer der Reinheitsbringer die Stufen herauf und zerbrach das Täfelchen unter seinem Stiefel. Die Reispapierblüten stoben auseinander.

Yukiko starrte auf die Asche am Fuß der geschwärzten Säulen hinab und biss sich auf die Unterlippe. Das Herz schlug ihr heftig in der Brust.

Der Wind trug die zertretenen Papierblüten davon.

»Die Gilde muss wieder fündig geworden sein«, sagte Akihito leise.

Eine Menschenmenge versammelte sich um die Grube: Sie bestand aus Schaulustigen und Fanatikern, aus Jungen und Alten, aus Männern, Frauen und Kindern. Ihre Köpfe drehten sich, als ein gequälter Schrei heranwehte, dünn vor Angst. Zwei weitere Reinheitsbringer zerrten eine kleine Gestalt über den Marktplatz – ein Mädchen, ein paar Jahre jünger als Yukiko, ganz in Schwarz gekleidet. Es wehrte sich heftig, sein Haar hing in wilden Strähnen um sein Gesicht. Seine Augen waren vor Entsetzen weit aufgerissen. Vergeblich sträubte es sich gegen den kalten, mechanischen Griff seiner Wächter; es war, als schaute man einem Kind zu, das einen Berg mit seiner Faust zum Einsturz bringen will. Dann stolperte das Mädchen. Rücksichtlos rissen es die Reinheitsbringer wieder auf die Füße, es kümmerte sie nicht, dass es sich die Knie blutig geschürft hatte.

»Unrein!«, brüllten die Eiferer unter den Schaulustigen, und der Ruf pflanzte sich über den Marktplatz fort. »Unrein!«

Die Reinheitsbringer schleppten das schreiende, schluchzende Mädchen die Stufen hinunter, hoben es auf den Scheiterhaufen und drückten seinen Rücken gegen den nördlichen Brandstein. Zwei von ihnen schlossen die Eisenschellen um die Handgelenke des Mädchens, ein Dritter trat vor und erhob das Wort. Seine Stimme war ein mechanisches Surren, sie klang wie das Lied von einhundert zornigen Lotusfliegen. Gleichgültig zitierte er einige Zeilen aus der heiligen Schrift, dem *Buch der zehntausend Tage.*

»Besudelt mit dem Schmutze Yomis,
Behaftet mit dem Makel der Unterwelt,
Weinte Izanagi
Und sehnte sich nach Reinheit.
Also unterzog sich der Schöpfergott

Dem Ritual der Reinigung und badete.
Und aus jenen Wassern
Erhoben sich Sonne, Mond und Sturm.
Wandle auf dem Weg der Reinigung!«

Ein anderer Reinheitsbringer trat vor, hob beide Arme und ließ Zündflammen aus den geschwärzten Mündungen an seinen Handgelenken in die Höhe schießen.

»Wandle auf dem Weg der Reinigung!«, bellte er.

Jubelrufe hallten zwischen den Brandsteinen wider; die Schreie der Fanatiker übertönten das unbehagliche Murmeln der übrigen Leute. Akihito spannte den Unterkiefer an und wandte dem schrecklichen Schauspiel den Rücken zu. »Lass uns verschwinden.«

Yukiko sagte sich, dass es Zorn war, der ihren Magen in Wasser verwandelte, die Muskeln in ihren Beinen zum Zittern brachte und ihr den Mund trocken werden ließ. *Zorn.*

Aber sie wusste es besser.

Sie blickte zu Akihito auf, ihr Gesicht eine Maske, abgespannt und blutleer. Ihre Stimme bebte, als sie sprach. »Und du fragst, warum ich mich ihnen in den Weg stelle.«

5

Rußschwarz

Die Hitze war mörderisch.

Yukiko und Akihito quetschten sich durch die schmalen Gassen, stiegen über die mit Müll verstopften Rinnsteine und wichen den Händen Dutzender Bettler aus, die an Rußlunge litten. So gelangten sie endlich ins Hafenviertel, das kaum mehr als eine von allen Seiten eingeengte, nässende Wucherung aus billigen Mietshäusern und verrostenden Lagerhallen war, ewig überschattet von den Leibern der Himmelsschiffe. Ein breiter Steg aus ausgeblichenen Holzplanken ragte über das schwarze Wasser der Bucht hinaus; Hunderte Menschen drängten sich darauf. Die Ankertürme waren dünne Konstruktionen aus Metall, zerfressen vom schwarzen Regen. Durch zischende Rohrleitungen und Schläuche wurden Wasserstoff und der flüchtige Kraftstoff, der gemeinhin einfach »Chi« genannt wurde, nach oben gepumpt, wo die Himmelsschiffe warteten. Die Türme schwankten im Wind und quietschten jedes Mal besorgniserregend, wenn ein Schiff ankerte oder wieder ins weite Rot des Himmels auslief. Lotusmänner umschwirrten sie wie Schmeißfliegen aus Messing. Aus den gewundenen Röhren auf ihrem Rücken zuckten blau-weiße Flammen hervor.

In der Ferne gellten Dampfpfeifen und gaben den Arbeitern, die in Kigens riesiger Chi-Raffinerie schufteten, das Signal zur Frühstückspause. Jeder wusste, dass der Großteil der armen Seelen, die innerhalb jener Mauern schwitzten und sich abplagten, dort auch sterben würde. Falls ihnen nicht die giftigen Dämpfe oder die gefährlichen schweren Maschinen den Garaus machten, fielen sie früher oder später den Zwanzig-Stunden-Schichten zum Opfer, für die sie kaum mehr Lohn bekamen als die Bettler am Straßenrand Almosen. Die Arbeiter waren als »Karōshimänner« bekannt – Männer, die sich umbrachten, indem sie zu viel und zu hart arbeiteten. Eine bittere Ironie, wenn man bedachte, dass die meisten Arbeiter Kinder waren. Kinder, die zwischen auf- und abschwingenden Kolben und mahlenden Zahnrädern herumflitzten – wie leicht konnte diese Maschinerie eine vorwitzige Haarlocke oder die Hand eines Unvorsichtigen erfassen und abtrennen, ohne auch nur langsamer zu laufen! In jenem Halbdunkel aus hartem Metall und blauschwarzem Rauch verdorrte die zarte Haut der Kinder; sie wurden alt und schwach, bevor sie überhaupt die Chance gehabt hatten, jung zu sein.

»Abba wa-um?«, fragte Akihito.

Yukiko nahm einen kleinen Schluck von ihrer Brühe und stellte fest, dass sie keinen Appetit mehr hatte. »Mit vollem Mund spricht man nicht«, sagte sie.

Der Hüne stopfte sich den letzten Rest seiner Reiscrackerschale in den Mund. Yukiko zeigte in Richtung der östlichen Hafenanlagen. Weiter konnte man sich nicht von der Wolke aus Smog, Asche und stinkenden Abgasen entfernen.

»Rieche ... Rieche ich Krabben?« Die Worte waren leise und gedämpft, weil sie gegen Akihitos Rippen gesprochen wurden.

»Er lebt noch!« Der große Mann grinste, lud seinen Freund von der Schulter und stellte ihn auf die Füße. Masaru blinzelte mühsam. Ein Auge war schon halb zugeschwollen. Sein langes, grau durchsetztes Haar war in schrecklicher Unordnung, sein Gesicht mit Blut verschmiert.

»Bei Izanagis Klöten, mein Kopf!« Er zuckte zusammen und rieb sich den Schädel. »Was ist mir zugestoßen?«

Akihito zuckte mit den Schultern. »Sake.«

»*So* viel haben wir doch auch wieder nicht getrunken ...«

»Hier, iss was.« Yukiko hielt ihrem Vater den Rest ihres Frühstücks hin. Masaru packte die Schüssel und stürzte den Inhalt inmitten der brodelnden Menge hinunter. Er schwankte, und es sah einen Augenblick so aus, als wollten die Krabben einen Fluchtversuch unternehmen. Dann klopfte er sich auf den Bauch und rülpste.

»Was bei allen Höllen machen wir denn hier?« Masaru sah sich um, eine Hand erhoben, um seine Augen vor dem grellen Licht abzuschirmen. Er fischte seine Schutzbrille aus einer Tasche.

»Wir haben Befehl, uns hier einzufinden«, sagte Yukiko.

»Wieso? Um zu frühstücken?«

Akihiro lachte.

Yukiko warf dem Hünen einen tadelnden Blick zu. »Es geht um eine Jagd.«

»Eine Jagd?« Masaru schnaubte und tastete seinen Brustkorb ab, um zu überprüfen, ob die Rippen noch heil waren. »Braucht der Shōgun neue Pantöffelchen?«

»Ich hab gedacht, ihr würdet euch wenigstens ein bisschen darüber freuen.« Yukiko schaute zwischen den beiden Männern hin und her. »Dann habt ihr mal was anderes zu tun, als euer Geld in Spielhöllen zu verrauchen.«

Akihito runzelte die Stirn. »Ich rauche überhaupt nicht ...«

»Da draußen gibt's nichts mehr, was sich zu jagen lohnt.« Masaru massierte sich die Beule am Hinterkopf, die die Sake-Flasche hinterlassen hatte. »Der Shōgun sollte es verdammt noch mal einfach hinter sich bringen und uns vor die Tür setzen.«

»Er will, dass wir ihm einen Arashitora fangen«, murmelte Akihito.

Masaru musste den Kopf zurücklegen, um den Hünen anstarren zu können. »Gerade eben hast du noch gesagt, dass du nicht rauchst! Hast du hinter meinem Rücken etwa doch damit angefangen? Du dämlicher Narr, das ist eine Scheißangewohnheit! Ich lass nicht zu ...«

»Der Befehl ist gestern Abend eingetroffen, Vater«, sagte Yukiko. »Das Siegel des Shōguns selbst war darauf. Hinter dem Iishi-Gebirge haben Wolkenwandler einen Donnertiger gesehen.«

»Vermaledeite Wolkenwandler«, knurrte Masaru. »Die sind doch ständig berauscht, atmen vierundzwanzig Stunden am Tag Chi-Abgase ein ... Die würden glatt behaupten, sie hätten die verfluchte Frucht Izanamis schwarzer Lenden gesehen! Tausendundein Oni, die nackt in den Lotusfeldern tanzen! Wenn nur 'ne warme Mahlzeit dabei rausspringt oder irgendeine Hure sie mal ranlässt ...« Masaru unterbrach sich und presste die Lippen aufeinander. Seine Wangen röteten sich.

»Unser Befehl lautet, das Tier lebend zurückzubringen.« Yukiko hatte es eilig, das Thema zu wechseln. Sie dachte mit Grauen an den Tag zurück, an dem ihr Vater versucht hatte, sie »aufzuklären«.

»Und wie sollen wir das bitte bewerkstelligen?«, fragte Masaru. »Die Viecher sind ausgestorben!«

»Das ist verdammt noch mal dein Problem, würdest du nicht sagen? Oder ist jemand anders zum Schwarzen Fuchs Shimas erklärt worden, als ich nicht aufgepasst hab?«

»Fluch nicht.« Masaru runzelte die Stirn.

Yukiko verdrehte hinter ihrer Schutzbrille die Augen. Sie wischte mit ihrem Tuch die Lotusasche von den polarisierten Gläsern und band es sich dann vor Mund und Nase, um den Gestank zu mildern. Sie wandte sich ab, warf sich das lange schwarze Haar über die Schulter und stolzierte gen Osten davon, die Hände in ihren schwarzen Obi geschoben.

Ihr Vater sah ihr nach. Er rieb sich immer noch den Hinterkopf. Auf seinem Gesicht lag ein gequälter Ausdruck. »Mögest du einhundert Jahre lang leben und nie Töchter haben, mein Freund«, sagte er zu Akihito.

Der Hüne seufzte und schlug ihm auf den Rücken. Gemeinsam folgten die beiden Männer dem Mädchen durchs Gedränge.

Kasumi lud die letzte Kiste in den Aufzug, streckte sich und seufzte. Sie wischte sich den Schweiß von der Stirn. Etliche dunkle Haarsträhnen klebten ihr im Gesicht, und sie band sich ihren Pferdeschwanz neu. Der Hafenarbeiter gab ein Zeichen, und der Aufzug mühte sich den Ankerturm hinauf. Seilwinden und Räder kreischten protestierend. Hoch über ihr zerrte die *Donnerkind* an ihrer Vertäuung. Wolkenwandler riefen von der Takelage herab wie verirrte Vögel.

Nach Süden hin erstreckte sich die Kigener Bucht, ein wogender Teppich aus Dreck und glimmendem Unrat. Vor drei Tagen hatten Lotusmänner die schwarzen Wellen in Flammen gesetzt, um wenigstens einen Teil der Chi-Rückstände abzubrennen, die an der Oberfläche trieben. Hier und da schwelte das Feuer noch. Dunkle Rauchsäulen stiegen vom Meer in den

Himmel und verdichteten den Abgasschleier, der über den Häusern hing. Eine Möwe mit struppigem Gefieder hockte auf den verkohlten Überresten eines lange gekenterten Fischerboots und stieß ihre klagenden Schreie aus. Dann erspähte sie eine Bewegung im schmutzigen Wasser und breitete die Flügel aus.

Kasumi stülpte sich einen Kegelhut über und blickte zu dem Himmelsschiff auf, das über ihr in der Luft dümpelte. Widerwillig lächelte sie: Zumindest würden sie diese aussichtslose Reise mit Stil antreten. Das Schiff war glänzend schwarz und hatte hier und da blutrote Akzente. Auf die Seiten des zigarrenförmigen Ballons war der gewundene grüne Leib eines Drachen gemalt. Schiffshülle und Beschläge waren bisher weder korrodiert noch ausgeblichen – also konnte die *Donnerkind* noch nicht länger als eine Saison oder zwei im Einsatz sein. Nichts, was Shimas schwarzem Regen ausgesetzt war, blieb lange schön.

Kasumi bevorzugte Kleider aus lockerem grauem Stoff. Ihre Uwagi hatte kurze Ärmel, sodass ihre wunderschönen Tätowierungen zu sehen waren: Auf ihrer linken Schulter und ihrem linken Unterarm prangte die Reichssonne; ihren rechten Arm pirschte sich ein wilder Tiger hinab und gab sie als Mitglied des Tora-Clans zu erkennen. An Shōgun Yoritomos Hof tuschelten die Geishas hinter Kasumis Rücken, sie hätte wohl den richtigen Moment verpasst, sich einen Ehemann zu suchen. Nicht einmal sie hätten jedoch bestritten, dass Kasumi noch immer eine raue, wilde Schönheit besaß. Sie hatte schmale Augen mit schweren Lidern, und weil sie ihr Leben im Freien unter der glühenden roten Sonne des Inselreiches verbrachte, war ihre Haut nussbraun. Ihr zusammengebundenes schwarzes Haar stürzte wie ein Wasserfall über ihren Rücken; sie trug Jadekämme darin, deren Griffstücke zu jagenden Tigern geschnitzt worden waren. Eine gewisse Härte war ihr zu eigen: Sie hatte Schwielen an den

Händen und schlanke, muskulöse Glieder. Ihre Bewegungen mochten weich und geschmeidig sein, erinnerten jedoch an die einer Raubkatze, die durch einen Käfig schlich: Und war er auch so groß wie die Welt, war er ihr trotzdem zu eng.

Mehrere Mitglieder der Mannschaft kamen an Kasumi vorbei und nickten ihr zu, bevor sie sich daran machten, den Turm hinaufzusteigen. Sie kamen ihr sauberer vor als die meisten Wolkenwandler – hätte sie einen von ihnen in das schwarze »Wasser« der Bucht geschubst, wäre er vermutlich *schmutziger* wieder aufgetaucht. Das konnte man wahrlich nicht von allen Angehörigen dieser Profession sagen. Gleichwohl war ihre Haut mit jenem fettigen Film überzogen, den Drachenrauch überall hinterließ, und ihre Augen hatten das unveränderliche Rot der Augen von Lotusbesessenen angenommen.

Der Kapitän der *Donnerkind* trat aus dem kleinen Büro unten im Turm und klopfte dem fetten Zollbeamten, der es beinahe ganz ausfüllte, zum Abschied auf den Rücken. »Der Lotus muss blühen!«

»Der Lotus muss blühen«, erwiderte der Dicke.

Dann kam der Kapitän auf Kasumi zu geschlendert. Er murmelte kaum hörbar etwas vor sich hin, sah stirnrunzelnd zur *Donnerkind* auf und steckte ein paar Papiere unter seinen Obi. Sie nahm an, dass er ungefähr zehn Jahre jünger war als sie, also vier- oder fünfundzwanzig. Er hatte ein attraktives Gesicht (wenngleich man ihm auch ansah, dass er etwas zu gerne aß) und einen langen geflochtenen Bart. Seine farbenprächtige ärmellose Tunika war zweifelsohne dazu gedacht, seine aufwendige Drachentätowierung und die einzelne Lotusblüte eines von der Gilde anerkannten Lieferanten in Szene zu setzen. Eine maßgefertigte Shigisen-Schutzbrille und eine sagenhaft teure Atemmaske hingen ihm um den Hals.

»Dieser Sohn der Hure eines Rōnin«, knurrte er. »Wäre ich doch als Lotusmann geboren worden! Die verfluchten Bestechungsgelder fallen bei jedem Flug höher aus.«

»Bestechungsgelder?« Kasumi legte fragend den Kopf schief.

Der Kapitän deutete auf die Papiere in seinem Gürtel. »Auf dem Weg zum Iishi-Gebirge kommen wir über drei Clan-Gebiete hinweg: Tiger, Drache und Fuchs. Dafür brauchen wir drei verschiedene Passierscheine, und das bedeutet, dass drei verschiedene Beamte geschmiert werden müssen, damit niemand meine Papiere ›verlegt‹. Außerdem müssen wir in Yama auftanken, ehe wir zurückfliegen können, und die Kitsune haben die Andockgebühren schon wieder um drei Prozent angehoben.«

»Das tut mir leid zu hören, Yamagata-san«, sagte Kasumi. »Vielleicht solltest du deinem Zollbeamten sagen, dass du auf Geheiß des Shōguns fliegst?«

»Das würde nichts ändern.« Er blickte finster drein und schüttelte den Kopf. »Selbst wenn es mir gelänge, einen Nachlass auszuhandeln, würde die Differenz einfach auf meinen nächsten Flug aufgeschlagen. Der Dicke muss selbst Schmiergelder zahlen, Lotusverträge sind nicht billig. Die Gilde bekommt, was ihr zusteht, auf die eine oder andere Weise. Sogar der Shōgun weiß das.«

Yamagata verstummte, als ein Lotusmann scheppernd vorbeistapfte. Die Zahnräder seines Panzers schnurrten. Er blickte zum Rumpf der *Donnerkind* hoch, und rotes Sonnenlicht gleißte in seinen Augen. Klickend verschob er ein paar Perlen an dem Mech-Abakus auf seiner Brust und raunte etwas, die Stimme so verzerrt, dass die Worte unverständlich waren. Dann schossen aus den Düsen auf seinem Rücken blau-weiße Flammen hervor, und er stieg in die Luft. Er flitzte unter dem Schiffsbauch hindurch und bewegte dabei weitere Perlen von einer Seite auf die andere. Eine Rauchfahne wehte hinter ihm her.

»Die lassen einen gern wissen, dass sie einen im Auge haben, hm?«, fragte Kasumi leise.

»Liegt in der Natur der Sache.« Yamagata zuckte mit den Schultern. »Auf jedem Schiff, das Lotus transportiert, hockt ein Gildenmann. Man gewöhnt sich dran, dass sie einem ständig über die Schulter gucken.«

»Schön zu wissen, wie viel Vertrauen die Gilde in die hat, die für sie arbeiten.«

»Seit letzter Woche ist es schlimmer geworden ... Zwei von ihnen sind bei dem Brand in der Raffinerie ums Leben gekommen.« Yamagata schürzte die Lippen. »Drei Tage lang war die ganze Anlage verrammelt. Nichts kam rein oder raus. Kannst du dir vorstellen, was das finanziell für einen Mann wie mich bedeutet?«

»Hieß es nicht, das Feuer sei ein Unfall gewesen?« Kasumi hob eine Augenbraue. »Dafür scheint's ein bisschen viel Aufhebens.«

»Überrascht dich das wirklich? Wann hast du zum letzten Mal gehört, dass ein Gildenmann umgekommen sei, ob nun bei einem Unglück oder nicht?«

»Unter diesen Rüstungen stecken ganz gewöhnliche Leute aus Fleisch und Blut«, sagte Kasumi. »Eines Tages muss jeder Mensch vor den Richter der neun Höllen treten. Ihm ist gleichgültig, ob ein Gildenmann, ein Bettler oder ein Shōgun vor ihm steht.«

Yamagata blies den Atem aus. »Mag sein.«

Kasumi berührte ihre Stirn, dann ihre Lippen und murmelte: »Ehrwürdiger König Enma, lass Gerechtigkeit walten.«

Der Lotusmann sank in einer brodelnden Wolke aus Chi-Abgasen zur Erde und landete zehn Meter entfernt auf dem

Holzsteg. Bauernvolk beeilte sich, ihm Platz zu machen; in ihrer Hast rannten die Leute einander über den Haufen. Den Gildenmann kümmerte es nicht – er stampfte über Holzbohlen und Kopfsteinpflaster davon, ohne auch nur einen Blick zurückzuwerfen.

»Hast du schon alles an Bord?«, fragte Yamagata.

»Hai.« Kasumi lächelte entschuldigend. »Und die anderen müssten jeden Moment hier sein.«

»Sehr schön. Ich würde gern aufbrechen, bevor sich der Wind legt.«

»Minister Hideo wünscht, dass wir auf ihn warten.«

»Bei den Toren nach Yomi ... Ich wusste nicht, dass er herkommen will.« Der Kapitän seufzte. »Es ist wirklich schlimm genug, dass mein Schiff nach Norden geschickt wird, um mitten in der Monsunzeit ein Phantom aus Lotusrauch zu jagen! Jetzt soll ich auch noch auf einen Bürokraten warten, nur damit der mir einen Abschiedskuss aufdrücken kann? Mein Gildenvertreter muss ein Hurensohn sein, dass er meine Zeit mit diesem Blödsinn verschwendet.«

»Zweifellos glaubt in der Gilde irgendwer, die Sache sei wichtig. Sonst hätten sie wohl kaum ihren besten Kapitän damit betraut.«

Yamagata musterte sie. »Die Lotusmänner mag es nicht weiter stören, das beste Schiff der Flotte dem Stolz des Shōgun zu opfern ... Aber bilde dir nicht ein, es würde reichen, mir den Hintern zu küssen, damit ich deswegen vor Freude außer Rand und Band gerate, Jägerin!«

»Wenn die ganze Sache derart lächerlich ist, weshalb muss sich dann das beste Schiff der Flotte ihrer annehmen?«

»Das weißt du doch genau!« Yamagata spuckte auf die Holzplanken. »Ist alles Politik. Der Shōgun kontrolliert die Armee, aber nur die Gilde weiß, wie man Chi produziert. Beide Seiten müssen einander bei Laune halten, oder die ganze Scheiße hier geht in Flammen auf. Und ich bin bloß ein einfacher Bürger, den sie dafür bezahlen, ihr Zeug von einem Ort zum anderen zu schaffen. Wenn ich damit weitermachen will, flieg ich mein Schiff genau dahin, wo sie es verdammt noch mal haben wollen.«

»Oh, ich weiß genau, wie Politik bei Hofe gemacht wird, Yamagata-san.« Kasumi lächelte. »Immerhin habe ich schon unter dem letzten Shōgun mit dem Schwarzen Fuchs zusammen gejagt. Das hat mir mehr als genug Zeit gegeben, die Paarungsrituale der Vipern zu studieren.«

»Warum fragst du dann einem unbedeutenden Wolkenwandler Löcher in den Bauch? Wie in aller Höllen Namen sollte ich mehr wissen als du?«

»Nun ja, eigentlich habe ich mich subtil danach erkundigt, wen du verärgert hast, dass dir diese ehrenvolle Aufgabe übertragen worden ist.« Kasumi strich sich eine Haarsträhne aus dem Gesicht. »Muss ein wichtiger Mann gewesen sein.«

Der Kapitän warf ihr einen raschen Seitenblick zu. Dann breitete sich langsam ein widerwilliges Grinsen auf seinem Gesicht aus. »Ich plaudere nicht aus dem Nähkästchen, Herrin.«

»Ach so.« Sie lächelte zurück. »Die *Frau* eines wichtigen Mannes.«

»Seine Tochter, um genau zu sein. Aber diese Geschichten enden immer gleich: Mein Frachtraum ist leer, wertvolle Zeit dahin, und ich verfluche die Regungen meines Herzens.«

»Hoffentlich war die junge Dame es wert.«

Yamagata schloss die Augen und schauderte wohlig. »Du hast ja keine Ahnung!«

Kasumi lachte. »Pass bloß auf, dass du die Hände von allen Töchtern lässt, die du auf *dieser* Reise kennenlernen könntest,

Yamagata-san. Meister Masaru ist bei Weitem nicht so nachsichtig wie ein Neo-Chōnin mit einer fetten Geldbörse und ein paar Gildenkontakten!«

»Keine Bange, Herrin! Eher würde ich meine Kronjuwelen ins Maul eines hungrigen Seeungeheuers hängen als Shimas Schwarzen Fuchs zu vergällen.« Yamagata grinste und verneigte sich leicht, eine Hand zur Faust geballt, die andere darübergebreitet.

Kasumi tat es ihm gleich und sah dann zu, wie er den langen Aufstieg den Turm hinauf in Angriff nahm. Behände kletterte er die verrostete Eisenleiter hinauf, seinem Schiff entgegen. Sie stieß einen erleichterten Seufzer aus: Der Kapitän der *Donnerkind* schien ein anständiger Kerl zu sein. Jahrzehntelang hatten die Zaibatsu des Drachen und des Fuchses erbitterte Grenzstreitigkeiten ausgefochten, und noch immer standen sie einander misstrauisch gegenüber. Nicht alle Ryū und Kitsune nahmen sich den alten Groll zu Herzen, aber Kasumi hatte dennoch befürchtet, Yamagata könnte alles andere als begeistert sein, den Schwarzen Fuchs und seine Tochter an Bord zu haben.

Kasumi stützte sich auf ihren Bō – einen 1,80 Meter langen Hartholzstab, der mit brüniertem Stahl beschlagen war – und wandte ihre Aufmerksamkeit der Menge zu. Die Leute umspülten sie: Wolkenwandler auf Landgang, Angestellte, Lotusmänner in ihren zahnradbesetzten Panzern, kleine Jungen, die mit klebriger Tinte bedruckte Nachrichtenblätter verteilten und grausige Lieder über Kolonisten aus Shima sangen, denen in der Fremde Barbarisches angetan worden war. Sie entdeckte sogar ein paar Gaijin-Händler: Sie hatten kurzes blondes Haar und blasse Haut, die mit Asche verschmiert war. Ihre Kleider bestanden aus gefärbter Wolle und waren merkwürdig geschnitten. Trotz der sengenden Hitze trugen sie Tierfelle über den Schultern. Holzkisten und Berge aus echtem Leder türmten sich um sie; sie verhandelten mit einer wimmelnden Gruppe von Kaufleuten über den Preis für ein Dutzend Rollen Rindsleder.

Zwanzig Jahre lang waren die Rundaugen nun schon Feinde des Inselreichs. In den Nachrichtenblättern wurden sie als verräterische Bluttrinker dargestellt, die Tieren ihre Geister und ihre Haut stahlen. Sie hatten die letzten beiden Jahrzehnte damit verschwendet, sich der Invasion des Shōgunats zu widersetzen – zwecklos natürlich –, obwohl sie es allen Beteiligten einfacher hätten machen können, indem sie sich auf den Rücken geworfen und zugelassen hätten, dass Shima sie zivilisierte. Wie seltsam, dass es Männer gab, die inmitten eines kompromisslosen Krieges mit eben jenen ins Bett stiegen, die ihr Land erobern wollten! Doch hier standen sie, die Gaijin-Händler, die in ihren blitzbetriebenen Frachtschiffen übers Meer gekommen waren. Auf ihre Handgelenke waren kunstvolle Aufenthaltsgenehmigungen tätowiert. Unter den wachsamen Blicken der Stadtwache standen sie auf dem Holzsteg und verkauften ihre Lederwaren zu exorbitanten Preisen: Auf den Inseln gab es praktisch kein Leder mehr, das nicht aus der Haut von Aasratten hergestellt worden war. Sie feilschten und schacherten und zählten ihre Gewinne, die blassblauen Augen hinter polarisierten Schutzbrillen verborgen. Zwar beobachteten sie, wie eine Schiffsladung Kriegsgefangener nach der anderen eintraf. Doch falls die Gaijin, die im Hafenviertel Handel trieben, nicht damit einverstanden waren, wie mit ihren Landsleuten umgesprungen wurde, ließen sie es sich nicht anmerken. Sicher wollten sie nicht in die Kolonnen eingegliedert werden, die zum Kapitelhaus marschieren mussten. Also hielten sie die Köpfe gesenkt und schwiegen.

Endlich sah Kasumi Akihito, der über die Köpfe der Menge hinausragte. Es wirkte, als träte der Hüne in einem Meer aus dreckigen Strohhüten und Papierschirmen Wasser.

Sie winkte ihm, und er drängte sich durch die Leute auf sie zu. Wie erwartet hatte er Yukiko und Masaru bei sich.

Kasumi lächelte das Mädchen an. »Du hast sie gefunden. Gesund und munter!«

Yukiko schnitt eine Grimasse und streifte Schutzbrille und Tuch ab, sodass sie ihr um den Hals hingen. »Aber sie stinken nicht schlecht.«

»Masaru-sama.« Kasumi verneigte sich vor Yukikos Vater und tat so, als hätte sie nicht gesehen, wie das Mädchen mit den Augen rollte.

Masaru erwiderte ihre Verbeugung. Er wirkte nicht ganz obenauf. Unter einem der Gläser seiner Schutzbrille schaute ein hässlicher purpurfarbener Bluterguss hervor. Wahrscheinlich bekam er ein Veilchen.

Als Nächstes nahm Kasumi Akihito näher in Augenschein. »Wie geht's dir, Großer?«, fragte sie. »Bist du schon aufgeregt?«

»Nö. Hungrig.«

»Du hast doch gerade eben erst gefrühstückt!«, rief Yukiko ungläubig.

»Ach, nun reicht's aber!« Kasumi gab dem Hünen einen Klaps auf den Arm. »Du kannst mir nicht erzählen, dass dein Herz nicht schneller schlägt, wenn du daran denkst, einen Donnertiger zu jagen, du Griesgram! Wie lange ist es her, dass wir so einem Tier nachstellen durften?«

»Was für einem Tier?« Akihito verschränkte die Arme vor der Brust. Er sah wenig begeistert aus. »Dem Hirngespinst eines Rauchabhängigen?«

Masaru unterbrach die beiden. »Wir sollten aufbrechen.« Er hatte den Kopf zurückgelegt und sah durch den Dunst zum Himmelsschiff auf. »Ist unsere ganze Ausrüstung an Bord? Zusätzliche Kobiashis? Schwarzer Schlaf?«

»Hai, Masaru-sama«, bestätigte Kasumi. »Hat ein paar Kōka extra gekostet, den Käfig so kurzfristig hierher transportieren zu lassen ... Aber ich hätte mich gar nicht so beeilen müssen. Minister Hideo hat gesagt, wir müssten auf ihn warten.«

»Herrje.« Masaru seufzte, legte sich auf ein paar zusammengeschobene Holzkisten und rieb sich den Hinterkopf. »Das kann den ganzen Tag dauern. Weckt mich, wenn er auftaucht.«

»Hast du was zu essen da?« Hoffnungsvoll hob Akihito die Augenbrauen.

Yukiko schnaubte, aber Kasumi lachte. Sie holte einen rehydrierten Reiskuchen aus einem Beutel, der an ihrem Gürtel hing, und warf ihn dem Hünen zu. Gemeinsam setzten sich die beiden in den Schatten, um zu warten.

Ein Dutzend Bettler kauerte ganz am Rand des Liegeplatzes der *Donnerkind*. Sie waren in schmutzige Lumpen gekleidet und hielten die zitternden Hände bittend vor sich ausgestreckt. Zu der Gruppe gehörte ein junges Mädchen in Yukikos Alter, ein hübsches Ding mit unergründlich tiefen, glänzenden Augen und cremefarbener Haut. Die Frau neben dem Mädchen musste die Mutter sein. Sie wiegte sich vor und zurück. Um ihre Lippen verschmiert waren jene dunklen, verräterischen Flecken, die auf Rußlunge hinwiesen.

Kasumi berührte das Tuch, das sie sich um Mund und Nase gebunden hatte. Zum wohl tausendsten Mal fragte sie sich, ob es sie wirklich vor der gefürchteten Krankheit schützen würde. In den letzten zehn Jahren waren mehr und mehr Fälle von Rußlunge aufgetaucht – es war eine Epidemie. Die letzten Stadien waren so schrecklich, dass die Kranken sich den Tod wünschten. Es wäre schön, mehr zu haben als Gebete und einen schmutzigen Lumpen vor Mund und Nase, um sich zu schützen.

Sollte dieses hoffnungslose Unterfangen wider Erwarten von Erfolg gekrönt sein, würde der Shōgun sie vielleicht so großzügig belohnen, dass sie sich eigene mechanische Masken leisten konnten …

Kasumi runzelte die Stirn und schüttelte den Kopf über sich selbst. *Genauso wahrscheinlich ist es, dass dem Shōgun Flügel wachsen und er keinen Donnertiger mehr braucht.*

Sie beobachtete, wie Yukiko den Liegeplatz überquerte und sich zu den Bettlern in den Staub hockte. Unter der roten Sonne sprachen die beiden Mädchen ein paar Minuten lang miteinander. Kasumi konnte kein Wort verstehen. Yukiko sah sich zu ihrem Vater um, der auf den Holzkisten schlief, dann schaute sie zu dem Himmelsschiff auf, das für die nächsten Wochen ihr Zuhause sein würde. Das Bettlermädchen folgte ihrem Blick. Die Mutter begann zu husten, die Schultern vorgekrümmt, das Gesicht vor Schmerz verzerrt, die Fingerknöchel vor den Mund gepresst. Als sie die Hand von den Lippen nahm, waren nasse dunkle Flecken auf ihrer bleichen Haut zu sehen.

Das Mädchen verschränkte die Finger mit denen der Mutter, und das zähe Schwarz trat zwischen ihren Handflächen hervor. Yukiko schaute von ihren besudelten Händen auf und in die Augen des Mädchens. Sie griff in ihren Obi, zog ihren Geldbeutel hervor und reichte ihn dem Mädchen. Dann stand sie auf und ging rasch davon.

Kasumi lächelte. Wieder tat sie, als hätte sie nichts gesehen.

Die Sonne stieg höher. Sie heizte den Stein auf, und die Stadt verwandelte sich in einen Backofen. Schweißtropfen rannen ihnen über die staubige Haut. Inmitten der Abgase, Fliegen und der drückenden Hitze schwappte die Menge unermüdlich um sie her, ein endloses Meer aus Fleisch, Knochen und Metall.

»Ein Arashitora, Kasumi«, murmelte Akihito. »Die Götter mögen uns beistehen …«

Kasumi seufzte und hob den Blick zum Horizont.

Hoch über ihnen schrie die einsame Möwe in den erstickenden Wind. Niemand antwortete ihr.

6

EIN JUNGE MIT MEERGRÜNEN AUGEN

Es war Nachmittag geworden, da hörte Yukiko Gesang und erwachte aus ihrer Benommenheit. Akihito stand auf und schob seinen Strohhut in den Nacken, um besser sehen zu können. Er spähte in die Ferne. »Da kommt er ja endlich«, brummte der Hüne.

Yukiko und Kasumi erhoben sich ebenfalls und traten zu ihm. Masaru, der noch immer lang ausgestreckt auf den Holzkisten lag, schnarchte weiter. Durch die flimmernde Hitze näherte sich vom Palasthügel herab eine Prozession über die breite, kopfsteingepflasterte Prachtstraße.

Lange rote Banner, auf denen die Reichssonne prangte, flatterten im schmutzigen Wind, wanden sich und zuckten wie kopflose Schlangen. Neun riesenhafte eiserne Samurai führten die Schar an, neun weitere bildeten die Nachhut. Die Männer waren über zwei Meter groß, und ihre goldenen Wappenröcke gaben sie als Angehörige der Leibgarde des Shōgun zu erkennen, der Kazumitsu-Elitetruppe. Ihre Rüstungen wurden von Kolben angetrieben und hießen Ōyoroi. Das Eisen war schwarz emailliert; im Licht der glutroten Sonne schienen die Panzer in der Farbe getrockneten Blutes zu leuchten. Die Samurai waren mit Kettensägenkatanas und Wakizashis umgürtet. Um ihre Feinde in Angst und Schrecken zu versetzen, waren ihre Mempō, die Halbmasken ihrer Helme, wie Fratzen knurrender Oni gestaltet, der Dämonenbrut aus der pechschwarzen Unterwelt Yomi. Die Schulterstücke ihrer Rüstungen waren breit und flach wie die Dachtraufen des Palastes. Der schimmernde Stoff ihrer Jin-Baori war mit einem stolzen, fauchenden Tiger bestickt, dem Totem des Tora-Clans. Goldene Banner mit demselben Wappen wehten über den Verbrennungsmotoren in der Luft, die auf den Rücken der Samurai saßen. Die Auspuffrohre spien Chi-Abgase in die ölige Brise. Während sie marschierten, hielten sie die Scheiden ihrer Katanas in einer gepanzerten Faust – die andere Hand umfasste den Griff, als seien sie jederzeit bereit, die Schwerter zu ziehen. Die Rüstungen allein verursachten einen Lärm, als würden Eisenbolzen in einen Fleischwolf geworfen.

Ein Kader Infanteristen folgte den eisernen Samurai. Sie waren mit Naginata bewaffnet, Lanzen von 2,70 Meter Länge. Auf stabilen Schäften saßen geschwungene Klingen, lang und scharf wie Katanaklingen, ein glitzernder Wald aus gefaltetem Stahl. Die Männer trugen die geschnürten Brustpanzer aus Eisen, die blutroten Wappenröcke und die vorspringenden Helme der Soldaten der Armee Shimas. Kämpferische, grimmige Gesichter waren hinter polarisierten Schutzbrillen und blutroten Tüchern verborgen. Diese Krieger niederer Geburt waren als »Bushimänner« bekannt. Sie waren demselben Kodex verpflichtet wie der Samurai-Adel: dem Weg des Bushidō.

Loyalität. Opferbereitschaft. Tod vor Ehrverlust. Das waren die Grundsätze der Männer, aus deren Leibern sich die

Kriegsmaschinerie des Shōgun zusammensetzte. Schon der allererste Samurai der Nation hatte sein Leben nach diesem Kodex ausgerichtet und ihn noch mit seinem Tod geehrt. Bushidō sorgte dafür, dass die Streitmacht nicht auseinanderbrach. Ob sie nun eine mechanisch betriebene Rüstung oder einen einfachen Brustpanzer aus schwarzem Eisen trugen: Glorreich im Dienste ihres Herrn und Shōgun zu sterben, war die größte Ehre, die diese Männer sich erhoffen konnten.

Drei motorisierte Rikschas rumpelten hinter den Bushimännern her. Auf den Dächern saßen Geishas mit knochenweiß geschminkten Gesichtern, schwarzen Schutzbrillen und Atemmasken. Ihre langen, fließenden Kimonos waren aus scharlachroter Seide. Kichernd winkten sie den Menschen zu, die die Straßen säumten, und warfen winzige Tütchen mit Lotusknospen in die Menge. Eine kleine Legion Kinder marschierte um die Bushimänner herum. Mit klaren Stimmen sangen die Jungen und Mädchen eine Hymne auf die Herrlichkeit und Majestät Seiner erhabenen Hoheit, des neunten Shōgun der vier Throne des Inselreiches, des erstgeborenen Sohnes Kanedas, der die Nure-Onna erschlagen hatte, Yoritomo den Mächtigen.

»Der Mächtige?« Akihito runzelte die Stirn. »Ich dachte, er sei der Furchtlose.«

»Das ist nicht die Prozession eines Ministers.« Das grelle, giftig rote Licht spiegelte sich auf Yukikos Brillengläsern. »Sie ist zu groß.«

»Du hast recht«, bestätigte Kasumi. »Yoritomo will uns offenbar selbst verabschieden.«

»Bei Izanagis Klöten, es ist drei Tage her, dass ich das letzte Mal gebadet habe!« Akihito hob einen Arm und schnupperte vorsichtig an seiner Achselhöhle.

Yukiko versetzte ihrem Vater einen Schubs. Er fuhr aus dem Schlaf auf, kippte rücklings von seinen Kisten, rollte sich ab, sprang in eine Hockstellung, die Hand an seinem Nunchaku, und schaute sich um wie eine erschrockene Katze.

»Der Shōgun kommt her!«, zischte Yukiko.

»Auweh«, stöhnte Masaru. »Mein Schädel fühlt sich an, als hätt' mir da ein Oni reingeschissen …«

Sie unternahmen wenigstens den Versuch, sich präsentabel zu machen. Masaru pulte an dem getrockneten Blut in seinem Gesicht. Yukiko versuchte, sich mit den Fingern zu kämmen. Knötchen und verwirrte Strähnen machten es ihr schwer, ihre Hände blieben immer wieder hängen. Kasumi bemerkte, wie das Mädchen sich abmühte, löste einen Kamm aus ihrem Pferdeschwanz und hielt ihn Yukiko mit einem Lächeln hin.

Yukiko starrte den Jadetiger an, als könne er sie beißen. »Nein, danke.« Ihr Ton war so kühl wie eine Meeresbrise.

Kasumis Lächeln verblasste. Wortlos steckte sie sich den Kamm zurück ins Haar.

Die Prozession zog die Palaststraße entlang, an den hoch aufragenden Mauern der Arena und dem lärmenden Marktplatz vorbei und bog in die weite Hauptstraße des Hafenviertels ein. Die Soldaten schwärmten aus, um das gemeine Volk zurückzudrängen. Die Leute hatten sich massenhaft versammelt, um einen Blick auf ihren Herrscher zu erhaschen und vielleicht in den Genuss seiner Großzügigkeit zu kommen. Das Lied der Kinder schwebte in der giftigen Luft. Es wurde lauter, als sich die Gruppe den Ankertürmen näherte. Kapitän Yamagata trat aus dem Aufzug, die Haare geglättet, das Gesicht frisch geschrubbt. So überzeugt er normalerweise auch von sich sein mochte, im Augenblick bereitete ihm die Aussicht, den obersten Herrscher des Inselreiches zu treffen, sichtlich Unbehagen.

Die Jäger stellten sich nebeneinander auf und fielen auf die Knie. Sie senkten die Blicke, als die Prozession die Himmelsturmreihe heraufkam. Im Schatten der *Donnerkind* hielt sie endlich an. Die Kinder waren in schneeweiße Furisodes gekleidet. Die langen Ärmel der Gewänder schleiften über das schmutzige Kopfsteinpflaster. Der Chor versammelte sich vor der mittleren der drei eleganten Motorrikschas und sang weiter. Ganze fünf Minuten vergingen, dann schlug die Chormeisterin endlich einen kleinen Messinggong, und die Kinder verstummten.

Die Rikschas lagen tief und waren aus einem schimmernden Metall gefertigt. Es erinnerte Yukiko an die Libellen, die sie als Kind manchmal gesehen hatte. Die Fahrzeuge hatten etwas beinahe Organisches an sich. Die Motoren liefen im Leerlauf weiter, aus den Auspuffrohren quollen dichte Wolken Lotusrauch. Eins der Kinder unterdrückte mühsam einen Hustenanfall; die Chormeisterin versetzte ihm einen Streich mit dem Handrücken.

Die Tür der vordersten Rikscha glitt auf und gab den Blick in das mit Samt ausgeschlagene Innere frei. Ein korpulenter Mann in einem cremefarbenen und scharlachroten Kimono stieg aus. Er trug eine prächtige Atemmaske, einen Brustpanzer aus geprägtem Eisen und ein schön gearbeitetes Neo-Daishō-Set am Gürtel: das Kettenkatana und das Wakizashi. Gemeinsam zeichneten sie ihn als Landbesitzer und Angehörigen des militärischen Standes aus.

Yukiko wagte einen kurzen verstohlenen Blick auf den Mann und erkannte Tora Tanaka, den Herold des Shōgun. Es wurde gemunkelt, der Tiger-Lehnsherr habe dreizehn Burakumin-Bauern die Köpfe mit seinen neuen Schwertern abgeschlagen, um sie auszuprobieren. Erst dann habe er erklärt, sie seien von hervorragender Qualität.

Tanaka entrollte einen langen Bogen Reispapier. Bevor er zu sprechen anhob, berührte er einen Knopf an seiner Kehle. Seine Stimme dröhnte metallisch und kratzend aus der Atemmaske. Lautsprecher waren zwischen die Filterspulen vor seinem Mund eingepasst. Er begann, Yoritomos Titel vollständig herunterzubeten, eine Litanei, die sich in der brennenden Sonne eine Ewigkeit hinzuziehen schien. Die Jäger lagen jetzt mit den Stirnen in den Staub gedrückt da, während die Worte des Herolds über sie hinwegrollten wie das monotone weiße Rauschen eines kaputten Schallapparats.

Tanaka kam zum Ende und starrte die versammelte Menge durch seine teure Schutzbrille an. Die Leute fielen auf die Knie, als hätte jemand einen Schalter umgelegt; lediglich die Samurai und Lotusmänner verneigten sich im Stehen. Die Tür der mittleren Rikscha schwang auf.

In der Öffnung stand ein junger Mann in einem geschnürten goldenen Brustpanzer und einem rotseidenen Kimono. Ein prunkvolles altmodisches Daishō-Schwertpaar steckte über Kreuz in seinem Obi, neben einem kurzläufigen Eisenwerfer mit Chi-Verbrennungsmotor – eine neue Erfindung der Gilde. Die Waffe konnte kleine Metallkugeln mit solcher Kraft schleudern, dass sie den Panzer eines Mannes durchlugen, der dreißig Meter entfernt stand. Das Haar des jungen Mannes flatterte wie ein schwarzes Seidenband im übel riechenden Wind. Er hielt das Haupt stolz erhoben. Die Gläser seiner Schutzbrille glitzerten wie Metall. Eine elegante mechanische Atemmaske war mit dunklen Lederriemen und schimmernden Schnallen vor der unteren Hälfte seines Gesichts befestigt. Sie war mit demselben goldenen Lack überzogen wie sein Brustpanzer und so gearbeitet, dass sie dem Maul eines Tigers glich, der die spitzen Zähne bleckte – ein rasiermesserscharfes Lächeln.

Der Shōgun des Inselreiches betrachtete die Menschen, die um ihn her auf den Knien lagen. Beiläufig ruhte seine Rechte auf der Griffumwicklung seines Katanas. Dann streckte er die linke Hand in die Rikscha.

Zarte, blasse Finger mit rot emaillierten Nägeln legten sich hinein. Eine schön bemalte Frau stieg in einer fließenden Bewegung aus der Rikscha. Sie trug eine erlesene rote Jūnihitoe, die mit goldenen Tigern bestickt war. Ihr Gesicht war perlweiß geschminkt. Dunkle Kayalstriche schauten unter ihrer schmalen Schutzbrille hervor. Ein vertikaler, nasser Streifen Scharlachrot glänzte auf ihren Lippen und leuchtete wie frisches Blut. Ein kleiner schwarz-weißer Terrier zappelte in ihren Armen, während er vergeblich versuchte, sich ihr zu entwinden.

»Die Herrin Tora Aisha, geliebte Schwester des Shōgun, Tora Yoritomo no Miya, die erste Tochter Shimas!«, rief der Herold.

Yukiko riskierte einen weiteren verstohlenen Blick. Eine kleine Armee Dienstmädchen machte ein Aufheben um ihre Herrin. Aisha zog eine zierliche Maske aus ihrem Ärmel, die wie ein Fächer gestaltet war, und ließ sie vor ihrem Gesicht aufschnappen. Dabei rang sie noch immer mit dem Welpen.

Es war Jahre her, dass Yukiko zum letzten Mal einen Hund in der Stadt gesehen hatte: Die Kombination aus Abgasen und den knurrenden Mägen der Einwohner Kigens hatte der Haustierpopulation ein rasches Ende gesetzt. Seltsam, wie schnell der beste Freund des Menschen zu seiner nächsten Mahlzeit wurde, wenn es keine Kühe oder Schweine mehr gab, die man schlachten konnte. Seltsam, wie einem bei den Worten »gebratener Kater« das Wasser im Mund zusammenlaufen konnte, wenn man drei Tage lang nichts als Staub und erstickenden blauschwarzen Rauch in den Magen bekommen hatte.

Aishas Welpe war mehr wert, als ein durchschnittlicher Angestellter in seinem ganzen Leben verdiente. Yukiko konnte sich nicht einmal vorstellen, was ihr Gewand und ihre Maske gekostet haben mochten. Wahrscheinlich hätte man mit dem Geld jedes einzelne Kind in der Stadt ordentlich einkleiden können. Oder hundert Bettlermädchen mit Rußlunge einen Monat lang durchfüttern. Die Pracht, die das hochherrschaftliche Geschwisterpaar zur Schau stellte, sollte ihren Untertanen vermutlich Ehrfurcht einflößen, aber Yukiko blickte in die schmutzigen, abgezehrten Gesichter in der Menge und fühlte nichts als ein leises Unbehagen. Seit sieben Jahren lebte sie nun schon in der Peripherie des Hofes, und der Überfluss, den sie dort zu sehen bekam, brachte sie immer mehr zum Grübeln. Aber die Fragen, die sie sich stellte, waren Fragen, die der eigenen Gesundheit alles andere als zuträglich waren. Auf solche Fragen hin unterzeichnete der oberste Minister Hideo gewöhnlich einen Haftbefehl, und dann verhungerte man still und leise in den stinkenden Eingeweiden des Gefängnisses von Kigen.

Yukiko legte ihre Stirn wieder auf den Boden.

Shōgun Yoritomo ließ die Hand seiner Schwester los und tat drei weite Schritte nach vorn. Seine Stiefel mit gespaltener Spitze knirschten im Schotter neben dem Holzsteg. Sein kühler Blick glitt über die Jäger, die immer noch vor ihm auf den Knien lagen. Er hatte die Hand nicht vom Griff seines Katanas genommen.

»Masaru-san, mein Schwarzer Fuchs.« Wie Honig klang die Stimme, die aus der Atemmaske drang. Der Stahl darin war nur zu erahnen. »Erhebe dich.«

Masaru sprang auf die Füße, hielt den Blick aber weiter auf den Boden gerichtet und verbeugte sich im Stehen tief. Der Shōgun neigte leicht den Kopf, eine Hand über die Faust gebreitet. Dann öffnete er die Schnallen an seinem Hinterkopf und nahm Schutzbrille und Atemmaske ab. Sie lösten sich mit einem leisen schmatzenden Geräusch von seiner Haut. Er stützte die Hände in die Hüften und lächelte verhalten. Sein Gesicht war scharf geschnitten, gut aussehend und so glatt und kalt wie Eis. Trotz seiner Jugend umgab ihn eine unleugbare Aura der Autorität – sein hoheitsvolles Auftreten hatte bereits viele ältere Minister und etliche Hofdamen zum Zittern und Seufzen gebracht, wenn auch aus verschiedenen Gründen.

»Geht es dir gut, Masaru-san?«

»Hai, mein Gebieter.« Masarus Stimme war vollkommen ausdruckslos.

»Und du verstehst den Befehl, den ich dir gegeben habe?«

»Hai, mein Gebieter.«

»Ich habe nicht den geringsten Zweifel an deinem Erfolg. Der Mann, der meinem Vater zur Seite stand, als er Shimas letzte Nure-Onna erschlug, hat sicher keine Schwierigkeiten mit einem einfachen Donnertiger.«

»Ihr ehrt mich, mein Gebieter.«

Der Shōgun ergriff den älteren Mann am Arm – eine schockierende Zurschaustellung von Vertrautheit. Ein Raunen lief durch die Menge. Yoritomo nahm Masaru beiseite und sprach leise weiter. Seine Worte waren nur für das Ohr des Jagdmeisters persönlich bestimmt.

»Hachiman, der allmächtige Gott des Krieges, hat mir eine Vision jener Bestie geschickt, Masaru-san. Auf ihrem Rücken werde ich eine gewaltige Armee anführen und die Barbaren jenseits des Ozeans meinem Willen unterwerfen. Wie einer der legendären Sturmtänzer alter Zeit werde ich sein – wie Kazuhiko der Rote, Kitsune no Akira, Tora no Takehiko!« Sein Griff war schmerzhaft geworden, seine Augen leuchteten manisch. »Bring mir, was ich begehre, und du sollst der reichste Mann im ganzen Inselreich sein!«

Masaru räusperte sich. »Und ... falls ein solches Tier nicht existieren sollte, Hoheit?«

Der Shōgun stutzte. Seine Augen verengten sich zu Schlitzen. Er öffnete den Mund, aber ob er Masaru antworten oder ihn tadeln wollte, blieb ein Geheimnis, denn just in diesem Moment knurrte der Terrier in Aishas Armen und versenkte seine nadelscharfen Welpenzähne in ihrem Finger. Sie schrie auf und ließ ihn fallen. Unbeeindruckt rappelte er sich auf und rannte schwanzwedelnd und kläffend direkt auf Yukiko zu. Aisha hatte ihre Fächermaske heruntergenommen und ihren blutenden Finger in den Mund gesteckt. Die Leute starrten entsetzt und mit klaffenden Mündern. Die meisten wandten den Blick ab, um ihrer Herrin weiteren Gesichtsverlust zu ersparen – und um nicht den Zorn des Shōgun auf sich zu ziehen.

Yoritomos Gesicht verfinsterte sich, seine Augen sprühten ein gefährliches Feuer. Er schnippte die Finger in Richtung eines nahe stehenden eisernen Samurai und zeigte auf den Welpen, der um Yukikos Kopf herumhüpfte. »Mach den Köter hin!«

»Hai!«, bellte der Krieger hinter seiner eisernen Gesichtsmaske. Er marschierte auf Yukiko und den Welpen zu, und seine Rüstung rasselte und zischte wie kämpfende Klapperschlangen. Yukiko rappelte sich auf und nahm den Hund auf den Arm. Der Samurai baute sich vor ihr auf. Lotusrauch stieg aus dem Antrieb seiner Rüstung auf. Seine Oni-Maske war furchterregend: Scharfe Metallzähne ragten aus einem grotesk grinsenden Maul. Aus seiner Stirn wuchsen zwei Hörner. Er ragte über dem Mädchen auf und streckte fordernd eine mit geprägtem schwarzem Eisen gepanzerte Hand nach dem verängstigten Terrier aus.

»Yoritomo!«, rief Aisha. »Bitte nicht!«

Yukiko schaute die Herrin Aisha an und dann auf den pummeligen Welpen hinab, der ihr prompt mit seiner rosafarbenen Zunge die Nase leckte. Sie blinzelte und sah ihm in die Augen. Der Wind spielte mit ihrem Haar. Sie fühlte sich, als würde sie den Boden unter den Füßen verlieren. In den Pupillen des Terriers spiegelte sich die Sonne, zwei winzige rote Lichtpunkte in der Finsternis … Und Yukiko stürzte, stürzte auf einen hellen Glanz zu, so blendend und überwältigend wie ein neugeborener Regenbogen …

»Yukiko!«, herrschte ihr Vater sie an.

Sie schrak auf. »Aber …«

»Tochter. Gib ihm den Hund!«

»Aber er wollte sie nicht verletzen!« Furcht stach Yukiko ins Herz wie ein Messer, während die Worte aus ihr hervorsprudelten. »Das Parfüm der Dame brennt in seinen Augen! Deshalb wollte er runter von ihrem Arm!«

Mit einem ungeduldigen Knurren zog der Samurai sein Kettensägenkatana und drückte mit dem Daumen auf den Zündknopf. Brüllend erwachte der eingebaute Motor zum Leben, und die Sägekette begann, schnell und immer schneller um die Schiene am Rand der Klinge zu laufen. Jedes Mal, wenn der Samurai den Gashebel drückte, verschwamm sie. Der Samurai griff erneut nach dem Hund, die eisernen Finger zu Klauen verkrümmt.

»Halt ein.« Yoritomos Befehl war wie ein Schleifstein auf Stahl.

Der Samurai erstarrte. Stille senkte sich über die Straße, blauschwarz und bedrohlich, nur vom Motor des Kettenkatanas durchbrochen, der nun im Leerlauf lief. Der Shōgun schritt langsam auf Yukiko zu, den Kopf schief gelegt. Sie schlug die Augen nieder, unsicher, wo sie hinschauen sollte. Unwillkürlich zuckte ihr Blick immer wieder zu der brummenden Klinge in der Hand des Samurai. Die versammelte Menge hielt den Atem an. Die meisten Leute glaubten, dass sie eine unangekündigte Hinrichtung zu sehen bekommen würden.

»Wie heißt du, Mädchen?«

»Kitsune Yukiko.« Masaru platzte mit ihrem Namen heraus, ehe sie etwas sagen konnte. »Meine Tochter, großer Gebieter. Ich flehe Euch an, vergebt ihr!«

»Ach, die Tochter des Fuchses. Ich erinnere mich.« Er streckte erwartungsvoll die Arme aus. »Gib mir den Hund, Kitsune Yukiko.«

Yukiko gehorchte. Dann fiel sie auf die Knie und drückte ihre Stirn in den Staub. »Vergebt Eurer bescheidenen Dienerin, mächtiger Gebieter!«

Yoritomo hielt den Welpen am Genick. Sein Bauch, rosarot und braun gefleckt, wölbte sich vor, sein Schwanz wedelte heftig. Der Shōgun starrte ihn finster an – da leckte der Welpe auch ihm die Nase. Einer der Chorknaben schlug sich eine Hand vor den Mund, um das Kichern zu ersticken, aber es drohte, zwischen seinen Fingern hervorzubrechen. Die Chormeisterin holte aus, erstarrte jedoch abrupt. Sie wandte sich von dem Jungen ab und ihrem Herrscher zu, die Augen vor Erstaunen weit aufgerissen.

Yoritomo no Miya, der neunte Shōgun der Kazumitsu-Dynastie, war in Gelächter ausgebrochen.

Seine Heiterkeit sprang auf die Menge über, und bald bedeckten viele Leute ihre Münder. Ein Chor aus hellem Kinderlachen schallte durch den abgasverhangenen Hafen und erinnerte an das Läuten von einhundert Silberglöckchen. Das Gelächter wurde von löchrigen Lagerhauswänden zurückgeworfen; die lachenden Gesichter der Menschen spiegelten sich in den Augen stoischer Lotusmänner. Die eisernen Samurai sahen einander verwirrt an. Yoritomo klemmte sich den Welpen unter den Arm, kraulte seine Ohren und wandte seine Aufmerksamkeit wieder Yukiko zu.

»Steh auf, Tochter der Füchse.« Er lächelte, als hätte er nicht gerade noch erwogen, ihr den Kopf abschlagen zu lassen. »Vor dir liegt eine große Aufgabe.«

Dann wandte sich der Shōgun Masaru zu. »Eine couragierte Tochter ist ein Segen für das Haus ihres Vaters«, sagte er sanft.

»Ich danke Euch, mein Gebieter.« Masaru fiel erneut auf die Knie und verneigte sich.

»Enttäusche mich nicht, Schwarzer Fuchs. Es verlangt mich nicht danach, dir mehr zu nehmen, als ich es bereits getan habe.«

»… Nein, Gebieter. Natürlich nicht.«

»Dann wünsche ich dir eine erfolgreiche Jagd, Masaru-san. Bring mir meinen Arashitora.« Damit nickte er flüchtig Kapitän Yamagata zu, drehte sich auf dem Absatz um und schritt zurück zu seiner Rikscha. Noch immer spielte er mit den Ohren des Welpen.

»Der Lotus muss blühen«, fügte er hinzu, beinahe als fielen ihm die Worte gerade erst ein.

Yukiko erhob sich. Ihre Beine zitterten. Der Samurai stand immer noch vor ihr. Trotzig erwiderte sie seinen Blick. Da öffnete er den Verschluss seiner Oni-Maske und klappte sie zur Seite.

Er war schrecklich jung für einen Samurai, gerade siebzehn, schätzte sie. Hohe Wangenknochen. Ein kräftiges Kinn mit einem kurzen, spitzen Kinnbart. Glatte Haut von der Farbe polierter Bronze. Und seine Augen waren überwältigend grün: Dunkel waren sie, und sie funkelten, als hätte ein Maler den nördlichen Ozean auf Glas gebannt. Er lächelte sie an. »Das war sehr mutig, Herrin.«

Yukiko starrte ihn an; ihre Zunge war wie gelähmt. *Götter, wie schön er ist!*

Der Samurai streifte seinen gepanzerten Handschuh ab und strich mit dem Daumen über die Schneide seines ausgeschalteten Schwerts. Auf dem gemusterten Stahl blieb ein wenig Blut zurück. Er wischte die Klinge an seinem goldenen Wappenrock ab und schob das Katana in seine emaillierte Scheide. Das Geräusch, mit dem es hineinglitt, klang wie die Flügel von Zikaden.

»Einmal gezogen, verlangt es nach Blut.« Seine Augen schimmerten wie polierte Jade. »Ich freue mich, dass es nicht deins bekommen hat, Tochter der Füchse.«

Er verneigte sich, zog seinen Handschuh wieder an und kehrte auf seinen Platz in der Prozession zurück. Die Chormeisterin gab ein Signal, die Kinder hoben zu singen an, und der Zug setzte sich in Bewegung. Wolken beißenden Staubs wirbelten auf. Die motorisierten Rikschas spuckten wogende blauschwarze Abgasfahnen aus und besudelten die Schutzbrillen der Umstehenden. Die Schritte der Bushimänner erzeugten einen donnernden Trommelrhythmus unter dem Chorgesang; die Lotus-Motoren fauchten.

Viele neugierige Blicke richteten sich nun auf Yukiko. Das Gewisper der Menge sirrte in der Luft wie Grillengesang.

Akihito erhob sich und wischte sich dreckigen Schweiß von der Stirn. »Bei den Bärten der hungrigen Toten! Bist du wahnsinnig, kleine Füchsin? Sie hätten …«

»Nicht jetzt!« Kasumi gab dem großen Mann einen Stoß. »Lass uns einfach an Bord gehen.«

»Hai.« Yamagata ließ seinen müden Blick über die Jäger wandern. »Höchste Zeit, dass wir aufbrechen.«

Zusammen mit Akihito und Kasumi trat er auf die Aufzugplattform. Die Kupplungen quietschten. Yamagata nahm die hydraulische Steuerung aus ihrer verrosteten Halterung und schaute Masaru auffordernd an. »Kommst du, Jagdmeister?«

Yukikos Blick war auf die Stiefelabdrücke vor ihren Füßen gerichtet. Verstohlen schaute sie zu ihrem Vater auf. Er starrte sie aus blutunterlaufenen Augen zornig an. Seine Hände waren zu Fäusten geballt, alle Muskeln angespannt. Er bebte vor Wut.

»Masaru-sama ...« Kasumis Ton war sanft.

»Wir kommen«, knurrte er, wandte sich ruckartig von seiner Tochter ab und stelzte auf die Plattform zu.

Yukiko folgte ihm, die Hände gefaltet, den Blick zu Boden gerichtet. Auf der Plattform stand er hinter ihr, und sie konnte seinen brennenden Blick im Nacken spüren. Ein dünnes Rinnsal Schweiß lief ihr das Rückgrat hinab.

Sie beobachtete, wie die Prozession des Shōgun durch den Dunst auf den Palast zuhielt.

Ich bin so dumm!

7
DONNERKIND

Yukiko und Satoru waren immer unzertrennlich gewesen. Die Zwillinge schienen einander ohne ein Wort zu verstehen. Wenn ihr Vater zu Hause war, saßen sie liebend gern bei ihm und lauschten seinen Geschichten, während der Wind im Bambus wisperte, die Zedernholzscheite knisterten und das Feuer ihr kleines Haus mit seinem sanften roten Schein und seiner tröstlichen Wärme füllte.

Dann erzählte ihr Vater ihnen mit leiser, wehmütiger Stimme die alten Legenden von den Henge und den Yōkai: den gewaltigen Meeresdrachen und Donnertigern, die nun schon lange aus der Welt verschwunden waren. Er erzählte ihnen von den Göttern und wie sie das Inselreich geschaffen hatten: wie Izanagi den endlosen Ozean mit der Spitze seines Speers umgerührt hatte, wie seine Braut Izanami bei der Geburt der Inseln gestorben war und ihr Ehemann sie auf ewig an Yomi verloren hatte, die schwärzeste Hölle der Unterwelt. Er erzählte ihnen von den Helden der Vergangenheit, den Sturmtänzern, die einstmals Arashitoras geritten hatten, als Mythen noch über die Erde wandelten. Er erzählte ihnen von den großen Jagden und wie er, Tante Kasumi, Onkel Akihito und der ehrenwerte Jagdmeister Rikkimaru vom Shōgun beauftragt worden waren, Shima von den letzten schwarzen Yōkai zu befreien, den Dämonen und Ungeheuern der alten Zeit. Und Yukiko und Satoru saßen zu seinen Füßen und staunten und fragten sich, ob andere Kinder wohl auch so mutige Väter hatten wie sie.

Manchmal sang ihnen ihre Mutter etwas vor, und ihre Stimme war wie die Sonne, hell und strahlend. Wenn sie sang, blickte ihr Vater von seiner Arbeit auf – von dem Schwert, das er schärfte, oder den Fallen, die er baute – und starrte sie an, als sei sie ein Zauberwesen, das sich in einem seiner Netze gefangen hatte, sich nun jedoch jeden Moment losreißen und ihm davonlaufen würde. Und dann lächelte er sie an und sagte, der Himmel müsse eigentlich Naomi heißen.

Seine Schmeichelei brachte ihre Mutter zum Lachen. Sie schalt ihn einen Blasphemiker, aber noch während sie schimpfte, küsste sie ihn. Sie war eine Kitsune von altem Blut, eine wahre Tochter der Füchse: rabenschwarze Haare, Haut wie Alabaster, die Kraft der Kami des Iishi-Gebirges im Blut.

Diese Kraft hatte sie an ihre Kinder vererbt.

Yukiko hatte das herausgefunden, als sie sechs Jahre alt gewesen war. Satoru und sie hatten mit Buruu, dem alten Fährtenhund der Familie, am Bach gespielt. Yukiko hatte dem Hund in die Augen geblickt, und plötzlich hatte es sich so angefühlt, als würde sie den Boden unter den Füßen verlieren, als würde sie in Buruu hineinstürzen: Von einem Augenblick auf den anderen war sie in seinem Kopf gewesen, konnte fühlen, was er fühlte, sehen, was er sah. Sie roch wilde Azaleen, Kirschblüten, die feuchte Erde, den frischen Schweiß auf ihrer eigenen Haut. Eine tiefe Freude durchströmte ihn, weil er bei ihr war und wusste, dass sie zu ihm und er zu ihr gehörte. Weil er mit ihr und ihrem Bruder am Ufer herumtollen konnte.

Mein Rudel. Mein Junge, mein Mädchen. Liebe.

Er bellte sie an und hechelte.

Glücklich.

Sie konzentrierte sich und schob ihm ihre Gedanken zu: dass auch sie glücklich war, dass sie ihn immer lieben würde. Er kam zu ihr, schaute sie an und leckte ihr das Gesicht ab. Sie kicherte und ließ sich auf den Rücken fallen. Buruu stupste sie mit seiner kalten, feuchten Nase an, und sie warf die Arme um seinen Hals. Dann setzte sie sich neben Satoru ins Gras und zeigte ihm, wie es ging. Sie hielt seine Hand und tastete mit ihrem Geist nach dem des Hundes. Und Buruu bellte begeistert und rannte im Kreis. Sein Schwanz verschwamm, so heftig wedelte er, während seine Gedanken in ihren Köpfen jauchzten.

Glücklich! Glücklich!

Die Zwillinge lachten und streichelten ihn.

Liebe euch. Liebe euch beide.

Ihr Vater war zutiefst erschrocken gewesen. Es hatte ihn zornig gemacht, dass die Götter seinen Kindern dieses merkwürdige Geschenk gemacht hatten; vor allem aber hatte er sich davor gefürchtet, was geschehen würde, sollte jemand davon erfahren. Fuchs hatte seine Kinder berührt – sie waren praktisch blutsverwandt mit den Yōkai –, und selbst hier, im Territorium der Kitsune, hatten die Gildenmänner mit ihrer Kampagne gegen die »Unreinheit« den Menschen Angst vor allem Unbekannten eingeflößt.

Shima musste vom Makel der Geisterwelt befreit werden, so sagten die Reinheitsbringer der Gilde. So wie einst der Schöpfergott gebadet hatte, um sich den Schmutz der Unterwelt vom Leib zu waschen, musste auch das Volk des Inselreiches ein Reinigungsritual vollführen. Den Wassern, in denen Izanagi gebadet hatte, waren drei Kinder entsprungen: die Sonnengöttin Amaterasu, der Mondgott Tsukiyomi und der Sturmgott Susanoo. Auch Shima würde sich erneuern, wenn die Kami und die Yōkai-Bestien erst verbannt wären, denn sie waren Wesen der Anderswelt und hatten im Reich der Menschen nichts verloren. Ein krankes Glied, das amputiert werden musste – die heilige Flamme würde die Wunde ausbrennen.

»Ihr müsst Stillschweigen bewahren!«, mahnte Masaru seine Kinder. »Wenn es eine Gabe ist, so darf sie nicht vergeudet werden … nicht zu Asche verbrannt werden auf den Scheiterhaufen der Fanatiker. Erzählt keiner Menschenseele davon. Erzählt es nicht einmal dem Wind!«

Ihre Mutter hatte weniger Angst. Sie ermutigte die Zwillinge, zu lernen, durch den Wald zu streifen und die Geister der Tiere zu berühren. Yukiko und Satoru nahmen Buruu mit und wanderten schweigend, suchten mit der Gabe des Gespürs nach jenem schwachen Flackern, den sprunghaften, oberflächlichen Gedanken kleiner Warmblüter, die flohen, wenn sie sich näherten. Mit jedem Tag, der verstrich, schien es weniger von ihnen zu geben.

Gemeinsam. Ein Rudel. Ihr Bruder an ihrer Seite: Inmitten des strahlend grünen Laubs schwammen ihre Geister nebeneinander her. So sollte es immer sein. Nie sollte ihr Leben sich ändern.

Aber natürlich tat es das doch.

Durch burgunderrote Wolken pflügte die *Donnerkind* nordwärts, sanft gewiegt von einer Sommerbrise. Die Propeller summten, und Antrieb und Kolben sangen ihr metallisches Klagelied, während das Schiff blauschwarzes Gift in Shimas Himmel spie. Der Gestank brennenden Chis war allgegenwärtig – ganz gleich, wo Yukiko Zuflucht suchte, er folgte ihr wie ein übel riechender Schatten. Unter Deck wurde ihr so schlecht, dass sie fürchtete, sich übergeben zu müssen.

Vorne im Schiff hielt sie es am besten aus, daher kauerte sie an der hölzernen Reling, die Schutzbrille übergestülpt und ein Tuch vor Mund und Nase. Sie verhielt sich so unauffällig wie möglich. Captain Yamagata stand neben ihr, einen Stiefel auf den erhöhten Bug gestellt. Er trug seine Atemmaske. Seine gespiegelten Gläser reflektierten den Horizont.

Kasumi und Akihito saßen ganz in der Nähe und überprüften nun schon zum dritten Mal die Ausrüstung: die gasbetriebenen Netzwerfer mit ihren endlosen aufgerollten Hanfseilen, die Injektionspfeile, in deren hohle Schäfte Ampullen mit Schwarzem Schlaf geschoben wurden. Akihito schärfte vier Nagamaki. Die gekrümmten Klingen der eleganten Schwerter waren aus gefaltetem Stahl geschmiedet, ihre Muster erinnerten an die dunkle Maserung eines polierten Holzstücks. Die langen Griffe waren kunstvoll mit dunkelroten Bändern umwickelt. Auf jeder Klinge war das Zeichen Fushichō Hatoris zu sehen, des Schwertschmiedemeisters aus dem Phönix-Clan, der am Hof des verstorbenen Shōgun einen hervorragenden Ruf genossen hatte.

»Klingen, die länger sind als Messerklingen, sind dem Shōgun und seinen Samurai vorbehalten.« Yamagata hob für einen Augenblick seine Schutzbrille an, um wirkungsvoller eine Augenbraue heben zu können. »Liebäugelst du damit, dich langsam und qualvoll zerstückeln zu lassen, Jäger?«

»Wir haben die Schwerter geschenkt bekommen.« Akihito sah nicht auf. »Von Shōgun Kaneda höchstselbst.«

»Sie wurden dem Schwarzen Fuchs und seinen Gefährten nach der großen Jagd überreicht, Yamagata-san«, erklärte Kasumi. »Nachdem der Shōgun und wir die letzte Nure-Onna Shimas durch den Renshi-Sumpf verfolgt und zur Strecke gebracht hatten.«

»Die Mutter aller Schlangen.« Yamagata streichelte seinen Spitzbart. »Die letzte schwarze Bestie. Wie sah sie aus?«

»Beeindruckend. Sechs Meter war sie lang. Von der Taille aufwärts eine Frau, ihr Leib der einer Schlange. Lebendige Schlangen ringelten sich auf ihrem Kopf. Ihre Haut hatte die Farbe blasser Jade, und ihre Augen … Einhundert Männer waren schon darin ertrunken. Sie war wunderschön.« Kasumi schüttelte den Kopf. »Wunderschön und schrecklich.«

Akihito nickte und rezitierte:

»Wildes Schlangenhaar
Dunkle Mitternachtsschönheit.
Ich weine um sie.«

»Vergib ihm, Yamagata-san.« Kasumi lächelte. »Unser Akihito hier hält sich für einen Dichter.«

»Liegt mir im Blut.« Der Hüne tätschelte die Phönix-Tätowierung auf seinem rechten Oberarm.

»Vielleicht bist du ja adoptiert worden?«

Akihito schnitt eine Grimasse und warf seinen Wetzstein nach Kasumi. Sie fing ihn aus der Luft und warf ihn lachend zurück.

»Von Kigen bis Danro hab ich in Tavernen Lieder darüber gehört«, sagte Yamagata. »Wie Shōgun Kaneda und der Schwarze Fuchs das letzte Ungeheuer aus den Tiefen Yomis erschlugen. Aber ich hab nicht gewusst, dass ihr dabei wart.« Der Kapitän bedeckte seine Faust mit der Hand und verneigte sich. »Meinen Respekt, Jäger.«

Akihito lächelte bei der Erinnerung und berührte die Narbe auf seiner Brust. Yamagata schien zufrieden, und Kasumi füllte einen weiteren Pfeil mit Schwarzem Schlaf. Die dunkle, zähflüssige Tinktur war ein wirksames Gift: Mit wenigen Tropfen konnte man einen erwachsenen Mann von durchschnittlichem Körperbau für ein paar Stunden ins Reich der Träume schicken. Verabreichte man ihm mehr als einen Mundvoll, war es gut möglich, dass er nie wieder aufwachte. Das Gift wurde aus den schwarzen Wurzeln der Lotuspflanze gewonnen. Jedes Fläschchen war mit einem roten Papieramulett umwickelt, auf dem die Kanji der Gilde geschrieben standen.

Yukiko hockte noch immer zusammengesunken an der Reling.

»Geht's dir gut da unten?«, fragte Yamagata. »Du verpasst die Aussicht.«

»Kenn ich schon alles.« Yukiko hob ihr Tuch an und kratzte sich die Nase. »Chi-Leitungen, totes Land und Blutlotus, so weit das Auge reicht.«

»Ah, Lotus.« Yamagata schaute auf die wogenden Felder hinab. »Wer hätte gedacht, dass Eisen auf Bäumen wächst, hm? Izanagi sei gepriesen.«

Akihito warf dem Kapitän einen Blick zu. »Dann läuft das Geschäft wohl gut.«

»Was glaubst du wohl?« Yamagata grinste hinter seiner Maske. »Ein Drittel des Reichs ist dem Knospenrauch verfallen, der Rest trinkt Lotusblättertee. Die Pflanze ist ein Segen des Schöpfergotts ... Jeder, der Augen im Kopf hat, kann das sehen!« Yamagata zählte an den Fingern ab. »Der Saft ist ein Betäubungsmittel, aus den Wurzeln lässt sich Gift gewinnen, aus der Rinde werden Seile und Segeltuch gemacht. Und die Samen? Die Samen sind das Herzblut des Inselreiches, mein Freund.«

Er klopfte sanft auf die Reling der *Donnerkind.* »Treibstoff für Himmelsschiffe, Ōyoroi, Motorrikschas, Kettenkatanas und Gedächtnismaschinen.« Er lachte. »Für alles, was die Werkmeister der Gilde sich nur ausdenken können! Was wären wir ohne Chi? Doch bloß Horden von Bauernclans, die Fehden im Schlamm austrügen. Stattdessen sind wir eine mächtige Nation, haben die Ozeane erforscht und den Himmel erobert! Shima ist das bedeutendste Reich in der Geschichte der Welt.«

»Alles hat seinen Preis«, murmelte Kasumi. »Das wirst auch du bald merken.«

Wortlos starrte Yamagata sie an, aber sie lud nur weiter Ampullen in die Injektionspfeile.

»Jetzt ist dein Schiff noch schön, Kapitän«, sagte sie. »Aber in ein paar Jahren schon verwittert es im schwarzen Regen. Und es mag sein, dass deine Atemmaske dich vor diesem Schicksal bewahrt ... Der Großteil deiner Mannschaft jedoch wird über kurz oder lang mit Rußlunge in der Gosse landen, dafür werden die Chi-Abgase sorgen.« Sie seufzte. »Selbst hier oben zwischen den Wolken muss dir auffallen, dass es Jahr für Jahr heißer wird. Dass du nicht mehr mit bloßem Auge in die Sonne blicken kannst, ohne zu erblinden. Wusstest du, dass der Himmel früher einmal blau war, Yamagata-san? Leuchtend blau, wie die Augen der Gaijin. Und heute?« Wieder seufzte Kasumi. »Rot wie dein Lotus. Rot wie Blut.«

Yamagata sah sie vorsichtig an. »Es geht mich ja nichts an, Jägerin«, sagte er, »aber so mancher würde sagen, dass du gefährliches Zeug redest.«

»Vielleicht. Aber zu missachten, was der Lotus diesem Land antut, ist gefährlicher, als Worte es sein könnten.«

Yukiko spähte über die Reling der *Donnerkind* durch den schmutzigen Dunst auf die Lotushöfe hinab. Unter ihnen erstreckte sich ein endloses Mosaik rechteckiger gefluteter Felder, über denen wie Nebel scharlachrote Pollen schwebten. Wie eine gewaltige bräunlich-orange Schlange lief eine kolossale

Chi-Rohrleitung aus verrostetem Metall in die Ferne. Sie verband die Chi-Raffinerie in Kigen mit dem »Ersten Haus«, dem zentralen Speicher, in der Mitte des Reiches. Zwar behielten die Raffinerien in jeder Hauptstadt einen Vorrat des produzierten Chis, aber der größte Teil wurde durch die korrodierenden Pulsadern zum Machtzentrum der Gilde gespült. Das war die Abgabe für die Meister des Kraftstoffs und der Technologie, mittels derer das eiserne Herz des Shōgunats am Schlagen gehalten wurde.

Entlang der Rohrleitung verliefen rostige Schienen und Schwellen aus vergrautem Holz: Gleise für Shimas Dampflokomotiven. Ein Güterzug – ein stumpfnasiger Koloss – donnerte auf Kigen zu und zog eine schwarze Rauchfahne hinter sich her. Bevor es Himmelsschiffe gegeben hatte, war die Schiene die wichtigste Verkehrsverbindung des Inselreiches gewesen. Noch immer beförderten die Lokomotiven jeden Tag Lebensmittel, Waren und das gemeine Volk von einem Ort zum anderen, aber Frachtgut, das so wichtig war wie Blutlotus oder Gaijin-Sklaven, wurde nur noch durch die Luft transportiert.

Die Chi-Rohrleitung und die Gleise ähnelten langen, hässlichen Schorfwunden, waren jedoch nicht die einzigen Makel in der ebenmäßigen rot-grünen Landschaft. Hier und da klafften schwarze Lücken: Aschefelder, die immer noch rauchten. Yukiko war neun Jahre alt gewesen, als sie jene schwarzen Narben zum ersten Mal aus der Luft gesehen hatte. Sie hatte ihre Mutter gefragt, wo sie herkamen.

Lotuswurzeln, hatte ihre Mutter ihr erklärt, sonderten ein Gift ab, das den Boden innerhalb weniger Jahre unfruchtbar machte. Wie der Krebs, der Menschen mit Rußlunge befiel, breitete sich der Blutlotus aus, kroch über Shimas Ebenen und durch seine Täler und ließ verkohlte Erde hinter sich zurück. Wilde

Tiere flohen in die Wälder, die schon nach kurzer Zeit den Klingen der Häcksler zum Opfer fielen – die Gilde ließ die kreischenden, qualmenden Sägemaschinen am Fließband montieren. Lotus spross auf dem Antlitz des Inselreiches wie roter Schimmel auf einer verrottenden Frucht.

»Früher waren die toten Lande ein echtes Problem, das stimmt«, räumte Yamagata ein. »Aber heutzutage gibt die Gilde den Bauern doch tonnenweise Inochi. Mehr brauchen sie nicht, um die Äcker am Leben zu halten. Sie müssen das verdammte Zeug bloß benutzen!«

»*Gibt* ihnen Dünger?«, fragte Akihito spöttisch. »Du wolltest sagen, dass sie den Bauern Inochi *verkaufen,* hab ich recht? Wie sollen sie etwas benutzen, das sie sich nicht leisten können?«

»Du bist ja ein Idealist, Jäger«, sagte der Kapitän. »Das hätte ich nie gedacht. Du, der du deinen Lebensunterhalt damit verdienst, Geschöpfen den Tod zu bringen ...«

»Warst du in letzter Zeit mal auf dem Land, Yamagata-san? Was bei allen Höllen ist denn noch zu jagen übrig? Die einzigen Tiere, denen es prächtig geht, sind Aasfresser: Lotusfliegen und Ratten. Frag mal einen Bauernsohn, ob er weiß, wie ein Reh aussieht, oder ob er Pandabären schon mal woanders gesehen hat als an Tavernenwänden! Im ganzen Inselreich gibt es bloß noch drei Tiger: räudige, elende Viecher, die durch die Gärten des Shōguns schleichen und nicht daran denken, sich zu paaren. Und das sind Tiere, nach denen ein *verfluchtes Zaibatsu* benannt ist ... Ich kann mich nicht daran erinnern, wann ich zum letzten Mal einen Fuchs gesehen habe. Und was Drachen und Phönixe angeht?« Der Hüne lachte bitter auf. »Mein Vater war Jäger, Yamagata-san. Sein Vater ebenfalls. Aber meine Söhne?« Er spuckte auf seinen Schleifstein. »Sie werden in der Fabrik arbeiten.«

»Sie können immer noch Yōkai jagen.« Yamagata gestikulierte in den dunstigen roten Himmel. »Seid ihr nicht deshalb hier? Um eine Geisterbestie zu fangen?«

Akihito schnaubte. »Die letzte offizielle Sichtung eines Meeresdrachen ist Jahrzehnte her. Der letzte Arashitora starb, als Shōgun Tatsuya noch regierte. Die Yōkai sind längst nur noch Legenden – Gutenachtgeschichten, die man seinen Kindern zwischen Hustenanfällen erzählen kann.« Akihito warf Kasumi einen Blick zu. »Und trotzdem sollen wir einen Donnertiger fangen.«

Yukiko rammte die Spitze ihres Tantō ins Deck und seufzte. Was Akihito gesagt hatte, stimmte. Ihr Vater hatte recht: Der Shōgun sollte es einfach hinter sich bringen und sie aus seinen Diensten entlassen. Ein paar verhungernde Wölfe rechtfertigten es kaum, dass er sie bei Hofe behielt. Er brauchte keinen Meisterjäger mehr.

»Na ja, ihr wisst ja, was man sagt.« Yamagata zuckte mit den Schultern – er stellte die gespielte Hilflosigkeit eines Mannes zur Schau, der vom Status quo profitiert. Er rückte seine Atemmaske zurecht, steckte die Hände in seinen Obi und wanderte in Richtung der Kapitänskajüte davon. »Der Lotus muss blühen.«

Wie aufs Stichwort hörte Yukiko die schweren Schritte eiserner Stiefel. Sie blickte auf und sah den Gildenmann der *Donnerkind* unter Deck hervorkommen. Er legte den Kopf zurück und blickte zum Ballon auf.

Die Götter allein wussten, wie viele Gildenmänner im Kapitelhaus hockten. Yukiko hatte bisher drei verschiedene Arten gesehen, allesamt Variationen desselben Metall- und Insektenthemas. Einmal die typischen Gildenmänner, die durch Kigens Straßen stapften und um die Ankertürme schwärmten wie Fliegen um einen Misthaufen. Dann die schrecklichen Reinheitsbringer, die eine tausend Jahre alte Schrift zitierten und an den

Brandsteinen die Scheiterhaufen unter den Füßen von Kindern anzündeten. Zuletzt die Werkmeister. Die Lotusmänner waren das Fußvolk, die Reinheitsbringer die Priester. Die Werkmeister waren die Mechaniker: Ingenieure und Techniker, die Erfinder aller Maschinen und Wunder, mit denen die Gilde die Bevölkerung Shimas bereits gesegnet hatte.

Der Gildenmann der *Donnerkind* war ein Werkmeister. Sein Messingpanzer sah aus, als sei er von einem gewöhnlichen Atmos-Panzer und einem chibetriebenen Werkzeugkasten in einem Hinterhof gezeugt worden. Überall waren geheimnisvolle Instrumente und Apparate festgeschraubt: Bohrer, Drehmomentschlüssel, Schneidbrenner und Kreissägen. Auf seinem Rücken saßen ein kleiner Ladekran und ein Acetylenbehälter. Werkmeister hatten keine Facettenaugen wie die normalen Lotusmänner und die Reinheitsbringer, sondern ein rot leuchtendes Rechteck inmitten ihrer leeren Gesichter. Neben dem sich unaufhörlich drehenden Mech-Abakus hatte er eine Menge Schalter und Drehknöpfe auf der Brust. Yukiko beobachtete, wie der Werkmeister die Perlen auf den Stäben des Gerätes in komplizierten Mustern hin- und herschob. Dabei sah er aus wie ein Musikant, der seine Finger über die Saiten seines Instruments tanzen ließ. Die meisten Leute nahmen an, Mech-Abaki seien Rechenmaschinen irgendeiner Art, aber abgesehen von den Gildenmännern wusste niemand Genaueres.

Yukiko warf einen Blick auf das Messer, das vor ihr im Holz steckte. Akihito stupste Kasumi an, und die beiden verstummten. Yukiko beobachtete, wie der Werkmeister in seinem scheppernden Messingpanzer über das lackierte Deck marschierte. Er trat neben Yukiko und starrte über die Reling. Die Geometrie der Felder spiegelte sich in seinem einzelnen, glühenden Auge. Es zischte leise, als ein wenig öliger Rauch aus seinem Panzer aufstieg.

Die Jäger tauschten besorgte Blicke.

Der Gildenmann drehte sich um und blickte auf das Fläschchen mit Schwarzem Schlaf in Kasumis Hand hinunter. »Gift der Klasse sechs.« Seine Stimme klang wie ein Fliegenschwarm. »Verwendungszweck?«

»Du weißt doch ganz genau, warum wir hier sind«, knurrte Yukiko.

»Mitführerlaubnis.« Er streckte eine gepanzerte Hand aus, um seine Forderung zu unterstreichen.

»Selbstverständlich, Gildenmann«, sagte Kasumi. Sie gab sich die größte Mühe, Yukiko durch die polarisierten Gläser ihrer Schutzbrille hindurch anzufunkeln. Dann griff sie in ihre Tasche und holte mehrere Schriftrollen daraus hervor, die alle das Siegel des Shōgun trugen. Der Werkmeister nahm sie ihr ab, überflog die Kanji und gab ihr die Papiere dann mit einem Nicken zurück. Die Blasebälge auf seinem Rücken gingen auf und nieder. Sie machten ein sägendes Geräusch, das sich wie hohle, mechanische Atemzüge anhörte.

»Danke, Bürgerin«, summte er.

»Du arbeitest also auf diesem Schiff?« Yukiko legte den Kopf schief.

Der Werkmeister betrachtete sie mit seinem befremdlichen Auge. Wie er wohl unter seiner metallenen Schale aussah? Vermisste er die Wärme der Sonne auf seinem Gesicht? Hörte er die Schreie von brennenden Kindern, wenn er nachts die Augen schloss? Sein Blick war ausdruckslos und nichtssagend. Es war, als würde man in einen blinden Spiegel schauen.

»Hai«, sagte er.

Yukiko starrte ihn an. Auf Akihitos eindringliche Gesten achtete sie gar nicht. »Wie kommt das? Auf diesem Flug wird kein Lotus transportiert.«

»Jedes Himmelsschiff, das den Hafen verlässt, muss einen Werkmeister an Bord haben.«

»Um die Mannschaft zu bespitzeln? Habt ihr Angst, dass die Wolkenwandler sich was von der Fracht abzweigen?«

»Um die Motoren zu warten, Bürgerin.«

Yukiko leckte sich die Lippen und schwieg. Das Deck wiegte sich unter ihnen.

Der Gildenmann wartete. Da es aber anscheinend nichts mehr zu tun oder zu sagen gab, wandte er sich zum Gehen. »Der Lotus muss blühen«, krächzte er und klapperte wieder auf die Kajüte zu.

Akihito wartete, bis der Werkmeister nicht mehr zu sehen war. »Warum bei allen Höllen musstest du dich unbedingt einmischen?«, zischte er dann. »Warum musst du diese Dreckskerle immer provozieren?«

»Yukiko, du solltest wirklich vorsichtiger sein ...« Kasumis Stimme war sanft.

»Du bist nicht meine Mutter!« Yukiko starrte die ältere Frau böse an. »Wag es nicht, mir einen Vortrag zu halten.«

Dann sah sie weg und stieß wieder ihr Tantō ins Deck. Kasumi musterte sie einen Augenblick lang. Ihre Schultern waren gebeugt, als wöge die Sorge schwer. Schließlich warf sie Akihito einen vielsagenden Blick zu und machte mit ihrer Arbeit weiter. Der Hüne seufzte, spuckte wieder auf seinen Wetzstein und fuhr damit über die rasiermesserscharfe Klinge eines Nagamaki.

Beinahe alle, die Yukiko kannte, misstrauten der Gilde und fürchteten sie. Aber ihre Werkmeister bauten die technischen Wunder, von denen das Reich nun abhängig war, wenn es sich vergrößern wollte. Es musste eine Zeit gegeben haben, bevor die Gilde so viel Macht besessen hatte – bevor die fünfseitigen Kapitelhäuser in den Herzen der Städte in die Höhe geschossen waren und die Gilde die Straßen mit Abgasen geflutet und den Himmel vergiftet hatte. Jene Zeit lag jedoch so weit zurück, dass niemand sich mehr daran erinnerte. Fragte man jemanden, wie die Gilde entstanden war und wie es kam, dass sie allein den Treibstoff herstellen konnte, der das Shōgunat am Laufen hielt, warf derjenige sehr wahrscheinlich einen gehetzten Blick über die Schulter und wechselte rasch das Thema.

Und was spielte es auch für eine Rolle, wo die Gildenmänner hergekommen waren? Jetzt waren sie da und mischten sich in die Angelegenheiten der Höfe aller Zaibatsu. Wie aufziehbare Spinnen lauerten sie hinter Yoritomos Thron. Sie waren für das Shōgunat, was Atemluft für einen Ertrinkenden war.

Das Kommunikationsministerium der Gilde war sehr darum bemüht, die Ängste der Bürger zu zerstreuen. Unterhaltungsangebote sollten die Massen davon abhalten, über das Aussterben so vieler Tier- und Pflanzenarten oder die epidemische Ausbreitung von Rußlunge nachzugrübeln. Es gab das Seifenoperntheater und die traditionellen Schauspiele, die nun auf wundersame Weise kabellos übertragen werden konnten; die blutigen Kämpfe in den Arenen, die von einer scheinbar endlosen Menge ausländischer Sklaven ausgefochten wurden; die Möglichkeit, sich mit billigem Alkohol und verarbeiteten Lotusknospen zu berauschen. Daraus setzte sich die gewaltige, niemals stillstehende Maschinerie der Irreführung und Ablenkung zusammen, die dafür sorgte, dass die Raffinerien und Fabriken unaufhörlich produzierten und die Schmiedeöfen immer weiter befeuert wurden.

Es gab einfach zu viel zu verlieren; ein paar fehlende Pandas durften die Kontingente nicht gefährden. Die Gilde hatte eine Welt zu erobern.

Die Takelage über Yukikos Kopf knarrte. Dann erklangen scharfe Vogelrufe: Ein Wolkenwandler hatte einen Kranich in der Ferne erspäht, eine einsame Silhouette vor dem rotglühenden Himmel. Der Mann lockte den Vogel, die Hände ausgestreckt, und bat um seinen Segen. Dieser Tage einen Kranich zu sehen, war eine Seltenheit. Sicher war er vom Schöpfergott Izanagi selbst ausgeschickt worden, ein Zeichen, dass er das Vorhaben des Schwarzen Fuchses begünstigte?

Masaru und Yamagata kamen unter Deck hervor. Sie sprachen miteinander. Yukiko beobachtete, wie die beiden sich in verschiedene Richtungen wandten. Der Kapitän blaffte seine Mannschaft an, sich mal ein bisschen anzustrengen. Masaru kam zum Bug marschiert.

»Kasumi«, sagte er heiser, »ich will, dass Scheinwerfer zu beiden Seiten des Hecks angebracht werden. Aber bitte Yamagata um Erlaubnis, bevor du Löcher in die Reling bohrst. Akihito, fang an, den Käfig zusammenzubauen. Ich helfe dir sofort.«

Kasumi und Akihito wechselten einen Blick, sammelten ihre Ausrüstung zusammen und verschwanden wortlos. Yukiko konnte nicht umhin zu bemerken, wie Kasumi und ihr Vater einander ansahen: Er schaute ihr eine Sekunde zu lange in die Augen. Yukiko biss die Zähne zusammen und senkte den Kopf.

Masaru wartete, bis Akihito und Kasumi im Frachtraum verschwunden waren, dann verschränkte er die Arme vor der Brust und wandte sich seiner Tochter zu. Er hatte sich umgezogen, trug nun seine ärmellose Jagd-Haori und dazu einen weit geschnittenen Hakama. Schweiß perlte auf seinen Armen, seine Tätowierungen glänzten im roten Licht. Er wirkte ausgemergelt. Sein Gesicht war abgespannt und grau. Unter dem linken Auge trug er einen zornigen Bluterguss, der schon Anstalten machte, sich über Masarus Wange auszubreiten.

»Du siehst furchtbar aus«, murmelte Yukiko. »Vielleicht solltest du dich ein bisschen hinlegen.«

»Was bei allen Höllen hast du dir vorhin gedacht?«, knurrte Masaru.

Yukiko zog das Messer aus dem Deck und stieß es wieder ins Holz. »Ich weiß nicht, wovon du sprichst.«

»Versuch nicht, mich für dumm zu verkaufen, Mädchen! Du setzt das Gespür *vor den Augen des Shōgun* ein?«

»Hätte ich sie den Welpen umbringen lassen sollen? Bloß weil ein dämliches Mädchen nicht weiß, wie man Parfüm dosiert ...«

»Wir reden hier von einem Köter, Yukiko!«

»Auf den Inseln gibt es viel weniger Hunde als Menschen.«

»Die Sache war es nicht wert, deinen Hals dafür zu riskieren! Jeden verfluchten Monat zünden die Gildenmänner neue Scheiterhaufen an. Was hast du dir bloß gedacht?«

»Wahrscheinlich dasselbe, was du dir heute Morgen gedacht hast, als du *deinen* Hals riskiert hast ... für ein blödes Kartenspiel! Der Yakuza hätte dich nur zu gerne umgebracht.«

»Akihito war da.« Masaru winkte ab. »Was hätte mir da schon passieren können?«

»Alles Mögliche! So weggetreten, wie du warst ...«

»Verdammt noch mal, Mädchen, es geht hier nicht um mich! Du kannst deine Gabe nicht öffentlich zur Schau stellen. Was würde deine Mutter sagen?«

»Und was würde sie sagen, wenn sie *dich* so sähe?«, fuhr Yukiko ihn an und sprang auf die Füße. »Einen alten Zecher, vom Drachen so geblendet, dass er kaum noch aufrecht stehen kann? Der jeden Tag bloß zockt, sich prügelt und sich das Gehirn aus dem Kopf raucht? Kein Wunder, dass sie dich verlassen hat!«

Masaru zuckte zurück, als hätte sie ihn geschlagen. Er wurde noch blasser; der Mund blieb ihm offenstehen. Yukiko wandte sich ab und starrte über die Reling hinweg. Lose Haarsträhnen peitschten um ihr Gesicht. Sie schlang die Arme um sich selbst und zitterte trotz der Hitze. Ein Ozean wogte unter ihr, die Wellen rot und grün.

»Ichigo, ich …«

»Lass mich einfach in Ruhe«, murmelte sie.

»Ichigo« hatte er sie genannt, als sie noch ein kleines Mädchen gewesen war, »Erdbeere«. Der alte Spitzname kam ihr abgedroschen vor, ein Überbleibsel aus uralter Zeit.

Er stand noch hinter ihr, schweigend und verletzt. Ein unangenehmes Gefühl der Reue stieg in ihr auf, aber sie kämpfte es hinunter, verbannte es in ihre Zehenspitzen, indem sie sich daran erinnerte, wie oft sie ihn nach Hause geschleppt und ins Bett gebracht hatte, als sei er ein kleines Kind. Ein Kind, das nach Rauch stank und sich nicht einmal mehr die Schuhe ausziehen konnte. Sie dachte daran, wie sie monatelang jede Münze zweimal umgedreht hatte, während er sein Geld mit vollen Händen in Rauchhöhlen und Schenken ausgegeben hatte. An ihre Scham, wenn er lallte, taumelte oder in Faustkämpfe geriet.

Sie war sechzehn Jahre alt. Es wäre *seine* Aufgabe, auf *sie* aufzupassen!

Die Wahrheit war, dass sie ihren Vater vermisste. Sie vermisste den starken, stolzen Mann, der sie und ihren Bruder links und rechts auf seine Schultern gehoben hatte und mit ihnen durch den Bambuswald gewandert war. Sie vermisste es, auf dem Schoß ihrer Mutter am Feuer zu sitzen, während er von den großen Jagden erzählte und seine Augen lebendig funkelten. Sie vermisste das Leben, das sie geführt hatten, bevor sie nach Kigen gezogen waren – jene kurzen, wunderbaren Jahre, in denen sie alle noch beisammen und glücklich gewesen waren.

Das alles hatte sie verloren. Den Wald, den Bruder, die Mutter. Verschwunden in einer Wolke blauschwarzen Rauchs.

Ich konnte mich nicht einmal von ihr verabschieden.

Sie hörte, wie seine Schritte sich entfernten.

Sie war allein.

8

KIN

Yukiko erwachte mitten in der Nacht. Sie starrte zu der Hängematte über ihr auf. Immer wenn das Schiff sich neigte oder im Wind schwankte, schaukelte sie sanft. Ihr Vater schnarchte darin. Es stank nach Lotusrauch: Masaru hielt eine erloschene Pfeife in der Hand. Yukiko seufzte, setzte sich auf und tastete erfolglos mit den bloßen Füßen nach ihren Sandalen.

Sie rieb sich die Augen, stand auf und stützte sich an der Wand ab. Die Kajüte war zwar klein, bot dafür aber ein gewisses Maß an Privatsphäre.

Sie hatte von dem eisernen Samurai mit den meergrünen Augen geträumt: Es war ein alberner, mädchenhafter Traum voller Blumen und sehnsuchtsvoller Blicke gewesen, und alles war gut ausgegangen. Wie im Märchen. Noch immer flatterten Schmetterlinge in ihrem Bauch herum. Entschlossen schob sie die Erinnerung beiseite. Der Adel mischte sich nicht mit dem gemeinen Volk, auch nicht mit Angehörigen der Clans. Ihr Kitsune-Blut nützte ihr nichts. Außerdem hielten sich Mädchen, die von den

Yōkai abstammten, ihrerseits von Leuten fern, die sie auf den Scheiterhaufen der Gilde brennen sehen wollten. Das Wasser stand ihr längst bis zum Hals; sie hatte keine Verwendung für kindische Fantasien.

Die winzige Kajüte kam ihr plötzlich wie eine hölzerne Faust voller Rauch vor, die sich um sie schloss. Sie öffnete die Tür, schlüpfte nach draußen und ging an Deck.

Die Maschinen wummerten ihr eintöniges Lied in die stille Nacht hinaus. Die Wolkenwandler auf Wache hockten zusammengedrängt auf der Steuerbordseite des Schiffs, reichten eine Pfeife herum, würfelten und unterhielten sich leise. Das klappernde Geräusch der Knochen auf den Holzbohlen übertönte ihre leisen Schritte; sie huschte unbemerkt vorbei. Der riesige, pralle Ballon über ihr knarrte. Das Holz war glatt und warm unter ihren bloßen Füßen.

Von der Galionsfigur – einem in den Bug geschnitzten Drachen – bis zum kastenförmigen, hoch emporragenden Heck maß die *Donnerkind* sechsunddreißigeinhalb Meter. Yukiko wanderte über das Deck, die Hände in ihren Obi gesteckt. Sie hielt auf den Bug zu, sie wollte so viel Abstand wie möglich zwischen sich und die Motoren bringen. Vielleicht konnte sie dem Gestank nach brennendem Öl wenigstens einen Augenblick lang entfliehen. Als sie aufs Vorderdeck trat, strich ihr der Wind kühl übers Gesicht und wisperte in ihrem Haar. Ein Dutzend Fässer Chi stand am Bug. Sie stützte sich auf eins und schaute mit großen, dunklen Augen in die Finsternis.

Der Mond war ein verschwommener rötlicher Fleck am dunstigen Himmel und spendete nur wenig blasses Licht. Es war gerade genug, dass Yukiko die Lotusfelder erkennen konnte, über die sie hinwegflogen, die gewundene eiserne Rohrleitung und einen schmalen, schimmernden Fluss, der dem Gebirge am

Horizont zu entspringen schien. Mittlerweile mussten sie dem Territorium des Drachenclans nahe sein. Bald würde sich das Schiff nach Nordosten wenden müssen, um nicht in die Flugverbotszone um das Erste Haus zu geraten. Winzige Lichtpünktchen sprenkelten das Land, und in den Ausläufern der östlichen Gebirgskette konnte sie eine Anhäufung von Lichtern ausmachen: die große Ryū-Metropole Kawa.

Sie seufzte und versuchte, nicht an einen Jungen mit der Maske eines Oni und umwerfenden meergrünen Augen zu denken.

»Was siehst du da?« Eine leise Stimme. Hinter ihr.

Sie wirbelte herum, die Hand auf dem Griff ihres Tantō, das hinten in ihrem Obi steckte. Vor ihr stand ein schlanker Junge, vielleicht ein bisschen älter als sie. Er hatte ein zartes, müdes Gesicht, aber der Blick seiner Augen war hellwach und messerscharf. Ansonsten wirkte er unscheinbar. Seine Haut und seine lockeren Kleider aus grauem Leinen waren weder ruß- noch rauchfleckig. Er sah so sauber und ordentlich aus wie ein frisch gewaschenes Laken oder ein ungelesenes Buch. Seine Haare waren zu einer Glatze geschoren. Er hob die Hände und trat einen halben Schritt zurück, als mache er sich bereit, einen Schlag abzufangen. »Nicht doch, Herrin.«

»Du solltest dich wirklich nicht so an Leute ranschleichen!«, fauchte Yukiko ihn an.

»Es tut mir sehr leid, dass ich dich erschreckt habe.« Er verneigte sich, Hand über Faust.

Yukiko sah rasch zu dem Grüppchen Wolkenwandler am anderen Ende des Decks hinüber. Sie konnte Gelächter hören, die rollenden Würfel. Die Augen zu Schlitzen verengt, wandte sie sich ab und hielt das Gesicht wieder in den Wind. Jetzt war sie nicht mehr erschrocken, sondern ärgerlich. Sie wollte, der Junge würde verschwinden.

»Was siehst du?« Wieder diese Frage, so leise gestellt wie zuvor.

»Wer bist du?« Sie krauste die Stirn und wandte sich wieder halb um. Sie hatte geglaubt, die Mannschaftsmitglieder mittlerweile alle schon einmal gesehen zu haben. Er war zu alt, um ein Schiffsjunge zu sein. Vielleicht arbeitete er in der Kombüse?

»Ich heiße Kin.« Er verneigte sich erneut.

»Und dein Clan?«

»Ich gehöre zu keinem Clan, Herrin.«

»Warum belästigst du mich, Kin von den Burakumin?«

»Ich habe nicht gesagt, dass ich von niederer Geburt bin, Herrin.«

Yukiko schwieg. Wieder wandte sie dem Fremden den Rücken zu, wollte ihm zu verstehen geben, dass er sie allein lassen sollte. Zwar war sie nicht von Adel und wusste daher auch nicht recht, wie eine junge, unverheiratete Dame sich zu benehmen hatte, war sich jedoch ziemlich sicher, dass sie nicht mit einem fremden Jungen allein hier draußen sein sollte. Ihr Vater wäre ganz und gar nicht einverstanden gewesen.

Das Deck bebte, als der Steuermann den Kurs korrigierte. Am Himmel funkelten die Sterne, so gut sie es vermochten; verblasste Juwelen über ein Tuch staubigen Samtes gestreut.

»Ich komme nachts oft hierher, um mir den Wind um die Nase wehen zu lassen«, sagte Kin. »Es ist schön, ein wenig für sich zu sein, habe ich recht?«

»Das nehme ich an.«

»Du bist Kitsune Yukiko, die Tochter des großen Masaru-sama.«

Sie schnaubte, sagte aber nichts.

»Was bringt dich zu dieser Stunde her?«

»Ich konnte nicht schlafen. Nicht dass es dich etwas anginge.«

»Böse Träume?«

Mit gerunzelter Stirn drehte Yukiko sich zu ihm um. Ein Küchenjunge war er nicht. Sie warf einen verstohlenen Blick auf die geisterhaft bleiche Brust: Seine Haori klaffte einen Spaltbreit auf. Von seinen Armen konnte sie nicht viel sehen. Nirgends war die Spur eines Irezumi zu entdecken. Also war er wirklich kein Clansmann und ganz sicher auch kein Adeliger. Aber er war so sauber und so *kultiviert* …

Wer ist er?

»Ich träume auch schlecht.« Er zuckte mit den Schultern. Seine Augen glitzerten in ihren schattigen Höhlen.

»Bist du ein … Kami? Ein Geist?«

Da lachte er. Es war ein tiefes, volles Lachen, das wirklich fröhlich klang. Yukikos Wangen brannten vor Verlegenheit, aber sein Lachen war ansteckend. Zuerst verbarg sie ihre zuckenden Mundwinkel hinter einer Hand, dann lachte sie mit ihm.

»Es tut mir leid … Das war dumm.« Sie lächelte und strich sich die Haare hinter die Ohren.

»Aber nein.« Er schüttelte den Kopf. »Ich bin kein Geist, Yukiko-chan.«

»Was bist du dann?«

»Allein.« Wieder zuckte er mit den Schultern. »Wie du.«

Und damit verneigte der Junge sich tief, den Blick auf das lackierte Deck gesenkt. Mit einem schwachen Lächeln richtete er sich wieder auf, nickte ihr zu und wanderte davon. Er schlug einen Bogen um die Insel aus flackerndem Lampenlicht und hielt sich im Halbdunkel, als gehöre er dorthin. Die Wolkenwandler waren zu sehr auf ihr Würfelspiel konzentriert, um ihn zu bemerken.

Yukiko beobachtete, wie er die Stufen hinunterstieg. Der Wind blies ihr lose Haarsträhnen in die Augen.

Was für ein merkwürdiger Kerl!

»Das ist alles total witzlos«, murrte Akihito. »Das ist dir doch klar, oder?« Er wischte sich die Stirn ab und wuchtete dann ächzend eine weitere massive Eisenstange in die Höhe, um sie in den schweren Rahmen einzusetzen. Nach zwei Tagen Arbeit war der Käfig beinahe fertig.

Kasumi zuckte mit den Schultern und zog eine Schraube fest. Sie rüttelte an der Stange, um zu überprüfen, ob sie noch wackelte, stand auf und musste prompt husten. Die Luft war dünn, und sie war ein wenig außer Atem. Feuchte Haarsträhnen klebten an den Gläsern ihrer Schutzbrille. Sie hob ihr Tuch, um sich den Schweiß von der Oberlippe zu tupfen.

»Im Dienst Yoritomos, des Mächtigen, zu stehen, heißt eben nicht nur, in den Genuss von Mätressen und billigem Alkohol zu kommen«, seufzte sie.

»Der Shōgun wird enttäuscht sein, wenn wir mit leeren Händen zurückkommen, Kasumi, und du weißt so gut wie ich, dass Yoritomo mit Enttäuschungen nicht besonders gut umgehen kann. Erinnerst du dich an General Yatsuma? Wie es ihm nicht gelungen ist, den Belagerungsring der Gaijin am Eisernen Kamm zu durchbrechen?«

»Natürlich. Seine Kinder waren noch nicht einmal fünf Jahre alt.«

»Und Yatsuma war von adliger Herkunft. Er war ein eiserner Samurai. Was denkst du also, wird er mit uns ...«

»Es ist ja nicht so, als hätten wir eine Wahl!«

»Wir könnten mit Yamagata reden. Wenn uns die ganze Scheiße hier um die Ohren fliegt, kriegt er seinen Teil ab.

Vielleicht können wir ihn dazu überreden, uns in Yama abzusetzen?«

»Sie würden uns jagen wie Hunde.« Entschlossen schüttelte Kasumi den Kopf. »Bei den Füchsen mögen noch ein wenig provinziellere Verhältnisse herrschen, das heißt aber nicht, dass ihr Daimyō nicht nach der Pfeife des Shōgun tanzt. Yoritomo würde uns von jedem Magistrat in Shima suchen lassen, wir könnten uns nirgends verstecken. Davon abgesehen würde Masaru das nie zulassen. Es würde uns alle entehren. Wir würden Schande über unsere Familien bringen.«

»Aber was schlägst du stattdessen vor? Weil wir nämlich ganz sicher nicht mit einem Arashitora in diesem Käfig zurückkommen. Vielleicht wär's für alle an Bord besser, wenn wir einfach Seppuku begehen und nicht noch mehr Chi vergeuden.«

Er trat gegen den Käfig, der dumpf dröhnte. Kasumi sah sich um. Überall an Deck wuselten Wolkenwandler herum. Die meisten waren junge Männer, die sich an den Seiten des Ballons entlanghangelten, die Propeller und Maschinen bemannten und den Kurs korrigierten, wenn der Wind sich änderte. Der Rauch brannte ihr in der Kehle, und ihr Kopf fühlte sich unangenehm leicht an.

»Du solltest hier nicht darüber sprechen«, murmelte sie.

Akihito schaute finster drein, aber just in diesem Moment kam der Werkmeister unter Deck hervor, als wolle er Kasumis Worten mehr Gewicht verleihen. Scheppernd stapfte er auf sie zu. Akihito biss sich auf die Zunge und tat so, als sei er damit beschäftigt, die Verankerung der Gitterstäbe zu überprüfen. Der Gildenmann kam zischend bei ihnen zum Stehen.

»Ein großer Käfig.« Wie üblich erinnerte seine Stimme an einen Schwarm zorniger Lotusfliegen.

»Groß« war eine Untertreibung. Der Käfig war beinahe so breit wie das Schiff: gute sechsmal sechs Meter. Die schmaleren Wolkenwandler schlüpften einfach zwischen den Gitterstäben hindurch, wenn sie das Deck überqueren mussten, aber die beleibteren waren gezwungen, über die Reling zu klettern, um vorbeizukommen.

»Lieber zu groß als zu klein.« Kasumi setzte ein künstliches Lächeln auf. »Wir wissen nicht, wie groß die Bestie ist.«

»Warum betäubt ihr sie nicht einfach, bis wir wieder in Kigen sind?« Blendendes Sonnenlicht brach sich im Auge des Werkmeisters.

»Gut möglich, dass wir dafür nicht genug Schwarzen Schlaf haben. Es wäre dumm, sich nur darauf zu verlassen.«

»Kümmer du dich um deine Maschinen, Werkmeister«, knurrte Akihito. »Das Jagen überlässt du lieber uns.«

»Glaubst du denn, ihr findet einen Donnertiger?« Der Gildenmann wandte dem Hünen sein glitzerndes rotes Auge zu. Neugier vibrierte in seiner Stimme, das Geräusch klang wie das Summen vieler Insektenflügel. »Obwohl sie schon so lange ausgestorben sind?«

»Der Shōgun scheint überzeugt davon zu sein«, sagte Akihito vorsichtig.

»Ist er das wirklich?«

»*Feuer!*«

Der Schrei kam aus der Takelage. Akihito fuhr zusammen, und Kasumi wurde blass. Wenn ein Himmelsschiff brannte, gab es nur zwei mögliche Szenarien: Entweder alles stürmte nach achtern zum Rettungsboot und brachte sich in Sicherheit – oder das Inferno verschlang das Schiff und die Mannschaft, und was übrig blieb, zerschellte tief unten am Boden.

»Bei allen Göttern!«, fluchte Akihito. »Feuer! Hol du Yukiko, ich ho…«

»Nicht auf dem Schiff.« Es hörte sich beinahe so an, als sei der Gildenmann belustigt. »Da!«

Er deutete mit einem Messingfinger über den Bug. Akihito blickte zum gebirgigen nordwestlichen Horizont. Jenseits des hügeligen Landes der Ryū, tief im fernen Kitsune-Territorium glühte ein heller Funken vor einem Hintergrund aus schwarzem Stein. Von hier aus war das Feuer beinahe zu klein, um es durch den Dunst auszumachen; eine winzige orangerote Flamme und ein dünner Rauchfaden, der zum Himmel aufstieg. Bedachte man jedoch, wie weit sie noch vom Clan-Gebiet der Füchse entfernt waren, musste das Feuer gewaltig sein.

Eine Gruppe Wolkenwandler hatte sich an der Reling versammelt. Kasumi und Akihito gesellten sich zu ihnen. Die Wolkenwandler tuschelten und tauschten finstere, wissende Blicke. Ein paar fluchten so deftig, dass sogar Akihito beeindruckt wirkte. Kasumi wandte sich einem der Männer vom Himmelsvolk zu. Er sah zornig aus.

»Was ist da los?«, fragte sie.

Yukiko beobachtete aus ihrem Versteck zwischen den Chi-Fässern, wie die Mannschaftsmitglieder über Deck rannten. Noch immer war sie viel zu schlecht gelaunt, um sich auch nur zu fragen, was es mit der Aufregung auf sich hatte. Seit zwei Tagen verschanzte sie sich hier, wo sie ihren Vater nicht sehen musste und Kasumi mit ein paar harschen Worten abspeisen konnte. Selbst Akihitos Versuchen, sie aufzumuntern, begegnete sie bloß mit mürrischem Schweigen. Normalerweise begannen sie den Morgen mit ein paar Übungskämpfen, aber an Bord hatte Yukiko das bisher rundheraus abgelehnt.

Den merkwürdigen blassen Jungen hatte sie nicht wiedergesehen.

Jetzt kam Kapitän Yamagata aus seiner Kajüte marschiert, ein mechanisches Fernrohr in der schwieligen Hand. Er stellte einen Fuß auf die Reling, drückte einen Knopf und sah zu, wie sich das Gerät ausfuhr. Die kleinen Motoren und Federwerke summten. Yamagata hob das Fernglas, spähte hindurch und stieß scharf Luft durch seine zusammengebissenen Zähne aus. Das Fernrohr sirrte, klickte und wechselte die Linsen, offenbar in dem Versuch, irgendetwas scharf zu stellen, das Yamagata sehen wollte.

»Kage!«, flüsterte er.

»Die Schatten?«, fragte Yukiko, plötzlich interessiert.

Der Kapitän fuhr leicht zusammen. Er warf einen unbehaglichen Blick über die Schulter, in Richtung des Werkmeisters. Dann sah er wieder Yukiko ins Gesicht. »Bei Raijins Trommeln!« Er grinste verlegen. »Ich hab dich gar nicht gesehen.«

»Ich bin eine Kitsune«, erinnerte sie ihn. »Was hast du über die Kage gesagt?«

»Das hättest du nicht hören sollen.« Yamagata rieb sich den Nacken. »Erzähl bitte niemandem, dass ich dieses Wort ausgesprochen habe, Herrin. Das könnte mich in Schwierigkeiten bringen.«

»Warum denn?« Yukiko senkte verschwörerisch die Stimme und behielt den Gildenmann im Auge. Yamagata war offensichtlich besorgt, dass er ihr Gespräch aufschnappen könnte.

»Wir dürfen nicht über die Kage sprechen. Offiziell existieren sie gar nicht.«

»Aber sie greifen seit Jahren die Lotusfelder im Norden an!«

»Woher weißt du das? Das berichten sie nie im Schallapparat.«

»Sie sind vor allem im Kitsune-Territorium am Werk«, erklärte Yukiko. »Als ich noch klein war, haben wir dort gelebt. Immer wenn ein Feld in Flammen aufging, haben die Dorffrauen über die Kage geklatscht und dabei das Abwehrzeichen gegen Unheil gemacht. Manche Mütter haben sogar ihren Kindern erzählt, die Kage kämen in der Nacht und würden ungehorsame Söhne und Töchter in eine der Höllen verschleppen.« Ihre Augen funkelten.

»Sei so gut und erzähl diesen Blödsinn nicht an Bord herum«, sagte Yamagata. »Ganz besonders dann nicht, wenn der alte Kioshi in der Nähe ist.«

»Der alte Kioshi?«

»Unser Gildenmann.« Yamagata nickte unauffällig in Richtung des Werkmeisters.

»Er ist ein alter Mann?«

»Wenn die Gerüchte stimmen, ist er schon länger in der Gilde, als ich auf der Welt bin. Sieht man ihm natürlich nicht an ... Kann ja keiner unter den Panzer gucken.«

Yukiko kam aus ihrer Fässerhöhle hervor und schaute über die Reling, eine Hand erhoben, um ihre Augen vor der untergehenden Sonne abzuschirmen. Am Horizont ragten inmitten eines wirbelnden, grollenden Monsuns Berge auf: Die gewaltigen sturmumtosten Gebirgszüge, die sich im Norden Shimas erhoben und den Namen Iishi trugen. Schwarze Spitzen wuchsen aus einem scharlachroten Teppich, die Gipfel mit weißem, glitzerndem Schnee bedeckt. Das Iishi-Gebirge war die letzte unberührte Wildnis des Inselreiches – und es war verflucht, wenn die Geschichten stimmten. Ruhelose Geister und Dämonen aus den tiefsten Höllen spukten dort. Es hieß, Izanagi habe das Tor nach Yomi im Iishi-Gebirge gefunden. Yukikos Geburtsort lag im westlichen Vorgebirge: Das einstmals üppige, schöne Land des Kitsune-Zaibatsu war gewaltigen Lotusfeldern gewichen, die von Flecken rauchender, toter Erde unterbrochen wurden.

Sie kniff die Augen zusammen, konnte jedoch kaum das Feuer ausmachen, das am zerklüfteten Fuß eines der höchsten Berge brannte. Ihre Schutzbrille war mit einem Film aus Ruß- und Rauchpartikeln überzogen. Sie nahm sie ab und betrachtete sie stirnrunzelnd.

»Die offizielle Geschichte ist immer dieselbe«, sagte Yamagata. »Jedes Feuer hatte eine natürliche Ursache, nichts Ungewöhnliches daran. Und selbstverständlich ist keins gelegt worden. Wer diese Möglichkeit auch nur in Betracht zieht, bekommt Schwierigkeiten.«

»Die Gilde lügt also.« Yukiko spuckte auf die Gläser und rieb mit dem Saum ihrer Uwagi darüber.

»Das kannst du ihnen schlecht vorwerfen.« Yamagata sah sie über sein Fernrohr hinweg an. »Würden sie bekannt geben, dass eine organisierte Bande Lotusfelder anzündet, wäre das ein Eingeständnis. Sie könnten genauso gut sagen: Wir sind übrigens nicht in der Lage, unser Eigentum zu beschützen. Was für ein Gesichtsverlust!«

»Aber es ist doch dumm zu glauben, dass sie das geheim halten können! Im Norden wissen alle von den Schatten.«

»Die Leute im Norden spielen keine Rolle.«

Yukiko blinzelte ihn entgeistert an.

»Bauern.« Yamagata winkte ab. »Die Gildenmänner interessieren sich nicht für deren Gerede oder ihr Leben. Ihr ganzes Interesse gilt dem Shōgun und der Kontrolle, die er und seine Samurai über die Armee haben. Und sie wollen ihr Gesicht wahren – um jeden Preis. Niemand zeigt gern Schwäche, und die Gilde ist da wahrlich keine Ausnahme. So vieles hängt davon ab, welchen *Eindruck* man erweckt. Die Gilde und der Regierungsapparat des Shōgun sind wie zwei bittere alte Eheleutchen, die einander verabscheuen. Sollte eine Seite glauben, allein die Macht ergreifen zu können ...« Der Kapitän zuckte mit den Schultern. »Daher hört man im Schall nichts über die Kage, und doch verbrennen mehr und mehr Felder.«

»Die alten Frauen im Dorf haben immer gesagt, die Kage seien böse Kami, die das Feuer lieben. Du sprichst von ihnen, als seien es Menschen!«

»Natürlich sind das Menschen!« Yamagata schnaubte. »Aus Fleisch und Blut, da kannst du Gift drauf nehmen. Wer weiß, was die Mistkerle antreibt. Vielleicht sind es ja entrechtete Bauern, die auf Rache aus sind. Oder Verrückte, die nichts Besseres zu tun haben. Ein Gerücht besagt, es sei eine Gruppe Gaijin, die versucht, die Gilde zu destabilisieren und letztlich die Kriegsmacht Shimas zu schwächen. Weiße Ameisen, die an den Grundfesten des Landes nagen. Verfluchte Barbaren.«

»Das Feuer in der Raffinerie letzte Woche ...«

»Sicher hast du gehört, was darüber berichtet wurde. Die Gilde sagt, es war ein Unfall. Ob man ihr glauben will, ist jedem selbst überlassen.« Der Kapitän bot dem Mädchen sein Fernrohr an und setzte seine Schutzbrille wieder auf. »Ich weiß bloß, dass die Schatten die Gilde eine Menge Geld kosten. Ich hab sagen hören, sie würden jetzt selbst an die Schallapparate übertragen. Jedes Wochenende ändern sie die Frequenz. Ein Piratensender, über den die Gilde keine Kontrolle hat.«

Yukiko kniff ein Auge zu und spähte durch das sirrende Fernrohr. Gewitterwolken und Gebirge sprangen auf sie zu; sie schwankten mit dem Schiff. Unwillkürlich stützte sich Yukiko mit einer Hand an der Reling ab und konzentrierte sich auf das riesige rauchende Lotusfeld. Flammen schlugen in die Höhe und fraßen sich rasch durch die wogenden Laubblätter. In der sengenden Hitze verkohlten die scharlachroten Blüten, ehe das Feuer sie erreichte. Winzige Gestalten rannten hin und her und verspritzten mit Handpumpen schwarzes Wasser, ein verzweifelter Versuch, die Ernte zu retten. Aber in der Sommerhitze brannte das Feld wie Zunder. Yukiko glaubte, das Entsetzen der Bauern spüren zu können, die ihr Leben für eine giftige Pflanze aufs Spiel setzten. Stur stemmten sie sich gegen den Windgott Fūjin, der die Flammen vor sich hertrieb wie panische Pferde. Sie hatten keine Chance. Das Feuer war nicht einzudämmen. Hilflos würden sie mit ansehen müssen, wie es ihre Existenzgrundlage verschlang.

Yukiko ließ das Fernrohr sinken. Mit einem Mal schien ein schreckliches Gewicht auf ihr zu lasten. Sie dachte an die ruinierten Bauern, an die Kinder, die hungern und sich in Lumpen kleiden würden, wenn ihre Eltern alles verlören. Sie würden in eine der großen Städte gehen, weil ihnen nichts anderes übrig blieb, und dort zur gesichtslosen Masse derer gehören, die elend in der Gosse dahinvegetierten. Jeden Tag würden sie Chi-Abgase inhalieren, und ihre Lippen würden sich langsam, aber sicher schwarz färben.

»Wer sie auch sein mögen«, sagte Yukiko erstickt, »sie sind grausam. Diese armen Leute …«

»Ja. Erbärmliche Schufte, die nicht den Mut haben, ihren Feinden mit einem Schwert in der Hand entgegenzutreten!« Yamagata spuckte aufs Deck. »Feige Dreckskerle!«

Stumm standen sie nebeneinander und sahen zu, wie der Rauch in den Himmel stieg.

9

RAUCH AM STERNENLOSEN HIMMEL

Zwar summten die Propeller noch immer ihr monotones Schlaflied, doch Yukiko fuhr trotzdem aus dem Schlaf. Die Hängematte über ihr war schlaff und leer, ein Gewirr aus blassem, verknotetem Garn. Keine Spur von ihrem Vater, und es roch auch nicht nach Lotusrauch. Ein eisiger Schreck durchfuhr sie, als sie begriff, dass er fort war, aber sie biss die Zähne zusammen und schüttelte ihn ab. Sie spähte durch das Bullauge in den sternenlosen Himmel und versuchte abzuschätzen, wie spät es war. Noch lange bis zur Morgendämmerung, dachte sie. Länger noch, bis sie wieder zu Hause wären.

Sie schlüpfte aus der kleinen Kajüte und schlich sich zur Treppe. Die Holzplanken unter ihren Füßen bebten: Die großen, ewig brummenden Schiffsmaschinen brachten sie zum Vibrieren. Wohl oder übel gewöhnte sie sich langsam an den Chi-Gestank, den leichten Schwindel und die Kurzatmigkeit, die das Fliegen in großer Höhe mit sich brachte, aber es war dennoch die Hoffnung auf ein wenig frische Luft, die sie ins Freie zog.

Nicht der Gedanke, dass ihr berauschter Vater die Treppe hinaufgetaumelt sein könnte. Oder die Gewissheit, dass es bloß einen falschen, ungeschickten Schritt brauchte, um über Bord zu gehen und in die Finsternis zu stürzen. Sie wollte nur einmal durchatmen. Sonst nichts.

Sie fand ihn bei den Wachmännern. Er saß auf einer Hanfseilrolle, die Beine untergeschlagen, in einer Lache aus Laternenlicht. Als ihr der vertraute beißende Geruch von Lotusrauch in die Nase stieg, löste sich ihre Erleichterung in Nichts auf. Drei Wolkenwandler hockten bei ihm: ein junger Mann mit einem dreckigen Strohhut auf dem Kopf, ein Mann im Alter ihres Vaters und ein Junge, der nicht älter als elf oder zwölf sein konnte. Sie reichten eine Holzpfeife herum.

Der jüngere Mann hatte keine Clan-Tätowierung auf der Schulter. Ein Sammelsurium von Koi-Fischen und Geishas gaben ihn als Angehörigen der Burakumin zu erkennen. Der Junge war nicht alt genug, um als Erwachsener betrachtet zu werden, und daher noch nicht tätowiert. Yukiko konnte nur raten, wo er herkam. Seine Haut war hell, aber nicht hell genug, dass er ein Kitsune sein konnte. Sie tippte auf Phönix.

Yukiko näherte sich leise, blieb in den tanzenden Schatten neben ihnen stehen und hörte ihnen zu: Sie tauschten derbe Scherze, übertrumpften sich mit Gassenjargon und brachen immer wieder in heiseres Gelächter aus. Minuten verstrichen, bis der Wolkenwandler mit dem Strohhut sie endlich bemerkte. Er sah sie blinzelnd aus blutunterlaufenen Augen an, als könne er ihr Gesicht nur verschwommen sehen. Dann nahm er einen tiefen Zug aus der Pfeife und reichte sie an den Schiffsjungen weiter, der neben ihm saß.

»Junge Dame?« Seine Stimme klang rau und tief. Bei jedem Wort stieg Rauch aus seinem Mund auf. »Brauchst du etwas?«

Die anderen schauten auf, Masaru als Letzter. Er warf ihr nur einen flüchtigen Blick zu, aber sie sah ihm an, dass er sich schämte.

»Nichts, danke.« Höflich verneigte Yukiko sich ein wenig. Die Lotuspfeife betrachtete sie mit Abscheu. »Mir war nur nach ein wenig frischer Luft zumute.«

»Davon gibt's hier oben auch nicht gerade viel«, sagte der Junge. Er schnitt eine Grimasse und reichte die Pfeife an Masaru weiter.

Der ältere Wolkenwandler klapste den Jungen auf den Hinterkopf, schnell wie eine Jadeviper. Er hatte einen Dreitagebart, der am Kinn grau wurde, und auf der rechten Schulter eine einfache Drachentätowierung, von irgendeinem Tätowierer im Hafenviertel gestochen.

»Hüte deine Zunge, wenn Damen anwesend sind, Kigoro.« Er hielt dem Jungen einen fleckigen Finger vor die Nase. »Auf der Steuerbordseite wartet jede Menge frische Luft auf vorlaute Jungen, die Schande über ihr Schiff bringen!«

Der Wolkenwandler mit dem Strohhut lachte. Der Junge wurde rot und murmelte verlegen eine Entschuldigung. Dann war einen Augenblick lang nichts weiter zu hören als das tiefe Summen im Metallskelett der *Donnerkind*, das hypnotische Surren der Propeller und das eiserne Dröhnen der Maschinen im Bauch des Schiffes. Yukiko starrte ihren Vater an. Er wich ihrem Blick aus.

»Bitte vergib mir meine Unhöflichkeit.« Der ältere Wolkenwandler bedeckte seine Faust mit der flachen Hand und neigte den Kopf vor Yukiko. »Ich heiße Ryū Saito. Dies hier ist Benjiro.« Der jüngere Wolkenwandler verbeugte sich, ohne den Strohhut abzunehmen. »Der Kleine mit der großen Klappe heißt Fushichō Kigoro.«

Der Junge rieb sich den Hinterkopf und verneigte sich vor ihr.

Also stammt er wirklich aus dem Phönix-Clan. Ich hatte recht.

»Ich bin Kitsune Yukiko …«

»Wir wissen, wer du bist, Herrin.« Saito hob entschuldigend die Hände. »Man erzählt sich eure Legende bereits. Du bist die Tochter des Schwarzen Fuchses, Masaru-sama.« Er schlug ihrem Vater auf die Schulter. »Und ihr jagt einen Donnertiger auf Befehl von Shōgun Tora Yoritomo!«

»Des nächsten Sturmtänzers des Inselreiches«, fügte der Junge hinzu.

Saito runzelte die Stirn und streckte die Hand nach der Pfeife aus. Das Lotusharz darin glühte rot auf, als er am Mundstück zog. »Glaubst du das, junger Kigoro?« Er hielt den Rauch in der Lunge, während er sprach. »Dass unser Shōgun ein Sturmtänzer sein könnte?«

Der Junge blinzelte. »So heißt es.«

»Und von wem hast du das? Von den Luft-Kami?«

»Von den Leuten.« Der Junge zuckte mit den Schultern. »Im Hafenviertel.«

»Ach.« Saito schüttelte den Kopf und gab die Pfeife weiter. »Wie kommt es, dass Kinder heutzutage so viel reden, dabei aber so wenig wissen?« Er kniff die Augen zusammen und sah den Jungen streng an. »Ein Donnertiger macht noch keinen Sturmtänzer. Es reicht nicht, sich auf den Rücken einer Bestie zu schwingen, um es den Helden alter Zeit gleichzutun … Kitsune no Akira beispielsweise!«

»Er sei gepriesen.« Benjiro hob die Pfeife wie ein Glas zu einem Trinkspruch. Er stieß eine lange Rauchfahne aus, die der Wind mit sich fortriss.

»Er sei gepriesen.« Saito nickte bekräftigend.

»Wieso?« Kigoro sah zwischen den Männern hin und her. »Was hat er denn getan?«

Bestürzt schrien die beiden Wolkenwandler auf und versetzten Kigoro je einen Schlag auf den Hinterkopf.

Yukiko tat der Junge leid. Sie sprach über den Tumult hinweg. »Er hat Bōkyaku erschlagen, junger Herr. Den Meeresdrachen, der die Insel Takaiyama verschlungen hatte.«

»Aha!« Benjiro deutete auf Yukiko und verneigte sich. Allem Anschein nach hatte ihm der Rauch bereits kräftig die Sinne vernebelt. »Siehst du, Saito-san? Nicht alle jungen Leute sind ahnungslos, was die bedeutende Geschichte des Inselreichs angeht! Wenigstens der Schwarze Fuchs unterrichtet seine Tochter über unsere Vergangenheit, sodass sie eine Lehre daraus ziehen kann!« Ungeschickt verneigte er sich auch vor Masaru. »Du bist ein ehrenwerter Mann, Herr!«

»Aber es gibt gar keine Meeresdrachen!«, sagte der Junge trotzig und sah zwischen seinen Mannschaftskameraden hin und her. »Und auch keine Insel namens Takaiyama. Ihr macht euch über mich lustig!«

»Du hast recht«, sagte Yukiko, »heute gibt es keine Drachen mehr. Aber vor langer Zeit, ehe die Meere sich rot gefärbt haben, schwammen sie in den Wellen um Shima herum. Im großen Museum in der Hauptstadt der Kitsune kann man sich ein Drachenskelett anschauen.«

»Hast du es schon gesehen?«

»Einmal.« Sie schaute zu Boden. »Mit meiner Mutter und meinem Bruder zusammen. Das ist lange her.«

»Wie haben sie denn ausgesehen? Die Drachen?«

»Furchterregend. Sie hatten giftige Stachel und Zähne, so lang und scharf wie Katanaklingen.«

»Keiner war jedoch so furchterregend wie der mächtige Bōkyaku, der Drache des Vergessens.«

Yukiko schaute auf, als ihr Vater sprach. Sein Blick ging über die Reling in die Finsternis und war in eine weite Ferne gerichtet. Seine Stimme war vom Rauchen ein bisschen kratzig. Er strich sich durch den ergrauenden Schnurrbart und leckte sich die Lippen. Und dann fing er an zu erzählen, und für einen flüchtigen Moment war sie wieder ein kleines Mädchen, lag zusammengerollt mit Satoru und Buruu vor dem Feuer und lauschte andächtig seinen wundervollen Geschichten. Sie setzte sich.

»Es heißt, sein Schwanz war so dick wie die Mauern des Kaiserpalastes. Und wenn er zornig damit schlug, stiegen die Wellen hinter ihm so hoch wie Ankertürme. Mit einem einzigen Bissen konnte er ein Schiff mitsamt seiner Mannschaft verschlingen, und wenn er Atem holte, sog er ganze Schwärme Thunfisch aus den Tiefen des Meeres ein und spülte sie seinen Schlund hinunter. So plünderte er den östlichen Ozean und wurde immer größer und fetter. Die Fischer Takaiyamas – denn das war der Name der Insel, junger Herr – drohten zu verhungern. Daher beteten sie zu Susanoo, dem Gott des Sturms, und flehten ihn an, Bōkyaku von ihrer Küste zu verscheuchen.«

Saito stützte sich auf die Knie und lehnte sich vor. Benjiro starrte Masaru an, als sei er hypnotisiert worden. Das Dröhnen der Maschinen und das Lied der Propeller schienen immer leiser zu werden. Sie waren von Masarus Stimme in den Bann geschlagen wie Motten von einer Kerzenflamme.

»Aber der große Meeresdrachen hörte die Inselbewohner beten.« Die Lotuspfeife hing vergessen zwischen Masarus Fingern. Ein dünner Rauchfaden stieg daraus auf. »Und in seinem entsetzlichen Zorn riss Bōkyaku sein gewaltiges Maul auf und verschlang die Insel und alle, die darauf lebten: Männer, Frauen,

Kinder und Tiere. Und das ist der Grund, warum das heilige Buch der zehntausend Tage von den acht Inseln Shimas spricht, obwohl es heute nur noch sieben gibt.«

Saito lehnte sich zurück, strich sich durch den ergrauenden Bart und betrachtete den Schiffsjungen. »Und warum ahnungslose Küken wie du den Namen Takaiyama noch nie in ihrem Leben gehört haben.«

»War Bōkyaku ein schwarzer Yōkai?« Der Junge sah Masaru an.

»Nein«, erwiderte der Jäger. »Das nicht.«

»Aber er war doch so bösartig!«

»Es gibt drei Arten von Yōkai, Junge.« Masaru hielt einen Finger hoch. »Erstens die weißen, wie der Phönix zum Beispiel. Sie sind rein und ungezähmt.« Ein weiterer Finger. »Zweitens die schwarzen, die aus der Unterwelt stammen – die Oni, Nure-Onna und dergleichen. Üble Geschöpfe der Finsternis.« Ein dritter. »Aber die meisten Geisterbestien sind einfach grau. Sie sind ungestüme Urgewalten. Sie können edel sein wie der große Donnertiger, der dem Ruf der Sturmtänzer folgt. Aber wie der Meeresdrachen können sie uns so grausam vorkommen wie die Strömung einem Ertrinkenden.«

Der Junge sah nicht überzeugt aus. »Was hat Kitsune no Akira mit all dem zu tun?«

Die Wolkenwandler schauten Masaru an. Eine Weile lang starrte er auf die Pfeife in seiner Hand hinunter.

»Ein einziger Mann überlebte die Katastrophe von Takaiyama«, sagte er dann. »Ein einfacher Fischer, der vom offenen Meer zurückkam und seine Heimat nicht wiederfand. Hundert und einen Tag lang reiste er über schwierige Straßen, bis er zum Hof von Kaiser Tenma Chitose gelangte, wo gerade ein großes Fest stattfand: Es war Izanagis Gedenktag.

Die Kleider des Mannes hingen in Fetzen, und er war beinahe wahnsinnig vor Kummer. Die Wachen des Kaisers ließen ihn nicht in den Palast, da das Festbankett bereits in vollem Gange war. Doch der große Kitsune no Akira, der auf Einladung des Kaisers in Kigen war, hörte die Schwalben im kaiserlichen Garten miteinander flüstern und erfuhr so von der Not des Mannes. Mit der Demut eines wahren Samurai legte der Sturmtänzer dem Mann sein Gewand um und hieß ihn, an seiner statt an der Tafel des Kaisers Platz zu nehmen und zu speisen. Dann sprang Kitsune no Akira auf den Rücken seines Donnertigers, des mächtigen Raikō, dessen Schrei dem Sturm glich und dessen Flügel Raijins Lied sangen. Und sie flogen schneller als der Wind zu jener Höhle, in der der gewaltige Bōkyaku ruhte.«

Der Junge blinzelte. »Was ist Raijins Lied, Herr?«

»Arashitora sind die Kinder des Donnergottes Raijin, Junge.« Masaru lächelte sanft. »Wenn die Wolken zusammenstoßen und der Sturm pfeift, hörst du das Geräusch ihrer Schwingen.«

Saito fischte einen kleinen Lederbeutel aus seiner Uwagi, nahm Masaru die Pfeife aus der Hand und stopfte sie mit einem neuen Klumpen Harz. Yukiko warf einen Blick auf die Fingerspitzen des Lotusabhängigen. Wie die Fingerspitzen ihres Vaters waren sie blauschwarz verfärbt.

Saito zündete die Pfeife an der Flamme der Laterne an. Das Feuer spiegelte sich in Masarus geröteten Augen.

»Der Kampf tobte heftiger als alle, die je ausgefochten wurden. Donnerschläge krachten am Himmel. Riesige Wellen schlugen ans Ufer der Hauptinsel und spülten ganze Dörfer fort, als seien sie aus Strohhalmen erbaut. Die Menschen hielten den Atem an, denn Kitsune no Akira war zwar ein großer Krieger, doch hatte er sich nie einem gefährlicheren Gegner stellen müssen als Bōkyaku. Die Hauer des Meeresdrachen waren Schwerter, und sein Gebrüll löste Erdbeben aus.

Doch zu guter Letzt kam der Sturmtänzer zurück an den Hof des Kaisers. Bōkyaku hatte seine Rüstung durchschlagen und ihm mit seinen giftigen Zähnen klaffende Wunden zugefügt, aber der mächtige Donnertiger Raikō trug das blutende Herz des Drachen in den Klauen. Im Bankettsaal legte Kitsune no Akira mit einer tiefen Verbeugung dem Fischer Bōkyakus Herz zu Füßen. Als der Kaiser ihn fragte, welche Belohnung er sich für seine heldenhafte Tat wünsche, richtete er das Wort an die gesamte Festgesellschaft. Er bat sie alle, sich immer an den Namen Takaiyama zu erinnern, auf dass der Drache des Vergessens auf ewig besiegt sein würde. Dann kniete er sich an seinem Platz an die Tafel, trank auf die Gesundheit des Kaisers und starb am Gift des Drachen.«

»Er sei gepriesen.« Benjiro verneigte sich. Dann streckte er die Hand nach der Lotuspfeife aus.

»Er sei gepriesen.« Saito nickte und nahm noch einen tiefen Zug, ehe er die Pfeife weitergab.

Der Schiffsjunge blinzelte und wandte sich Yukiko zu. »Ist das denn alles wahr?«

»So wird es erzählt.« Noch immer sah sie ihren Vater an. »Aber wer weiß schon, ob es ihn wirklich gab.«

Masaru hob den Kopf und begegnete endlich ihrem Blick. »Natürlich gab es ihn!«

Als hätte ihr Vater kein Wort gesagt, sprach Yukiko weiter zu dem Schiffsjungen. »Vielleicht hat ein Erdbeben Takaiyamas Untergang herbeigeführt. Die Menschen geben allzu häufig Drachen oder Göttern die Schuld an ihrem Unglück, selbst wenn sie es selbst über sich gebracht haben.« Sie hob leicht die Augenbrauen, bevor sie den Blick von Masarus Gesicht wandte und den Schiffsjungen anschaute. »Kitsune no Akira könnte ein Gleichnis sein. Eine Mahnung, die Toten zu ehren, indem wir uns an ihre Namen erinnern.« Sie zuckte mit den Schultern. »Wer weiß?«

»Ich weiß es.« Masaru schielte mit seinen trüben, roten Augen zu ihr auf. »Ich weiß es!«

Yukiko starrte ihn an. Das Lallen und der verschwommene Blick, jener benommene Ausdruck auf seinem Gesicht. Sein Mund stand halb offen. Seine Haut war grau. Die Pfeife war ein Anästhetikum, das den Schmerz seines wohlverdienten Verlusts linderte.

Es war die Krücke eines schwachen, gebrochenen Mannes.

Sie leckte sich die Lippen und erhob sich. »Ich sag dir, was *ich* weiß.« Sie schaute von einem Wolkenwandler zum nächsten. »Ihr solltet euch schämen, eure Pfeife einem zwölfjährigen Jungen anzubieten. Und ihr solltet euch wahrhaftig nicht über ihn lustig machen, weil er etwas nicht weiß, während ihr diesen Dreck in eure Lungen zieht.« Ihr Blick blieb an ihrem Vater hängen. »Und noch etwas weiß ich: Alle Lotusjunkies sind Lügner.«

Sie bedeckte die Faust mit der Hand und verneigte sich vor dem Schiffsjungen. »Gute Nacht, junger Herr.« Dann drehte sie sich um und ging. Sie wollte wenigstens versuchen, noch etwas zu schlafen.

Die Sonne blinzelte gerade erst müde über den Horizont, als Yukiko am nächsten Morgen erwachte. Ihr Vater lag in seiner Hängematte und schnarchte so durchdringend, dass sie an die Kreissäge eines Häckslers denken musste. Er hatte sich sein Halstuch übers Gesicht gebreitet. Eins seiner Beine baumelte herab. Seine Kleider stanken nach Lotusrauch, und seine

Finger waren mit dem klebrigen blauschwarzen Harz befleckt. Sie wusch sich, zog sich an und machte dabei so viel Lärm, wie sie nur konnte. Er rührte sich nicht. Leise fluchend marschierte sie aus der Kajüte.

An Deck wimmelte es bereits von Wolkenwandlern. Wenigstens ein Dutzend Männer kletterte in der Takelage herum und überprüfte die Taue und Knoten. Das Himmelsschiff näherte sich jetzt rasch dem Monsun. Kapitän Yamagata stand am Steuer. Er hielt das große Speichenrad mit beiden Händen fest, rief seinen Männern Befehle zu und fluchte wie ein Fischweib. Die *Donnerkind* war nun schon tief ins Territorium des Drachen-Zaibatsu vorgedrungen. Yukiko warf einen raschen Blick nach Norden, wo sich dunkel und zerklüftet das Iishi-Gebirge am Horizont abzeichnete. Bald würden sie über Kitsune-Land fliegen, jene vernarbte, rauchende Gegend, die sie seit beinahe acht Jahren nicht mehr gesehen hatte.

Die windzerzausten Haare flatterten ihr ins Gesicht. Sie strich sie sich hinter die Ohren zurück – missmutig wie sie war, konnte sie sich nicht einmal dazu aufraffen, sie zusammenzubinden. Schließlich setzte sie sich auf eins der Chi-Fässer, die vorn am Bug festgezurrt waren, und blickte auf die roten Felder hinab, die unter der *Donnerkind* wogten. In der Morgendämmerung war der Wind noch kühl, aber die Sonne brannte bereits vom Himmel. Yukiko setzte ihre Schutzbrille auf, um ihre Augen vor dem grellen Licht zu schützen. Eine Chi-Rohrleitung zog sich durch den Lotus wie eine verrostete Pulsader durch fauliges Fleisch. Yukiko folgte ihr mit Blicken. Backbord sah sie in weiter Ferne Berge. Sie kniff die Augen zusammen und konnte gerade eben Himmelsschiffe ausmachen, winzige Punkte, die um eine schmutzige Dunstglocke herumschwebten: das Erste Haus. Die Bergbastion der Gilde war ein gewaltiges Fünfeck aus gelblichem Stein, das zwischen schwarzen Wolken in unangreifbarer Höhe hockte.

Klappernd landete ein kurzes Übungsschwert aus Holz auf dem Deck, rutschte über die Planken und kam vor ihrem Fass zu liegen. Die stumpfe Klinge war vielfach eingekerbt und verzogen, der Griff in abgewetzte, über Kreuz geschnürte Bänder gewickelt. Yukiko schaute auf das Bokken hinab und warf dann einen raschen Blick über die Schulter. Kasumi stand hinter ihr, ein zweites Holzschwert in der Hand. Ihr langes schwarzes Haar war zu einem dicken Zopf geflochten.

»Wie wär's mit einer Runde?«, fragte sie. Sie trug ein Tuch vor Mund und Nase, und ihre Stimme klang ein wenig gedämpft.

»Nein, danke.« Yukiko wandte sich wieder dem Horizont zu.

»Es ist schon ein paar Tage her, dass du das letzte Mal trainiert hast.«

»Vier freie Tage in sieben Jahren.« Yukiko gab sich Mühe, sich ihren Unmut nicht anhören zu lassen. »Ich glaub, es gibt Schlimmeres.«

»Ich nehme mich auch gern zurück, falls du luftkrank bist.«

Yukiko spürte Ärger in sich aufsteigen, als sie Kasumis amüsierten Tonfall hörte. Wieder schaute sie über die Schulter zurück. »Soll das eine Herausforderung sein? Pah, darauf würde ja nicht mal ein tollwütiger Wolf anspringen. Du musst dir schon ein bisschen mehr Mühe geben.«

»Hast recht.« Kasumi warf das Bokken in die Luft und fing es mit der anderen Hand wieder auf. »Ich sollte dich in Ruhe lassen, damit du weiter wie eine Sechsjährige schmollen kannst.«

Yukiko drehte sich auf ihrem Fass zu ihr um. »Ich schmolle nicht!«

»Nein, natürlich nicht.« Kasumi trat näher, hob das zweite Holzschwert auf und deutete damit auf den Boden zu Yukikos

Füßen. »Pass aber auf, dass du nachher nicht über deine Unterlippe stolperst, wenn du aufstehen willst.«

Yukiko riss ihr eins der Schwerter aus der Hand. »Ach, von mir aus! Dein Wunsch ist mir Befehl.«

Das Vorderdeck war groß genug für einen anständigen Kampf; hier würden sie dem Himmelsvolk nicht im Weg sein. Yukiko war sich der neugierigen Blicke einiger Wolkenwandler bewusst, als sie von ihrem Fass hüpfte und sich die Haare flocht. Sie beachtete sie nicht weiter. Kasumi postierte sich steuerbords und wirbelte das Bokken in ihrer Hand. Sie ließ es in einer Spirale um ihren Kopf und ihre Hüfte kreisen, so schnell, dass die schartige Holzklinge verschwamm. Yukiko ging nach Steuerbord und warf ihr Übungsschwert hoch in die Luft. Es überschlug sich mehrmals; sie fing es geschickt wieder auf. Dann nahm sie eine Kampfpose ein und starrte die ältere Frau herausfordernd an.

»Du könntest ein wenig nachsichtiger mit ihm sein«, sagte Kasumi.

Yukiko schoss über das Deck und führte einen Streich gegen Kasumis Kehle. Die ältere Frau wich zurück und parierte mühelos. Yukiko drang weiter auf sie ein, stach rasch hintereinander nach Kasumis Gesicht, Brust, Bauch. Dann wirbelte sie herum und zielte auf Kasumis Knie. Das scharfe Knallen der kollidierenden Holzklingen, das gedämpfte Trommeln nackter Füße auf den Planken und die kurzen, unartikulierten Schreie, die Yukikos Schläge begleiteten, hallten über das Schiff.

Sie verkeilte ihre Klinge mit Kasumis und drängte die Ältere gegen die Reling zurück. Weit, weit unter ihnen wogte der Lotus.

»Halt mir keine Vorträge!«, zischte sie. »Wie oft muss ich dir das noch sagen? Du bist verdammt noch mal nicht meine Mutter!«

»Ja, das erwähnst du hin und wieder.« Kasumi hakte ein Bein hinter Yukikos Kniekehlen und gab ihr einen Stoß.

Yukiko fiel, sprang aber sofort wieder in die Hocke und blockte den Schlag, der ihren Kopf getroffen hätte. Kasumi trat ihr wuchtig gegen die Brust. Yukiko entfuhr der Atem, begleitet von einem feinen Sprühregen aus Speichel. Sie rollte über das Vorderdeck und schaffte es gerade noch rechtzeitig auf die Füße, um die nächsten Hiebe abzuwehren, die Kasumi auf sie niederregnen ließ: zwei diagonale Schwertstreiche vor die Brust und eine Reihe rascher Stiche nach ihrem Gesicht. Sie zog sich zurück und kämpfte darum, ihre Balance wiederzugewinnen.

»Verteidige ihn nicht noch!«, fauchte sie. »Du weißt genau, wie er ist. Jeden Tag raucht und säuft er sich um den Verstand! Vielleicht solltest du zur Abwechslung mal *ihm* die neun Höllen heiß machen und nicht immer bloß mir.«

»Ich sorge mich um dich.« Kasumi wehrte einen ungeschickten Angriff ab und hieb Yukiko vor das linke Schienbein. »Und ich kann deutlich sehen, was du ihm antust.«

Yukiko trat nach ihr und sprang dann über die Chi-Fässer, um sich ein wenig Raum zu verschaffen. Keuchend richtete sie die Spitze ihres Holzschwerts auf Kasumis Stirn. Strähnen ihres schwarzen Haares klebten ihr im Gesicht. »Mein Vater bekommt genau das, was er verdient.«

»Er liebt dich, Yukiko.«

»Sake liebt er.« Beinahe gewalttätig wischte sie sich eine Haarsträhne aus dem Mundwinkel. »Und seine verfluchte Pfeife. Ich sage dir, er liebt beides mehr als mich … Und mehr als dich!«

Kasumi erstarrte. Sie atmete schwer. Das Bokken bebte in ihrer Hand.

»Glaub mir, Kasumi.« Yukiko nahm die Schutzbrille ab, sodass die ältere Frau ihre Augen sehen konnte. »Wenigstens das kannst du mir ruhig glauben.«

Sie warf Kasumi das Bokken vor die Füße: Die Trainingsrunde war beendet. Mit dem Ärmel ihrer Uwagi wischte sie sich den Schweiß von der Stirn. Ihr Herz schlug heftig, ihr Mund war staubtrocken.

Kasumi sprach leise, beinahe flüsterte sie. »Vielleicht weißt du ja nicht alles, Yukiko.«

»Vielleicht.« Yukiko drängte sich an ihr vorbei. »Aber ich weiß genug.«

10

QUICKLEBENDIG

Am Abend des sechsten Tages begann es zu regnen. Dichte schwarze Regenschleier wehten über das Deck; es zischte, wenn die Tropfen auf die Planken trafen. Das Holz wurde schnell glitschig, und der stechende Geruch schmelzenden Lacks mischte sich mit dem omnipräsenten Gestank brennenden Chis. Yukikos Übelkeit kehrte mit aller Gewalt zurück. In einen Regenumhang gehüllt, kauerte sie zwischen den Chi-Fässern, schnappte nach Luft und betete zu den Göttern, dass die Reise bald zu Ende sein würde. Sie fürchtete den Sturm, der vor ihnen lag.

Yamagata kam aus der Kapitänskajüte, von Kopf bis Fuß in Ölzeug gekleidet, um sich vor dem schwarzen Regen zu schützen. Masaru stand auf der Backbordseite des Schiffs, lehnte sich über die Reling und beobachtete die Gewitterwolken, die sich am Horizont zusammenballten. Die *Donnerkind* pflügte durch den vergifteten Himmel direkt auf den Monsun zu. Unter ihnen zogen bereits die ersten Ausläufer des Iishi-Gebirges dahin.

Durch den Regen konnten sie schwach die Lichter der Stadt Yama sehen, die wie Irrlichter in der Finsternis flackerten.

Akihito und Kasumi traten zu Masaru an die Reling. Die Jäger trugen Regenumhänge aus dickem Gummi. Akihito hielt sich mit einer Hand am Käfig fest, um nicht das Gleichgewicht zu verlieren. Yukiko kam aus ihrer Höhle am Bug und wanderte zu ihnen hinüber, um hören zu können, was sie in gedämpftem Tonfall besprachen.

»Wir fliegen in den Sturm *rein?*«, fragte Akihito.

»Wo sollten wir denn sonst einen Donnertiger finden?«, fragte Masaru mit gerunzelter Stirn zurück.

»Die Wolkenwandler werden unruhig«, sagte Kasumi leise. »Den Iishi so nahe zu sein, ist schlimm genug ... Sie sagen, so dicht am Tor nach Yomi vorbeizusegeln, würde die Richter der Höllen herausfordern. Ganz zu schweigen davon, dass es die dunkle Mutter verärgert. Hinter vorgehaltener Hand raunen sie, Yamagata müsse verrückt geworden sein, Schiff und Mannschaft dem Donnergott auszuliefern. Dafür machen sie uns verantwortlich, Masaru-sama. Sie sagen, wir seien von allen guten Geistern verlassen.«

»Da haben sie nicht ganz unrecht.« Akihito schüttelte den Kopf. »Wir bringen das ganze verdammte Schiff und jede Seele an Bord in Gefahr, und wofür? Um eine Bestie zu jagen, die's gar nicht gibt. Wir wissen ja nicht mal, wo wir anfangen sollen zu suchen.« Er wandte sich seinem Freund zu. »Wir sollten uns nach Yama absetzen, Masaru! Den Befehl dieses verrückten Hundesohns in den Wind schreiben und ...«

Schnell wie eine Klapperschlange fuhr Masaru herum und packte den Hünen am Kragen. Er fletschte die Zähne. »Wir sind die Männer des Shōgun!«, zischte er. »Wir haben ihm die Treue geschworen, wir sind seinem Haus auf Leben und Tod verpflichtet! Willst du wirklich deinen Eid brechen, deine Ehre verlieren, bloß weil du dich vor ein paar Blitzen fürchtest?«

Akihito schlug Masarus Hand weg. »Mein Name taucht vielleicht nicht in einem der Tavernenlieder auf, aber wenn du dich recht erinnerst, stand ich an deiner Seite, als die letzte Nure-Onna fiel, Bruder. Und du glaubst, ich hätte *Angst*?« Er warf sich in die Brust, sodass sein Regenumhang aufklaffte und alle die vier langen Narben sehen konnten. »Ich weiß sehr wohl, was für ein Mann Shōgun Kaneda war. Und ich weiß, zu welcher Art Mann er seinen Sohn erzogen hat. Das hier ist Wahnsinn! Der Einsatz ist zu hoch, und es gibt nichts zu gewinnen. Wir riskieren, das Schiff zu verlieren, diese Männer, deine Tochter ...«

»Und was, glaubst du, passiert, wenn wir davonlaufen?« Masarus Gesicht war nur noch eine Handbreit von Akihitos entfernt, und seine Augen funkelten vor Zorn.

»Masaru-sama, Akihito, ich bitte euch.« Kasumi schob sich zwischen die beiden Männer und legte jedem eine Hand auf den Arm. »Ihr seid Blutsbrüder. So im Ärger miteinander zu sprechen, ist ehrlos.«

Die Männer starrten einander an, die Augen zu Schlitzen verengt, schmal wie Messerschneiden. Der Wind pfiff zwischen ihnen hindurch. Schließlich gab Akihito nach: Er knurrte, wandte sich ab und marschierte davon. Masaru schaute ihm nach. Er öffnete die Fäuste und fuhr sich mit dem Handrücken über den Mund.

»Ob wir das Biest finden oder nicht, spielt gar keine Rolle.« Seine Stimme klang kalt und ausdruckslos. »Wir sind Diener. Unser Herr befiehlt, und wir gehorchen. Das ist alles, was uns übrig bleibt.«

»Hai.« Kasumi wich seinem Blick aus und wandte sich der Ausrüstung zu, die sie schon öfter als ein Dutzend Mal überprüft hatte. Masaru streckte eine Hand nach ihr aus. Seine Finger schwebten Millimeter vor ihrem Nacken in der Luft. Dann schaute er auf und bemerkte endlich, wie nah seine Tochter bei ihnen stand.

Gerötete Augen starrten über den Abgrund zwischen dem Jetzt und jener Zeit, als sie noch ein kleines Mädchen gewesen war. Er hatte sie auf den Schultern durch einen Wald aus Bambusrohren tragen können, sie und ihren Bruder. Kleine Hände in seinen Fäusten. Helles Lachen, als sie durch die lichtgesprenkelten Schatten getanzt waren.

Es war zu lange her – die Erinnerung war verblasst und verschwommen wie eine alte Lithografie, die Farben stumpf geworden, bis nichts mehr übrig war als ein flüchtiger Eindruck, ein halb verschwundenes Bild auf gelblichem, gewelltem Papier.

Ohne ein Wort wandte er sich ab und ging davon.

Schmutzig grauer Schnee bedeckte den Boden, knirschte unter ihren mit Sackleinen umwickelten Füßen und häufte sich auf den kahlen Zweigen. Yukiko und Satoru sausten durch den Bambus; Buruu bellte vor Freude und scheuchte die wenigen Lerchen auf, die über Winter im Tal geblieben waren. Inmitten der wirbelnden Schneeflocken stiegen sie in den Himmel auf.

Ihr Vater war ein paar Tage lang zu Hause gewesen und hatte beiden Kindern einen kleinen Kompass geschenkt. Winzige Rädchen drehten sich geräuschlos hinter Glas; die Instrumente bestimmten mit Leichtigkeit die Bahn der Sonne, die stets hinter Wolken verborgen war.

Jeden Tag stürmten die Zwillinge nach draußen, wagten sich weiter und immer weiter in die Wildnis vor, kamen jedoch unfehlbar vor Einbruch der Abenddämmerung heim. Dann saßen sie am Feuer, Buruu lag auf ihren Füßen, und sie lauschten dem

Gesang ihrer Mutter und hofften, dass ihr Vater bald wieder da sein würde.

Glücklich.

Buruu schaute zu ihnen auf, hechelte und wedelte mit dem Schwanz. Feuerschein glänzte warm in seinen Augen.

Liebe euch beide.

An jenem Tag kletterten sie auf dem nördlichen Berghang herum, hoch über dem Bambuswald im Tal. Sie bewunderten den gefrorenen Bach, den kleinen Wasserfall aus Eiszapfen, der erstarrt an einem Felsen mit Schneemütze hing. Kahle schwarze Bäume ragten aus einer hellgrauen Schneedecke auf, tief im Kälteschlaf. Sicher träumten sie von der Schönheit, die der Frühling bringen würde. Die Kinder riefen ihre Namen und hörten, wie die Kami der Berge sie zurückriefen, leiser und immer leiser, bis die Stimmen verklangen wie die letzten Töne der Lieder ihrer Mutter.

Der Wolf war ausgehungert und mager. Seine Rippen zeichneten sich unter seinem Fell ab, seine Beine waren dürr wie Stöcke. Aggressiv, ein Einzelgänger, der mit knurrendem Magen aus den Bergen kam. Sein scharfkantiger Geist schien in Flammen zu stehen: Er hatte sie gewittert. Buruu bemerkte ihn zuerst. Sein Nackenfell sträubte sich, er legte die Ohren an und knurrte. Satoru tastete mit der Gabe des Gespürs um sich, fand den Wolf und nahm nichts anderes wahr als Blutrausch, grauenhaft, überwältigend, ein pulsierendes Gefühl wie ein Herzschlag. Der Wolf umkreiste sie langsam, und die Kinder wichen vor ihm zurück. Sie mahnten Buruu, ruhig zu bleiben. Satoru bückte sich, um einen nassen Ast aufzuheben, der einen kläglichen kleinen Knüppel abgab.

Da sprang der Wolf auf Yukiko zu und wollte ihr an die Kehle gehen. Sie schrie und streckte eine Hand vor sich aus, als könne sie ihn so abwehren; gleichzeitig versuchte sie, seinen Geist von sich zu stoßen. Buruu schoss wie ein Pfeil an ihr vorbei.

Der Wolf und der Hund fielen übereinander her, bissen und rissen und stießen dabei schreckliche Schreie aus. Buruu kämpfte tapfer, aber er war alt, und der Wolf war zu allem entschlossen. In seiner Verzweiflung mobilisierte er seine letzten Kraftreserven und setzte alles auf eine Karte. Yukiko fühlte Buruus Schmerz, als die Kiefer des Wolfes sich um seine Kehle schlossen. Karmesinrot spritzte das Blut des Hundes in den grauen Schnee.

Und sie schrie. Eine Welle des Zorns, nein, des Hasses stieg in ihr auf, und sie griff nach dem Geist des Wolfes, packte ihn, grub sich hinein, suchte nach der Quelle seines Lebens. Satoru war an ihrer Seite, und sein Zorn brannte beinahe noch heller als ihr eigener. Gemeinsam fanden sie den Lebensfunken des Tiers und erstickten ihn mit ihrer Wut wie eine Kerzenflamme. Der Druck in ihren Köpfen stieg, Blut sprudelte aus ihren Nasen, warm und salzig auf ihren Lippen. Sie verschränkten die Finger miteinander und machten weiter, würgten, bis nichts mehr übrig war, nur Finsternis und ein Wimmern, als der Wolf zusammenbrach und im Schnee verendete.

Dann sanken sie neben dem armen alten Buruu auf die Knie und legten die Wangen auf seine nasse Flanke, die sich nur mühsam hob und senkte. Der aschgraue Schnee unter ihm färbte sich rot. Als sie spürten, dass er ihnen entglitt, weinten sie. Er hatte keine Angst, aber er war traurig: traurig, sie verlassen zu müssen. Sie waren sein Rudel, sein Ein und Alles, und er leckte ihnen die Hände, keuchte und wünschte, er müsste nicht fortgehen.

Liebe euch. Liebe euch beide.

Als die Finsternis sich über ihn breitete, hielten sie ihn in den Armen und raunten ihm zu, dass sie ihn ebenfalls liebten. Dass sie ihn immer lieben und ihn nie vergessen würden.

Er war zu schwer, sie konnten ihn nicht tragen. Also blieben sie bei ihm, hielten einander an den Händen und schauten zu, wie der Schnee ihn unter sich begrub. Eine Flocke nach der anderen schwebte aus dem ewig grauen Himmel herab; Schnee bedeckte Buruu wie ein Leichentuch. Ihren Freund. Ihren Bruder. In einer Lache aus dunklem Rot lag er da, das braune Fell verklebt und büschelweise ausgerissen. Und seinen Geist konnten sie nicht mehr finden: Nur schwarze Leere war geblieben.

Als dort, wo er gelegen hatte, nur noch Grau zu sehen war, wandten sie sich ab und gingen fort.

Schon vor Tagen hatten die Ausläufer des Sturms sie erreicht. Wie Diebe hatten sie sich im schwachen Licht der Abenddämmerung herangepirscht. Jetzt fuhren Blitze zwischen den Silhouetten der Berge nieder, und der Wind schüttelte die *Donnerkind,* als sei sie wirklich ein Säugling, der zum Spielball eines grausamen, gedankenlosen Riesen geworden war.

Tag und Nacht verbrachten sie mit ihrer vergeblichen Suche. Die Stimmung der Wolkenwandler wurde düsterer, je tiefer sie ins Iishi-Gebirge vordrangen. Wohin sie auch blickten, ragten Berge auf, der Fels schwarz, die hohen Spitzen mit knochenbleichem Schnee bedeckt. Das Echo der Donnerschläge rollte an ihren Hängen hinab und dröhnte in den tiefen Schluchten.

Wie viel Zeit werden wir damit verbringen, hier oben Geister zu jagen?

Taue peitschten gegen den Ballon; es war ein Höllenlärm. Yukiko hatte es nur einen halben Tag in ihrer Zuflucht zwischen den Chi-Fässern ausgehalten, dann war sie unter Deck geflüchtet. Schwarzer Regen prasselte auf die Planken, schwappte über die Bordwand und stürzte in die Finsternis; er stank nach Lotusgift. Wolkenwandler warfen sich schützendes Ölzeug über, kauerten sich zitternd in ihren Ausgucken zusammen und spähten in die Nacht. Blitze zuckten über den Himmel, blendend hell, gewiss geschleudert vom Donnergott selbst.

Unter Deck herrschte tropische Hitze: Dort verbrannten die Angehörigen des Himmelsvolkes Opfergaben an Susanoo und beteten, er möge ihnen gnädig sein. Zwar galt der Sturmgott als gütig, sein erstgeborener Sohn Raijin jedoch, der Gott des Donners und der Blitze, war für seine Grausamkeit bekannt. Weder interessierten ihn Gebete und Gaben noch die Leben derjenigen, die über seinen Himmel segelten. Mehr als alles andere liebte er das Chaos; die quäkenden Affenkinder hingegen, die in ihren zerbrechlichen kleinen Booten hölzerne Münzen im Namen seines Vaters verbrannten, kümmerten ihn nicht. Ihr Entsetzen amüsierte ihn sogar. Daher knieten die Wolkenwandler nieder, kneteten Gebetsketten zwischen ihren schwieligen Fingern und flehten Susanoo an, seinen Sohn zurückzuhalten. Sie flehten um ihr Leben.

Und dennoch trieb Yamagata sie vorwärts.

Yukiko spähte durch das Bullauge in ihrer Kajüte. Immer wenn ein Blitz den Himmel taghell erleuchtete, sah sie die scharfen Spitzen des Iishi-Gebirges unter dem Schiffsbauch. Konnte der Steuermann in der Finsternis überhaupt sehen, wohin er flog, oder würden sie früher oder später auf eine der schwarzen Felsenklippen auflaufen? Einen Berghang rammen? Würden sie allesamt in einer glühenden Blüte überhitzten Wasserstoffs vergehen? Ihr Bauch verkrampfte sich, und sie dachte unwillkürlich an den Jungen aus ihren Träumen, den Jungen mit den meergrünen Augen. Sie wollte nicht sterben.

Drei Tage lang wimmerten die Maschinen unter der Belastung. Yamagata kreuzte unermüdlich durch den Sturm. Der entsetzliche Chi-Gestank war wie eine Wolke, der sie nicht entkamen. Die Mahlzeiten der Jäger schienen in ihren Mägen zum Leben zu erwachen und sich wieder an die Luft kämpfen zu wollen. Masaru und Yamagata verbrachten viel Zeit in der Kapitänskajüte, brüteten über Karten und planten ihren Kurs durch die trügerischen Luftströme, die zwischen den gezackten Spitzen der Berge hindurchpfiffen. Zwar hatten sie genug Verstand, wenn sie sich stritten die Tür zuzuschlagen, aber dass sie sich anbrüllten, konnte man auch durch die Wände hören. Die Wolkenwandler tuschelten miteinander: War dies die letzte Jagd des Schwarzen Fuchses? Führte der Befehl des Shōgun sie alle in den Untergang?

Wie in den letzten drei Nächten lag Yukiko zusammengerollt in ihrer schaukelnden Hängematte: Sie hoffte, so vielleicht ihr Abendessen bei sich behalten zu können. Über ihr schlief ihr Vater tief und fest, betäubt vom Lotusrauch, die erloschene Pfeife noch in der fleckigen Hand. Einen Augenblick lang beneidete sie ihn um den Frieden, den er in dieser furchtbaren Pflanze fand: Erinnerungen und Verluste verschwanden hinter einem Vorhang öligen blauschwarzen Rauchs; das Heulen des Sturms war nichts weiter als ein säuselnder, weit entfernter Luftzug.

Erneut rebellierte ihr Magen; es fühlte sich an, als würde sein Inhalt Wellen schlagen. Sie sah ein, dass sie die Schlacht verloren hatte, sprang auf und taumelte auf die Tür zu. Das Schiff schwankte heftig.

Sie riss einen Regenumhang von einem Haken und lief aufs Deck hinaus. Beinahe wäre sie gestürzt, als die *Donnerkind* sich auf die Seite legte und der lackierte Holzboden unter ihr wegzufallen schien. Sie stolperte zur Reling, lehnte sich darüber und übergab sich: ein widerlicher gelblich brauner Strom stürzte in die Finsternis. Der Regen trommelte herab und durchnässte ihre Haare. Wirre, breite Strähnen klebten ihr im Gesicht, als wollten sie ihr die Augen zuhalten. Sie keuchte, zog den Umhang an und sah sich um.

Er stand am Bug, eine helle Silhouette in der düsteren Nacht, die Arme ausgebreitet. Kurzentschlossen hangelte sie sich an der

Reling entlang, wagte es jedoch nicht, nach unten zu schauen. Trotz des tobenden Sturmes hätte sie schwören können, dass sie ihn lachen hörte. Er ging mit den Wellenbewegungen des Schiffes mit, den Kopf zurückgeworfen, und brüllte wie ein Meeresdrache.

»Kin-san?«

Überrascht drehte er sich zu ihr um. Als er sie sah, erhellte ein Grinsen sein Gesicht. Seine Kleider klebten an ihm wie eine zweite Haut, und sie sah, wie schmal er war, wie zerbrechlich. Und dennoch stand er wie ein Fels in der Brandung zwischen den festgebundenen Chi-Fässern, hielt wieder das Gesicht in den Wind und schrie in den Sturm hinein. Er trug nicht einmal Ölzeug.

»Was bei allen neun Höllen machst du denn hier?«, schrie Yukiko.

»Ich bin am Leben!«, brüllte er über den grollenden Donner hinweg. »Quicklebendig!«

»Verrückt bist du!«

»Und trotzdem bist du hier draußen, bei mir!«

»Aber was ist mit dem Regen? Er wird dich verbrennen!«

Sie strauchelte, als das Schiff schlingerte, und klammerte sich so fest an die Reling, dass ihre Fingerknöchel weiß hervortraten. Sie brauchte nur auszugleiten, dann würde sie in die Finsternis stürzen, und niemand würde sie auch nur schreien hören.

»Komm her!«, rief er. »Stell dich zu mir nach vorn!«

»Nicht für alles Eisen im Inselreich!«

Er winkte sie mit einer Hand näher, mit der anderen hielt er das Seil gepackt, mit dem die Fässer zusammengebunden waren – als sei das Schiff ein ungezähmter Hengst, und er säße auf seinem Rücken, die Mähne fest im Griff. Sie rang ihre Angst nieder, nahm seine Hand und schob ihre Beine zwischen die Fässer.

»Schmeckst du das?«, rief er.

»Was meinst du?«

»Der Regen!« Er legte den Kopf zurück und öffnete den Mund. »Kein Lotus!«

Da merkte Yukiko, dass er recht hatte: Das Wasser, das ihr übers Gesicht strömte, war sauber und klar, so durchsichtig wie Glas. Sie erinnerte sich an die kristallklaren Bergbäche, aus denen sie in ihrer Kindheit mit Satoru und Buruu getrunken hatte, an lange Sommernachmittage im Gras. Ihre Augen strahlten vor Freude. Sie leckte sich die Regentropfen von den Lippen.

»Jetzt mach die Augen zu!«, brüllte Kin, dem der Regen aufs Gesicht prasselte. »Mach die Augen zu und atme!«

Wieder breitete er die Arme weit aus. Einen Augenblick lang betrachtete sie ihn: Sein Gesichtsausdruck ähnelte dem eines Kindes, frei von Furcht oder Verlust. Wie seltsam er doch war! So anders als alle, die sie je getroffen hatte.

Doch der Gedanke trat in den Hintergrund: Wie der Regen schmeckte! Wie der Wind ihr ins Haar fuhr! Wie der Sturm heulte, so wild und gewaltig! Sie schloss die Augen, warf den Kopf zurück und holte tief Luft. Durch ihre Lider hindurch sah sie die Blitze aufleuchten, unter ihren Füßen schaukelte das Schiff. Der Regen war wie Balsam, der ihre Angst fortwusch. Kühle Luft füllte ihre Lunge, aber das Blut, das durch ihre Adern floss, war warm. Kin schrie, jubelte, während der Bug sich hob und senkte, als führen sie über ein sturmgepeitschtes Meer.

»Wir sind am Leben, Yukiko-chan! Wir sind frei!«

Sie lachte und schrie in den Sturm hinein. Sie fühlte sich, als sei sie wieder ein kleines Mädchen, das gemeinsam mit seinem Bruder durch den flüsternden Bambuswald rannte, stark und fröhlich. Nasse Erde unter den Fußsohlen, ihr Geist weit offen: Die kleinen Lebewesen um sie herum waren wie Funken, die von einem Freudenfeuer aufstiegen, zu ihr und Satoru getragen wurden und sie wärmten.

Furchtlos waren sie gewesen, Verlust hatten sie nicht gekannt. Aus der Finsternis war noch nichts zu ihnen hereingekrochen gekommen. Damals hatte es gereicht, einfach nur zu *sein.*

Sie tastete mit allen Sinnen in den Monsun. Ihr Geist entfaltete sich zwischen den Regentropfen, bezaubert von so viel ungezähmter Schönheit.

Ein Flackern von Wärme.

Moment mal …

Ein Herzschlag.

Was ist *das?*

»Arashitora!«, brüllte jemand. Durchdringend begann eine Sirene zu heulen. »Arashitora!«

Yukiko riss die Augen auf. Im Licht der Deckbeleuchtung konnte sie den Steuermann erkennen, der über der Reling hing, nach unten deutete und aus vollem Halse schrie. Der Navigator drehte die Kurbel einer Sirene, ihr schriller Klang übertönte den Lärm. Yukiko spähte in das endlose Meer aus brodelnder Finsternis, in das der Steuermann zeigte, sah aber gar nichts. Dann zuckte ein Blitz auf, ein weiß glühender, verästelter Magnesiumfaden. Heller Tag, der einen winzigen Augenblick lang unter der Decke der Nacht hervorlugte.

Und da sah sie ihn. So kurz nur, dass es war, als hätte sie zu lange in die Sonne geschaut, als sei er bloß ein Phantombild. Gewaltige weiße Schwingen, die Federn so lang wie ihr Arm, so breit wie ihr Oberschenkel. Schwarze Streifen, starke Muskeln, ein stolzer Vogelkopf mit einem scharfen Schnabel. Mitternachtsaugen, schwarz und tief.

»Bei Izanagis Atem«, wisperte sie und spähte in die Dunkelheit. »Da ist er!«

Wieder ein Blitz, und wieder erschien die Bestie vor ihren staunenden Augen.

Unmöglich.

Undenkbar.

Ein Donnertiger.

11

ARASHITORA

Der Lotusrauch hielt ihn umschlungen, warm und weich. Es war, als würde sein Kopf unter Wasser gehalten: Das Wüten des Sturms, das Kreischen der Sirene und das Getrampel rennender Menschen war kaum mehr als ein gedämpftes Murmeln. Über die Schreie sterbender Tiere hinweg konnte er es beinahe nicht hören. Seine Wimpern flatterten gegen die Wangen, seine geröteten Augen verdrehten sich. Er wollte nicht aufwachen. Aber schließlich wurde sogar ihm der Krach zu viel: Er war wie ein Stahlsplitter, der sich unter seinem Augenlid verfangen hatte und ihn aus seinem öligen chemischen Traum heraus an die Oberfläche zog.

»Verdammt noch eins …« Masaru rieb sich den Kopf. »Was bei allen Höllen ist denn nur …«

Die Tür zu seiner Kajüte flog auf. Kasumi stand auf der Schwelle, einen federbetriebenen Netzwerfer in den Händen. Ihr Haar war offen und schwebte im Luftzug wie schwarze Seide um ihr Gesicht. Ihre Wangen waren vor Aufregung leicht gerötet.

Wunderschön.

»Masaru«, hauchte sie, »ein Arashitora!«

Damit wirbelte sie herum und lief fort. Der Adrenalinstoß war wie ein Schlag in den Magen und klärte ihm den Kopf. Plötzlich war er hellwach. Seine Fingerspitzen kribbelten, und in seiner Brust tanzte ein Feuer. Er sprang aus der Hängematte und rannte Kasumi hinterher.

Auf Deck waren die Wolkenwandler an der Reling versammelt, gestikulierten und plapperten aufgeregt. Akihito bemannte bereits das Flutlicht steuerbords; der Sturm riss an seinen Zöpfen. Die Leuchtkugel des Scheinwerfers flackerte und wurde dann heller, als die Spirale aufglühte, die zwischen schimmernden Spiegeln eingebettet war. Der Lichtstrahl fuhr durch die Wolken und verwandelte tiefstes Schwarz in wogendes Grau. Der Hüne beschrieb weite, gleichmäßige Bögen mit dem Scheinwerfer. Der Regen schien sekundenlang glitzernd in der Luft zu erstarren, immer wenn der Lichtstrahl ihn traf. Er schnitt durch die Nacht wie eine Rasierklinge. Der Generator hinter Akihito brummte, stieß Chi-Abgase aus und leitete Energie in die Halogenbirne. Der Lichtstrahl reichte beinahe dreißig Meter in die Nacht; ein gebündelter Blitz, so hell wie die Sonne.

»Hast du ihn gesehen?«, brüllte Masaru über das Heulen des Sturms hinweg.

»Hai!« Der Hüne war in Hochstimmung. »Ein Riesenvieh, weiß wie Schnee. Prachtvoll!«

Das Schiff schwankte heftig, und Masaru klammerte sich an der Reling fest, um nicht auf den Hintern zu fallen.

»Halt sie ruhig, Yamagata!«

Der Kapitän stand in einer blutroten Öljacke am Steuer und kurbelte heftig an dem großen Rad, um zu kompensieren. Er blinzelte sich das Wasser aus den Augen. »Raijin will uns die

Ärsche aufreißen!«, schrie er. »Wir können von Glück sagen, dass wir noch in der Luft sind! Vom Geradeausfliegen will ich gar nicht reden …«

Und dann ertönte ein markerschütterndes Kreischen, und eine große weiße Gestalt stieg über der steuerbordseitigen Reling auf. Masaru sah eine schwarze Zeichnung auf weißem Fell; Schwingen, breiter als eine Manneslänge, ihr Schlag war lauter als der Donner. Akihito schwang den Scheinwerfer herum.

Masaru taumelte zu den Ausrüstungskisten hinüber und griff sich einen Kobiashi-Nadelwerfer: Die Jagdwaffe sah aus wie eine schwarze Röhre, auf die ein Zielfernrohr montiert war. Die eiserne Druckgasflasche am anderen Ende diente zusätzlich als Schulterstütze. Er schob ein Magazin mit Betäubungspfeilen ins Verschlussgehäuse, verriegelte es und öffnete das Druckventil. Dann hängte er sich die übrigen Magazine um und kletterte Kasumi hinterher. Sie hing in der Takelage, die Füße in den Strickleitern verhakt, die zum Ballon der *Donnerkind* hinaufführten. Ihr Netzwerfer war geladen, und sie hatte einen zweiten über der Schulter hängen. Dicke Taue aus Lotus-Hanf führten zu den Winden hinab, die an der Reling festgeschraubt waren. Kasumis Blick ging über das Visier des Werfers hinweg und folgte dem Lichtstrahl, der über den Himmel glitt. Regentropfen liefen ihr übers Gesicht, sammelten sich in ihren langen Wimpern und fielen wie Tränen herab.

»Bist du so weit?«, schrie Masaru und wickelte seine Füße in die Takelage.

Sie nickte, ohne den Blick vom Himmel zu wenden.

»Warte ein paar Sekunden, damit der Schwarze Schlaf wirken kann – sonst bricht er sich im Netz vielleicht die Flügel!«

Der Sturmwind klang wie ein Oni, der den Zorn aller neun Höllen hinausschrie. Die *Donnerkind* schwang wie ein Pendel im tobenden Monsun, Donnerschläge hallten über das Deck. Die Wolkenwandler starrten aufgeregt in die Finsternis.

»Da!«, rief einer und zeigte in die Dunkelheit. Akihitos Scheinwerfer zerteilte die Regenfluten, und der Lichtstrahl streifte etwas Weißes. Sie hörten einen gellenden Schrei – das Brüllen eines Tieres, das dem Grollen des Donners glich – und das kräftige Schlagen von Schwingen. Das Schiff legte sich hart auf die Seite, seine Nase neigte sich dem Erdboden entgegen. Ganz nah zuckte ein Blitz auf, und plötzlich hatten sie ihn. Gefangen im blendenden Halogenlicht, jede Einzelheit klar zu erkennen – er bot den prächtigsten Anblick, den Masaru in seinem ganzen Leben zu Gesicht bekommen hatte.

Er war die Personifikation der Kraft. Der fleischgewordene Sturm, von Raijins Händen aus den Wolken gehauen. Einer der Söhne des Donnergotts, losgelassen, um durch das ozongeschwängerte Chaos zu tollen. In den alten Legenden hieß es, ihr Flügelschlag ließe den Donner über den Himmel rollen. Wenn sie miteinander kämpften, sprühten Funken von ihren Krallen, und das waren die Blitze. Und weil dem Sturmgott Susanoo, überwältigt von der Schönheit und Ungezähmtheit seiner Enkelkinder, die Tränen kamen, regnete es. Donnertiger. Arashitora.

Kasumis Lippen formten ein Wort: *Wunderschön.*

Der Arashitora hatte den Hinterleib eines Tigers und die mächtigen Schwingen, die Vorderbeine und den Kopf eines Adlers. Unter dem schneeweißen Fell mit den ebenholzfarbenen Streifen und dem weißen Gefieder zeichneten sich kräftige Muskeln ab. Stolz war er. Kämpferisch. In seinen Bernsteinaugen und tiefschwarzen Pupillen spiegelten sich Blitze. Wieder brüllte er, und das Schiff erbebte. Er glitt durch die Luft wie das Katana eines Schwertmeisters. Masaru schüttelte den Kopf und blinzelte heftig. Der Regen peitschte ihm ins Gesicht, der Wind schnitt ihm bis auf die Knochen. Dies war kein Traum, er war wach. Und dennoch zweifelte er.

Wie riesig die Bestie war! Ihre Flügelspanne musste wenigstens siebeneinhalb Meter betragen. Ihre Klauen erinnerten an Säbelklingen, und die Augen waren so groß wie Akihitos Fäuste. Ein Raubtier wie aus Eisen gegossen, dabei jedoch geschmeidig. Ein Knurren vibrierte in seiner Brust. Der Donnertiger war eine Maschine aus Muskeln, Schnabel und Krallen. Masaru fragte sich, wie viel Schwarzen Schlaf sie brauchen würden, um ihn zu betäuben.

»Wo kommt er denn nur her?«, schrie Kasumi.

»Warte, bis ich ihm zwei Salven verpasst habe!«, schrie Masaru zurück. »Er ist zu groß!«

Kasumi nickte. Sie verengte die Augen und spannte den Unterkiefer an. Die Wolkenwandler staunten mit offenen Mündern, die Köpfe zurückgelegt, als der Greif über das Schiff hinwegsegelte. Allem Anschein nach war er so fasziniert von ihnen wie sie von ihm. Er stieß einen herausfordernden Schrei aus und fragte sich wohl, wer die Eindringlinge waren, die sich in seinen Himmel vorwagten.

Masaru drückte auf den Auslöser am Nadelwerfer und entleerte ratternd und zischend das gesamte Magazin auf einmal. Zwei Dutzend Betäubungspfeile sausten durch die Dunkelheit, mindestens vier bohrten sich dem Arashitora in die Hinterhand. Er schwang nach links und tauchte unter den Kiel. Wieder erzitterte die *Donnerkind* unter seinem zornigen Gebrüll. Das Himmelsvolk rannte geschlossen nach Backbord und sah, wie die Silhouette des Greifen über der Reling aufstieg. Er riss eine breite Furche in die Bordwand. Der Zusammenprall war heftig: Dreißig Zentimeter lange Holzsplitter flogen über das Deck, und das Schiff bäumte sich auf. Taue rissen. Einer der Wolkenwandler stürzte schreiend über Bord; ein zweiter wurde von seinen Kameraden gerade noch vor demselben Schicksal bewahrt.

»Jetzt hast du ihn wütend gemacht, Masaru!« Akihito grinste breit. Er schwenkte den Lichtstrahl suchend durch die Nacht, den Kopf schief gelegt, als könne er so das Geräusch von Flügelschlägen über den tosenden Sturm besser hören.

»Bindet euch fest!«, brüllte Yamagata seinen Männern zu. »Oder verschwindet unter Deck!«

Gehorsam schlangen sich die Mannschaftsmitglieder Seilenden um die Hüften und kehrten auf ihre Posten zurück. Einige kletterten in die Takelage hinauf, um zerrissene Taue zu sichern.

Ein Schrei zerfetzte die Luft. Es roch nach Ozon. Donner krachte. Eine weiße Gestalt stieß im Sturzflug auf das Schiff nieder, rammte die Backbordmaschine und riss sie ab. Metall kreischte. Die *Donnerkind* stürzte zehn Meter in die Tiefe und zog eine helle Flammenspur hinter sich her.

Die Wolkenwandler schrien vor Entsetzen, als sich der Brand nach oben ausbreitete; Feuerzungen leckten an den Seiten des Ballons. Feuer und Wasser trafen zischend aufeinander, und rasch zog dicker schwarzer Qualm übers Deck. Man konnte nur noch wenige Zentimeter weit sehen. Ein Wolkenwandler stürzte schreiend aus der Takelage, seine Kleider und seine Haare standen in Flammen. Mit einem schrecklichen dumpfen Krachen schlug er auf den Planken auf. Regenfluten erstickten die Flammen, die den Ballon erreicht hatten. Auf dem Segeltuch blieben lange schwarze Rußspuren zurück.

Masaru biss die Zähne zusammen und drückte ab, gerade als die verschwommene weiße Gestalt wieder unter ihnen verschwand. Der Nadelwerfer fauchte, aber es war zu spät: Harmlos segelten die Pfeile in die Finsternis davon. Masaru verfluchte den schwarzen Rauch und blinzelte sich den Regen aus den Augen. Von der aufgerissenen brennenden Flanke der *Donnerkind* wehte das unheilvolle Knirschen des beschädigten Getriebes heran. Dann wurde das Schiff erneut erschüttert, als ein zusätzlicher Kraftstofftank explodierte. Flammen schlugen aus der zerfetzten, rauchenden Bordwand. Die *Donnerkind* bäumte sich auf und krängte dann stark. Der Schub der verbliebenen Maschine drohte, sie auf ihre beschädigte Seite zu drehen. Yamagata bellte seine Männer an: Jemand solle *sofort* den alten Kioshi finden und ihm sagen, dass er backbords die Kraftstoffleitungen zudrehen musste. Der Kapitän umklammerte das Steuerrad mit weiß hervortretenden Knöcheln und keuchte durch gefletschte Zähne. Er brüllte in Masarus Richtung:

»Das Mistvieh reißt uns in Stücke!«

Dann tauchte aus der Finsternis eine Felsspitze direkt vor dem Bug auf. Yamagata stieß einen warnenden Schrei aus und warf sich mit seinem ganzen Gewicht ins Steuerrad. Die *Donnerkind* drehte hart nach Backbord ab. Der verbliebene Propeller kreischte protestierend und wirbelte Abgas in den Regen. Als wolle das Schiff dem Sturm seinen Bauch zeigen, drehte es sich beinahe um neunzig Grad. Nieten sprangen vom Gehäuse der Steuerbordmaschine ab. Wolkenwandler fielen schreiend aus der Takelage: Diejenigen, die Zeit gehabt hatten, sich zu sichern, stürzten mit einem schrecklichen Ruck in ihr Seil, baumelten daran und mussten hilflos mitansehen, wie ihre unglücklichen Kameraden von der wogenden Finsternis unter ihnen verschlungen wurden.

Masaru klammerte sich an der Takelage fest und starrte in die Dunkelheit, suchte nach einem Aufflackern von Weiß, lauschte auf das Geräusch schlagender Flügel, während die Flammen knisterten, der Donner grollte und die sterbenden Himmelssegler schrien.

»Vier Pfeile Schwarzer Schlaf«, knurrte er. »Und er ist nicht mal langsamer geworden!«

Yukiko kauerte neben Kin am Bug, die Arme um eins der Chi-Fässer geschlungen. Der Junge wirkte verstört, beinahe wie gelähmt. Er duckte sich tief zwischen die Fässer und beobachtete mit zusammengebissenen Zähnen die Wolkenwandler, die sich an Deck versammelt hatten. Sein Gesicht war bleich, er sah nervös aus. Als der Kraftstofftank explodierte, fuhr er heftig zusammen. Das Licht der brüllenden Flammen spiegelte sich in seinen entsetzten Augen. Yukiko nahm kaum etwas davon wahr: Der Anblick des Donnertigers hatte sie in seinen Bann geschlagen. Der Mund stand ihr ein wenig offen, und ihre Augen leuchteten.

»Siehst du ihn?«, wisperte sie. »Götter im Himmel, er ist so schön!«

Sie schloss die Augen, streckte ihre Sinne in den Sturm aus und spürte, wie sie den Boden unter den Füßen verlor. Sie tastete sich durch die Finsternis, ein blindes Mädchen auf der Suche nach der Sonne. Und dann berührte sie sie. Brennend heiß. Unter der betäubenden Schwere des Giftes spürte sie einen benommenen, dunklen Zorn. Zerstörungswut – der Donnertiger wollte etwas zerreißen, zerfetzen. Animalische Raserei, gepaart mit einer scharfen Intelligenz. Er war empört, dass er von diesem hölzernen Insekt herausgefordert worden war, dieser Schnecke ohne Flügel, die sich über den Himmel schleppte und nach toten, brennenden Blumen stank.

Und dann bemerkte er sie. Verwirrung. Aggression. Neugier. Seine Stimme hallte in ihrem Kopf wider, so ohrenbetäubend laut wie die Donnerschläge, die über den Himmel rollten.

WER BIST DU?

Yukiko.

Seine Neugier war stärker als sein Ärger. Er kam näher und erwiderte ihre Berührung. Wie das leiseste Flüstern, hinter dem sich die Kraft einer stählernen Feder verbarg – eine Kraft, die nur darauf wartete, entfesselt zu werden.

WAS BIST DU?

Der Sturm tobte um sie herum, kam ihnen jedoch kaum stärker vor als eine Sommerbrise. Immer wenn ein Blitz aufflammte, spürten sie Elektrizität auf ihrer Haut kribbeln. Und dann – Schmerz. Eine Reihe scharfer Stiche in den Bauch. Giftig. Die Glieder wurden ihnen schwer, Zorn kochte hoch. Ein Schrei brach aus ihrer Kehle und erschütterte das Himmelsgewölbe.

»Du hast ihn erwischt!«, brüllte Akihito und richtete den blendend hellen Lichtstrahl nach oben.

Wieder kreischte der Donnertiger. Er klang jetzt matter, wenn auch immer noch wütend. Kasumi spähte durch ihr Visier und stützte den Netzwerfer gegen ihre Schulter.

»Jetzt!«, schrie Masaru.

Ein dumpfer Knall, als die Druckluft entwich. Ein fest geknüpftes Netz von zwanzig Meter Durchmesser schoss in die Nacht hinaus und entfaltete sich; die Taue aus Lotushanf waren so stark wie Stahlseile. Das Schwirren, mit dem das Netz durch die Luft flog, erinnerte an einen Schwarm Heuschrecken. Der brüllende Donnertiger verfing sich in dem beschwerten Geflecht wie eine Fliege in einem Spinnennetz. Masaru sprang aufs Deck hinab und betätigte die motorisierte Seilwinde. Kasumi feuerte den zweiten Werfer ab und fesselte die Schwingen des Tiers an seine Flanken, die nun vor Angst bebten. Sein Kampfeswille war dem Instinkt zu fliehen gewichen.

Doch dafür war es zu spät.

Der Greif stürzte vom Himmel, Schwarzer Schlaf pulsierte in seinen Adern und raubte ihm das Bewusstsein. Er fiel an der Steuerbordreling vorbei und verschwand in der Dunkelheit unter dem Schiff. Im nächsten Moment strafften sich die Taue der Seilwinden: Sie fingen das enorme Gewicht des Arashitora auf, und die *Donnerkind* neigte sich prekär auf die Seite. Der Motor der Seilwinde röchelte. Yamagata leitete Treibstoff in die stotternde Schiffsmaschine ein und kämpfte zugleich mit dem Steuerrad. Sein Navigator sprang ihm bei. Überall schrien sich panische Wolkenwandler die Seele aus dem Leib. Der Sturm schleuderte das Schiff herum, als sei Raijin außer sich vor Zorn, dass sie Hand an seinen Sohn gelegt hatten. Mehrere Mannschaftsmitglieder gingen über Bord, hingen in ihren Seilen über dem heulenden Abgrund – aber langsam und stur richtete sich das Schiff wieder auf.

»Rauf mit ihm!«, bellte Yamagata. »Sonst wirft er uns doch noch um!«

Ächzend zogen die Winden ihre Last in die Höhe. Die Seile rauchten, die Motoren husteten Abgaswolken in die Luft. Die Wolkenwandler zerrten ihre Kameraden wieder an Deck und halfen dann den Jägern: Sie angelten mit langstieligen Haken nach dem Netz und hievten mit vereinten Kräften. Nach und nach kam der Donnertiger in Sicht. Er war fest in die schwarzen Seile verstrickt. Durch halb geschlossene Lider starrte er die Menschen benommen und hasserfüllt an.

Die Wolkenwandler schwitzten und taumelten unter dem Gewicht. Schließlich griffen sie auf den Lastenkran der *Donnerkind* zurück, um die Bestie an Bord zu holen. Eiskalt und unbarmherzig prasselte der Regen aufs Deck; es schien, als spülten Wellen über die Planken. Gefährlich nah zuckten Blitze. Die Donnerschläge waren ohrenbetäubend.

Sie brauchten zwanzig Männer, um den Greifen in den Käfig zu schleppen. Masaru drängte zur Vorsicht, ermahnte die Wolkenwandler, auf die Flügel des Tigers achtzugeben. Akihito war ganz vorne dabei und packte kräftig mit an. Eine ausgelassene Freude stand dem Hünen ins Gesicht geschrieben. Kasumi hatte mit dem Nadelwerfer Position neben dem Käfig bezogen. Sie behielt den Arashitora im Auge und achtete dabei auf die kleinste Regung. Auf ihren Lippen lag ein schmales Lächeln; sie strahlte einen stillen Stolz aus.

Dann versammelte sich die mitgenommene Mannschaft um den verriegelten Käfig. Die Männer jubelten, schlugen einander auf die Schultern und salutierten den unerschrockenen Jägern und ihrem verbissenen Kapitän, der noch immer das Steuerrad seines verwundeten Schiffes umklammert hielt. Yamagata erwiderte den Salut und brachte ein erschöpftes Grinsen zustande. Masaru strahlte wie ein frischgebackener Vater. Noch immer wirkte er ein wenig fassungslos.

Sie hatten einen Arashitora gefangen! Einen legendären Greifen, einen Traum. Und sie hatten ihn besiegt!

Nur Yukiko gesellte sich nicht zu der Menge. Mit traurigen Augen beobachtete sie, wie die Männer um den Käfig herumtanzten, lachten und Luftsprünge machten. Im dichten Nebel des Schwarzen Schlafes tastete sie nach dem Geist des Donnertigers, konnte ihn jedoch kaum spüren. Er war nur mehr ein winziger glimmender Funke, die Ahnung flammenden Zorns, der alles verbrennen würde, was ihm zu nah kam.

Entrüstung. Unglaube. Raserei.

ZERREISSE EUCH!

Mit eisernem Willen kämpfte er gegen das Gift an, gab ihr und sich selbst ein Versprechen. Langsam stieg es aus der Finsternis auf, die ihn gefangen hielt, getragen von einem Sturmwind aus Hass und Zorn.

Noch nicht. Noch nicht, aber bald.

ZERREISSE EUCH ALLE!

Die ausgelassene Feierstimmung hielt nicht lange an.

Das klagevolle Wimmern der Steuerbordmaschine weckte die Wolkenwandler aus ihrem Freudentaumel. Viele blickten zur zerfetzten Takelage auf oder zu dem rauchenden Loch hinüber, das in der Flanke der *Donnerkind* klaffte, und die Furcht war ihnen deutlich anzusehen. Gnadenlos schüttelte der Monsunwind ihr Schiff; es hätte ein Kinderspielzeug sein können, das hilflos auf der sturmgepeitschten See trieb. Die Maschine auf der Backbordseite war fort. Aus abgerissenen Leitungen sprudelte noch immer blutrotes Chi in den Abgrund; Himmelssegler kämpften mit den Ventilen. Die Steuerbordmaschine lief auf Hochtouren, und doch konnte Yamagata den Kurs nicht halten – der Sturm riss die *Donnerkind* mit sich. Der Kompass drehte sich wie wild, und in der Finsternis waren die Umrisse schwarzer Felsspitzen zu erahnen.

Masaru kletterte zum Steuerstand hinauf und strich sich das regennasse Haar aus den Augen. »Wie schlimm ist es?«

»Von gut ist es jedenfalls verdammt weit entfernt!«, schrie Yamagata und stemmte sich gegen das Steuerrad. Sein Gesicht war so grimmig und bleich wie das eines Hungergeistes. »Verflucht noch mal, ich kann *überhaupt nichts* sehen ...« Er wandte sich an seinen Navigator. »Toshi, wirf backbords das Flutlicht an und schick jemanden nach Steuerbord. Wir sind zu weit unten. Wir könnten einen dieser Drecksberge rammen und wären tot, ehe wir wüssten, wie uns geschieht. Bei allen neun Höllen, wo ist Kioshi?«

Der Navigator taumelte auf die Leiter zu und schrie dabei aus vollem Halse nach einem anderen Wolkenwandler.

Masaru lehnte sich näher an Yamagatas Ohr und brüllte, damit der Mann ihn über das Brausen und Heulen des Windes hinweg hören konnte. »Kannst du uns hier rausbringen?«

»Unmöglich!« Der Kapitän stolperte, als die *Donnerkind* heftig schlingerte, wischte sich mit dem Ärmel übers Gesicht und spuckte aufs Deck. »Mit bloß einer Maschine sind wir dem Sturm hilflos ausgeliefert! Und da ist nichts zu machen ... Selbst wenn wir noch eine in Reserve hätten, bei dem Scheißwetter könnten wir sie nicht in Gang bringen!«

»Kriegst du das Schiff hochgezogen?«

»Bei allen Dämonen der Unterwelt, was glaubst du, mache ich gerade? Wir haben eine Menge zusätzliches Gewicht an Bord!«

Als verstünde er sie, bäumte sich der Arashitora in seinem Käfig auf und stieß ein benommenes Kreischen aus. Die Ultraschallvibrationen ließen das Wasser wie einen feinen Nebel vom Deck aufsteigen. Wolkenwandler wichen zurück, als der Donnertiger versuchte, sich aufzurappeln. Mit Schnabel und Klauen riss er an dem Netz, und die stahlstarken Lotusseile rissen so leicht wie verrottete Wolle.

»Bei Izanagis Klöten«, murmelte Masaru erschüttert. »Ich hab ihn mit so viel Schwarzem Schlaf vollgepumpt, damit hätte man ein Dutzend Männer umbringen können ...«

»Wie viel hast du denn noch?«

»Bei Weitem nicht genug für die Heimreise.«

Der Donner dröhnte, der Wind heulte, und dennoch hörten sie die Seile reißen. Die Bestie warf den Kopf zurück und schrie zu den Gewitterwolken auf, als wolle sie ihnen antworten. Elektrizität lag in der Luft, die Härchen auf Masarus Armen richteten sich auf. Der Donnertiger schüttelte sich und warf die Reste des Netzes ab. Seine Klauen gruben tiefe Rillen ins Deck. Die Planken spalteten sich wie trockene Blätter.

Kasumi rief Akihitos Namen. Sekunden später erschien sein Kopf über der obersten Leitersprosse zum Steuerstand. Der Streit zwischen den Männern war vergessen, der Hüne noch immer in Hochstimmung. »Er wacht auf, Masaru! Sieben Pfeile, und er steht schon wieder! Hast du so etwas schon mal gesehen?«

Bevor Masaru antworten konnte, rollte ein Donnerschlag über das Schiff hinweg und brachte seine Knochen zum Vibrieren. So laut wie ein eigenhändig abgefeuerter Eisenwerfer oder der Knall einer Peitsche neben dem Ohr. Der Bug stieg in die Höhe, als hätte jemand der *Donnerkind* einen Aufwärtshaken verpasst. Die Taue knarrten. Schmerzensschreie stiegen zu ihnen auf: Mehrere Wolkenwandler waren aufs Deck gestürzt und wanden sich auf den lackierten Planken, die Hände vor die blutenden Ohren geschlagen.

Wieder ein Donnerschlag, wieder bäumte sich das Schiff auf. Masaru spähte durch den Regen zum Käfig hinüber und sah, wie der Greif versuchte, sich darin auf die Hinterbeine aufzurichten. Er schlug mit den kräftigen Flügeln. Über die Schwungfedern liefen blaue elektrostatische Entladungen – und dann folgte ein weiterer hallender Donnerschlag. Das Schiff sackte gute fünf Meter ab. Masarus Magen blieb oben zurück, um die Aussicht zu bewundern.

»Götter, was *ist* das?«, schrie Yamagata.

»Raijins Lied«, flüsterte Masaru.

Er hatte geglaubt, *dieser* Teil der alten Erzählungen sei ganz sicher ein Märchen. Eine Ausschmückung, um den Geschichten über die Sturmtänzer noch mehr Spannung zu verleihen, ein magisches Element, um sie zu Legenden zu machen. Es hieß, die Schwingen eines Arashitora könnten einen ohrenbetäubenden Donnerschlag verursachen. Ein Schlachtenlied, das so manche Armee zerstreut hatte. Wenn es erklang, warfen sich erwachsene Männer zu Boden und rollten sich zusammen wie Föten im Mutterleib. Es war ein Geschenk des Donnergotts an seine Nachkommen, erzählte man sich – jeder sollte wissen, dass die Arashitora Raijins Kinder waren.

Altweibergeschwätz.

Als wolle er das Gegenteil beweisen, schlug der Tiger erneut mit den Flügeln und ließ das Schiff erbeben. Blitze züngelten an den eisernen Gitterstäben des Käfigs herab, blendend hell und unwahrscheinlich blau. Die *Donnerkind* ächzte. Taue rissen, eine Faser nach der anderen.

»Das hält sie nicht aus!«, schrie Yamagata.

Masarus Gedanken waren ein stiller Fluss. Die Wirkung des Lotusrauchs war noch nicht ganz verflogen; obwohl um ihn herum die Hölle los war, blieb er merkwürdig ruhig. Er verengte die Augen und beobachtete die tobende Bestie mit dem scharfen, grausamen Schnabel und der stolzen Haltung ihres Kopfes. Der Donnertiger schlug mit den Flügeln gegen den Käfig. Winzige verästelte Blitze liefen über schneeweiße Daunen und sprangen auf die langen Schwungfedern über.

Lass dich nicht von den alten Sagen blenden. Du hast ein wildes Tier vor dir. Wie viele hast du schon gejagt? Du weißt, was es will: fliegen; frei sein. Wie jeder andere Raubvogel auch.

Der Donnertiger brüllte, als wüsste er, was in Masaru vor sich ging.

Und wie zähmt man einen Raubvogel? Wie sorgt man dafür, dass er einen als Herrn anerkennt?

Masaru schluckte schwer. »Akihito, hat Kasumi die Nagamaki mitgenommen, die Shōgun Kaneda uns geschenkt hat?«

Der Hüne blinzelte ihn durch den pfeifenden Wind an. »Natürlich.«

Masarus Gesicht war zu einer Maske erstarrt. Hart wie Stein. Regen strömte an ihm herab wie an den Felshängen der Berge. Er ballte die Fäuste, ohne den Blick von dem Arashitora zu wenden. Mit den Fingerknöcheln fuhr er sich über den Mund.

»Hol mir das schärfste.«

12

TRÄNEN IM REGEN

Yukiko kauerte neben dem blassen Jungen und beobachtete, wie der Donnertiger in seinem Käfig tobte. Wieder tastete sie mit ihrer Gabe nach ihm, kam aber nicht an seinem rasenden Zorn vorbei, der von schwachem Ozongeruch begleitet wurde. Sie versuchte, ihn ihr Bedauern spüren zu lassen, ihr Mitleid. Gern hätte sie ihm das Gefühl gegeben, in Sicherheit zu sein, aber er wollte nichts davon wissen. Er nahm sie kaum wahr; in seinen Augen war sie ein lästiges, summendes Insekt.

Jedes Mal, wenn einer der Wolkenwandler sich dem Bug näherte, duckte Kin sich, so tief er nur konnte. Erst nach und nach wurde Yukiko klar, dass er Angst vor den Männern hatte. Er versteckte sich vor ihnen, einen furchtsamen Blick in den Augen.

»Was hast du?«

»Sie dürfen mich so nicht zu Gesicht bekommen«, zischte er.

»So? Wovon sprichst du?«

»So eben!«, rief er.

Yukiko krauste die Stirn. »Wer bist du, Kin?«

Grell leuchtete ein Blitz in nächster Nähe auf und zuckte durch die endlose Dunkelheit auf den Erdboden zu. Yukiko fuhr zusammen und drückte sich gegen die Chi-Fässer. Sie warf einen furchtsamen Blick auf den Ballon, der im Griff des Monsuns über ihren Köpfen an seiner Vertäuung zerrte.

»Was passiert, wenn uns ein Blitz trifft?«, fragte sie heiser.

»Hängt davon ab. Wenn er den Kraftstoff anzündet, verbrennen wir. Wenn er in den Ballon einschlägt ...« Kins Stimme verlor sich. Er legte die schmalen blassen Hände zusammen und ließ sie aufs Deck sinken, wo er eine Explosion mimte.

Yukiko schluckte und sah auf. Ihr Vater ging auf den Käfig des Donnertigers zu. Ein paar Schritte entfernt blieb er stehen und nahm Kasumi den Nadelwerfer ab. Der Arashitora kreischte und schlug donnernd mit den Flügeln. Wolkenwandler stürzten links und rechts aufs Deck. Ihr Vater zielte sorgfältig und schoss dem Tiger das ganze Magazin Pfeile in die Flanke.

Yukiko spürte ein scharfes Echo seines Schmerzes, überlagert von beinahe besinnungsloser Wut. Die Bestie hasste ihren Vater: Sie prägte ihn sich ein, sein Gesicht, seine Gestalt, und schwor sich, dass sie ihm jedes Glied einzeln ausreißen würde. Sie würde in seinem Blut baden, als sei es ein glasklarer Gebirgsbach. Dann jedoch erhob sich das Gift auf Schwingen aus Teer, warf sich über den Arashitora wie eine stinkende Decke und raubte ihm erneut das Bewusstsein.

Akihito kam unter Deck hervor, den langen Griff eines Nagamaki in der Hand. Er zog die Klinge aus der ledernen Scheide, und als dicht – so dicht! – vor der Bordwand ein Blitz aufzuckte, glitzerte der Stahl wie ein Spiegel. Yukikos Magen krampfte sich zusammen, und sie vergaß Kin. Als ihr Vater die Tür des Käfigs entriegelte, sprang sie auf und rannte zu ihm.

»Du willst ihn umbringen?«, schrie sie. »Das darfst du nicht!«

Masaru blickte über die Schulter zurück, die Augenbrauen hochgezogen. »Wo kommst du denn her? Geh wieder rein!«

»Er hat sich doch nur verteidigt!«

»Wir töten ihn nicht«, sagte Kasumi. »Aber wenn er nicht mit Raijins Lied aufhört, stürzen wir ab!«

Ein Wolkenwandler brüllte eine Warnung aus der Takelage, und Yamagata kurbelte das Steuerrad hart nach Steuerbord. Eine zerklüftete Bergwand ragte in der Finsternis vor ihnen auf. Der Kiel schaffte es nur ganz knapp an einem scharfen Felsvorsprung vorbei. Verzweifelt klammerten sich die Mannschaftsmitglieder fest; die Jäger fielen auf die Knie. Der Kapitän leitete mehr Chi in die gequälte, einsame Maschine ein, und die *Donnerkind* stieg unsicher schwankend über die steinernen Hauer auf.

Langsam und unsicher rappelten sich die Jäger hoch. Das Deck schwankte heftig unter ihren Füßen.

Yukiko sah ihrem Vater forschend in die Augen. Trotz Kasumis Versicherung war ihre Beklommenheit nicht gewichen. »Was hast du also vor?«, fragte sie und fürchtete die Antwort.

Masaru wog das Nagamaki in der Hand. »Ich stutze ihm die Flügel.«

Yukiko blieb der Mund offenstehen. In ihren weit aufgerissenen Augen brannte Entrüstung. »Was? Aber *warum* denn?«

»Ein Greif ist wie jeder andere Vogel auch, Mädchen!«, fuhr Masaru sie an. »Wollte man einen Falken dressieren, würde man es genauso machen. Raubvögel behaupten ihre Dominanz durch Flugmanöver und Flughöhe. Nimmt man ihnen das, bricht man ihren Willen. Und wenn wir diesem Tier nicht rasch Gehorsam beibringen, bekommen wir große Probleme. Wir können es nicht bis Kigen betäuben, dazu reicht der Schwarze Schlaf nicht.

Du hast gesehen, wozu es in der Lage ist ... Es hat das Schiff bereits in Stücke gerissen!«

»Aber du machst es bloß wütender!«

»Ach, Mädchen. Du weißt doch gar nicht, wovon du redest.«

»Er ist nicht bloß ein Tier, er denkt wie wir! Das hab ich gesp...« Sie sah sich rasch um und nahm ihren Vater am Arm. »Das hab ich *gespürt.*«

»Du hast deine Gabe eingesetzt?«, zischte Masaru, die Augen zu Schlitzen verengt.

»Hai.« Sie senkte den Kopf. »Ich konnte nicht anders. Ein Wesen wie ihn hab ich noch nie zuvor gesehen.« Als sie ihren Vater wieder ansah, lag ein eindringlicher Blick in ihren Augen. »Ich bitte dich, Vater. Es muss einen anderen Ausweg geben!«

Masaru schaute seiner Tochter ins Gesicht und wurde beinahe schwach. Plötzlich erinnerte sie ihn so sehr an ihre Mutter. Er erkannte Naomi im Schwung ihrer Wange, in ihrer entschlossenen Miene, in jener entsetzlichen Sturheit, die er so bewundert hatte. Aber schon im nächsten Augenblick war die Anwandlung vorbei. Der Pragmatismus eines Jägers gewann die Oberhand, gestärkt durch die Gewissheit, dass es sie alle das Leben kosten würde, wenn er die Bestie nicht unterwarf – seine Tochter eingeschlossen.

»Es tut mir leid, Ichigo, aber es muss sein.«

»*Bitte,* Vater ...«

»Es reicht!«, bellte er, und wie aufs Stichwort krachte ein Donnerschlag. Yukiko schrak zusammen. Er wandte sich von ihr ab und betrat den Käfig. Aus den Augenwinkeln sah er, wie Akihito ihr einen entschuldigenden Blick zuwarf, bevor er ihm folgte. Kasumi ergriff das Mädchen an der Schulter, um es zurückzuhalten, doch Yukiko schüttelte sie ab. Sie schlang die Arme um sich selbst und starrte betäubt und stumm den Rücken ihres Vaters an. Regen strömte ihr übers Gesicht.

Masaru war klar, dass die Bestie jeden Moment wieder zu sich kommen konnte – sie hatten keine Zeit zu verlieren. Akihito kniete sich neben der Schulter des Donnertigers auf die zerrissenen Überreste des Netzes. Die Anatomie des Flügels entsprach der eines Adlerflügels, allerdings hatte der Arashitora dreiundzwanzig Handschwingen. Jede der großen, kräftigen Federn war so lang und breit wie Masarus Beine, und sie hatten einen merkwürdigen metallischen Schimmer. Daneben saßen dreiundzwanzig Armschwingen – weiß waren sie, so weiß wie einst frisch gefallener Schnee. Die großen und mittleren Armdecken waren grau gesprenkelt, die kleinen schwarz wie Holzkohle. Obwohl sie nun schlaff herabhingen, sah Masaru den Flügeln an, wie stark sie waren: Sie konnten dieses Tier, das es doch eigentlich unmöglich geben konnte, so mühelos über den sturmgepeitschten Himmel tragen, wie ein Koi durch einen spiegelglatten Mühlteich glitt.

Sorgfältig fächerte Akihito die Handschwingen auf. Masaru atmete tief durch, die Stirn gefurcht. Das Nagamaki hielt er fest umklammert, seine Knöchel zeichneten sich weiß gegen das Scharlachrot des Griffbandes ab. Seine Finger trommelten gegen das Heft.

Wie Stein müssen meine Hände sein. Meine Hände und mein Herz.

Er schwang das Schwert, die Klinge aus rasiermesserscharfem gefaltetem Stahl, hart wie Diamant. Es war ein sauberer Schnitt. Ein schwaches Reißen ertönte, kaum mehr als ein Wispern im Wind. Die Federn teilten sich, als bestünden sie aus Rauch. Er hatte sie auf die halbe Länge gekürzt. Die abgetrennten Spitzen schwebten aufs Deck hinab, entzaubert, zerbrechlich. Regen durchnässte sie rasch.

Masaru hörte, wie seine Tochter hinter ihm zu weinen begann.

Er nickte Akihito zu, und sie gingen um den Arashitora herum und wiederholten die Prozedur schnell und sachlich. Trotz der Turbulenzen, die das Schiff schüttelten, gelang ihm auch der zweite Streich. Das Nagamaki schnitt durch die Federn wie eine heiße Klinge durch Schnee. Masaru verdrängte das Gefühl, dass er einen Teil seiner selbst abtrennte. Er beobachtete die Szene, als träume er, wiege sich mit dem Schiff, die lange Klinge eine Verlängerung seiner Hand. Einer Hand, die mit dem Blut von einhundert Bestien befleckt war. Die Hand eines Jägers. Eines Schlächters.

Das einzige lebendige Wesen, zu dessen *Entstehung* er beigetragen hatte, schluchzte hinter ihm. Der Regen verschlang ihre Tränen.

Als sie fertig waren, trat er zurück und warf einen kritischen Blick auf sein Werk. Saubere Schnitte, nicht zu dicht an den Blutgefäßen. Trotzdem würde der Greif kaum zu mehr als einem wackeligen Gleitflug imstande sein, bis er sich das nächste Mal mauserte. Er nickte stumm.

»Gute Arbeit«, stimmte Akihito ihm zu.

Sie zogen die Betäubungspfeile aus der Flanke des Tiers und schmierten eine dicke grüne Salbe auf die Einstiche. Dunkelrotes Blut befleckte sein Fell, tropfte aufs Deck, färbte ihre Hände. Es roch nach Ozon und verrostetem Eisen.

Dann knurrte der Donnertiger leise, ein tiefes Grollen, das ihnen durch Mark und Bein ging. Er regte sich, streckte die Klauen und grub fünfzig Zentimeter lange Furchen in die gehärteten Eichenholzdielen. Die Jäger beeilten sich, den Käfig zu verlassen. Masaru legte die schweren eisernen Riegel vor die Tür. Der Arashitora knurrte erneut – es war, als bewegten sich tektonische Platten unter dem weißen Fell.

Wieder ein Blitz, hell wie der Sonnenaufgang, gefährlich nah. Kleine Verästelungen zuckten um sie her durch die brodelnde

Wolke, sie sahen aus wie Risse in einer schwarzen Maske. Als würde sie jeden Augenblick zerspringen. Was würde dahinter zum Vorschein kommen? Chaos? Gewalt? Der Wind heulte und biss wie ein Rudel Wölfe.

Masaru ging davon, ohne seine Tochter noch einmal anzuschauen.

Sein Zorn war schrecklich.

Yukiko kauerte auf dem nassen Deck und sah zu, wie der Donnertiger mühsam das Bewusstsein zurückerlangte. Seine Augen hatten die Farbe kristallisierten Honigs, die Pupillen waren riesig – eine Nachwirkung des Schwarzen Schlafes. Wieder war sie davon überwältigt, wie komplex seine Gedanken waren: Nie zuvor hatte sie eine derart scharfe Intelligenz, ein solches Selbstgefühl bei einem Tier wahrgenommen. Sie spürte, wie verwirrt er war: Seine Schwingen fühlten sich anders an als gewöhnlich. Als er sich aufrappelte, schlug er damit, um das Gleichgewicht zu wahren, und ihn überkam Schwindel.

Er drehte den Kopf und starrte seine erhobenen Flügel an. Blickte auf die abgetrennten Federspitzen hinab. Und dann stieß er ein markerschütterndes Kreischen aus. So gewaltsam brach es aus seiner Kehle, dass Blut seine Zunge besprenkelte. Er merkte es kaum. Er schüttelte die Flügel, aber Raijins Lied war nicht zu hören. Elektrische Funken sprühten von den zerstörten Enden seiner Federn. Er warf sich gegen die Gitterstäbe, einmal, zweimal; das dumpfe Geräusch eines Leibes, der gegen Eisen prallt, wurde vom Heulen des Sturms übertönt.

Es tut mir leid.

Yukiko flüsterte ihm den Gedanken zu, um ihn zu trösten. Der Donnertiger zuckte vor ihrer Berührung zurück. Sein zorniger psychischer Schrei in ihrem Kopf raubte ihr beinahe die Besinnung. Erneut warf er sich gegen die Gitter, riss ohnmächtig mit Schnabel und Klauen an den Eisenstäben, fand kaum Worte für seine unbändige Wut über das, was die elenden Männer ihm angetan hatten.

ZERREISSE DICH!

Ich hab das nicht gewollt. Wenn ich könnte, würde ich es ungeschehen machen.

LASS MICH FREI.

Das kann ich nicht.

SCHAU DIR AN, WAS SIE GETAN HABEN!

Es tut mir so leid.

PLÜNDERER! USURPATOREN! KANNST DU DIE FARBE MEINES HIMMELS NICHT SEHEN? DIE NARBEN IN DER ERDE? SCHÄDLINGE SEID IHR!

Der Greif bannte sie mit seinem lodernden Blick. In den tiefen schwarzen Seen seiner Pupillen sah sie ihr Spiegelbild und fühlte sich winzig. Ihre Kehle war wie zugeschnürt. Wie kläglich sie sich anhören musste! Sie hatte bloß dagestanden und zugelassen, dass ihr Vater dieses prächtige Geschöpf verstümmelte. Und weswegen? Weil ein verwöhnter Bengel einen dummen Befehl gegeben hatte? Weil er einen egoistischen, anmaßenden Traum gehabt hatte?

Dies war der letzte Yōkai des Inselreiches. Was hatten sie getan?

Der Donnertiger verschloss seinen Geist vor ihr und stieß sie damit in eine finstere Leere zurück. Sein Hass war beinahe greifbar, eine dunkle Aura, die brannte wie die Korona der Sonne. Er starrte sie an, eine wortlose Herausforderung, und obwohl er schwieg, glaubte sie, seine Gedanken immer noch hören zu können.

Schau, was sie mir angetan haben. Und du hast sie gelassen! Sieh mir in die Augen und sag mir, dass du dich nicht deiner selbst und deiner gesamten erbärmlichen Art schämst!

Der Donner krachte. Eiskalte Finger glitten ihre Wirbelsäule herab.

Yukiko zitterte und senkte den Blick.

Ihr Vater lag in seiner Hängematte und starrte an die Decke. Er hatte seine durchweichten Kleider zum Trocknen an den Wänden der Kajüte aufgehängt und einen alten Hakama angezogen. Die Tinte der Tätowierungen, die sich seine nackten Arme hinaufwanden, war alt; langsam wurde Schwarz zu Blau. Im Lauf der Zeit waren die Linien verschwommen. Masarus Glieder waren geschmeidig, aber seine Haut war so bleich, dass es wirkte, als sei er aus Kalkstein gehauen. Frischer Schweiß glänzte auf seiner Brust. Er stank nach Lotus.

Er sah sie nicht an, als sie eintrat.

Sie schloss die Tür hinter sich, setzte sich auf einen niedrigen Schemel, der neben den Hängematten stand, und kippelte nach hinten. Ihre halb geschlossenen mandelförmigen Augen glitzerten im Lampenlicht. Sie hatte sie von ihrer Mutter geerbt – mehr war ihr nicht geblieben von der Frau, die sie vor so langer Zeit verlassen hatte. Damals hatte ihr Vater sie in den Gärten des Shōgun beiseitegenommen, um ihr zu sagen, dass ihre Mutter fort war und nicht zurückkommen würde. Stumm und ungläubig hatte sie ihn angeschaut, und in den Augen, die das Erbe ihrer Mutter waren, hatten sich Tränen gesammelt.

»Ich wollte, ich wäre mit ihr gegangen.« Sie sprach leise, gefasst; er sollte sich nicht einreden können, sie sei bloß hysterisch. Ihre Worte waren Klingen. Sie würde ihn bluten lassen.

»Ich wollte, ich wäre irgendwo anders, egal wo – nur nicht hier, bei dir.«

Er schwieg. Die Luft zwischen ihnen fühlte sich schwer an. Über ihren Köpfen trommelte der Regen aufs Deck.

»Du willst das Unmögliche«, sagte Masaru endlich leise. »Das hast du von ihr.«

»Da kann man ja nur hoffen, dass das nicht alles ist, was ich je haben werde.«

Wieder Stille. Masaru holte tief Atem. »Wenn du mich schon hassen willst, hass mich wenigstens für die Fehler, die ich hätte vermeiden können.«

»Die Verstümmelung einer wehrlosen Kreatur gehört wohl nicht dazu?«

»Seine Federn wachsen nach, wie die Federn aller Vögel. Er wird sich bald mausern.«

»Du wirst ihn dem Shōgun übergeben, habe ich recht?«

Masaru seufzte. »Natürlich, Yukiko. Das habe ich geschworen.«

»Er ist bloß ein gieriges Kind. Er hat so etwas Wundervolles gar nicht verdient!«

»Kein Mensch bekommt immer das, was er verdient. Was nützt es, ewig zu lamentieren, was hätte sein können? Man muss die Dinge nehmen, wie sie sind. Das macht den Unterschied zwischen einem Kind und einem Erwachsenen aus.«

Aber ich bin *ein Kind!,* wollte sie schreien.

»Ich weiß über Kasumi und dich Bescheid«, sagte sie stattdessen.

Er nickte, den Blick stur zur Decke erhoben. »Hat deine Mutter es dir gesagt?«

»Nein. Ich kann sehen, wie du sie anschaust.«

»Kasumi und ich ... Das ist lange vorbei. Ich hab einen Schlussstrich gezogen, als deine Mutter ...«

»Ist sie *deswegen* fortgegangen? Ohne sich auch nur von mir zu verabschieden?«

Er leckte sich die trockenen Lippen. »Sie hatte verschiedene Gründe.«

»Du hast ihr die Schuld an dem gegeben, was Satoru zugestoßen ist.« Yukiko blinzelte die Tränen fort. »Du hast sie davongejagt!«

Masarus Gesichtsausdruck verfinsterte sich. »Nein. Das war allein meine Schuld. Ich hätte für euch da sein müssen. Euch ein Vater sein. Das war nie meine Stärke, fürchte ich.«

»Da hast du recht«, knurrte sie. »Dein ganzes Leben lang bist du immer bloß weggelaufen! Du hast uns allein gelassen, damit du auf deine großen, ach so wichtigen Jagden gehen konntest, bist aus dem Bett deiner Frau in das einer anderen geflüchtet. Und mich verlässt du jedes Mal, wenn du dir diese stinkende Pfeife ansteckst! Was für ein elender Feigling du bist.«

Masaru setzte sich auf, schwang die Beine aus der Hängematte und sprang auf den Boden. Seine Bewegungen waren kontrolliert, aber seine Augen verrieten, wie zornig er war. Sie blitzten wie polierter Stahl. Ausnahmsweise waren sie nicht benommen vom Rausch. Er machte einen Schritt auf sie zu.

»Wäre ich ein Feigling, hätte ich auf deine Mutter gehört und wäre nach Sensei Rikkimarus Tod nicht an Shōgun Yoritomos Hof zurückgekehrt.« Er sprach leise, und seine Stimme hatte einen gefährlichen Unterton. »Sie wollte, dass ich mich verkrieche wie ein Tier. Dass ich meinen Eid breche. Ich hätte meine Ehre verloren. In Schande gelebt.«

»Hättest du auf sie gehört, wäre sie noch bei uns!«

»Yukiko, ich warne dich …«

»Und Satoru wäre nicht gestorben.«

Da ohrfeigte er sie, und das Geräusch, mit dem seine Hand ihre Wange traf, schien lauter als der Donnerschlag der Greifenflügel. Sie stürzte mit dem gekippten Hocker rückwärts und schlug mit dem Hinterkopf gegen die Wand. Wie ein Schleier sanken ihr die Haare vors Gesicht.

»Verdammt noch mal, Mädchen!«, zischte ihr Vater. »Der Shōgun war mein Herr! Er ist es immer noch. Wenn ich ihm die Treue breche, nimmt er mir alles, was ich habe. Alles, verstehst du?«

Wieder wollte sie ihn anschreien – *Und was ist mit mir? Du hättest immer noch mich!* –, und wieder tat sie es nicht.

Er starrte seine Hand an, dann den roten Fleck auf ihrer Wange. Er schien in sich zusammenzusinken. Plötzlich sah er bemitleidenswert aus, ein alter Mann, dessen Körper verfiel, aus dem das Leben hinausströmte, zusammen mit dem Rauch, den er in die Luft blies.

»Irgendwann verstehst du das, Yukiko«, sagte er. »Dass man manchmal Opfer für etwas bringen muss, das wichtiger ist als man selbst.«

»Für die *Ehre.*« Sie sprach das Wort aus wie einen Fluch. Gegen ihren Willen traten ihr die Tränen in die Augen.

»Unter anderem.«

»Die Götter wissen, du bist ein Lügner. Was du tust, ist nicht ehrenhaft. Du bist ein Diener. Ein Söldner, der hilflose Tiere abschlachtet, weil ein eingebildeter Schnösel es ihm befielt.«

Masaru biss die Zähne zusammen, ballte die Hände zu Fäusten und ließ den Kopf hängen. Er versuchte, seinen Atem zu beruhigen, aber es gelang ihm nicht zur Gänze. Als er sie wieder anblickte, konnte er sehen, dass ihre Augen vor Zorn glasig waren.

»Ich hasse dich!«, fauchte sie.

Masaru öffnete den Mund, aber bevor er etwas sagen konnte, kippte die Welt auf die Seite. Ein ungeheurer Knall erschütterte das Schiff. Das Bullauge zersprang. Sie wurden durch die Kajüte und gegen die Wand geschleudert, die aus Stein gemauert zu sein schien. Yukiko schlug sich die Stirn auf, und einen Augenblick lang wurde ihr schwarz vor Augen.

Die *Donnerkind* schüttelte sich. Die Planken vibrierten, als sei sie inmitten eines Erdbebens gelandet. Das Zischen entweichenden Dampfes war so laut, es schien den ganzen Himmel auszufüllen.

Yukiko blinzelte sich das Blut aus den Augen. Das Schiff schwankte heftig von einer Seite auf die andere. Durch das geborstene Bullauge sah sie, dass die schwarzen Wolken von einem orange flackernden Schein erhellt wurden.

Es roch beißend nach Qualm.

Das Schiff stand in Flammen.

13
ABSTURZ

Sie lief nicht, sie taumelte. Ein Auge schwoll zu; sie sah sowieso nichts durch das Blut, das ihre Wimpern verklebte. Die Hand ihres Vaters auf ihrer Schulter, sein Griff eisern. Unter ihren Füßen wankte das Deck. Sie stolperte, stürzte, aber jemand zerrte sie wieder in die Höhe. Wie aus weiter Ferne kam die Stimme ihres Vaters: »Weiter, weiter!«

Aufs Deck hinaus. Über ihnen flackerte ein blendendes Licht, hell und glühend wie die Sonne. Viel zu nah: Die Hitze versengte die feinen, geisterblassen Härchen auf ihren Armen. Winzige, schwarze Ascheflocken blieben zurück. Aus der Takelage war ein furchtbares, tosendes Brüllen zu hören – ein Geräusch, das den Albträumen des Himmelsvolks entsprungen zu sein schien. Feuer.

Feuer am Himmel.

Der Ballon brannte lichterloh. Im Segeltuch klaffte ein gewaltiges Loch; der Wasserstoff hatte, wohl im Zusammenspiel mit einem Blitzschlag, eine Feuersbrunst geboren, die gierig die

Atemluft verschlang. Es war, als stünden sie auf ihrem eigenen Scheiterhaufen. Männer schrien panisch, Füße trommelten über die Planken, Regentropfen verdampften zischend in den Flammen. Pechschwarzer Qualm stieg in Schwaden auf. Yukiko überkam heftiger Schwindel: Die Schwerkraft schien ausgesetzt, so schnell sanken sie ab.

Stürzten sie ab.

Die Leiter zum Steuerstand. Ihr Vater hielt ihr Handgelenk wie in einem Schraubstock und hievte sie hinter sich die Sprossen hinauf. Auf dem Heckkastell die Himmelssegler, dicht an dicht, die Holzplanken in Bewegung wie schwimmende Bretter, das Steuerrad verwaist. Kapitän Yamagatas Stimme, laut genug, um den Höllenlärm zu übertönen. »Masaru-sama! Hierher, rasch!«

Hände griffen nach ihr und zerrten sie durch eine eiserne Luke. Der entsetzliche Krach war plötzlich nur noch ein gedämpftes, hallendes Brausen. Es roch nach Schweiß, nach Eisen, sie schmeckte Kupfer auf den Lippen. Yukiko blinzelte sich erneut das Blut aus den Augen, schaute sich um und schüttelte den Kopf, um ihn zu klären. Sie war von keuchenden, schwitzenden Menschen umgeben – sie hockten zusammengedrängt in dem Rettungsboot, das am Heck der *Donnerkind* vertäut lag. Es war bis auf den letzten Platz besetzt. Zwei Wolkenwandler mühten sich verzweifelt, die kleine, käferförmige Kapsel vom brennenden Mutterschiff abzukoppeln.

»Macht schon, wir schmieren ab!«

»Großer Schöpfer Izanagi, rette uns!«

Heisere Flüche. Eisen schlug gegen Eisen. Und dann hörte sie es: ein vibrierendes Kreischen, angstvoll und zornig zugleich. Lauter als der Donner, begleitet von einem elektrischen Knistern. Es ging ihr durch Mark und Bein.

»O nein!«, flüsterte sie. Sie fuhr zu ihrem Vater herum und wischte sich fahrig das Blut aus den Augen. »Vater, der Arashitora!«

Ein Schatten glitt über Masarus Gesicht, aber sie las nicht die Spur von Grauen in seinen Augen. Es frustrierte ihn bloß, dass er seine Beute verlieren würde. Das war der Jäger in ihm, pragmatisch und kalt wie Stahl. Wieder schrie die Bestie, und er warf einen flüchtigen Blick nach oben. Dann wischte er sich mit dem Handrücken übers Gesicht und hinterließ einen langen schwarzen Rußstreifen auf seiner Wange.

»Nichts zu machen.« Er schaute zwischen Yukiko und Kasumi hin und her. »Wir haben keine Zeit.«

»Götter, hört ihn euch an«, murmelte Akihito, der zusammengekauert an der gegenüberliegenden Wand saß.

Die schrillen Schreie des Donnertigers klangen beinahe indigniert, als könne er nicht glauben, dass er so sterben sollte. Sie hörten, wie er mit seinen Klauen die Gitterstäbe bearbeitete, wie er sich panisch gegen sie warf. Wut, so viel Wut. Rot war sie und siedend heiß.

Eine Sicherung zwischen Schiff und Rettungsboot löste sich; es klang, als würde ein eiserner Kiefer aufschnappen. Die Kapsel schwang zur Seite, als sei die zweite Sicherung eine Angel, und stieß hart gegen die lackierte Bordwand der *Donnerkind.* Regen wehte durch die offene Luke und durchnässte die zusammengedrängten Menschen. Ein grellweißer Blitz blendete sie. Raijin jubelte: Er hatte das Schiff zerstört. Sein triumphierendes Heulen und sein Trommelschlag hallten über den Himmel.

Yukiko glaubte, das Entsetzen des Donnertigers zu spüren, seine Gedanken, die sich überschlugen. Sie stellte sich seine letzten Augenblicke vor: Wie eine Sternschnuppe würde er vom Himmel fallen, sein Federkleid und sein Fell würden brennen, der Schmerz so unerträglich, dass er den Aufprall herbeisehnen würde.

Nicht so. So darf er nicht sterben.

Als ahne er, was seine Tochter vorhatte, streckte Masaru eine Hand nach ihr aus. »Yukiko, nein! Bleib hier!«

Aber es war schon zu spät, er bekam sie nicht zu fassen. Sie sprang aus der Luke, als die zweite Verbindung nachgab. Der Sturm wirbelte das kleine Rettungsboot in die Finsternis davon; der gequälte Schrei ihres Vaters verwehte rasch. Unter dem Bauch der Kapsel zündete ein blaues Feuer und trieb sie noch rascher voran.

Yukiko stolperte über das Heck auf die Leiter am Steuerstand zu. Rauch brannte in ihren Augen. Das Schiff schien zum Leben zu erwachen, es verwandelte sich in ein enthemmtes, ungezähmtes Geschöpf. Yukiko war benommen, und vom Zusammenstoß mit der Kajütenwand war ihr noch immer schwindelig. Der heiße Wind riss an ihren Kleidern und an ihren Haaren; glimmende Asche regnete auf sie herab und verglühte rauchend auf den Schultern und Ärmeln ihrer Uwagi. Der Ballon war schwarz und löchrig, das Inferno erleuchtete ihn von innen heraus wie ein Totenlicht am Gedenktag der Verstorbenen. Da die Steuerbordmaschine weiter auf Hochtouren lief, krängte die *Donnerkind* stark nach Backbord. Vor dem Bug tauchten die Umrisse scharfkantiger Felsenhänge aus der Dunkelheit auf.

Die Leiter hinunter. Verzweifelt klammerte Yukiko sich an einer Sprosse fest, als das Schiff eine Felsspitze streifte, die der *Donnerkind* krachend den Bauch aufriss. Dann schlitterte und torkelte sie über das Hauptdeck, fiel auf den Käfig zu und packte die Gitterstäbe, um nicht lang hinzuschlagen. Der Arashitora war wie von Sinnen, sein Geist beinahe unerreichbar: Die

Urangst vor dem Feuer überlagerte alles andere. Er schrie, ein fast schon metallisches Kreischen, die Augen wild.

Ruhig, ganz ruhig … Ich lasse dich raus!

RAUSRAUSRAUS! FORT!

Ihre feuchten Hände rutschten von den Riegeln an der Käfigtür ab. Sie riss daran, ihre eigene Panik machte sie ungeschickt. Wieder lief ihr Blut ins verschwollene Auge. Die *Donnerkind* hatte jetzt schwere Schlagseite, und Yukiko musste darum kämpfen, sich auf den Beinen zu halten. Regenfluten strömten über das schräge Deck und stürzten über die Bordwand, ein Wasserfall, der keine Zukunft hatte. Das Schiff steuerte direkt auf einen zerklüfteten Berghang zu. Krumme Felsspitzen ragten in die Höhe wie Hauer in einem weit geöffneten Maul.

Der letzte Riegel glitt zur Seite, und die Tür schwang auf. Der Arashitora stürzte aus dem Käfig, seine Krallen scharrten über die durchweichten Bretter. Schwache Funken tanzten über seine verstümmelten Flügel. Als der Donnertiger an ihr vorbeijagte, warf Yukiko ihm die Arme um den Hals und schwang sich auf seinen Rücken. Scharfe Klauen zerfetzten Holzplanken wie Reispapier; die Sehnen und Muskeln des Tigers waren wie Drahtseile gespannt. Er breitete seine Schwingen aus und sprang über die Reling des brennenden Himmelsschiffes.

Du musst fliegen! Flieg!

Der Feuerschein fiel hinter ihnen zurück, flammte jedoch noch einmal hell auf, als die *Donnerkind* am Hang zerschellte. Die Chi-Fässer im Bug gingen in die Luft wie die Feuerwerkskörper, die traditionell an Izanagis Festtag gezündet wurden. Brennende Holzstücke wurden in die eisige Nacht geschleudert. Aus einer Rauchwolke gingen sie nieder, hell mischte sich Glut unter die Regentropfen. Eine Flamme flackerte blau-weiß; sie versank unter ihnen in der gähnenden Finsternis.

Der Arashitora schrie und schlug heftig mit seinen beschnittenen Flügeln. Beinahe verlor Yukiko den Halt. Sie grub die Finger tief in sein durchweichtes Federkleid und klammerte sich mit den Oberschenkeln fest. Entsetzen und eine Art Rausch wetteiferten um ihre Aufmerksamkeit. Die Muskeln des Greifen arbeiteten, aber seine Schwingen pfiffen nutzlos durch die Luft. Aus dem wirbelnden Dunkel tauchten scharfe Felsspitzen auf und schienen ihnen entgegenzustürzen. Eisige Sturmböen peitschten Regen gegen das schwarze Gestein. Dem Donnertiger gelang ein ungelenker Gleitflug, indem er die Flügel zu ihrer vollen Spannweite ausbreitete. Er neigte sich auf die Seite und schaffte es an den Fangzähnen vorbei. Ohne seine Handschwingen hatte er Schwierigkeiten, das Gleichgewicht zu halten; er wankte. Yukiko spürte grimmige Entschlossenheit in ihm aufsteigen: Er weigerte sich, aufzugeben. Stolz und trotzig wie ein König auf einem windumtosten Thron schrie er dem Tod ins Gesicht.

Holpernd kreisten sie tiefer. Grüne Baumspitzen tauchten aus dem Regenvorhang auf. Der Donnertiger konnte die Höhe nicht halten; wenn er mit den Flügeln schlug, fielen sie bloß schneller. Wie grüne Finger streckten sich die Spitzen gewaltiger Zedern und Ginkgos nach dem Bauch des Arashitora, als wollten sie ihn packen und gemeinsam mit Yukiko ins Verderben ziehen.

RUNTER VON MIR. Der Donnertiger buckelte.

Was?

RUNTER VON MEINEM RÜCKEN, INSEKT!

Du kannst mich jetzt nicht abwerfen. Ich breche mir das Genick!

RUNTER. SOFORT!

Die Bestie legte sich von einer Seite auf die andere und wand sich in der Luft. Yukiko schrie. Als ein Blitz den Himmel taghell erleuchtete, warf sie einen gehetzten Blick durch die

Baumwipfel. Der Boden raste fünfzehn Meter unter ihnen dahin. Sie klammerte sich am Donnertiger fest, die Zähne zusammengebissen. Ein Sturz aus dieser Höhe, bei dieser Geschwindigkeit, würde ihren Tod bedeuten.

Ich hab dir gerade erst das Leben gerettet!

WAR BLOß EURETWEGEN GEFANGEN.

Aber ich habe dir nichts getan! Du wärst bloß noch ein nasser Fleck am Berghang, wenn ich nicht gewesen wäre. Und jetzt willst du mich umbringen?

MEINE FLÜGEL KÖNNEN UNS NICHT BEIDE TRAGEN, DAFÜR HAT DEIN RUDEL GESORGT.

Wenn du mich fallen lässt, sterbe ich!

WENN ICH ES NICHT TUE, STERBEN WIR BEIDE.

Sie brachen durch die Baumkronen: Abgerissene Blätter wirbelten um sie herum, Zweige schlugen Yukiko ins Gesicht und wurden von den Schwingen des Donnertigers zertrümmert. Er warf sich auf die Seite, um zwischen zwei dicht beisammenstehenden Ahornbäumen durchzusegeln, und Yukikos Magen verirrte sich in ihre Kehle. Im nächsten Augenblick traf sie ein dicker Ast vor die Brust, presste ihr den Atem ab und streifte sie vom Rücken des Tigers. Ihre Hände griffen ins Leere, sie fiel, fiel durch die Dunkelheit, die Blätter und den Regen. Es gelang ihr, genug Luft zu holen, um zu schreien – sie überschlug sich, stürzte weiter durchs Geäst, zerschunden und zerkratzt, dem Ende ihres Lebens entgegen.

Noch einmal schrie sie, als sich ein Ast in ihrem Obi verfing und einen langen Striemen über ihren Rücken zog. Das grüne Holz knickte, brach aber nicht. Sechs Meter über dem Boden hing sie in der Luft und baumelte an ihrem Ast, wie einst ein frisches Stück Fleisch in den nun schon lange aufgegebenen Schlachthäusern Kigens gebaumelt haben mochte.

Weiß glühender Schmerz pulsierte in dem Striemen auf ihrem Rücken, und sie keuchte. Der Ast knarrte unheilverkündend. Sie spähte nach unten. Hin und wieder drang das Licht eines flackernden Blitzes durch das Blätterdach. Der Waldboden sah steinig aus.

Sie langte nach oben, die Zähne gefletscht, und versuchte, sich hochzuziehen. Der Ast, der sie hielt, ächzte protestierend und splitterte dann. Yukiko stürzte ins Dunkel.

Blitze zuckten über den Himmel und erhellten den Berghang, über den das rauchende, zerbrochene Schiffswrack der Wolkenwandler verstreut lag. Lange Streifen brennenden Chis zogen sich über den Hang – ein blau-weißer Lichtschein, der den wabernden Nebel aus feinen Regentröpfchen erhellte. Orange mischte sich hinein, als die Blätter der umstehenden Bäume Feuer fingen.

Das Mädchen schlug hart auf dem felsigen Grund auf. Der Donner hallte über den Bäumen wie dröhnendes Gelächter.

Raijin war äußerst zufrieden.

Irgendwann später kämpfte sie sich mühsam an die Oberfläche eines schwarzen Sees. Stunden glitten wie Schatten davon, während sie langsam die Augen aufschlug. Eins war mit verkrustetem Blut und Schmutz so verklebt, dass sie ihre zitternden Finger zu Hilfe nehmen musste. Der schreckliche Schmerz in ihrem Rücken war zu einem dumpfen Pochen abgeklungen. Der stete Regen und die bittere Kälte hier oben in den Bergen hatten bewirkt, dass eine gnädige Taubheit von ihrem Körper Besitz ergriffen hatte. Es wäre so leicht gewesen, wieder einzuschlafen, sich davontreiben zu lassen, sich keine Sorgen mehr zu machen …

Energisch schüttelte sie den Kopf und verscheuchte den Gedanken zurück in die Dunkelheit, aus der er gekommen war. Schlafen konnte sie, wenn sie tot war.

Sie richtete sich auf die Ellenbogen auf und verkrampfte sich dabei unwillkürlich: Sie musste vom Scheitel bis zur Sohle mit blauen Flecken übersät sein. Der felsige Boden war mit einer dicken Schicht aus verwelkten Blättern und üppigem grünem Moos bedeckt, selbst größere Steine waren überwuchert. Sie strich mit den Fingerspitzen über den feuchten, weichen Teppich und berührte dann dankbar ihre Fuchstätowierung. Wäre sie auf nacktem Felsen gelandet, hätte sie sich wahrscheinlich alle Knochen im Leib gebrochen – vielleicht sogar den Hals.

Kitsune sorgt für die Seinen.

Sie arbeitete sich auf und strich sich das durchweichte Haar aus dem Gesicht. Dann blickte sie sich um. Ihre dunklen Augen spiegelten das schwache Licht der Blitze, das kaum den Weg durch das dichte Laub der Bäume fand.

Und was für Bäume waren das! Die Stämme waren so dick, dass sich hinter jedem ein Haus hätte verstecken können, und sie wuchsen scheinbar endlos in den Himmel. Durch das dichte Astgeflecht tropfte Regen und trommelte eintausend verschiedene Rhythmen auf die Blätter. Die Bäume waren uralt und knorrig: gebeugte alte Männer, die Haut mit Moos bewachsen. Zu ihren Füßen sprossen Pilze in verschiedenfarbigen Kolonien. Yukikos Magen knurrte, und sie pflückte ein paar, die nicht so giftig aussahen. Als sie sie in ihren Obi steckte, überkam sie ein Anflug von Panik. Sie tastete nach ihrem Tantō und atmete erleichtert auf, als sie den lackierten Griff unter ihren Fingerspitzen spürte.

Keine Richtung sah besser oder schlechter aus als die anderen, also zuckte sie mit den Schultern und machte sich daran, im Dunkeln den Hang weiter hinabzusteigen, dem Arashitora hinterher.

»Undankbares Mistvieh«, murmelte sie.

Ihr Vater hätte sie für diese undamenhafte Ausdrucksweise getadelt, aber er war ja nicht da. Plötzlich begriff sie, dass überhaupt kein Erwachsener in der Nähe war, der sie hätte schelten können. Da holte sie tief Luft und brüllte alle Schimpfwörter, die ihr einfielen, in die Nacht hinaus. Ein Regenbogen vulgärer Ausdrücke spannte sich zwischen den Bäumen auf, Gossensprache wurde unter einem Dach verschatteten Grüns zwischen Wänden aus Holz und Farn hin und her geworfen. Dieser kleine Akt der Rebellion machte ihr ein wenig Mut. Mit hoch erhobenem Kopf stapfte Yukiko durch die Finsternis.

Die dünnen Sohlen ihrer Sandalen waren bald durchweicht und löchrig; sie rutschte und stolperte über den abschüssigen Waldboden. Über ihr tobte noch immer der Sturm. Das dichte Laub dämpfte sein Heulen, die gewaltigen Bäume verschränkten ihre Äste über Yukikos Kopf wie alte Freunde, die sich an den Händen hielten. Ein sonderbarer Geruch lag in der Luft – es dauerte eine Weile, bis sie ihn wiedererkannte, so lange war es her, dass er ihr zum letzten Mal in die Nase gestiegen war. Nasse Erde, nasses Laub, nasser Fels …

Kein Lotus. Der Lotus fehlt!

In der Stadt war der Gestank nach Lotus allgegenwärtig. Selbst ihr Schweiß roch danach, und wenn man etwas aß oder trank, schmeckte es bitter. Tief im Iishi-Gebirge war jedoch kaum ein Hauch Lotus wahrzunehmen. Zwar schoben sich die Felder Jahr für Jahr ein wenig näher an die Berge heran, aber noch waren sie auf eine Weise unberührt, die Yukiko fremd geworden war. Also stimmte es: Die Iishis waren die letzte Wildnis Shimas. Wie lange würde es wohl noch dauern, bis die Häcksler begehrlich auf die fruchtbare Erde schielten und mit wirbelnden Klingen auf die uralten Bäume zumarschierten? Ungebeten hallte das Motto der Gilde in ihrem Kopf wider, und sie flüsterte es in der Finsternis, die Finger vor den Lippen:

»Der Lotus muss blühen.«

Bleich sickerte die Dämmerung durch das Blätterdach, als Yukiko endlich über die Fährte des Arashitora stolperte: An den frischen, unregelmäßigen Furchen in der Erde las sie ab, dass die Bestie es nicht gewohnt war, viel zu laufen. Blutspuren fand sie keine, und es war ihr ein Trost, dass der Donnertiger wenigstens keine zusätzlichen Verletzungen davongetragen zu haben schien.

Stundenlang folgte sie ihm den Berg hinab. Immer wenn sie nicht mehr konnte, setzte sie sich auf einen Stein, aß ein paar Pilze und leckte Wassertropfen von den breiten grünen Blättern der Bäume. Ihre Sandalen waren kaum noch zu gebrauchen, ihre Füße bluteten, und sie war nass bis auf die Haut. Feuchtigkeit hing schwer unter dem Blätterdach. Mehrmals verlor sie auf dem steinigen Untergrund die Fährte; im Spurenlesen war sie nicht halb so gut wie ihr Vater. *Wäre er bloß hier ...*

Die letzten Worte, die sie ihm entgegengeschleudert hatte, hallten in ihrer Erinnerung nach. Sie spürte noch das Brennen auf ihrer Wange, hörte seine Stimme, die zornig und verletzt war. Aber was spielte ihr Streit noch für eine Rolle, wenn er vielleicht bei dem Absturz ums Leben gekommen war? Wenn das kleine Rettungsboot im Sturm die Orientierung verloren hatte und wie die *Donnerkind* selbst gegen einen Berghang gerast war? Heiße Tränen schossen ihr in die Augen, und sie wischte sie heftig mit den Handballen fort.

Es geht ihm gut. Du machst dich ganz umsonst verrückt. Niemandem ist was passiert.

Der Tag verstrich, und ihr magerer Vorrat an Pilzen schwand dahin. Als es dunkler wurde, verlor sie wieder die Fährte des Donnertigers. Sie stolperte über den unebenen Waldboden und verfluchte ihre Unfähigkeit. Feuchte Haarsträhnen klebten ihr im Gesicht; sie blieb unter einem hoch aufragenden Ahorn stehen und flocht sich ihren Zopf neu. Dabei fiel ihr auf, wie still es geworden war. Den ganzen Tag über hatten Vögel gezwitschert, der Regen hatte aufs Laub der Bäume getrommelt, und kleine Pfoten waren durchs Unterholz gehuscht. Sie hatte mit dem Gespür nach Furcht gesucht – denn sicher versetzte der Arashitora andere Tiere in Angst und Schrecken – und hatte dabei viele winzige Pulsschläge wahrgenommen. Jetzt, da die Abenddämmerung herabsank, konnte sie überhaupt kein Flackern von Leben mehr erfühlen, weder die warmen, pelzigen Leiber kleiner Säugetiere noch die schnellen Herzschläge von Vögeln. Eine merkwürdige gedämpfte Stille hatte sich über alles gebreitet. Sie erinnerte sie an eine schwere, schimmelige Decke.

Irgendwas stimmt nicht.

Geduckt schlich Yukiko durchs Unterholz, ihre Schritte kaum lauter als ein Flüstern. Sie spähte durch das Dämmerdunkel. Jedes Mal, wenn ein Zweig brach oder ein Schatten bebte, schlug ihr Herz Purzelbäume. Dunst stieg vom feuchten Boden auf und hüllte die Baumstämme in Nebel. Sie konnte den schwachen Schimmer der untergehenden Sonne durch das dichte Blätterdach erahnen. Langsam kroch die Kühle der Nacht durch den wilden Wald. Die Vögel waren verstummt, der Wind erstorben. Nur das schwere Trommeln der Regentropfen und das leise Knistern gefallener Blätter unter ihren Sohlen waren zu hören.

Ein Raubtier?

Sie berührte ihre Fuchstätowierung in stummem Gebet; dann streckte sie wieder ihre Sinne aus, tastete nach dem Donnertiger und nach dem hungrigen Raubtier, das ihr vielleicht durch das grüne, wogende Blättermeer folgte.

Nichts. Nur eine große Leere, in der leise das Echo ächzenden Holzes erklang, der ruhige Atem der schlafenden Erde. Noch nie in ihrem Leben hatte sie sich so gefürchtet, war sie so allein gewesen – nicht einmal, als sich der Wolf an sie herangepirscht hatte. Nicht einmal nach dem Schlangenbiss.

Sie huschte weiter.

Eine Silhouette ragte aus dem Nebel auf. Zerklüftete Wände, aus Granit gehauen; sie waren mit Kletterpflanzen und Moos überwuchert. Ein verfallener Tempel. Er wuchs aus dem Waldboden, kauerte düster und grimmig am Berghang, inmitten von scharlachrotem wildem Blutlotus. Yukiko schluckte und wandte den Blick von den blasphemischen Schriftzeichen ab, die in den Stein gemeißelt waren: ein finsteres Wort, das sich an verdorbene Herzen richtete. Den Tempel umgab eine unheimliche Aura, die beinahe greifbar war; etwas stimmte nicht mit diesem Ort. Die feinen Härchen in ihrem Nacken sträubten sich. Das eingemeißelte Wort schwebte in ihrem Geist wie ein bösartiger, lauernder Schatten. Ein Name.

Izanami.

Ein langer schriller Schrei wehte durch den Nebel heran, als wollte irgendein Tier ihrer Furcht Ausdruck verleihen. Yukikos Herz schlug heftig in ihrer Brust, kalter Schweiß perlte auf ihrer Stirn.

Dieser Tempel ist der dunklen Mutter geweiht!

Hastig wandte sie sich ab, doch ehe sie auch nur einen Schritt tun konnte, schwang sich eine albtraumhafte Gestalt aus den Bäumen hinter ihr. Groß wie zwei Männer war das Ungeheuer, hatte lange Arme wie ein Affe und Sehnen wie Stränge aus Drahtseilen. Seine Haut war kobaltblau, und sein Gesicht glich den furchterregenden Masken der eisernen Samurai – nur war es nicht aus poliertem Metall geschmiedet, sondern bestand aus Fleisch und Knochen. Grotesk. Bösartig. Aus seinem Maul ragten zwei eisenbeschlagene Hauer, seine lange schwarze Zunge ringelte sich zwischen schartigen Zähnen hervor. Wie Kohlestücke glühten die Augen rot in ihren Höhlen und erleuchteten sein hässliches zerklüftetes Grinsen. In den schaufelartigen Pranken hielt es eine Eisenkeule. Es trug ein Seil um den Hals, auf das es runde Perlen gefädelt hatte, jede so groß wie Yukikos Kopf. Die blasphemischen Kanji, die sie auf der Mauer des Tempels gesehen hatte, waren auch in den polierten Onyx gemeißelt.

Es landete in Hockstellung, eine riesige Handfläche flach auf die Erde gestützt, und starrte sie mit seinen schrecklichen, glühenden Augen an. Dann brüllte es, und Yukiko war, als hätte ein ganzer Kinderchor unter einem rostroten Himmel erbärmlich zu schreien angehoben.

Amaterasu, Herrin der Sonne, beschütze mich!

Die Dämonen aus alten Volkssagen, mit denen erschöpfte Eltern ihren ungehorsamen Kindern drohten. Nie hätte sie geglaubt, sie könnten tatsächlich existieren.

In der Ferne hörte Yukiko ein zweites Ungeheuer brüllen.

Oni.

14

SCHWERKRAFT

Hungrig.

Sein Magen knurrte. Füße und Pfoten wund.

Vorwärts durch das stinkende Labyrinth aus Hitze und Grün. Der Sturm sang über seinem Kopf, so ursprünglich und vollkommen, dass es ihn schmerzte. Er zog an ihm wie die Schwerkraft, rief ihn wie der Mond die Gezeiten. Aber seine Flügel trugen ihn nicht. Er konnte nicht fliegen. Die elenden Affendinger hatten ihn verstümmelt. Ihn verletzt. In Stücke geschnitten.

ZERREISSE EUCH …

Wild floh, sobald er sich ungeschickt näherte. Seine Klauen knirschten auf welken Blättern, morschen Zweigen, seine Flügel blieben im nassen Unterholz hängen – er machte mehr Lärm als Raijin höchstselbst. Kleine Fleischlinge hörten ihn viel zu früh kommen. Er konnte nicht jagen. Nicht essen.

SO HUNGRIG.

Also lief er weiter. Schritt für Schritt, zu viele Schritte, um sie zu zählen. Wasser floss nach unten, daher stolperte auch er den Berg hinab, hoffte auf einen Fluss und dicke, behäbige Fische. Achtete nicht auf seinen knurrenden Magen. Achtete nicht darauf, dass seine Schwingen zu leicht waren. Sah sie nicht an, wollte die flachen Kanten der beschnittenen Federn nicht sehen. Über Stunden hinweg wuchs sein Zorn, bis er sich schließlich heftig entlud: Mit Klauen und Schnabel schlug er um sich, entwurzelte junge Bäume und zerhackte verrottende, umgestürzte Stämme. Schrie zu den schweren Wolken auf.

Keine Antwort.

Dann stand er schwer atmend da, und sein Schwanz peitschte durch die Luft. Unter der Last seines Schmerzes, seiner Wut und seiner Ohnmacht sank sein Kopf herab. Einer Schlange gleich glitt ein einzelner Gedanke durch sein Bewusstsein und zischte ihm mit seiner gespaltenen Zunge eine Wahrheit zu, die er nicht leugnen konnte. Sie hätte in die Knochen der Erde geschnitten sein können, so absolut war sie.

HÄTTE NIE HERKOMMEN SOLLEN.

Weiter. Er wankte durch den endlosen smaragdgrünen Ozean, so ungeschickt wie ein neugeborenes Junges. Immer wieder durchlief er denselben Kreislauf: Zorn, Raserei, Erschöpfung. Wellen, die hochstiegen und brachen. Und dann, inmitten des verklingenden Echos seines eigenen Gebrülls, dem Donnergrollen und dem Heulen des Windes, hörte er etwas durch das Gewirr aus Ästen und Stämmen der uralten Bäume.

Einen Schrei.

Es dauerte einen Moment, ehe er erkannte, dass es das Affenkind war, das schrie. Das Mädchen. Sie hatte in seinem Kopf gesprochen und ihn aus dem Käfig gelassen – so war es ihm erspart geblieben, in den Flammen umzukommen. Sie klang entsetzt, atemlos. Und wie zur Antwort auf ihr dünnes Angstgeschrei erscholl ein donnerndes Gebrüll. Tief und dunkel wie ein

Grab. Gurgelnd. Hinter ihm. Da, wo der verdorbene Stein gestanden und es nach Totenacker gerochen hatte. Er hatte wohlweislich einen Bogen um diesen Ort geschlagen.

Er nahm Witterung auf und roch Verwesung. Hörte, wie in der Ferne gerannt wurde: Die Schritte des Mädchens waren so leicht wie die Träume von Wolken, die seines Verfolgers brachten die Erde zum Beben. Splitternde Bäume, ein zorniges, schmerzerfülltes Kreischen. Er dachte an das Affenkind im Regen: daran, wie er aufgewacht war, die Flügel ruiniert, und sie vor dem Käfig gekauert und ihn mit ihrem erbärmlichen, unwillkommenen Mitgefühl überflutet hatte. An ihre zitternden Hände, die an den Riegeln seines Gefängnisses zerrten, während die Flammen sich darauf zufraßen, die endlich die Tür aufrissen. Eine nicht beglichene Schuld. Wieder hörte er ihre Stimme in seinem Kopf: *Aber ich habe dir nichts getan! Du wärst bloß noch ein nasser Fleck am Berghang, wenn ich nicht gewesen wäre.* Bei der Erinnerung empfand er nun eine leise, unangenehme Reue.

Er blickte zum Blätterdach auf, das ihm die Sicht auf den Himmel verwehrte, und spannte seine verkrüppelten Flügel an. Wind und Regen liebkosten seine zerstörten Federn. Ihre Worte gingen ihm nicht aus dem Sinn. Schwach drang hämisches Gackern an sein Ohr, grausam und bösartig, dann eine düstere Stimme. Er erkannte die dunkle Sprache der schwarzen Yōkai. Wie giftig sie klang! Wie abscheulich! Ein mächtiger Blitz flackerte über den Himmel, sein grelles Licht fiel durch das Laub und erleuchtete den düsteren Wald. Seine Raubtierinstinkte regten sich und brachten sein Blut in Wallung. Und ehe er sich's versah, rannte er schon durchs Unterholz, setzte über umgefallene Bäume und Äste hinweg, die nach ihm zu greifen schienen, und hielt auf den Kampfeslärm zu. Duftende

Azaleenblütenblätter wirbelten hinter ihm zu Boden wie Schneeflocken.

Schattenhafte Gestalten zwischen den Bäumen, der Geruch nach schwarzem Blut. Ein erhobenes Schwert. Näher, näher ... Ein mitternachtsblauer Dämon, Ausgeburt Yomis, ragte dreieinhalb Meter über dem gestürzten Affenkind auf und wollte es mit seiner gewaltigen Klinge spalten. Donnerschläge krachten über den Himmel, Raijin, der auf seine Trommeln hämmerte. Dumpfe Echos rollten aus den Tiefen der Tempelruine heran. Mit wild schlagenden Flügeln sprang er dem Oni auf die Schultern, blaue Funken sprühten von seinen Federn. Reißen. Beißen. Flattern, würgen: Das schwarze Blut schmeckte widerlich, nach Leichengruben und Asche. Der Oni stank nach brennenden Haaren und Fäulnis.

Ein Streitkolben kam aus der Finsternis auf ihn zugesaust. Er machte einen Satz, hing für ein paar kurze, wundersame Sekunden in der Luft und vergaß beinahe, wie es um ihn bestellt war. Kleine Blätterwirbel tanzten im Rhythmus seiner schlagenden Flügel. Er war schwerelos. Flog.

Das Geräusch brechender Knochen, ein gurgelnder letzter Atemzug, ein Sturz. Dann kam er selbst hart auf dem Boden auf und grub seine blutbeschmierten Krallen in die Erde, um das Gleichgewicht zu wahren. Ruckartig wandte er dem zweiten Oni den Kopf zu und witterte: dampfende Grünfäule, darunter schwarzes Blut. Nervös wechselte der Oni den Streitkolben von einer Hand in die andere.

KANN DEINE ANGST RIECHEN, KLEINER DÄMON.

Der Oni brüllte auf. Hob den Streitkolben. Blitze züngelten durch die Wolken und tauchten die Szene in flüchtiges, strahlendes Weiß: eine endlose Wildnis, der Arashitora, der nicht fliegen konnte, und der Höllendämon, der ihm den Schädel einschlagen wollte.

Der Oni kam über den aufgewühlten Boden auf ihn zugestürmt, und dann prallten sie zusammen und stürzten in einem Durcheinander aus Federn, Blütenblättern und Schreien.

Dunkle Spritzer befleckten die Azaleenblüten.

Ein Krachen, ein ersticktes Gurgeln und dann nichts weiter als eine große, gespenstische Stille.

Aus den Schatten schlich er auf sie zu, die Federn vom Blut des Dämons schwarz gefärbt. Sie lag auf dem Waldboden, das Gesicht verschmiert, die Hand nach einem Splitter geschärften Metalls ausgestreckt. Er senkte den Kopf und knurrte herausfordernd, und obwohl sie offensichtlich nur noch halb bei Sinnen war, tastete sie nach dem Stahl.

Schwach. Zerbrechlich. Sie war keine Bedrohung.

Der Sieg war sein.

Als der Rausch des Kampfes nachließ, spürte er die Schwerkraft wieder, das bedrückende Gewicht seines Leibes. Regen und Wind sangen ein Lied, das er seit dem Tag seiner Geburt schon kannte – nun war es zu weit fort, um ihn zu beruhigen. Er fühlte sich wie ein Kind, das dem Mutterleib zu früh entrissen worden war. Gefesselt an den elendigen Erdboden, hilflos seinem abscheulichen Sog ausgeliefert. Wie er sich danach sehnte, zu fliegen! Er breitete die Schwingen aus, und Funken fielen von den Schnittkanten seiner abgehackten Federn. Die brausende Melodie, zu der er nicht länger beitragen konnte, rief ihn – wie ein Magnet das Eisen ruft. Wie ein Opfer nach Rache verlangt.

Er brüllte zum Himmel auf, bis ihm die Luft ausging, ein Wirbelsturmschrei der Wut und der Sehnsucht.

Zu seinen Füßen verlor das Mädchen das Bewusstsein.

ZWEITER TEIL
SCHATTEN

Doch müssen alle Blumen welken.
Im Kindbett verlor Izanami ihr Leben.
Um seine verlorene Liebe
wiederzufinden, stieg Izanagi in
die schwarze Unterwelt hinab,
Doch hatte er nicht die Macht, den
kalten Tod zu besiegen und
die trostlose Umklammerung
Yomis zu brechen.
Und so verweilt sie dort,
die Gebärerin allen Übels,
Die Sängerin des letzten Liedes.

Das Buch der zehntausend Tage

15

EIN NAME FÜR DEN DONNER

Acht Jahre alt.

Jeden Tag spielten Satoru und sie im Bambuswald: Er war der tapfere Jäger Masaru und sie die Nure-Onna, bewaffnet mit giftigen Pfeilen, auf dem Kopf eine wilde Mähne aus lebendigen Schlangen. Sie schleuderte die imaginären Knappen Akihito und Kasumi zu Boden, streckte den großen Jagdmeister Rikkimaru nieder und stand siegesgewiss über Shōgun Kaneda – da packte Masaru, der beherzte Lehrling Rikkimarus, den Speer seines Senseis, und mit einem furchterregenden Schrei stieß er ihn ihr ins Herz. Und sie sank zwischen die Bambusrohre, verfluchte seine Tapferkeit und schwor, dass ihre Kinder sie rächen würden.

Schlangenkönigin. Mutter aller Vipern.

Beinahe ein Jahr nach dem Tod der Nure-Onna war ihr Vater endgültig nach Hause gekommen, und obwohl sie ihn kaum kannten, liebten sie ihn abgöttisch.

Ihrer Mutter war die Arbeit zugefallen, sie aufzuziehen: Sie hatte die Zwillinge gezwungen, im Haus zu helfen und ihr Gemüse aufzuessen, hatte sie bestraft, wenn sie sich schlecht benommen hatten. Masaru war immer nur zu Gast gewesen. Er war von seinen langen Reisen zurückgekehrt, hatte ihnen kleine Geschenke gemacht und sie angestrahlt. Manchmal hatten Onkel Akihito und Tante Kasumi ihn begleitet. Immer hatten sie kleine mechanische Wunder aus Kigen dabeigehabt: Musikprismen oder glitzernde Apparate voller Räderwerk, mit denen sich die Bahnen der unsichtbaren Sterne bestimmen ließen. Masaru hatte am Feuer gesessen und ihnen Jagdgeschichten erzählt. Dann hatten Satorus Augen jedes Mal vor Stolz zu leuchten begonnen, und er hatte gesagt: »Ich möchte einmal so sein wie du, Vater!«

Und Masaru hatte gelacht und seinem Sohn geantwortet, er solle sich bei seinen Rechenaufgaben mehr anstrengen. Aber wenn er Zeit gehabt hatte, hatte er die Zwillinge mit in den Bambuswald genommen, um mit ihnen kleine Tiere zu jagen (jedes Jahr hatten sie mehr Geduld gebraucht, war weniger Beute zu finden gewesen) oder im Fluss zu fischen, der kristallklar aus den Iishis herabgeströmt kam. Ein paar Tage lang hatte er sie geliebt, dann war er wieder für viele Monate verschwunden.

Und dennoch hatten sie ihn zurückgeliebt. Es ist nicht schwer, sich in der Vorstellung zu verlieren, die man von einem Menschen hat, und ihm selbst gegenüber blind zu sein. Nichts ist einfacher, als einen Fremden zu lieben.

Nun war er zum ersten Mal, seit sie denken konnten, nicht nur auf Besuch. Abends erzählte er ihnen manchmal von der Jagd im Renshi-Sumpf – seiner letzten. Das hatte Shōgun Kaneda ihm versprochen. Satoru fragte, warum Lieder über Kaneda gesungen würden, den Schlangentöter, der tapfere Lehrling des Jagdmeisters aber kaum je erwähnt wurde, der doch das Leben seines Shōgun gerettet hatte. Da sagte ihr Vater, dass es nicht darauf ankomme, was gesungen würde. Stolz, sagte er, sei etwas für Männer, die nicht verstanden hätten, was im Leben wirklich von Bedeutung sei.

Ein gesegneter Sommer. Sie spielten und fischten mit ihrem Vater. Manchmal tanzten die Zwillinge im gesprenkelten Schatten der Bambusrohre, und ihr Vater saß da und schaute ihnen zu, reglos, und sogar seine Augen lächelten. Er war zu Hause. Er war glücklich.

Und dann kam der Brief.

Vierzehn Monate lang hatte Shōgun Kaneda Qualen gelitten, doch nun war er dem Gift der Nure-Onna erlegen und seiner himmlischen Belohnung entgegengegangen. Sein dreizehnjähriger Sohn Yoritomo trat seine Nachfolge an. Der neue Shōgun befahl Masaru, mit seiner Familie in die Stadt Kigen zu ziehen und Sensei Rikkimarus Platz einzunehmen: als Jagdmeister des Shōgunats.

Ihre Mutter lehnte rundheraus ab. Naomi verabscheute den Gedanken, das Land der Kitsune zu verlassen, um im schmutzigen Labyrinth Kigens zu leben, halb erstickt von Abgasen.

»Und was solltest du auch jagen?«, fragte sie Masaru. »Die Letzte der schwarzen Yōkai ist tot. Wozu braucht der Shōgun einen Jagdmeister? Doch nur, um seinen törichten Stolz zu befriedigen!«

Masaru fühlte sich zwischen Liebe und Pflicht, seiner Frau und seiner Ehre hin- und hergerissen. Und so stritten sie stundenlang und vertrieben mit ihrem Geschrei ihre Kinder. Yukiko und Satoru nahmen Zuflucht im Bambushain zwischen smaragdgrünen Blättern und schwankenden Rohren. Dort taten sie so, als seien sie große Jäger, oder scheuchten die wenigen Schmetterlinge auf, die es noch gab. Sie torkelten davon, ihre Flügel schwach und beinahe durchsichtig. Sogar hier, am Fuß des Gebirges, breitete sich der Schatten des Lotus aus: Immer näher krochen die Felder heran, und zusammen mit dem Morgennebel trieben erstickende Abgase ins Tal. Manchmal konnte man Rauch im Wind riechen. Dann rief

Satoru, dass sie Kage jagten, und stürmte ins Unterholz davon. Und Yukiko lief ihm hinterher und schrie wie ein wildes Geschöpf.

Auch an jenem Tag rannten sie durch den Wald. Satoru schwang ein Bambusrohr wie ein großes beidhändiges Katana und schlug nach imaginären Gegnern. Yukiko sauste mit leuchtenden Augen neben ihm her durch das wogende Grün.

»Lass uns Nure-Onna spielen«, sagte Satoru.

»Ach nee, heute nicht.«

»Warum nicht?«

»Weil ich immer die Schlangenkönigin sein muss.« Sie schnitt eine Grimasse. »Immer muss ich sterben!«

»Na ja, so ist es eben gewesen.« Er schlug auf ein dichtes Gewirr aus Kletterpflanzen ein. »Aber du bringst Sensei Rikkimaru um. Und du verpasst Onkel Akihito seine Narben!«

»Warum bist du dann nicht mal die Schlangenkönigin?«

»Weil ich ein Junge bin«, sagte er und lachte. Wieder stach er in die Ranken. »Jungen können keine Königinnen sein. Außerdem kannst du ihre Stimme viel besser nachmachen als ich.«

Yukiko duckte sich, krümmte die Finger zu Klauen und schlug in die Luft. »Meine Kinder werden mich rääääächen«, zischte sie.

Satoru lachte hell auf. Doch dann …

Die Schlange war so grün wie Gras, so schnell wie ein Blitz. Sie fuhr zwischen den Ranken hervor und grub Satoru die Fangzähne in die Hand. Der Junge schrie auf und stolperte rückwärts. Trotzdem stieß die erschrockene Schlange erneut zu und biss ihm in den Unterarm. Das Bambusschwert fiel auf die feuchte Erde. Hastig schlängelte sich die Viper davon. Ihre Schuppen schimmerten wie poliertes Glas. Satoru stürzte zu Boden, die Augen weit aufgerissen.

»Satoru!«

Yukiko fiel neben ihm auf die Knie, und er blinzelte verwirrt zu ihr auf. Sein Unterkiefer war schlaff.

»Jadeviper«, murmelte er.

Mit fliegenden Händen wickelte Yukiko ihren Obi ab und band ihn Satoru so fest sie konnte um den Arm. Im Kopf hörte sie die Stimme ihres Vaters, seinen ruhigen, überlegten Ernst: »Man muss die Wunde aufschneiden, das Gift mit dem Mund heraussaugen und es ausspucken. Und schnell muss man sein! So schnell wie die Schlange, die einen gebissen hat, sonst steht man, ehe man sich's versieht, vor dem Richter der neun Höllen, dem schrecklichen König Enma.«

»Aber ich hab kein Messer!«, rief sie verzweifelt. Sie nahm den Kopf ihres Bruders auf den Schoß.

Satoru starrte zum Himmel auf und hielt ihre Hand. Auf seiner Haut bildete sich ein dünner Schweißfilm. Er fing an zu zittern: erst seine Fingerspitzen, dann sein Mund. Sein Atem wurde flacher, mühsamer.

»Sag mir, was ich machen soll«, flehte Yukiko. »Sag's mir, Satoru!«

Seine Zunge war geschwollen, seine Lippen wurden blau. Sie wollte aufstehen und nach Hause laufen, aber er klammerte sich an ihrer Hand fest. Und sie spürte, wie sie den Boden unter den Füßen verlor. Sie fiel in die warme Dunkelheit seiner Gedanken – es war das erste und einzige Mal, dass sie den Geist eines anderen Menschen berührte. Gift in den Venen, ein scharfer metallischer Geschmack in der Kehle, die Muskeln gelähmt. Aber sie konnte ihn hören, seine Stimme spüren wie den warmen Frühlingswind im Tal.

Geh nicht.

Aber ich muss Hilfe holen!

Bitte lass mich nicht allein.

Ihre Tränen tropften auf sein Gesicht herab. Seine Füße waren taub, und auch aus seinen Fingern wich schon das Gefühl. Sie sah ihn gleichzeitig von außen und von innen: seine benommenen

Augen und eine Myriade glitzernder Nervenbahnen, die eine nach der anderen erloschen. Er hatte schreckliche Angst, fand aber ein wenig Trost in ihrer Wärme, ihrer Berührung, und er drückte ihre Hand, so gut er konnte.

Ich will nicht sterben, Schwester.

Da schrie sie um Hilfe, schrie, bis ihre Stimmbänder sich verkrampften, packte ihn an den Schultern seiner Uwagi und schleifte ihn durchs Unterholz. Aber er war so schwer und sie so klein. Seine flatternden Gedanken wurden langsamer, lethargisch, erreichten ihren Geist und verwandelten ihre Hände und Füße in Blei. Weiter, weiter und wieder schrie sie, Rotz lief ihr aus der Nase, Tränen stürzten ihr über die Wangen – schließlich konnte sie nicht einmal mehr Worte formen. Unartikulierte, formlose Geräusche stieß sie aus, ein dünnes, klagendes Heulen, bis gar kein Ton mehr aus ihrer Kehle drang.

Aber niemand kam.

Es tut mir so leid, Bruder.

Er starb in ihren Armen.

Es tut mir so, so leid.

Und zum ersten Mal in ihrem Leben war sie wirklich allein.

Sie schlug die Augen auf.

Der kühle Nachtwind strich über ihre verschwitzte Stirn. Es stank nach etwas Verschmortem und nach Kot. Die beiden Oni lagen wie zerbrochene Statuen am Boden, ihr schwarzes Blut rann über die schneeweißen Azaleenblüten.

Der Greif starrte auf sie herab. Seine Pupillen waren geweitet, die bernsteinfarbenen Iriden schimmernde Koronen um schwarze Sonnen. Seine Flanken hoben und senkten sich rasch, und er keuchte hörbar. Dampfendes Dämonenblut färbte seine Klauen und sein Fell. An seinem Schnabel, der aussah, als könnte er durch Knochen schneiden wie durch Butter, klebten verklumptes Blut und Fleischfasern. Er knurrte tief und heiser, ein Echo des Gewittergrollens über ihnen.

WACH. GUT.

Und damit wandte der Donnertiger sich ab, die eleganten weißen Flügel angelegt. Sein langer Schwanz pfiff durch die Luft, die Erde knirschte unter seinen Schritten. Die Schuppen auf seinen Vorderbeinen waren eisengrau. Seine Klauen waren so lang wie Yukikos Tantō, scharf wie gefalteter Stahl. Im Licht der Blitze tanzten Blätterschatten über sein Fell und bildeten immer neue Muster zwischen seinen Streifen.

Warte mal. Warte!

Er blieb stehen und warf ihr über die Schulter einen Blick aus schmalen Augen zu.

Warum hast du mir geholfen?

STAND IN DEINER SCHULD. NUN NICHT MEHR.

Das Bild ihrer Hände, die mit den Riegeln des Käfigs kämpften, tauchte vor ihrem gemeinsamen geistigen Auge auf. Der Donnertiger setzte sich wieder in Bewegung und stolzierte davon, trotz seiner katzenhaften Eleganz ein wenig ungeschickt auf den Beinen.

LEB WOHL.

Bitte lass mich nicht allein!

Yukiko rappelte sich auf und fuhr heftig zusammen, als ihre blauen Flecken, der Striemen auf ihrem Rücken und die vielen Kratzer sich bemerkbar machten. Ihre Haare waren verfilzt und verknotet und fielen ihr in die Augen. Sie wühlte durch die welken Blätter, fand endlich das blutverklebte Tantō und schob es in die Scheide, die hinten in ihrem Obi steckte.

Ihr Vater hatte ihr das Messer zu ihrem neunten Geburtstag geschenkt.

BIN DIR NICHT VERPFLICHTET, AFFENKIND. KRIECH ZURÜCK ZU DEINER NARBE.

Narbe?

DEINEM AMEISENHAUFEN AUS HOLZ UND STEIN. SPEIT GIFT IN MEINEN HIMMEL.

Wir sagen Städte.

NARBEN. SCHWÄREN AUF DEM LAND. IHR SEID EINE KRANKHEIT.

Wenn du mich hier allein zurücklässt, sterbe ich.

KÜMMERT MICH NICHT. SCHULD IST BEGLICHEN. GIBT MILLIONEN WIE DICH. EIN AFFE WENIGER IST EIN GUTER ANFANG.

Wir dachten, deine Art sei ausgestorben. Wo bist du hergekommen?

RAIJIN.

Die Bestie blickte zum Himmel auf. Ihre Flügel zuckten. Yukiko konnte den Zorn des Donnertigers spüren, sein Misstrauen. Instinkthafte Aggression. Die Nachwirkungen des Blutrausches. Aber darunter verbarg sich etwas anderes wie ein leiser Schmerz. Es zog ihm den Magen zusammen.

Du hast Hunger!

Wütend starrte der Greif sie an. *RAUS AUS MEINEM KOPF, INSEKT!*

Du kannst nicht fliegen … Du kannst keine Beute schlagen!

Der Arashitora knurrte und scharrte mit den Hinterpfoten. Es machte ihn wütend, an seine Verstümmelung erinnert zu werden. Weder das Gesicht ihres Vaters noch das Akihitos hatte er vergessen, und wenn er an die Männer dachte, empfand er reine Mordlust.

Ich kann dir helfen. Ich bin eine Jägerin.

BRAUCHE KEINE HILFE.

Aber du kannst nichts fangen! Jedes Tier hört dich kommen, und auf dem Boden bist du viel zu langsam. Allein verhungerst du.

UM DICH ZU FANGEN, BIN ICH SCHNELL GENUG, AFFENKIND. Seine Augen glitzerten in der Dunkelheit.

Wir könnten uns zusammentun. Ich jage für uns, und du beschützt mich. Dann stünden unsere Chancen gar nicht schlecht!

BRAUCHE DICH NICHT.

Aber ich brauche dich. Und ich entrichte dir Tribut, wenn du mich beschützt. Tribut in Form von Fleisch, warm und blutig.

Da schnurrte der Donnertiger – Yukiko fühlte die Vibrationen in ihrer eigenen Brust – und drehte und wendete das Wort »Tribut« in seinem Kopf. Er war nicht sicher, was es bedeutete, aber der Klang gefiel ihm, ebenso wie Yukikos unterwürfiges Gebaren. Sie hatte den Blick gesenkt, duckte sich ein wenig und streckte die Hände aus wie eine Büßerin, die die Götter um Vergebung bat. Sie spürte, wie er sie anstarrte. Es wäre ihm ein Leichtes, sie zu zerreißen, und der Gedanke milderte sein Unbehagen ein wenig. Denn er wusste, dass sie recht hatte: Ohne ihre Hilfe würde er verhungern.

Er würde das Affenkind behalten, entschied er. Sie konnte durch Knechtschaft wiedergutmachen, was ihr Rudel verbrochen hatte. Und wenn sie nicht nützlich war, konnte er sie immer noch fressen.

GUT. DANN KOMM.

Er schlich durchs Unterholz, sein Schwanz peitschte von einer Seite auf die andere. Yukiko beeilte sich, zu ihm aufzuschließen. In der Finsternis stolperte sie über Wurzeln und Gestrüpp. Irgendwo in der Ferne rief eine Eule, leise klopfte der Regen auf große Blätter. Kleine Lebewesen ergriffen die Flucht vor ihnen – sie wussten nicht, wer da in ihren Wald eingedrungen war, hatten aber kein besonderes Interesse daran, es herauszufinden. Der Kopf des Arashitora war auf einer Höhe mit ihrem eigenen. Verächtlich beobachtete er, wie sie immer wieder strauchelte und dabei fluchte.

SCHEINT, ALS KÖNNTEST DU NUR TAUBE TIERE JAGEN.

Tut mir leid. Es ist so dunkel, ich kann überhaupt nichts sehen.

JÄMMERLICHER KLEINER AFFE. SCHWACH. BLIND.

Hilfst du mir?

WIE DENN?

Ich könnte mit durch deine Augen schauen.

Eine lange Stille. Der Donnertiger hörte nur seinen eigenen Atem, das stolpernde Mädchen und das leise Trippeln fliehender Tiere. Sein Magen knurrte.

VON MIR AUS.

Erleichtert schlüpfte Yukiko in seinen Geist. Sie spürte, wie seine Muskeln arbeiteten, die feuchte Wärme seines Fells. Der Boden war uneben, und sie stellte fest, wie schwer es für den Arashitora war zu laufen: Seine Vorderbeine waren nicht dafür geschaffen. Dennoch ließ er sich nichts anmerken; zu taumeln kam nicht infrage. Seine Sturheit erinnerte sie an ihren Vater. Arrogant. Arrogant und stolz.

Wir brauchen einen Unterschlupf. Wenn wir ein bisschen Entfernung zwischen uns und diesen Tempel gebracht haben. Dann kann ich ein paar Fallen bauen … Was isst du gern?

WIR FISCHEN. IN DEN GEBIRGSBÄCHEN. SONST GIBT ES HIER NICHTS. EUER UNKRAUT HAT ALLES VERSCHLUNGEN.

Es gibt noch andere Arashitora? Wir haben geglaubt, ihr wärt ausgestorben.

DAS GEHT DICHT NICHTS AN, INSEKT.

Yukiko hielt den Mund, ging mit halb geschlossenen Lidern weiter wie eine Schlafwandlerin und blickte durch die Augen des Donnertigers. Um nicht das Gleichgewicht zu verlieren, legte sie eine Hand auf seine Schulter. Breite Federn wuchsen auf seinen Flanken und auf seinem Bauch, wurden kleiner und schmaler, bis man kaum noch erkennen konnte, wo das Federkleid endete und das schimmernde Tigerfell begann. Sie staunte darüber, wie weich es unter ihren Fingerspitzen war, dicht und wunderbar warm trotz des Regens und des klebrigen Oni-Blutes. Der Arashitora roch merkwürdig, eine berauschende Mixtur aus Moschus, Blut und Ozon. Sein Geist war fremdartig: Sie nahm die scharfen, raubtierhaften Instinkte eines Vogels wahr, die sich mit den sinnlichen, lebhaften Impulsen einer Katze vermischten.

Schließlich siegte seine Neugier. *WIE KANNST DU MEINE GEDANKEN HÖREN?*

Eine Gabe des Volks meiner Mutter. Ich bin fuchsgeboren.

KITSUNE. Vage Anerkennung, eine Art Echo in seinem Geist. *WIR ERINNERN UNS AN KITSUNE.*

Ich heiße Yukiko. Hast du einen Namen?

Eine lange Pause, die der Sturm mit seiner Stimme füllte.

NEIN.

Wie soll ich dich nennen?

DAS IST MIR EGAL.

Sanft strich sie über seine Flanke und berührte die Spitzen seiner Federn. Sie dachte an den Wolf, der so viele Winter zuvor mit knurrendem Magen den Berg herabgestiegen war. An den Freund, der sich, ohne zu zögern, vor sie geworfen, ihr Leben gerettet hatte. Sie hatte sich so sicher gefühlt, wenn er in ihrer Nähe gewesen war. Ihr Beschützer. Ihr Bruder.

Ihr Freund.

Dann werde ich dich Buruu nennen.

16
HAUT

Oni sind die Ausgeburten der Unterwelt. Diener der schwärzesten Finsternis, Kinder der mächtigen dunklen Mutter, der Herrin Izanami. Das Leben in den Schatten ist ihre Bestimmung.

Vielleicht sahen Yukiko und der Arashitora sie deshalb nicht kommen.

Der Wind rüttelte an den Zweigen der Bäume, riss Blätter und Blüten ab und wirbelte sie durch die Luft. Unermüdlich krachten Donnerschläge, rauschte der Regen, bis sie nichts mehr hörten als ein tiefes, endloses Dröhnen. Der Greif und das Mädchen taumelten durch die Nacht und suchten nach einer Höhle, einem hohlen Baumstamm, irgendeinem Ort, der ihnen Schutz vor den Elementen gewährte. Die Dämonen fielen über sie her, als sie zwischen eine Gruppe Eichen traten. Lautlos wie Dunstschwaden hatten sie sich angepirscht, gegen den Wind. Jetzt ließen sie sich wie Spinnen aus den Bäumen fallen, zwei langgliedrige Riesen mit schrecklichen Hauern und krallenbewehrten

Pranken. Einer schwang einen eisernen Tetsubō, der andere ein gewaltiges Schwert. Der Streitkolben raste auf den Schädel des Donnertigers zu, doch in letzter Sekunde blickte Yukiko auf und schrie. Der Arashitora reagierte blitzschnell: Er sprang zur Seite und stieß sie in einen Strauch mitgenommener rosafarbener Waldhortensien.

Der Streitkolben drosch auf den felsigen Boden wie auf einen Amboss, die Klinge des Schwertes pfiff über dem Kopf des Donnertigers durch die Luft. Und dann entfaltete sich der Kampf. Im Tanz von Schnabel und Klauen und dem spritzenden schwarzen Blut lag eine grausame Ästhetik. Der erste Dämon stürzte mit zerfetzter Kehle zu Boden, und der Arashitora spuckte Brocken dunklen Fleisches auf welke Blätter. Dann sprang er flatternd in die Luft, landete mit den Adlerfüßen auf den Schultern des zweiten Oni und riss ihm mit den Säbelkrallen seiner Hinterläufe den Bauch auf. Fette, schwarze Eingeweide quollen hervor. Der Gestank war entsetzlich, und Yukiko würgte und schlug sich die Hände vor Mund und Nase.

Ein dritter Dämon fiel aus dem dunklen Blätterdach über ihnen, kam hinter dem Donnertiger auf und riss seinen Streitkolben in die Höhe. Zum Nachdenken war keine Zeit. Noch während sie dem Greifen eine hastige Warnung schickte, schoss sie aus dem Hortensienbusch hervor. Mit ihrem Tantō hackte sie nach der Achillessehne des Dämons. Zuerst war es, als säbelte sie durch ein altes salziges Tau, doch die Klinge war etwas Besonderes: Der ehrwürdige Phönix-Schwertmeister Fushichō Ōtomo hatte den Stahl einhundertundeinmal gefaltet. Yukiko teilte das blaue Fleisch, und auch die Sehne gab nach.

Der Oni kreischte, umklammerte sein Fußgelenk und stürzte zu Boden. In Sekundenschnelle war der Arashitora über ihm und zerfetzte ihn wie eine wirbelnde Sense mit Sägezahnblatt und

Federn. Von dem Oni blieb kaum mehr übrig als ein nasser blauschwarzer Fleck.

Danach schüttelte sich der Donnertiger wie ein Hund. Schwarze Blutstropfen sprühten in alle Richtungen. Seine Flanken bebten, er keuchte mit offenem Schnabel und trieb mit seinen Atemstößen trockene Blätter auf. Sein Fell dampfte, und seine Augen glitzerten vor Freude über den blutigen Sieg. Dann starrte er Yukiko an, und sein Blick glitt zu dem Tantō in ihrer Hand.

SO EIN KLEINES MESSERCHEN.

Yukiko wischte sich das schweißnasse Haar aus den Augen und deutete auf den Fußknöchel des Dämons. Ihr Arm war bis zum Ellenbogen schwarz.

Groß genug.

Sie spürte widerwilligen Respekt in ihm aufsteigen, und obwohl er es nie zugegeben hätte, war er dankbar. Der Oni hätte ihm sehr wahrscheinlich den Schädel eingeschlagen, hätte sie ihn nicht rechtzeitig gewarnt.

TAPFER. Er wischte seine Klauen an den toten Blättern ab und wandte sich mit zuckender Schwanzspitze zum Gehen. Dann schaute er über die Schulter zurück. *KOMM.*

Er stelzte in die Dunkelheit davon.

Yukiko hatte Mühe, ihr Lächeln zu unterdrücken. Sie ging ihm nach.

Die Nacht war endlos, finster und triefend, die Dämmerung lag in unerreichbarer Ferne. Kälte kroch durch den Wald. Sie waren noch immer hoch oben in den Bergen, und der Sturm tobte unermüdlich. Jegliche Wärme schien aus dem Boden und aus Yukikos müden Gliedern zu sickern. Sie war bis auf die Haut durchnässt, und der Wind schnitt durch sie hindurch wie die Klinge eines Nagamaki durch weiße Federn. Die Arme um sich selbst geschlungen, schlurfte sie durch die Dunkelheit, beinahe zu erschöpft, um auch nur die Augen offenzuhalten. Fortwährend prasselte der Regen auf sie nieder, als wolle er sie in die Knie zwingen. Bei jedem Schritt versanken ihre Füße im Schlamm. Sie versuchte, sich das Elend vom Leib zu halten, indem sie an das Tal mit dem Bambuswald dachte, an das warme, grüne Gras und das kristallklare Wasser des Bachs, auf dem die Hitze schimmerte. Aber bei der Erinnerung fiel ihr wieder ihr Vater ein, die bitteren Worte, die sie einander gesagt hatten, ehe die *Donnerkind* vom Himmel gefallen war.

Die Ohrfeige. Wie sie ihn durch zusammengebissene Zähne angezischt hatte: »*Ich hasse dich!*«

Sie hatte es so gemeint. Und doch, wenn sie sich vorstellte, dass er blutend im Wrack des Rettungsbootes lag, dass sie ihn nie wiedersehen würde ... Sie konnte es kaum ertragen. Ihre Muskeln brannten, jeder Atemzug schmerzte. Sie stolperte und fiel in den Schlamm, zu müde, um sich zu fangen. Der Arashitora beobachtete, wie sie versuchte, sich aufzurappeln, die Finger zu Klauen verkrümmt, keuchend.

IST DIR WOHL?

Nein, mir ist nicht wohl! Es regnet so furchtbar, und ich bin so müde ... Ich kann kaum noch laufen.

Geringschätzig musterte er sie. *SCHWACH.*

Wir müssen einen Unterschlupf finden, damit ich ein Feuer anzünden kann. Wir sind jetzt weit genug weg von dem dunklen Tempel.

HOLZ NASS. BRENNT NICHT.

Wenigstens einen windgeschützten Platz.

Der Greif schnaubte und schüttelte die Flügel. Er starrte in die Dunkelheit, seine weiten Pupillen reflektierten das Licht der

Blitze am Himmel. Yukiko konnte die Hitze spüren, die in ihm brannte, die Wärme seines Blutes, das unter dem dicken, durchweichten Fell durch seine Adern strömte.

DA.

Yukiko folgte seinem Blick und sah einen dunklen Flecken am Hang über ihnen.

Sie kraxelten bergauf, rutschten über lose Steine und durch den Matsch. Zweige und Dornenranken rissen an ihnen. Der Höhleneingang war ein schwarzes Loch im Felsgestein, vielleicht zweieinhalb Meter breit, der Hohlraum dahinter rund und tief. Der Donnertiger schnupperte, konnte aber keine Raubtiere wittern, nur einige kleine pelzige Geschöpfe, die ihnen keine Schwierigkeiten machen würden. Also kroch er hinein und streckte sich an einer Wand aus, den Kopf dem Loch im Felsen zugewandt, sodass er die Blitze über den Baumwipfeln tanzen sehen konnte.

Yukiko kauerte sich an der gegenüberliegenden Wand zusammen. Ihre nassen Kleider fühlten sich wie Raureif auf ihrer Haut an. Sie schlang die Arme um die Schienbeine. Jetzt konnte sie nicht länger ignorieren, wie elend ihr zumute war. Sie fror bitterlich; bald zitterte sie so heftig, dass sie sich hinlegen musste, den Rücken gegen den kalten Stein gedrückt. Ihre Muskeln waren verkrampft und schmerzten. Über den Höhlenboden lagen trockene Äste und Blätter verstreut, doch selbst wenn sie Feuersteine gehabt hätte, hätte sie kein Feuer entzünden können. Ihre Hände waren taub und nutzlos.

Beinahe eine Stunde lang starrte der Arashitora in den Regen hinaus, ohne sich zu rühren oder zu blinzeln. Hin und wieder betrachtete er sie aus den Augenwinkeln, wie sie zusammengerollt dalag und es sie vor Kälte schüttelte. Dann zuckten seine Flügel, seine Klauen schabten über den Felsboden, und er schaute wieder zu den Wolken auf. Yukiko schloss die Augen und biss die Zähne zusammen, damit sie aufhörten zu klappern.

Schließlich seufzte er tief – ein Grollen rollte durch die Höhle, und die Blätter stoben auf. Stumm hob er einen Flügel. Yukiko blinzelte und starrte ihm einen Augenblick lang in die dunklen Augen; dann krabbelte sie hastig über den Felsboden und schmiegte sich an seine warme, warme Flanke. Er breitete seinen Flügel über sie wie eine Daunendecke, die nach Blitzen und Blut roch. Durch sein dickes, samtenes Fell hindurch konnte sie seinen Herzschlag spüren.

Danke, Buruu.

STILL JETZT, AFFENKIND. SCHLAF.

Und sie versank in der Dunkelheit, ihr Schlaf so tief und ruhig wie nie. Reglos lag sie, ein leises Lächeln auf dem Gesicht, und träumte von einem kleinen Tal, in dem ein Bambuswäldchen stand, träumte von Sommerhitze.

Die Kaninchen waren fett und saftig. Buruus Kehle schwoll an, als er sie mit Haut und Haar hinunterschlang, den Kopf zurückgeworfen. Yukiko stocherte in den Flammen und beobachtete, wie der kleine Schenkel brutzelte, den sie für sich selbst zubereitete. Fett tropfte in die Glut. Ihr Magen knurrte – die Pilze, die sie in den letzten Tagen gegessen hatte, waren nahrhaft gewesen, aber bei Weitem nicht genug.

Buruu lag ausgestreckt neben dem Feuer. Rauch stieg in der Abendkälte auf und zog in den Regen hinaus. Die Kaninchen waren keine leichte Beute gewesen. Den ganzen Tag über hatte Yukiko im strömenden Regen über den Fallen gewacht; ihre Muskeln waren ganz starr geworden. Aber der Geruch des röstenden Fleisches machte das alles wieder wett.

Der Donnertiger hatte über einer der Fallen in einem Ginkgobaum geschlafen. Er war bloß zweimal aufgewacht: Zuerst, um sie zur Eile anzutreiben, und dann, um sich auf einen kleinen Hasen zu stürzen, der an der Falle zwischen den Baumwurzeln herumschnüffelte. Nachdem er das Häschen verscheucht hatte, hatte er mehr Geduld aufgebracht. Und seit sie mit einem halben Dutzend fetter Kaninchen über der Schulter zurückgekommen war, war er richtiggehend höflich.

Jetzt betrachtete sie Buruu über das Feuer und das bratende Fleisch hinweg. Bisher hatte sie kaum Gelegenheit gehabt, ihn so sorgfältig zu studieren, wie sie es gern getan hätte; es war einfach zu viel los gewesen. Nun jedoch, da sie am warmen Feuer saß, trocken und mit der Aussicht auf ein warmes Mahl, war sie gebannt. Wie unglaublich, einer so schönen Kreatur derartig nah zu sein!

Im Feuerschein hatten die Federn auf Kopf und Brust des Donnertigers einen seltsamen Glanz, der beinahe metallisch wirkte. Seine Schultern waren breit, muskulös, und wenn er wütend war, sträubten sich seine Federn wie das Nackenfell eines Hundes. Die schwarze Zeichnung seines schneeweißen Pelzes erinnerte Yukiko an Tuschestriche auf Reispapier, die Schriftzeichen einer uralten, wilden Sprache, deren Bedeutung sie nur erahnen konnte. Sie wusste inzwischen, dass sich seine Gemütsverfassung am ehesten von der Haltung seines Schwanzes ablesen ließ. Der schwang in gelassenen Bögen durch die Luft, wenn Buruu zufrieden war, zischte wie eine Peitsche von einer Seite auf die andere, wenn er in Zorn geriet, und hing entspannt und an der Spitze eingerollt herab, wenn er selbstsicher durchs Unterholz schlich. Zwar war er zur Hälfte ein Adler, aber ihr war aufgefallen, dass er sich hauptsächlich wie eine Raubkatze bewegte: geschmeidig und anmutig. Jeder seiner fließenden

Bewegungen war anzumerken, dass er listig und grausam sein konnte.

»Wir haben genug Vorräte, um weiterzugehen.« Ihre Stimme hallte in der Höhle. »Morgen früh können wir mit dem Aufstieg beginnen. Wenn wir Glück haben, können wir vom Gipfel aus sehen, wo wir sind.«

Er legte den Kopf schief und antwortete nicht. Da begriff sie, dass er sie nicht verstehen konnte, wenn sie laut sprach. Ihre Worte mussten wie Gequieke und Gebell in seinen Ohren klingen. Sie wiederholte sie in seinem Kopf: Gedanken, flüssig und klar wie Wasser, überwanden die Barriere aus Knochen und Fleisch zwischen ihnen.

Vom Gipfel aus können wir hoffentlich sehen, wo wir sind.

WIR SIND HIER. WAS MÜSSEN WIR SONST NOCH WISSEN?

Yukiko brauchte eine Weile, um zu antworten. *Ich muss zurück nach Hause.*

Er schnaubte und fuhr mit seinem elegant geschwungenen Schnabel ordnend durch seine gestutzten Federn. Die Schnabelspitze war so reinweiß wie sein Fell, dann ging der Farbverlauf über Grau zu jenem tiefen Schwarz, das auch seine Augen umrahmte. Der kühle Wind strich durch seine Stirnfedern.

KANN EUCH AFFEN NICHT VERSTEHEN.

Was meinst du?

HIER IST ES GUT. GIBT WAS ZU ESSEN. ES IST WARM, TROCKEN, SICHER. WARUM WILLST DU UNBEDINGT ZURÜCK ZU DEINER NARBE?

Mein Vater. Meine Freunde. Sie könnten alle umgekommen sein. Aber wenn sie überlebt haben, gehen sie zurück nach Kigen. Ich muss wissen, ob es ihnen gut geht.

DEIN RUDEL. Der Greif nickte, eine beinahe menschliche Geste. *RUDEL, DAS VERSTEHE ICH.*

Wo ist deins?

IM NORDEN. INMITTEN DER STÜRME. Seine Augen glommen wie Honig, der mit silbernen Splittern durchsetzt war.

Warum bist du hergekommen?

WOLLTE SELBST SEHEN, WAS IHR GETAN HABT. DIE ALTEN HABEN MICH GEWARNT. HABEN GESAGT, DASS ES KEIN LEBEN MEHR IN SHIMA GIBT. HAB NICHT AUF SIE GEHÖRT. DUMM.

Ich höre auch nie auf meinen Vater. Yukiko lächelte.

DEIN VATER. DERJENIGE, DER MICH VERSTÜMMELT HAT.

Ihr Lächeln erstarb. Es überraschte sie, dass sie ihn verteidigen wollte. *Er ist ein guter Mann. Er hat nur getan, was ihm befohlen wurde.*

BEFOHLEN VON WEM?

Dem Shōgun. Das ist der Herrscher Shimas.

DER KÖNIG DER PLÜNDERER HAT BEFOHLEN, DASS IHR MICH JAGT. WIESO?

Er wollte dich für sich haben. Wollte auf dir in die Schlacht reiten, wie die Sturmtänzer aus den alten Legenden.

DIESES GESCHENKS MUSS MAN SICH WÜRDIG ERWEISEN. DEIN VOLK HAT DIE FREUNDSCHAFT EINES DONNERTIGERS NICHT VERDIENT. WIR VERACHTEN EUCH.

Wir sind nicht alle schlecht.

SIEH DICH UM. KEIN TIER MEHR AM LEBEN, DIE FLÜSSE SCHWARZ, DAS LAND ÜBERWUCHERT UND ERSTICKT. DER HIMMEL ROT WIE BLUT. UND WOFÜR?

Ich ...

DEINE ART IST BLIND. IHR SEHT NUR DAS JETZT, NICHT DAS, WAS AUF EUCH ZUKOMMT. Buruu blickte sie finster an. *ABER LANGE KÖNNT IHR DIE AUGEN NICHT MEHR VERSCHLIEßEN. WENN ERST ALLES ZERSTÖRT IST, WENN ES*

SO VIELE AFFENKINDER GIBT, DASS IHR FÜR EIN STÜCKCHEN LAND, FÜR EINEN TROPFEN SAUBERES WASSER MORDEN WÜRDET, DANN KÖNNT IHR EUCH NICHT LÄNGER SELBST BELÜGEN.

Yukiko dachte an die Rekrutierungsplakate, mit denen Kigens Mauern zugepflastert waren, an die Fabriken, die am laufenden Band Kriegswaffen produzierten. Die Nachrichten über Schall, die sich stets um den Krieg mit den Gaijin drehten.

Es ist längst so weit, dachte sie.

ERST WENN DER LETZTE FISCH GEFANGEN, DER LETZTE FLUSS VERGIFTET IST, WERDET IHR BEGREIFEN, WAS IHR GETAN HABT. ABER DANN IST ES ZU SPÄT.

Der Arashitora begann, seine eisenharten Klauen am glitzernden Granitboden zu schärfen. Yukiko fiel nichts ein, was sie hätte sagen können. Wie viele Jahre quälten sie nun schon unangenehme Fragen, wenn sie die Opulenz und den Prunk am Hof des Shōgun sah? Wenn sie sich unter dem vergifteten Himmel durch Kigens überfüllte Straßen schob? Doch selbst wenn Buruu recht hatte, was konnte sie schon tun? Die Welt war riesengroß, wie sollte ein einziges Mädchen etwas bewegen? Sie konnte ihr Leben damit verbringen, auf offener Straße Reden zu halten – niemand würde ihr zuhören. Was scherten einen gewöhnlichen Mann sterbende Vögel oder Wetterveränderungen? Ihn interessierte, wie er seine Familie durchbringen konnte.

Sind wir denn anders? Wir jagen, um unseren Hunger zu stillen. Diese Kaninchen sind gestorben, weil wir glauben, dass unser Leben mehr Bedeutung hat als ihres.

Sie dachte an ihren Vater, an dessen Händen das Blut so vieler Tiere klebte. Trotz all seiner Schwächen wusste sie, dass Masaru alles tun würde, um sie zu beschützen – wenn es nötig wäre, würde er tausend Flüsse vergiften, tausend Arten vernichten. Und plötzlich war es, als leuchtete eine staubige Glühbirne in ihrem Kopf auf. Sie schien ihr Licht in einen abgelegenen Winkel, den sie bisher lieber ignoriert hatte.

Sie war alles, was ihrem Vater noch geblieben war.

Und er hatte immer alles für sie getan. Die Monate, die er nicht zu Hause gewesen war. Der Umzug in die Stadt. Die Jagd. Buruus Flügel.

Irgendwann verstehst du das, Yukiko. Dass man manchmal Opfer für etwas bringen muss, das wichtiger ist als man selbst.

Sie krauste die Stirn und schluckte die Tränen hinunter.

Er hatte nicht über das Inselreich gesprochen, nicht über seine Ehre.

Er hat mich gemeint.

Buruu betrachtete sie, sagte aber nichts. Schließlich legte er sich zum Schlafen hin und hob einen Flügel. Sie blieb reglos sitzen. Mit dem Äquivalent eines Schulterzuckens steckte er den Kopf unter den Flügel, schloss die Augen und seufzte.

Yukiko blieb wach und schaute ins Feuer.

Den kalten Nächten folgten schwüle Tage. Die Hitze staute sich unter dem dichten Blätterdach, obwohl es ohne Unterlass stürmte und regnete. Yukikos Kleider waren nass, durchtränkt von Wasser und Schweiß. Die leichte Baumwolle verwandelte sich in eine müffelnde Last.

Der Hang war steil und zerklüftet, der Aufstieg mühsam. Buruu hatte an manchen Stellen schwerer zu kämpfen als Yukiko: Unter seinem Gewicht rutschten Schiefer und Schlamm weg, sodass er strauchelte und mit seinen nahezu unbrauchbaren Flügeln flattern musste, um das Gleichgewicht wiederzufinden. Dann verfluchte er die Menschenkinder und rief seinen Vater an, diejenigen mit seinem Zorn zu strafen, die seinen Sohn verstümmelt hatten.

Yukiko senkte den Blick und schwieg.

Es war beinahe Mittag, als sie den Kamm erreichten. Die aneinandergereihten Gipfel sahen aus, als hätte der Kriegsgott Hachiman selbst die Spitzen abgeschlagen. Yukiko kletterte an einem uralten Kirschbaum empor. Als sie den Kopf durch das Blätterdach streckte, fuhr sie zusammen: Trotz der dunklen Wolken war es so *hell!* Ihre Schutzbrille hatte sie verloren, als die *Donnerkind* abgestürzt war. Sie sah sich um und entdeckte den Berghang, auf den das Himmelsschiff aufgelaufen war. Kurz fragte sie sich, ob es irgendetwas aus dem Wrack zu bergen gab, das ihnen nützen konnte. Aber bei der Vorstellung, noch einmal am Tempel der dunklen Mutter vorbeizumüssen, lief es ihr kalt über den Rücken.

Das Plateau erstreckte sich kilometerweit. Zwar warfen die Sturmwolken einen düsteren Schatten über das Land, es war jedoch sommergrün und mit karmesinroten wilden Azaleen und leuchtend gelbem Löwenzahn gesprenkelt. Weiter im Süden wurde der Wald wieder dichter. Es sah ganz so aus, als stünde ihr eine lange, beschwerliche Wanderung bevor, ehe sie wieder in der Zivilisation anlangte. Hoffentlich hatte das Rettungsboot mit ihrem Vater und ihren Freunden das Gebirge unbeschadet überquert.

Sie berührte erst ihre Stirn, dann ihre Lippen. »Susanoo, hilf ihnen, sicher zu landen«, flüsterte sie zum Himmel auf. »Izanagi, großer Schöpfer, weich ihnen nicht von der Seite.«

Buruu und sie machten Rast unter dem Kirschbaum und teilten den Rest des geräucherten Kaninchens. Yukiko aß nur einen Bissen und dazu einen einsamen Pilz. Aus einem kleinen Bach schöpften sie wundervoll klares Wasser; Yukiko schlug vor, seinem Lauf zu folgen. Vielleicht würden sie so an einen Fluss gelangen, in dem sie fischen konnten. Buruus Magen knurrte, und er schnurrte zustimmend.

Sie fanden die Falle, als es schon beinahe dunkel war. Buruu witterte Blut im Wind und erstarrte zu Stein. Yukiko berührte ihre Fuchstätowierung und schlich durch die zunehmende Dämmerung. Der Regen übertönte ihre leisen Schritte. Über einem verborgenen Netz hing eine rohe Hachse: Ein unvorsichtiges Raubtier, das nach dem Fleisch schnappte, würde die Falle auslösen und von einem Augenblick auf den anderen in das Netz verstrickt in der Luft baumeln. Yukiko schnitt das Gegengewicht los und brachte Buruu das Fleisch. Der Donnertiger verschlang es in drei Bissen. Er hielt nicht einmal inne, um Luft zu holen.

Vielleicht gehört die Falle den Oni?

NUR MENSCHEN BAUEN FALLEN.

Ich dachte, im Iishi-Gebirge lebt niemand. Nicht mal Leute vom Kitsune-Clan.

OFFENBAR HAST DU DICH GETÄUSCHT.

Vielleicht haben sie noch mehr Fallen aufgestellt. Pass auf, wo du hintrittst.

Der Arashitora betrachtete die Falle verachtungsvoll, als sie daran vorbeigingen. Das Netz war aus alten Ranken geknüpft, die umeinander gewunden und fest verknotet worden waren; er hätte es so leicht zerreißen können wie ein Kind ein Blatt feuchtes Reispapier.

Er schnaubte höhnisch. *ICH, AUFPASSEN? DAS IST EHER DENEN ZU RATEN.*

In dieser Nacht schliefen sie in den Bäumen, zehn Meter über dem Boden, zusammengerollt in einer Wiege ineinander verflochtener Ahornzweige. Buruu konnte gut klettern, was Yukiko überrascht hatte; seine Klauen hatten tiefe Kerben in den Stamm geschlagen. Die Baumwipfel wogten im Wind. Zwischen den Wurzeln schwankten Lilientrauben und Waldgräser wie Tänzer. Der Regen war ein konstantes Raunen, ein Herzschlag. Yukiko kuschelte sich unter Buruus Flügel und träumte von der warmen Sicherheit des Mutterleibs.

Irgendwann nach Mitternacht weckte sie ein metallisches, insektenhaftes Scharren. Sie setzte sich auf. Buruu schirmte sie mit seinem Flügel ab. Seine Augen schimmerten in der Finsternis.

STILL. AFFENKIND NÄHERT SICH.

Sie spähte durch seine gefächerten Daunenfedern in die Nacht hinaus. Unregelmäßige schwere Schritte. Metall rasselte gegen Metall. Ein rotes, glühendes Rechteck bewegte sich auf sie zu. Ein sägendes Geräusch übertönte die Melodie des Sturms.

Yukiko riss die Augen auf, als sie die insektenhafte Gestalt besser ausmachen konnte. *Ein Werkmeister!*

WAS?

Amaterasu, beschütze uns. Es ist ein Gildenmann! Wie kommt der denn hierher?

WAS IST EIN GILDENMANN?

Sie verwalten die Lotusgilde. Bauen überall im Inselreich Blutlotus an. Sammeln ihn für den Shōgun, verarbeiten ihn zu Chi, um ihre Maschinen zu befeuern. Und Leute wie mich verbrennen sie.

ALSO TREIBEN SIE DIE PLÜNDEREI VORAN.

Sie konnte spüren, wie der Zorn in Buruus Herz anschwoll: ein kalter, schwarzer Hass.

Es muss der sein, der mit auf der Donnerkind *war. Er hat es wohl nicht aufs Rettungsboot geschafft. Götter, helft uns …*

WIR BRAUCHEN KEINE HILFE. ER DAGEGEN …

Und damit sprang Buruu schnell wie der Wind und leise wie ein Flüstern mit ausgebreiteten Schwingen in die Dunkelheit.

Erschrocken rief Yukiko: »Warte, warte!« Der Werkmeister blickte zu ihr auf und holte scharf und zischend durch die Blasebälge auf seinem Rücken Atem, als er den schattenhaften Greifen auf sich zustürzen sah. Er machte Anstalten fortzulaufen, aber dazu war es zu spät – Buruu hatte ihn schon erreicht. Seine Klauen kreischten über die Messingbrust des Werkmeisters, der rücklings gegen einen Baumstamm taumelte. Rohre platzten, begleitet von einem hellen Funkenregen. Metall ächzte, Acetylen zischte. Der Gildenmann kippte in einen Rosenbusch und schrie vor Angst und Schmerz.

Yukiko kletterte hastig aus ihrem Nest und rannte auf den Donnertiger und den Werkmeister zu.

»Buruu, hör auf!«, schrie sie. »Hör auf!«

»Yukiko?«, keuchte der Werkmeister, eine Hand vor die gespaltene Brustplatte gedrückt.

Buruus Klauen schwebten über dem Helm des Gildenmannes in der Luft. *ER KENNT DEINEN NAMEN.*

Yukiko runzelte die Stirn. *Vielleicht hat er gehört, wie jemand mich auf dem Schiff gerufen hat …*

»Yukiko-chan, ich bin's!« Der Gildenmann fummelte am Verschluss seines Helms herum. Etwas zischte: Druckluft entwich aus der Halsmanschette, als sich die Vorderseite auffaltete wie eine mechanische Blume. Der Werkmeister zerrte sich den Helm vom Kopf, und Yukiko sah blasse Haut, kurz geschorenes Haar und Augen so scharf wie Messerklingen.

»Kin-san?«, keuchte sie.

DU KENNST IHN?

Yukiko war erschüttert. Sie starrte den Jungen an, als sei er ein Geist.

Ich hab ihn auf dem Himmelsschiff getroffen. Aber ich hab nicht gewusst, dass er der Werkmeister ist!

»Du bist ein Gildenmann?« Sie verengte die Augen. Der Schock ließ nach. Sie fühlte sich verraten.

»Hai.«

»Aber Yamagata-san hat gesagt, der Gildenmann der *Donnerkind* hieße Kioshi …«

Kin hatte die Hände erhoben und drückte den Rücken gegen den Stamm, gegen den Buruu ihn geschleudert hatte. Rosenblätter umwehten ihn wie Schnee. Aus dem Spalt in seiner Brustplatte tropfte eine dicke rote Flüssigkeit und rann zäh über das Messing. Er wandte den Blick nicht von den Klauen des Donnertigers.

»Kioshi war mein Vater. Er ist vor zwei Sommern gestorben.«

»Und?«

»Und in der Gilde ist es Brauch, den Namen eines geschätzten Elternteils nach dessen Tod weiterzuführen.« Er zuckte zusammen und bewegte sich dann langsam, um den Donnertiger nicht zu erschrecken, der über ihm aufragte. »Kannst du bitte deinen Freund zurückrufen? Er scheint auf dich zu hören.«

»Du gehörst zu denen.« Yukiko trat einen Schritt auf ihn zu und zog ihr Messer. »Du bist einer von ihnen!«

»Ich bin in die Gilde hineingeboren worden. Ich bin ihr nicht freiwillig beigetreten.« Er sah ihr in die Augen. »Man kann sich seine Familie nicht aussuchen.«

»Aber ihr verbrennt Menschen, Kin. Ihr verbrennt Kinder …«

»Nein, ich nicht.« Er schüttelte heftig den Kopf. »Ich bin ein Werkmeister, Yukiko. Ich repariere Motoren. Ich baue Maschinen. Das ist alles.«

»Du hättest es mir sagen können. Stattdessen hast du mich angelogen.«

»Ich habe nicht gelogen. Ich habe dir nur nicht die ganze Wahrheit gesagt.«

»Du hast gesagt, du seist allein!«

»Ich bin allein.«

»Es gibt Hunderte deiner Art. Vielleicht Tausende. Du und deine ›Familie‹, ihr seid überall!«

»Bloß weil du in einer Menge stehst, bedeutet das nicht, dass du etwas mit den Leuten gemein hast.«

Buruu starrte den Jungen finster an. In seinen Augen glomm Mordlust. Ein Schlag mit seinen Klauen, und das Affenkind würde leblos auf den Waldboden sinken. *LASS IHN UNS UMBRINGEN.*

Yukiko biss sich auf die Unterlippe und sah auf den Werkmeister hinab. *Ich bin mir nicht sicher ...*

WARUM NICHT? SCHÄDLING. USURPATOR. ER UND DIE SEINEN BEAUFSICHTIGEN DIE PLÜNDERUNG SHIMAS!

... Ich bin mir nicht sicher, dass er wirklich wie die anderen ist. Bis jetzt war er sanftmütig. Freundlich.

Sie zeigte Buruu eine Erinnerung: Kin, der ohne seinen Panzer am Bug stand, den Kopf zurückgelegt, und im klaren Regen lachte. Es war beinahe unmöglich, den blassen, zerbrechlichen Jungen als eins der gesichtslosen Ungeheuer zu betrachten, die sie so verachtete. Sie blickte Kin in die Augen und konnte sich nicht einmal vorstellen, wie er einer Lotusfliege etwas zuleide tat, ganz zu schweigen davon, dass er bei den Brandsteinen das Feuer unter den Füßen eines armen Kindes anzündete.

Erlaube mir, kurz mit ihm zu sprechen.

DU KANNST MIR NICHTS BEFEHLEN!

Ich befehle nicht. Ich bitte dich. Sie strich über die glänzenden Federn an seinem Hals. *Bitte, Buruu.*

Der Donnertiger knurrte, ein tiefes Grollen, das die Blätter über ihm und den Jungen zu seinen Füßen erzittern ließ. Aber er senkte die Klauen und trat zurück, die Augen schmal wie

Schießscharten. Sein Schwanz peitschte durch die Luft, den Kopf hielt er schräg. Seine Schultern waren angespannt.

»Du bist verletzt«, sagte Yukiko und kniete neben Kin nieder. Als sie sah, wie rot sein Brustpanzer schon war, stieg Sorge in ihr auf. Der zerstörte Mech-Abakus surrte und klickte unregelmäßig und spuckte Perlen in Kins Schoß.

»Das ist kein Blut, bloß Chi.« Er streckte die Hand nach ihr aus, als müsse er sich davon überzeugen, dass sie wirklich da war.

»Warum hast du's mir nicht gesagt, Kin?« Der Ärger war aus ihrer Stimme verschwunden, sie klang nur noch enttäuscht. Das Tantō steckte sie wieder weg.

Kin ließ die Hand sinken. »Ich dachte, du würdest mich verabscheuen, wenn du die Wahrheit wüsstest.« Er ließ den Kopf hängen. »Dass du mir nicht trauen würdest. Außerdem ist es uns verboten, uns ohne unsere Panzer in der Öffentlichkeit zu zeigen. Es ist eine große Sünde, unser Fleisch bloßzulegen, Kontamination durch die Außenwelt zu riskieren. Wenn das jemand herausgefunden hätte ...«

»Warum hast du den Panzer dann ausgezogen?«

»Weil ich den Wind im Gesicht spüren wollte. Und weil ich wissen wollte, wie es ist, normal zu sein. Wie ihr zu leben, wenigstens für einen Augenblick.«

Yukiko runzelte die Stirn und rieb sich die Augen.

Normal ...

»Also warst du, kurz bevor die *Donnerkind* abgestürzt ist, noch an Deck. Wie bist du weggekommen?«

»Ich konnte nicht riskieren, jemandem mein Fleisch zu zeigen. Also hab ich mich weiter versteckt und gehofft, dass sich eine Gelegenheit bieten würde, ungesehen unter Deck zu kommen. Aber dann hat der Blitz eingeschlagen, und die

Wolkenwandler waren überall. Ich musste warten, bis sie das Schiff aufgegeben hatten.«

»Hast du gesehen, was aus dem Rettungsboot geworden ist? Aus meinem Vater?«

Er schüttelte den Kopf. »Ich hab bloß gehört, wie sie die Kapsel abgekoppelt haben ... Da war ich schon wieder unter Deck und bin in meine Haut geschlüpft. Es war echt knapp. Ich hab es kaum vom Schiff geschafft, bevor es gegen den Berghang geflogen ist.«

»Du hast lieber dein Leben riskiert, als von der Mannschaft gesehen zu werden?« Yukiko hob eine Augenbraue.

»Meine Chi-Motoren können mich zwanzig Minuten in der Luft halten, ehe ihnen der Kraftstoff ausgeht.«

»Aber was, wenn du's nicht rechtzeitig in den Panzer geschafft hättest? Du wärst verbrannt.«

Er zuckte mit den Schultern. »Das wäre eine Gnade gewesen – zumindest im Vergleich zu der Strafe, die auf das Abstreifen der Haut in der Öffentlichkeit steht. Es gibt Schlimmeres als den Tod.«

»Das Abstreifen der Haut? Was heißt das?«

»So nennen wir das hier.« Er klopfte mit den Fingerknöcheln gegen seinen Atmos-Panzer. »Unsere Haut. Die Reinheitsbringer sagen, das Fleisch darunter ist nur eine Illusion. Mit Makeln behaftet und schwach.«

»Das ist doch albern.«

»Das ist die Doktrin der Gilde.« Wieder zuckte er mit den Schultern. »Die Haut ist stark. Das Fleisch ist schwach.« Er berührte seine Stirn mit zwei Fingern. »Der Lotus muss blühen.«

JETZT HABT IHR LANGE GENUG LÄRM GEMACHT. GEH BEISEITE. ICH SCHLITZE IHM DEN BAUCH AUF. Buruu schritt auf sie zu. Ein tiefes Knurren vibrierte in seiner Kehle.

Yukiko warf ihm einen scharfen Blick über die Schulter zu und rührte sich nicht vom Fleck. *Wir können ihn nicht einfach umbringen.*

AHA. DU WILLST IHN ALSO VERHUNGERN LASSEN. EIN LANGSAMER TOD. SEHR PASSEND.

Nein. Ich finde, wir sollten ihn mitnehmen.

Buruu blinzelte sie an und legte den Kopf auf die Seite. *UM IHN ZU ESSEN?*

Was? Nein! Ich meine, wir sollten ihm helfen!

NEIN.

Warum nicht?

PLÜNDERER. PARASIT. ER UND SEINESGLEICHEN HABEN DEN HIMMEL AUF DEM GEWISSEN! ZAHLLOSE TIERE. ZAHLLOSE LEBEN. NUR AUS GIER.

Wenn du ihn umbringst, bist du nicht besser als sie. Dann bist du bloß ein weiterer Mörder. Und wenn wir ihn hier allein lassen, ist er so gut wie tot.

Kin schaute verwirrt zwischen ihnen hin und her.

Ich bitte dich, Buruu. Vielleicht können wir ihn wenigstens ein Stück weit mitnehmen?

Buruu knurrte wütend, aber er zog sich zurück, wandte sich ab und kletterte eine Zeder hinauf. Er kauerte sich in die Schatten und starrte auf den Gildenmann herab. Seine Klauen zuckten. Er wartete. Geduldig wie eine lauernde Katze.

»Er ist prächtig.« Kins Blick hing am Arashitora.

»Ich glaube nicht, dass er dich besonders mag.« Yukiko lächelte entschuldigend.

»Nie hätten wir geglaubt, dass es noch Donnertiger gibt! Wir dachten, Yoritomo hätte den Verstand verloren, dass die ganze Sache ein elender Fehlschlag und eine öffentliche Demütigung für ihn werden würde.« Staunend schüttelte er den Kopf. »Stell dir nur vor, wie er sich freuen wird, wenn du ihm eine solche Beute bringst!« Er sah sie an, und seine Augen funkelten. »Du wirst eine Göttin sein. Du kannst ihn bitten, um was du willst – der Shōgun wird es dir geben!«

Sie stand auf, die Arme vor der Brust verschränkt. Unter seinem Blick fühlte sie sich unwohl. »Kannst du in dem Ding klettern? Es ist wahrscheinlich nicht sicher, auf dem Boden zu schlafen.«

»Hai. Auf einen Baum komme ich rauf.«

»Wir brechen in der Morgendämmerung auf. Wir gehen nach Süden, auf Yama zu.«

»Wie du willst.«

»Na dann … Gute Nacht.«

»Gute Nacht, Yukiko-chan.«

Sie wandte sich ab, lief durchs Unterholz und beeilte sich, Buruus Baum zu erklimmen. Dicht neben ihm ließ sie sich nieder, und er breitete einen schützenden Flügel über sie. Gemeinsam beobachteten sie, wie Kin seinen Insektenhelm wieder aufsetzte und Knöpfe und Regler an seinem Handgelenk bediente. Die gewundenen Röhren auf seinem Rücken erwachten brüllend zum Leben, aus den Düsen schossen leuchtend blaue Lotusflammen. Sie hoben ihn in die Luft. Er landete in den Zweigen eines nahen Ahornbaums, streckte sich auf einem dicken Ast aus und fixierte sich mit einem Stahlkabel, das er aus einer Kapsel an seinem Oberschenkel zog. Hinter ihm blieben verkohlte Rosen zurück: Die Chi-Abgase hatten sie versengt.

Buruu starrte auf die toten Blüten hinab und knurrte.

PLÜNDERER. WAS SIE AUCH ANFASSEN, SIE ZERSTÖREN ES.

Yukiko starrte die Silhouette des Räderwerk-Panzers an. Hin und wieder fielen blaue Funken aus Bruchstellen. Das blutrote

Rechteck glühte, das Auge eines Hungergeistes. Eines Winterwolfs, der ausgezehrt aus den Bergen kam. *Schauermärchen!*, tadelte sie sich selbst und verbannte die Gedanken aus ihrem Kopf.

Trotzdem dauerte es eine ganze Weile, bis sie einschlafen konnte.

17

DER WIND ZU SEIN

Der Sturm tobte die ganze Nacht über.

Als das erste Morgenlicht mühsam durch das Blattwerk kroch, weckte es Yukiko aus kurzem unruhigem Halbschlaf. Wieder hatte sie von dem Samurai mit den grünen Augen geträumt. Rücklings war er auf einem roten Meer aus Lotusblüten getrieben, hatte die Hand ausgestreckt und ihre Lippen mit den Fingerspitzen berührt. Dabei hatte sie ein wohliger Schauer durchrieselt … Jetzt runzelte sie die Stirn und verfluchte ihre Dummheit. Gestrandet in tiefster Wildnis mit einer legendären Bestie und einem von den Göttern verfluchten Gildenmann, und sie hatte nichts Besseres zu tun, als von irgendwelchen Jungen zu träumen!

Buruus Magen knurrte vernehmlich, und ihr eigener murmelte Zustimmung. Kin war bereits wach: Er stand unter den ausladenden Ästen des Ahornbaums, auf dem er die Nacht verbracht hatte. Offenbar hielt er es für vernünftig, dem Donnertiger nicht auf die Pelle zu rücken. Er versuchte, den Spalt in der

Brustplatte seiner »Haut« mit einer Zange zuzubiegen. Dann hämmerte er mit dem Griff auf die gebrochenen Rohre ein, um sie zu versiegeln, so gut er konnte. Das dumpfe metallische Klopfen übertönte den Regen. Yukiko kletterte von ihrem Baum und suchte den Waldboden zwischen den nassen Wurzeln ab, bis sie ein paar kleine Pilze gefunden hatte. Die Hälfte schlang sie hinunter, dann ging sie zu Kin hinüber und bot ihm die übrigen an.

»Nicht nötig«, summte es aus seinen Lautsprechern. Er deutete auf das Gewirr aus Rohren und Kästen auf seinem Rücken. »Es wird ein paar Wochen dauern, bis ich kein Nährpräparat mehr habe.«

Verwirrt blinzelte Yukiko ihn an.

»Der Panzer führt mir intravenös Nahrung zu. Eine Mischung aus komplexen Proteinen und Mineralien. Wir dürfen die Speisen der Hadanashi nicht essen.«

Yukiko verengte die Augen. »›Hadanashi‹? Wen meinst du denn bitte damit?«

»Na, Menschen ohne Haut.« Er zuckte mit den Schultern. »Wie du.«

»Was stimmt denn nicht mit Leuten wie mir?« Yukiko stemmte die Hände in die Hüften.

»Ihr seid vom Lotus verunreinigt. Was ihr esst, was ihr trinkt ... Uns ist es verboten, in direkten Kontakt mit der Blüte zu kommen. Oder mit irgendetwas, auf das sie eingewirkt hat.«

»Schau dich doch mal um!« Yukiko lachte. »Das nächste Lotusfeld ist kilometerweit entfernt. Wir sind so tief im Gebirge, dass man die Blüten nicht mal riechen kann. Du kannst ruhig einen Pilz probieren.«

Kin schüttelte den Kopf. »Es ist verboten.«

»Tja, wenn mich nicht alles täuscht, ist es *auch* verboten, den Panzer abzulegen und sein Gesicht einem *Hadanashi-Mädchen* zu zeigen.« Sie schlug sich eine Hand vor den Mund und tat so, als würde der Skandal sie schockieren. »Aber auf der *Donnerkind* hat dich das nicht aufgehalten.«

WORÜBER SPRECHT IHR?

Pst.

DU REDEST ZU VIEL MIT IHM! REDE LIEBER MIT MIR. Buruu stupste sie mit seinem Schnabel an und warf sie dabei beinahe um.

Gleich!

Yukiko hielt Kin die Pilze hin und nickte ihm ermunternd zu. Er seufzte leise, durch den Helm klang es verzerrt. Er schaute sich um, als erwartete er allen Ernstes, jemand könnte ihn beobachten, dann öffnete er endlich den Verschluss seines Helms. Wieder glitten die ineinandergreifenden Metallplättchen der Halsmanschette auseinander, ein hübsch anzusehendes metallisches Ballett. Es hörte sich an, als strichen Klingen übereinander. Darauf folgte ein gedämpftes Sauggeräusch, als Kin den Helm abnahm. Er klemmte ihn unter den Arm. Die segmentierten Kabel, die zwischen den Insektenkiefern hervorquollen, rieben gegeneinander. Er nahm einen Pilz von ihrer Handfläche, schob ihn sich in den Mund und kaute zögerlich. Argwöhnisch verzog er das Gesicht, aß aber einen zweiten.

»Sie schmecken ... sonderbar«, sagte er.

»Hausmannskost aus den Iishis.« Yukiko lächelte. »Keine Gewürze, aber auch keine Verunreinigung.«

»Das ist immerhin etwas.«

»Warum ist es der Gilde überhaupt so wichtig, dass ihr einen Bogen um Lotusblüten macht?«

»Lotus vernebelt die Gedanken. Verunreinigt das Bewusstsein. Wir müssen unbefleckt bleiben. Unbefangen. Damit wir die Nutzung beaufsichtigen können.« Wieder berührte er seine Stirn und zuckte dann mit den Schultern. »Die Haut ist stark, das Fleisch ist schwach.«

»Und es stört dich nicht, dass wir anderen die ganze Zeit von dem Zeug umgeben sind? Dass es uns verunreinigt?«

»Mich?« Er sah sie verwirrt an. »Wir reden hier doch gar nicht von mir. Ich mache die Regeln nicht!«

»Aber du befolgst sie.«

»Weil mir nichts anderes übrig bleibt. Verbeugen wir uns nicht alle vor irgendjemandem, Yukiko-chan? Oder bist du hergekommen, weil du von dir aus Lust darauf hattest, Donnertiger zu jagen?«

WORÜBER REDEST *DU DENN MIT IHM?*

Pst! Sag ich dir schon noch.

»Also hast du noch nie Lotus geraucht? Dich immer ferngehalten?«

Einen Augenblick lang war er still. Als er antwortete, klang seine Stimme zögerlich, leise. »Einmal nur.«

Er setzte den Helm wieder auf und blickte durch den Regenvorhang in den Wald. Sein Auge glühte. Ihr Spiegelbild war darin zu sehen, ein verzerrtes, blutrotes Porträt. »Wir brechen lieber auf. Dein Freund sieht hungrig aus.«

Er stampfte los durchs Unterholz, und Yukiko und Buruu folgten ihm.

ICH KANN IHN NICHT LEIDEN.

Yukiko lächelte still. *Bist du eifersüchtig?*

ER REDET ZU VIEL. DAS GANZE GEKREISCHE TUT MIR IN DEN OHREN WEH! ER KLINGT WIE EIN AFFE, DER UNUNTERBROCHEN BRUNFTSCHREIE AUSSTÖßT. UND ER IST SO DÜRR. KRÄNKLICH.

Du bist wirklich eifersüchtig!

UNSINN. ICH BIN EIN ARASHITORA. ER IST NUR EIN SCHWACHER, KÜMMERLICHER MENSCH.

Sehr gut. Es gibt keinen Grund, eifersüchtig zu sein ... Er ist bloß ein komischer Junge. Harmlos.

SAG DAS DEN SPATZEN, DIE VOM HIMMEL FALLEN, WEIL SIE KEINE LUFT BEKOMMEN. DEN FISCHEN, DIE IN SCHWARZEN FLÜSSEN ERSTICKEN. ERZÄHL ES DEN KNOCHEN MEINER AHNEN. Buruu knurrte, so leise und tief, dass sie die Vibration in ihrer Brust spüren konnte. *ER UND SEINESGLEICHEN SIND GIFT.*

Yukiko antwortete nicht, und Buruu verfiel in ein mürrisches, unbehagliches Schweigen. Sie stolperten weiter durch den Regen, alle drei in Gedanken versunken. Blitze zuckten über den Himmel und tauchten die Welt sekundenlang in weißes Licht, klar und rein. Aber die Dunkelheit schien anschließend nur undurchdringlicher, als sie es ohne die Unterbrechung gewesen wäre.

Der Donner klang wie höhnisches Gelächter.

Er konnte den Blick nicht von ihr wenden.

Selbst durch das rote Glas seines Visiers gesehen, war sie schön. Funken, die von seiner aufgesprungenen Haut fielen, beleuchteten ihr Fleisch. Er ging langsamer, sodass er hinter sie zurückfiel, und sah atemlos zu, wie sie sich durch die Bäume bewegte. Beinahe lautlos, fließend, als tanze sie zu einer Melodie, die nur sie hören konnte. Nie stolperte sie über einen Baumstumpf oder verfing sich im dornigen Unterholz. Den fallenden Blättern wich sie aus. Unerschrocken lief sie durch den Regen. Bestimmt fürchtete sogar der Sturm, sie anzurühren ... Behutsam küsste der Wind ihr Gesicht und strich ihr durch die Haare.

Ach, der Wind zu sein!

Er dachte daran, wie sie neben ihm am Bug der *Donnerkind* gestanden hatte, an ihre leuchtenden Augen, die Freude und das Staunen in ihrem Blick. Wie sie seine Hand ergriffen hatte, nichts zwischen ihrem Fleisch und seinem – soweit er sich erinnerte, war es das erste Mal gewesen, dass er einen anderen Menschen berührt hatte. Wie sie mit ihm gesprochen hatte, furchtlos, selbst dann noch, als sie schon gewusst hatte, was er war. Er stellte sich vor, dass gewöhnliche Menschen jeden Tag so miteinander sprachen.

Es gelang ihm nicht besonders gut, das Mädchen zu beobachten und gleichzeitig darauf zu achten, wohin er trat; stolpernd wie ein betrunkener Häcksler brach er durch das Unterholz. Schließlich verfing sich sein Fuß zwischen Wurzeln, und er landete mit dem Gesicht im Dreck. Der Funkenschauer, der von seiner Haut hinabregnete, brachte die welken Blätter unter ihm zum Schwelen. Er blickte auf, und da stand sie, ein kleines Lächeln auf den Lippen, und wollte ihm aufhelfen. Er ergriff ihre ausgestreckte Hand, spürte aber nur das Metall seines Panzerhandschuhs, das sich gegen sein Fleisch drückte. Er zitterte am ganzen Leib. Sie hievte ihn auf die Beine und sagte etwas – ihre Stimme klang in seinen Ohren, als spräche sie unter Wasser.

Er verstand kein Wort.

Hin und wieder streifte ihn der verachtungsvolle Blick der Bestie. Immer wenn sie Halt machten, beobachtete ihn der Donnertiger, den Schwanz hoch in die Luft gereckt, die Spitze gebogen. Dann fühlte er sich wie ein kleines Tier, das panisch über ein endlos weites Feld floh – unter dem Schatten gewaltiger Schwingen.

Also hielt er Abstand, blieb immer ungefähr fünf Meter hinter ihnen und schaute zu, wie das Mädchen durch den Wald tanzte.

Deshalb fiel es ihm auf.

Zuerst nur Kleinigkeiten: Der Arashitora und sie wechselten die Richtung immer ganz genau im selben Augenblick, und der Rhythmus ihrer Schritte war perfekt aufeinander abgestimmt. Gegen Mittag blieben sie abrupt und ohne ersichtlichen Grund stehen. Reglos wie Statuen verharrten sie bestimmt zwei Minuten lang, gaben keinen Laut von sich, tauschten keinen Blick. Der prasselnde Regen schien die verstreichenden Sekunden abzumessen. Unsicher wartete Kin. Beinahe war er so weit, den Mund aufzumachen und etwas zu sagen, da brach der Zauberbann und sie gingen weiter, als sei nichts geschehen.

Einmal sah sie den Arashitora an und lachte, als hätte das Tier einen Scherz gemacht. Nur hatte es keinen Laut von sich gegeben – kein Knurren, kein Schnurren, geschweige denn etwas, das man als *Worte* hätte verstehen können. Und doch lächelte sie und berührte es flüchtig an der Schulter. Vage Eifersucht stieg in ihm auf, aber dann lenkte ihn ein ungeheuerlicher Gedanke ab.

Ist das möglich?

Am späten Nachmittag zuckten mit alarmierender Regelmäßigkeit elektrische Entladungen über Kins gebrochenen Brustpanzer. Yukiko merkte, dass er Schwierigkeiten hatte, mit ihnen mitzuhalten. Er schleppte die Füße und stolperte durch das Unterholz. Selbst das Auge in seiner Insektenmaske schien sich zu trüben.

»Was ist los?«, fragte sie ihn.

Er fuhr zusammen, als hätte sie ihn aus einem Tagtraum aufgeschreckt. »Der Regen dringt in meine Haut ein.« Durch die Lautsprecher klang seine Stimme wie das wütende Summen aller Gildenmänner. »Dein Freund hat die innere Versiegelung beschädigt. Die Feuchtigkeit schadet den Schaltkreisen.«

»Kannst du das reparieren?«

Zahnräder surrten, als er den Kopf schüttelte. »Mein Acetylenbehälter ist leckgeschlagen. Das bedeutet, dass ich weder Schneidwerkzeug noch Handschweißer benutzen kann.« Ein metallisches Seufzen. »Ein Werkmeister, der nicht mal seine eigene Haut reparieren kann. Obwohl ich wohl dankbar sein sollte. Wäre ich nackt gewesen, hätte er mich umgebracht.« Er berührte seine Stirn. Die Geste war ihr mittlerweile vertraut. »Die Haut ist stark, das Fleisch ist schwach.«

Ein Lichtbogen brach aus dem Riss über seinem Herzen hervor und lief an seiner Brustplatte herunter. Blau-weiße Verästelungen strichen die Rohre über seinen Rippen entlang.

WAS SAGT ER?

Sein Panzer ist defekt. Ich glaube, du hast ihn kaputt gemacht.

Buruu schüttelte seine Flügel. Von seinen gekürzten Federn fielen knisternde Funken. *VON MIR BRAUCHT ER KEIN MITLEID ZU ERWARTEN.*

Der Gebirgsbach plätscherte beständig neben ihnen dahin und verbreiterte sich langsam. Weiß sprudelte das Wasser über versunkene Flusssteine. Zwar half Trinken wenig gegen den nagenden Hunger, aber wenigstens war das Wasser im Gegensatz zu der stickigen Luft wunderbar erfrischend.

Das Plateau fiel sanft ab, und je weiter sie nach unten kamen, desto schwüler wurde es. Der stetige Regen brachte keine Abkühlung. Der Bach stürzte ein Stück in die Tiefe; am Fuß des kleinen Wasserfalls hatte sich in einer Felskuhle ein See gebildet. Yukiko watete bis zur Hüfte hinein, tauchte unter und wusch sich Schweiß und Schmutz vom Leib. Der See war beinahe kalt, ihre Haut prickelte angenehm. Sie trieb auf dem Rücken und massierte sich die Kopfhaut mit den Fingerspitzen. Ihr Haar schwebte im Wasser, schwarze Seide, umschlossen von glitzerndem Glas.

Buruu hockte sich auf einen Felsvorsprung über dem See. Sein Schwanz zuckte, und seine Muskeln waren so straff gespannt wie Seile. Kin wanderte am Ufer entlang. Hin und wieder sprühten heftig Funken aus dem Riss in seinem Brustpanzer, sodass er ein wenig an eine kaputte Stroboskoplampe erinnerte.

Yukiko ließ sich wieder unter Wasser sinken. Sie spürte, wie die Strömung an ihr zog. Sie blickte durch welligen Kristall zum dunklen Himmel auf und dachte an ihren Vater, an Akihito und Kasumi und hoffte, dass sie alle längst in Sicherheit waren. Schließlich kam sie wieder an die Oberfläche und blinzelte in den Regen. Die düsteren Wolken sahen aus wie riesige Kriegsschiffe auf einem schwarzen Meer, die heftig zusammenprallten. Monsundonner hallte von den Hängen wider, kleine Steine stürzten in die Tiefe.

Sie sah zu Buruu auf, der sie von dem schwarzen Granitvorsprung aus beobachtete. Kin war im Wald verschwunden.

Das Wasser ist toll. Komm rein! Wasch dir die Reste vom Oni-Blut aus dem Fell.

Er duckte sich wie eine lauernde Katze, sein Schwanz stand kerzengerade nach oben. *RÜHR DICH NICHT!*

Warum?

STILL. STILL WIE EIN STEIN.

Seine Anspannung griff auf sie über. Nervös leckte sie sich die Lippen und suchte mit Blicken die Oberfläche des Sees ab. Lautlos spannte Buruu die Flügel auf, sprang von seinem Felsvorsprung und stieß neben ihr ins Wasser, die Klauen vor sich ausgestreckt. Es platschte gewaltig, und sie schrie, als eine Welle sie von den Füßen riss, hochhob und dann untertauchte. Keuchend kam sie wieder hoch und wischte sich die klatschnassen Haare aus dem Gesicht. Buruu machte einen Satz und wirbelte grauen Sand auf. Seine Aufmerksamkeit war auf das Wasser gerichtet, seine Pupillen waren riesig. Sie watete zum Ufer, so schnell sie konnte, und zog ihr Tantō.

Was? Was ist los?

Buruu kam aus dem See stolziert, den Kopf hoch erhoben. Wasser strömte aus seinem Fell. Er schüttelte sich und breitete dabei seine gewaltigen Schwingen aus. *BEUTE.*

Da erst sah Yukiko, dass er zwei dicke Forellen in den Klauen hielt. Eine zappelte noch schwach, während sie mit weit aufgesperrtem Maul in der feuchten Bergluft erstickte. Ihre Angst verflog. Sie musste ein erleichtertes Lächeln unterdrücken. *Du hast mich erschreckt!*

Er legte den Kopf schief. *SOLANGE ICH IN DER NÄHE BIN, MUSST DU DICH VOR NICHTS FÜRCHTEN.* Dann warf er eine Forelle in die Luft, fing sie mit dem Schnabel und schluckte sie im Ganzen hinunter.

HIER. ISS WAS. Er biss den zweiten Fisch in der Mitte durch und legte den zuckenden Schwanz auf die glatten Steine am Ufer. Yukiko ging in die Hocke und begann, ihn mit ihrem Messer zu entgräten. Dann hörte sie in der Ferne einen schwachen Schrei, brechende Äste, ein metallisches Scheppern. Sie sprang auf und spähte in den Wald.

»Kin-san?«

Einen Moment lang war es still. Nur der Regen trommelte aufs Laub.

Dann wehte schwach ein Ruf heran: »Hilfe!«

Sie rannte los und tauchte ins Unterholz, das Tantō fest umklammert. Buruu sprang neben ihr her. Blitze zuckten am Himmel, aber je tiefer sie in den Wald eindrangen, desto dunkler wurde es. Kin rief ihren Namen, und sie folgte seiner Stimme. Der Wind heulte zwischen den Baumstämmen.

»Wo bist du?«

Eine leise Antwort, irgendwo im Westen.

Verzweifelt rief sie: »Rede weiter!«

Sie kämpften sich durchs Dickicht, durch die tropische Hitze und den heftigen Regen voran. Schließlich fand Buruu den Jungen: Er blieb an der Kante eines tiefen Erdlochs stehen und spähte zu Kin hinab, der aufrecht darin stand. Ganz offensichtlich war der Gildenmann direkt in die Falle getappt: Er war durch die Schicht aus Reisig und Blättern gebrochen, mit der die Grube abgedeckt gewesen war.

UNGESCHICKTER NARR.

Aus dem Boden der Grube stakten Bambusspitzen hervor wie Messerklingen. Zwar hatte Kins Atmos-Panzer ihn vor dem Schlimmsten bewahrt, aber eine Schulterplatte war bei dem Sturz abgerissen, und ein Bambusspeer hatte die Geräte auf seinem Rücken durchbohrt. Sein hydraulischer Kran ruckte herum, als hätte er einen Anfall. Chi-Ströme ergossen sich aus den geborstenen Treibstofftanks, liefen hinten an seinen Beinen herab und bildeten Lachen im Schlamm zu seinen Füßen. Aus der gebrochenen Schulterplatte sprühten blau-weiße Funken, und das Rechteck über seinen Augen war gesprungen und dunkel.

»Geht's dir gut?«, rief Yukiko.

»Die Kraftstoffleitung ist gerissen, die Steuerung hin.« Er schüttelte den Kopf. »Ich kann nicht fliegen. Nichts sehen.«

»Aber bist du verletzt?«

Leise fluchend rang er mit seinem Helm. Endlich faltete sich die Halsmanschette zurück wie Messing-Origami. Er riss sich den Helm vom Kopf und blinzelte durch den Regen zu ihnen hoch. Dann drückte er auf einen kleinen Knopf zwischen den Rissen in seiner Brustplatte und hämmerte mit seinen dicken Panzerhandschuhen dagegen, die Lippen von den Zähnen zurückgezogen.

»Die Notentriegelung der Haut funktioniert nicht! Wenn die Funken das Chi entzünden …«

Verzweifelt verdrehte er den Hals und schlug nach der Bambusspitze, die ihn festhielt. Die Kreissäge an seinem Handgelenk drehte sich stoßweise und spuckte ebenfalls Funken. Er versuchte, das Rohr abzuschneiden, war in seinem Panzer aber nicht gelenkig genug, um es zu erreichen.

»Das Seil!«, rief Yukiko. »Das, mit dem du dich gestern Abend am Baum festgemacht hast. Wirf uns das Ende rauf!«

Kin fummelte an der Kapsel an seinem Oberschenkel herum, bekam sie schließlich auf und zog das Stahlseil heraus. Am Ende war ein Haken angebracht. Kin schwang ihn im Kreis und schleuderte ihn nach oben. Yukiko griff danach, kam aber nicht heran. Das Seil fiel zurück in die Grube. Aus Kins Schulter sprühten wieder blaue Funken und spiegelten sich schwach in dem schmutzigen, blutbefleckten Messing.

»Noch mal!« Yukiko musste schreien, um den Donner zu übertönen.

Das Metallseil flog aus seiner Hand und prallte einen halben Meter unter Yukikos ausgestreckter Hand gegen die Wand der Grube. Eine weitere Entladung lief an Kins Panzer herab, und mit einem dumpfen Knall entzündete sich das auslaufende Chi. Es brannte blau. Der Junge schrie vor Entsetzen.

»Wirf das Seil!«, schrie Yukiko. »Mach schon, wirf!«

Wieder flog das Stahlkabel durch die Luft. Der Haken blieb in der Erde stecken, außerhalb der Reichweite Yukikos. Frustriert schrie sie auf. Da streckten sich graue, schuppige Klauen in die Grube, griffen nach dem Haken und schlossen sich zu einer ungeschickten Faust, an der noch das Blut der Forelle klebte. Buruu knurrte, fasste mit dem Schnabel nach und zerrte mit aller Kraft an dem Stahlseil. Kin schrie und schlug nach den Flammen, die über seinen Panzer leckten. Der Donnergott brüllte missfällig. Mit weit aufgespannten Flügeln ging Buruu rückwärts und riss dabei mit dem Seil und seinen Klauen Furchen in den feuchten Erdboden. Der brennende Junge tauchte über dem Grubenrand auf. Yukiko schlug mit nassen Zweigen auf die Flammen ein. Der Regen und der seltsame weiße Schaum, der aus Ventilen an Kins Hals quoll, erstickten das Feuer rasch.

Kin keuchte. Sein Gesicht und sein Hals waren rußverschmiert. Yukiko schlug mit dem Griff ihres Tantō auf den verklemmten Notentriegelungsknopf ein, bis sie endlich ein dumpfes metallisches Klicken hörte. Widerwillig lösten sich federbetriebene Schlösser, und der Atmos-Panzer glitt auseinander. Erhitztes Metall dampfte im Regen. Kin trug einen hautengen Anzug aus hellem Gewebe unter seinem Panzer. Das sonderbare Material war über Brust und Schultern geschmolzen, die Haut darunter rot und mit Brandblasen übersät. Zu ihrem Entsetzen sah Yukiko schwarze Gummischläuche, die in Kins Leib verschwanden. Bajonettverschlüsse aus dunklem Metall waren entlang seiner Rippen und auf den Innenseiten seiner Arme in seine Haut eingesetzt. Einer befand sich direkt unter seinem Schlüsselbein.

»Großer Schöpfer Izanagi, beschütze uns«, wisperte sie.

Buruu schnaubte. *ALLES PLÜNDERN SIE, ALLES. SOGAR IHREN EIGENEN KÖRPER. WELCH WAHNSINN.*

Kin sah zu ihr auf und fuhr sich mit der Zungenspitze über die blasigen Lippen. Immer wieder zuckte er vor Schmerz zusammen. »Wie schlimm ist es?«

»Du hast Verbrennungen.« Sie schluckte. »Ziemlich schwere. Du brauchst Medizin.«

»Erste-Hilfe-Ausrüstung«, sagte er rau. »Am linken Oberschenkel. Opiate. Antibiotika.«

»Ich muss dich aus dem Panzer rausholen. Diese Schläuche ... Wie kriege ich die raus?«

»Drück sie rein und dreh sie gegen den Uhrzeigersinn.« Sein Gesicht verzerrte sich. Seine Zähne sahen im Kontrast zu seinen verkohlten Lippen sehr weiß aus. »Götter, tut das weh.«

Yukiko kämpfte mit dem versenkten Staufach an Kins linkem Oberschenkel. Schließlich bekam sie es mit Gewalt auf, und der Inhalt fiel auf den Waldboden. Der Junge begann, vor sich hinzumurmeln, ein Mantra, das er ständig wiederholte, seine Stimme beinahe lautlos: »Die Haut ist stark, das Fleisch ist schwach. Die Haut ist stark, das Fleisch ist schwach.« Yukiko suchte in dem Durcheinander aus Werkzeugen und Geräten, bis sie ein paar Spritzen gefunden hatte, auf denen das Kanji für »schmerzfrei« zu lesen war. Sie stach eine in Kins Hals. Der Kolben senkte sich automatisch mit einem leisen Zischen. Der Junge seufzte, schluckte und schloss die Augen.

VERSCHWINDEN WIR VON HIER. DER WIRD NICHT WIEDER.

Wir können ihn nicht einfach zurücklassen, Buruu.

Yukiko schloss die Hand um den Schlauch über Kins Herzen. Das Gummi fühlte sich warm an, war geriffelt und ein wenig ölig. Übelkeit stieg in ihr auf, und sie verzog das Gesicht. Dann hielt sie den Atem an, drückte den Schlauch hinunter und drehte, bis der Verschluss mit einem Klacken ausrastete. Ein beschädigter Motor surrte, und der Schlauch wurde ein Stück weit in die Innenverkleidung des Panzers zurückgezogen. Sie schnappte nach Luft und wiederholte dann die Prozedur, bis Kin ganz von seinem Panzer getrennt war. Die Anschlüsse in seiner Haut sahen aus wie dunkle Pockennarben. Sie hatten sich verschlossen.

Mit ihrem Tantō schnitt sie Kins Anzug auf. Die Flammen hatten das bleiche Gewebe in seine Haut gebrannt, es löste sich nur zusammen mit mehreren Hautschichten. Ihr Mund war trocken, sie konnte Galle auf der Zunge schmecken.

Sie fand ein Antibiotikum und ein paar winzige Rollen, die abgewickelt unwahrscheinlich lange Bandagen ergaben. Nachdem sie Kins Verbrennungen verbunden und ihm das Antibiotikum verabreicht hatte, durchstöberte sie die Staufächer des Panzers. Sie fand noch etwas Medizin und einen Plastikschlauch mit einem grauen Brei darin, der nach gekochtem Kohl stank. Sie hoffte, dass das Kins »Nährpräparat« war. In seinem Gürtel steckte ein aufgerolltes Netz. Sie zog es heraus und packte alles ein, was sie gefunden hatte.

Buruu knurrte ungeduldig. *DU VERSCHWENDEST NUR ZEIT. DIE BLUTKRANKHEIT WIRD IHN UMBRINGEN. NUN LASS UNS GEHEN.*

Ich hab dir doch gesagt, dass ich ihn nicht zurücklasse.

WAS SCHLÄGST DU ALSO VOR? DU KANNST IHN NICHT TRAGEN.

Könnten wir ihn nicht auf deinen Rücken setzen?

NIEMAND REITET MICH. KEIN SHŌGUN. UND SICHER AUCH KEIN PLÜNDERER.

Yukiko spürte, wie ihr Tränen in die Augen stiegen, aber sie würde nicht weinen. Heftig blinzelnd sah sie sich um. Schließlich blieb ihr Blick an der Grube hängen. Tief war sie, und sie war gut getarnt gewesen. Mehrere Männer mussten daran gearbeitet haben. Nach dem Aussehen der Wände zu urteilen, dem Alter der Bambusspitzen und den getrockneten Blutspritzern war sie vor langer Zeit vorbereitet und regelmäßig überprüft und gepflegt worden.

Das ist jetzt schon die zweite Falle, die wir gefunden haben. Hier leben Menschen.

NA UND?

Wer Fallen baut, geht sie regelmäßig ab und schaut, ob er etwas darin gefangen hat. Und wir brauchen Leute, die uns mit Kin helfen. Ich kann ihn nicht allein versorgen.

Buruu war einen Augenblick lang still. Sie nahm schwach seine Anerkennung wahr, stärker seine Vorfreude. Er schüttelte sich und verspritzte Regen in alle Richtungen. *DU WILLST DIE JÄGER JAGEN.*

Yukiko lächelte. *Ja.*

18

SCHATTEN IN DEN BAUMWIPFELN

Langsam ertränkte der Regen den Tag. Unermüdlich krachte der Donner, und der Sturm wütete über den Bäumen. Die Nacht fiel wie ein Hammerschlag. Yukiko kauerte unter einem moosbewachsenen Steinüberhang, beobachtete die Fallgrube und fragte sich, wie lange das Unwetter denn noch andauern wollte. Wie zur Antwort regnete es heftiger. Die Tropfen waren daumendick und durchnässten die Welt bis auf die Knochen. Sie fror und fühlte sich durch und durch elend. Trotzdem formte sie mit den Händen eine Schale und sah zu, wie der Regen sie füllte. Wie Glas war das Wasser, sauber und kristallklar. Nicht vergiftet, nicht verschmutzt, nicht schwarz. Perfekt.

Trotzdem wäre es schön gewesen, ein bisschen weniger nass zu sein.

Buruu kam aus der Finsternis herangeschlichen. Der Monsun heulte so ohrenbetäubend laut, dass seine ungelenken Schritte scheinbar kein Geräusch verursachten.

Wenigstens kann dich keiner hören, solange es so laut ist.

EIN MÄCHTIGER STURM. Er blickte zu den Gewitterwolken auf. Jedes Mal, wenn ein Donnerschlag über den Himmel hallte, zuckten seine Flügel.

Vermisst du es? Mittendrin zu sein?

MEHR ALS ALLES ANDERE.

Bedauern und Schuldgefühl stiegen in ihr auf, als sie seine abgeschnittenen Federn anblickte. Regentropfen fielen von den hässlichen, geraden Kanten. Sie erinnerte sich deutlich an das Geräusch, mit dem die Klinge durch die Federn gefahren war, sah noch die Spitzen vor sich, die verstreut auf dem lackierten Deck gelegen hatten. Er blickte zu den Wolken auf, und sein Schwanz schlug von einer Seite auf die andere. Ein schwerer Seufzer entrang sich seiner Brust.

Es tut mir leid, Buruu.

Er setzte zu knurren an, hörte aber so schnell wieder auf, dass kaum ein Laut aus seiner Kehle drang. *NICHT DEINE HAND. NICHT DEINE SCHULD.*

Vater hat gesagt, du würdest dich mausern wie ein Vogel. Stimmt das?

ZWEIMAL IM JAHR. SOMMER. WINTER.

Dann bist du bald wieder in der Luft.

BALD GIBT ES NICHT. NUR JETZT.

Nun ja, ich schätze, jetzt sitzt du erst mal hier unten fest. Zusammen mit mir.

Er musterte sie. Sie lächelte und ließ ihn ihre ungeschickte Zuneigung spüren: ein Gefühl der Wärme und Dankbarkeit; ihre Arme um seinen Hals geschlungen. Sie spürte, wie sich etwas in ihm veränderte. Weicher wurde.

Ich bin froh, dass du da bist, Buruu. Wirklich froh.

ES GIBT SCHLIMMERES. Schwache Belustigung funkelte in seinen Augen. *AFFENKIND.*

Sie lachte laut auf und musste dann gähnen, so herzhaft, dass sie beide Hände vor den Mund schlug. Dann streckte sie sich und schüttelte sich ein wenig, um wach zu bleiben.

DU BIST MÜDE.

Yukiko zuckte mit den Schultern und schaute wieder zu der Grube hinüber. *Mir geht's gut. Sie kommen bestimmt bald, um nach ihrer Falle zu sehen.*

GEH DICH AUSRUHEN. ICH PASSE AUF.

Nein, ich bleibe bei dir.

WENN SIE KOMMEN, RUFE ICH DICH. RUH DICH AUS. SIEH NACH DEN WUNDEN DES JUNGEN. ES SEI DENN, DU BIST ZUR VERNUNFT GEKOMMEN UND ZIEHST ES NUN DOCH VOR, DASS ER STIRBT.

Yukiko schnitt eine Grimasse, gab aber nach und kam aus ihrem Fuchsbau gekrochen. Dankbar strich sie ihm über die Flanke und glaubte, ihn leise schnurren zu hören, tief in der Brust. Er schlich sich zurück in den Wald; im Licht der Blitze tanzten Schattenmuster über die kohlrabenschwarze Zeichnung auf seinem schneeweißen Fell.

Oberhalb des Sees mit den Fischen hatten sie eine kleine Höhle gefunden. Der Boden war mit einem Teppich aus trockenen Blättern und Zweigen bedeckt, die der Wind hereingeweht hatte. In einem Winkel hatte Yukiko tote Äste gestapelt; sie hoffte, dass sie später trocken genug sein würden, um damit ein Feuer anzuzünden. Kin saß an die hintere Wand gelehnt. Er schlief unruhig und murmelte vor sich hin. Die Brandwunden nässten und hatten die Verbände durchtränkt. Sie legte ihm eine Hand auf die Stirn und injizierte ihm dann noch einmal eine Dosis Antibiotikum. Bald würde der Vorrat erschöpft sein.

Es dauerte beinahe eine Stunde, ehe sie mithilfe ihres Tantō und eines Feuersteins, den sie über die Klinge rieb, ein kleines

Feuer in Gang gebracht hatte. Buruu hatte zwei weitere Forellen gefangen und vor dem Höhleneingang abgelegt. Als es ihr endlich gelungen war, sie zu braten, waren sie köstlich: Nie hatte sie etwas Ähnliches in Kigen gegessen. Der bittere Lotus-Nachgeschmack fehlte, die übliche Spur Fäulnis. Rein und würzig war das Fleisch, der Saft glitzerte auf ihren Fingern. Sie seufzte, schaute in die Dunkelheit hinaus und fragte sich, wo ihr Vater war.

Hinter ihr fuhr Kin aus dem Schlaf auf. Er sog Luft zwischen seinen zusammengebissenen Zähnen ein. Sie wandte sich um und schaute ihn an. Im schwachen Licht des Feuers wirkte er sehr blass und ausgezehrt. Wild sah er sich um, Angst stand ihm ins Gesicht geschrieben.

»Wie fühlst du dich, Kin-san?«, fragte sie sanft.

Sein Blick blieb an ihr hängen, er schien sie jetzt erst richtig zu sehen. Sein Atem beruhigte sich etwas. »Ich hab Durst.« Er richtete sich ein wenig auf und zuckte dabei zusammen. »Au.«

Sie hatte einen Metallzylinder aus dem zerstörten Atmos-Panzer geborgen und ihn mit Wasser aus dem See gefüllt. Jetzt brachte sie ihn dem Jungen. Kin trank den Zylinder leer, ohne ihn einmal abzusetzen. Dann seufzte er. »Wo ist der Rest meiner Haut?« Sein Blick flackerte.

»Hab ich versteckt. Hinter ein paar großen Felsen, ein Stück den Fluss rauf.«

»Sie sendet ein Signal aus.« Wieder zuckte er zusammen und hob die Hände, wagte es aber nicht, die Verbrennungen in seinem Gesicht zu berühren. »Wenn s-sie schwer beschädigt wird. Die Gilde w-wird nach mir suchen.«

»Darüber machen wir uns später Gedanken. Erst mal müssen wir dich stabilisieren. Möchtest du noch mal Schmerzmittel? Es ist noch ein bisschen was da.«

»Nein.« Er schüttelte heftig den Kopf. »Ich w-will nicht mehr schlafen.« Er tastete seine verbundene Brust und seinen Hals ab und keuchte vor Schmerz. Ein dünner Schweißfilm glänzte auf seiner Stirn, aber er zitterte, als fröre er.

Yukiko sah ihm an, dass er verängstigt war. »Warum willst du nicht schlafen?«, fragte sie.

»B-böse Träume.«

»Wovon träumst du denn?«

Wieder schüttelte er den Kopf und schwieg.

»Du hast Schmerzen, Kin-san. Du musst dich ausruhen.«

Er schluckte und leckte sich die verbrannten Lippen. Das Feuer spiegelte sich in seinen Augen. »Weckst du mich? Falls es s-so aussieht, als würde ich träumen?«

»Aber ich weiß nicht mal, wieso!«

»Musst du a-auch nicht.«

»Wovor hast du solche Angst?«

Er schwieg. Dann: »Es ist verboten, darüber zu sprechen.«

»Oh, bei allen Göttern!« Unwillkürlich hob sich ihre Stimme. »Weißt du, Kin-san, du solltest dich mal umgucken! Mitten im Nirgendwo, halb verbrannt … Und du bringst es nicht über dich, der einen Person zu vertrauen, die dich am Leben hält!«

Er starrte sie an. Das Feuer knisterte und knackte. Der Wind klang wie das Geheul eines hungrigen Wolfes. Dann seufzte Kin tief.

»Am Vorabend seines dreizehnten Geburtstags muss jeder Gildenmann L-lotus rauchen. So v-viel, dass er Visionen hat. Albträume. Sie n-nennen es ›das Erwachen‹.« Er rieb sich mit einer Hand über die Augen. »Und danach träumen wir j-jede Nacht von dem, was wir gesehen haben. Dem Bevorstehenden.«

»Dem Bevorstehenden?«

»Hai.«

»Du meinst die Zukunft?« Sie hob eine Augenbraue.

»H-hai.«

»Und was hast du gesehen?«

Ein gequälter Ausdruck breitete sich über das Gesicht des Jungen, und er sah starr in die Flammen. »Ich k-kann nicht darüber sprechen«, flüsterte er.

»Lass mich raten.« Sie verdrehte die Augen. »Es ist verboten.«

»Nein.« Er sah sie wieder an. »Es ist schrecklich.«

Yukiko starrte ihn im flackernden Feuerschein an und suchte in den intelligenten Augen nach einer Lüge, fand aber nur Schmerz und Furcht. Schließlich nickte sie und hob die Spritze auf. »Wenn ich sehe, dass du träumst, wecke ich dich.«

Er schluckte. »Dann ist es in Ordnung. Danke, Yukiko-chan.«

Sie stach die Nadel in seine Haut, und er sah fasziniert zu. Taubheit breitete sich über sein Gesicht wie ein Schatten bei Sonnenuntergang und trübte seine Augen. Er lehnte den Hinterkopf gegen die Höhlenwand und betrachtete Yukiko unter schweren Lidern hervor. »Ich weiß, was du bist«, wisperte er mit tauben Lippen.

Verwirrt strich sie sich die feuchten Haare aus dem Gesicht. »Was?«

»Ich hab euch beobachtet.« Kin nickte zum Höhleneingang hinüber. Seine Wimpern flatterten. »Dich und den Arashitora. Wie ihr euch anschaut. Wie ihr miteinander sprecht, ohne ein Wort zu sagen.«

Yukiko spürte, wie sich ihr Magen verkrampfte, wie ihr Herz gegen ihren Brustkorb zu hämmern begann. Ihr Mund war so trocken wie die Asche am Fuß der Brandsteine. Ihr Tantō kam ihr mit einem Mal sehr schwer vor. Kalt presste es sich gegen ihren Rücken.

»Ich weiß, was du bist.« Kin sah mit gerunzelter Stirn zu ihr auf, er musste sich anstrengen, sie durch die samtweiche Benommenheit des Opiats zu erkennen. »Aber das macht nichts. Ich sag's ihnen nicht. Sage es n-nie irgendjemandem. Ich lass nicht zu, dass sie dir was tun. Das verspreche ich dir, Yukiko.«

Sie sah ihm in die Augen. Seine Pupillen hatten sich geweitet. Sekunden schienen sich zu Stunden auszudehnen: Ihr Herzschlag beruhigte sich, und der Knoten in ihrem Magen löste sich auf. Schatten tanzten über die Wand, an der er lehnte.

Er lächelte sie an. Sie glaubte ihm.

»Du bist so schön«, sagte er.

Ihre Wangen brannten, und sie wandte sich ab, um sich um das letzte Forellenfilet zu kümmern, das noch über den Flammen briet.

Das Betäubungsmittel, dachte sie. *Er weiß nicht, was er redet.*

»Ein Gildenmann kann kein Hadanashi-Mädchen heiraten.« Er versuchte, sich zu konzentrieren, während seine Augen glasig wurden. »Wenn du dem Shōgun den Arashitora bringst und er dich fragt, was du haben willst ... Vielleicht könntest du ihn darum bitten, dass die Gilde mich freigibt?«

Mit gekrauster Stirn wandte sich Yukiko ihm wieder zu.

»Das wäre gut«, flüsterte er. Seine Lider sanken herab. »Frei zu sein ...«

Einen Augenblick lang betrachtete sie ihn mitleidig.

»Gut« wäre es? »Unmöglich« ist das richtige Wort.

Aus der Gilde konnte man nicht austreten, das war allgemein bekannt. Ihre Mitglieder wurden ins Kapitelhaus hineingeboren und starben dort auch. Ein Entkommen gab es nur für diejenigen, die vor König Enmas Richtstuhl gerufen wurden, um erneut in den endlosen Kreislauf der Sühne und Wiedergeburt einzutreten. Und selbst wenn Kin tatsächlich ein Schlupfloch fand, wie sollte er in der Welt zurechtkommen? Immer hatte er in einem Metallpanzer gesteckt, kannte einzig das Leben eines Gildenmannes. Was sollte er mit sich selbst anfangen?

Die Gilde verlassen? Der einzige Ausweg war, von dieser Welt zu scheiden.

»Er weiß ganz eindeutig nicht, was er redet«, murmelte sie.

Buruus Stimme riss sie aus ihren Träumen von dem grünäugigen Jungen, sie hallte in ihrem Kopf nach wie ferner Donner. Hatte sie sich das nur eingebildet? Langsam setzte sie sich auf, die Stirn vor Konzentration gerunzelt. Sie hatte neben dem Feuer geschlafen, das nun nur noch schwach glühte.

Buruu?

SIE SIND DA. ZWEI MÄNNER.

Ich komme!

Sie überprüfte hastig, ob sie ihr Tantō hatte, dann lief sie leichtfüßig aus der Höhle, den Abhang hinunter und tauchte in den dampfenden Dschungel ein. Der Wind kam ihr nach dem Schutz der Höhle kalt und schneidend vor. Regen peitschte ihr in die Augen und durchnässte ihre Kleider. Sie berührte die Fuchstätowierung auf ihrem Arm und duckte sich, huschte lautlos von Schatten zu Schatten und tastete in der Dunkelheit nach Buruu. Sie konnte ihn links von sich spüren: Er lauerte in einer Zeder über der Grube und beobachtete die beiden Gestalten, die davorstanden.

Yukiko sah sie durch seine Augen: Einer war ein Junge etwa in ihrem Alter, der andere ein Mann, dessen Haarknoten bereits mit grauen Strähnen durchsetzt war. Der Junge trug die langen Haare offen und hatte ein spitzes Kinn. Der Mann war viel breiter als er. Beide waren in dunkles Grau gekleidet, das mit waldgrünen Steifen gemustert war, und mit Kusarigama bewaffnet – Sicheln, an deren Heftenden Ketten befestigt waren. Der Ältere trug außerdem ein Katana in einer abgewetzten Scheide auf dem Rücken.

Ein gewöhnlicher Mann, der ein solches Schwert bei sich trägt, würde in der Stadt sofort hingerichtet werden. Diese beiden scheren sich nicht um die Anordnungen des Shōgun. Das sind Gesetzlose.

DA KANN ICH SIE GLEICH BESSER LEIDEN. VIELLEICHT VERZICHTE ICH DARAUF, IHNEN DIE BÄUCHE AUFZUSCHLITZEN.

Wir müssen mit ihnen sprechen. Lass mich reden.

UND WENN SIE DIR NICHT ZUHÖREN WOLLEN?

Dann stürzt du dich auf sie und rettest mich.

Yukiko konnte so etwas wie ein Lachen spüren und projizierte zur Antwort ihr Lächeln in seinen Geist. Das Band zwischen ihnen schien stärker zu werden: Es fiel ihnen nun leicht, miteinander zu kommunizieren, einander subtile Emotionen zu vermitteln, den Ton des anderen zu interpretieren, als würde es sich bei alledem um einfache Farben und Formen handeln. Darüber hinaus schienen die intellektuellen Fähigkeiten des Arashitora zu wachsen: Er erfasste Konzepte wie Humor – sogar Sarkasmus –, die ihm vor ein paar Tagen noch fremd gewesen waren. Ihr wurde bewusst, dass sie noch nie im Schlaf die Stimme eines Tiers gehört hatte, nicht einmal dann, wenn sie es jahrelang gekannt hatte. Lag es daran, dass er ein Yōkai war? Und wohin würde sich ihre Verbindung noch entwickeln? Aber sie drängte die Fragen erst einmal zurück und konzentrierte sich stattdessen auf die Männer. Sie waren bewaffnet wie Banditen und hatten den Berghang mit Fallen gespickt. Offensichtlich mochten sie keine Fremden.

Still wie ein Geist schlich sie sich an die beiden heran, den Messergriff fest in der Hand. Unter einem alten Frangipani-

Baum blieb sie stehen, um zu lauschen, nicht mehr als ein Schatten in der Nacht. Neben der Grube lag ein langer Holzpfahl, an den zwei tote Tiere mit blutigen Löchern in den Flanken gebunden waren. Vielleicht waren es Rehe.

»Es war groß«, sagte der Junge gerade. »Aber guck dir die Spuren hier an ... Ein Oni war das nicht!«

»Ist das Blut?« Der Mann sank am Grubenrand in die Hocke und zeigte auf eine Bambusspitze hinab.

»Schwer zu sagen in der Dunkelheit. Soll ich mal runterklettern?«

»Wer seid ihr?« Yukiko trat aus ihrem Versteck hervor. Sie war so angespannt wie eine Bogensehne – wenn es nötig wurde, würde sie die Flucht ergreifen.

Die Männer fuhren zu ihr herum, die Waffen erhoben, und spähten in die Dunkelheit.

»Wer ist da?«, fragte der Mann.

»Ich hab zuerst gefragt, alter Mann.« Yukiko sprach ruhig und achtete nicht auf ihr hämmerndes Herz. »Eure Fallgrube hat mich beinahe das Leben gekostet. Da könntet ihr wenigstens so nett sein, euch vorzustellen.«

Der Mann und der Junge tauschten einen ungläubigen Blick.

»Ein Mädchen?« Der Junge lachte.

»Was im Namen der neun Höllen machst du denn hier draußen?« Der Mann kam auf sie zu, seine Sichel erhoben, die lange Kette aufgerollt in der anderen Hand.

»Keinen Schritt näher!« Yukiko umklammerte den Griff des Tantō fester. »Ich warne dich.«

»Du glaubst, ein Mädchen mutterseelenallein in der Wildnis kann anderen Befehle erteilen, junge Dame?«

»Ich bin nicht allein.« Sie ließ ein gefährliches Lächeln aufblitzen.

Der Arashitora sprang von der Zeder und kam im Gleitflug zu ihnen herabgerauscht, die Flügel weit aufgespannt. Kleine Blitze zuckten über sein Gefieder. Er landete im Unterholz und kreischte, ein Schrei, der die Luft zerfetzte und Blütenblätter von den umstehenden Bäumen regnen ließ.

»Bei Izanagis Klöten!«, zischte der Junge und duckte sich.

»Ein Arashitora«, flüsterte der Mann mit weit aufgerissenen Augen.

»Das ist mein Freund Buruu.« Yukiko verschränkte die Arme vor der Brust und richtete sich höher auf. »Und jetzt werdet ihr mir die Ehre erweisen und mir eure Namen nennen.«

»Isao«, murmelte der Junge.

»Kaiji«, sagte der Mann, ohne seinen Blick von der Bestie zu wenden. Er kniff sich in den Arm und schüttelte den Kopf, als wollte er sich davon überzeugen, dass er wirklich wach war.

»Was macht ihr hier oben in den Bergen?« Yukiko schaute zwischen ihnen hin und her. »Warum habt ihr die Fallen gebaut?«

»Wir jagen Wild, Herrin«, sagte Kaiji und blinzelte heftig. »Um die Leute im Dorf mit Essen zu versorgen.«

»Von welchem Dorf redest du?«

»Es ist ganz in der Nähe«, sagte Isao. »Wir sind einfache Leute.«

LÜGNER. SIEH DICH VOR.

Yukiko warf dem Katana auf dem Rücken des alten Mannes einen raschen Blick zu. *Ich weiß, aber ...* Dann unterbrach sie sich und sah den Donnertiger erstaunt an. *Warte mal – du verstehst, was sie sagen?*

KEINE WORTE. BILDER. MUSTER.

Wie ist das möglich?

WEIß ICH NICHT. ABER ICH FANGE AN, DIE GERÄUSCHE ZU SEHEN. Buruu blinzelte in die Nacht. Seine Pupillen waren so weit und tief wie der Nachthimmel. *DURCH DICH.*

Kaiji beobachtete, wie das Mädchen und der Donnertiger sich anstarrten. Schließlich räusperte er sich, um das scheinbar unangenehme Schweigen zu brechen. »Das Dorf ist nicht weit von hier, Herrin. Wir können dir dort Obdach anbieten. Und etwas zu essen.«

Das lenkte sie von Buruus Enthüllung ab und holte sie zurück in die Finsternis und Kälte des Waldes. Sie zitterte im Regen und dachte an Kin, der allein und mit Verbrennungen auf dem Boden einer Höhle lag.

»Habt ihr Heiler in eurem Dorf? Medizin?«

»Bist du verletzt?« Der Mann ließ seinen Blick über sie wandern.

»Nein, aber ein Freund von mir.« Yukiko wies in Richtung des Sees in der Steinkuhle. »Wir waren an Bord des Himmelsschiffes, das nicht weit von hier abgestürzt ist. Er hat sich verbrannt.«

»Wir haben das Schiff runterkommen sehen«, sagte Isao.

»Habt ihr auch das Rettungsboot gesehen?« Yukiko machte einen Schritt auf ihn zu. Die Sorge stand ihr deutlich ins Gesicht geschrieben. »Was ist daraus geworden?«

»Es ist gut weggekommen.« Der Junge zeigte mit dem Finger. »Über die südliche Gebirgskette.«

Yukiko wurde vor Erleichterung schwindelig. »Den Göttern sei Dank!«

»Wir können euch helfen.« Kaiji beobachtete Buruu wachsam. »Dir und deinen Freunden.«

»Bitte lüg mich nicht an, alter Mann.« Nachdrücklich schüttelte Yukiko den Kopf. Buruu knurrte und schlich näher. Die

Federn in seinem Nacken und auf seinen Schultern stellten sich auf. Sie konnte die Drohung spüren, die er ausstrahlte.

»Bei den Seelen meiner Ahnen.« Kaiji drückte sein Kusarigama gegen seine Brust. »Ich schwöre es dir, junge Herrin: Wenn du mit dem Yōkai befreundet bist, sind auch wir deine Freunde.«

SIE BEWEGEN SICH SICHER AUF DEM UNEBENEN GELÄNDE. SIE HABEN IHRE WAFFEN FEST IM GRIFF. DAS HIER SIND KRIEGER, KEINE BAUERN.

Ich weiß. Aber wir haben keine Wahl.

O DOCH. WIR KÖNNEN SIE UMBRINGEN. SIE IN IHRER EIGENEN GRUBE LIEGEN LASSEN. Ein mentales Schulterzucken, als sei das nun wirklich offensichtlich.

Kin stirbt in der verdammten Höhle, wenn er keine Medizin bekommt.

GUT.

Das kann ich nicht zulassen, Buruu. Ich könnte es mir nie vergeben. Begleitest du mich?

Der Wind klang jammervoll, er schluchzte wie ein einsames Kind. Der Arashitora starrte sie eine Weile lang an. Das Mädchen spiegelte sich in dem flüssigen Bernstein seiner Augen.

Bitte, Buruu.

Er nickte langsam. *ICH BEGLEITE DICH.*

Wieder schickte sie ihm ihr Lächeln, dankbar und voller Zuneigung.

»Nun gut, Kaiji-san.« Sie nickte dem Mann zu. »Kommt mit mir.«

Sie führte den Mann und den Jungen in die Finsternis. Sie folgten ihr stumm und warfen dem Arashitora immer wieder nervöse Blicke über die Schultern zu. Mit einem leisen Knurren stolzierte Buruu ihnen hinterher.

»Da ist es«, sagte Kaiji und deutete ins Tal.

Yukiko kniff die Augen zusammen, sah aber nur das endlose dunkle Blätterdach, das im Wind wogte. »Wo denn?«, fragte sie.

Sie hatten eine Art Tragbahre für Kin zusammengeschustert, die Isao sich an der Hüfte befestigt und hinter sich hergeschleift hatte. Außerdem trug der Junge zusammen mit Kaiji die Stange, an der die erlegten Rehe hingen. Obwohl er mit seiner Last sichtlich zu kämpfen hatte, hatte er sich kein einziges Mal beklagt. Yukiko war hinter ihm hergegangen, Buruu an ihrer Seite, und hatte Kin im Auge behalten. Sein Fieber war gestiegen, und er schien im Delirium zu sein. Er murmelte Unsinn vor sich hin. Ein paarmal hatte sie versucht, ihn zu wecken, aber er hatte kaum die Augen aufbekommen und immer sofort wieder das Bewusstsein verloren.

Es hatte keine Wege gegeben, denen sie hätten folgen können, und beladen, wie sie waren, war es Yukiko vorgekommen, als nähme die Wanderung kein Ende. Der glitschige Schlamm war unter den Sohlen ihrer ruinierten Sandalen festgeklebt und hatte das Laufen zusätzlich erschwert. Schließlich hatten sie auf einem kleinen Grat über einem sichelmondförmigen Tal Halt gemacht. Es lag eingebettet zwischen zwei zerklüfteten schwarzen Bergketten. Der Regen war schwächer geworden und hatte dann endlich aufgehört. Stille hatte sich herabgesenkt, Balsam für ihre tauben Ohren. Sie hallte in ihrem Kopf wider. Noch immer hingen schwere schwarze Wolken am Himmel, aber ein sturer, blasser Mondstrahl hatte sich durch den dicken Vorhang gebohrt und erleuchtete das Tal unter ihnen. Yukiko blickte über das Laubdach hinweg, konnte aber keine Spur des Dorfes entdecken.

»Ich sehe es nicht«, raunte sie.

Der Mann und der Junge lachten und machten sich daran, den steinigen Berghang hinabzusteigen. Sie folgten einem Pfad, der beinahe unsichtbar war. Buruu sah sich gezwungen, auf seinen verkrüppelten Flügeln ins Tal hinunterzusegeln. Unten marschierte er auf und ab, den Blick starr auf Yukiko gerichtet.

»Einen wie ihn hab ich noch nie gesehen«, sagte Kaiji. »Wir haben geglaubt, sie seien ausgestorben.«

Yukiko zuckte mit den Schultern. »Bis vor ein paar Tagen hätte ich dasselbe über Oni gesagt.«

»Du hast Oni gesehen? Wo?«

»Nördlich von hier. Auf der anderen Seite des Kamms. Dort stand ein Tempel ... Zumindest glaube ich, dass es einer war. Er war Izanami geweiht, der dunklen Mutter. Fünf haben wir umgebracht.«

»Oho«, hauchte Kaiji. »So viele ...«

»Was ist mit seinen Schwingen passiert?«, unterbrach Isao. »Warum kann er nicht fliegen?«

Yukiko fiel auf, wie plötzlich er das Thema gewechselt hatte. Sie wollte den Fremden nicht zu viel verraten, deshalb tat sie so, als berührte die Frage des Jungen sie nicht weiter. »Wir waren im Auftrag des Shōgun ausgeschickt worden, die Bestie zu fangen. Der Jagdmeister des Hofes war mit an Bord des Himmelsschiffs. Als der Donnertiger tobte, hat er ihm die Flügel gestutzt, um seinen Willen zu brechen.«

»Masaru, der Schwarze Fuchs?«, fragte Kaiji.

Yukiko nickte langsam.

»Was für eine Schandtat.« Der Mann schüttelte den Kopf. »Kein Wunder, dass Raijin euch vom Himmel geschleudert hat. Seinen Sohn so zu misshandeln ...«

Isao murmelte etwas, die Hände zu Fäusten geballt. Am Fuß des steinigen Hangs schloss Buruu wieder zu ihnen auf.

Der Arashitora starrte den Mann und den Jungen unverhohlen misstrauisch an. Als Yukiko ihm beruhigend über den Nacken strich, schnurrte er. Sie bahnten sich ihren Weg durch den Wald. Yukiko war erschöpft und stolperte häufig. Ihre Lider wurden schwer, die Welt verschwamm zu einem dunklen, flüsternden Nebel.

Buruus Gedanken schreckten sie aus ihrer Benommenheit auf.

MEHR AFFEN. VIELE. ICH RIECHE EISEN.

Wir müssen auf alles vorbereitet sein.

Im nächsten Augenblick sprangen vor und hinter ihnen Menschen aus den Bäumen. Auch sie trugen Grau und Grün, sodass sie mit der Umgebung verschmolzen. Sie waren maskiert, ihre Gesichter hinter dicken Tüchern und Kapuzen verborgen. Nur ihre Augen waren zu sehen. Ihre Tabi verursachten kaum ein Geräusch auf den welken Blättern. Alle waren bewaffnet – mit Kampfstäben, kurzen Schlagstöcken, Sicheln. Buruu grub seine Klauen in die Erde. In seiner Kehle entstand ein Knurren.

»Halt ein, Kaori!« Kaiji hob eine Hand. »Wir haben hier Oni-Schlächter.«

Eine kleine Gestalt trat vor. Sie hielt ein kunstvoll geschmiedetes Wakizashi erhoben. Die Klinge war etwa sechzig Zentimeter lang, gebogen und einschneidig. Im Stahl waren dunkle Wellenmuster zu erkennen. Die Scheide an ihrem Gürtel war schwarz lackiert und mit auffliegenden goldenen Kranichen bemalt. Yukiko konnte das Zeichen des Schmieds nicht sehen, hatte aber keinen Zweifel, dass es sich um die Arbeit eines Meisterkünstlers handelte.

»Wandle ich im Schlaf, Kaiji-san?« Eine Frauenstimme, tief und rauchig. »Oder hast du einen Arashitora an deiner Seite?«

»Es ist kein Traum«, erwiderte Kaiji. »Ein Wunder vielleicht. Der Arashitora heißt Buruu, das Mädchen Yukiko. Sie sind Kampfgenossen. Gemeinsam haben sie fünf Oni erschlagen.«

Alle Blicke ruhten auf ihnen. Instinktiv trat Yukiko näher zu Buruu. Er breitete einen Flügel aus und legte ihn um sie. Der Griff ihres Tantō fühlte sich kühl an in ihrer schweißnassen Hand. Sie konnte Buruus Anwesenheit in ihrem Kopf spüren – durch sie entschlüsselte er das Gespräch. Zwar konnte er die Worte wirklich nicht verstehen, aber sie fungierte als Mittlerin: Das schrille Geplapper der Affen verwandelte sich in ihrem Geist in Farben, Eindrücke und Bilder, die er begreifen konnte. Seine Nerven waren zum Zerreißen gespannt, und seine Nervosität sprang auf sie über. Sie hatte einen metallischen Geschmack im Mund.

Die Frau kam auf sie zu, und Yukiko unterdrückte ein Keuchen, als sie die Maske abstreifte. Sie war Anfang zwanzig und auf eine Weise schön, die Dichter inspiriert hätte. So schön, dass ein Mann bei ihrem Anblick ohne zu zögern seinen eigenen Bruder umgebracht hätte, um einen Herzschlag lang allein mit ihr zu sein. Haut wie Porzellan, hohe Wangenknochen, volle Lippen, Wellen blauschwarzen Samtes, die ihr über die Schultern fielen und im Mondlicht schimmerten. Ihre Augen hatten die Farbe von Wasser, das sich in poliertem Stahl spiegelte. Doch die Narbe verdarb all das. Rot war sie, knochentief, und sie führte von der Stirn der Frau über ihre Nase und endete in einer gezackten Linie auf ihrem Kinn.

Das hat jemand absichtlich getan. Mit einem Messer.

»Yukiko-san.« Die Frau hatte das Schwert weggesteckt. Sie bedeckte ihre Faust mit der Handfläche der anderen Hand und verneigte sich leicht. Dann schüttelte sie ihre Haare aus, und ihr langer, schräger Pony breitete sich über den schlimmsten Teil der Narbe.

»Kaori-san.« Yukiko erwiderte die Verbeugung.

»Ihr seid ein ungewöhnlicher Anblick, das muss ich sagen! Aber Oni-Töter sind hier herzlich willkommen.« Kaori warf dem Arashitora einen staunenden Blick zu, dann sah sie wieder Yukiko an. »Mein Vater wird euch kennenlernen wollen. Seid unbesorgt: Wir sind friedliche Leute.«

Yukiko verbeugte sich erneut und folgte den Fremden zusammen mit Buruu tiefer in die Dunkelheit des Waldes hinein. Sie spürte die Männer und Frauen um sich her eher, als dass sie sie sah: Alle bewegten sich mit tänzerischer Leichtigkeit durch das verfilzte Unterholz. Sie war so erschöpft, dass sie im Vergleich zu ihnen einen Heidenlärm machte. Zwar hatte der Regen aufgehört, doch noch immer tropfte es unregelmäßig auf die Blätter. Sie konnte die feuchte Erde riechen und den schwachen, zuckersüßen Duft von Wisteriablüten. Sie atmete tief durch, legte eine Hand auf Buruus Nacken und streichelte mit den Fingerspitzen durch die Federn. Er musste sich zusammenreißen, um nicht zu schnurren. Inmitten dieser Fremden mit ihren dunklen, verschatteten Augen wollte er sich keine Blöße geben.

Nach einer gefühlten Ewigkeit hob Kaori eine Faust, das Zeichen zum Stehenbleiben. »Da sind wir.«

Ratlos sah Yukiko sich um – und entdeckte schließlich eine Leiter, die unauffällig in die Rinde eines alten Ahornbaums geschnitzt worden war. Buruu blickte nach oben. Selbst durch seine scharfen Augen konnte sie kaum die aufgespannten Netze erkennen, die mit Laub und Stoffstreifen getarnt worden waren: Sie verdeckten die Seilbrücken, die weiter oben die Baumwipfel miteinander verbanden. Yukiko erkannte die vagen Umrisse von Häusern, die im Astgeflecht der uralten Bäume kauerten. Sorgfältig abgeschirmt durch Netze, Blätter und Kletterpflanzen, ja, aber da war es: ein großes Dorf in den Zweigen der Bäume, bevölkert von unzähligen Menschen, die nun mit neugierigen Augen zu ihnen herunterstarrten. Yukiko blieb vor Staunen der Mund offenstehen.

EINFACHE BAUERN, HM?

Das sind sie wahrlich nicht.

WARUM LEBEN SIE HIER? DEINE ART FÜRCHTET SICH VOR DER WILDNIS.

Diese Leute sind nicht von meiner Art, Buruu. Wieder legte sie ihre Hand auf den Griff ihres Messers und versuchte, ein unbeteiligtes Gesicht zu machen. *Sie sind anders.*

19

LAWINEN UND SCHMETTERLINGE

Seine Haut erinnerte an das Leder alter Stiefel: Braun und verwittert war sie, und rissig an den Rändern. Sein Haar war so kurz geschoren, dass es ein Schatten auf seinem Schädel hätte sein können. Es verdeckte nicht die Narben, die seine Kopfhaut furchten. Eine reichte bis dicht über sein Lid herunter. Eine uralte Schutzbrille hing ihm um den Hals, eine Shigisen-Spezialanfertigung, die einst, als er sie gekauft hatte, sicher ein kleines Vermögen wert gewesen war. Seine Augen hatten die gleiche Farbe wie die seiner Tochter: grau wie Stahl, durchsetzt mit tausend kobaltblauen Splittern. Er kniete vor einem niedrigen Tisch, auf dem eine Flasche Sake und einfache Schälchen standen. Sein grau melierter Schnurrbart reichte beinahe bis zum Boden.

»Das ist mein Vater«, sagte Kaori leise. »Daichi.«

Eine Erinnerung streifte Yukiko. *Ich glaube …* Sie starrte den alten Mann an, die Stirn gerunzelt. *Ich glaube, ich kenne ihn irgendwoher.*

Das Zimmer war rechteckig, die Wände bestanden aus unbehandeltem Holz und waren mit Teer abgedichtet. Daichis Haus war auf einem der größeren Bäume erbaut worden; von unten gesehen war es nicht mehr als ein Schatten im wogenden Meer aus Laub. Eine breite Astgabel bildete das Fundament. Ein Zweig ragte aus den Dielen hervor und verschwand durch die Decke. Er ließ einen schwachen Luftzug und den süßen Duft der Wisteria ein. Yukiko fühlte sich an die Hütte ihrer Familie im Bambuswald erinnert.

Sie hatte als Letzte die Leiter zum Dorf erklommen. Buruu war neben ihr hergeklettert und hatte mit seinen Klauen und Krallen tiefe Furchen in den Stamm gegraben, aus denen Harz sickerte. Da er nicht durch die Tür passte, hockte er reglos vor Daichis Haus auf einem Ast. Nur sein Schwanz peitschte durch die Luft. Es war schwer zu übersehen, wie angespannt er war. Seine Augen glitzerten wie Klingen. Yukiko konnte seinen Pulsschlag spüren, den Rhythmus seines Atems. Ohne dass sie sich dessen gewahr wurde, passten sich ihr Herz und ihre Lunge an.

Sie kniete dem alten Mann gegenüber nieder und verbeugte sich so tief, dass ihre Stirn die Dielen berührte. »Daichi-sama.«

»Yukiko-san.« Der Alte nickte und bedeckte seine Faust mit der Hand. »Freundin des Donnertigers. Du ehrst mein bescheidenes Heim mit deiner Anwesenheit.«

Kaori und der Rest ihrer Gruppe knieten sich im Halbkreis um Daichi herum. Sie schwiegen respektvoll. Yukiko schaute sich verstohlen um: grob gezimmerte Möbel, eine Feuerstelle in der Mitte des Raumes, ein Schornstein aus Metall, der durch die Decke ging. Drei geschlossene Türen, die in andere Zimmer führten. Hinter Daichi, in einer Nische in der Wand, lag ein altmodisches Katana in einer wunderschönen Scheide: schwarz lackiert, mit goldenen Kranichen darauf. Darunter gab es eine zweite Nische, in der früher zweifelsohne Kaoris Wakizashi gelegen hatte. Ein Daishō. Nur Adeligen war es erlaubt, ein solches Schwertpaar zu tragen: Es war ein Statussymbol, das Angehörige der Samurai-Kaste auszeichnete.

Er muss ein Rōnin sein.

WAS IST EIN RŌNIN?

Ein ehemaliger Samurai. Ein adeliger Krieger, der keinen Herrn mehr hat.

WOZU BRAUCHT ER EINEN HERRN?

Alle Samurai folgen dem Bushidō-Verhaltenskodex. Der ist so eine Art Religion, Philosophie und Gesetzeskatalog, alles in einem. Loyalität, Opferbereitschaft und Bescheidenheit ... Sie richten ihr ganzes Leben darauf aus. Vor allem anderen verlangt der Kodex von den Samurai, zu dienen. Einem Herrn treu zu sein. Wenn ihr Herr stirbt oder sie ihren Eid brechen, werden sie zu Rōnin. Das bringt ihnen Schande. Es ist ein furchtbarer Gesichtsverlust.

ALSO IST ER EIN EIDBRECHER? EIN LÜGNER?

Yukiko hob die Stirn vom Boden, setzte sich auf und versuchte, einen Blick auf die Irezumi des Manns zu erhaschen. Aber die Ärmel seiner grauen Uwagi fielen ihm bis auf die Handgelenke herab. Der Stoff war an den Säumen ausgefranst. Daichi folgte ihrem Blick, und in seinen stahlblauen Augen blitzte so etwas wie Belustigung auf. »Wo kommst du her, Yukiko-san?«

»Aus Kigen, Daichi-sama.«

»Und du hast auf dem Himmelsschiff gearbeitet, das am Kuromeru-Gipfel zerschellt ist?«

»Hai.«

»Hrmpf«, knurrte er und strich sich über den langen Schnurrbart. Er hatte etwas Reptilienhaftes an sich: uralt, langsam, als bestünde er bloß aus Muskeln, Zähnen und endloser, kaltblütiger Geduld. »Du warst nicht an Bord des Rettungsbootes. Wie hast du überlebt?«

»Ich habe Buruu aus seinem Käfig gelassen. Als er über die Reling gesprungen ist, bin ich aufgesessen.«

»Du bist auf einem Arashitora geritten?«

Ein schwaches Murmeln lief durch die Gruppe der Anwesenden. Kaori verengte die Augen.

»Hai«, bestätigte Yukiko.

»Schau, schau.« Daichi wiegte das Haupt. »Einhundert Sommer könnten ins Land gehen, und doch würden wir nie wieder eine Geschichte wie diese hören.«

»Ich wäre sonst gestorben.« Yukiko zuckte mit den Schultern.

»Und du hast vier Oni getötet?«

»Fünf, Daichi-sama«, sagte Kaiji. »Auf den nördlichen Hängen. In der Nähe des schwarzen Tempels.«

»Hrmpf.« Er nickte. »Hast du von den Sturmtänzern gehört, Yukiko-san?«

Sie sah auf und begegnete Daichis Blick. Er war älter als ihr Vater, aber nicht vom Lotusrauch gezeichnet: Seine Augen waren klar, die Haut rein. Er hatte schlanke, kräftige Glieder, seine Finger waren schwielig und mit alten Narben überzogen. Das Katana in der Wandnische konnte er leicht mit einem Griff erreichen.

»Alte Sagen.« Sie zuckte mit den Schultern. »Aus meiner Kindheit ... Kitsune no Akira und der Drache des Vergessens. Kazuhiko der Rote und die einhundert Rōnin. Die Witwenbrücke und der zum Scheitern verurteilte Kampf Tora no Takehikos am Teufelstor.«

»Das ist eine meiner liebsten.« Daichi lächelte.

»Aber es sind bloß Geschichten.«

»Das könnte man denken«, sagte er. »Sagen und Mythen können dazu dienen, den Nationalstolz zu stärken. Das Kommunikationsministerium ruft den Menschen die ruhmvollen Taten der Vergangenheit ins Gedächtnis, um die Arbeiterklasse dazu zu inspirieren, selbst ehrenvoll zugrunde zu gehen. So wringen sie noch das letzte bisschen Kraft aus den Karōshimännern heraus. So überzeugen sie junge Männer davon, unter der Flagge des Shōgun in einen Krieg zu ziehen, über den sie so gut wie nichts wissen, und ihr Blut zu vergießen. Die Sturmtänzer sind zu Schundhelden abgestiegen, über die der Gildenschall pausenlos Geschichten sendet, ihrer Bedeutung und Wahrheit beraubt. Kein Wunder, dass du sie für reine Propaganda hältst. So ist die Welt beschaffen, in der wir leben.«

Daichi nickte in Richtung der Haustür. In Richtung Buruu. »Dein ... Freund, sagst du? Gäbe es Gerechtigkeit auf Erden, hätten wir Menschen nie wieder einen seiner Art zu Gesicht bekommen. Und doch – hier ist er, ein Fleisch gewordenes Wunder. Der Beweis, dass sich selbst in ihren Lügen ein Körnchen Wahrheit verbirgt. Und was tun sie, sobald sie erfahren, dass ein solches Wesen existiert?« Der alte Mann seufzte. »Sie jagen und verstümmeln ihn, als sei er einer der bejammernswerten Spatzen in den Palastgärten.«

»So hat der Shōgun es befohlen.«

»Der Shōgun.« Daichis leises Lachen steckte seine Leute an. »Der Shōgun kann nur befehlen, was wir zu tun bereit sind.«

»Jeder Mensch im Inselreich schuldet Yoritomo no Miya Gehorsam.«

Stahlblaue Augen glitzerten. »Niemand in diesem Zimmer schuldet Yoritomo irgendetwas, Yukiko-san.«

»Also bist du ein Rōnin?«

»Hai. Ich bin ein Rōnin.« Daichis Lächeln verblasste. »Einst diente ich dem Haus des Shōgun. Ich trug die Ōyoroi und den goldenen Jin-Baori der Elite Kazumitsus. Ich kenne Masaru, den Schwarzen Fuchs, der die Schwingen deines Freundes beschnitten hat. Und ich kenne Yoritomo, den Shōgun der vier Throne, der mein Herr gewesen ist.«

Langsam krempelte Daichi die Ärmel seiner Uwagi auf. Dort, wo seine Irezumi hätten sein sollen, war seine Haut verhärtet und vernarbt. Im Vergleich zu seinem gebräunten Gesicht waren seine Arme von den Ellenbogen bis zu den Schultern bleich.

»Du hast deine Tätowierungen weggebrannt?« Yukiko runzelte die Stirn.

»Ich gehöre keinem Zaibatsu an. Ich werde mich keinem Herrn wie Yoritomo unterwerfen. Niemand von uns hier trägt noch die Male der Sklaverei. Wir gehören nur zu einem Clan: unserem eigenen. Wir haben nur einen Herrn: uns selbst.«

Yukiko dankte Kitsune dafür, dass ihre Ärmel lang genug waren, um ihre Irezumi zu verbergen. Daichi lächelte, als könne er ihre Gedanken lesen.

»Male der Sklaverei?«, fragte sie rasch.

»Ein Mensch, der sein eigenes Schicksal nicht in der Hand hält, ist in Gefahr. Ein anderer, der mehr Glück im Leben oder mehr Geld hat, kann seinen Tod befehlen. Und er muss ohne Unterlass schuften, um sich die Krumen vom Tisch eines anderen zu verdienen. Ja, er ist in Gefahr. Doch wenn er die Welt akzeptiert, wie sie ist, wenn er aufhört, sich gegen diese fundamentale Ungerechtigkeit aufzulehnen – dann ist er ein Sklave.«

Yukikos Wangen brannten. Sie war keine Sklavin! Ihre Freunde, ihre Familie – sie alle waren frei. Was bildete sich dieser Mann ein?

»Die meisten Männer wären lieber Sklaven als Eidbrecher!«

»Ein Eid, den man einem Lügner geschworen hat, ist kein Eid«, knurrte Daichi. »Yoritomo hat *mir* die Treue nicht gehalten.«

»Wie das?«

»Er hat etwas verlangt, das ihm nicht zustand.« Daichis Blick glitt zu seiner Tochter hinüber. Dann sah er Yukiko wieder an. »Und als es ihm verweigert wurde, hat er entschieden, dass es auch kein anderer besitzen solle. Oder begehren.«

Yukiko schaute die Narbe an, die Kaoris Gesicht entstellte, und Übelkeit stieg in ihr auf. Sie nickte. Nicht weil sie verstand – niemand, der behauptete, ein Mensch zu sein, konnte so etwas verstehen. Dennoch nickte sie. Sie wusste, dass es stimmte.

DAS IST WAHNSINN.

»So ist es immer gewesen mit dem Kazumitsu-Geschlecht.« Kaoris Stimme bebte vor Zorn. »Was sie sehen, wollen sie besitzen. Was sie nicht besitzen können, zerstören sie. Sieh dir deinen Freund da draußen an. Gäbe es den Shōgun nicht, wäre er frei und würde hoch über der Wüste dahingleiten, die Yoritomo ein *Reich* nennt.« Sie schüttelte den Kopf. »Ich frage mich, wieso er hergekommen ist.«

»Vielleicht hat ihn etwas hergerufen«, sagte Daichi. Er schaute Yukiko unverwandt an. »Und vielleicht gilt dasselbe auch für dich.«

Yukiko stand auf einem breiten Brückensteg und sah zu, wie Ahornblätter zu Boden trudelten. Sie hielt eine Wisteriablüte in der Hand, zerbrechlich wie gesponnener Zucker. Die Blütenblätter waren wie kleine Schalen geformt und weiß wie Schnee. Eine tiefe Stille hatte sich über die Welt gelegt, die Stille vor der Dämmerung. Noch regierte die Nacht, aber bald würde die Sonne aufgehen, und Vogelgesang würde aufbranden. Am fernen Horizont glühte einem Versprechen gleich das erste Licht des neuen Tages.

Sie hatte sich große Mühe gegeben, ihr Gähnen zu unterdrücken, aber Daichi hatte schließlich doch gemerkt, wie müde sie war. Er hatte gesagt, für Kin würde gesorgt, sie solle sich ausruhen. Aber es war nur eine Frage der Zeit, bis jemand die Anschlüsse in der Haut des Gildenmannes entdecken würde. Wie sollte sie die erklären?

Man hatte Buruu und sie zu einem Häuschen hoch in der Krone einer alten Eiche geleitet. Eine Wisteriaranke war am Stamm des Baumes hochgeklettert; die Blüten dufteten süß. Buruu hatte sich auf einem Zweig ausgestreckt, der eine Kuhle bildete. Sie war zu unruhig, um zu schlafen. Also wanderte sie auf dem Steg hin und her.

Sie ließ den Blütenstand los und sah zu, wie er trudelnd in die Tiefe fiel. Noch immer erfüllte sie Unglauben beim Anblick der Tarnnetze und des ganzen Dorfes: Sie blickte auf die gedrungenen Gebäude hinab, die mit Kletterpflanzen überwuchert und zwischen verdrehte Äste gebaut worden waren, die Brücken, Behausungen und Lagerräume, die im Blättermeer beinahe verschwanden. Wer von unten hochschaute, sah kaum mehr als unförmige Schatten in den Baumkronen. Einhundert Männer mussten zehn Jahre lang geschuftet haben, um all das zu bauen. Welche Willenskraft es gebraucht haben musste, das alles aus dem Nichts zu schaffen!

Diese Leute sind besessen.

Buruu öffnete schläfrig ein Auge. *DU SOLLTEST DICH AUSRUHEN.*

Ich traue ihnen nicht. Was machen die hier?

SIE LEBEN IN FREIHEIT. WEIT WEG VON EUREN NARBEN UND PLÜNDERERHERREN. EINDRUCKSVOLL.

Ich sehe den Hass in ihren Augen. Die Dunkelheit. Ich spüre, dass hier was nicht stimmt! Das sind nicht nur Männer, die nicht unter der Herrschaft des Shōgun leben wollen. Da steckt noch mehr dahinter.

SCHLAF. ICH HALTE WACHE, WENN DU DIR SORGEN MACHST.

Yukiko hörte leise Schritte. Sie drehte sich um und sah Kaori, die mit sicheren Bewegungen über die Brücke kam. Der schräge Pony hing ihr ins Gesicht und verdeckte einen Großteil der Narbe. Ein Auge blickte zwischen zwei samtigen, schwarzen Vorhängen hindurch. Sie blieb neben Yukiko stehen, lehnte sich gegen das Geländer und schaute in die Dunkelheit.

»Du solltest ein bisschen schlafen.« Kaoris Stimme war so weich wie Nebel. »Du siehst erschöpft aus.«

»Bald.«

»Es verbreiten sich schon die ersten Gerüchte.« Kaori warf ihr einen Seitenblick zu. »Das Mädchen, das den Donnertiger reitet und ein halbes Dutzend Oni erschlagen hat. Ich fürchte, morgen stehst du im Mittelpunkt der allgemeinen Aufmerksamkeit. Du solltest schlafen, solange du Gelegenheit dazu hast.«

»Es war kein halbes Dutzend. Es waren bloß fünf.«

DAS MUSS WIRKLICH SCHRECKLICH SCHWER GEWESEN SEIN. EIN KLEINES DING WIE DU, DAS GANZ ALLEINE FÜNF HÖLLENDÄMONEN UMS LEBEN BRINGT.

Yukiko schnitt eine Grimasse. »Außerdem hat Buruu das meiste gemacht.«

EIN WAHRES WORT.

»Die Oni werden wütend sein.« Kaori seufzte. »Dass so viele ihrer Kameraden erschlagen worden sind …«

Yukiko schwieg und starrte vor sich hin. Das Gefühl, dass hier etwas nicht mit rechten Dingen zuging, wurde immer stärker. Einfache Leute, die wie Krieger bewaffnet waren; Daichis verbrannte Tätowierungen. Misstrauen nagte an ihr. Ihr Nacken kribbelte, als würde sie beobachtet.

»Dein Freund hat Fieber.« Kaori stellte sich auf die Zehenspitzen und spähte über das Geländer. Rabenschwarze Locken fielen ihr über die Schultern. »Wir haben ihm ein Antibiotikum gegeben und ein Mittel, um seine Schmerzen zu lindern.«

»Und woher habt ihr die Medizin?«

Kaori verengte kaum merklich die Augen. »Was meinst du?«

»Na ja, tauscht ihr etwas dagegen ein? Ihr scheint das Dorf ja unbedingt geheim halten zu wollen. Aber wenn ihr nicht selbst Antibiotika herstellt, muss irgendjemand wissen, dass ihr hier seid.«

Kaori wandte sich ihr ganz zu. Ihr Gesicht hatte sich verhärtet, es war plötzlich wie aus glattem Stein gehauen. Sie starrte hinter ihrem Pony hervor. »Du stellst viele Fragen, Yukiko-san. Nicht ungefährlich, wenn man so weit von zu Hause weg ist.«

Buruu knurrte – ein leises drohendes Grollen. Yukiko erwiderte den Blick der älteren Frau kühl. »Hier draußen gibt's eben ziemlich viele Gefahren.«

Kaori sah zu Buruu hinüber, der sich gerade erhob. Der Donnertiger starrte sie an wie eine Lawine einen Schmetterling.

»Wie wahr.« Die Frau verneigte sich leicht, die Hand über der Faust. »Schlaf ein wenig. Wir reden morgen weiter.«

Damit wandte sie sich ab. Ihre Schritte waren kaum zu hören, die Brücke schwankte nicht. Die Augen zu Schlitzen verengt, sah Yukiko ihr nach, bis sie im Halbdunkel verschwunden war.

Das gefällt mir nicht, Buruu.

20

MYTHOLOGIE

Spät am nächsten Tag wurde Yukiko von der Stimme des Donnertigers geweckt, weil er hörte, dass sich Schritte näherten. Sie hatte davon geträumt, hoch über dem Gebirge zu fliegen. Eine thermische Luftströmung hatte sie unter den Flügeln gekitzelt, und sie hatte die Herausforderung angenommen und war weiter und immer weiter aufgestiegen, bis die ganze Welt unter ihren Klauen ausgebreitet zu liegen schien. Sie wusste, das war Buruus Traum gewesen. Ob er wohl manchmal von dem Jungen mit den meergrünen Augen träumte?

Isao und ein Mädchen in Yukikos Alter kamen über den Brückensteg. Das Mädchen spähte durch die Tür und stellte sich schüchtern als Eiko vor. Isao hatte Buruu zwei frische Forellen mitgebracht, über die sich der Arashitora begeistert hermachte. Der Junge wünschte Yukiko einen guten Abend und reichte ihr eine alte polarisierte Schutzbrille. Die Sonne, erklärte er, war immer noch so hell, dass sie ihr in den Augen schmerzen würde, wenn sie den Schatten der Bäume verließ. Die Gläser waren verkratzt, und der Lederriemen war so alt, dass er sich wie Sandpapier unter ihren Fingerspitzen anfühlte.

Eiko bot ihr Nigirizushi und dicke frische Pflaumen an. Yukiko hatte das Frühstück und das Mittagessen verschlafen, und es war noch nicht Abendbrotzeit. Sie dankte dem anderen Mädchen von Herzen und schlang das Essen hinunter. Zwischen zwei Bissen fragte sie Eiko, wie lange sie schon im Dorf lebte.

»Seit sechs Jahren«, antwortete das Mädchen. Sie beobachtete Buruu mit unverhohlenem Staunen. »Meine Familie ist hergekommen, als wir uns keinen Inochi mehr leisten konnten. Unsere Felder hatten angefangen, sich in totes Land zu verwandeln.«

»Was kann die Gilde davon haben, dass Felder absterben?«, fragte Yukiko mit vollem Mund. »Warum verkaufen sie ihren Dünger so teuer, dass ihn sich nicht jeder leisten kann? Das bedeutet doch, dass weniger Lotus produziert werden kann.«

»Das liegt nicht an der Gilde«, erklärte Isao, »sondern am Clan-Daimyō. Wenn die Erde unfruchtbar zu werden droht, schickt er seine Soldaten, und die jagen die Bauern von ihrem Land. Das hat Methode: Zuerst erhebt der Daimyō so hohe Steuern, dass der kleine Mann sich keinen Dünger mehr leisten kann. Dann wird sein Land unter dem Deckmantel des Umweltschutzes beschlagnahmt: ›Wenn du es dir nicht leisten kannst, den Mutterboden gesund zu halten, müssen wir das eben tun.‹ Der festigt so seine Macht. Nimmt den gemeinen Leuten das Land weg.«

»Aber wer arbeitet dann auf den Feldern?«

»Sklaven.« Eiko zuckte mit den Schultern. »Warum unterstützen die Zaibatsu wohl den Krieg? Die meisten Adeligen betreiben ihre Lotushöfe beinahe nur noch mit Sklavenarbeitern. Jede Schiffsladung Gaijin aus den Kriegsgebieten bedeutet für sie, dass ihnen mehr billige Arbeitskräfte zur Verfügung stehen. Arbeitskräfte, denen man kaum was zu essen geben muss, die sich die Haut von den Fingern arbeiten, bis sie tot umfallen. Und dann kauft man einfach mit Kriegsgewinnen eine neue Schiffsladung. Gaijin sind keine Menschen. Was kümmert ihr Schicksal den Daimyō und die anderen Adeligen?«

WAS IST EIN DAIMYŌ?

Ein Clanführer. Ein mächtiger lokaler Herrscher.

WIE DER SHŌGUN.

So ähnlich. Der Daimyō des Tiger-Clans ist außerdem der Erbe des Titels Shōgun. Die anderen drei Daimyō – Fuchs, Drache und Phönix – schwören ihm die Treue.

»Außerdem haben sie eh größere Probleme«, sagte Isao. »Inochi kann das Sterben des Bodens nicht ewig aufhalten. Bringt man das Zeug regelmäßig aus, kauft man sich ein bisschen Zeit. Ein Jahrzehnt, höchstens zwei. Und jetzt gibt es nicht mehr viel fruchtbares Land. Sie haben sich das ganze Buschland einverleibt, die Sümpfe ›urbar‹ gemacht, alle Wälder abgeholzt. Die Häcksler sind bloß aus Aberglauben noch nicht in die Iishis vormarschiert ... Und weil irgendein Genie erkannt hat, dass es profitabler ist, sich Gaijin-Land unter den Nagel zu reißen.« Der Junge zählte an den Fingern ab. »Erstens wartet jenseits des Meeres mehr Ackerland, zweitens gibt's da Slaven, die man zu Hause schuften lassen kann, und drittens ist da ja noch die Industrie, die am Krieg hängt. Und man kann dem gemeinen Volk einen Feind bieten, den es hassen kann.« Isao verzog das Gesicht. »Die namenlosen rundäugigen Barbaren anstelle des Barbaren, der auf dem Thron des Reiches sitzt.«

Yukiko schüttelte den Kopf. Ihre Gedanken überschlugen sich. *Das ist Aufwiegelung. Würde in Kigen jemand so reden, würden die eisernen Samurai seine ganze Familie hinrichten!*

DAS HIER IST KEINE NARBE.

Nein. Aber diese Leute sind auch keine einfachen vertriebenen Bauern.

Nachdem das Festmahl vertilgt war, bot Eiko an, Yukiko zum Badehaus zu führen. Isao erklärte, er halte es für das Beste, die Mädchen zu begleiten, worauf Eiko ihm einen Hieb in die Magengrube versetzte und drohte, ihm die Kronjuwelen abzuschneiden. Der Junge machte sich davon. Mit einem kleinen Lächeln zauberte das Mädchen ein Stück Seife aus seinem Obi. Es roch nach Geißblatt und Gänseblümchen. Yukiko schloss die Augen und atmete den Duft ein. Sie versuchte, sich daran zu erinnern, wann sie zum letzten Mal ein warmes Bad genommen hatte. Ihre Haut kribbelte beim Gedanken daran.

»Hai«, wisperte sie. »Bitte!«

Gemeinsam gingen die Mädchen über knarrende Stege und wackelige Seilbrücken. Sie lauschten dem Wind, der im Laub flüsterte. Der Donnertiger tappte in einiger Entfernung hinter ihnen her: Unter seinem Gewicht ächzten die Seile und Bretter gefährlich. Er hatte die Flügel ausgebreitet, für den Fall, dass irgendwann ein Steg nachgeben würde. Im Westen ging langsam die Sonne unter, rote Sonnenstrahlen drangen durch das Blätterdach und vertieften die Schatten zwischen den Bäumen. Yukiko staunte über die schiere Größe des Dorfes: Sie entdeckte Teehäuser und Lagerräume zwischen den Zweigen, große Häuser für ganze Familien und sogar einen Dorfplatz. Dafür war eine Plattform aus groben Zedernbrettern gebaut worden.

Als sie näherkamen, sah Yukiko, dass dort eine kleine Versammlung tagte. Unsicher blieb sie stehen und griff nach Buruu. Aber Eiko lächelte, nahm ihre Hand und führte sie auf die Gruppe zu.

Im gedämpften Abendlicht saßen zwei Dutzend Kinder in einem weiten Halbkreis auf den Holzdielen. Daichi hockte auf einem grob gezimmerten Schemel in der Mitte. Er hielt eine Tontasse mit klarem Wasser in einer Hand, die andere lag auf dem Griff seines Schwertes, das in seinem Obi steckte. Die Knöchel waren mit Narben übersät. Daichi stützte sich mit einem Ellenbogen auf ein Knie und sah einem Kind nach dem anderen ins Gesicht.

»Aber der Schöpfergott, der große Izanagi, weigerte sich, den Tod seiner Frau nach der Geburt Shimas hinzunehmen. Seine Liebe zu ihr war so tief wie das Meer und so endlos wie der weite blaue Himmel. In alter Zeit war der wirklich einmal blau! Und so schlug er alle Warnungen in den Wind und reiste über verborgene Pfade, um seine geliebte Izanami zurück ins Land der Lebenden zu holen.«

Yukiko und Eiko blieben hinter den Kindern stehen und lehnten sich ans Geländer, die Handtücher über den Armen. Buruu wartete neben ihnen und schlug gereizt mit dem Schwanz. Die Plattform ächzte, als er sein Gewicht verlagerte. Ein Junge schaute über die Schulter und erblickte den Donnertiger. Ihm stockte der Atem. Er zog am Ärmel eines Freundes, die Augen weit aufgerissen, und öffnete und schloss den Mund, ohne dass ein Laut herausdrang. Sein Freund drehte sich um, mehrere andere Kinder folgten seinem Beispiel, und im nächsten Moment schrien sie alle. Es war ein großer Tumult: begeisterte Rufe und Kinder, die aufsprangen und über den Dorfplatz auf den Arashitora zurannten, als sei er ein Welpe, mit dem sie spielen wollten.

Ein einziges markerschütterndes Brüllen, das die Baumwipfel zum Schwanken und die Fenster des Dorfes zum Klirren brachte. Wisteriablütenblätter rieselten sanft auf den Waldboden hinab. Die Kinderflutwelle erstarrte und zog sich dann zurück, so rasch, wie sie aufgebrandet war. Bleich und verängstigt versammelten sich die Kleinen hinter Daichis Schemel.

Der alte Mann nickte Yukiko grüßend zu, ein kleines Lächeln auf den Lippen.

»Vergib uns, Daichi-sama.« Yukiko bedeckte ihre Faust mit der Hand und verneigte sich. »Buruu tut niemandem etwas.«

»Es ist keine Entschuldigung nötig, Yukiko-san.« Daichi sah sich unter den Kindern um und runzelte übertrieben die Stirn. »Die Gegenwart eines Donnertigers kann uns dabei helfen, Respekt zu lernen!«

»Wir wollten nicht stören.«

»Das tut ihr auch nicht. Bleibt ruhig! Hört zu!«

Eiko schob sich ein wenig näher an Yukiko heran. Als die Kinder wieder auf ihre Plätze zurückkehrten, flüsterte sie: »Das ist hier so was wie ein Brauch. Die Kinder versammeln sich am Ende der Woche auf dem Dorfplatz, und Daichi erzählt ihnen Geschichten von früher. Götter- und Heldensagen. Alte Mythen.«

»Es ist schon Wochenende?«, fragte Yukiko verblüfft.

»Hai.«

Wie lange es schon her war, dass sie Kigen verlassen hatte! Die Tage im Gebirge liefen in ihrer Erinnerung alle zusammen. Es musste beinahe drei Wochen zurückliegen, dass sie mit ihrem Vater, Kasumi und Akihito an Bord der *Donnerkind* gegangen war.

Es schien mehr Zeit verstrichen zu sein. Eine Ewigkeit.

Daichi erzählte weiter. Die Kinder beobachteten Yukiko aus den Augenwinkeln, tuschelten miteinander, und immer wenn sie glaubten, dass Yukiko es nicht sah, zeigten sie mit den Fingern auf sie. Es hatten sich wohl Gerüchte über ihren Kampf mit den Oni verbreitet, wie Kaori es vorhergesagt hatte. Die Kinder starrten sie mit einer Mischung aus offener Neugier und ehrfürchtiger Bewunderung an. Jedes Mal, wenn sie zu Buruu hinüberschauten, knurrte der Donnertiger leise. Die meisten Kinder hatten genug gesunden Menschenverstand, um seinem Blick auszuweichen.

»Und nach vielen schweren Prüfungen fand der große Izanagi endlich den Eingang nach Yomi.« Daichi lehnte sich zurück und nahm einen Schluck Wasser. Seine Stimme war so rau wie Schleifpapier. »Das Teufelstor, hoch in ebendiesem Gebirge. Und in der pechschwarzen Finsternis der Unterwelt, in der es so kalt ist, dass es einem das Fleisch von den Knochen friert, fand er seine Geliebte. Er konnte ihr Gesicht nicht sehen, hörte aber ihre Stimme und spürte ihre Lippen auf seinen. Das Herz schwoll ihm in der Brust: Sie war es, seine Frau, und ihre Stimme schwebte in der Düsternis wie ein süßer Duft.

›Du darfst mich nicht anschauen, mein Geliebter‹, sagte sie. ›Denn wenn wir ein Licht entzünden, lockt es die hungrigen Toten her. Sie sind so kalt wie der Morgenfrost und so grausam wie Tiger. Doch wir wollen beisammenliegen wie einst, als wir noch jung und die Shima-Inseln nur ein Traum waren, noch ungeboren.‹

Und so legte Izanagi sich zu seiner Frau und nahm sie in die Arme, und gemeinsam erinnerten sie sich daran, wie es gewesen war, jung zu sein …«

»Haben sie es miteinander getrieben?«, rief ein Junge aus der ersten Reihe. Ein paar der älteren Kinder kicherten. Blitzschnell zwickte Daichi dem Jungen in die Nase. Der schrie auf. Yukiko lachte mit den anderen.

»Hüte deine Zunge, Kuon!« Daichi drohte ihm mit einem schwieligen, mahagoniharten Finger. »Ich erzähle die Geschichte. Wenn du in mein Alter kommst, weißt vielleicht sogar du, dass man seine Ältesten nicht unterbricht. Bis dahin muss meine Hand die Weisheit ersetzen. Hai?«

»Hai.« Der Junge bedeckte die Faust mit der Hand und verneigte sich. »Verzeihung, Daichi-sama.«

»Ts, ts, ts.« Daichi schüttelte den Kopf. »Ein kleiner Junge wie du sollte solche Wörter nicht einmal kennen und sie erst recht nicht in der Öffentlichkeit in den Mund nehmen!« Der alte Mann nahm noch einen Schluck Wasser. »Wo war ich stehen geblieben?«

»In Yomi«, sagte ein kleines Mädchen.

»Oh, richtig. Yomi.« Er beugte sich zu ihnen hinunter, um der Erzählung die nötige Dramatik zu verleihen, die Augen weit aufgerissen. »Die tiefste und schwärzeste der Höllen, in der die hungrigen Toten bis in alle Ewigkeit in Kälte und Stille ausharren müssen. Warum war Izanami dort, mögt ihr euch fragen. Und zu recht! Denn im Leben war sie weder böse noch grausam gewesen. Doch damals war das Inselreich noch jung, und es gab nur eine einzige Hölle, aus der erst später neun werden sollten. König Enma hatte noch nicht die Aufgabe erhalten, über die Totenseelen zu richten. Deshalb fuhren alle Toten in die ewige Nacht Yomis ein.

Izanagi erwachte in pechschwarzer Finsternis. Seine geliebte Izanami lag noch in seinen Armen. Und obwohl er wusste, dass er große Gefahr heraufbeschwor, sehnte er sich so sehr danach, das Antlitz seiner Frau wiederzusehen. Also zog er einen Bambuskamm aus seinem Haar, entzündete einen Zinken und schaute sie an. Doch sah er nicht das Gesicht seiner Geliebten.

Izanamis Leib war aufgedunsen und voller Würmer und Maden. Verwest wie ein Leichnam. Ihre Augen waren leere Höhlen, ihre Zunge schwarz wie Teer. Denn sie hatte in der Unterwelt

Speisen zu sich genommen und würde auf ewig vom Tod gezeichnet sein.«

Mehrere kleinere Kinder keuchten. Ein kleines Mädchen verbarg das Gesicht in den Händen.

»Izanagi schrie vor Entsetzen. Damit weckte er Izanami, die den brennenden Kamm in seiner Hand sah. Ihr Zorn war schrecklich. Sie griff nach ihm, wollte ihn in Yomi festhalten, wo sie bis ans Ende aller Zeiten zusammen sein würden. Da floh Izanagi, und er rannte, so schnell ihn seine Beine trugen. Die hungrigen Toten verfolgten ihn, aber der Schöpfergott war flink. Und vor das Tor zur Unterwelt wälzte er einen ungeheuren Felsblock, sodass seine Frau in Yomi eingeschlossen war. Sie schrie hinter dem Felsen hervor, dass sie nun schwanger sei – und die Dämonen, die sie gebären würde, würden jeden Tag eintausend Kinder Shimas ermorden, um Izanagi dafür zu bestrafen, dass er sie verlassen hatte.

Ihr Ehemann erwiderte darauf: ›Dann werde ich dafür sorgen, dass jeden Tag eintausendfünfhundert Kinder geboren werden.‹«

Der alte Mann richtete sich auf seinem Hocker auf, räusperte sich und hustete dann ein wenig. Er spülte sich den Mund mit Wasser und spuckte es auf die Holzdielen. Mit dem Handrücken wischte er sich das Kinn ab.

»Eintausend Jahre lang lag der Felsblock vor dem Tor und hielt alles Übel Yomis gefangen. Bis eines Tages ein dummer kleiner Junge«, er warf Kuon einen strengen Blick zu, »den Felsen zur Seite rollte und die Höllenkreaturen wieder in die Welt der Lebenden einließ.«

Daichi schaute auf. Der Blick seiner stahlblauen Augen richtete sich auf Yukiko. Einen Augenblick lang starrte er sie an, dann wandte er sich wieder seinem Publikum zu. »Genug für heute!«

Ein großes Wehklagen hob an.

»Aber, aber. Nächste Woche erzähle ich weiter! Die Geschichte einer großen Schlacht und eines weit größeren Opfers.« Er schaute von einem Gesicht zum nächsten. »Ich erzähle euch, wie der Sturmtänzer Tora no Takehiko das Teufelstor angriff und Yomi wieder versiegelte. Nun aber fort mit euch! Hört auf eure Eltern, und erledigt brav eure Aufgaben.«

Die Kinder rappelten sich auf und schlurften davon. Viele blieben vor Yukiko stehen und verneigten sich. Dann flüsterten sie aufgeregt hinter vorgehaltenen Händen miteinander. Buruu knurrte, und die Nachzügler beeilten sich, die anderen Kinder einzuholen.

Daichi erhob sich und kam zu Yukiko und Eiko herüber. Eiko bedeckte ihre Faust mit der Hand und verneigte sich tief, als er näherkam. Yukiko betrachtete ihn nachdenklich. Woher kannte sie ihn nur?

Der alte Mann schaute über das Geländer in das Meer aus rauschenden Blättern, das nach Wisteriablüten duftete. »Die Kinder haben von deinen Kämpfen gehört.« Er lächelte. »Sie sind beeindruckt.«

»Weil ich noch am Leben bin?« Yukiko ließ ihn nicht aus den Augen. »Oder weil es Oni wirklich gibt?«

»Du vergisst, wo du gelandet bist, Yukiko-san.« Daichi machte eine Geste, die das ganze Dorf einschloss, den ganzen Wald. »In einem der Täler des verfluchten Iishi-Gebirges. Hier spukt es! Die Kinder, die im Dorf aufwachsen, wissen sehr wohl, dass Dämonen so real sind wie die Bäume oder der Himmel.«

»Warum bleibt ihr dann?«

»Weil es hier noch tiefe Schatten und dunkle Nächte gibt. Weil man sich nicht weiter vom Thron des Shōgun entfernen kann. Und weil tausendundein Mythos abergläubische Menschen aus den Bergen fernhält.«

»Ich habe immer geglaubt, die Oni seien auch nur Mythen. Gruselgeschichten, um schlichten Gemütern und Kindern Angst einzujagen.«

»Ich fürchte, das stimmt nicht.«

»Wo kommen sie her?«

Daichi sah sie an, als verstünde er nicht, weshalb sie fragte. »Aus Yomi natürlich.«

»Yomi?« Es gelang ihr nicht, die Skepsis aus ihrer Stimme herauszuhalten. »Du meinst, sie kommen aus der tiefsten aller Höllen?«

»Hai«, erwiderte er ausdruckslos. Sein Ton war stählern. »Aus der tiefsten aller Höllen.«

»Aber die alten Sagen …« Yukiko schüttelte den Kopf. »Selbst wenn sie auf der Wirklichkeit beruhen – das Tor nach Yomi ist doch verschlossen worden! Der Sturmtänzer Tora no Takehiko hat sein Leben geopfert, damit es nie wieder geöffnet werden könnte. Früher hat mein Vater uns die Geschichte oft erzählt.«

»Es war ein großes Opfer.« Daichi nickte. »Aber die Risse sind groß genug, dass kleinere Dämonen hindurchschlüpfen können.«

»Welche Risse?«

»Der gewaltige Felsblock, den der Schöpfergott vor das Teufelstor geschoben hat, ist nur aus Stein. Und Stein bricht, wenn genug Kraft darauf einwirkt. Genug Hass.«

»Also ist alles wahr? Die alten Geschichten? Die Legenden, die mein Vater uns zum Einschlafen erzählt hat?«

Daichi legte den Kopf schief und deutete auf Buruu. »Du bist an der Seite eines Donnertigers ins Dorf gekommen. Mit eigenen Händen hast du Dämonen erschlagen. Sind die alten Mythen wirklich so schwer zu glauben?«

»Sonst wären es ja keine Mythen.«

»Dann sieh dich lieber vor, Yukiko-san.« Daichi lächelte. »Solange du mit dem letzten Arashitora Shimas herumwanderst, läufst du Gefahr, selbst ins Reich der Mythen und Sagen einzugehen.«

Der alte Mann bedeckte seine Faust mit der Hand und verneigte sich. Dann verschränkte er die Arme hinterm Rücken und ging über eine Seilbrücke davon. Yukiko starrte ihm hinterher, bis Eiko mit der Seife vor ihrem Gesicht herumwedelte, ein sanftes Lächeln auf den Lippen. »Vergib mir«, murmelte Yukiko und folgte ihr zum Badehaus. Sie spürte viele Blicke auf sich ruhen.

Ihr Tantō war ein beruhigendes Gewicht in ihrem Obi.

Ihr Versteck befand sich auf dem Ast hinter dem Badehaus: In der fortschreitenden Dämmerung schirmten die Wisteriablüten sie ab, die an den Wänden emporwuchsen. Isao saß tief gebückt und spähte mit einem Auge durch das Guckloch. Sein Freund Atsushi, der ein Jahr jünger war, hockte neben ihm. Atsushi, ein äußerst fingerfertiger Bursche, hatte das Loch vor ein paar Monaten gebohrt, und die Aktion war ein solcher Erfolg gewesen, dass er sie auf die Schlafzimmer von mindestens einem halben Dutzend Dorfmädchen ausgedehnt hatte. Immerhin bedeutete sein Name »der Fleißige«.

»Ist sie schon da?«, wisperte er.

»Hai. Pst!«, zischte Isao.

»Lass mich auch mal.«

»Das kannst du vergessen. Ich hab sie im Wald gefunden! Außerdem hast du dich gestern ja auch kein Stück zur Seite bewegt.«

»Na ja, Hachiros Frau war drinnen.«

»Bei allen Göttern.« Isao richtete sich auf und sah seinen Freund stirnrunzelnd an. »Die ist alt genug, um deine Mutter zu sein!«

»Was soll ich sagen? Ich steh eben auf ältere Frauen.«

»Wenn du auch drauf stehst, von einem Arashitora zerrissen zu werden, schrei ruhig weiter rum.«

»Ach, Mann, manchmal wünschte ich wirklich, wir hätten einen Bilderkasten …«

»Pst!« Isao spähte wieder durch das Loch. Er konnte Yukiko auf einer Seite des Zimmers sitzen sehen. Sie kämmte sich das lange schwarze Haar mit Eikos Bürste. Blasser Dunst stieg von der Wasseroberfläche des Bades auf. Flackernde Kerzen waren die einzige Lichtquelle. Isao beobachtete, wie sie aufstand, ihren schmutzigen Hakama aufband und zu Boden fallen ließ. Sie stand mit dem Rücken zu ihm. Er konnte ihre langen Beine sehen, die in der wunderbaren Wölbung ihrer Pobacken endeten – sie schauten gerade eben unter dem Saum ihrer Uwagi hervor. Isao riss die Augen auf. Ein dümmliches Grinsen breitete sich auf seinem Gesicht aus. Atsushi nahm das zum Anlass, ordentlich zu drängeln, und Isao fauchte und boxte seinen Freund gegen den Arm. Kurz rangen sie miteinander, hauten sich gegenseitig auf die Köpfe und zischten einander zu, die Klappe zu halten. Isao gewann die Oberhand und belegte das Guckloch erneut mit Beschlag.

»O ihr Götter, sie zieht ihr Oberteil aus …«

Das hatte einen weiteren Hagel Schläge und gezischelter Aufforderungen zur Folge, doch endlich still zu sein. Yukiko streifte sich die Uwagi von den Schultern, und Isao stockte der Atem. Er konnte sich nicht satt sehen an dem nackten Mädchen. Ihre zarte, blasse Haut war mit blauen Flecken und Kratzern übersät. Auf ihrem rechten Arm und der Schulter hatte sie eine kunstvolle Tätowierung: einen Fuchs. Einer seiner neun Schwänze kringelte sich vorwitzig unter ihren kleinen, hohen Brüsten. Im Kerzenschein hatte ihre Haut die Farbe von Honig. Sie wandte sich ihm zu, streckte die Arme über den Kopf und seufzte. Schlank war sie, die Taille schmal …

»Du hast so recht«, wisperte Isao. »Wir müssen uns ganz dringend einen Bilderkasten besorgen!«

Yukiko ging zum Bad hinüber, nun eine Silhouette vor den Kerzenflammen. Sie tauchte die Zehen ins Wasser, und der Dampf stieg an ihr hoch, als wolle er sie liebkosen. Sie sank bis zur Hüfte ins Bad und drehte ihm den Rücken zu. Kerzenlicht floss über ihre Haut und zeichnete Schatten in das Tal ihrer Wirbelsäule. Als sie sich ihm wieder zuwandte, sah Isao ein bezauberndes kleines Muttermal über ihrem Schlüsselbein. Ihr Haar, das wie ein schwarzer Vorhang über ihre linke Schulter floss, teilte sich und enthüllte eine zweite Tätowierung.

»Oh, Scheiße!«, flüsterte Isao heiser.

»Was? Was denn?« Atsushi stieß seinen Freund beiseite und schaute durch das Loch, die Hände links und rechts an sein Gesicht gelegt.

Die Tätowierung war im Kontrast zu ihrer cremigen Haut blutrot. Sie zog sich über ihre Schulter und ihren Bizeps. Die Strahlen breiteten sich bis zu ihrem Ellenbogen aus. Es war das verhasste Symbol eines korrupten Regimes, einer Maschinerie der Gier, die das Land und das Volk ausblutete. Das Wappen des Feindes.

»Oh, Scheiße, *Scheiße!*«, stimmte Atsushi zu.

21

ERSTERBENDES LICHT

Reichssonnen waren auf lange goldene Fahnen gestickt, die im flauen Wind träge flatterten. Vor dem dämmrigen Himmel leuchteten sie scharlachrot. Trotz des ersterbenden Tageslichts glich die Hitze einer Daunendecke, einem klebrigen, bleiernen Gewicht, das die Palastgärten und alle Lebewesen darin zu ersticken drohte. Jenen Unglückseligen, die bei diesen Temperaturen nach draußen getrieben worden waren, lief der Schweiß nur so herunter. Da half es wenig, dass neben federwerkbetriebenen Ventilatoren Diener mit breitkrempigen Hüten und Messingschutzbrillen bereitstanden und immer, wenn die Rotorblätter langsam wurden, die Kurbeln betätigten. Im Schatten der breiten Dachtraufen des Palastes harrten einige Auserwählte des Tora-Hofstaates aus. Sie hielten Gläser mit milchwarmem Wasser in den Händen und gaben sich Mühe, fasziniert auszusehen, als Yoritomo no Miya, der neunte Shōgun der Kazumitsu-Dynastie, seinen Eisenwerfer hob und eine weitere wehrlose Zuckermelone ermordete.

Die Melonen waren in einer ordentlichen Reihe auf Nagamaki gespießt. Saft lief über die hölzernen Griffe, die in der Erde steckten. Abermals hallte der Knall des Eisenwerfers durch die Gärten, und die Melone in der Mitte explodierte und versprühte Fruchtfleisch und zerfetzte Schalenstücke. Orangefarbener, glitschiger Pulp besprenkelte die welken Sicheltannen.

Die Zuschauer applaudierten höflich und murmelten Komplimente hinter ihren Atemmasken aus Messing und Gummi. Die Seide unter ihren Achselhöhlen war klatschnass. Warum der Shōgun bei dieser Hitze Zielübungen veranstaltete, war ihnen unbegreiflich. Falls jedoch jemand einen Groll hegte, weil er im schwefelgrellen Abendlicht wie ein dressierter Affe in die Hände klatschen musste, schluckte er ihn wortlos hinunter.

Der Shōgun hob seinen Eisenwerfer und nahm die Melone ganz links in der Reihe aufs Korn, den Ellbogen leicht gebeugt, das Kinn gesenkt, die Füße gespreizt. Er machte eine gute Figur; einzig der hässliche Klumpen aus Röhren, Trommeln und Düsen in seiner Hand ließ jede Symmetrie vermissen. Yoritomos Gewand bestand aus kostbarem scharlachrotem und cremefarbenem Stoff und war mit goldenen Tigern bestickt, die im hohen Gras lauerten. Sein langes schwarzes Haar war zu einem Knoten aufgesteckt und mit glitzernden Nadeln befestigt. Er trug seine elegante Atemmaske, die einem Tigermaul mit gebleckten Zähnen nachempfunden war. Verblassendes Sonnenlicht spiegelte sich auf den Gläsern seiner Schutzbrille. Eine dünne Schicht Lotusasche dämpfte den Bronzeton seiner Haut zu trübem Bernstein ab. Der Diener an seiner Seite hantierte mit dem breiten Reispapierschirm und tat sein Bestes, um seinem Shōgun die Sonne vom Leib zu halten.

Die Herrin Aisha thronte unter einem Ahornbaum und sah ihrem Bruder zu. Sie war von einem Dutzend Dienerinnen umringt, die wie Blumen in der Hitze vor sich hinwelkten. Aishas porzellanfarbene Haut war blass. Sie saß so reglos da, als sei sie aus Stein gehauen. Dann betätigte Yoritomo den Abzug, und sie zuckte wider Willen zusammen, die Zähne zusammengebissen, eine Hand an der Kehle. Das Donnern des Eisenwerfers war erschreckend laut – als sei Raijin in dem Gebilde aus Röhren in Yoritomos Hand gefangen und ihm bliebe nur jene kleine schwarze Öffnung, durch die er seine Wut hinausbrüllen konnte. Das Echo hallte schwach von den hohen Mauern wider, deren Kronen mit Glasscherben gespickt waren.

Eine weitere Melone zersprang, ein orangefarbener Sprühnebel vor dem blutroten Himmel. Wieder stob federleichter Applaus zwischen dem grauen Laub der Bäume auf.

Das Zischen und Scheppern einer Ōyoroi durchbrach die Stille nach dem Schuss. Schwere Schritte polterten über die Veranda. Yoritomo richtete gerade den Eisenwerfer auf eine weitere Melone, da drang eine dünne, heisere Stimme an sein Ohr.

»O Gebieter, Euer bescheidener Diener erbittet Eure Vergebung dafür, Euch stören zu müssen.«

Yoritomo ließ sich nicht dazu herab, über die Schulter zurückzuschauen; ein Auge zugekniffen, zielte er auf die gefleckte Schale seines nächsten Opfers.

»Was gibt es denn, Hideo-san?«

Der alte Mann zögerte und nahm einen knisternden Zug aus seiner Pfeife. »Neuigkeiten aus den Iishis, hoher Herr.«

Yoritomo ließ die Waffe sinken. Er drehte sich zu seinem Minister um, der im Schatten der Dachtraufen stand, spähte ins Halbdunkel und sah, dass mehrere eiserne Samurai hinter dem Haushofmeister warteten, in Chi-Abgase gehüllt, zwei weitere Gestalten zwischen sich. Der Shōgun winkte sie näher. Die Samurai marschierten die Stufen der Veranda herab und kamen über die glatt geschliffenen Steine des Gartenwegs näher. Sie trieben die beiden Gestalten vor sich her. Als sie aus dem Schatten ins blasse Licht der Abenddämmerung traten, stieß der Shōgun überrascht den Atem zwischen den Zähnen aus.

»Masaru-san«, sagte er verwirrt. Leises Misstrauen klang in seiner Stimme mit. »Und Kapitän Yamagata.«

»Eure ehrerbietigen Diener, Seii Taishōgun.«

Yamagatas Kleider waren fleckig und wirkten, als hätte er darin geschlafen. Er war schmutzig; sein strähniges, verfilztes Haar hatte er zu einem schlichten Zopf gebunden, um es sich aus dem Gesicht zu halten. Zwar trug er noch seine maßgefertigte Shigisen-Schutzbrille, schien aber seine Atemmaske verloren zu haben. Stattdessen hatte er sich einen grauen Lumpen vor Mund und Nase befestigt. Masaru sah genauso abgerissen aus: Seine Haare und Kleider befanden sich in einem Zustand großer Unordnung, und er war von Kopf bis Fuß mit einer Schicht aus Ruß und Dreck überzogen. Das rechte Glas seiner Schutzbrille war gesprungen, wie ein Spinnennetz breiteten sich die Risse vor seinem Auge aus. Das Tuch, das er sich umgebunden hatte, war schweißdurchtränkt. Beide Männer fielen auf die Knie, verneigten sich tief und drückten die Stirnen in das vertrocknende Gras am Rand des Steinpfades.

Yoritomo nahm mit einem schmatzenden Geräusch seine Atemmaske ab. »Man hat mich nicht darüber in Kenntnis gesetzt, dass ihr bereits nach Kigen zurückkehren würdet.«

Er sprach zu dem Jäger und dem Wolkenwandler, blickte dabei aber seinen obersten Minister an.

»Sie haben niemanden im Voraus von ihrer Ankunft in Kenntnis gesetzt, hoher Herr.« Hideo machte schmale Augen und schaute auf die beiden knienden Männer hinunter. Blauschwarzer Rauch drang zwischen seinen Lippen hervor. »Heute Nachmittag sind sie mit dem Zug aus Yama gekommen und haben am Palasttor um eine Audienz ersucht. Ich habe sie sogleich hergebracht.«

»Mit dem Zug?« Yoritomo sah auf Yamagata hinab. Sein Blick war kalt und hart wie Stahl. »Was ist aus deinem Schiff geworden, Kapitän?«

»Es wurde zerstört, mein Gebieter.« Yamagata klang etwas gedämpft, wie er so ins Gras sprach. »Über dem Iishi-Gebirge traf uns ein Blitz. Unser Ballon ging in Flammen auf. Die *Donnerkind* ist an den verfluchten Bergen zerschellt.«

Yoritomos Gesicht verfinsterte sich. Seine Kiefermuskeln mahlten. Er leckte sich über die Lippen. Sofort erschien ein Diener an seiner Seite, als sei er aus dem Geisterreich beschworen worden, und bot seinem Herrn mit einer tiefen Verbeugung ein Glas lauwarmes Wasser an. Als er das gefährliche Glitzern in den Augen des Shōgun sah, verschwand der Mann so schnell, wie er gekommen war.

»Ihr habt die Bestie nicht gefunden.« Eine Feststellung, keine Frage. »Vom Missgeschick geschlagen, ehe die Jagd überhaupt beginnen konnte! Und jetzt wollt ihr meine Gnade erflehen.«

»Mit Verlaub, mein Gebieter.« Masaru sprach ruhig, die Hände zu Fäusten geballt. »Wir haben nicht versagt. Wie Ihr es befohlen habt, haben wir den Greifen aufgespürt.«

»Du hast ihn gesehen?« Yoritomos Augen weiteten sich. »Er existiert?«

»Hai, mein Gebieter.« Masaru wagte es, den Kopf zu heben und vom Boden aufzusehen. Er zog sich das dreckige Tuch von Mund und Nase. »Ich schwöre es bei den Seelen meiner Ahnen. Den Donnertiger gibt es wirklich. Und wir, mächtiger Gebieter, haben ihn gefangen.«

Der Shōgun lachte erstickt auf. Speichel sprenkelte seine Lippen. Er sah Hideo an, und eine helle, zerbrechliche Freude leuchtete in seinen Augen. Seine Mundwinkel hoben sich, als würden sie mechanisch in die Höhe gezogen. Er machte einen Schritt nach vorn, schaute sich zwischen den Höflingen um, sah seine Schwester an und fuhr sich dann mit einer zitternden Hand über den Mund.

»Es gibt ihn.« Wieder lachte er erstickt auf. »Hachiman sei gesegnet, *es gibt ihn!*«

Yoritomo brüllte, den Kopf zurückgelegt. Die Venen an seiner Kehle standen hervor. Es war eine triumphale, wortlose Herausforderung an die Sonne, die dem Horizont entgegensank. Er drehte stampfend eine kleine Runde im Gras, packte einen Diener am Kragen und schüttelte den kurz gewachsenen Mann so heftig, dass ihm der Sonnenschirm aus den Händen fiel.

»Es gibt ihn, du prächtiger kleiner Hurensohn!«

Der Shōgun stieß den Diener von sich. Er stolperte über das vertrocknete Gras und die glatten Steine des Gartenwegs und verlor dabei eine Sandale. Yoritomo ergriff Masaru an den Schultern seiner Uwagi, zog ihn auf die Füße und brachte sein Gesicht so nah an das seines Jagdmeisters heran, dass der die Äderchen in den Augen seines Herrn sehen konnte. Der Shōgun riss Masaru die zersprungene Schutzbrille vom Gesicht. Er keuchte, sein Lachen steckte irgendwo in seiner Kehle.

»Wo hast du ihn?« Yoritomos Grinsen war so breit, dass es aussah, als könnten seine Lippen einreißen. »Wo ist mein Arashitora, Masaru-san?«

Masaru holte tief Luft und schluckte schwer. Ein Schweißtropfen rann ihm über die schmutzige, bleiche Haut. Schmerz stand in seinen Augen geschrieben, fern und vernebelt vom Lotusrauch.

»Er ist umgekommen, mein Gebieter«, flüsterte er halb erstickt. »Die Bestie ist umgekommen, und meine Tochter mit ihr.«

Alles erstarrte. Der Garten schien so still wie eins der Gemälde, die an den Wänden der Palastsäle hingen, so still wie die uralten Statuen, die zwischen den Bäumen standen. Die grauen Blätter waren wie gefroren. Der Wind war erstorben. Nur die Herrin Aisha regte sich: Sie erhob sich halb von ihrem Stuhl, die Hand nach ihrem Bruder ausgestreckt. Das Feuer in Yoritomos Augen flackerte und erlosch. Sein Lächeln verblasste. Mühsam wie ein Erstickender holte er Atem. Der Griff um Masarus Schultern lockerte sich, und seine Lippen bewegten sich stumm. Schließlich bekam er ein einziges Wort heraus. »Umgekommen?«

Er blinzelte. Die Verwirrung in seinem Blick löste sich auf und machte Platz für Zorn. Durch zusammengepresste Zähne zischte er: »Wie ist das passiert?«

»Der Absturz, mein Gebieter.« Masaru ließ den Kopf hängen. Seine Wangen waren grau von Lotusasche und trocken, doch in seiner Stimme schwammen Tränen. »Sie sind beide bei dem Absturz gestorben.«

»Wir sind von den Himmelsmächten selbst zu Fall gebracht worden, hoher Herr.« Yamagata erhob sich, sodass er neben Masaru stand, den Blick gesenkt, die Hände hinter dem Rücken ineinandergeklammert. »Der Schwarze Fuchs hat den Arashitora bezwungen und ihn in einen eisernen Käfig an Deck gesperrt. Doch Raijin ...« Der Kapitän schüttelte kummervoll den Kopf. »Der Donnergott erzürnte sich über die Gefangennahme seines Sohnes. Er schleuderte Blitze aus den Wolken und setzte den Ballon der *Donnerkind* in Brand. Es war ein Inferno ... Das Feuer breitete sich aus, als bestünde die *Donnerkind* aus trockenem Reisig. Also befahl ich der Mannschaft, das Schiff aufzugeben. Wir hatten nicht genug Zeit, den Arashitora zu retten.«

Yoritomos brennender Blick löste sich von Masarus Gesicht und wandte sich dem Kapitän zu.

»Sag das noch einmal«, flüsterte er.

Yamagata runzelte leicht die Stirn. »Mein Gebieter?«

»Sag das noch einmal.« Yoritomo trat näher an den Wolkenwandler heran. »Du hast der Mannschaft befohlen …«

»Ich befahl, das Schiff aufzugeben.« Yamagata schluckte und versuchte, sich den Schweiß unter der Schutzbrille abzuwischen, der ihm in den Augen brannte. »Wir hatten nicht genug Zeit …«

Ein donnernder Knall, zu nah. Ein Windstoß, das spröde Knistern von Funken. Dazu ein Geräusch, das Masaru nie vergessen würde. Yamagatas Kopf flog nach hinten, sein Hirnschädel platzte auf wie ein Ballon, der mit leuchtend rot eingewickelten Bonbons gefüllt war. Warmer Regen, Masaru zuckte davor zurück. Jeder einzelne Muskel im Leib des Kapitäns schien sich zu verkrampfen; der Mann taumelte auf den Fersen rückwärts wie eine Marionette, wenn der Vorhang fällt. Ein spitzer Schrei entrang sich angemalten Lippen, bevor er von blassen, feingliedrigen Händen erstickt wurde. Der Kapitän stürzte auf die Steine des Gartenwegs, die einst ein Fluss glatt geschliffen hatte. Nun spülte wieder eine Flut darüber, klebrig grau und dunkelrot. Seine Absätze trommelten einen Stakkato-Rhythmus auf den Boden. Ein dünner Rauchfaden stieg aus dem zersprungenen Glas der Schutzbrille und dem blutigen Loch darunter auf, das einmal Yamagatas Auge gewesen war; eine zweite ringelte sich aus dem Lauf des Eisenwerfers in Yoritomos ausgestreckter Hand.

Aus Richtung der Ahornbäume kam ein leises Schluchzen, gefolgt von Aishas gezischtem Befehl: »*Sei still!*«

Masaru hielt den Blick stur auf seine Füße gesenkt. Er weigerte sich, auf den entstellten Leichnam hinunterzuschauen, der neben ihm auf dem Steinweg blutete. In der Ferne konnte er das bunte Treiben in der Bucht und auf dem Marktplatz hören. Das

Stottern und Brummen der Himmelsschiffmaschinen, das Summen von eintausend Stimmen – das Lied des Lebens, das jenseits dieser Mauern erklang. Er schaute zum Himmel auf, die Augen verengt, so hell war noch das Licht Amaterasus, das am Horizont glühte. Er dachte an seine Frau.

An seinen Sohn.

Seine Tochter.

An die Jahre, die so rasch verflossen waren. Die endlose Folge der Tage und Nächte schien nur einen Herzschlag zu messen. Und nur noch ein letzter Herzschlag blieb, ehe alles vorbei war.

Der Gedanke war beinahe tröstlich.

Yoritomo hob den Eisenwerfer und richtete ihn auf Masarus Stirn. »Du bist gescheitert«, zischte er.

Und Masaru schloss die Augen.

22

DAIYAKAWA

»Komm sofort da raus, du verlogene Hure!«

Yukiko setzte sich auf und blinzelte verwirrt in den Dampf. Die Kerzen waren weit heruntergebrannt, Schatten flackerten über die Wände des Badehauses. Der Ruf war von draußen gekommen und hatte die Abendstille zerrissen. Die Stimme hatte wie Kaoris geklungen. Hatte sie Yukiko gemeint?

Buruu?

DIE AFFEN SIND WÜTEND. BEWAFFNET.

Sie schloss die Augen und blickte durch Buruus. Ihre Muskeln waren gespannt, ihre Klauen gruben sich in den Zweig, auf dem sie hockten. Aggression ergriff von ihnen Besitz. Kaori stand vor ihnen, zwanzig Männer hinter sich. Isao hielt den zappelnden Kin fest im Griff. Der Junge war bleich und entsetzt. Er hatte tiefe Schatten unter den Augen, seine blasig verbrannte Haut war immer noch tiefrot. Ganz offensichtlich wusste er nicht, wie ihm geschah: Wo war er? Wer waren die Leute um ihn herum? Nur dass Isao ihm ein Messer an die Kehle hielt, verstand er.

Yukiko sprang aus dem Bad und fuhr in ihre Kleider. Ihre nassen Haare klebten in ihrem Gesicht wie Meeresalgen. Sie zog ihr Tantō und rannte barfuß in das gedämpfte Abendlicht hinaus. Buruu hatte sich aufgerichtet und drohend die Schwingen ausgebreitet. Funken rieselten von seinen Federn und brachten die Schatten zum Tanzen. Yukiko stellte sich neben ihn, sodass sie einen seiner Flügel im Rücken hatte. Sie hielt die Arme ausgebreitet, das Messer in einer Hand. Die Dämmerung duftete nach Wisteria. Sie spürte Buruus brodelnden Zorn, das Knurren, das in seiner Brust grollte. Sie knurrte beinahe selber, als sie sprach. »Kaori?«

»Du musst uns ja für sehr dumm halten. Lästige kleine Glühwürmchen, von denen keins ein Gehirn hat, oder was?«

»Wovon sprichst du?«

»Ihr habt auf einem Himmelsschiff gearbeitet, hm?« Kaori fletschte die Zähne. »Du und dein kleiner Freund hier?«

»Ich hab nie gesagt, er hätte zur Mannschaft gehört.« Yukiko runzelte die Stirn und verengte die Augen.

»Du hast auch nie gesagt, dass du im Dienst des Shōgun stehst!«, fauchte Kaori. »Und doch trägst du die Reichssonne auf der Schulter. Ist Yoritomo wirklich so arrogant, dass er seine Spione brandmarkt, bevor er sie ausschickt?«

Yukiko schluckte und berührte instinktiv den Ärmel über ihrer Tätowierung. *O nein.*

WIR BRINGEN SIE LIEBER UM.

Wenn wir sie angreifen, schneiden sie Kin die Kehle durch.

AKZEPTABEL.

»Yukiko, wer sind die Leute?«, fragte Kin mit schwacher Stimme. Sein Gesicht war vor Schmerz verzerrt.

»Lass ihn gehen, Kaori.« Yukiko trat einen Schritt nach vorne, den Griff des Tantō fest umklammert, die Wangen blass. Ihre Augen blitzten.

»Du hältst mich wirklich für dumm!« Kaori lachte. »Wenn ich den Jungen gehen lasse, reißt uns deine Bestie in Stücke. Wie hast du's geschafft, den Donnertiger unter Yoritomos Joch zu zwingen? Deines kostbaren Shōgun wegen ist seine Art beinahe ausgestorben! Ist er blind oder bloß blöde?«

»Er dient dem Shōgun nicht.«

»Er dient dir!«, fauchte Isao. »Und du dienst Yoritomo!«

»Ich habe diese Tätowierung, seit ich neun Jahre alt war. Deshalb bin ich noch lange keine Spionin.« Sie hob ihr Messer, und Buruu knurrte lauter. »Jetzt lass meinen Freund los.«

»Dein Freund, sagst du? Dann kannst du mir ja vielleicht das hier erklären?« Kaori riss die nassen Verbände von Kins Brust und Kehle, sodass die schwarzen Anschlüsse in seiner Haut deutlich zu sehen waren. Der Junge wimmerte vor Qual, sein Gesicht war totenbleich.

»Was ist *das,* im Namen der neun Höllen? Stinkt nach Gilde, wenn du mich fragst.«

Yukiko seufzte innerlich und leckte sich die trockenen Lippen. *Halt dich bereit, Buruu ... Jetzt kann alles passieren.*

»Er ist ein Werkmeister.«

Ein zorniges Murmeln lief durch die Menge. Kaori zog ihr Wakizashi. Das scharfe Sirren polierten Stahls hallte zwischen den Baumstämmen wider. Isao packte Kin am Nacken und trat ihm wuchtig in die Kniekehlen. Der Junge brach ein. Isao setzte ihm das Messer an die Kehle.

»Ein Wort von dir, und ich stech das Schwein an Ort und Stelle ab, Kaori!«

»Nein, tu das nicht!« Yukiko machte noch einen Schritt nach vorne.

Mehrere Männer traten ihr entgegen, die Waffen erhoben. Der Arashitora bäumte sich auf, schlug mit den Flügeln, dass es brauste, und stieß ein markerschütterndes Kreischen aus. Elektrizität schien plötzlich in der Luft zu summen, und die feinen Härchen aller Anwesenden stellten sich auf. Ein Schwarm benommener Spatzen flog aus den Wipfeln auf und flatterte schimpfend in die Nacht davon. Die Männer wichen ein Stück weit zurück und umklammerten ihre Waffen mit verschwitzten Händen. Yukiko spürte, wie die elektrische Energie über ihrer beider Schultern lief, die Wirbelsäule hinunter, und wie sie zwischen ihren Federn knisterte.

Gemeinsam knurrten sie mit ihrer Stimme: »Wenn ihr ihn verletzt, zerreißen wir euch!«

»Was ist hier los?«

Die Frage schallte scharf und klar über die Köpfe der Menge hinweg. Schneeweiße Wisteriablütenblätter gingen zwischen den Zedern nieder. Daichi kam langsam über eine Brücke geschritten, die Arme hinter dem Rücken verschränkt. Eiko folgte ihm in einigem Abstand. Daichis Katana steckte in seinem Obi, noch in der schwarz lackierten Scheide mit den goldenen Kranichen. Die Menge teilte sich vor ihm, die Männer hielten respektvoll die Köpfe gesenkt. Er trat zu Isao und legte dem Jungen eine Hand auf die Schulter. Isao lockerte seinen Griff um Kins Nacken, ließ aber nicht das Messer sinken.

»Tochter, warum sehe ich blanke Klingen auf unsere Gäste gerichtet?«

»Vater, dieses Mädchen ist eine Spionin!« Kaori wandte keinen Blick von Yukiko. »Auf ihrer Schulter prangt die Sonne des Shōgun!«

Daichi hob die Augenbrauen, betrachtete Yukiko und strich sich über den langen Schnurrbart. »Eine Betrügerin …«

Buruu knurrte wieder, und es schien, als brächte er das ganze Dorf zum Beben.

»Daichi-sama, Kaori täuscht sich.« Yukikos Worte überstürzten sich. »Mein Vater steht im Dienste des Shōgun, und auch ich trage das Reichswappen. Aber ich bin nicht hier, um zu spionieren! Wir sind mit einem Himmelsschiff abgestürzt, wie ich gesagt habe. Dieser Junge ist der Gildenmann, der an Bord war. Wir hatten keine Ahnung, dass irgendjemand im Gebirge lebt. Bitte, glaube mir!«

»Ein Gildenmann?« Voller Abscheu blickte Daichi auf den Jungen hinunter. Sein Hass war eiskalt. Kristallhart.

»Wir sind keine Spione!«, wiederholte Yukiko.

»In deinem Fall bin ich unsicher«, knurrte der alte Mann. »Aber dieser Junge ist unser Feind. Seine Gilde ist ein eitriges Geschwür auf dem Antlitz der Inseln!«

»Wer seid ihr?«, stöhnte Kin, die Stimme rau vor Schmerz.

Daichi ging vor ihm in die Hocke und starrte dem Jungen in die Augen. »Wir sind die Flamme, die das Geschwür ausbrennt. Eine Pflanze nach der anderen nehmen wir uns vor. Eine Kehle nach der anderen. Bis ihr in Blut schwimmt ... zehnmal mehr Blut, als ihr für euer kostbares Chi vergossen habt.« Er spuckte dem Jungen ins Gesicht. »Ihr sagt, der Lotus muss blühen. Brennen muss er, sagen wir.«

»Brennen.« Ein Dutzend Stimmen wiederholten das Wort. Nicht wütend erhoben. Leise, drohend. Es lief durch die Menge wie ein Gebet.

»Ich wusste es«, flüsterte Yukiko. »Ihr seid die Kage.«

Daichi betrachtete sie aus verengten Augen, als hätte er Instrumente in seinem Kopf, mit deren Hilfe er sie genau einschätzen konnte. Dann wanderte sein Blick zu Buruu hinüber, und er strich sich mit Daumen und Zeigefinger durch den langen Schnurrbart. Sein Mund bildete eine harte, schmale Linie.

»Wir sind die Kage«, bestätigte er. »Wir sind die geballte Faust. Die erhobene Stimme. Das Feuer, das die Lotusgilde fortbrennen und Shima aus dem Würgegriff ihres abscheulichen Unkrauts befreien wird.«

»Ihr steckt die Felder in Brand.« Yukiko sah ihn finster an.

»Nicht nur die Felder.«

»Das Feuer in der Raffinerie.« Prüfend sah Yukiko in die Gesichter der Umstehenden.

»Das erste von vielen. Der Propagandamaschinerie der Gilde zufolge war es nur ein Unfall, aber ihre Lügen werden sie nicht mehr lange schützen. Wir haben den Äther infiltriert. Mittlerweile haben wir Fäuste in allen großen Städten des Inselreiches, Schatten am Kazumitsu-Hof selbst. Dem Shōgun näher, als er es sich vorstellen könnte.«

»In dem Feuer sind Leute umgekommen!« Ungläubig schaute Yukiko sich in der Menge um. »Nicht nur Gildenmänner. Unschuldige!«

»Shima geht am Lotus zugrunde.« Daichi erhob sich. »Er erstickt das Land und den Himmel. Die Menschen, die er nicht gleich umbringt, versklavt er. Ein Mann, der seine Position geerbt und nicht verdient hat, übt allein die gesamte Staatsgewalt aus. Kein gewöhnlicher Mann würde je in die Elite seiner Unterstützer aufgenommen werden. Es ist ein Regime der Täuschung und des Mordens, durch die Gossen strömt Blut. Wir haben Jahrzehnte des Krieges an fremden Küsten hinter uns, und wofür? Nur damit noch mehr Chi produziert werden kann.«

Die Abendluft war schwüler geworden und legte sich schwer und klebrig über Yukikos Schultern. Ihr brach der Schweiß aus. Sie fühlte sich schrecklich einsam. Verloren in der Fremde.

NICHT ALLEIN. ICH BIN DA.

»Unschuldige«, wiederholte sie.

»Manchmal müssen Opfer gebracht werden«, sagte Kaori. »Die Menschen Shimas sind süchtig nach Chi. Das System bricht nicht von selbst zusammen, wir müssen es zerschlagen. Die Sklaven werden sich anpassen oder gemeinsam mit der alten Zeit untergehen, wie alle Süchtigen, denen man ihre Droge verwehrt. Aber dann sterben sie wenigstens auf den Füßen und nicht auf den Knien!«

»Das ist nicht eure Entscheidung!« Yukiko sprach lauter, die Fäuste geballt. »Die Leute müssen doch selbst entscheiden dürfen!«

»Können sie das denn?«, fragte Daichi, gemessen und ruhig. Ein Kontrapunkt zu ihrer Aufregung. »Was sie zu lesen und zu hören bekommen, kontrolliert die Gilde. Es gibt keine Wahrheit, nur die Scheinrealität, die das Kommunikationsministerium der Gilde fabriziert. Wann hast du das letzte Mal über Schall von einem Bauern gehört, der alles verloren hat? Von einem Mädchen, dem ein Adeliger Gewalt angetan hat, ohne Strafe fürchten zu müssen? Von einer Art, die ausgestorben ist?«

»Und was ist mit euch?«, fragte sie herausfordernd. »Ihr habt euch doch längst entschieden, was ihr glauben wollt.«

»Hast du schon mal was vom Aufstand in Daiyakawa gehört?«

»Nein.«

»Und das würdest du auch nie, wenn es nach diesem Abschaum ginge.« Daichi trat Kin in den Bauch, und der Junge keuchte und rollte sich zu einer Kugel zusammen.

»Vor zehn Jahren erlaubte der Gouverneur der Provinz Daiyakawas den dort ansässigen Bauern, Lotus auf ihren Feldern anzupflanzen. Immerhin ist die Lotusernte fünfmal so viel wert wie jede andere. Das Problem war, dass die Regierung Daiyakawa zur Kornkammer erklärt hatte: Die Bauern hatten Befehl, sich auf den Anbau von Reis zu beschränken. So sah es der Plan der Regierung vor.« Daichi strich sich durch den Schnurrbart. Er schaute finster drein. »So ergeht es den Bauern dieser stolzen Nation. Ein Mann darf nicht einmal entscheiden, was er auf seinen Feldern zieht.

Es kümmerte den Shōgun nicht, dass die Bauern kaum ihre Familien durchbringen konnten, weil die Steuern so hoch waren. Ihre Kinder verhungerten inmitten reich bestandener Reisfelder. Als sie nun sahen, dass man deutlich mehr Geld mit dem Anbau von Lotus verdienen konnte, war ihre Entscheidung klar.

Der Shōgun befahl ihnen, wieder Reis auf ihren Feldern anzupflanzen. Da erhoben sie sich, brannten das örtliche Wachhaus nieder und ermordeten den Magistrat. So kam es, dass Shōgun Kaneda und Minister Hideo die Armee nach Daiyakawa schickten. Ich war der Hauptmann, der den Aufstand niederschlagen sollte.«

Daichis Stimme bebte. Er atmete tief durch, bevor er weitersprach.

»Hast du schon einmal eiserne Samurai gegen Männer aus Fleisch und Blut ins Feld ziehen sehen, Yukiko-san? Gegen Bauern mit leeren Mägen und Heugabeln anstelle von Speeren?«

Yukiko sagte nichts, aber ihr Gesicht spiegelte ihr Grauen.

»Als alles vorbei war, schickte Kaneda seinen Herold, und der verkündete sein Dekret: Alle Bauern, die Lotus ausgesät hatten, erwartete dasselbe Schicksal wie den Gouverneur.

Wir zerrten den Mann auf die Straße hinaus und richteten seine Familie vor seinen Augen hin. Seine Frau. Seine beiden Söhne. Seine ... seine kleine Tochter.« Daichi schluckte und blickte auf seine bebenden Hände hinab. »Dann war er an der Reihe.«

»Götter«, flüsterte Yukiko.

»In der Provinz Daiyakawa wird bis zum heutigen Tag ausschließlich Reis angebaut.« Daichi ballte die Hände zu Fäusten. »Und das ist einfach eine Tatsache. Nicht hinterfragt. Die Menschen Shimas haben nie ein Wort über den Aufstand gehört. Haben nicht gehört, wie die Kinder geschrien haben.«

»Es war Shōgun Kaneda, der euch den Befehl gegeben hat. Vielleicht ist Yoritomo …«

»Yoritomo ist der Sohn seines Vaters«, knurrte Daichi. »Du kannst mir glauben … Er hat genug Blut vergießen lassen, um ein Meer zu füllen. Das Blut von Kindern. Schwangeren Frauen. Wenn Bettler ihm ihre Hände hinstrecken, bleiben sie mit Stümpfen am Wegesrand zurück. Er regiert Seite an Seite mit Fanatikern, und dass die Reinheitsbringer Leute bei lebendigem Leib verbrennen, ignoriert er wissentlich.« Kalt sah er auf Kin hinunter und schüttelte den Kopf. »Und diese Ungeheuer verschmelzen ihre Leiber mit Maschinen und füllen unsere Lungen mit Krebsgeschwüren.«

Als er wieder zu Yukiko aufblickte, waren seine stahlblauen Augen dunkel vor Zorn. »Dutzende Felder haben wir angesteckt, seit ich in diesem Dorf angekommen bin, und die Götter allein wissen, wie viele vorher schon. Nicht von einem Brand ist den Menschen je berichtet worden. Wir stecken die Raffinerie in Brand, und das Kommunikationsministerium behauptet, ein Kraftstoffleck sei die Ursache gewesen. Wir könnten dem Shōgun den Kopf abschneiden und ihn aufgespießt die Palaststraße hinuntertragen – die Gilde würde verkünden, er sei eines natürlichen Todes gestorben. Und die Menschen würden es glauben.«

»Die Gilde druckt die Geschichtsbücher«, sagte Kaori. »Die Gilde kontrolliert den Äther. Jeder Bericht, den das gemeine Volk hört, jedes Wort, ist wie ein Schlag gegen den Hinterkopf. Eine Einschüchterung. Dazu da, die Menschen dumm zu machen.«

»Seinesgleichen«, sagte Daichi und trat noch einmal nach Kin, »sind Gift.«

Buruu schnurrte, den Blick fest auf die versammelten Männer und ihre Waffen gerichtet. Yukiko spürte deutlich, dass er einverstanden war. Er stimmte der Weltanschauung der Kage zu. Bestürzt stellte sie fest, dass sie auch in ihr etwas zum Klingen brachte.

»Daichi-sama, ich bitte dich. Verschone ihn.«

»Wach auf. Der Lotus muss brennen. Die Gilde muss brennen.«

»Brennen«, murmelten die Kage.

SIE SPRECHEN DIE WAHRHEIT. IHR BLICK IST KLAR UND UNGETRÜBT.

Sie bringen Unschuldige um.

WANDEL VOLLZIEHT SICH NUR ÄUßERST SELTEN FRIEDLICH. MANCHE MÖCHTEN IHRE AUGEN UNBEDINGT VERSCHLOSSEN HALTEN. UNTER UMSTÄNDEN MUSS MAN SIE IHNEN AUFSCHNEIDEN.

Das kann ich nicht glauben. Ich weigere mich, das zu glauben!

»Bitte lasst uns einfach gehen. Wir werden niemandem ein Wort sagen, das schwöre ich.«

»Euch gehen lassen?« Kaori lachte. »Damit du Yoritomo seinen Donnertiger doch noch bringen kannst? Ihn diesem Vergewaltiger aushändigen, damit sein widerlicher Jagdmeister ihn weiter verstümmelt?«

Ärger flammte in Yukiko auf. Sie legte den Kopf schief und musterte die Frau durch zusammengekniffene Lider. »Pass auf, wie du meinen Vater nennst. Er ist ein Mann von Ehre!«

Daichi wurde blass. Sein Mund klaffte auf, und es verschlug ihm den Atem, als hätte sie ihm die Faust in den Magen gerammt. Kaoris Augen weiteten sich, und sie blickte zwischen ihrem Vater und Yukiko hin und her.

»Du bist die Tochter Kitsune Masarus?« Daichi flüsterte nur noch. »Dann war deine M…«

»Oni! Oni!«

Ein acht- oder neunjähriger Junge kam über die Seilbrücke auf sie zugerannt und zischte immer wieder dieses Wort, so laut er es wagte. Die versammelten Kage drehten sich wie ein Mann zu ihm um, die Hände an den Griffen ihrer Waffen.

Der Junge drängte sich durch die Menge und kniete vor Daichi nieder. »Daichi-sama, Kaiji-san hat Oni auf dem westlichen Hang gesehen. Eine Horde aus dem schwarzen Tempel. Dutzende!«

»Ach weh, so viele«, murmelte Isao.

»Der Tod ihrer Brüder hat sie erzürnt.« Kaori sah Yukiko ins Gesicht. »Sie sind auf Rache aus. Totenschädel für ihre Mutter Izanami.«

DÄMONEN. MADEN AUS DEN TIEFEN YOMIS.

Kommen sie unseretwegen?

Buruu ruckte mit dem Kopf und scharrte über die Holzdielen. *SPIELT DAS DENN EINE ROLLE?*

Daichi hob den Jungen in die Höhe und stellte ihn auf die Füße. Er hatte sich wieder im Griff. Als er sprach, war seine Stimme hart wie Stahl. »Isao, sperr diesen Abschaum ein.« Er deutete auf Kin. »Kaori, hol die anderen Hauptmänner. Sie sollen sich bewaffnen! Alle anderen – kommt mit mir.« Er wandte sich ab, und seine Männer machen Anstalten, ihm zu folgen.

»Daichi-sama!«, rief Yukiko.

Der alte Mann drehte sich zu ihr um, die Augenbrauen erhoben.

»Wir gehen mit euch«, sagte sie. »Wenn Kaori-san recht hat und die Oni Vergeltung üben wollen, weil Buruu und ich das Blut ihrer Brüder vergossen haben, dann verlangt es die Ehre, dass wir dabei helfen, diese Ungeheuer in die tiefste Hölle zurückzuschicken.« Sie richtete sich hoch auf. Trotzig. Stolz. »Ich bin auch die Tochter meines Vaters.«

Ein langes Schweigen. Ein wissender Blick, den er mit Kaori tauschte. Ein Seufzer. Schließlich fuhr er sich mit der Hand über sein kurz geschorenes Haar und nickte Yukiko zu. »Wenn es die Tochter des Schwarzen Fuchses wünscht, soll es so geschehen.« Sein Blick verunsicherte sie. »Aber später reden wir weiter. Es gibt etwas, um das ich dich bitten muss. Etwas Wichtiges.«

Dann nickte er seinen Männern zu. »Wir rücken aus.«

23

ERKENNTNISSE

Sie sind viele.

Durch die übel riechenden Risse des versiegelten Iishi-Höllentors kriechen sie. Sie folgen dem Ruf des Kriegsherrn-der-den-roten-Knochen-schwingt. Mühsam erheben sie sich von ihren Ruhestätten aus Feuerstein und aus ihren Gruben voller fauligem Blut, weil Trommeln schlagen, Trommeln in der Finsternis. Nach oben müssen sie, immer weiter nach oben, ins Licht der irdischen Nacht.

Diener eines tieferen Dunkels.

Sie kauert auf ihrem Knochenberg in den sonnenlosen Tiefen Yomis – leere Augen, schwarzer Schoß –, und umklammert mit einer blutleeren Hand einen angelaufenen Ehering. Sie, die in der Finsternis speist. Gebärerin der Dämonen. Königin der hungrigen Toten. Das Buch der zehntausend Tage nennt sie die Sängerin des letzten Liedes.

Sie sind ihre Diener, Getreuen, Kinder. Durch die Risse im Stein sickern sie in jene Welt, die zu zerstören sie geschworen hat, Tropfen für Tropfen, ein anschwellendes dunkles Meer. Einst werden sie die Flut sein, die dem letzten Tag vorausgeht.

Ihre Schritte verursachen ein Erdbeben. Ihre Schwerter sind scharf wie Rasierklingen, ihre Streitkolben gewaltig wie Baumstämme. Schwarze Worte kriechen über ihre Wirbelsäulen, pulsieren in ihren Adern, erfüllen sie mit dem schwärzesten Zorn über den Verlust ihrer Brüder.

Ihr Gebell und Geheul, ihr Geschrei nach Blut.

Dies ist das letzte Lied.

Yukiko hockte neben Buruu in einem Baum und umklammerte ihr Messer. Sein Geist umschlang ihren. Scharfe Adleraugen durchdrangen die tiefsten Schatten. Nur winzige Säugetiere und Vögel regten sich noch. Yukikos Puls flatterte so heftig wie der ihre. Sie wusste, die Oni waren nah.

So weit wie möglich streckte sie ihre Sinne aus und ertastete mit dem Gespür das Entsetzen kleiner Warmblüter, auf die die Oni zugestampft kamen: eine Vielzahl von Giganten mit glühenden Augen und Gürteln aus Schädeln. Ängstliche Tiere flohen in die Nacht.

Die Kage hockten in den umstehenden Bäumen. Im Halbdunkel waren ihre Gestalten kaum auszumachen; wie Schatten sahen sie aus, die im kühlen Nachtwind zu flackern schienen. Am besten konnte Yukiko Kaori erkennen, die ihr Wakizashi gezückt hatte. Sie hatte die Klinge aus gefaltetem Stahl mit Lampenruß geschwärzt, damit sie weder Blitze noch einen verirrten Mondstrahl reflektierte. Der aufziehende Monsun grollte in den dunklen Wolken über ihnen. Donnerschläge brachten ihre Knochen zum Vibrieren. Buruu schnurrte wie ein kleines Kätzchen. Das Krachen hallte in seiner Brust wider, und er starrte sehnsuchtsvoll zum Himmel auf.

Die Kage waren in kleinen Grüppchen die Bäume hinaufgestiegen, zu dritt, manchmal zu viert. Auf einem Ast über Yukiko lag Isao. Sie sah auf und stellte fest, dass er finster auf sie herabblickte, die Augen zu messerklingenschmalen Schlitzen verengt.

»Woher wisst ihr, dass die Dämonen hier entlangkommen?«, wisperte sie.

Der Junge schob seine Maske nach unten, um auf den Waldboden zu spucken. Eine ganze Weile lang starrte er sie stumm an.

»Sie können nur diesen einen Weg nehmen«, murmelte er schließlich. Er deutete nach Westen. »Die Fallgruben versperren alle Alternativrouten. Seit Jahren bereiten wir uns auf diese Schlacht vor. Allerdings haben wir geglaubt, es würden Männer sein, die uns angreifen, nicht Oni. Eiserne Samurai und Bushimänner. Die Armee des Shōgun.«

Yukiko spürte Buruus widerwillige Anerkennung.

Du magst diese Leute.

SIE VERSTEHEN ES. WISSEN ES.

Was meinst du?

SIE VERWANDELN SCHWÄCHE IN STÄRKE. SIE VERBRÜDERN SICH MIT DER ERDE. KEINE BARRIKADEN AUS TOTEN BÄUMEN. KEINE BOLLWERKE AUS STEIN. SIE SIND WENIGE, DIE SICH VIELEN ENTGEGENSTELLEN. UND SIE HABEN KEINE ANGST VOR DEM TOD.

Das haben Fanatiker nie.

SIE WERDEN GEWINNEN. VIELLEICHT DAUERT ES EINHUNDERT JAHRE, ABER SIE WERDEN DEINEN SHŌGUN STÜRZEN. SEINE FELDER UND STÄDTE NIEDERBRENNEN. VERBORGEN IN DEN SCHATTEN. AN ORTEN, DIE SEINE HEERE NICHT ERREICHEN KÖNNEN. SIE SIND MEHR ALS STERBLICHE. SIE SIND EINE IDEE.

Sie betrachtete den Donnertiger in der Dunkelheit. Wie sehr er sich seit dem Absturz verändert hatte! Schon lange wurde er nicht mehr nur von tierischen Instinkten und urwüchsiger Aggression beherrscht; vielmehr war er jetzt zu eleganten Gedankengängen fähig, er besaß ein Verständnis für komplexe Konzepte und ausgesprochen menschliche Regungen. Er lernte durch das Band zu ihr. Es veränderte ihn, begriff sie – ihre Menschlichkeit sickerte in ihn hinein wie Irezumi-Tinte in Baumwollgewebe. Er verwandelte sich. Wurde *mehr.*

Und was wurde aus ihr?

Er ist nicht mein Shōgun, Buruu.

Er legte den Kopf schief. *AHA. BIST DU ALSO AUCH EINE RŌNIN?*

Eine Rōnin kann ich nicht sein … Ich war ja nie eine Samurai.

ABER DU VERSTEHST ES. DER ROTE HIMMEL. DIE SCHWARZEN FLÜSSE. DU WEIẞT BESCHEID.

Sie seufzte und rieb sich über die Augen. *Ich weiß gar nichts.*

Wieder blickte sie auf. Isao starrte sie immer noch an, offene Feindseligkeit im Blick. »Warum glotzt du so?«

»Dienerin meines Feindes«, murrte er und schaute weg. »Wenn die Oni dich umbringen … Glaub nicht, dass wir hier groß um dich weinen, Mädchen.«

Buruu fing an, leise zu knurren. Yukiko legte ihm sanft eine Hand aufs Fell, um ihn zu beruhigen. Da versteifte sich der Donnertiger plötzlich, richtete sich auf und sträubte sein Gefieder. Yukiko schloss die Augen, um besser durch seine sehen zu können: In der Ferne erblickte sie hoch aufragende Silhouetten, winzige blutrote Lichtpunkte. Sie beachtete das kalte Entsetzen nicht weiter, das sich in ihrem Magen ausbreitete.

»Sie kommen!«, zischte sie Isao zu.

Der Junge nickte, legte eine Hand vor den Mund und machte ein Geräusch, das wie Zikadengesang klang. Das Signal ertönte auch aus anderen Bäumen, ein Insektenchor, der lange nicht so harmlos war, wic cr schien: Waffen wurden blankgezogen, Griffe fester gepackt. Einen Augenblick lang schien die Welt den Atem anzuhalten, als würde sie sich auf einen tiefen Sturz vorbereiten. Und dann zuckte blendend weiß ein Blitz über den Himmel, ein ohrenbetäubender Donnerschlag folgte, und es begann zu regnen.

Dicke Tropfen trommelten auf die Blätter; ein grauer Schleier legte sich vor die Augen der dahinstapfenden Oni. Nicht einmal mit Fantasie konnte man in dem unordentlichen Haufen, aus dem Tetsubō und gewaltige Schwerter hervorragten, eine Gefechtsformation erkennen. Krächzend stießen sie gutturale Worte in einer Sprache hervor, die zu schrecklich war, als dass menschliche Ohren sie hätten verstehen können. Der Regen glitzerte auf ihrer Haut, die in allen Schattierungen von Azur- bis Mitternachtsblau schimmert, und auf ihren Reißzähnen aus Elfenbein, die mit verrostetem Eisen beschlagen waren. Hinter ihnen blieb zertrampeltes Unterholz zurück, abgebrochene Zweige und zerstampfte Erde, auf die frisches Harz tropfte wie Blut.

Götter, es sind so viele!

Wieder krachte der Donner. *BALD WERDEN ES WENIGER SEIN.*

Die Dämonen hackten sich ihren Weg durch den smaragdgrünen Ozean, während sie durch den Regen wateten. Die Kage rührten sich nicht, als die Horde unter ihnen durchzog. Nicht ein einziges rotes Augenpaar blickte auf. Die schwarze Sprache grollte unter dem Donner. Erst als der letzte Oni auf ihrer Höhe angekommen war, erklang erneut der Zikadengesang in der Finsternis.

Silhouetten sprangen aus dem Geäst und versenkten Schwertklingen und Speerspitzen in den Rücken der unglückseligen Nachhut. Gurgelnde Schreie. Schwarzes Blut zischte im Regen. Dampf stieg von verheerenden Wunden auf. Köpfe wurden von Schultern geschlagen, Hälse durchtrennt, Eingeweide quollen stinkend aus blauen Leibern. Die ersten, die fielen, hatten gar keine Chance, sich zu wehren.

Die übrigen Oni fuhren herum, als sie die Todesschreie ihrer Brüder hörten, spähten in die Dunkelheit und sahen Leichen, die zusammengekrümmt auf welken Blättern lagen. Dazwischen schattenhafte Männer. Derjenige, der sie anführte, trug eine Rüstung aus Knochen und den uralten Schädel eines Meeresdrachen wie einen Helm. Er hob einen blutigen Oberschenkelknochen in die Luft und brüllte, ein kehliges, weithin hallendes Kommando. Nicht einer der Kage verstand seine Sprache, doch was er sagte, wussten sie alle.

Und so brach die Schlacht los.

Isao ließ sich fallen und schleuderte gleichzeitig mit beiden Händen schwarze Shuriken. Buruu grub seine Klauen in den Ast. Yukiko spürte, wie der Blutdurst in ihm anschwoll. Elektrizität lief über seine Flügel, und auf ihrem ganzen Körper stellten sich die Härchen auf. Sie bleckte die Zähne und knurrte mit ihm, die Fäuste so fest geballt, dass ihre Fingernägel sich in ihre Handflächen bohrten.

STEIG AUF!

Was?

DU HAST MICH SCHON VERSTANDEN. FLIEG MIT MIR!

Yukiko erholte sich rasch von ihrem Schock, und sie stieg eilig auf den Rücken des Arashitora. Sie drückte die Oberschenkel gegen seine Rippen und schob eine Hand in seine Federn. Buruu breitete seine Schwingen aus, und Yukiko hatte eine Sekunde lang Zeit, Atem zu holen, ehe die Welt kippte und der Erdboden ihnen entgegensprang. Ihr Magen blieb in der Baumkrone zurück.

Gemeinsam stürzten sie aus der Finsternis und schrien mit einer Stimme. Verkrüppelte Blitze sprühten von den Enden ihrer Federn. Dann umklammerten sie mit ihren Händen die Schultern eines Oni und zerfetzten ihm mit ihren Klauen den Bauch. Sie rissen mit dem Schnabel an seiner Kehle, spuckten das Fleisch aber aus, als ihnen das Blut die Zunge verbrannte. Der Leib, der Yukiko gehörte, fiel ins Gras, rollte sich ab, kauerte im züngelnden Licht der Blitze und hackte auf den Knöchel eines anderen Oni ein, während der Leib, der Buruu war, in die Höhe sprang und den Arm desselben Dämons mit einem einzigen Klauenhieb abtrennte.

Zwei Augenpaare beobachteten den Feind, doch Yukiko und Buruu bewegten sich zwischen den niedersausenden Klingen und Streitkolben, als seien sie miteinander verschmolzen. Wie Wasser flossen sie unter Eisen und Stahl dahin, um dann plötzlich wie mächtige Wellen gegen ihre Gegner zu branden. Todesschreie. Fleisch teilte sich vor ihnen. Stahl und Klauen schnitten tief in Mitternachtsblau und förderten siedende schwarze Flüsse zutage.

Zeit, Schwerkraft, Yukiko, Buruu – nichts existierte mehr als der blutige, brutale Tanz. Und ihr Vater schrie am Himmel seine Freude heraus, Donner krachte und Blitze erhellten das Gemetzel, als sei es Tag geworden.

Auch menschliche Gestalten gingen um sie her zu Boden, der Regen spülte rotes Blut davon. Der brüllende Donner verschluckte die Schmerzensschreie. Sie aber waren nicht aufzuhalten, waren unantastbar; sie hatten Augen überall. Über Gedanken waren sie hinaus. Den Ungeheuern, die sich ihnen entgegenstellten, brachten sie ein schnelles Ende.

Sie waren wieder zusammen, ein Leib auf dem Rücken des anderen; sie wussten längst nicht mehr, wer wer war. Finger in Federn. Schwingen peitschten die Luft. Sie sehnten sich danach zu fliegen, sehnten sich verzweifelt; oh, wie es sie mit Zorn erfüllte, dass sie dieses Urbedürfnis nicht befriedigen konnten! Und ihr Zorn sprühte von ihren beschnittenen, mit warmem schwarzem Blut bespritzten Federn. Sie schrien zum Himmel auf.

Der rote Kriegsherr antwortete ihnen. Er riss den blutenden Knochen hoch in die Luft und brüllte. In der anderen Faust hielt er ein hässliches Eisenschwert. Die Zähne gefletscht, die schartigen Hauer entblößt, stürmte er auf sie los. In seiner Gier, zu ihnen zu gelangen, stieß er seine Brüder aus dem Weg. Sie wandten sich zu ihm um und schrien wieder. Zwei Kehlen, eine einzige Stimme, deren Echo der tobende Sturm zu sein schien.

Das gekrümmte Schwert ging in einem zehn Tonnen schweren Bogen nieder und teilte Regentropfen in zwei Hälften. Sie sprangen in die Luft, schlugen heftig mit den Flügeln, flogen beinahe, *beinahe*, ehe der schreckliche Zug der Schwerkraft sie wieder erfasste. Aber es reichte, um sie über die Klinge zu tragen. Ihre Klauen durchstießen den Knochenpanzer und tauchten tief in heißes Schwarz. Mit einem Kreischen schlug ihnen der Oni den blutigen Knochen vor die Stirn. Ein blendend weißes Licht raubte ihnen die Sinne. Sie rollten in verschiedene Richtungen, schüttelten den Kopf und blinzelten sich das Blut aus den Augen. Der Leib, der einst Buruu gewesen war, schwankte. Ein Auge schwoll zu. Der Leib, der einst Yukiko gewesen war, teilte seinen Schmerz, und da halbierte er sich. Sie lieh ihm ihre Augen und schlüpfte in die Schatten unter einer Zeder, seine Finger strichen über die Fuchstätowierung auf ihrer Schulter. Sie schwangen sich in die Äste. Kletterten.

Der Kriegsherr stürzte sich auf Buruus Leib, und sie rammten dem Ungeheuer ihre rasiermesserscharfe Faust ins Gesicht und verschmierten sie mit seinem Blut. Der Oni brüllte, und sie brüllten zurück. Gelächter rollte über den Himmel. Der Regeln verwandelte die blutgetränkte Erde in Schlamm. Der Schlachtenlärm schien zu einem Flüstern zu verklingen. Nur dieser Augenblick existierte. Nur sie existierten.

Ich.

Ein Blitz spaltete die Wolken und brannte die Dunkelheit fort.

WIR.

Der Leib, der Buruu war, tänzelte rückwärts, und der Oni folgte ihm. Seine Augen glühten hasserfüllt. Der Leib, der Yukiko war, warf sich aus dem Baum, das Tantō in beiden Händen. Bis zum Heft fuhr das Messer in den Rücken des Oni. Weiter, weiter nach unten, der Fall nun gebremst. Sie hingen am Messergriff, die Klinge schnitt neben der Wirbelsäule entlang, das Fleisch teilte sich wie die Schale einer überreifen Frucht. Der Blutschwall blendete sie, der markerschütternde Schmerzensschrei hallte in ihren Ohren und übertönte den Sturm. Sie sprangen auf den verwundeten Oni zu, die Klauen ausgestreckt, zertrümmerten den Meeresdrachenschädel und zerfetzten das Gesicht des Dämons mit ihren Händen. Mit dem Schnabel rissen sie an der Kehle, bis nichts mehr übrig war als zerschmetterte Knochen und lebloses Fleisch.

Triumphierend heulte der Sturm.

Sie schrien, die Gesichter dem Himmel zugewandt, das Messer in ihren blutigen Klauen. Was von der Oni-Horde noch übrig war, floh in die Nacht. Die Dämonen stürzten über die Schneise, die sie getrampelt hatten, und Speere und Shuriken pfiffen ihnen um die Ohren. Gebrochen und besiegt.

Und dann hörten sie nur noch den Regen. Die Kage jubelten nicht, spornten sich nicht gegenseitig zu einem Freudentaumel an. Sie sahen bloß zu, wie die Riesen in der Dunkelheit verschwanden, nickten einander zu und senkten dann die Köpfe, um ein stilles Gebet für die Gefallenen zu sprechen.

Kaori sah Yukiko und Buruu ehrfurchtsvoll an. Sie keuchte und sog die heiße, nasse Luft in tiefen Zügen in ihre Lunge. Ihre Hände und Unterarme waren bis zu den Ellenbogen in dampfendes schwarzes Blut getaucht. Daichi wischte sich einen Klumpen Oni vom Ärmel und schob sein Katana zurück in die Scheide. Er betrachtete sie, während ihr Herzschlag sich beruhigte. Ihre Verbindung lockerte sich ein wenig, als das Schlachtenfieber nachließ. Und dann waren sie wieder zwei. Yukiko fühlte sich seltsam beraubt, und sie griff nach Buruu, als müsse sie sich versichern, dass er immer noch da war. Er schnurrte und brachte mit diesem Ausdruck vollkommener Zufriedenheit beinahe den Boden zum Beben.

GUT. ES IST GUT.

»Ihr seid eins«, sagte Daichi und wischte sich den Schweiß aus den Augen. »Der Arashitora und du seid ein Geist, ein Leib. Du bist blutsverwandt mit den Yōkai!«

»Sturmtänzerin«, flüsterte Isao.

Yukiko warf dem Jungen einen Blick zu. Er legte eine Hand über die Faust und verneigte sich, den Blick ehrfürchtig gesenkt. Sie sah in die Runde der Kage, die sich einer nach dem anderen im strömenden Regen vor ihr verneigten, und eine Gänsehaut überlief sie. Furcht krampfte ihr den Magen zusammen und verengte ihr die Kehle. Leise ging das Wort von Mund zu Mund, wie der Waldwind durch Lilientraubenblätter wispert.

»Sturmtänzerin. Sturmtänzerin.«

Sie wusste, wie sie aussehen musste. Von Kopf bis Fuß mit Dämonenblut bespritzt, das Messer in einer Faust, neben sich den Arashitora, der die Flügel ausgebreitet hatte und in den Sturm brüllte. Sie spürte, wie Buruus Triumphgefühl in ihrer Brust schwoll, und sie konnte sich kaum davon abhalten, wieder mit ihm zusammen zu schreien. Sie klammerte sich an das, was sie gewesen war, während sie in Daichis Augen ein Spiegelbild dessen sah, in was sie sich verwandelte.

»Schwester der Yōkai«, sagte er.

»Ich bin eine Schwester der Yōkai«, bestätigte Yukiko. Sie keuchte noch. »Ich kann die Stimmen der Tiere hören und so leicht mit ihnen sprechen, wie ich mit dir spreche. Glaubst du wirklich, der Shōgun würde eine Unreine schicken, um euch auszuspionieren, Daichi-sama? Die Gildenmänner verbrennen Leute wie mich zu ihrer Unterhaltung auf dem Marktplatz. Und glaubst du, Yoritomo wäre so dumm, einer Spionin seine Sonne auf die Schulter tätowieren zu lassen?«

Der alte Mann stand ein paar Herzschläge lang stumm inmitten des tosenden Windes. Quälend langsam schüttelte er endlich den Kopf. »Nein. Das glaube ich nicht.«

Yukiko strich über Buruus Seite und verschmierte das Blut in seinem Fell. »Und was bedeutet das für uns?«

Daichi sah sich nach seinen Leuten um. Manche starrten Yukiko an, aber ein paar waren damit beschäftigt, sich die Leichen ihrer gefallenen Kameraden aufzuladen. Zwei hatten die grausige Aufgabe in Angriff genommen, die Oni zu zerstückeln, sodass sie besser abtransportiert werden konnten. Der Regen wusch ihnen das Blut ab, es sickerte in die Erde und wurde von gierigen Wurzeln aufgesogen. Alles war so flüchtig. Bald würde kaum noch zu erkennen sein, was hier geschehen war. Nur ihre Schatten würden zurückbleiben.

»Wir müssen miteinander sprechen, Kitsune Yukiko.« Daichi nickte in Richtung des Dorfes und wandte sich ab.

»Worüber denn?«

Der alte Mann hielt inne und blickte über die Schulter zu ihr zurück. In seinen Augen las sie eine merkwürdige Traurigkeit. »Mord.«

Yukiko versuchte, den Eisklumpen herunterzuschlucken, der plötzlich in ihrer Kehle steckte, und die schreckliche Furcht in ihrem Bauch nicht weiter zu beachten.

»Mord und Verrat.«

Gierig verschlang das Feuer die Ahornscheite, leckte über die trockene Rinde und zerbrach das Holz in glühende Kohlen. Yukiko hielt eine Schale mit heißer Brühe in beiden Händen und rückte näher an die Feuerstelle heran. Ihre Haare hingen ihr wie ein wirrer, verknoteter Vorhang ins Gesicht. Buruu lag vor der offenen Tür und putzte sein Gefieder. Der prasselnde Regen wusch ihm das Blut aus dem Fell.

Die Schlacht mit den Dämonen kam ihr nun wie die schwache Erinnerung an einen Traum vor. Der Blutrausch, der wie ein roter Nebel vor ihren Augen aufgezogen war. Das Gefühl ihrer Flügel, die durch die Luft peitschten, aber keinen *Halt* fanden. Die wilde Freude, die sie empfunden hatte, als der Sturm über ihr heulte. Sie sah nach draußen in den Regen und Buruu an. All das war er. Er beeinflusste sie, so wie sie ihn beeinflusste.

Was wird aus mir?

Daichi und Kaori saßen auf dünnen Kissen bei ihr an der Feuerstelle, die Beine untergeschlagen. Kaori sah Yukiko noch immer voller Ehrfurcht an. Ihr Vater starrte ins Feuer, in den Rauch, der in das Ofenrohr stieg. Die Fenster waren offen, und Wisteriaduft hing im Zimmer. Sie konnten den Sturm singen hören.

»Unsere Späher haben ein Gildenschiff über der Absturzstelle eures Schiffes gemeldet«, murmelte Daichi. »Sie suchen irgendetwas.«

»Kin-san«, sagte sie. »Er hat mir erzählt, dass sie seinen Panzer finden können. Ich hab ihn zwischen ein paar Felsen versteckt, weiter oben am Fluss.«

»Also könntest du leicht von hier verschwinden. Möchtest du das? Yoritomo seinen Donnertiger bringen?«

Yukiko schüttelte sich die Haare aus dem Gesicht. Ihre Stimme klang, als käme sie aus weiter Ferne. »Ich wüsste gerne, ob es meinen Freunden gut geht. Ob sie alle noch in einem Stück sind.« Erschöpft und gequält schaute sie durch die offene Tür. »Aber ich will Buruu diesem Verrückten nicht überlassen. Es kümmert mich nicht, was ihm seiner Meinung nach zusteht. Das ganze Gerede über Ehre kann mir gestohlen bleiben ... Ehre, ha! Was für ein Blödsinn.«

Daichi seufzte tief. »Wie ich dich beneide, Yukiko-san! Ich habe vierzig Jahre gebraucht, um diese Lektion zu lernen. Immer habe ich geglaubt, Ehre sei mit Gefolgschaft gleichzusetzen. Ehrenvoll zu leben, hieß für mich, den Willen meines Shōgun zu erfüllen und dem Weg des Kriegers zu folgen. Und ich hielt mich selbst für einen mutigen Mann, weil ich tat, was andere nicht über sich brachten. Heute weiß ich, dass diese Form der Treue Feigheit ist. Der Adel dieses Landes hat den Verhaltenskodex des Bushidō lange aufgegeben. Gerade noch ein Lippenbekenntnis bringen sie zustande. O ja, es kann edel sein, zu dienen ... Aber nur, wenn der Herr ein edler Herr ist.«

Er rang die schwieligen Hände und starrte sie an. »Blut klebt an meinen Händen. So viel Blut. Es lässt sich niemals fortwaschen. Ich habe Frauen ermordet. Kinder, Unschuldige, ja, selbst Ungeborene. Und auch wenn es mein Herr war, der den Befehl gegeben hat – ich habe die Klinge geführt. Eines Tages werde ich König Enma dafür Rede und Antwort stehen müssen und kaum etwas zu meiner Verteidigung vorbringen können. Ein Dämon lebt in meinem Kopf, und in stillen Momenten raunt er mir mit schwarzer Zunge etwas zu. Reißt mich aus tiefem Schlaf, sorgt dafür, dass ich schwitzend wachliege. Einen einzigen Satz sagt er, immer und immer wieder.« Er schluckte und schüttelte den Kopf. »Deine Seele fährt in die Hölle ein.«

»Warum erzählst du mir das?« Unsicher sah Yukiko ihn an. Sie hatte Angst, wusste aber nicht, wovor.

Kaori ergriff die Hand ihres Vaters und drückte sie. Sie schüttelte den Kopf. Er starrte eine Ewigkeit lang ins Feuer und sah zu, wie die Scheite schwarz wurden. Endlich blickte er Yukiko wieder an.

»Ich möchte dich bitten, etwas für mich zu tun. Für uns alle. Ich möchte dich bitten, dieses Land zu befreien.«

»Und wie soll ich das machen?«

»Bring den Shōgun ums Leben.«

Yukiko fiel die Schale aus den Händen. Brühe ergoss sich über die Dielen. Sie hätte schwören können, dass ihr der Unterkiefer in den Schoß gesackt war.

»Wa… Du willst, dass ich …«

»Hai.« Daichi nickte. »Ich möchte, dass du Yoritomo ermordest.«

»Aber ich bin keine … Ich bin bloß …«

»Yoritomo hat kein Kind. Trotz all seiner … Aktivitäten hat er bisher keinen Nachfolger gezeugt. Die Kazumitsu-Dynastie stirbt mit ihm. Und der Tora-Clan wird ohne Galionsfigur nicht in der Lage sein, die Zügel in der Hand zu behalten. Kann sein, dass einer der eisernen Samurai aus der Kazumitsu-Elite genug Einfluss hat, um die Tiger-Armee hinter sich zu versammeln, aber keiner hat genug Rückhalt, um selbst den Thron zu besteigen. Die Daimyō haben ihre eigenen Heere, und sie werden sich nicht auf einen Thronfolger einigen können. Weder die Clanführer noch ihre Feldherren können einander leiden.« Wieder seufzte er, und mit einem Mal wirkte er unsagbar alt. »Ich weiß, wie es in deren Welt zugeht. Vierzig Jahre lang war ich Teil davon.«

»Du sprichst von … Du willst einen Bürgerkrieg auslösen?«

Daichi schüttelte den Kopf. »Mir geht es darum, dass Chaos ausbricht. Dass wir einen Zustand der *Gestaltlosigkeit* herstellen.«

Leise zitierte Kaori eine Zeile aus dem Buch der zehntausend Tage: »*Im Anfang war das Nichts. Jene unendlichen Möglichkeiten, ehe das Leben Atem holt.*«

Daichi nickte. »Und in jenem Nichts werden die Menschen Shimas ihre Stimme wiederfinden. Wir zeigen ihnen, wie man sie erhebt. Dass ihre Sucht nach Lotus sie umbringt, sie selbst und alles um sie her. Dass eine Regierung nur so viel Macht hat, wie das Volk ihr gibt. Dass sie diese Macht nun wieder an sich bringen müssen.«

»Ich bin keine Mörderin«, sagte Yukiko.

DU BRINGST ONI UM.

Das ist etwas anderes, Buruu.

WIESO?

Oni sind Dämonen. Höllenbrut. Wir sprechen hier über einen Mann aus Fleisch und Blut. Einen echten Menschen.

VERGEWALTIGER. SKLAVENHALTER. HERRSCHER ÜBER EIN STERBENDES LAND, UND ER SELBST HAT IHM DEN TÖDLICHEN STREICH VERSETZT …

Ich werde niemanden ermorden, Buruu!

Daichi beobachtete sie genau, das Kinn auf die Hände gestützt. »Irgendwo, irgendwann geht alles zu Ende …«

»Der Shōgun mag der böseste Mann auf der Welt sein.« Yukiko starrte wütend ins Feuer. »Aber ich bin keine Mörderin. Bei allen neun Höllen ... Wie kommst du darauf, dass ich in deinem Namen jemanden umbringen könnte?«

»Weil ich weiß, was Yoritomo dir angetan hat. Dir und dem Schwarzen Fuchs.«

»Yoritomo hat mir nie irgendetwas getan, wovon re...«

»Er hat deine Mutter auf dem Gewissen.«

Vollkommene Stille.

Auch in ihr: als bräche ihre ganze Welt zusammen, als stürzten die Trümmer lautlos in einen finsteren Abgrund. Eine kalte Übelkeit stieg in ihr auf, ein eisiges Stück Blei steckte in ihrer Kehle, die Zunge klebte ihr am Gaumen. Ein Blitz zuckte über den Himmel und tauchte alles in ein furchtbares, grelles Weiß.

»Was hast du gesagt?« Ein Flüstern, beinahe tonlos.

»Er hat deine Mutter auf dem Gewissen.« Daichis Stimme klang ausdruckslos. Leblos. »Und ich, auch ich habe sie auf dem Gewissen. Deine schwangere Mutter. Ich habe sie umgebracht. Auf Yoritomos Befehl hin.«

»Meine Mutter ist nicht tot. Sie hat uns verlassen, als ...«

»Nein.« Daichi schüttelte den Kopf. Er drehte die schwieligen, narbigen Handflächen nach oben. Es kam ihr so vor, als seien sie bis auf die Knochen befleckt. »Sie hat diese Welt hinter sich gelassen. Meine Hände. Yoritomos Befehl. Eine Warnung an deinen Vater.«

Yukiko schaute von dem alten Mann zu seiner Tochter hinüber und las die furchtbare Wahrheit in den tränennassen Augen der Frau. Buruu war aufgesprungen und knurrte, die Federn in seinem Nacken waren gesträubt. Ein Splitter seines Zorns bohrte sich durch Yukikos fassungslosen Unglauben, und sie schloss die Hand um den Griff ihres Tantō. Unter dem Lack konnte sie die

Holzmaserung spüren. Ihre Fingerspitzen strichen darüber, als läse sie ein Braille-Mantra, wieder und immer wieder. Dann war sie plötzlich auf den Beinen, hielt Daichi am Kragen gepackt und drückte ihm die Klinge gegen den Hals.

»Du lügst!«, zischte sie. »Du bist ein elender Lügner!«

»Ich bin viel gewesen in meinem Leben.« Daichi erwiderte ihren Blick ruhig. Als nähme er sein Schicksal an. »Attentäter. Brandstifter. Mörder von Unschuldigen.« Er schüttelte leicht den Kopf. »Aber ein Lügner war ich nie, Yukiko-san.«

Sie drückte die Klinge gegen seine Haut. Er riss seine Uwagi auf und entblößte seine Brust und seinen Bauch, die furchtbaren Narben, die einst seine Tätowierungen gewesen waren.

»Hier!« Er schlug auf seinen Bauch, und es klang, als schlüge Mahagoni gegen einen warmen Leib. »Hier musst du ansetzen. Ich verdiene es nicht, dass man mir die Kehle aufschneidet. Keinen raschen Tod. Durch Blutvergiftung sollte ich sterben. Schreiend, wie ein Feigling. Aber ehe du zustößt, versprich mir, dass du dasselbe mit Yoritomo machen wirst. Nur darum bitte ich dich. Richte uns beide, wie wir es verdienen!«

Kaoris Gesicht war vor Grauen verzerrt. Sie hatte die Hände zu Fäusten geballt. Tränen liefen an ihrer Narbe entlang. Sie fiel auf die Knie und legte die Stirn auf den Boden. Ihre Stimme klang schwach, dünn und zerbrechlich. »Ich bitte dich, Yukiko-san. Zeig Gnade. Gnade.«

BRING IHN UM.

Yukiko bleckte die Zähne, ein Knurren stieg in ihrer Kehle auf. Ihre Sicht verschwamm. Daichi war reglos wie ein Stein. Furchtlos lauschte er, als könne er den klagenden, schluchzenden Schmerz in ihrem Inneren hören, der zu einem Schrei zu werden drohte. Noch immer saß ihr Messer an seiner Kehle. Blut quoll unter der Schneide hervor und tropfte ihm auf die Brust.

Daichi sah ihr in die Augen. Seine Stimme war so unbeugsam wie der Stahl in ihrer Hand. »Alles geht zu Ende, irgendwo, irgendwann. Wenn nicht hier, wo dann? Wenn nicht jetzt, wann dann?«

Yukiko keuchte, als bekäme sie nicht genug Luft. Sie blinzelte, als sei sie geblendet worden. Sie umklammerte Daichis Kragen, während der Boden unter ihren Füßen schwankte. Ihre Knöchel traten weiß hervor.

»Versprich es mir.«

ER HAT DIR ETWAS GENOMMEN.

Sie blinzelte sich die Tränen aus den Augen. *Ich …*

ER WEIß SELBST, DASS ER DEN TOD VERDIENT HAT. UND DOCH ZÖGERST DU.

Buruu starrte aus der Finsternis zu ihr herein, die Augen poliertes Glas, sein Zorn eine schwarze Woge. Mordlust. Hass. Sie wich davor zurück. Sie brauchte einen Augenblick Ruhe, um den Gedanken zu fassen zu bekommen, der sie davon abhielt, Daichi die Kehle durchzuschneiden.

BRING IHN UM!

Ihr Tantō wog so schwer wie Blei. Sie blickte auf die Klinge hinunter und erinnerte sich an den blitzenden Stahl, der im Regen niedergefallen war. An das Geräusch reißenden Papiers. An die abgetrennten Federspitzen auf dem Deck. Kaoris Schluchzen übertönte das Heulen des Sturms. Yukiko schaute die Frau an, deren Stirn noch immer auf den Dielen lag. Ihre Schultern zuckten.

»Gnade«, wisperte sie.

Mein Vater …

WAS?

Das Blut pulsierte hinter ihren Augen. Kalter Schweiß stand ihr auf der Stirn. *Als er deine Flügel gestutzt hat … Wen hast du da gehasst? Ihn oder das Nagamaki in seinen Händen?*

Der Arashitora schwieg. Logik durchstieß den tierischen Zorn wie eine kalte Klinge.

DAS IST NICHT …

Hast du die Waffe gehasst, Buruu? Oder die Hand, die sie geführt hat?

Yukiko packte Daichis Kragen fester, das Gesicht verzerrt. Eine einzelne Träne lief ihr über die Wange. Die Welt war zu laut, der Feuerschein zu hell. Er spiegelte sich in dem kalten gefalteten Stahl und färbte ihn blutrot.

Der alte Mann packte ihr Handgelenk und drückte es, er sah ihr in die Augen. »Versprich es mir!«

Die Worte fielen von ihren Lippen. Widerwillig. Metallisch. »Ich verspreche es.«

Das Messer fiel ihr aus der Hand und bohrte sich mit der Spitze in die Dielen zwischen Daichis Beinen. Blut rann über die gemusterte Klinge, sammelte sich an der Spitze, sickerte in die Maserung. Sie ließ den Kragen des Alten los und stieß ihn von sich. Ihr Atem entwich zwischen bebenden Lippen. Ihre Hände zitterten, und ihr Mund war trocken. Mit dem Handrücken fuhr sie sich über die Lippen.

Daichi lag da, wo sie ihn hingestoßen hatte, und blickte fassungslos zu ihr auf. Er berührte die Wunde an seiner Kehle, ein flacher Schnitt, aus dem das Blut rann. Tief genug, um sie nicht zu vergessen. Aber nicht tief genug, um daran zu sterben.

»Warum?«

JA. WARUM?

»Yoritomo.« Yukiko ballte ihre Hände zu Fäusten, damit sie aufhörten zu zittern. »Er war es. Er hat dir den Befehl gegeben, sie zu ermorden. Und hättest du dich geweigert, hättest du dein Leben verwirkt, und der Shōgun hätte jemand anderem denselben Befehl gegeben. Du bist nur ein Werkzeug. Eine Waffe. Und noch dazu eine zerbrochene.«

Kaori kroch zu ihrem Vater und warf ihm die Arme um den Hals. Yukiko konnte den Gesichtsausdruck des Alten durch den Tränenschleier vor ihren Augen nicht deuten. War er erleichtert? Enttäuscht?

»Du hättest es verdient zu sterben.« Yukiko sah vom Vater zur Tochter. »Aber sie hat es nicht verdient, das mitansehen zu müssen. Und wahrhaftig, Daichi-sama, dein Tod würde den Tod meiner Mutter nicht rächen.« Ihre Stimme schwankte, brach beinahe. »Du hast ihr Leben beendet, doch warst nicht du derjenige, der sie ermordet hat.«

YORITOMO.

Ja.

ER IST DIE HAND.

Ja.

Yukiko bückte sich und zog ihr Tantō aus der winzigen Lache erkaltenden Blutes. Ein Donnerschlag krachte über ihr, schien den Boden unter ihren Füßen ins Wanken zu bringen und in ihren Knochen zu vibrieren. Sie steckte das Messer in die Scheide in ihrem Obi und wischte sich die Tränen aus den Augen.

Höchste Zeit, dass jemand sie abschlägt.

DRITTER TEIL
BLUT

So bleiben wir zurück,
Die Clans, entstanden aus Wasser,
Feuer, Berg und blauem Himmel,
Unsere Herzen schlagen, doch hat
uns die grauenvolle Izanami
verflucht, die alles Leben
verabscheut,
Und so erheben wir unsere Stimmen
zum Schöpfergott,
dem hellen Mond und der
strahlenden Sonne,
Zum Gott des Sturms, zu jedem,
der uns hören könnte,
und wir flehen,
Götter im Himmel, rettet uns!

Das Buch der zehntausend Tage

24

GESCHWISTER

Das Mädchen stand auf dem Deck des Himmelsschiffes und hielt die Hand seiner Mutter. Gemeinsam blickten sie durch den feuchten Rauchschleier auf die Stadt hinunter. Wie Wolken hingen die Chi-Abgase über den Straßen, über den Dutzenden, nein, Hunderten, nein, Tausenden von wimmelnden Menschen, die hierhin und dorthin eilten. Was für eine Flut aus Eindrücken und Geräuschen! Und dieser ölige, ranzige Geruch, der alles durchzog, jede Gasse, jedes Haus. Die Stadt Kigen war ein Lebewesen, ein riesiges Tier, unter dessen Haut sich ständig etwas bewegte. Menschen klammerten sich an seine Flanken wie eine Armee Zecken. Nie hätte das Mädchen sich etwas Ähnliches ausmalen können.

Von oben betrachtet, war die Stadt ein Labyrinth aus gewundenen Gassen und engen Durchschlupfen zwischen Gebäuden mit rissigen Fassaden, ausgeblichen von der Sonne. Wunderschön und furchterregend zugleich. Der große gemauerte Marktplatz in der Mitte – das Herz, von dem kopfsteingepflasterte Arterien abgingen. Sie verliefen scheinbar willkürlich, verschlangen sich miteinander und sahen aus wie das Gekritzel eines Irrsinnigen. Auf einem Hügel gab es eine Menge breiter, prächtiger Giebeldächer zu bewundern; in den Gärten mit den kümmerlichen Bäumen wehten stolz rote Fahnen. Eine fünfseitige Faust aus gelbem Stein reckte sich aus einer Ansammlung buckeliger, verlassener Schlachthäuser hervor. Nicht weit davon entfernt lag ein Nest aus Rohrleitungen, Tanks und rauchenden Schornsteinen am Boden; das musste die Raffinerie sein. Ein einzelner verrosteter Darm war aus ihrem Leib hervorgezogen worden; schnurgerade verlief er nach Norden, in Richtung des Ersten Hauses. Dreckige Flüsse wälzten sich mühsam auf die Bucht zu, in der Müll auf dem kohlschwarzen Wasser trieb. Die Straßen waren schwarz vernebelt, der Himmel über dem Hafenviertel besonders schmutzig.

Sanft stupste die Nase des Himmelsschiffes gegen den Ankerturm. Wolkenwandler befestigten flink dicke Taue an der verrosteten Kuppelvorrichtung. Yukikos Vater nahm sie auf den Rücken und stieg mit ihr die lange Leiter hinunter. Vor Aufregung konnte sie kaum atmen. Immer wieder rutschte ihr die nagelneue Schutzbrille von der Nase. Sie zog das Kopfband fester und schaute dann zu ihrer Mutter auf, die geschickt hinter ihnen her kletterte. Sie hatte die Ärmel hochgekrempelt und präsentierte der Welt stolz die Fuchstätowierung auf ihrem Arm.

»Mutter!«, rief Yukiko. »Guck mal, die vielen Leute!«

»Hai, Yukiko.« Sie lächelte auf ihre Tochter hinunter. »Ich sehe sie.«

»Vater, warum sind das so viele?«

»Kigen ist die Hauptstadt Shimas.« Sie kamen unten an, und er lächelte und wuschelte ihr durch die Haare. »Menschen aus dem ganzen Inselreich kommen hierher. Tapfere Krieger, genau wie Händler und Priester. Früher oder später wendet jeder Mann seine Schritte nach Kigen.«

Masaru half Yukiko, sich auf seine Schultern zu setzen. Staunend blickte sie auf die wimmelnde Menge hinab.

Ihre Mutter sprang ebenfalls von der Leiter, trat neben ihn und rümpfte die Nase. »Vielleicht hätten die vielen Männer sich vorher mal die Füße waschen sollen.«

Yukiko kicherte.

»Ich bitte dich, Naomi ...«, sagte Masaru.

»Mutter hat recht«, erklärte Yukiko. »Hier stinkt's.«

»Du gewöhnst dich daran, Ichigo.« Masaru kitzelte sie an den Zehen, und sie quietschte.

Eine Rikscha wartete mit laufendem Motor, und seltsame Männer mit brummenden Schwertern hießen sie einzusteigen. Sie fuhren durch die gedrängt vollen Straßen, und Yukiko drückte sich die Nase an dem pockennarbigen Glas platt und beobachtete die Flut, die an ihnen vorbeiströmte, Woge um Woge aus menschlichen Leibern. Da waren die riesenhaften Samurai in ihren scheppernden Rüstungen, die schmutzigen Kinder, die sich in den Gossen prügelten, die Geschäftsmänner und die Neo-Chōnin, die Hausierer und die Bettler. Und was für einen Lärm sie alle machten! Sie hatte nicht gewusst, dass es irgendwo so laut sein konnte. Gemessen an ihrem kleinen Bambustal, durch das der Wind wisperte, langen, tiefen Atemzügen gleich, war der Krach der Stadt ohrenbetäubend.

Sie wollte, Satoru könnte all das sehen.

Am Ende der ansteigenden Prachtstraße erhoben sich unzählige Türme und Gebäude. Im giftigen Wind flatterten Tigerfahnen in Rot und Gold.

»Wer lebt hier, Vater?«

»Das ist der Palast des Shōgun. Wir werden dort viel Zeit verbringen, falls wir hierbleiben. Würde dir das gefallen?«

Yukiko sah unsicher aus. »Kann man da denn angeln? Und gibt's Schmetterlinge?«

»Nein«, sagte ihre Mutter und starrte dabei ihren Vater an. »Schmetterlinge gibt es hier keine, Yukiko. Und auch keine Vögel. Nicht einmal Blumen.«

Aber das Mädchen war schon wieder abgelenkt. »Was ist das?«, rief Yukiko und drückte sich ans Fenster. Eine höchst merkwürdige Gestalt stampfte durch die Menge: Sie steckte in einem Messingpanzer, der mit Räderwerk, Kolben und allem möglichen anderen Gerät bestückt war. Ihr Helm sah wie ein Insektenkopf aus – er erinnerte Yukiko an die Gottesanbeterinnen, die früher immer im Frühling über das Bambustal hinweggesummt waren. Die Augen waren rot wie Blut und glitzerten im Licht der verhangenen Sonne.

Ihre Mutter antwortete so leise, dass nur Yukiko sie hören konnte. »Das ist dein Feind.«

»Unrein«, wisperte Yukiko und sah zu, wie die Felsspitzen des Iishi-Gebirges immer kleiner wurden. In den nun weit entfernten Sturmwolken zuckten winzige Blitze. *Unrein.* Es war ein so unspektakuläres Wort – nur zwei Silben, ihre Zungenspitze drückte sich gegen ihren Gaumen, senkte sich, kehrte zum Gaumen zurück. Noch einmal wisperte sie es, als genösse sie seinen Klang. Als schmecke sie es auf der Zunge.

»Unrein.«

Ihre Mutter hatte es ihnen beigebracht. Sie hatten spät abends am Feuer gesessen, Satoru, der alte Jagdhund Buruu und sie, und ihre Mutter hatte ihnen erzählt, dass nicht alle Menschen die Gabe des Gespürs besaßen. Dass es Leute gab, die nie wissen würden, was Tiere dachten und fühlten. Sie lebten in einem Gefängnis: Ihre Sicht, ihr Gehör, ihr Geruchssinn, alles war beschränkt.

»Und sie sind neidisch«, hatte ihre Mutter gewarnt. »Deshalb dürft ihr nur denjenigen etwas von eurer Gabe verraten, denen ihr auch euer Leben anvertrauen würdet. Sollte die Gilde je davon erfahren, wird sie alles daransetzen, sie auszumerzen.«

Die Zwillinge hatten genickt und so getan, als verstünden sie. Yukiko konnte sich an die Worte erinnern, als hätte sie sie gestern erst gehört.

»Wenn sie mich jetzt sehen könnte …«, seufzte sie.

Sie stand am mit aufwendigen Schnitzereien versehenen Bug des Gildenschiffes *Glanz und Gloria*. Die Sonne funkelte auf ihrer Schutzbrille, und ihr Haar wehte im Fahrtwind. Das Surren, Poltern und Rasseln der Atmos-Panzer und Mech-Abaki war ein nicht abreißendes Hintergrundrauschen, vergleichbar mit einer juckenden Stelle zwischen den Schulterblättern, an die man nicht herankam. Das Dröhnen metallener Stiefel und der Schiffsmaschinen. Insektenhaftes Klicken. Der Geruch nach Schmierfett und Getriebeöl.

Nach Chi.

Buruu stand neben ihr und starrte Gildenmänner und Wolkenwandler, die sich zu nah heranwagten, gleichermaßen lauernd an. Das Schiff strotzte nur so vor Kanonen und Shuriken-Werfern, die Mannschaftsmitglieder auf den Gefechtsstationen waren ebenfalls bewaffnet. Ein ganzer Zug Marineinfanteristen in Gildenfarben verteilte sich über das Deck: Söldner, die für die Gilde arbeiteten. Misstrauisch beäugten sie den Arashitora durch die schmutzigen Glasscheiben ihrer Atemmasken. Die *Glanz und Gloria* war ein gepanzertes Kriegsschiff, schwerfällig, zylinderförmig und mit rostfarbenem Metall verkleidet. Die Mannschaft war dem Notsignal aus Kins Panzer gefolgt; die Söldner hatten auf einen Kampf gehofft. Sie hatten nicht schlecht gestaunt, als sie, kaum drei Kilometer von der Stelle entfernt, an der sie die zerstörte Haut gefunden hatten, über das Mädchen und seinen

Donnertiger gestolpert waren. Gemeinsam hatten die beiden einen bewusstlosen Gildenmann hinter sich hergeschleppt – sein nacktes Fleisch! Eigentlich hatten die Söldner damit gerechnet, eine Leiche zu finden.

Stattdessen hatten sie diese unwahrscheinliche Entdeckung gemacht.

Beinahe windstill war es gewesen, als das gepanzerte Schiff wieder abgehoben hatte – es hatte sich so angefühlt, als wollte Susanoo sie loswerden. Als hieße er sie, aus den Iishis zu verschwinden und zu ihrer dreckigen Narbe zurückzukehren. Und nun segelte das Schiff nach Süden und spie schwarzen Rauch in Richtung der Berge, die sich hinter ihm als Silhouetten vor dem Himmel abzeichneten. Zwischen schneebedeckten Gipfeln hingen dunkle Gewitterwolken. Buruu hielt seinen Blick starr nach vorne gerichtet, doch Yukiko wusste, dass er sich nichts sehnlicher wünschte, als über die Schulter zurückzuschauen und in den Sturm zu starren. Oder die Augen zu schließen und sich an den pfeifenden Wind unter seinen Flügeln zu erinnern, an die Blitze, die über seine Federn spielten.

Bald. Sie streichelte über seinen Rücken und vergrub die Finger in seinem Fell. *Bald, Buruu.*

Als sie die Hochburg der Kage verlassen hatten, hatte Daichi ihnen nachgesehen, Kaori an seiner Seite. Yukiko hatte sich auf dem Hang umgedreht und im Tal nach dem Dorf gesucht, aber nur noch Schemen in den Bäumen erspäht. Sie hatte den Duft der Wisteriablüten eingeatmet und sich gefragt, ob sie jemals zurückkehren würde. Es hatte sich angefühlt wie damals, als sie, neun Jahre alt, ihre Koffer gepackt hatte, um mit ihren Eltern ihr Heim zu verlassen und nach Kigen zu gehen. Ihre Mutter hatte weder geweint noch ihrem Haus Lebwohl gesagt. Sie hatte schon gewusst, dass sie die Stadt verabscheuen würde. Und wenn sie erst den Shōgun um Erlaubnis angefleht hatte, würden sie zurückkommen.

Yukiko blinzelte die Tränen fort und versuchte, ihre Wut gegen den Schmerz zu setzen.

Sie war schwanger.

Sie biss die Zähne zusammen und ballte die Fäuste. Aus Stein musste sie sein, sie durfte nichts fühlen. Die Miene unbewegt. Sie durften nichts merken, ihr Geheimnis nicht erraten. Sie musste ihre Maske tragen: die triumphierende Tochter des Schwarzen Fuchses, die mit einer Legende an ihrer Seite aus der Wildnis kam und dem Shōgun brachte, was er begehrte. Erst wenn er sich zu ihr herunterbeugte, um ihr die Welt zu Füßen zu legen, würde sie sich nehmen, was sie wirklich haben wollte: sein Leben. Das Herz würde sie ihm aus der Brust schneiden, sodass es in ihrer Handfläche weiterschlug. Blut in ihrem Gesicht. Auf ihrer Zunge. Sie wusste, was sie tun musste. Aber ganz gleich, wie verzweifelt sie dagegen ankämpfte, die Trauer stieg in ihr auf wie eine Flut und ertränkte den Funken ihres Zorns. Schwach und zerbrechlich fühlte sie sich: ein winziges Mädchen, gefangen im Räderwerk einer gewaltigen Mahlmaschine, die mit dem Blut unschuldiger Frauen und Kinder zu mörderischer Präzision geölt worden war.

Frauen. Und Kinder.

Sie war schwanger, Buruu! Ich hätte eine kleine Schwester haben können. Oder noch einen Bruder.

In ihm spürte sie Stahl, gefaltet und unsagbar scharf. Licht floss über die Oberfläche und schimmerte auf der Schneide. Er ließ sie an seiner Stärke teilhaben, seiner Entschlossenheit, die von Blitz und Donner geschmiedet und vom prasselnden Regen gekühlt worden war. Er war unbeugsam. Also waren sie es beide.

ICH BIN NUN DEIN BRUDER.

Am Abend des dritten Tages kam ein Lotusmann mit zögerlichen Schritten auf den Bug zu. In den Panzerhandschuhen hielt er den flachen schwarzen Lauf eines Shuriken-Werfers von Sendoku. Buruu starrte ihn feindselig an. Sein beinahe unhörbares Knurren ließ die Platten des Atmos-Panzers gegeneinander klappern. Seine Krallen gruben sich ins Deck, als sei es nicht aus Holz, sondern aus Butter. Der Lotusmann blieb mindestens drei Meter entfernt stehen und räusperte sich.

»Kitsune Yukiko.« Seine Stimme klang wie eine sterbende Lotusfliege. »Der Werkmeister, dessen Leben du gerettet hast, ist wach. Er fragt nach dir.«

Yukiko beäugte die Waffe des Gildenmannes und strich Buruu über die Wange. *Ich lasse es dich wissen, wenn ich Hilfe brauche.*

WIE DU WILLST.

»Ich folge dir, Herr«, sagte sie.

Unter Deck stank es nach Chi und dem Schweiß der Marineinfanteristen. Der Kohlgeruch der Nährpräparate der Gildenmänner mischte sich hinein. Sie band sich ihr Tuch vor Mund und Nase und kämpfte die vertraute Übelkeit hinunter. Der Lotusmann führte sie einen langen Flur mit vielen Türen entlang und in einen Raum, der wohl das Krankenzimmer war.

Glühlampen flackerten in bernsteinfarbenen Gehäusen an der Decke und verbreiteten gedämpftes Licht. Das schwache Grollen der Schiffsmaschinen vibrierte in Yukikos Schädel und half eifrig mit, ihre Kopfschmerzen weiter anzufachen. Ein großes Feldbett stand zu ihrer Rechten. Gestelle mit merkwürdigen bleigrauen Geräten darin säumten die Wände. Anzeigen und Skalen, wohin sie auch blickte. Schläuche, die auf das Bett zukrochen und unter der undurchsichtigen Gaze verschwanden, die wie ein Moskitonetz darüber drapiert war. Die Gestalt eines

Jungen zeichnete sich, einem Schattenriss gleich, auf dem Stoff ab. Er wirkte massiger als sonst: Das musste an den Verbänden liegen. Ein antiseptischer Geruch hing schwer wie Rauch in der Luft.

Der Junge regte sich, als sie eintrat, und die Rohre und Schläuche, die in seinem Körper steckten, bebten obszön: Auf dem Vorhang aus Gaze wanden sich die Schatten metallener Schlangen.

»Kitsune Yukiko.« Er sprach in förmlichem Ton. Seine Stimme klang kräftiger als zuletzt. Zwar konnte sie Kins Gesicht nicht sehen, aber sie erkannte ihn trotzdem. »Danke, dass du gekommen bist.«

»Wie fühlst du dich?« Yukiko achtete darauf, unbeteiligt zu klingen. Die Anwesenheit des Lotusmannes mit seinem Sendoku war ihr sehr bewusst.

»Sie sagen, ich hätte kein Fieber mehr. Die Infektion geht bereits zurück. Es ist ein Glück, dass ich genug Antibiotikum dabeihatte.«

Sie zögerte kaum merklich. »Hai. Das stimmt.«

»Ich möchte dir danken.« Sie spürte, wie er sie durch den Vorhang hindurch anstarrte. »Dass du mir geholfen hast. Es war sicher nicht leicht, in der Wildnis auf sich allein gestellt zu sein. Ich stehe in deiner Schuld.«

Als er »allein« sagte, neigte Kin leicht den Kopf, eine subtile Betonung, die nur für sie gedacht war. Unwillkürlich warf sie dem Lotusmann an ihrer Seite einen Blick aus den Augenwinkeln zu.

»Nicht der Rede wert, Gildenmann«, erwiderte sie. Kühl. Distanziert. Ein gelungenes Täuschungsmanöver. Sie bedeckte ihre Faust mit der Hand, verneigte sich leicht und wandte sich ab, ohne Kin noch einmal anzusehen. Es war besser, wenn die Gilde glaubte, dass sie einander kaum kannten. So würde er weniger Ärger haben. Und sie auch.

»Kitsune Yukiko.« Die metallische Reibeisenstimme des Lotusmannes hielt sie davon ab, über die Schwelle zu treten.

»Hai?« Sie blickte über die Schulter zurück.

»Der Kyōdai möchte ebenfalls mit dir sprechen.«

»Was ist ein Kyōdai?«

»Die gemeinen Mitglieder der Gilde werden ›Shatei‹ genannt«, erklärte Kin, »kleine Brüder. Die ›Kyōdai‹ betreuen uns. Sie sind unsere großen Brüder.«

Yukiko schaute den Gildenmann in seinem Panzer an. Ihr Blick fand seine kalten, ungerührten Glasaugen. »Worüber will er mit mir sprechen?«

»Es steht mir nicht zu, danach zu fragen.« Der Lotusmann wandte sich ab und ging in den Flur hinaus. »Komm!«

Kin flüsterte so leise, dass sie ihn kaum hören konnte: »Sei vorsichtig, Yukiko-chan.«

Sie tastete nach ihrem Tantō, dann folgte sie dem Lotusmann.

Die Kajüte des Kyōdai war opulent ausgestattet. Alles hier war aus Messing und gebeiztem Teakholz. An der Decke hing ein kleiner Kristallkronleuchter und schwang mit den Bewegungen des Schiffes. Karten waren an die Wände geheftet: Sie zeigten Länder, die Yukiko noch nie in ihrem Leben gesehen hatte, und waren mit kleinen roten Nadeln und langen schwarzen Strichen übersät. Ein dicker blassblauer Teppich mit aufwendigem Muster lag auf dem Boden, und Yukiko starrte auf eine Vielzahl schwarzer Arashitora-Silhouetten hinab. Unter dem schwingenden Kronleuchter bewegten sich die Schatten und streckten sich nach ihr aus.

»Kitsune Yukiko«, sagte eine kratzige, summende Stimme.

Sie blickte zu der untersetzten Gestalt auf, die an einem niedrigen Tisch saß. Der Kyōdai trug seine Haut: Gewaltige, glänzende Messingplatten ummantelten seinen dicken Bauch, und seine fetten Finger steckten in kunstvoll gefertigten Handschuhen. Sein Panzer wies ihn als ranghohes Mitglied der Gilde aus: Extravagante gotische Schnörkel schmückten Schulterstücke, Brustharnisch und Helm. Rhythmisch zischte sein Atem durch die Filter auf seinem Rücken, hin und wieder unterbrochen durch eine Abgaswolke. Ein gedrungener mattschwarzer Eisenwerfer steckte in einem Holster an seinem Gürtel.

»Gildenmann«, grüßte sie. Sie kniete nicht nieder.

»Lass uns allein«, befahl der Kyōdai.

Der Gildenmann, der Yukiko hergebracht hatte, berührte seine Stirn mit zwei Fingern und krächzte: »Der Lotus muss blühen.« Dann stampfte er scheppernd aus der Tür.

»Gefällt er dir?«

Verständnislos sah Yukiko auf. Der Kyōdai deutete auf den blauen Teppich.

»Er ist sehr schön, Herr.« Sie sprach ihn respektvoll an. Vielleicht konnte sie ihn ja für sich einnehmen.

»Er stammt aus Morcheban«, erklärte der Gildenmann. »Letzten Sommer wurde er aus einem Gaijin-Schloss mitgenommen, Beutegut aus dem ruhmreichen Krieg. Es scheint, als seien einige Mitglieder des barbarischen Adels den Volkssagen Shimas zugetan.«

Yukiko konnte nicht sicher sein, glaubte aber, dass der Gildenmann lächelte. Die glatten Insektenzüge und die leeren, glühenden Facettenaugen hatten etwas zutiefst Beunruhigendes. Schweigend senkte sie wieder den Blick.

»Ich bin der Kyōdai dieses Schiffes. Du kannst mich Nao nennen. Und du bist Kitsune Yukiko, die Tochter Kitsune Masarus, des Schwarzen Fuchses.«

»Ja, Herr.«

»Dann wird es dir Kummer bereiten zu hören, dass dein Vater im Gefängnis sitzt.«

Yukiko schaute in das unbewegte künstliche Gesicht. »Weswegen?«

»Er ist gescheitert und hat Yoritomo no Miya enttäuscht.« Der Kyōdai zuckte gleichgültig mit den Schultern. »Du solltest dankbar dafür sein, dass er nicht exekutiert worden ist wie Kapitän Yamagata.«

»Mein Vater ist nicht gescheitert.« Sie bemühte sich um einen unbeteiligten Ton, dachte an Yamagatas Freundlichkeit, an seinen unermüdlichen Kampf mit dem Steuerrad, als der Sturm die *Donnerkind* auf raue Felsen zugetrieben hatte. »Kein Mitglied der Mannschaft hat versagt. Wir haben das Unmögliche geschafft! Wir haben einen Donnertiger gefangen.«

»Und ihn dann gleich wieder entkommen lassen.« Der Gildenmann trommelte mit seinen schweren, gepanzerten Fingern auf die Tischplatte. Flache Dellen blieben im Holz zurück. »Doch anscheinend hat die Tochter im Gegensatz zum Vater Erfolg gehabt. Eine beachtliche Leistung für ein so junges Mädchen ... Ich frage mich, wie du es zustande gebracht hast, eine derartige Bestie in den Griff zu bekommen.«

»Mein Vater hat dem Donnertiger die Flügel gestutzt und so seinen Willen gebrochen, Herr.« Sie zuckte mit den Schultern. »Er ist ein Tier wie jedes andere auch. Ich habe ihn mit Geduld und Futter gezähmt.«

»Bemerkenswert.«

»Ich kann gut mit Tieren umgehen, Herr.«

»So scheint es.«

Die Facettenaugen des Gildenmannes glitzerten. Eine optische Täuschung – es war nur das flackernde Licht, das sich darin spiegelte –, aber dennoch flatterte ihr Magen nervös. Seinem ausdruckslosen Blick begegnete sie mit stummem Trotz. Sie würde sich ihre Angst nicht anmerken lassen, würde nicht klein beigeben oder gar betteln. Weder würde sie an den Marktplatz noch an jene verkohlten Steinsäulen denken. Sie spürte Buruus Nähe; es war, als schliche er in ihrem Kopf herum. Sie griff nach seinem Zorn und hielt sich daran fest. Ein Augenblick verstrich. Naos Finger klopften einen langsamen Takt auf die Tischplatte. Yukiko atmete ruhig und gleichmäßig und konzentrierte sich auf das vertraute Gewicht des Tantō in ihrem Kreuz.

»Wir haben uns die Freiheit genommen, den Shōgun von deinem Erfolg in Kenntnis zu setzen. Er kann es kaum erwarten, seinen Donnertiger kennenzulernen. Sag ihm, dass er sich gut benehmen soll, ja?«

»Ich kann ihm gar nichts sagen. Er ist kein Hund.«

Der Zweifel des Gildenmannes schien beinahe greifbar zwischen ihnen in der Luft zu hängen. »Zumindest himmelt er dich an wie ein treuer Hund. Wie der Welpe, der die Herrin Aisha gebissen hat, hab ich nicht recht?«

Yukiko schluckte, sagte aber nichts.

»Du hast einen gewissen Einfluss auf ihn«, krächzte Nao. »Zwecklos, das zu leugnen.«

»Jeder könnte ihn beeinflussen. Er ist ein Tier! Er lässt sich abrichten.«

»Dann hoffen wir mal, dass du ihn gut genug abgerichtet hast.« Nao verlagerte sein beträchtliches Gewicht. »Das wäre das Beste für den Donnertiger und für dich selbst. Andernfalls dürfte es ein Leichtes sein, Yoritomo no Miya davon zu überzeugen, euch beide auf dem Scheiterhaufen zu verbrennen.«

Yukiko zwang sich, das gewebte Muster zu ihren Füßen zu studieren. Schwarze Flügel, Klauen und Schwänze, erstarrt in einem ausgelassenen Tanz an dem blauen Himmel aus alter Zeit: die gesegneten Geistwesen, die einst so selbstverständlich auf den Inseln zu finden gewesen waren, dass sogar fremdländische Künstler ihre Gestalt kannten. Und heute? Heute waren sie nur noch Legenden. Weil es Männer gab wie diesen, unersättlich und aufgedunsen, Schweine, die fett geworden waren, weil andere sich die Finger wund arbeiteten. Und die Geister waren in den Nebel der Erinnerung entschwunden, verborgen hinter einer wogenden Wolke erstickenden blauschwarzen Qualms.

Sie fuhr sich mit der Hand über die Stirn. Schmerz pochte in ihrem Kopf.

Ich denke wie eine Kage.

»Ich werde mein Bestes tun, den Wünschen des Shōgun nachzukommen.« Sie sprach leise und ruhig. »Wie ich es immer getan habe. Wie mein Vater es immer getan hat.«

»Natürlich.« Der Gildenmann schnaubte und wedelte mit der Hand in der Luft, als wolle er ein lästiges Insekt verscheuchen. »Du kannst gehen. Genieß den Rest der Reise. Natürlich kannst du Kioshi-san besuchen, wenn du möchtest – aber zuerst fragst du mich um Erlaubnis.«

Richtig ... Sie nennen ihn beim Namen seines Vaters.

Yukiko runzelte die Stirn, als sei sie verwirrt. »Wer ist Kioshi-san?«

»Ah.« Der Gildenmann lachte, ein kurzes, humorloses Bellen. »Du warst zu beschäftigt, ihm die Haut vom Leib zu reißen, um seinen Namen zu erfragen. Kioshi-san ist der Werkmeister, den du aus dem Wrack gerettet hast. Da habe ich mich wohl geirrt. Ich bin davon ausgegangen, ihr beide wäret euch … nähergekommen.«

»Oh.« Yukiko blinzelte. »Ich wusste gar nicht, dass ihr Namen habt.«

»Sie bedeuten uns nichts.« Nao deutete auf die Tür. »Der Lotus muss blühen.«

Yukiko bedeckte ihre Faust mit der Hand, verneigte sich und zog sich zur Tür zurück. Leise schlüpfte sie aus dem Zimmer. Der Gildenmann, der draußen wartete, betrachtete sie mit seinen glühenden, blutroten Augen. Zahnräder schnurrten auf seiner Brust. Sie nickte ihm zu und ging eilig zurück an Deck.

Das Geräusch des Mech-Abakus hinter ihr klang wie ein Knurren.

25

EINE TOCHTER DER FÜCHSE

Noch nie hatte Yukiko so viele Leute im Hafenviertel gesehen. Als die *Glanz und Gloria* an ihrem Ankerplatz festmachte, lehnte sie sich über die Reling und blickte auf ein Gesichtermeer hinab: Tausende und Abertausende waren es, manche mit Atemmasken, manche mit Tüchern vor Mund und Nase, manche ohne irgendeinen Schutz, die Haut nackt und schmutzig. Blitzende Schutzbrillen, Finger, die auf sie zeigten. Bescheidene Geschäftsmänner im Anzug, aalglatte Neo-Chōnin, dreckverschmierte Karōshimänner und noch dreckigere Bettler, Wachen, Gaijin und Geishas. Gerüchte schienen die Runde gemacht zu haben, und nun war die halbe Stadt gekommen, um die Legende mit eigenen Augen zu sehen. Ein geflüstertes Wort ging von Mund zu Mund, wurde lauter und lauter, bis es sich zu einem Tsunami aufgebaut hatte, der sich zwischen Staub und Pflastersteinen brach:

»Arashitora!«

Buruu reckte den Hals, um feindselig auf die Menge hinabzusehen, und die Leute brachen in Jubelrufe aus. Erschrocken zog sich der Donnertiger zurück, den Schwanz zwischen die Hinterbeine geklemmt. Er schüttelte sich wie ein nasser Hund, als wolle er seine Beklommenheit von sich werfen.

SO VIELE! ALLES INSEKTEN.

Ich bin bei dir. Ich bin hier.

ICH WÜRDE LIEBER VON HIER VERSCHWINDEN.

Ich weiß. Aber zuerst haben wir etwas zu erledigen.

SOBALD ES VOLLBRACHT IST, FLIEGEN WIR WEIT WEG. FORT VON DIESER NARBE UND DEM VERGIFTETEN HIMMEL DARÜBER. DANN TANZEN WIR ZUSAMMEN IM STURM!

Bis dahin müssen wir vorsichtig sein. Er muss mich für ein einfaches Mädchen und dich für ein dummes Tier halten.

Wieder spähte Buruu über die Reling. Dieses Mal beachtete er den Freudentaumel der Menge nicht weiter, sondern starrte den Konvoi aus motorisierten Rikschas an, der sich seinen Weg ins Hafenviertel bahnte. Die Fahrzeuge glitzerten im Sonnenlicht wie die Panzer von Käfern. Männer mit knurrenden Schwertern scharwenzelten darum herum, ein Chor jaulender Affenkinder ging voraus. Der Konvoi stank nach Reichtum und Exzess, nach blinder, wahnsinniger Anmaßung. Obwohl er diesen Yoritomo no Miya noch nicht gesehen hatte, verabscheute er ihn bereits zutiefst.

ICH SPIELE MEINE ROLLE. MACH DIR KEINE SORGEN.

Yukiko streichelte seine Flanke. *Ich sorge mich nicht, wenn du in meiner Nähe bist, Buruu.*

Der Arashitora schnurrte und rieb sanft seine fedrige Wange an ihrer Schulter. Er schlich um sie herum, strich mit seinen Flügeln über sie und schlang seinen Schwanz um ihre Beine. Lächelnd drehte Yukiko sich mit ihm und kraulte sein Fell.

Jemand hustete verlegen. Ein Gildenmann, der in respektvollem Abstand stehen geblieben war, sagte mit Schleifpapierstimme: »Es ist Zeit, dem Shōgun unseren Respekt zu erweisen.«

Yukiko nickte und folgte ihm. Buruu blieb am Bug stehen. Sie schwang sich auf den Ankerturm und kletterte nach unten. Schmerzhafte Erinnerungen an die Ankunft ihrer Familie in Kigen stiegen in ihr auf: Wie ihr Vater sie auf den Rücken genommen hatte und mit ihr die Leiter hinabgestiegen war, und die ganze Stadt ihr zu Füßen gelegen hatte. Jetzt verwandelte sich der Applaus der Menge in ein Klagelied – es war der Grabgesang für ihre Mutter.

Wo war sie wohl beerdigt worden?

Sie erreichte den Boden. Söldner und Lotusmänner erwarteten sie, umringten sie und schirmten sie ab. Der Lärm ihrer Panzer und ihr Blasebalgatem übertönten alles andere. Öliger Lotusgestank kroch ihr über die Zunge, in die Kehle, und ihr wurde schlecht. Die klare, reine Luft der sturmumtosten Iishis kam ihr wie ein halb vergessener Traum vor. Das Gebirge lag nun so weit hinter ihnen, dass sie seine Umrisse kaum noch erkennen konnte; es war nur mehr ein verschwommener Fleck am Horizont. Sie versuchte, sich den Geschmack sauberen Regens ins Gedächtnis zu rufen, aber es gelang ihr nicht.

Die Menschen starrten sie mit unverhohlener Neugier an, dieses schmutzige, verwahrloste Mädchen, das einen Donnertiger gezähmt und ihn aus dem Herzen der Wildnis in die Hauptstadt gebracht hatte, ein Geschenk für ihrer aller Herrn.

»Arashi no ko«, wisperten sie.

Buruu, dessen Geist sich an ihren schmiegte, war verwirrt. *WAS BEDEUTET DAS?*

Sie lächelte ein wenig beschämt und senkte den Kopf. *Sturmmädchen.*

Sein Stolz wärmte sie. *DAS GEFÄLLT MIR.*

Die vorderste Rikscha öffnete sich, und der Herold Tanaka stieg aus. Sein goldener Brustharnisch reflektierte das schmutzige scharlachrote Sonnenlicht. Yukiko drückte ihre Stirn in den Dreck, während Tanaka feierlich Yoritomos Titel in ihrer Gesamtheit verkündete. Der Lautsprecher an seinem Hals verstärkte seine Stimme, sodass es klang, als würde er heiser schreien. »Wächter des heiligen Inselreiches … Strahlendes Schwert der vier Throne … Sohn des Nure-Onna-Töters …« Die Worte liefen ineinander, ein insektenhaftes Summen, leere Parolen und Worthülsen, bis der letzte Titel erklang, der sich wie ein wuchtiger Tritt in ihren Magen anfühlte.

»Der nächste Sturmtänzer Shimas!«

Die Menge murmelte anerkennend. Yukiko drückte die Stirn nur noch fester auf den Boden. Sie schluckte den Zorn hinunter, der in ihr hochkochte. Sie stellte sich vor, wie sie Tanaka die Schriftrolle aus den Händen riss, sie ihm in die Kehle rammte und all diesen gutmütigen Schafen die Wahrheit entgegenschrie.

Vergewaltiger! Mörder!

Schlächter ungeborener Kinder!

RUHIG. BLEIB RUHIG. WIR WERDEN DIESES UNRECHT WIEDERGUTMACHEN.

Sie lächelte, streckte ihre Sinne aus und berührte Buruus Geist. Durch seine Augen betrachtete sie die Szene.

Bald.

Tanaka rollte seinen Reispapierbogen zusammen. Die Tür der mittleren Rikscha glitt auf. Eine Fanfare erklang, und Yoritomo no Miya trat nach draußen. Augenblicklich fiel die versammelte Menge auf die Knie. Der Shōgun trug eine brandneue Atemmaske aus massivem Gold, die wie das Gesicht eines Adlers geformt war. Links und rechts des gebogenen Schnabels saßen die Filterzylinder, bernsteinfarbenes Glas schützte seine Augen. Auf den Schultern seines geprägten goldenen Brustpanzers saßen kleine goldene Flügel, an deren Spitzen ein Umhang aus roter

Seide befestigt war. Er bauschte sich in der kontaminierten Meeresbrise.

LÄCHERLICH.

Buruus verächtliches Schnauben vibrierte in ihrer Brust, und sie presste die Lippen aufeinander, damit es nicht aus ihrem Mund entkam. Der Shōgun half seiner Schwester aus der Rikscha, als der Herold ihren Namen verkündete. Yukiko riskierte einen Blick auf die Frau. Ihr perfektes, maskenhaftes Gesicht verbarg sich zum größten Teil hinter den spiegelnden Gläsern ihrer Schutzbrille und ihrem goldenen Atemmaskenfächer. Zwölf Dienstmädchen in roter Seide fluteten aus der hintersten Rikscha hervor und umringten ihre Herrin. Einen Augenblick lang schien es beinahe so, als würde Aisha Yukiko wiedererkennen – sie schaute auf den Welpen auf ihrem Arm hinab –, doch der Ausdruck verlor sich rasch wieder.

Yoritomo kam auf Yukiko zu, die Hand am Griff seines Katanas. Eine Armeslänge vor ihr blieb er stehen. Er nahm seine Atemmaske ab und reichte sie Tanaka. Mit einer ruckartigen Kopfbewegung warf er sich den langen geflochtenen Zopf über eine Schulter zurück.

»Erhebe dich, Kitsune Yukiko.« In seiner Stimme lag eine Inbrunst, die sie noch nie darin gehört hatte.

Sie stand auf und hielt dabei den Blick gesenkt, als empfände sie Respekt vor ihm. Ihre Fingerspitzen kribbelten, das Tantō in ihrem Obi wog schwer wie ein Pflasterstein. Sie konnte ihre Mutter an der Feuerstelle in ihrer kleinen Hütte singen hören. So hatte sie die Nacht willkommen geheißen, so waren ihren müden Kindern die Augen zugefallen.

»Mein Gebieter«, sagte sie.

Er ergriff ihr Kinn, und sie hatte größte Mühe, den Schrei zurückzuhalten, der ihr in der Kehle steckte; sich selbst davon abzuhalten, ihm mit dem Messer die Kehle aufzuschneiden, in seinem Blut zu baden. Er hob ihr Gesicht und zwang sie, ihn anzusehen. Die Geishas kicherten leise, und in der Menge wurde geflüstert.

»Einen guten Dienst hast du deinem Shōgun getan, Tochter der Füchse.«

»Ich danke Euch, mein Gebieter.«

»Du machst deinem Vater Ehre. Ich bin froh, dass ich ihn nicht erschossen habe.«

»Mein Gebieter ist wahrhaft gnadenvoll.«

»Das bin ich in der Tat.« Yoritomo ließ sie los. Langsam ließ er seinen Blick über sie wandern. Ihr Magen verkrampfte sich.

»Wo ist mein Arashitora?«

Yukiko trat zurück – aus seiner Reichweite hinaus – und pfiff schrill auf zwei Fingern. Man hörte Klauen über die Planken des Gildenschiffes klicken, ein Sausen in der Luft – und dann verdeckte eine große Silhouette die Sonne. Kinder quiekten und zeigten nach oben. Männer und Frauen keuchten vor Staunen, als Buruu seine verkrüppelten Flügel ausbreitete und über die Reling der *Glanz und Gloria* sprang. Es folgte ein holpriger, kurzer Gleitflug; Buruu sank zu schnell ab, und die Marineinfanteristen der Gilde und die versammelten Bushimänner stoben nach allen Seiten. Der Donnertiger landete ungeschickt, schlitterte ein Stück weit über das Kopfsteinpflaster und die Kieselsteine und riss mit den Klauen tiefe Furchen in die Steine.

Er warf den Kopf zurück, sperrte den Schnabel weit auf und kreischte markerschütternd. Von seinen ausgebreiteten Schwingen fielen Funken. Die Leute duckten sich entsetzt. Selbst Yoritomo wirkte erschrocken: Er machte einen Schritt nach hinten und umklammerte die Griffe seines Daishō. Die eisernen

Samurai zogen ihre Schwerter. Das ratternde Grollen der Kettensägenkatanas ging im Tosen der Flügelschläge des Donnertigers unter. Er stolzierte auf den Shōgun zu. Die Bushimänner rückten näher, die Waffen erhoben, ihre Blicke unsicher. Yoritomo rührte sich nicht vom Fleck, aber sein Gesicht war bleich vor Furcht, seine Knöchel weiß. Da senkte Buruu den Kopf und kratzte zu Füßen des Shōgun über den Boden. Rufe des Erstaunens erschollen aus der Menge.

Die Bestie verneigte sich vor ihrem Shōgun!

Applaus. Euphorischer Jubel. Eine Welle der Begeisterung lief durch die Menge. Yukiko empfand heftigen Abscheu: Es war ein grauenhaftes Geräusch. Fahle Hände, die zusammenklatschten, trampelnde Füße, Reihe um Reihe schmutziger Halstücher, hinter denen sich leere, lächelnde Gesichter verbargen. Aber die Leute waren hocherfreut, sie pfiffen und schrien, ekstatisch, dass diese legendäre Bestie sich ihrem Shōgun augenblicklich unterworfen hatte. Dies war ein Mann, der ihre Ehrerbietung verdiente. Ein Herr, der seines Titels würdig war. Der Sohn seines Vaters.

Yoritomo lächelte, nickte und winkte seinem Volk. Auf ein Zeichen Tanakas wurde eine Plane vom Heck der hintersten Rikscha gezogen. Dort war ein großer Käfig angebracht, die Gitterstäbe aus Roheisen. Yoritomo schritt zu dem Käfig hinüber, öffnete die Tür und sah den Arashitora erwartungsvoll an.

»Vergib dieses primitive Beförderungsmittel.« Er verbeugte sich spöttisch. »Aber da er nicht selbst fliegen kann …«

Yukiko streichelte Buruus Fell. Sie spürte seine Angst, sah in seiner Erinnerung den Käfig an Bord der *Donnerkind*, erlebte jenen Augenblick, in dem er zu sich gekommen war und gemerkt hatte, dass mit seinen Flügeln etwas nicht stimmte.

Buruu, du musst nicht …

SCHON GUT. Der Arashitora schüttelte trotzig den Kopf und verbannte die Furcht aus seinem Herzen. *ICH HABE GESAGT, ICH SPIELE MEINE ROLLE.*

»Hopp!«, befahl sie. »Rein mit dir.«

Die Bestie ging zu dem Käfig hinüber und sah Yoritomo mit ihren glitzernden bernsteinfarbenen Augen direkt ins Gesicht. Die Menge hielt den Atem an. Und da faltete der Donnertiger die Flügel und sprang in den Käfig.

Applaus. Übelkeiterregender, donnernder Applaus.

»Großer Gebieter«, sagte Yukiko und starrte auf Yoritomos Stiefel mit der gespaltenen Spitze. »Wenn Ihr es gestattet, fahre ich mit dem Arashitora zum Palast. Es ist möglich, dass ihn der Stadtlärm nervös macht.«

»Deine Familie scheint es zu genießen, die Welt durch Gitterstäbe zu betrachten.« Yoritomo lachte. Noch immer winkte er der Menge zu. »Halt es, wie du möchtest. Sieh zu, dass er ruhig bleibt, bis wir bei der Arena sind.«

»Der Arena, mein Gebieter?« Sie schluckte.

Er wird Buruu doch nicht zur Unterhaltung kämpfen lassen wollen?

»Du wirst schon sehen, Kitsune Yukiko.« Yoritomo ließ die Hand sinken und marschierte auf seine wartende Rikscha zu. »Du wirst schon sehen.«

Buruu schlich durch die Arena, und sein Schwanz peitschte durch die Luft. Seine Kette rasselte über Stein und Stroh, während er auf und ab ging. Der Fels unter seinen Fängen und Pfoten war dunkel vom Blut Tausender Gaijin: Opfer der Spektakel, die zur Zerstreuung der Stadtbewohner an Festspielwochenenden und Gedenktagen abgehalten wurden. Unzählige, über das Meer verschleppt. Ihre bleichen Kehlen aufgeschlitzt unter dem frenetischen Jubel der Menge.

Der Kampfplatz war drei Meter tief in den Boden eingelassen, sein Durchmesser betrug gut dreißig Meter. In die Mitte des Steinbodens war ein einzelner Pfahl aus schwarzem Eisen getrieben worden. Leere Steinbänke umgaben die Grube in ansteigenden Rängen. Über ihnen war die Loge des Shōgun zu sehen. Tigerflaggen flatterten im Wind, der klagend durch die leere Arena heulte.

Zwar waren keine Gitter über seinem Kopf angebracht, doch die dicke Kette und seine verkrüppelten Flügel fesselten Buruu unnachgiebig an den abscheulichen Erdboden. Er blickte zu der roten Sonne auf, verengte die Augen und schüttelte sich wie ein durchnässter Kater. Die Eisenschelle um seinen Hals klapperte.

WENIGSTENS KANN ICH DEN HIMMEL SEHEN.

Es tut mir so leid, Buruu.

ICH WERDE ES ÜBERSTEHEN.

Der Werkmeister befestigte das Ende von Buruus Kette an dem Eisenpfahl in der Mitte der Arena. Sein Schweißbrenner glühte hell wie die Sonne, geschmolzenes Metall tropfte auf den Boden. Sein rechteckiges Auge war schwarz und reflektierte das sprühende weiße Licht. Schließlich schaltete der Werkmeister das Schweißgerät aus und betätigte einen Schalter auf seiner Brust. Die schwarze Glasscheibe über seinem Auge glitt zur Seite, und es glühte wieder rot und bösartig. Yukiko fragte sich, wer wohl in dem Messingpanzer steckte. Handelte es sich wirklich um einen schlechten Menschen, wie die Kage sie glauben machen wollten?

Sie musste an Kin denken, wie er mit seinen Brandwunden im Regen gelegen und immer wieder das Mantra der Gilde vor sich hingemurmelt hatte. Gern hätte sie den Werkmeister gefragt, ob er den Jungen kannte. War Kin bestraft worden? Wie ging es ihm? Ihr war jedoch klar, dass es schlimme Folgen für ihn haben könnte, wenn ein Hadanashi-Mädchen Sorge um ihn erkennen ließ. Also schluckte sie die Fragen hinunter, erinnerte sich daran, wie ihr Freund im Regen am Bug der *Donnerkind* gestanden hatte, und bat Kitsune, dass er ihn beschützen möge.

Yoritomo beobachtete die Gildenmänner und nickte, als sie fertig waren. Sechs eiserne Samurai in den goldenen Jin-Baori der Kazumitsu-Elite umringten ihn. Die Krieger trugen ihre glänzend schwarzen, zischenden Ōyoroi und ragten beinahe zweieinhalb Meter hoch auf. Die Motoren auf ihren Rücken spien Chi-Abgase aus. Ihre eisernen Halbmasken stellten die verzerrten und grinsenden Gesichter von Oni dar. Jeder Einzelne hatte ein Kettensägenkatana und ein Wakizashi umgegürtet. Neben dem Shōgun standen der Herold Tanaka und der gebeugte oberste Minister Hideo. Der Alte hielt einen Gehstock in der einen und eine Lotuspfeife in der anderen Hand. Hin und wieder schob er seine Atemmaske beiseite, um einen tiefen Zug aus der Pfeife zu nehmen. Der Geruch erinnerte Yukiko an ihren Vater.

Hoffentlich geht es ihm gut.

Buruu kratzte mit einer Hinterpfote an der eisernen Halsschelle, warf einen Blick auf seine nutzlosen Flügel und sagte nichts.

»Gut.« Yoritomo sprach zu dem Gildenmann. »Ihr fangt sofort damit an, den Sattel zu bauen. Ich habe eine Zeichnung desjenigen angefertigt, den ich in meiner Vision gesehen habe. Genauso muss er werden.«

Yoritomo schnippte mit den Fingern, und pflichtgetreu reichte Minister Hideo dem Werkmeister eine Schriftrolle in einem reich verzierten Mahagonikästchen. Der Gildenmann nahm es ihm ab und nickte langsam.

»Ich erwarte, dass er rechtzeitig zur Zweihundertjahrfeier nächsten Monat fertig ist.« Yoritomos hungriger Blick ruhte auf Buruu. Seine Augen waren glasig. »Die Kazumitsu-Dynastie hat diese Inseln zweihundert Jahre lang regiert. Ich habe vor, die nächsten zweihundert auf dem Rücken meines Arashitora einzuläuten. Verstehst du mich?«

»Wie Ihr befehlt, hoher Herr.« Das Schwirren von Zikadenflügeln.

»Der Lotus muss blühen.«

»Der Lotus muss blühen«, wiederholte der Gildenmann und berührte seine Stirn mit zwei Fingern. Rauch zischte aus seinem Panzer, und ein Dutzend Federtriebwerke surrte, als er über den steinernen Kampfplatz davonmarschierte. Die eisernen Samurai behielten ihn im Auge. Geduldig wie Spinnen warteten zwei weitere Gildenmänner unter einem der äußeren Bögen. Yukiko beobachtete, wie die drei einige rasche Worte wechselten und dann mit ihren glühenden Augen zu ihr herüberblickten. Ihre Handflächen wurden feucht. Endlich brachen die Gildenmänner auf, ihre schweren Schritte hallten von den feuchten Steinwänden wider. Ihre Schatten glitten über die Wände und hinaus ins lotusgetrübte Licht.

»Wie lange wird es dauern, bis seine Federn nachwachsen?«

Yukiko begriff nicht gleich, dass die Frage des Shōgun ihr galt. »Ähm …«, stammelte sie dann. Sie sah zu Boden, die Hände verschränkt. »Vergebt mir. Ich weiß es nicht, mein Gebieter.«

»Frag ihn.«

Yukiko wagte es, dem Shōgun ins Gesicht zu schauen. Er musterte sie eingehend. Seine dunklen Augen schimmerten wie Metall, sein Lächeln war scharf wie ein Rasiermesser. Sein langer Jin-Baori flatterte im warmen, kränklichen Wind. Goldene Tiger schlichen über scharlachrote Seide.

»Mein Gebieter?«

»Die Herrin Aisha hat ihr Parfüm gewechselt, und seitdem scheint ihr Hund viel ausgeglichener zu sein. Merkwürdig, wie schnell du den Grund für sein schlechtes Benehmen erraten hast. Beinahe, als könntest du seine Gedanken lesen …«

Yukiko blickte zwischen Yoritomo und seinen Leibwächtern hin und her. Deren Hände ruhten nach wie vor auf den Griffen ihrer Kettensägenkatanas. Eine leise, kindische Stimme in ihrem Kopf flüsterte ihr zu, dass der Samurai zu Yoritomos Linken grüne Augen hatte.

»Ich … Ich kann gut mit Tieren umgehen, mein Gebieter.« Sie schluckte, schaute wieder zu Boden und klammerte die Hände ineinander, um sie vom Zittern abzuhalten.

»Du bist blutsverwandt mit den Yōkai.«

»Nein, Herr, ich …«

Yoritomos erhobene Hand war so wirkungsvoll wie eine Ohrfeige. Sie verstummte. Buruu schob sich näher an sie heran, den Blick starr auf die eisernen Samurai gerichtet, die Federn im Nacken gesträubt.

»Du hast nichts zu befürchten, Kitsune Yukiko.« Das Lächeln des Shōgun erreichte seine Augen nicht. »Ich sage der Gilde nichts davon. Weder ihr Fanatismus noch ihr Feldzug im Namen der ›Reinheit‹ sind für mich von Interesse. Das Buch der zehntausend Tage kann auf unterschiedlichste Weise interpretiert werden. Ihre Auslegung ist nur eine von vielen.« Er deutete auf Buruu. »Er wird mich rascher als seinen Herrn akzeptieren, wenn du zwischen uns vermittelst. Nur darauf kommt es mir an.«

Der Shōgun strich mit einer Hand über die Flanke des Donnertigers, die Finger zu Klauen gekrümmt, die sich tief in das dicke Fell gruben. Er atmete den Geruch des Arashitora ein, die berauschende Mischung aus Moschus und Ozon, und zeichnete einen der schwarzen Streifen auf Buruus Rücken nach.

»Wie prächtig er ist! Meine Vision ist wahr geworden. Siehst du, Hideo-san?« Er wandte sich um und starrte seinen Haushofmeister an.

»Ich sehe es, großer Gebieter.« Hideo verneigte sich tief. Seine Atemmaske verzerrte seine Stimme. »Der Kriegsgott hat wahrhaftig zu Euch gesprochen! Es besteht kein Zweifel daran, dass Ihr Hachimans Auserwählter seid. Auf dem Rücken dieser Bestie werdet Ihr der größte Feldherr sein, den es in der Geschichte Shimas je gegeben hat. Die Gaijin werden sich Euch zu Füßen werfen! Nach zwanzig Jahren werdet Ihr diesen Krieg beenden, und die Barbarenhorden werden ihrem Bezwinger und Herrscher zujubeln.«

Yukiko sah ihn finster an. Sie verabscheute ihn für diese kriecherische kleine Liturgie. Yoritomo war so konzentriert auf Buruu, dass er ihren Blick nicht zu bemerken schien. Jetzt streichelte er den Flügel des Arashitora. Buruu gefiel das gar nicht, aber er blieb ruhig, reglos wie ein Stein.

Plötzlich grinste der Shōgun, zog seine blutleeren Lippen zurück und präsentierte seine weißen, regelmäßigen Zähne. »Also.« Er sah Yukiko an. »Wie lange wird es dauern?«

Yukiko blieb stumm, vor Angst ganz starr unter seinem eisernen Blick. Gab sie vor dem Shōgun zu, dass sie die Gabe des Gespürs besaß, brachte sie sich in Lebensgefahr. Ihre Mutter hatte nicht gewollt, dass sie ein derartiges Risiko einging. Verriet sie ihr Geheimnis, konnte sie allzu leicht auf dem Schafott eines Henkers landen – oder, schlimmer noch, auf dem Scheiterhaufen. Dann würde sie schreiend sterben, an einen der Brandsteine auf dem Marktplatz gekettet.

Sie schaute zu den eisernen Samurai hinüber, und da begriff sie, dass ihr Leben ohnehin in Gefahr war. Ganz gleich, was er wusste oder nicht – Yoritomo hatte die Macht, jeden Mann, jede Frau und jedes Kind in Shima zum Tode zu verurteilen, wenn ihm der Sinn danach stand. Wollte er, dass sie starb, würde sie sterben. Er brauchte nicht einmal einen Grund. Und ganz sicher brauchte er ihr Geständnis nicht. Er schnippte bloß mit den Fingern, und das war's.

Also zu den Höllen mit der Furcht.

Sei lieber schlau.

»Das Tier hat ein schlichtes Gemüt, mächtiger Gebieter«, sagte sie. »Es denkt in Gerüchen und Bildern, nicht in Worten. Es ist nicht klüger als ein Hund. Es begreift Zusammenhänge, die auch ein Hund begreifen würde ... Nur Tag und Nacht, nicht Monate und Jahre. Aber ich glaube, dass es sich im späten Herbst mausern wird, wenn es auch sein Winterfell bekommt.«

»Das ist noch beinahe vier Monate hin!«, zischte der Shōgun.

»Vielleicht passiert es früher, Herr.« Sie hielt den Blick gesenkt. »Aber es freut sich auf den Winter. Ich glaube nicht, dass es vorher wieder fliegen kann.«

NICHT KLÜGER ALS EIN HUND ...

Pst.

Der Shōgun knurrte, und rote Flecken breiteten sich auf seinen Wangen aus. Er holte ein paarmal tief Atem, ballte und lockerte die Fäuste. Yukiko fiel auf, wie angespannt Hideo mit einem Mal war. Die Samurai tauschten nervöse Blicke. Yoritomo schloss die Augen und atmete weiter. Langsam verblassten die roten Flecken wieder. Endlich biss er die Zähne zusammen und nickte.

»Dann sei es so.« Er öffnete die Augen und starrte sie an. »Du wirst die Bestie an einen Reiter gewöhnen. Sie muss lernen, mit Zaum und Trense gelenkt zu werden. Sobald die Werkmeister meinen Sattel fertiggestellt haben, fangen wir richtig an. Du bleibst im Palast, und einer meiner Samurai wird dich überallhin begleiten.« Seine Stimme nahm einen finstereren Ton an. Stählern. »Ich möchte dich daran erinnern, dass dein Vater noch immer im Gefängnis sitzt. Falls du an dieser Aufgabe scheiterst, trägst du die Konsequenzen nicht allein.«

FEIGLING.

»Darf ich ihn besuchen, mächtiger Gebieter?«

Ihre Bitte schien Yoritomo zu überraschen. Er starrte sie einen Augenblick lang an und trommelte mit den Fingerspitzen auf den Griff seines Katanas.

Schließlich nickte er. »Nun gut«, sagte er und drehte sich zu dem grünäugigen Samurai um. »Hiro-san, du wirst die Herrin Yukiko eskortieren, solange sie unser Gast ist. Du bist für sie verantwortlich. Stößt ihr etwas zu oder verursacht sie selbst Schwierigkeiten, wirst du zur Rechenschaft gezogen. Ist das klar?«

»Hai!« Der Samurai kam zu ihnen herüber, trat an Yukikos Seite und verneigte sich vor seinem Herrn, Hand über Faust.

Der Shōgun betrachtete Yukiko. Ein unangenehmer Ausdruck lag in seinen Augen. Als sie ihn anschaute, sah er sie noch einen Moment länger an und ließ seinen Blick dann über ihre Kehle und ihre Brüste wandern. In ihren zerfetzten Kleidern fühlte sie sich nackt, ihm schutzlos ausgeliefert. Sie schlang die Arme um ihren Oberkörper und senkte den Kopf.

»Wohlan«, sagte er, »besuch deinen Vater. Anschließend zeigt dir Hideo-san deine Gemächer. Dein Wunsch ist sein Befehl. Hin und wieder werde ich persönlich vorbeischauen, um … deine Fortschritte zu überprüfen.«

»Wie Ihr wünscht, mächtiger Gebieter.« Yukiko bedeckte ihre Faust und verneigte sich tief. Der Shōgun setzte seine

Atemmaske wieder auf, und der Kragen faltete sich mit einer kleinen metallischen Melodie über seinen Hals. Schwungvoll drehte er sich auf dem Absatz um und marschierte davon. Der rote Seidenumhang flatterte hinter ihm her. Sein Gefolge heftete sich an seine Fersen, schwere Schritte hallten über Stein. Schwache Rauchfahnen schlängelten sich hinter ihnen durch die Luft, wanden sich umeinander und stiegen gemeinsam in den roten Himmel auf.

Wie viel Zeit haben wir, ehe du dich mauserst?

WOCHEN. VIELLEICHT DREI. WENN DER SOMMER ZU ENDE GEHT.

Niemand darf etwas merken. Yoritomo muss glauben, dass du verkrüppelt bist. Er muss uns beide unterschätzen.

DAS WIRD ER.

Yukiko wandte sich endlich zu dem eisernen Samurai um, der sie überragte. Sein Atem pfiff aus seinen eisernen Stoßzähnen hervor. Er steckte von Kopf bis Fuß in geprägtem schwarzem Stahl. Die Schulterplatten waren breit, flach und mit Nieten besetzt, seine Miene vollständig hinter der Oni-Maske verborgen. Yukiko sah ihm in die jadefarbenen Augen. Zwar hatte er die richtige Größe, aber sie konnte nicht genug von seinem Gesicht sehen, um sicher zu sein. Verhalten regten sich Schmetterlinge in ihrem Bauch. *Ist er es wirklich?*

IHR AFFEN SEID SO SELTSAM. WARUM MACHT IHR NUR SO VIEL THEATER UM DEN DECKAKT?

Buruu!

WAS DENN? DU MÖCHTEST DICH MIT DEM DA PAAREN. IHR SEID IM SELBEN ALTER. ES GIBT …

Götter, ich bitte dich, hör auf! Du bist schlimmer als mein Vater.

»So treffen wir uns wieder, Tochter der Füchse«, sagte der Samurai.

»Du bist es wirklich!« Das Blut rauschte ihr in den Ohren, und bei der Erinnerung an ihre Träume wurden ihr die Wangen heiß. Sie verjagte die Bilder in einen dunklen Winkel ihres Geistes, warf die metaphorische Tür hinter ihnen zu und verriegelte sie.

»Du erinnerst dich an mich?« Seine Stimme klang, als würde er lächeln.

»Du erinnerst dich ja auch an mich.« Sie zuckte mit den Schultern.

»Wie könnte ich dich vergessen?« Er bedeckte seine Faust mit der Hand und verneigte sich. »Ich bin Tora Hiro, eingeschworenes Mitglied der Kazumitsu-Elite.«

»Kitsune Yukiko.«

»Ich weiß, wer du bist, Herrin.« Er lächelte! Eindeutig. Jetzt war es nicht mehr zu überhören. »Es ist mir eine Ehre, dir zu Diensten sein zu dürfen.«

SEI VORSICHTIG. ZUALLERERST DIENT ER DEM SHŌGUN. ER IST EINE WAFFE IM ARSENAL.

Vielleicht ist er ja anders.

LASS DICH NICHT BLENDEN, NUR WEIL DU DICH MIT IHM …

Götter! Wenn du noch einmal »paaren« sagst, schreie ich!

NENN ES, WIE DU WILLST.

Ich weiß, was er ist und wem er dient. Nicht jeder, der dem Shōgun Treue schwört, ist ein schlechter Mensch, Buruu. Auch ich trage die Reichssonne auf der Schulter, weißt du noch?

Buruu schnaubte und schlich davon. Er legte sich neben dem Pfahl hin, an den er gekettet war, und stieß einen tiefen Seufzer aus. Stroh wirbelte auf und tanzte durch die Luft.

Der eiserne Samurai sah staunend zu. »Er ist wunderschön«, sagte Hiro. »Kannst du wirklich seine Gedanken hören?«

»Hai.« Sie wandte keinen Blick von ihm. »Das findest du vermutlich abstoßend.«

Hiro warf einen Blick über die Schulter, er wollte wohl sichergehen, dass sie allein waren. »Ich bin kein Fürsprecher der Gilde und ihrer Ansichten.« Er zuckte klappernd mit den Schultern. »Die Gildenmänner machen uns wahrhaft fantastische Geschenke. Himmelsschiffe, Kettensägenkatanas, Ōyoroi. Dennoch verstehe ich nicht, woher sie das Recht nehmen, meinem Herrn und seinem Volk moralische Vorschriften zu machen. Die Gildenmänner sind Bushidō nicht verpflichtet. Sie sind Mechaniker, Handwerker. Keine Priester. Nicht in meinen Augen.«

Die ruhige Gewissheit in seiner Stimme jagte Yukiko einen wohligen Schauer über den Rücken. Sie sah ihm tief in die Augen und kämpfte gegen das Bedürfnis an, sich in das grüne Meer fallen zu lassen und darin zu ertrinken. Es war eine willkommene Erleichterung, dass er die Gilde verabscheute, doch Buruus Warnung hallte wie ein Echo beharrlich in ihrem Kopf wider. Selbst ein Narr würde erkennen, dass dieser Samurai sie zu bewachen hatte. Er war ihr Gefängniswärter.

Und der Wärter hatte die schönsten Augen, die sie je gesehen hatte …

»Ich könnte dich niemals abstoßend finden, Herrin.«

Yukiko verstand ihn kaum, so laut schlug ihr Herz.

RAIJIN, ICH BITTE DICH, ERSCHLAGE MICH MIT EINEM BLITZ!

Sie warf Buruu einen vernichtenden Blick zu. Er hatte sich auf den Rücken gerollt und ruderte mit den Beinen.

HAB GNADE, VATER. NIMM MIR MEINE FLÜGEL. KETTE MICH AN DEN VERFLUCHTEN ERDBODEN. ABER DIESE FOLTER KANN ICH NICHT LÄNGER ERTRAGEN!

Ach, sei still!

»Lass uns gehen.« Sie sah den Samurai an und deutete Richtung Ausgang. »Ich möchte meinen Vater sehen. Und da du Kindermädchen spielen musst, kommst du wohl besser mit.«

Sie wandte sich um, blickte aber noch einmal zu dem Arashitora an seiner Kette zurück. Er sah durch und durch elend aus, eine Bestie des Donners und des weiten Himmels, in eine dreckige Kampfgrube gesperrt, die nur gebaut worden war, um sinnlos Blut zu vergießen. Ihr tat das Herz weh. Nur ihretwegen war er hier.

Ich komme wieder, Buruu. Sehr bald schon.

Er blinzelte sie mit seinen honigfarbenen Augen an. Einem Fremden wäre sein Gesicht vollkommen ausdruckslos vorgekommen. Keine Lippen, die hätten lächeln, keine Stirn, die er hätte in Falten legen können. Nur eine starre Federmaske, glatt und emotionslos. Doch sie las es in der Neigung seines Kopfes, den Bewegungen seines Schwanzes, dem Atem, der seine Flanken hob und senkte.

Sie spürte sie deutlich: seine Stärke, die sein Wesen ausmachte. Sie war ein Kompass, der ihn durch diese Finsternis führen, ihn die Folter der Insekten überstehen lassen würde. Auf ihn wartete blendendes Licht und heulender Sturm. Dieser Kompass, dieses Gefühl würde ihn heimführen.

Es war Liebe.

Er nickte und schob seinen Kopf unter einen verkrüppelten Flügel. *DU WEISST JA, WO DU MICH FINDEST.*

26

OMEN

Sie wartete auf ihn. Jedes Mal, wenn er die Augen schloss, war sie da. Wie ein Schatten in einem stockdunklen Zimmer, der atemlos darauf wartete, dass jemand eine Kerzenflamme entzündete. Ihm Leben einhauchte.

Doch selbst wenn er wach war, fühlte er, wie sie ihn belauerte. Näher, immer näher schlich sie sich an ihn heran, bis sie ihn mit Anbruch der Nacht erneut eingeholt hatte. Wie sein Herz, wie die Metallhaut, die sein Fleisch schützte, war sie ein Teil von ihm.

Die Vision.

Vom Augenblick seines Erwachens an war sie nicht mehr von ihm gewichen: Sie hatten ihn aus dem Bett gerissen, Rauch in seine Lunge gezwungen und ihm so die Zukunft gezeigt, die ihn erwartete. In jenem furchtbaren Moment hatte er gesehen, was aus ihm werden würde, war Zeuge kommenden Grauens, kommender Erhabenheit geworden. Und in seinem Schädel war ein grimmiger Marsch erklungen und hatte mitleidlos die

Unabwendbarkeit seines Schicksals untermalt. Seitdem lebte der Traum hinter seinen Lidern. Und er sehnte sich danach, ihm zu entrinnen.

Sie riefen ihn. Hunderte blutrote Augenpaare, Hunderte Gesichter blickten zu ihm auf. Leere, leblose Messingmasken, und doch spürte er ihre Inbrunst. Sie hatten die Hände erhoben. Wie immer hallten ihre metallischen Stimmen von blankem Stein wider.

»Kin-san.«

Und wie immer antwortete er: *»Das ist nicht mein Name.«*

»Kioshi-san.«

Die Stimme klang harsch und durchdringend, das Brummen einer fetten, hungrigen Lotusfliege. Sie brachte ihn zu sich. Er rieb sich die Augen und blinzelte in das schmutzige Halogenlicht. Er lag auf einer metallenen Pritsche. Die Laken waren grau, die Wände des Zimmers aus gelbem, schwitzendem Stein. Er erkannte das Summen des Luftfiltersystems und das Ächzen und Rumpeln großer Maschinen im Hintergrund: Es war die Melodie, die er seit dem Tag seiner Geburt gehört hatte, das Wiegenlied des Kapitelhauses in Kigen. Die Luft war feucht, sein Fleisch mit einem Schweißfilm überzogen. Die Verbände um seinen Hals und seine Schulter juckten. Er strich mit der Hand darüber, und die Gaze knisterte wie trockenes Papier. Er war noch gehäutet, aber in die Anschlüsse unter seinem Schlüsselbein und unter seinen Rippen war ein Mech-Abakus gestöpselt. In der Nähe seiner Wirbelsäule saßen Transistoren in seinem Fleisch. Instinktiv schob er einige Perlen über das Gerät, um die Übertragungskanäle zu prüfen, und erhielt eine kurze Bestätigung.

»Kioshi-san.«

Kin sah auf. Ein Schatten fiel über seine Pritsche. Ein breitschultriger Gildenmann stand über ihm, sein Atem klang wie das gedämpfte Geräusch einer Kreissäge. Stumpfes Licht glänzte auf dem Atmos-Panzer, der einem muskulösen Leib nachgebildet war. Die Augen brannten wie ein smogverhangener Sonnenuntergang.

Furcht ergriff Kin, und er leckte sich die Lippen, die mit einem Mal schrecklich trocken waren. Natürlich kannte er den Panzer aus brüniertem Messing. Die eisengraue Einlegearbeit, die Tigerstreifen imitierte. Die Autorität in der Stimme des Mannes. Vor allem aber war es das Gesicht, das ihn erschauern ließ. Im Gegensatz zu den Insektenhelmen der meisten Lotusmänner war die kunstvolle Maske, die auf ihn herabstarrte, beinahe menschlich. Sie war einem Knaben in der Blüte seiner Jugend nachempfunden, die Züge in glattes, poliertes Messing gegossen. Perfekte Symmetrie, die eigentlich hätte schön sein müssen – nur quollen aus dem Mund segmentierte Kabel, als übergäbe sich ein Kind, das lauter Eisenkraken gegessen hatte, und die glühenden Augen warfen einen gespenstischen blutroten Schein über die vollen Wangen. Nein, mit diesem Gesicht stimmte etwas nicht. Kin hatte immer Angst davor gehabt.

Der Mann, der neben seiner Pritsche aufragte, war seinem Vater so etwas wie ein Freund gewesen. Wären sie gewöhnliche Leute, hätte er Kin nach dem Tod des alten Kioshi vielleicht in sein Haus aufgenommen. Niemand hätte die Stirn darüber gerunzelt, hätte Kin den Mann »Onkel« genannt.

Aber Kin war kein gewöhnlicher Junge, und daher sprach er den anderen Gildenmann mit seinem Titel an, wie alle anderen auch.

»Shateigashira.« Er bemühte sich, seiner Stimme einen festen Klang zu verleihen, bedeckte seine Faust mit der Hand und verneigte sich, so gut er das im Liegen konnte. »Der Sprecher des Kapitelhauses in Kigen beehrt mich mit seiner Gegenwart.«

»Du bist endlich wach. Gut.«

Die riesenhafte Gestalt schob mehrere Perlen über den Mech-Abakus auf ihrer Brust: Sie sendete an den großen Bibliotheksknotenpunkt im Ersten Haus. Tausende von Empfängern sammelten und transkribierten Tausende von Datenschnipseln in der Minute und übermittelten Informationen an die Ministerien für Kommunikation, Gesetzgebung, Beschaffungswesen, Verteilung. Damit trugen sie zu dem stetigen maschinellen Summen in den Köpfen aller bei, die dem System zugeschaltet waren. Sein ganzes Leben lang hatte Kin dem Puls dieser Maschine gelauscht.

»Wie fühlst du dich?«

»Zerschunden.« Kin berührte noch einmal die Bandagen. »Und ich habe Durst.«

»Nach einem solch grandiosen Abenteuer war das zu erwarten.«

Der Ton des Shateigashira verriet keine Spur von Humor. Kin schwieg und sah zu, wie die Perlen des Mech-Abakus auf der breiten Brust hin- und herglitten.

»Als deine Haut ihr Notsignal gesendet hat, fürchtete man, du könntest in den Iishis umgekommen sein. Doch ich wusste es besser. Uns beiden ist klar, dass du zu Höherem bestimmt bist, Kioshi-san.« Der Shateigashira strich mit einem Panzerhandschuh über den metallenen Rahmen des Feldbettes, und es klang, als kratze er mit einer Feile daran entlang. Das Geräusch ging Kin durch Mark und Bein. »Du kannst dir sicher denken, wie überrascht ich war, vom Kyōdai der *Glanz und Gloria* hören zu müssen, dass du nackt warst, als seine Söldner dich gefunden haben. Hautlos. In Gesellschaft eines Hadanashi-Mädchens.«

»Das Feuer.« Kin schluckte. »Meine Haut war schwer beschädigt. Es war unvermeidbar, sie abzulegen, Shateigashira.«

»Das ist bedauernswert, Kioshi-san.« Er schüttelte den Kopf, und das rote Licht seiner Augen ließ unheimliche Schatten über die perfekten, starren Züge wandern. »Ein großer Gesichtsverlust. Es hätte deinen Vater beschämt, ein derart gesegnetes Kind so tief sinken zu sehen. Ich bin dankbar, dass er das nicht mehr erleben musste. Es ist unumgänglich … Vor den anderen Shatei muss ein Exempel statuiert werden, auch in deinem Fall. Du musst bestraft werden.«

Kin atmete tief durch, weil er hoffte, so sein hämmerndes Herz ein wenig zu beruhigen. »Ich verstehe.«

»Allerdings könnte die Schwere der Strafe durch Nachsicht gemildert werden. Wenn du kooperierst.«

Kin wusste, was der Mann von ihm wollte. Er wusste auch, dass der Shateigashira eine höfliche Bitte formulieren würde – als sei das aus seinem Mund etwas anderes als ein Befehl, als hätte Kin in der Angelegenheit tatsächlich eine Wahl. Er versuchte, sich an den Geschmack sauberen Regens zu erinnern, das Gefühl der frischen Bergbrise auf seinem Gesicht, den Anblick ihres Haars, das wie ein schwarzes Seidenband im Wind flatterte. Er sagte die Worte, als passten sie nicht recht in seinen Mund. »Was kann ich tun, Shateigashira?«

»Das Mädchen, mit dem sie dich gefunden haben. Die junge Frau, die den Arashitora gezähmt hat.«

»Hai?«

Der große Mann beugte sich zu ihm herunter. »Sei so gut und erzähl mir alles, was du über sie weißt.«

27

Wisteriaparfüm

Das Gefängnis war eine stinkende Jauchegrube aus öligem Stein. Ein vergessenes Loch, in das die Stadt Kigen all jene Kriminellen warf, denen der Tod in der Arena und eine Hinrichtung an Ort und Stelle erspart geblieben waren. Nicht viele konnten sich derart glücklich schätzen. Hier saßen Schuldner, Raufbolde, kleine Diebe und Bandenmitglieder in winzigen Zellen hinter Gitterstäben aus rostigem Eisen. Fauliges Stroh lag auf dem Boden. Kein Sonnenlicht. Keine frische Luft. Schimmeliges Brot, schwarzes Wasser und nackter Stein, um darauf zu schlafen.

Der Wärter hatte einen Blick auf Hiro in seinem goldenen Wappenrock und seiner scheppernden, zischenden Rüstung geworfen und dann eilig seinen Schlüsselring gezückt. Nun schlurfte er einen feuchten Flur entlang und schaute alle paar Schritte über die Schulter zurück, als wolle er sichergehen, dass sie noch hinter ihm waren. Dann geleitete er sie eine gewundene Treppe in übelriechende Finsternis hinunter. Kleine Ratten flohen vor dem Licht der Fackel, die er in der Hand hielt. Die größeren, deren Schwänze so dick wie Yukikos Daumen waren, rührten sich nicht vom Fleck. Sie quiekten trotzig. Aus einer Zelle schlug ihnen Verwesungsgeruch entgegen, Lotusfliegen summten im Dunkeln. Yukiko legte eine Hand vor Mund und Nase und wandte den Blick ab.

Der Wärter führte sie tief ins Gefängnis hinein. Endlich machte er Halt und wies auf eine Zelle am Ende des Ganges. Er reichte Yukiko die Fackel, neigte noch einmal den Kopf vor Hiro und zog sich respektvoll ein paar Schritte weit zurück. Yukiko wandte sich dem eisernen Samurai zu.

»Ich möchte allein mit meinem Vater sprechen, Hiro-san.«

Er verbeugte sich. Die Zahnräder auf seiner Rüstung surrten, Chi-Abgase stiegen aus dem Motor auf. »Wie du wünschst, Herrin.«

Langsam und mit schweren Schritten ging sie auf die Zelle zu, die Fackel hoch erhoben. Es brach ihr das Herz, als sie die bleiche, schmutzige Gestalt erblickte, die zusammengesunken in einer Ecke kauerte. Ihr Vater war in einen Lumpen gekleidet, der mit Erbrochenem befleckt war. Seine graue Haut glänzte vor Schweiß. Seine Muskeln waren starr – er litt sichtlich unter dem Lotusentzug. Seine Zähne schlugen aufeinander, der Kopf hing ihm auf die Brust. Die Arme hatte er um die Knie geschlungen. Er bot ein Bild des Elends: ein Mann, gefangen in seiner persönlichen Hölle. Er regte sich nicht, als der Lichtschein näherkam.

»Vater?« Ein Schluchzen saß in ihrer Kehle. Sie kniete vor dem Gitter nieder und klemmte die Fackel zwischen zwei Stäbe. Flackerndes Licht fiel auf Masarus Tätowierungen, der neunschwänzige Fuchs schien in den Schatten zu tanzen. Sie streckte die Hände aus. Der Gestank, der aus dem Eimer in der Ecke kam, brachte sie beinahe zum Würgen.

»Vater!«, sagte sie lauter.

Langsam hob er den Kopf und blinzelte ins Licht. Schmutzige, verknotete Strähnen seines ergrauenden Haares hingen ihm ins Gesicht. Es dauerte einen Augenblick, bis er sie erkannte, dann aber weiteten sich seine Augen.

»Yukiko?«, flüsterte er und kroch über den dreckigen Boden zu ihr hin. »Izanagi, hol mich heim ... Yukiko, bist du es wirklich? Oder halluziniere ich nur wieder?«

»Ich bin es, Vater.« Sie versuchte zu lächeln, während ihr die Tränen über die Wangen liefen, und ergriff durch die Gitterstäbe hindurch seine Hand. »Deine Ichigo.«

Freude breitete sich auf seinem Gesicht aus, drängte den Schmerz in den Hintergrund und leuchtete aus seinen Augen. »Ich habe geglaubt, du seist tot!«

»Nein.« Sie drückte seine Hand. »Ich konnte ihn retten, Vater. Den Arashitora. Ich habe ihn mitgebracht.«

»Ihr Götter ...«

»Wo sind Kasumi und Akihito?«

»Fort.« Er senkte den Blick. »Ich habe ihnen befohlen, die Flucht zu ergreifen. Ich wusste, dass Yoritomos Zorn fürchterlich sein würde. Yamagata ...«

»Ich weiß. Ich weiß, was Yoritomo Yamagata angetan hat. Und uns. Ich weiß alles, Vater.«

Da sah er sie an, und sie las die Verwirrung und die Angst in seinem Blick. Um Mund und Augen hatten sich ihm Falten eingegraben, die aussahen wie tiefe dunkle Furchen in grauem Stein. Narben eines qualvollen Geheimnisses, das er jahrelang bewahrt hatte. Er hatte sein Leid mit Lotusrauch betäubt, hatte danach getrachtet, in Tavernen und Spielhöllen alles zu vergessen, dem Elend irgendwie ein Ende zu setzen. Dem Geheimnis zu entkommen, das sich wie ein Messer in einer Wunde drehte und in der Dunkelheit schwärte.

Nun teilten sie es miteinander.

»Du …« In seinen Augen standen Tränen. Sie hatte ihn noch nie weinen sehen. »Du weißt es?«

»Ja.«

Sein Seufzen schien aus großer Tiefe aufzusteigen. Es war, als atmete er all das Gift aus, das er seit jenem schrecklichen Tag in seine Lunge gesogen hatte. Und sie? Sie glaubte, dass sie in einem düsteren Winkel ihrer Seele die Wahrheit immer schon gekannt hatte. Seit er in den Gärten des Shōgun vor ihr niedergekniet war und ihr gesagt hatte, ihre Mutter sei fortgegangen und werde nie zurückkommen. Dass sie sich nicht von ihr verabschieden könne. Und doch hatte sie ihn dafür verantwortlich gemacht. Gehasst hatte sie ihn.

»Naomi …« Seine Stimme brach, als er den Namen aussprach. »Deine Mutter. Sie bat Yoritomo, mich aus seinen Diensten zu entlassen. Flehte, er möge an meine Familie denken. Mein ungeborenes Kind. Du warst ohne mich aufgewachsen. Sie wollte nicht, dass es dem neuen Kind genauso ergehen würde. Der Shōgun lächelte und nickte und sagte, er würde uns seine Antwort am nächsten Tag geben.«

Masaru blinzelte heftig, verzog das Gesicht und drängte die Tränen zurück. Yukiko umklammerte seine Hand und streichelte mit der anderen seine Wange.

»Sie kamen früh am nächsten Morgen. Ich kehrte aus dem Badehaus zurück und fand sie noch im Bett. Die Augen geschlossen. Die Kehle durchtrennt.« Er schluckte schwer. »Das Blut …«

Einen endlosen, furchtbaren Augenblick lang starrte er auf seine offene, leere Hand hinunter. Hass brannte in seinem Blick.

»Ich ergriff das Nagamaki, das sein Vater mir geschenkt hatte, und ging ihn suchen. Er stand auf der Terrasse und sah zu, wie du mit den Spatzen spieltest. Nur ein Junge, gerade dreizehn, aber er schaute mich mit den Augen eines Irrsinnigen an. Und weißt du, was er gesagt hat?«

Masaru ließ den Kopf hängen.

»›Setz dich noch einmal über meinen Befehl hinweg, und ich nehme dir alles, was du noch hast. Alles.‹« Er knurrte unwillkürlich. »›Aber zuerst kommt der Schmerz.‹«

Er schlug mit der Faust auf den Boden und riss sich dabei die Knöchel auf. Knochen schabte über Stein.

»Dann lächelte er auf dich hinab und wanderte davon. Kein Blick zurück.« Masaru wischte sich über das Gesicht und verschmierte es mit seinem Blut. »Du durftest nichts davon erfahren. Ich wollte nicht, dass er dich als Problem betrachtet, als eine Person, die im falschen Moment das Falsche sagen könnte. Deshalb habe ich gelogen und dir erzählt, sie sei fortgegangen. Allen habe ich gesagt, sie hätte mich verlassen. Es war leicht zu glauben. Ich war so selten zu Hause gewesen, und ich hatte sie betrogen. Aber ich habe sie geliebt, Ichigo. Trotz allem habe ich nie aufgehört, sie zu lieben. Und du warst alles, was mir von ihr geblieben war.«

Er sah sie an, das blutige Gesicht ein Spiegel seiner Trauer. »Ich konnte es nicht ertragen, dich auch noch zu verlieren.«

Sie weinte immer noch, aber das kümmerte sie nicht. Ihre Tränen fielen auf den Boden wie Regentropfen. Sie wuschen alles fort, den Hass, den Zorn, und ließen sie in dem Bewusstsein zurück, dass sie ihm Unrecht getan hatte. Dass er sich an den Thron eines Verrückten gekettet hatte, um ihr Leben zu retten.

»Vergib mir«, wisperte er und drückte ihre Hand.

»Vergib *mir*!«, flehte sie.

Er zog sie an sich, und sie umarmten einander durch die Gitterstäbe hindurch. Yukiko spürte die Muskeln unter seiner Haut und trotz des Lotustremors die Kraft in seinen Armen. Aber das war nichts im Vergleich zu der inneren Stärke, die er gebraucht haben musste, um jeden Tag niederzuknien und für seine Tochter alles aufzugeben, was ihn ausmachte. Eine ungeheuerliche Stärke.

In ihrer Erinnerung hallten die Worte wider, die er auf der *Donnerkind* zu ihr gesagt hatte, so laut und deutlich, als spräche er sie jetzt. Und endlich, zu guter Letzt, begriff sie, was er gemeint hatte.

Irgendwann verstehst du das. Dass man manchmal Opfer für etwas bringen muss, das wichtiger ist als man selbst.

»Ich hole dich hier raus«, flüsterte sie und hielt ihn ganz fest. »Das verspreche ich dir.«

»Shateigashira Kensai, erhabene zweite Blüte des Kigener Kapitelhauses.«

Hideos gebrechliche Stimme humpelte durch die Empfangshalle und über den roten Teppich in den Thronsaal. Sie blieb zwischen den Wandbehängen stehen, die sich in der Nachmittagsbrise bauschten. Der Minister selbst klopfte dreimal mit seinem Stab auf den Boden, und die eisernen Samurai an der Tür traten wie ein Mann zur Seite – in ihrer maschinenhaften Präzision konnten sie es mit den Lotusmännern aufnehmen.

Die Höflinge in der Empfangshalle wichen respektvoll zurück. Fächer flatterten vor angemalten Gesichtern und kunstvoll gestalteten Atemmasken durch die Luft, Augen starrten durch das getönte Glas teurer Schutzbrillen oder spähten verengt in die schrägen Nachmittagssonnenstrahlen, die durch die Fenster hereinfielen. An Yoritomos Hof waren Vertreter aller Zaibatsu des Inselreiches zugegen. Der Daimyō des Ryū-Clans hatte Abgesandte in blauer Seide geschickt, deren Obi so aussahen, als bestünden sie aus Drachenschuppen. Kitsune-Adelige standen dicht beisammen, offenbar alle eng miteinander vertraut. Ihre Haut war weiß wie Schnee, ihre Kimonos schwarz. Sie warfen den Drachen durch den Saal kühle Blicke zu und flüsterten hinter vorgehaltenen Fächern. Bildschöne Männer und Frauen aus den Fushichō-Landen waren zugegen: Ihre Augenlider waren in den Farben des Feuers geschminkt, sie hatten blonde Strähnen im dunklen Haar und trugen atemberaubende Gewänder im frischen, von strahlendem Orange durchsetzten Gelb junger Sonnenblumen. Wie üblich interessierten sich die Mitglieder des Phönix-Clans nicht sonderlich für die offenkundige Feindseligkeit zwischen Drachen und Füchsen. Lieber konzentrierten sie sich darauf, die Adeligen beider Seiten mit ihrem Auftreten in den Schatten zu stellen. Natürlich war der Großteil der Menge in das strahlende Blutrot des Tiger-Clans gekleidet. In kostbarem Goldfaden war ihr Kami auf ihre Roben gestickt.

Nun verstummten sie alle. Anzüglichkeiten und Klatsch erstarben ihnen auf den Zungen, als Shateigashira Kensai, zweite Blüte, Sprecher der Gilde in der Stadt Kigen, höchstselbst durch die Doppeltür trat und auf den Thronsaal zumarschierte.

Das Surren des Räderwerks und das mechanische Lied des Mech-Abakus auf seiner Brust waren laut in der Stille. Kensais schwere Schritte wurden vom Teppich kaum gedämpft. Der sterbende Tag glitzerte in seinen roten Facettenaugen. Kensai war ein Ungeheuer von einem Mann: 1,80 Meter groß und beinahe ebenso breit. Seine beachtliche Masse steckte in einem überreich verzierten Atmos-Panzer. Rumpf und Glieder waren muskulös und mit Schnörkeln und Einlegearbeiten in Form von Tigerstreifen geschmückt. Sein Gesicht jedoch war abartig: die Züge eines schönen, vergoldeten Jünglings, der klappernde Eisenleitungen erbrach.

Die Hände zu Fäusten geballt, blieb die zweite Blüte vor dem Thron stehen. Seine Verneigung war kaum als solche zu erkennen. Sein Atem pfiff durch die Blasebälge. Aus der Maschinerie auf seinem Rücken quoll eine Schwade Chi-Qualm, gerade als die eisernen Samurai die Doppeltür hinter ihm schlossen. Federbetriebene Deckenventilatoren drehten sich surrend an dem Balken über ihren Köpfen. Irgendwo in der Entfernung wanderte ein Diener durch die Korridore und läutete mit seiner eisernen Glocke die Stunde der Wespe ein.

Die Hitze machte Yoritomo träge. Hinter der kleinen Schutzmaske, die er im Inneren des Palastes trug, war sein Gesicht ausdruckslos. Es kursierten Gerüchte, dass in diesem Ehrfurcht gebietenden Panzer ein aufgeblähter Fettsack steckte. Die metallischen Muskeln waren nur eine Fassade, hinter der weicher, fleckiger Walspeck schwabbelte, und das schöne, kindliche Gesicht verbarg eine Visage, vor der selbst seine Mutter zurückschreckte. Hideo wusste außerdem aus zuverlässiger Quelle, dass Kigens zweite Blüte eine Vorliebe für Gaijin-Frauen hatte. Yoritomo brauchte sich nur vorzustellen, wie dieses verschwitzte, scheußliche Schwein sich an einem armen, entführten Barbarenmädchen verunreinigte, dann fiel es ihm leicht, Kensais einschüchternde Erscheinung nicht weiter ernst zu nehmen. Tatsächlich musste der Shōgun beim Gedanken an den Skandal ein Lächeln unterdrücken.

»Shateigashira.« Er nickte. »Sprecher des Kigener Kapitelhauses. Du beehrst uns mit deiner Gegenwart.«

»Die Ehre ist ganz meinerseits, Seii Taishōgun, o Bezwinger der östlichen Barbaren, Göttergleicher.« Kensais Stimme war ein tiefes, metallisches Grollen, das gar nicht zu seiner jugendlichen Maske passen wollte. »Möge Amaterasu auf Eure Felder scheinen und Eurem Volk reiche Ernte bringen.«

»Du bist gekommen, um die Zweihundertjahrfeier zu besprechen? Ich vertraue darauf, dass mein Sattel rechtzeitig fertig sein wird.«

Wie aus dem Nichts erschien Hideo neben Yoritomos Thron. Mit dem langen Stiel seiner Pfeife tippte er sich gegen die blassen Lippen. Der Thron, eine Komposition aus goldenen Tigern, geschwungenen Linien und seidenen Kissen, war doppelt so hoch wie der kleine Minister. Der schmutzige Luftzug spielte noch immer mit den Wandbehängen und ließ sie gegen die glatten schwarzen Granitsäulen in Yoritomos Rücken flattern.

»Die ehrenwerte zweite Blüte wünscht, über das Kitsune-Mädchen zu sprechen, mein Gebieter.« Hideo verneigte sich, stieß eine Wolke süßen, blauschwarzen Rauchs aus und verengte seine geröteten Augen.

»Ah.« Yoritomo nickte. »Meine Arashitora-Hirtin. Was ist mit ihr?«

»Vergebt mir, mächtiger Gebieter.« Dieses Mal fiel die Verneigung des Gildenmannes noch spärlicher aus. Man konnte es kaum noch eine Scharade nennen. »Keinesfalls möchte ich Euch beleidigen oder die Bande der Freundschaft und der Ehre zwischen dem Ersten Haus und Eurem Hof schwächen. Mir ist bewusst, dass Ihr diesem Mädchen Obdach gewährt …«

»Raus damit, Kensai!« Yoritomos Augen blitzten. Der Heuchelei hatte er einen Dolchstoß versetzt, und nun verblutete sie am Boden. »Wir wissen doch beide, warum du hier bist.«

»Das Mädchen ist unrein, mächtiger Gebieter.« Die Stimme des Gildenmannes war wie ein Schwarm plumper, chitingepanzerter Hummeln. »Beschmutzt vom Blute der Yōkai. Wie es im Buch der zehntausend Tage geboten ist, muss sie auf dem Weg der Reinigung wandeln!«

»Hmmmm.« Yoritomo tat sein Bestes, einen besorgten Gesichtsausdruck aufzusetzen. »Blutsverwandt mit den Yōkai, sagst du?«

»Wir hegen diesen Verdacht, Seii Taishōgun. Der Zwischenfall mit dem Hündchen der Herrin Aisha. Die Art, wie sie mit dem Arashitora umgeht ...«

»Es ist bloß ein Verdacht?« Er hob eine Augenbraue. »Damit willst du sagen, dass du keine Beweise hast?«

Eine lange Pause. Nur der Mech-Abakus auf Kensais Brust sang unbeirrt vor sich hin. Yoritomo und Hideo sahen zu, wie der Gildenmann mehrere Perlen von einer Seite auf die andere schob. Er sprach im Tonfall eines Mannes, der seine Worte mit größter Sorgfalt wählte.

»Bei allem Respekt, mächtiger Gebieter ... Wann waren jemals Beweise vonnöten?«

Die Gastgemächer lagen im westlichen Flügel des Palastes. Dünne Reispapierwände, poliertes Teakholz und keine Spur von Privatsphäre. Alles schrie Maßlosigkeit. Die Möbel waren Handarbeit, und an den Wänden hingen Meisterstücke von Ryū Kamakura und Fushichō Ashikaga. Lange Aquarien aus mattem Strandglas waren in den Boden eingesetzt und beherbergten dünne, elend wirkende Koi in allen Farben des Regenbogens. Es fühlte sich pompös an. Wie Blendwerk. Münzen, die nicht ausgegeben worden waren, damit die Gäste sich wohlfühlten, sondern um die Herrlichkeit des Shōgun zu zeigen.

Yukiko wandte sich zu Hiro um, der sich in der Tür herumdrückte.

»Du kannst hereinkommen, wenn du möchtest.«

»Das geziemt sich nicht.« Seine Rüstung sirrte, als er den Kopf schüttelte. »Die Herrin Aisha würde mich aufknüpfen lassen, fände sie heraus, dass ich unbegleitet die Gemächer einer Dame betreten habe.«

»Also bleibst du stattdessen einfach draußen sitzen?«

»Hai.«

Yukiko glaubte, dass sich ein Lächeln hinter der unheimlichen eisernen Maske verbarg.

»Kannst du das Ding abnehmen?« Sie deutete auf die Mempō. »Ich hab genug Oni gesehen, dass es mir für den Rest meines Lebens reicht.«

»Du hast Oni gesehen?« Es war ihm anzurechnen, dass er die Skepsis zum allergrößten Teil aus seiner Stimme heraushielt. »Wo?«

»Das ist eine lange Geschichte.« Sie schüttelte müde den Kopf. »Spielt keine Rolle. Kannst du sie bitte abnehmen? Ich hab keine Ahnung, ob du mich gerade verspottest.«

Hiro öffnete eine Schließe an seiner Kehle, die Halbmaske löste sich mit einem leisen Schmatzen und schwang zur Seite. Er nahm den Helm ab. Die Haare klebten ihm am Kopf, und sein Gesicht war nass von Schweiß. Er hatte ein markantes Kinn, einen kleinen Spitzbart und glatte Wangen. Dazu jene glitzernden, schönen Augen.

»Ich verspotte dich nicht, Herrin.«

Sie starrte ihn an, erinnerte sich an ihre Träume und spürte, wie ihr wieder diese lächerliche Röte in die Wangen stieg. Aber dann wallte Ärger in ihr auf, der alles andere verdrängte. Ihr Vater und ihr bester Freund wurden vom Mörder ihrer Mutter gefangen gehalten! Hätte sie sich selbst ohrfeigen können, hätte sie es getan. *Es gibt im Augenblick wirklich Wichtigeres als Jungs!*

»Ich muss ein Bad nehmen und mich umziehen.« Sie bemühte sich, ganz ruhig zu sprechen; es war nicht seine Schuld, dass sie sich wie eine Närrin aufführte. »Also suchst du dir am besten einen bequemen Stuhl im Flur.«

Hiro lächelte, bedeckte seine Faust mit der Hand und verneigte sich leicht. Dann klemmte er seinen Oni-Helm unter den Arm, zog sich rückwärts zurück und schob die Tür hinter sich zu. Die scharlachrote Sonne zeichnete seine Silhouette auf das Reispapier, als sei er eine Figur aus dem Schattentheater. Yukiko stelzte in die Ankleide, setzte sich vor den Spiegel und begann, ihre verfilzten Haare zu entwirren. Dabei schob sie resolut die Gedanken an Träume, kindische Fantasien und den Jungen von sich, der vor ihrer Schlafzimmertür wartete.

Das Mädchen, das sie im Spiegel sah, war schmutzig: die Haut verschmiert mit den Ablagerungen von Chi-Abgasen, die Kleider befleckt mit Schmutz und Oni-Blut, die Füße bloß, die Knöchel verschorft.

Sie fühlte sich hässlich. Hässlich wie diese Stadt und die Menschen, die sie beherrschten.

Die Gemächer hatten ein eigenes Badehaus, und sie lag so lange in dem wunderbar warmen Wasser, dass es ihr vorkam, als seien Stunden verstrichen. Getrocknetes Blut und alter Schweiß stiegen an die Oberfläche und bildeten einen schmutzigen Schaum. Das Shampoo roch nach Wisteria. Sie schloss die Augen und dachte an das Dorf in den Baumwipfeln. An das Messer in ihrer Hand. Das Blut auf dem Boden.

Ihr Versprechen.

In der Einsamkeit und Stille wurde sie sich einer sonderbaren Leere in ihrem Inneren bewusst. Es war, als hätte jemand in sie hineingegriffen, seine Hand um eins ihrer Organe geschlossen und es aus ihr herausgezogen – und all das hatte er so langsam und behutsam getan, dass sie es jetzt erst merkte. Es schmerzte. In ihrem Kopf klaffte ein Loch, als hätte sie etwas so

Entscheidendes vergessen wie ihren Namen oder die Form ihres Gesichtes. Sie versuchte, das Gefühl zu ergründen, die Quelle zu finden. Ihr Vater? Ihre Mutter? Nein. Sie fuhr sich mit den Händen durchs Gesicht.

Buruu!

Sie vermisste ihn. Sehnte sich nach ihm. Nicht wie ein Lotus-Abhängiger sich nach seiner nächsten Pfeife oder ein Trinker sich nach seiner Flasche sehnte. Es war eine leisere Empfindung, sanft, traurig und tief: der einsame Schmerz eines Morgens ohne Vogelsang, einer Blume, die kein Sonnenlicht bekam. Sie tastete nach seinem Geist und spürte ihn in der Ferne, eine verschwommene Hitze, die ihre Sinne nicht richtig erreichen konnten. Sie war zu weit entfernt, um seine Antwort zu hören, aber sie streckte sich nach ihm und schickte ihm ihre stumme, ungelenke Zuneigung.

Du fehlst mir, mein Bruder. Sie schloss die Augen und spürte warme Tränen in ihren Wimpern hängen. *Ich brauche dich.*

Als sie sich abtrocknete, hörte sie, wie die äußeren Türen des Badehauses aufgeschoben wurden. Sie bückte sich nach dem Haufen schmutziger Kleider und schloss die Hand um den Griff ihres Tantō.

»Hiro-san?«, rief sie.

Eine kleine Gestalt erschien im Türrahmen, ein Mädchen in ihrem Alter. Sie hatte makellose Haut und große, schöne Augen, dunkel wie Ebenholz und umrandet mit Kajal. Ihr voller Schmollmund war mit einem senkrechten, tiefroten Strich bemalt. Weiße Kirschblüten schwebten über die Seide ihrer blutroten Furisode. Ihr Haar war zu einer komplizierten Frisur aufgesteckt, Elfenbeinnadeln und rote Quasten waren darin befestigt. Sie hielt ein riesiges Kleiderbündel in den Armen und hatte offensichtlich mit dem Gewicht zu kämpfen. Die langen Ärmel ihrer Robe hingen auf den Boden.

»Vergib mir, Herrin.« Sie sank auf die Knie und verneigte sich, den Blick gesenkt. »Die Gebieterin des Hauses hat mich angewiesen, dir diese Kleider zu bringen.«

»Die Herrin Aisha?«

»Hai.« Das Mädchen verneigte sich wieder und legte ihr das Bündel zu Füßen. »Ich bin Tora Michi. Meine ehrenwerte Herrin bittet darum, dass du sie zum Tee besuchst, wenn du gebadet hast. Sie möchte dir ihren herzlichen Dank ausdrücken, weil du ihr mit Tomo geholfen hast.«

»Tomo?«

»Ihr Hund, Herrin.« Das Mädchen bedeckte höflich den Mund mit der Hand, um sein Lächeln zu verbergen. »Sie schickt diese Jūnihitoe, damit du sie zu der Gelegenheit trägst. Sie hat befohlen, dass ich dir dabei helfe, sie anzulegen.«

»Oh, das ist schon in Ordnung.« Yukiko betrachtete den Stoffberg mit vagem Missfallen. »Du kannst die Sachen einfach hier lassen.«

»Hast du schon einmal eine Jūnihitoe getragen, Herrin?«

»Nein«, gab Yukiko nach kurzem Zögern zu.

»Dann brauchst du meine Hilfe.«

Es dauerte eine Stunde, das Gewand anzulegen. Als die Prozedur beendet war, hatte Yukiko sich ein Dutzend Mal geschworen, dass sie niemals wieder auch nur in die Nähe eines der verdammten Dinger kommen würde. Lage um Lage wurde um sie drapiert: zuerst ein Untergewand aus weißer Seide, dann elf weitere Roben, jede aufwendiger als die vorherige. Die Jūnihitoe musste beinahe zwanzig Kilo wiegen.

Michi schminkte ihr das Gesicht: knochenweißer Puder, Kayal um die Augen, und auch Yukiko bekam einen vertikalen roten Strich auf die Lippen gemalt. Ihre Haare wurden zu einer

Rolle gedreht und mit goldenen Kämmen befestigt. Das Mädchen spähte über Yukikos Schulter in den Spiegel und lächelte.

»Du bist sehr schön, Kitsune Yukiko.«

»Der ganze Aufwand, nur um Tee zu trinken?«

Michi verbarg ihr Lachen hinter ihrer Hand. »Die Herrin Aisha ist die Schwester des Shōgun. Die meisten Hofdamen würden den ganzen Tag damit verbringen, sich auf eine Audienz mit ihr vorzubereiten.«

»Götter, was für eine Verschwendung! Draußen auf der Straße betteln Menschen um etwas zu essen.«

Michi legte den Kopf schief, die Augen verengt, die prallen Lippen zu einem schmalen Strich zusammengepresst. »Wir sollten aufbrechen. Die Herrin wartet.«

In der Jūnihitoe zu laufen, erwies sich als ebenso mühsam, wie sie anzulegen. Der Saum des Gewandes war eng um ihre Knöchel, und Yukiko stellte fest, dass sie nur kleine, schlurfende Schritte machen konnte. Michi öffnete die Tür aus den Gemächern hinaus. Hiro kniete noch immer auf der anderen Seite. Er erblickte Yukiko und sprang auf die Füße. Die Plötzlichkeit der Bewegung brachte Zahnräder zum Wimmern und Motoren dazu, zischend Abgase auszustoßen. Der Mund stand ihm offen. »Du …«, stammelte er. »Du siehst …«

»Lächerlich aus«, beendete Yukiko seinen Satz. »Je weniger darüber gesagt wird, desto besser.«

Die Mädchen trippelten aus dem Gästeflügel hinaus, und Hiro marschierte hinter ihnen her. Polierte Dielen aus Kiefernholz erstreckten sich in alle Richtungen. Die Reispapierwände waren wunderschön bemalt und mit langen blutroten Amuletten geschmückt, auf denen Schutzmantras zu lesen waren. Deckenventilatoren quietschten leise in der erdrückenden Hitze. Yukiko spürte, wie ihr eine Schweißperle über den Rücken rann und im

Stoff an ihrem Kreuz versickerte, wo sie ihr Tantō verborgen hatte. Diener blieben stehen, sanken auf die Knie und verneigten sich tief vor ihnen. Als sie endlich die Gärten erreichten, taten Yukiko die Füße weh, und ihre Wadenmuskeln hatten sich verkrampft, so ungewohnt war der bizarre, schlurfende Gang, mit dem sie sich gezwungenermaßen vorwärtsbewegte.

Sie gingen über eine große Veranda. Zu ihrer Linken breiteten sich die Gärten aus. Das heisere Tschilpen elender Spatzen erklang aus den dunstverhangenen Wipfeln. Die Stämme der Bäume waren gebeugt und verdreht, und die Blätter hatten einen kränklichen grauen Farbton. Eine große Statue des Hachiman ließ trübes Wasser aus ihren Händen in einen kleinen Bach laufen, aber Yukiko konnte keine Koi darin schwimmen sehen, nur tote Blätter. Am Grund lagen glatte, runde Steine. Sie erinnerte sich daran, wie sie als Kind hier gespielt hatte. Sie hatte die Vögel gejagt und ohne Erfolg nach Schmetterlingen gesucht. Sie erinnerte sich daran, wie ihr Vater sich vor sie hingekniet und ihr gesagt hatte, dass ihre Mutter für immer fortgegangen war.

Sie drängte die Tränen zurück, hustete, und prompt drang ihr Lotusrauch in die Kehle. Sie blinzelte zum Nachmittagshimmel auf und sah, dass er die Farbe geronnenen Blutes hatte.

Die Bushimänner, die Wache standen, flüsterten miteinander, als sie vorbeigingen. Je tiefer sie in den Palast vordrangen, desto mehr rote Wappenröcke sahen sie. Sobald sie den Flügel betraten, in dem die Gemächer des Shōgun und seiner Schwester lagen, ersetzte das Gold der Elite Kazumitsus das Rot der Bushimänner. Die einfachen eisernen Brustpanzer wichen den großen, zischenden Ōyoroi. Die eisernen Samurai verneigten sich vor Hiro, die Faust mit einer Handfläche bedeckt, und er blieb jedes Mal stehen und erwiderte die Geste. Wenn diese Formalität erledigt war, blickten die Samurai Yukiko an, still wie Geister, mit neugierigen Augen über den Oni-Halbmasken.

Die Dielen des Flures zirpten unter ihren Füßen: Das war die Melodie des »Nachtigallenbodens«, der Attentäter verraten und neugierige Diener davon abschrecken sollte, ihre Herren zu belauschen. Yukiko spürte Blicke auf sich ruhen, selbst wenn außer ihnen niemand zu sehen war. Ihre Haut kribbelte unangenehm. Ihr mehrlagiges Gewand war schwer und erdrückend, und sie hätte alles dafür gegeben, wieder ihre einfache Uwagi zu tragen und in ihr einfaches Leben zurückzukehren.

Die knarrenden Stufen, die zum Teezimmer hochführten, waren die reinste Folter. Hiro kniete im Flur nieder. Michi schob die Doppeltür auf und verkündete Yukikos Namen. Yukiko stolperte ins Zimmer, fiel beinahe hin und spähte angestrengt ins Dämmerlicht. Mehrere junge Mädchen kicherten.

»Pst!«, zischte die Herrin Aisha und schnippte mit den Fingern. Sofort wurde es still.

Yukiko streifte ihre Sandalen ab und sah sich um. Die Reispapierwände waren mit Tigern bemalt, die durch einen stilisierten Dschungel schlichen. Ein Balkon überblickte die Gärten, durch die offenen Türen drangen eine kühle Brise und der armselige Gesang der Spatzen. Lotusmatten bedeckten den Boden. In der Mitte des Zimmers stand ein niedriger Tisch, der von seidenen Kissen umgeben war. Ein Dutzend Dienstmädchen in roten Gewändern drängte sich in der Peripherie und starrte Yukiko mit unverhohlener Neugier an. Aber es war die Frau in der Mitte des Raumes, die Yukikos Aufmerksamkeit gefangen nahm.

Die Herrin Aisha war einige Jahre älter als sie, eine Frau in der vollen Blüte ihrer Schönheit. Sie schien aus Alabaster zu bestehen, eine Statue, die von ihrem Sockel gestiegen war, um sich unter die Lebenden zu mischen. Ihr Make-up, ihr Haar, ihr Gewand – alles war perfekt. Hohe Wangenknochen, Flüsse aus sorgfältig gelegten rabenschwarzen Locken, volle, bemalte Lippen. Wie viele Dienstmädchen hatten wohl stundenlang geschuftet, nur damit ihre Herrin von makelloser Erscheinung war? Ja, die Herrin Aisha war überwältigend, atemberaubend schön, doch Yukiko empfand bloß Abscheu und Geringschätzung für die Zurschaustellung von Reichtum und die Mühe, mit der diese Fassade errichtet werden musste. Sie drückte die Stirn auf den Boden.

»Herrin Tora Aisha.«

»Kitsune Yukiko«, erwiderte Aisha, ihre Stimme heiser, vom Rauch belegt. »Ich danke dir, dass du mich besuchst.«

»Es ist mir eine Ehre, Herrin.«

Der Terrier, der auf Aishas Schoß gelegen hatte, sprang auf den Boden, hüpfte zu Yukiko herüber und leckte ihr Ohr. Sie wand sich und setzte sich schließlich auf. Die Legion der Dienstmädchen brach erneut in glockenhelles Gelächter aus. Aisha zog ihren Atemmaskenfächer aus dem Ärmel und verbarg ihr Lächeln dahinter. Yukiko kraulte dem Welpen die Ohren und spürte, wie sie den Boden unter den Füßen verlor. Der Schwindel, der den Einsatz ihrer Gabe oft begleitete, stellte die Welt auf den Kopf.

Hallo! Freu mich! Spielen?

Yukiko spürte Buruus Abwesenheit wie eine frische Wunde. *Nicht jetzt, mein Kleiner.*

Der Welpe bellte und tanzte im Kreis.

»Setz dich zu mir, Kitsune Yukiko«, sagte Aisha.

Ungeschickt kroch Yukiko auf den Knien zum Tisch. Sie sah zu, wie Aisha den Tee zubereitete, ein eleganter Tanz von Wasserkessel, Teeschalen und süß duftendem Dampf. Drei Mädchen begannen, auf Kotos eine sanfte, hypnotische Melodie zu spielen. Die Instrumente waren beinahe zwei Meter lang, aus Paulownienholz gefertigt und mit kunstvollen Schnitzereien und Einlegearbeiten aus Perlmutt verziert. Sie standen auf dem Boden, die Mädchen knieten daneben und zupften mit Fingern und Daumen an den dreizehn Saiten. Die bebenden Töne, die sie erzeugten, hatten eine schwebende, zauberhafte Qualität. Sie wirkten immer wieder beinahe melancholisch, als riefen die Instrumente vergeblich nach einer Stimme, die schön genug war, um ihnen zu antworten.

»Es heißt, du habest den Donnertiger gefangen.« Aishas Augen waren auf das Service gerichtet. Sie schöpfte Tee in Yukikos Schälchen. »Und einen Gildenmann gerettet. Dass du tagelang allein in den Iishis warst.«

»Hai.« Yukiko drehte ihr Schälchen dreimal, ehe sie es annahm und sich vor Aisha verneigte.

»Das muss eine wahrhaft außergewöhnliche Geschichte sein.« Aisha verneigte sich ebenfalls und füllte dann ihr eigenes Schälchen. »Irgendwann musst du sie mir einmal erzählen.«

»Wenn Ihr es wünscht, Herrin.«

Aisha warf einen Blick auf Yukikos Schälchen und wartete darauf, dass ihr Gast den ersten Schluck nahm. »Wie alt bist du, Kitsune Yukiko?«

Die Jūnihitoe war so schwer wie die Luft in einem Grab. Schweiß brannte Yukiko in den Augen. Gern hätte sie mit den Handballen darübergerieben, aber sie hatte Angst, das blöde Make-up zu verschmieren. Also versuchte sie, den Schweiß fortzublinzeln. Sie hob ihr Schälchen und nahm einen kleinen Schluck des dampfenden Tees. »Sechzehn, Herrin.«

»So jung. Und doch bist du der Stolz der Hauptstadt.«

»Das ... Das kann ich mir kaum vorstellen, Herrin.«

»Und so bescheiden!«

Die Dienstmädchen kicherten. Aisha nahm einen Schluck Tee. Sie betrachtete Yukiko über den Rand ihres Schälchens hinweg. »Du bist sehr schön, Yukiko-chan.«

»Ihr ehrt mich, Herrin.«

»Deine Gemächer sind adäquat?«

»Hai, Herrin.«

»Ich vertraue darauf, dass Michi-chan eine Hilfe war?«

»Hai, Herrin. Eine große Hilfe.«

»Die Jūnihitoe steht dir sehr gut.«

»Ich danke Euch von Herzen für Eure Großzügigkeit, Herrin.«

»Mein Bruder, der Seii Taishōgun, ist überglücklich.«

»Wenn Ihr es sagt, Herrin.«

»Seit vielen Jahren hat er sich nicht mehr so über etwas gefreut. Du hast ihm ein wunderbares Geschenk gemacht.«

Yukiko wurde immer ärgerlicher. Das alberne Ritual und die einseitige Unterhaltung erregten ihre Ungeduld. Es kam ihr so vor, als würde dieses angemalte Püppchen gar nicht wirklich mit ihr sprechen. Als sei es Aisha gleichgültig, was Yukiko fühlte oder zu sagen hatte. Sicher war dieses Treffen für die Herrin nicht mehr als eine Zerstreuung, eine kurze Unterbrechung ihres Alltags, der aus Banalitäten, schönen Kleidern und langen Stunden vor dem Spiegel bestand.

Sie hätte den Mund halten sollen. Stumm nicken, in ihrem lächerlichen Aufputz vor sich hin schwitzen und ihren von den Göttern verfluchten Tee mit einem Lächeln trinken. Aber das konnte sie nicht.

»Und dennoch hält Euer Bruder meinen Vater beinahe nackt in seinem Kerker fest«, sagte sie. »Wo er hungert und friert, auf harten Steinen schläft und seine Notdurft in einem Eimer verrichtet.«

Alle Dienstmädchen schienen gleichzeitig nach Luft zu schnappen. Die Musik riss ab. Leichenblass geschminkte Gesichter wurden noch ein wenig blasser. Aisha war zu Stein erstarrt, das Schälchen an die Lippen gehoben. Ihre dunklen, glänzenden Augen blinzelten einmal. Yukiko hörte Michi hinter sich wispern. Vielleicht sprach sie ein Gebet.

»Lasst uns allein«, sagte Aisha in eisernem Befehlston. Eilig erhoben sich die Dienstmädchen, huschten mit Trippelschritten über die geflochtenen Matten und flüchteten aus dem Zimmer.

Yukiko senkte den Kopf. Plötzlich war sie unsicher. Diese Aggression, diese Ungeduld – das sah ihr gar nicht ähnlich. Normalerweise war sie so besonnen; die Abhängigkeit ihres Vaters hatte dafür gesorgt, dass sie pragmatischer war als die meisten ihrer Altersgenossen. Es war beinahe, als …

Natürlich.

Buruu. Einst war er so animalisch gewesen. Impulsiv und wild. Aber jetzt konnte er sich zurückhalten, hatte mehr Geduld und konnte komplexe Gedanken verfolgen. Sein Verstand überwog seine instinkthafte Natur. Sie hatten die Träume des jeweils anderen geträumt. Gefühle geteilt. Das Band zwischen ihnen wurde jeden Tag stärker.

Er wird mir ähnlicher.

»Bitte verzeiht mir, Herrin«, murmelte sie. »Ich erflehe Eure Vergebung.«

Und ich *werde* ihm *ähnlicher.*

Behutsam stellte Aisha ihr Schälchen auf den Tisch. Ihre Hand war ganz ruhig. »Was willst du, Kitsune Yukiko?«

Unwillkürlich sah Yukiko ihr ins Gesicht. Aisha wirkte weder ärgerlich noch beleidigt. Sie musterte Yukiko, als nähme sie ihre Maße. In ihren Augen glomm eine scharfe Intelligenz, eine kalkulierende Listigkeit, die zu der unverhohlenen Autorität in ihrer Stimme passte. Die Koto-Musik setzte im angrenzenden Raum wieder ein und dämpfte ihr Gespräch effektiver als die papierdünnen Wände. Yukiko kam der Verdacht, dass die Herrin Aisha doch nicht nur an schönen Kleidern und Teezeremonien Interesse hatte.

»Was ich will?«

»Hai«, sagte Aisha. »Was willst du hier in Kigen erreichen?«

Yukiko schwieg.

»Du kannst offen sprechen.«

»Also schön.« Yukiko befeuchtete sich die Lippen und faltete die Hände. »Zuallererst will ich meinen Vater aus dem Gefängnis holen.«

»Und du glaubst, das gelingt dir, indem du mich beleidigst?«

»N... nein«, murmelte sie. »Es tut mir wirklich leid, Herri...«

»Entschuldige dich nicht für Fehler, die du gemacht hast«, unterbrach Aisha sie, »lerne aus ihnen.«

»Ich ...«

»Frauen scheinen in dieser Stadt, im ganzen Inselreich nicht besonders wichtig zu sein. Wir führen keine Heere an. Wir besitzen kein Land, kämpfen nicht in Kriegen. Männer erachten uns lediglich als hübschen Zeitvertreib. Glaub nicht, dass wir deswegen machtlos sind! Unterschätze nie die Macht, die Frauen über Männer haben, Kitsune Yukiko.«

»Nein, Herrin.«

»Du bist jung und in der Etikette des Hofes nicht unterwiesen worden. Dein ständig berauschter Vater hat dir nicht die nötige Erziehung zuteilwerden lassen. Diesen Nachteil musst du rasch wettmachen. Denn glaub mir, gegenwärtig bist du gleich nach mir die mächtigste Frau in ganz Shima.«

»Wie bitte?«

»Yoritomo braucht dich, Yukiko.« Aishas dunkler Blick bannte das Mädchen. »Ich weiß, was du bist, Schwester der Yōkai. Der gesamte Hofstaat weiß es. Inzwischen kennt die ganze Stadt deine Geschichte. Straßensänger hocken an jeder Ecke und können dabei zusehen, wie sich ihre Spendenbecher mit Kōka füllen, während sie Lieder über das mutige Arashi no ko singen, das ein Dutzend Oni erschlagen und den mächtigen Donnertiger gezähmt hat. Weißt du, dass die Gilde bereits einen Gesandten geschickt hat, der verlangt hat, du müsstest auf dem Scheiterhaufen verbrannt werden?«

Eisiger Schrecken durchfuhr Yukiko. Sie schüttelte den Kopf.

»Yoritomo hat ihm ins Gesicht gelacht. Kannst du dir das vorstellen? Der Shateigashira selbst stand vor ihm, die Verkörperung der Gilde in dieser Stadt. Und Yoritomo hat ihn ausgelacht.« Aisha schüttelte den Kopf. »Mein Bruder denkt an nichts anderes als seinen Traum. Er wünscht sich nichts sehnlicher, als auf dem Rücken dieses Arashitora dem Sieg über die Gaijin entgegenzureiten – einem Sieg, den ein Dutzend verschiedene Feldherren unter dem Kommando unseres Vaters nicht zu erringen vermochten. Es wäre ein Triumph, über den Generationen von Gelehrten schreiben würden. Und du kannst seinen Traum wahr werden lassen, Yukiko-chan. Nur du.«

Aisha nahm einen Schluck Tee aus ihrem Schälchen. »Warum, glaubst du, habe ich dich heute hergebeten? Dir dieses Gewand geschickt?«

»Ich weiß es nicht, Herrin.«

»Du bist nicht nur jung, du bist auch sehr schön. Und jetzt weiß das die Hälfte aller Männer im Palast. Diejenigen, die dich gesehen haben, erzählen heute noch allen anderen, was für ein Fang du bist. Männer sind Narren. Sie denken mit ihren Lenden, nicht mit ihren Köpfen. Schönheit ist eine Waffe, so scharf wie ein Kettensägenkatana. Männer würden beinahe alles tun, um sie zu besitzen, und sei es nur für einen Augenblick. Im Angesicht dieses Begehrens errötet ein Mädchen und senkt den Blick. Eine Frau spielt damit, als spiele sie auf einer Koto.« Aisha gestikulierte in Richtung der Musik, die aus dem angrenzenden Zimmer drang. »Und sie bekommt, was sie will.«

»Warum erzählt Ihr mir das?«

Aisha lächelte. »Du hast ein gutes Herz. Ein freundliches Wesen und eine mutige Seele. Die meisten Leute hier im Palast können das nicht von sich behaupten. Ich weiß, was dir angetan worden ist. Dir und deiner Familie. Ich wünsche mir zu sehen, dass du bekommst, was du willst, Yukiko-chan. Und dass andere hier bekommen, was sie verdienen.«

Aisha trank ihren Tee aus und stellte das Schälchen ab. Auf der Glasur war ein blasser Streifen blutroter Farbe zurückgeblieben.

»Ich habe heute eine Nachricht von einer lieben alten Freundin bekommen, die ich viele Jahre nicht gesehen habe. Sie sagt, dass es ihrem Vater gut geht. Sie möchte, dass ich dir Grüße ausrichte.«

»Mir?«

»Hai.« Aisha griff in den Ärmel ihres Gewandes, holte etwas daraus hervor und legte es auf den Tisch. Sie ließ ihre Atemmaske aufschnappen und fächelte sich damit Luft zu. Die Augen, die über den Rand blickten, waren hart wie Diamanten.

Yukiko blickte auf den Blütenstand hinab. Er hob sich strahlend weiß von dem gesprenkelten Teakholz ab. Zerbrechlich wie gesponnener Zucker, die Blütenblätter waren wie umgedrehte Schalen geformt. Ihr Herz schlug laut und heftig, als sie den Duft einatmete, den süßen Geruch der Iishis.

Es war eine Wisteriablüte.

28

ZERBRECHLICH WIE GLAS

Schweiß lief ihr in die Augen.

Der Arashitora warf den Kopf hoch, riss Yukiko die Zügel aus den Händen und brach zur Seite aus. In der Arena war ein Parcours um den eisernen Pfahl im Zentrum aufgebaut worden: hölzerne Kisten, schmutzig gelbe Strohballen und bröckelige Statuen gebeugter, runzeliger Männer. Yukiko verlor den Halt, rutschte über den Nacken des Donnertigers und landete auf ihrem Hintern.

»Du blödes Vieh!«, schrie sie. »Kannst du links von rechts nicht unterscheiden?«

Der Donnertiger knurrte sie an und kratzte an dem mit Stahl beschlagenen Zaumzeug um seinen Schnabel. Seine Klauen schlugen kleine Funken auf dem Metall.

»Mach das auch noch kaputt, dann kriegst du heute nichts zum Abendessen«, warnte sie ihn.

Er antwortete mit einem trotzigen Kreischen.

»Vielleicht reicht es ihm für heute?«, fragte Hiro vorsichtig.

Der eiserne Samurai saß auf einer der Steinbänke über dem Kampfplatz und schaute sich die Farce an, die sie nun regelmäßig aufführten: das »Zureiten« des Arashitora. Mehrere Bushimänner hockten verteilt in den Rängen und wieherten, wenn Buruu sich schlecht benahm. Zu behaupten, die Zähmung der Bestie mache nur schleppend Fortschritte, wäre auch eine maßlose Untertreibung gewesen.

»Vielleicht ist er ja zu dumm!«, rief einer der Bushimänner. »Kein Wunder, dass die Viecher ausgestorben sind …«

ICH BRAUCHE FÜNF MINUTEN MIT DIR ALLEIN. DANN SEHEN WIR, WER VON UNS BEIDEN DUMM IST, INSEKT.

Sei friedlich, Bruder. Du machst das ganz großartig!

Mühsam rappelte Yukiko sich auf und rieb sich demonstrativ ihr Hinterteil. Sie tat so, als hätte sie einen Krampf im unteren Rücken und beugte sich vor, um ihre Zehen zu berühren. Sie konnte die Blicke der Bushimänner spüren. Hungrige Augen, trockene Münder.

Aisha hat recht. Diese Männer sind Narren. Sie hegen nicht den geringsten Verdacht.

DIE GANZE SCHARADE FÄNGT AN, MICH ZU LANGWEILEN.

Stolz können wir uns erst wieder leisten, wenn wir hier verschwunden sind. Bis dahin müssen wir ihn runterschlucken. Meinem Vater, aber auch uns selbst zuliebe.

DAS BLÖDE GESCHIRR JUCKT.

Am zweiten Tag, nachdem Buruu sie zum wiederholten Male mithilfe seiner Schwingen abgeworfen hatte, hatte Yukiko vorgeschlagen, ein Geschirr zu entwerfen, um sie festzugurten. Sie hatte eine grobe Zeichnung angefertigt und sie Hiro gegeben, damit er sie dem Shōgun zeigen konnte.

Die Werkmeister der Gilde hatten träge auf Yoritomos Anfrage reagiert, das Geschirr war erst fünf Tage später abgeliefert worden. Nun aber fesselten dicke Streifen aus gefüttertem Gummi und Eisenmaschen Buruus Flügelspitzen an seine Flanken. Angeblich hinderte ihn das Geschirr daran, Flugversuche zu unternehmen und Yukiko im Zuge dessen weitere blaue Flecken zu bescheren. Tatsächlich verdeckte es die neuen Federn, die auf Buruus Flügeln sprossen, und fing die alten Federn auf, die sich lösten.

Als das Geschirr abgegeben worden war, hatte Yukiko eine kleine Schachtel darin eingewickelt gefunden. Ihr Name hatte in gestochener, schöner Handschrift darauf gestanden. In der Schachtel hatte ein kleiner, mechanischer Arashitora aus Papier und Messing gelegen, nicht größer als ihre Handfläche. Sie hatte ihn aufgezogen und das Spielzeug auf den Boden gesetzt. Seine Flügel hatten heftig zu schlagen begonnen, und der Mini-Arashitora hatte kurze, surrende Sätze gemacht.

Auf dem Grund der Schachtel hatte ein Brief gelegen.

»Bis meine Verbrennungen geheilt sind, stehe ich in Kigen unter Hausarrest. Es hat mir sehr leidgetan, von deinem Vater und Yamagata zu hören. Ich vermisse dich. – Kin.«

Sie hatte die Notiz in ihrem Obi versteckt, sie später am Abend in winzige Fetzen gerissen und dem Wind anvertraut. Den kleinen Arashitora wegzuwerfen, hatte sie jedoch nicht übers Herz gebracht. Im Trubel der letzten Tage hatte sie kaum je an Kin gedacht; sie war überrascht, wie erleichtert sie war, dass er noch lebte.

Seit einer Woche wurde sie ständig beobachtet – durch Hiro und die Bushimänner –, und langsam zerrte es doch an ihren Nerven.

ICH VERLIERE NOCH EINE FEDER. DIE VIERTE HANDSCHWINGE AM LINKEN FLÜGEL. DIE ERSTEN HANDSCHWINGEN WACHSEN SCHON NACH.

Wann kannst du wieder fliegen?

IN EIN PAAR TAGEN. EINE WOCHE, WENN'S HOCHKOMMT.

Dann wird es Zeit, meinen Vater zu befreien.

WIE SOLLEN WIR DAS BEWERKSTELLIGEN?

Wir? Gar nicht.

ABER WIE …

Das lassen wir die Kage machen.

ES WAR KLUG, DASS DU DAICHI NICHT UMGEBRACHT HAST. HATTEST DU DEN VERDACHT, DASS KAORI AISHA KENNEN KÖNNTE?

Götter, nein. Daichi hat zwar gesagt, sie hätten jemanden am Hof, der dem Shōgun nahestünde, aber ich hätte nie gedacht, dass er von Yoritomos Schwester *reden könnte.*

VIELLEICHT HAST DU JA GEHOFFT, ES KÖNNTE JEMAND ANDERES SEIN?

Ich hab nicht die geringste Ahnung, wovon du redest.

NATÜRLICH NICHT.

Es macht aber auch keinen Unterschied. Ich hab Daichi nicht verschont, weil ich mir einen Vorteil davon erhofft habe, sondern weil es das Richtige war. Ihn dafür verantwortlich zu machen, dass er Yoritomos Befehl ausgeführt hat, wäre so, als würdest du meinen Vater hassen, weil er dir die Flügel gestutzt hat. Auch das war Yoritomos Wirken.

FEDERN WACHSEN NACH. MÜTTER NICHT. UND ICH HASSE DEINEN VATER DOCH.

Daichi hat mir meine Mutter nicht weggenommen. Und mein Vater ist nicht der Grund dafür, dass du hier angekettet bist. Das wissen wir beide. Eines Tages musst du ihm vergeben, Buruu.

Darauf antwortete der Donnertiger nicht.

»Wir sollten eine Pause machen«, seufzte Yukiko, massierte sich wieder den Po und ging dann zu dem schmiedeeisernen Tor hinüber. Sobald sie hindurchgeschlüpft war, legte sie die beiden Riegel vor und stieg die Treppe hoch, die aus der Grube hinausführte.

»Hiro-san ist sicher traurig, dass für heute Schluss ist mit den Dehnübungen.« Michi reichte ihr einen Wasserkrug und ein Handtuch. Dann warf sie dem eisernen Samurai einen strengen Blick zu. Hiro starrte seine Panzerhandschuhe an und tat so, als hätte er nichts gehört. Yukiko rieb sich den Schweiß aus den Augen und lächelte das Dienstmädchen an.

Die Herrin Aisha hatte Michi nach der Teezeremonie angewiesen, bei Yukiko zu bleiben. Sie sollte darauf achten, dass Yukiko sich benahm wie eine Hofdame. Außerdem schmuggelte sie Nachrichten zwischen den Verschwörerinnen hin und her. Michi hatte einen schwarzen Humor und ein ansteckendes Lachen, und ihr Einblick in die Angelegenheiten des Hofes war detailliert. Yukiko konnte sich nicht helfen – sie mochte das Mädchen.

»Könntest du die Herrin Aisha fragen, ob sie heute Abend Tee mit mir trinken würde?«

»Hai.« Michi verneigte sich. »Ich werde ein Kissen für deinen Schatten in den Flur legen, damit er es ein wenig bequemer hat.«

Sie warf dem Samurai noch einen Blick zu und runzelte übertrieben die Stirn, dann lief sie flink zu der motorisierten Rikscha, die draußen bereitstand. Yukiko wartete, bis sie fort war, dann setzte sie sich in geziemendem Abstand zu Hiro auf die Bank. Sie streifte ihre Schutzbrille und das Tuch ab, trocknete sich mit dem Handtuch den Nacken und trank in tiefen Zügen aus dem Wasserkrug.

»Ihn an die Trense zu gewöhnen, dauert länger, als ich dachte«, seufzte sie.

»Du hast noch einige Monate Zeit, bis er fliegen kann.« Hiro warf ihr einen Blick zu, achtete aber darauf, sie nicht anzustarren. »Und du machst Fortschritte. Yoritomo no Miya ist zufrieden mit meinen Berichten.«

»Du berichtest über mich?«

»Der Shōgun befiehlt es.« Kolben zischten, als Hiro mit den Schultern zuckte.

»Aber du sagst nette Sachen über mich?« Sie wagte es, ihn mit sanftem Spott anzulächeln.

»Nie könnte ich etwas Schlechtes über dich sagen.«

»Obwohl ich nur ein gewöhnliches Mädchen bin?«

»An dir ist nichts gewöhnlich, Tochter der Füchse!« Endlich sah er sie an, empört, als sei er an ihrer statt beleidigt. Er wandte den Blick nicht wieder ab. »Oder sollte ich anfangen, dich Sturmmädchen zu nennen?«

Eine Ewigkeit schien zu vergehen, während sie einander ansahen. Der giftige Wind heulte durch die Arena, und Yukiko glaubte, seine klagenden Worte beinahe zu verstehen. Im Grün seiner Augen sah sie ihr Spiegelbild. Seine Haut war so makellos glatt wie die einer Statue, kupferfarben getönt vom Licht der roten Sonne. Seine Lippen waren leicht geöffnet. Die Zeit stolperte. Ein Sandkorn nach dem anderen fiel langsam, langsam durch die Lochblende des Stundenglases, angezogen von derselben Schwerkraft, die sie zu ihm hinzog. Ihr Herzschlag donnerte in ihren Ohren.

Sie wollte, sie wären anderswo. Allein.

Das hier war unerträglich.

»Komm schon«, seufzte sie. »Wir sollten uns auf den Rückweg machen.«

»Hat er versucht, dich zu küssen?«

»Nein.«

»Hast du versucht, ihn zu küssen?«

»Natürlich nicht, Michi!«

Yukiko warf dem Dienstmädchen im Spiegel einen tadelnden Blick zu und hoffte, dass sie nicht rot werden würde. Michi war damit beschäftigt, Yukikos langes, dichtes Haar mithilfe eines schönen goldenen Reifes zu bändigen, der mit Quasten, Haarnadeln und winzigen lauernden Tigern besetzt war. Sie hob eine Augenbraue und zuckte mit den Schultern.

»Eine Frage der Zeit. Der Junge ist so krank vor Liebe, dass er ganz blass um die Nase ist.«

»Hör schon auf.«

»Wahrscheinlich sitzt er da draußen im Flur und verfasst im Kopf schlechte Poesie.« Michi räusperte sich und verlieh ihrer Stimme einen atemlosen singenden Tonfall:

»Blasse Fuchstochter
Immer träume ich von ihr
Brüste, Brüste, hm …«

»Glaubst du nicht, dass ich mich um wichtigere Dinge sorgen sollte als um Hiro-san?«, zischte Yukiko in Michis Lachen hinein. »Wäre es nicht klug, möglichst wenig Aufmerksamkeit auf mich zu ziehen?«

»Du stehst im Zentrum der allgemeinen Aufmerksamkeit.« Michi lächelte nicht mehr. »Daran lässt sich nichts ändern. Nutz es zu deinem Vorteil! Männer sind ihrer Geliebten gegenüber gewöhnlich blinder als einer Gefangenen.«

»Würdest du das tun?«, fragte Yukiko überrascht. »Mit einem Mann schlafen, nur um ihn zu manipulieren?«

Michi starrte Yukiko an, als hätte sie gefragt, welche Farbe der Himmel hätte. »Es gibt nichts, was ich nicht tun würde, um dieses Land vom Joch des Shōgunats zu befreien.«

»Warum?« Yukiko schaute sie im Spiegel an. »Was haben sie dir angetan?«

»Wie kommst du darauf, dass mir irgendwer was getan haben könnte?« Sie wandte sich wieder Yukikos Haaren zu, ihre geschickten Finger versanken in schwarzer Seide.

»Weil Leute nicht einfach eines Tages aufwachen und beschließen, so etwas ...«, Yukiko senkte die Stimme, ehe sie weitersprach, »... so etwas zu tun, wie wir es vorhaben.«

»Und was genau meinst du damit?«

»Ich bin nicht in der Stimmung, Spielchen zu spielen. Was haben sie dir angetan, Michi?«

Das Mädchen zögerte, erwiderte Yukikos Blick im Spiegel. Jede Spur der Belustigung war aus ihrem Gesicht verschwunden. Ein Schatten schien sich über ihre Augen zu legen. Dann fiel die Maske des ungestümen, lebhaften jungen Mädchens, mit dem Yukiko die letzten Tage verbracht hatte, und sie sah für einen Augenblick den brodelnden Zorn, der dahinter lauerte.

»Daiyakawa«, sagte sie.

»Was ist damit?«

»Ich bin in der Provinz geboren worden. Ich war sechs, als es zum Aufstand kam. Der Gouverneur, derjenige, den sie hingerichtet haben ...«

»Du kanntest ihn?«

Ein knappes Nicken. »Mein Onkel.«

»Die Kinder, die sie umgebracht haben ...«

»Meine Cousins.« Sie schluckte schwer. »Vor meinen Augen.«

»Götter ...«

»Der Widerstand gegen das Kazumitsu-Shōgunat hat Mitglieder meiner Familie das Leben gekostet.« Ein schwarzes Licht brannte in ihren Augen. Ihre Wangen waren totenbleich. »Also:

Ja, ich würde meinen Körper hergeben. Meinen letzten Blutstropfen. Meinen letzten Atemzug, um dieses Land zu befreien.«

»Und was ist mit Aisha?«, fragte Yukiko und legte den Kopf schief.

»Was ist mit ihr?«

»Was springt für sie dabei raus? Was kümmert sie unsere Sache? Kaoris Narbe kann nicht der einzige Grund sein.«

»Du entehrst sie, Yukiko-san.« In Michis Stimme blitzte Stahl. »Sie ist stärker, als du oder ich es je sein könnten.«

»Ist sie das? Wenn Yoritomo stirbt, geht der Thron an sie, nicht wahr?«

»Du hast keine Ahnung, was du da sagst.«

»Dann erklär es mir. Was riskiert sie?«

Eine Weile schwiegen sie und starrten einander im Spiegel an. Die einzigen Geräusche, die zu hören waren, waren das Quietschen der Deckenventilatoren und das leise Murmeln der Stadt hinter den hohen, mit Glasscherben gespickten Mauern. Yukiko dachte schon, dass sie Michi zu sehr bedrängt hatte, da sprach das Mädchen endlich.

»Denk mal so darüber nach.« Michi fing wieder damit an, Yukikos Haare zu ordnen, ihre Hände nicht mehr ganz so behutsam wie zuvor. »Deine Mutter. Mein Onkel. Der Shōgun und die Gilde haben uns *bluten* lassen. Unsere Entschlossenheit gründet sich auf Schmerz und Zorn. Es ist nicht schwer, Ungerechtigkeit wahrzunehmen, wenn sie einem selbst widerfahren ist. Den Machtapparat zu hassen, der einem etwas genommen hat. Aber hat Aisha etwas verloren?«

Stumm zuckte Yukiko mit den Schultern.

»Nein«, antwortete Michi selbst. »Sie hat immer alles gehabt. Man hat ihr stets jeden Wunsch von den Augen abgelesen. Sie könnte ihr ganzes Leben hinter diesen Mauern verbringen und würde nie mit der Fäulnis da draußen in Berührung kommen. Sie hat sich aus freien Stücken entschieden, alles aufs Spiel zu setzen, was sie hat. Die Dynastie, die Gilde, sie haben ihr nie etwas getan. Und trotzdem will sie sie niederwerfen. Wieso?«

»Ich weiß nicht, wieso.«

Yukiko kam es vor, als sähe sie Michi zum ersten Mal. Und stimmte das nicht auch? Das Mädchen, das sie kennengelernt hatte, war nicht viel mehr als ein Kostüm, eine Rolle, die Michi sich ausgedacht hatte. Yukiko fühlte sich überfordert, als sänke sie in trübes, schwarzes Wasser. Instinktiv tastete sie nach Buruus Wärme. Langsam begann sie die Größe der ganzen Sache zu begreifen. Die Maschinerie, gegen die sie den Kampf aufgenommen hatte, auf der einen Seite. Die Verbündeten, von denen sie so gut wie nichts wusste, auf der anderen.

Buruu. Ihr Vater. Ihr eigenes Leben.

Ein hoher Einsatz. Und sie hatte Fremde damit betraut.

Michi beobachtete ihr Gesicht im Spiegel aufmerksam. »Ich habe Aisha einmal dasselbe gefragt. Warum sie ohne Not ein solches Risiko einginge, und woher sie den Mut dazu nähme. Sie hat gesagt: ›Von außen sieht es vielleicht so aus, als sei das eine ungeheuerliche Entscheidung. Das zufriedene Lächeln auf den Gesichtern der anderen Edelleute zu sehen und trotzdem aus ihrem Kreis hinauszutreten.‹ Sie hat auch gesagt, dass sie sich zuerst heftig gegen den Gedanken gewehrt hat. Weil wir im tiefsten Inneren glücklich sind, wenn wir einfach mitlaufen können, Yukiko-san. Es ist tröstlich, mit dem Strom zu schwimmen. Wir wollen alle dazugehören.«

Ihr Blick war jetzt in eine weite Ferne gerichtet.

»Doch wenn die Abenddämmerung anbricht, muss man nur nach vorne schauen, wenn man wissen will, wo der Strom uns hinträgt. So nah sind wir dem Wasserfall nun schon. Wenn wir nicht sofort umdrehen, wenn wir nicht mit aller Kraft gegen die Strömung schwimmen, reißt er uns in die Tiefe. Und das wissen wir alle. Wenn wir in der Stille der Nacht aufschrecken, hören wir sie: die Stimme, die uns sagt, dass mit unserer Welt etwas nicht stimmt. Dass etwas schrecklich, schrecklich schiefgegangen ist.« Michi flüsterte nur noch. »Aisha hat gesagt, nachdem sie das erkannt hatte, war es keine ungeheuerliche Entscheidung mehr. Es war so einfach, als erhöbe man die Stimme und sagte ein einziges kleines Wort.«

»Welches Wort?« Yukiko flüsterte auch, obwohl sie nicht genau wusste, warum eigentlich.

Michis Antwort war eine einzige Silbe, so zerbrechlich wie Glas.

»Nein.«

»Du machst Fortschritte mit dem Arashitora, wie ich höre«, sagte Aisha und nahm einen kleinen Schluck von ihrem Tee.

Die Sonne war untergegangen, die Abenddämmerung kühl. Die flüsternde Meeresbrise war ein zweifelhafter Segen: Zwar vertrieb sie die sengende Hitze, doch trug sie den entsetzlichen Gestank der Kigener Bucht heran. Der Sommer neigte sich seinem Ende entgegen. Bald würde es Herbst sein. Yukiko fragte sich, ob sie dann wieder in den Iishis sein würde. Würde sie zusehen, wie die Blätter fielen? Sie hatte nicht mehr miterlebt, wie das Laub bunt wurde, seit sie ein kleines Mädchen gewesen war.

»Hai, Herrin«, erwiderte sie. Sie kniete auf einem seidenen Kissen vor dem niedrigen, polierten Tisch. Wieder saßen drei Dienstmädchen an den Kotos. Ihre geschickten, blassen Finger huschten über die straff gespannten Saiten. Sie spielten laut genug, dass jemand, der an der Reispapiertür vorbeikam, nur die bewegende Melodie hören würde.

»Und du genießt unter anderem die Aufmerksamkeit Hiro-sans.«

Yukiko trank hastig von ihrem Tee und schwieg.

»Er ist ein gut aussehender Mann. Sehr, sehr loyal.«

»Herrin, vergebt mir. Ich bin nicht gekommen, um über Hiro-san zu sprechen.«

»Bringt es dich in Verlegenheit, über deinen Liebhaber zu sprechen?«

»Wa…« Yukiko verschluckte sich beinahe an ihrem Tee und richtete einen anklagenden Blick auf Michi. »Er ist nicht … Ich würde nie …«

Aisha lachte, hell und melodisch, ihre Zähne ebenmäßig, ihre Lippen rubinrot. Yukikos Wangen wurden heiß. Sie starrte auf ihre Knie hinunter und zupfte ruhelos an der bestickten Seide ihres Gewandes.

»Du bist zu leicht zu durchschauen, Yukiko-chan. Du servierst dein Herz auf einem silbernen Tablett. Das solltest du nicht tun … Jemand könnte das Angebot annehmen und eine Klinge hineinstechen. Hier im Palast ist es ein beliebter Zeitvertreib, anderen vor der Nase wegzuschnappen, was sie am meisten begehren.«

»Ich begehre Hiro-san nicht.«

»Vielleicht solltest du dir das noch einmal überlegen.« Aisha hob eine Augenbraue. »Ab und an sollte man sich ein wenig Glück gönnen. Die Götter wissen, es gibt davon nicht viel auf der Welt.«

»Michi hat gesagt, Ihr hättet etwas von meinen Freunden gehört?« Yukiko versuchte verzweifelt, das Thema zu wechseln. »Akihito und Kasumi?«

Aisha sah sie lange an, immer noch lächelnd. Schließlich nickte sie. »Akihito-san ist in Sicherheit. Bei Freunden von mir, in einem Haus im Hafenviertel.«

»Amaterasu sei Dank!«, seufzte Yukiko. »Und Kasumi?«

»Sie ist hier.«

»In der Stadt?«

»Im Palast. Ich habe sie heute Morgen hereinschmuggeln lassen. Sie möchte mit dir sprechen.«

Yukiko konnte es kaum glauben. »Warum habt Ihr mir das nicht gesagt?«

»Das habe ich. Gerade eben, Yukiko-chan.«

Yukiko bemühte sich, ihre Gereiztheit hinter einer Maske zu verbergen, wie Aisha es ihr geraten hatte. Immer wenn sie glaubte, dass sie ein wenig besser verstanden hatte, wer diese Frau war, bewies Aisha ihr, dass sie in Wahrheit keine Ahnung hatte. Yoritomos Schwester war ein unlösbares Rätsel, ein Puzzlespiel, dem Teile fehlten. Michi konnte sagen, was sie wollte, Yukiko bezweifelte, dass irgendjemand wusste, was in dieser Frau vor sich ging, welche Geheimnisse in der Dunkelheit hinter ihrem künstlichen, totenbleich geschminkten Gesicht lauerten. Sie konnte nicht einmal sicher sein, dass Aisha wirklich Kaoris Freundin war. Wollte sie das Land von der Gilde und dem Shōgunat befreien, oder zielten ihre Pläne darauf ab, selbst den Thron zu besteigen? Michis Beteuerungen, ihre leidenschaftliche Rede über die Notwendigkeit des Widerstandes hin oder her – konnte Yukiko es sich wirklich leisten, dieser Frau zu vertrauen?

Wenn etwas schiefging, konnte Aisha dann nicht einfach ihre Hände in Unschuld waschen? Und selbst wenn sie Erfolg hatten … Sollte sie Yukiko loswerden wollen, wäre es Aisha nicht ein Leichtes, sie als Sündenbock hinzustellen?

Sie verbannte die Beklommenheit aus ihrer Stimme, den Zweifel aus ihrem Blick. »Darf ich sie bitte sehen?«

Aisha klatschte in die Hände. Ein Element der nördlichen Reispapierwand wurde zur Seite geschoben. Auf der anderen Seite stand Kasumi im Kimono einer Dienerin, nervös und angespannt wie ein eingesperrtes Tier. Als sie jedoch Yukiko sah, breitete sich Freude auf ihrem Gesicht aus. Sie kam ins Zimmer gelaufen, und im nächsten Augenblick lagen sie sich in den Armen und hielten einander so fest, als hätten sie Angst, wieder getrennt zu werden. Yukiko schloss die Augen und spürte, wie ihr gegen ihren Willen die Tränen übers Gesicht liefen.

»Ich hab geglaubt, du seist tot«, wisperte Kasumi. »Götter, ich dachte, wir hätten dich verloren.«

Sie lachten und umarmten sich, wiegten sich im Takt der Koto-Melodie, bis die Tränen versiegt waren. Endlich knieten sie sich nebeneinander an den Tisch, und die Herrin Aisha bot Kasumi wortlos Tee an. Kasumi hielt das dampfende Schälchen in zitternden Händen. Ihre Lippen waren schmal und blass. Sie bat Yukiko, ihr zu erzählen, was nach dem Absturz der *Donnerkind* geschehen war. Aishas dunkle Augen glitzerten im flackernden Bernsteinlicht, sie hörte Yukiko aufmerksam zu. Das Mädchen begann seine Geschichte mit der Rettung des Arashitora und beendete sie mit der Arena und Masarus dreckiger Gefängniszelle.

»Also ist er am Leben«, sagte Kasumi. »Das ist immerhin etwas.«

»Kapitän Yamagata hatte weniger Glück«, murmelte Yukiko.

»Ich wollte Masaru nicht alleine gehen lassen, Yukiko.« Kasumis Augen blitzten. »Ich habe ihm gesagt, dass ich nicht von seiner Seite weichen, dass ich mit ihm in den Tod gehen würde. Akihito hat Masaru angedroht, ihn bewusstlos zu schlagen, sollte er versuchen, uns wegzuschicken. Also hat er uns drei

Tage vor Kigen Schwarzen Schlaf ins Essen gemischt. Als wir zu uns kamen, waren Yamagata und er fort. Der Kapitän, um Gnade für seine Mannschaft zu erflehen. Masaru, um dasselbe für uns zu tun.«

»Akihito hat gedroht, ihn umzuhauen?« Yukiko musste lächeln.

»Akihito liebt Masaru.« Kasumi legte ihre Hand auf Yukikos. »Ich liebe ihn auch. Von Herzen.«

Yukiko sah Kasumi stumm an. Dies war die Frau, die ihre Mutter verraten, die das Bett ihres Vaters geteilt hatte. Zwar hatte sie die Untreue eigentlich immer eher ihrem Vater vorgeworfen. Trotzdem hatte sie Kasumi vor langer Zeit abgeschrieben, hatte sie in der Rolle der verschlagenen Verführerin gesehen. Sie als eine Frau betrachtet, der sie mit einem Minimum an Höflichkeit begegnete, aber keinen Funken Respekt entgegenbrachte. Eine Frau, für die sie keine Liebe empfinden konnte.

Jetzt erkannte sie eine Wahrheit, vor der sie bisher die Augen verschlossen hatte: Kasumi kannte Masaru wahrscheinlich besser, als ihre Mutter ihn gekannt hatte. Mit ihr hatte Masaru lange Nächte in der Wildnis geteilt, mit ihr war er durch Sümpfe und den Dschungel gewandert. Sie hatten gemeinsam gejagt, gemeinsam Blut vergossen. Nebeneinander unter den Sternen geschlafen.

Hatte Yukiko ein Recht, zornig zu sein? Ja. Aber verstand sie, was Menschen für die Liebe zu tun bereit waren? Konnte sie es Kasumi nachfühlen?

»Ich weiß, dass du das tust«, flüsterte sie.

»Wir müssen ihn da rausholen.«

»Das werden wir.« Yukiko ballte die Hände zu Fäusten.

»Ach, tatsächlich?«, fragte Aisha. »Darf ich fragen, wie du das bewerkstelligen willst?«

»Aber ja.« Mit kaltem Blick wandte Yukiko sich der Herrin zu. »Ich vertraue darauf, dass Ihr mir aushelft, Herrin. Immerhin seid Ihr die mächtigste Frau in ganz Shima.«

»Masaru-sans Befreiung kann warten.« Aisha winkte mit einer zierlichen blassen Hand ab. »Mit Verlaub, es steht mehr auf dem Spiel als das Leben deines Vaters. Die Feier zum zweihundertjährigen Bestehen der Dynastie beginnt in zwei Wochen. Die Vorbereitungen werden Yoritomos gesamten Hofstaat in Atem halten. Das ist unsere Gelegenheit! Das Schicksal des ganzen Reiches hängt davon ab, ob unser Schattenspiel gelingt. Warum sollte ich ausgerechnet jetzt ein derartiges Wagnis eingehen, nur um den Schwarzen Fuchs aus dem Gefängnis zu holen?«

»Weil das mein Preis ist.« Yukiko sah sie finster an. »Ich fordere es als Vertrauensbeweis.«

»Vertrauensbeweis?« Aisha legte den Kopf schief. »Traust du mir denn nicht, Yukiko-chan?«

»Gerade noch habt Ihr mir geraten, mein Herz nicht auf einem silbernen Tablett zu präsentieren! Ich riskiere mein Leben. Das Leben meiner Freunde. Aber so wie ich das sehe, haben alle außer mir in dieser Angelegenheit etwas zu gewinnen. Die Kage bekommen ihre Revolution, Ihr jemanden, der für den Mord an Yoritomo geradesteht, vielleicht sogar einen Thron. Was bekomme ich, abgesehen davon, dass eine Menge Leute meinen Tod fordern werden?«

»Rache. Für deine Mutter.«

»Wenn ich auf Rache aus wäre, hätte ich Daichi umgebracht. Rache bedeutet mir nichts. Ich will meine Familie zurück. Bis zum Ende der Woche muss mein Vater auf freiem Fuß sein. Und dann schickt Ihr ihn zusammen mit Akihito und Kasumi auf einem Himmelsschiff nach Yama. Sobald alle drei diese stinkende Stadt weit hinter sich gelassen haben, riskiere ich meinen

Hals für Euch. Sobald sie in Sicherheit sind, kriegt Ihr, was Ihr wollt. Vorher bekommt Ihr gar nichts.«

Aisha lächelte so strahlend, dass sich ein eisiges Gefühl in Yukikos Magen ausbreitete. Die ganze Welt schien den Atem anzuhalten. Eine dunkle Stille senkte sich herab, während die Nacht endgültig die Oberhand über den Tag gewann. Der bleiche Mond schleppte sich über den vergifteten Himmel auf die Stunde des Verrats zu. Irgendwo in den finsteren Gärten schlug ein Spatz mit den verkrüppelten Flügeln und begann zu singen.

»So gefällst du mir schon besser, Yukiko-chan!« Aisha klatschte entzückt in die Hände. »Wir machen schon noch eine Frau aus dir.«

Sein Name lautete Tora Seiji no Takeo.

Er war ein vorsichtiger, stolzer Mann mit dünnen Gliedmaßen, geschickten Händen und enormem Wissen über die Haltung von Tora – den großen Tigern des Inselreiches Shima. Er hatte das Handwerk von seinem Vater gelernt, Takeo no Neru, der vor zehn Jahren an Rußlunge gestorben war.

Seiji war Yoritomos Tigerwärter, ein Experte auf einer Insel, auf der es nur noch drei lebendige Exemplare gab. Sein Beruf ließ ihm naturgemäß viel Freizeit. Er verbrachte sie damit, Dienstmädchen nachzustellen, durch und durch ordinäre Poesie zu verfassen und zusammen mit seinem Freund Masaaki, dem Stallmeister, dem Piratensender zuzuhören und zu rauchen (das letzte Pferd Shimas war vor achtzehn Jahren gestorben, und Masaaki hatte die viele Zeit, die er dadurch gewonnen hatte, der Kultivierung einer wahrhaft beeindruckenden Lotusabhängigkeit gewidmet).

Die drei kränklichen Raubkatzen, die durch Yoritomos Gärten schlichen, waren in Wahrheit kaum mehr als Stubentiger, gezüchtet und in Gefangenschaft geboren. Jeder Vollidiot hätte sie füttern können. Jeder Narr mit zwei gesunden Händen hätte Naokis Kot aufsammeln können, wenn der Schelm des Trios mal wieder sein Geschäft vor der Küchentür erledigt hatte. Und doch hatte Shōgun Yoritomo darauf bestanden, Seiji am Hof zu behalten. Bezahlte ihn, genau wie den Jagdmeister, den Falkner und den Kranichwärter. Es war kein schlechtes Leben. Bloß ein wenig langweilig.

Zumindest war es das gewesen – bis letzte Woche noch.

Und hier stand er nun, ein Halstuch um Mund und Nase geknotet, eine Schaufel in der Hand, deren Blatt so breit war wie sein Arm lang, und schippte Donnertigerkot auf.

Die Bestie schnarchte in der Mitte der Arena. Ihre Flanken hoben und senkten sich, und mit jedem mächtigen Atemzug tanzte Stroh über den Boden. Als Seiji die Grube betreten hatte, hatte der Donnertiger ein Auge geöffnet (das Eisentor quietschte – er musste daran denken, ein wenig Schmiermittel von einem der Lotusmänner zu erfragen), war aber nach einem kurzen, verächtlichen Blick wieder eingeschlafen.

Seiji schlich auf Zehenspitzen herum, das Summen der Lotusfliegen übertönte seine leisen Schritte. Immer wenn das Metall seines Schaufelblatts über den Stein schabte, zuckte er zusammen. Er wusste, dass die Kette des Donnertigers zu kurz war, um ihn bis an den Rand des Kampfplatzes zu verfolgen. Er konnte sich in Sicherheit bringen. Trotzdem zitterten seine Hände, und kalte Furcht schnürte ihm die Kehle zusammen. Dort lag eine Legende, einer der großen grauen Yōkai, ein Sohn des Donnergottes Raijin. Er hatte etwa so viel mit einem Tora gemein wie ein wilder Tiger mit einer Hauskatze.

Aber Seiji war ein loyaler Mann, und er hatte einen Eid geleistet, dem Shōgun zu dienen. Er war Yoritomo no Miya dankbar dafür, dass er es ihm erspart hatte, in den überlaufenen Gossen der Schattenseite sein Dasein fristen zu müssen. Daher hatte er sich tief verneigt, als er den Befehl erhalten hatte, sich um den Arashitora zu kümmern, hatte seinem Gebieter, dem neunten Shōgun der großen Kazumitsu-Dynastie und nächsten Sturmtänzer Shimas, leise seinen Dank ausgesprochen und sich aufgemacht, eine größere Schaufel zu suchen.

Er wischte sich die Stirn ab und warf einen verstohlenen Blick in Richtung des Arashitora. Ein prächtiges Tier, dessen Würde und Erhabenheit unübersehbar waren. Eine Bestie aus Kindermärchen und staubigen Geschichtshandschriften, die unerklärlicherweise zum Leben erwacht war. Es kursierten bereits eine Menge Gerüchte über das merkwürdige (und, wie Seiji zugeben musste, ausgesprochen hübsche) Mädchen, das mit dem Donnertiger zusammen nach Kigen gekommen war. »Arashi no ko«, wurde sie genannt. »Sturmmädchen«. Die Bushimänner sagten, dass sie die Bestie an Sattel und Zaumzeug gewöhnte, damit der Shōgun, wenn der Donnertiger sich gemausert hatte …

Moment mal.

Seiji spähte ins Halbdunkel, die Schaufel schwebte in der Luft.

Was ist das?

Der Tigerwärter schlich sich vorwärts. Seine weichen Schuhe dämpften seine Schritte. Er legte den Kopf schief und verengte die Augen. Nicht weit von der Hinterpfote des Arashitora entfernt lag etwas Weißes. Die Bestie schnarchte und grollte im Schlaf, und Seiji erstarrte wie ein Kabuki-Tänzer, wenn die Musik erstarb. Fliegen krabbelten über seine nackte Haut. Erst nach einigen qualvollen Minuten wagte er es, sich wieder zu rühren.

Er ging in die Hocke, packte das weiße Etwas und schlich eilig damit zurück zu seiner Schubkarre. Dort hielt er den

Gegenstand ins trübe Licht seiner Chi-Lampe. Der Atem stockte ihm. Sie war so breit wie sein Unterschenkel, schneeweiß und sauber durchtrennt. Die Klinge, die den Schnitt ausgeführt hatte, musste rasiermesserscharf gewesen sein.

Eine Feder.

Der Arashitora hatte eine Feder verloren.

29

EINTAGSFLIEGEN

Yukiko saß auf Buruus Rücken, nicht richtig im Gleichgewicht, das Gesicht nass von Schweiß, die Zügel in den Fäusten. Der Arashitora lief über den Parcours und umkreiste den eisernen Pfahl wie ein Hund, der endlos seinen eigenen Schwanz jagt. Sein Puls und ihr Puls schlugen im selben Takt, ihre Herzen eins. Unter seinen Federn spielten die Muskeln. Sein vertrauter Geruch nach Ozon und Schweiß erinnerte sie an die Verheißung von Regen vor einem Sturm.

Ihrem Publikum zuliebe war sie schon einmal gestürzt. Jetzt entspannte sie sich ganz bewusst und machte sich für den nächsten Fall bereit.

Jetzt!

Sie zerrte an den Zügeln, und Buruu schüttelte heftig den Kopf, brach nach links aus und prallte mit einem Hindernis aus Strohballen zusammen. Yukiko fluchte und schrie dann überzeugend auf, als sie von seinem Rücken geschleudert wurde, über einen Ballen schlitterte und auf dem steinernen Boden landete.

Buruu bäumte sich auf und machte heisere Geräusche tief in der Kehle, die sich verdächtig nach Gelächter anhörten. Mehrere Bushimänner prusteten los. Yukiko riss sich die Schutzbrille herunter, wischte sich die Haare aus dem Gesicht und starrte finster zu dem Donnertiger auf.

»Du Trampel!« Ihr wütender Schrei übertönte das Gelächter in den Rängen. »Wie schwer kann es sein, über ein paar Hindernisse zu hüpfen? Bist du blind oder bloß blöde?«

Buruus trotziges Brüllen vibrierte tröstlich in ihrer Brust. Sie projizierte ihr Lächeln in seinen Geist, während sie weiterschimpfte. Sie war so froh, ihm nahe zu sein! Inmitten der geflüsterten Gespräche und Intrigen der letzten Wochen war er ihr Anker, ihr Kompass, mit dessen Hilfe sie ihren Weg finden konnte. Wenn sie voneinander getrennt waren, spürte sie seine Abwesenheit wie einen dumpfen Schmerz, doch in den wenigen Stunden, die sie jeden Tag zusammen verbrachten, fühlte sie sich so vollständig wie nicht mehr seit Satorus Tod.

Was er auf dem Gildenschiff gesagt hatte, stimmte.

Er *war* ihr Bruder.

AISHA HAT DEINER FORDERUNG NACHGEGEBEN?

Ja. In den nächsten Tagen will sie meinen Vater aus seiner Zelle herausschmuggeln lassen. Sie würde lieber bis zur Zweihundertjahrfeier warten ... Aber sie hat ihn nicht in diesem Loch kauern sehen, sie weiß nicht, wie schrecklich das für ihn ist. Es ist mir gleich, ob es schwierig wird. Solange es nur nicht unmöglich ist.

NICHTS IST UNMÖGLICH.

Sie seufzte, warf ihr Haar über die Schulter zurück und rappelte sich auf. Unwillkürlich fuhr sie zusammen, rieb sich die Hüfte und massierte sich den Oberschenkel.

Nur noch ein paar Tage. Dann sind wir durch mit diesem Possenspiel und können von hier verschwinden!

BIS DAHIN BIST DU EIN EINZIGER WANDELNDER BLUTERGUSS.

Merkwürdig ernster Applaus unterbrach Buruus Lachen, hallte durch die Grube und über die beinahe leere Zuschauertribüne: Eine einzelne Person klatschte langsam in die Hände. Die Bushimänner verrenkten sich die Hälse. Dann keuchten sie, sprangen auf und verneigten sich tief, Hand über Faust. Auf ihren Gesichtern war nicht mehr die Spur eines Lächelns zu sehen.

»Der Shōgun!«, wisperte einer.

Hiro sprang auf. Das Räderwerk seiner Rüstung surrte geschmeidig, kleine Motoren wimmerten. Er verneigte sich und eilte an die Seite seines Shōgun. Den vier eisernen Samurai, die Yoritomo mitgebracht hatte, nickte er rasch zu. Wie Hiro trugen die vier Männer die goldenen Jin-Baori der Kazumitsu-Elite, Oni-Halbmasken und am Gürtel je ein Kettensägenkatana und ein Wakizashi.

»Seii Taishōgun!«, sagte Hiro. »Eure Ankunft wurde nicht angekündigt. Vergebt mir, ich hätte dafür gesorgt, dass Ihr einen angemessenen …«

Yoritomo hob die Hand, und Hiro erstarben die Worte auf den Lippen. Der Shōgun ließ Yukiko nicht aus den Augen. Er spazierte die steinernen Stufen zwischen den Rängen herab und bannte das Mädchen mit seinem starren, reptilienhaften Blick.

»Eine faszinierende Darbietung.« Er lächelte. »Mein Kompliment.«

Yukiko verneigte sich ebenfalls. »Ihr ehrt mich, mächtiger Gebieter.«

Eilig entriegelte ein Bushimann das eiserne Tor, das auf den Kampfplatz führte. Yoritomo reichte ihm seine Atemmaske und trat hindurch. Er trug den goldenen Brustpanzer mit den kleinen

Flügeln; der lange rotseidene Umhang fegte durch das Stroh. Er kam auf Yukiko zu, die Rechte locker auf den Griffen seines altmodischen Daishō. Seine Elite-Samurai folgten ihm. Das Surren und Zischen der Ōyoroi klang in der großen, runden Grube lauter als normal. Der letzte eiserne Samurai in der Reihe verwehrte Hiro den Zutritt zur Grube. Er hob eine Hand, schüttelte den Kopf und verriegelte das Tor hinter sich.

»Ist es möglich, dass du nicht zur Jägerin berufen bist, Yukiko-san?« Yoritomo blieb vor ihr stehen. »Es scheint ganz so, als solltest du lieber Stücke schreiben.«

»Wie meinen, mein Gebieter?«

PASS AUF.

»Es ist doch wahr«, sagte er. »Welch fantastische Geschichten du ersonnen hättest!«

Und dann bewegte er sich so schnell wie eine Klapperschlange, packte Yukikos Handgelenk und überstreckte ihren Ellenbogen schmerzhaft. Buruus furchtbares Brüllen hallte von den Steinwänden wider. Zwei eiserne Samurai zogen ihre Schwerter und sprangen vor Yoritomo. Buruus Klauen schlitzten einem von ihnen den Bauch auf: weiches, schwaches Fleisch in einer dünnen Blechdose. Der sterbende Mann taumelte davon und zog zerrissene Eingeweide hinter sich her. Yoritomo drehte Yukiko den Arm auf den Rücken, zog sein Wakizashi und setzte dem Mädchen die Klinge an den Hals. Mit einem wilden Schrei schwang der zweite Samurai sein laufendes Kettensägenkatana – im nächsten Augenblick hatte Buruu ihm den Arm am Ellenbogen abgetrennt. Sein Schnabel schnitt durch das Eisen wie heißer Stahl durch Schnee. Der Schrei des Mannes war schrill; ein lang anhaltender, schwankender Ton des Unglaubens.

»Hör auf, oder sie stirbt!«, rief Yoritomo. »Ich bringe sie um, das schwöre ich dir!«

YUKIKO!

Buruu!

Buruu bremste. Zorn flammte in seinen Augen, seine Klauen schlugen Funken auf dem Steinboden. Yoritomos Gesicht war bleich, er atmete stoßweise durch zusammengebissene Zähne. Er ging rückwärts und zog Yukiko mit sich auf das Tor zu. Der Arashitora machte ein paar zögerliche Schritte auf sie zu. Die Vibrationen seines Knurrens verursachten kleine Wellen auf den Blutlachen am Boden.

»Komm nicht näher«, warnte Yoritomo, »oder ich schneide der kleinen Hure die Kehle durch!«

Aus dem Knurren wurde wieder Gebrüll.

»Wie gut er mich versteht!« Yoritomo verdrehte Yukikos Arm noch ein Stück weiter, und sie keuchte vor Schmerz. »Nicht klüger als ein Hund, hm?«

»Mein Gebieter, was geschieht hier?«, rief Hiro, der die Eisenstäbe des Tors umklammerte.

»Verrat«, fauchte Yoritomo, ohne einen Blick von dem Arashitora zu wenden. »Du atmest den widerlichen Gestank des Verrats!«

»Mein Gebieter?«

Yoritomo nickte den anderen beiden Samurai zu, und sie ergriffen Yukikos Arme und schleppten sie zwischen sich her. Wilde Haarsträhnen hingen ihr ins Gesicht und hoben sich pechschwarz gegen ihre blasse Haut ab. Sie blickte mit ungezügeltem Hass zu Yoritomo auf und kämpfte gegen den unerbittlichen, Chi-verstärkten Griff der Samurai. Der Shōgun lächelte, legte die Spitze seines Wakizashi unter ihr Kinn und zwang sie, das Gesicht zu heben.

»Du hältst dich für ein cleveres Füchslein, habe ich recht? Schlau genug, um den Herrscher des ganzen Inselreiches zu überlisten?« Humorlos lachte er auf. »Du armseliges kleines Mädchen.«

Er versetzte ihr eine Ohrfeige und legte sein ganzes Gewicht in den Schlag. Ihr Kopf flog zur Seite. Ihre Wange platzte auf, und Bluttröpfchen sprühten durch die Luft. Buruu verlor die Beherrschung: Er stieß ein schreckliches Kreischen aus, das ihm selbst in der Kehle wehtun musste, und stürzte sich auf Yoritomo. Seine Klauen rissen Steine aus dem Boden. Yoritomo zog den Eisenwerfer aus seinem Gürtel, drückte dem Mädchen den kurzen Lauf gegen die Schläfe und zwang es auf die Knie.

Buruus Kette spannte sich straff; die Eisenringe ächzten, als er sich gegen ihren Zug warf. Der eiserne Pfahl knickte mit einem schrillen Quietschen ein. Metallspäne regneten herab wie alte Hautschuppen. Buruu brüllte, Speichel spritzte aus seinem Schnabel, die blutbefleckte Zunge stakte hervor, seine Augen rollten. Seine Klauen zerfetzten die Luft anderthalb Meter vor Yoritomos Gesicht.

»Es reicht!« Yoritomo spannte den Hahn des Eisenwerfers.

Buruu erstarrte schwer atmend. Das Adrenalin und die Raserei ließen ihn zittern. Er heulte schrill, in seinen Augen lag ein wilder Blick. Sein Schwanz peitschte von einer Seite auf die andere, seine Klauen gruben sich in den Stein.

»Die Schwerter!«, befahl Yoritomo.

Mit den freien Händen zogen die unversehrten eisernen Samurai ihre Katanas und schalteten sie ein. Das Grollen der Motoren und das Sirren der wirbelnden Klingen an der Kette übertönten das Stöhnen ihres Waffenbruders. Der Mann wälzte sich in einer größer werdenden Blutlache auf dem Boden und umklammerte seinen Armstumpf.

»Falls die Bestie auch nur in meine Richtung hustet, schlagt ihr der kleinen Schlampe den Kopf ab!«

»Hai!«

Yoritomo steckte den Eisenwerfer in sein Holster und das Wakizashi zurück in seine Scheide. Er warf sich den langen Zopf über die Schulter und ging auf Buruu zu, ohne ihn eine Sekunde aus den Augen zu lassen. Das Lächeln auf seinem Gesicht war eiskalt. Es sah aus wie das verkrampfte Grinsen einer Leiche.

»Du hast Feuer, Großer. Das muss man dir lassen.«

YUKIKO. KANNST DU MICH HÖREN?

... Buruu?

Benommen, die Ohren klingelten ihr. Blut in ihrem Mund.

»Wenn du dich rührst, ist sie tot«, flüsterte Yoritomo.

Er zog sein Katana; der Stahl sang, als er aus der Scheide glitt. Der Shōgun schnitt das Geschirr auf, das Buruus Flügel an seine Seiten fesselte. Gummi und Stahlmaschen fielen zu Boden. Drei große weiße Federn mit abgetrennten Spitzen steckten in dem zerstörten Geschirr. Buruu zuckte zusammen, als Yoritomo mit den Fingerspitzen über die jungen Federn strich, die an den Spitzen seiner Flügel wuchsen. Perfekt waren sie. Vollkommen. Der Shōgun stieß den Atem zwischen den Zähnen hervor: ein ungläubiges Zischen, ein Laut herrischen, engstirnigen Zorns.

»Also stimmt es.« Sein Kiefer mahlte. Er biss sich auf die Unterlippe.

»Mächtiger Gebieter!«, rief Hiro. »Ich bin überzeugt davon, dass Yukiko nichts davon wusste!«

»Sie kann die Gedanken der Bestie lesen.« Yoritomo blickte nicht einmal in die Richtung des eisernen Samurai. »Und da behauptest du, sie hätte nichts gewusst?«

»Dafür gibt es bestimmt eine Erklärung ...«

»Dann erkläre es mir!«

»Vielleicht hat sie sich getäuscht und ...«

»Getäuscht? *Du* wurdest getäuscht!«, brüllte Yoritomo, fuhr zu Hiro herum und deutete mit dem Katana auf ihn. »Dieser Verrat hat sich direkt vor deiner Nase abgespielt, und du warst blind dafür! Du hast versagt, Hiro-san, und Schande über dich gebracht.«

Hiro warf Yukiko einen verzweifelten, hilflosen Blick zu. Dann fiel er auf die Knie und drückte seine Stirn auf den Steinboden. »Ich erflehe Eure Vergebung, mächtiger Gebieter.«

Der Shōgun wandte sich ab und starrte wieder Buruu an. Noch immer pfiff der Atem durch seine Zähne. Die eisernen Samurai senkten ihre Schwerter, sodass die rotierenden Klingen wenige Zentimeter vor Yukikos Hals in der Luft schwebten. In dem Luftsog stiegen ein paar feine Haarsträhnen auf; die zornigen Spitzen trennten sie ab.

Yukiko blinzelte und kämpfte darum, einen klaren Gedanken zu fassen. Blut rann aus der Platzwunde auf ihrer geschwollenen Wange, sammelte sich an ihrem Kinn und tropfte zu Boden.

»Wo ist dein Respekt?«, fauchte Yoritomo. »Glaubst du, dieses unverschämte Gör könnte *mich* hereinlegen?« Er deutete mit dem Katana auf Yukiko und schüttelte den Kopf. »Aber du wirst mich noch kennenlernen. Jetzt erfährst du, was es bedeutet, wenn man Hachimans Auserwählten herausfordert. Ich werde es dir beibringen. Streck die Flügel aus!«

YUKIKO.

Buruu, nicht …

SIE BRINGEN DICH UM.

Das machen sie sowieso! Hör nicht auf ihn.

»Ich weiß, dass du mich verstehst!«, brüllte Yoritomo. »Streck sie aus, oder ich lasse sie enthaupten!«

Nein, tu es nicht! Bitte, Buruu. Lass dich nicht von ihm anrühren!

Er sah die Zukunft vor sich: endlose Tage in einem verrosteten Käfig unter diesem bedrückenden Himmel. Der Sklave dieses Prinzleins und seines Wahnsinns. Insekten würden ihn bestaunen, und die Freiheit, davonzufliegen, wäre dahin. Seine Federn zu verlieren, war eine Sache. Aber die Angst, dass dieser Irre ihm die Flügel ganz abschlagen würde, war beinahe unerträglich.

Und gleichzeitig war sie bedeutungslos. Bedeutungslos im Vergleich zu der Vorstellung, sie zu verlieren. Zusehen zu müssen, wie diese Männer sie aufschnitten, wie sie auf den Steinen verblutete. In Raserei würde er sie alle zerfetzen, sein Stolz gerettet, das Blut der Feinde in seinem Schnabel. Und den Tod des Mädchens auf dem Gewissen.

Was würde es noch bedeuten, wieder über den Himmel zu gleiten, wenn sie in der kalten Erde lag?

»Tötet sie«, sagte Yoritomo kalt und zog sich zurück. Die eisernen Samurai hoben ihre Schwerter. Hiro biss die Zähne zusammen, schüttelte ungläubig den Kopf, wandte aber keinen Blick von Yukiko. Die Bushimänner auf den Steinbänken hielten den Atem an und zogen in Erwartung des tödlichen Streiches die Schultern hoch.

Ein Geräusch wie ein Segel, das sich entfaltete. Buruu hatte die Flügel ausgebreitet.

Siebeneinhalb Meter schimmernden Silberweißes. Die neuen Federn schillerten merkwürdig metallisch. Auf Yoritomos Armen richteten sich die Härchen auf: Elektrostatische Energie floss knisternd über seine Haut. Der Arashitora fächerte seine Federn auf. Ein warmer Wind strich durch seine Deckfedern. Sie hoben und senkten sich wie schneeweiße Wellen auf einem mächtigen Ozean.

Yoritomo atmete tief ein. Der Schwertgriff lag feucht und ölig in seiner verschwitzten Hand. Er zeigte mit der Klinge in den

Himmel. »Da. Da ist er. Gerade über dir. Für dieses Begehren hast du alles riskiert. Und hättest du die Tapferkeit besessen zu dienen, wäre der Himmel nun dein. Stattdessen muss ich ihn dir nun ein weiteres Mal nehmen.« Er seufzte. »Was für eine Verschwendung.«

Die Klinge fiel. Das blutrote Licht spiegelte sich in dem gemusterten Stahl. Ein leises Reißen, kaum mehr als ein Wispern, ein Flattern losgelöster weißer Spitzen. Der vollkommene Federfächer zerstört: Es war eine dilettantische Beschneidung, das Ergebnis hässlich.

Er würde nicht fliegen.

Yukiko keuchte heiser, als hätte ihr jemand ein Messer in den Bauch gerammt. Kummer schnürte ihr die Kehle zu. Dennoch brach ein gequältes, ersticktes Schluchzen daraus hervor.

Bring ihn um! Denk nicht an mich, Bruder. Kämpf gegen sie! KÄMPF!

FEDERN WACHSEN NACH.

»Nein, bitte nicht«, wimmerte sie. Das Grollen der Schwerter übertönte ihre Stimme beinahe. »Nein.«

SCHWESTERN NICHT.

»So fühlen sich die Götter!«, flüsterte Yoritomo. »So einfach nehmen sie den Sterblichen alles. Einen Flügel. Ein schönes Gesicht. Eine Zivilisation.«

Er starrte sein Katana an, gebannt von dem Licht, das auf der Schneide funkelte. »Ich bin gottgleich.«

Buruu schloss die Augen und ließ den Kopf hängen. Yoritomo wandte sich dem anderen Flügel zu. Das Katana schien mit dem Gewicht eines Dampfhammers niederzufahren. Es floss kein Tropfen Blut, als die Klinge seine Federn zerteilte. Es tat nicht weh. Und doch fühlte es sich so an, als schnitte ihm der Shōgun das Herz aus dem Leib. Wie flüsternde Schneeflocken sanken die Spitzen der jungen Federn zu Boden. Buruu spürte, wie ihm Sturmwind und Regen ins Gesicht peitschten, während er zwischen den Wolken dahinraste und dem Donner mit dem Lied seines Flügelschlags antwortete. So nah. So nah, dass er es schmecken konnte.

Und nun wieder so fern.

»Jetzt begreifst du es«, sagte Yoritomo. »Du besitzt nur, was ich dir zu besitzen gestatte. Du bist nur, was ich dir zu *sein* gestatte! Denk darüber nach, jetzt und in den dunklen Stunden, die zwischen diesem Tag und jenem liegen, an dem deine Federn wieder nachwachsen. Sei dir darüber im Klaren, dass jede dieser Stunden Zeit ist, die ich dir zuerkenne. Ich bin Yoritomo, der Auserwählte Hachimans, Herrscher der Welt! Setz dich noch einmal über meinen Befehl hinweg, und ich nehme dir alles, was du noch hast. Verstehst du mich? Alles.« Ein katzenhaftes Lächeln. »Aber zuerst kommt der Schmerz.«

Er trat dicht vor den Arashitora hin, legte ihm die Klinge unter den Schnabel, wie er sie Yukiko unters Kinn gelegt hatte, und zwang auch Buruu, ihn anzublicken. Kalter Zorn stand in den bernsteinfarbenen Augen, von einem Willen beherrscht, der so stark und grimmig war wie der Sturm selbst.

»Und nun erweise Yoritomo den Respekt, der ihm zusteht! Knie vor ihm nieder!«

Der Shōgun trat zurück, steckte das Katana fort und breitete die Arme aus. Wehrlos. Unbewaffnet. Es bräuchte nur einen einzigen Klauenschlag, um ihn zu töten. Alle hielten den Atem an. Das Brummen der Kettensägenkatanas an Yukikos Hals war das einzige Geräusch in der Stille. Sie war beinahe blind vor Tränen, aber sie sah, wie Buruu den Kopf senkte, die Klauen in den Stein grub und den Schnabel zu Yoritomos Füßen auf den Boden legte.

»Nein!«

Sie schrie in seinem Geist, erfüllt von einer bitteren Trauer, scharf wie gebrochenes Glas, das sie von innen her aufschnitt. Er berührte ihren Geist, hielt sie eng an sich gedrückt, sicher und warm.

UNSERE SORGEN SIND KAUM MEHR ALS EINTAGSFLIEGEN. SIE ERHEBEN SICH IM MORGENDÄMMERN UND STERBEN BEI ANBRUCH DER NACHT. UND WENN SIE INS HAUS DER ERINNERUNG EINGEZOGEN SIND, WERDEN WIR BEIDE AM LEBEN SEIN, YUKIKO.

Er schloss die Augen und legte die Flügel an, die nun wieder gestutzt waren, so kurz. Er hörte nur ihr Schluchzen, das in der steinernen Arena widerhallte. Seine abgetrennten Federspitzen lagen auf dem Boden, ihr Herz daneben, zerrissen und blutend.

WIR WERDEN DIES ÜBERSTEHEN.

30
GESCHICKTE HÄNDE

Sie ließen sie auf dem blutbefleckten Boden liegen.

Einer trat ihr in die Rippen, einer spuckte sie an. Dann waren sie fort. Schwere Schritte dröhnten in ihrem Kopf. Sie hielt die Augen fest geschlossen, sie konnte es nicht ertragen, ihn anzusehen. Sich anzuschauen, was sie ihm angetan hatten. Ihretwegen, alles ihretwegen … Ein Druckmittel, das war sie, ein Bauer auf einem Schachbrett, den man bedrohte, um den König aus der Reserve zu locken. Yoritomo hatte sie benutzt. Heute genauso wie vor all den Jahren, als er ihren Vater hatte gefügig machen wollen. Sie hing denen, die sie liebte, wie ein Mühlstein am Hals.

Wie aus weiter Ferne konnte sie seine Stimme hören; er sagte, dass alles in Ordnung kommen würde. Verzweifelt verschloss sie sich vor ihm und kauerte sich in einem finsteren Zimmerchen ihres Geistes zusammen. Sie verdiente sein Verständnis nicht. Sie verdiente seine *Freundschaft* nicht. Einen schrecklich schlechten Dienst hatte sie ihm erwiesen, ihm und sich selbst, und alles nur, weil sie sich eingebildet hatte, ein einfacher Taschenspielertrick und etwas Glück würden sie über Wasser halten.

Kitsune sorgt für die Seinen.

Nicht in diesem Fall.

Sie drückte die Wange gegen den Boden, Schotter bohrte sich hinein. Eine Ewigkeit verstrich. Dann griffen starke Hände nach ihr, und jemand hob sie auf. Kaltes Metall, das Surren und Zischen einer Ōyoroi, der Geruch nach frischem Schweiß und Chi. Sie dachte gar nicht daran, die Augen zu öffnen. Die Haare hingen ihr ins Gesicht, ein Vorhang aus wirren Strähnen, hinter dem sie sich verstecken konnte. Eine kindische Hoffnung: Wenn sie nichts sehen konnte, konnte auch sie niemand sehen. Ein Versteck in der Dunkelheit. Ihre Fingerspitzen waren taub, sie litt an einer kalten Übelkeit. Buruus Stimme vor der verriegelten Tür in ihrem Geist verklang.

Hass. Abgrundtief und giftig. Sie hasste Yoritomo. Hasste sich selbst. Galle stieg in ihrer Kehle auf, und ihr Kiefer war so verkrampft, dass sie fürchtete, ihre Zähne könnten ihr im Mund zerspringen. Dann würde sie zusammen mit ihren Flüchen Blut und weiße Splitter hervorstoßen. Ohnmächtig trieb sie in dem schwarzen Meer hinter ihren zusammengekniffenen Lidern, ihrem Elend ausgeliefert. Sie spürte, wie es ihre Lungen füllte. Es füllte sie so vollkommen aus, war so schrecklich, dass sie schreien wollte.

Sie wollte keine Waffe sein, die gegen die geschwungen wurde, die sie liebte. Sie wollte nicht schwach sein, ängstlich. Kein Bauer, keine Gefangene, kein kleines Mädchen in einer Welt, die so kalt und grausam war. Sie war dessen so müde.

Hiro schob die Tür zu ihrem Schlafgemach auf, trug sie zu ihrem Futon und wollte sie darauflegen, aber jetzt riss sie die Augen auf und klammerte sich an ihn, als hinge ihr Leben davon ab. Kaltes, unnachgiebiges Eisen unter ihren Händen. Aber darunter glaubte sie seine Wärme zu spüren. Sie warf die Arme um ihn und drückte ihre tränennasse Wange an seine.

»Lass mich nicht los«, flüsterte sie.

»Ich habe meine Ehre verloren.« Er schüttelte den Kopf. »Ich habe meinen Herrn enttäuscht. Ich muss seine Vergebung suchen ... Oder Sühne leisten und Seppuku begehen!«

»Lass mich nicht los.«

Sie lehnte sich so weit zurück, dass sie ihm in die Augen sehen konnte. Ihr Blick wanderte zu seinem Mund. Sie konnte den Hass in ihrem Inneren spüren – er schwoll an und sank nieder, schwoll an und sank nieder wie Wellen bei Sturmwind –, den schrecklichen Blutdurst. Eine pechschwarze Dunkelheit in ihr, vor der sie zurückscheute. Sie legte die Hand an seine Wange und strich mit dem Daumen darüber. Ihre Lippen zitterten. Und dann küsste sie ihn, verzweifelt, hungrig, ein Kuss, der nach Chi und alten Tränen schmeckte. Er hielt sie fest, und sie drückte sich an seine Ōyoroi, wollte, es wäre ihre Haut, wollte, sie wäre es, die in der Rüstung steckte, eingeschlossen in kaltes, hartes Eisen, unberührbar.

Wie in ihren Träumen erwiderte er ihren Kuss. Und wenn sie ihre Augen lange genug geschlossen hielt, würde sie vielleicht irgendwann aufwachen, und nichts wäre wirklich geschehen. Nicht ihr Versagen. Nicht ihr Hass. Nicht die abgetrennten Federn auf dem Steinboden.

»Hilf mir«, wisperte sie zwischen Küssen. »Mach, dass es aufhört. Lass mich etwas fühlen ... Etwas anderes. Bitte.«

Hinterher setzte sie sich im Bett auf und betrachtete ihn, während er schlief. Der Schweiß trocknete auf ihrer Haut. Sie zeichnete seine Irezumi mit den Fingerspitzen nach, den wunderschönen Tiger, der seinen rechten Arm hinunterschlich, die Reichssonne auf der linken Schulter. Sie sah an ihrem eigenen Arm hinab und betrachtete das Spiegelbild des abscheulichen Symbols auf ihrer Haut. Jetzt wusste sie, was Daichi gemeint hatte, als er es ein Sklavenmal genannt hatte. Sie dachte darüber nach, die Tätowierung mit einem rot glühenden Messer von ihrer Haut zu schaben, das Zeichen dieses Wahnsinnigen ein für alle Mal fortzubrennen.

Aber würde sie dadurch die Freiheit gewinnen?

Sie konnte mit den Kage sympathisieren, so viel sie wollte – es machte sie nicht zu einer rechtschaffenen Person. Ihr furchtbarer Hass auf Yoritomo entsprang ihrem eigenen Schmerz, er hatte nichts damit zu tun, dass sie sein Tun als Unrecht empfand. Ja, er schändete das Land, ließ den Himmel bluten und scherte sich nicht um das massenhafte Aussterben der Tiere und Pflanzen des Inselreiches. Aber es war, wie Michi gesagt hatte: Was Yukiko antrieb, war ihre eigene Verletztheit. Sie erinnerte sich an die Worte, die sie zu Aisha gesagt hatte: *Rache bedeutet mir nichts.* Wie verlogen sie ihr nun vorkamen! Gerechtigkeit kümmerte sie nicht länger. Sie wollte, dass er für das bezahlte, was er getan hatte.

War Daichi besser als sie? Und die anderen Kage? Sie sprachen von Befreiung und Revolution, aber würden sie dieselben Töne anschlagen, wenn sie als Lotusmänner oder dralle Kinder eines Zaibatsu-Adeligen geboren worden wären? Es war leichter, ein Gefühl für Unrecht zu entwickeln, wenn man Hunger hatte; leichter, es hochzuhalten, wenn das Handgelenk gebrochen war. Wer Geld verabscheute, hatte gewöhnlich keins. Wer Macht verachtete, verachtete sie, weil er selbst ohnmächtig war.

Waren das überhaupt ihre eigenen Gefühle? Oder waren es Buruus?

Und spielte das eine Rolle?

Götter, ich weiß nicht mehr, was wirklich ist.

Sie rieb sich die Augen mit den Fingerknöcheln. Ein warmer Luftzug strich liebkosend über ihre nackte Haut, und sie erinnerte sich an die wohligen Schauer, die Hiros Berührungen verursacht hatten. Sie sah ihn an und dachte an ihre Küsse. Sie erwartete, dass die Palastwache jeden Augenblick hereinplatzen und sie zu ihrem Vater ins Gefängnis werfen würde.

Wenigstens hatte sie diesen Augenblick mit ihm gehabt.

Mit ihm zusammenzusein, das war wirklich. Aisha hat recht gehabt: Es gibt nicht viel Glück auf der Welt. Man darf es sich nicht entgehen lassen.

Ihr Blick wanderte durchs Zimmer, über die verstreuten Rüstungsteile. Neben dem Futon lag ein Panzerhandschuh. Sie hob ihn auf. Er war so schwer wie ein Stein, schwarz und leblos. Aus der Stulpe ragte ein Kabel hervor, das in einem Hohlstecker endete: ein kleiner, weit aufgesperrter Mund. Wie schwer es gewesen war, Hiro aus der Ōyoroi zu holen! Ungeschickt hatten sie beide an Verschlüssen, Schnallen und Knöpfen herumgefummelt, und die Rüstung war Stück für Stück zu Boden gefallen. Bei der Erinnerung musste sie lächeln.

Sie schob die Hand in den Panzerhandschuh. Ihre Sehnen traten hervor, als das Gewicht an ihrem Arm zog. Sie strich über das geprägte Metall: unleserliche Gilden-Kanji und wilde Tiger. Die Bestien, unbewegt, eingeätzte Streifen auf den Flanken und Gesichtern, starrten sie an.

Sie dachte an Buruu, der allein in seinem Kerker war, und schloss die Augen.

Er muss mich verabscheuen.

Sie bewegte die Finger, und ein Dutzend künstlicher Sehnen spannte sich. Der Panzerhandschuh schloss sich zu einer lockeren Faust. Selbst ohne Strom waren die mechanischen Bewegungen makellos. Sie fragte sich, wie es sich anfühlen mochte, einen Panzer wie diesen zu tragen, seine Stärke ihr Eigen zu nennen. Kein Messer könnte sie verletzen. Niemand könnte ihr schaden.

Aber dann musste sie an den armen Kin denken, gefangen in seinem Halbleib, seinem halben Leben. Verbunden mit seinem Panzer wie ein ungeborenes Kind mit der Gebärmutter. Kabel, Schläuche und Nährpräparate. Nie das Gefühl der Sonne oder des Windes auf der Haut – dem *Fleisch* –, wenn man von ein paar gestohlenen Augenblicken in der Stille der Nacht einmal absah.

Welch hoher Preis dafür, unverletzlich zu sein. Nie von einem anderen Menschen berührt zu werden, das ganze Leben lang.

Sie vermisste ihn. Seit den Tagen in den Iishis war beinahe ein Monat vergangen. Sie fragte sich, wie es ihm ging. Heilten seine Verbrennungen gut? Vielleicht konnte sie ihm irgendwie eine Nachricht zukommen lassen ... Sie wusste jetzt, dass er mehr für sie empfand als sie für ihn; er sah etwas in ihr, was sie nicht war. Vielleicht waren es die langen Nächte im Wald gewesen oder das Fieber. Aber wenn sie mit ihm sprechen könnte, ihm erklären, wie sie sich fühlte ...

Wieder sah sie Hiro an.

Wie fühle ich mich denn?

Elend. Schuldig. Kein bisschen rechtschaffen.

Buruu war das Opfer, der einzig wahre Unschuldige. Er hatte ihr vertraut, hatte geglaubt, sie wüsste, was sie tat. Dass sie bald den Wind unter den Flügeln spüren und diese stinkende Stadt hinter sich zurücklassen würden. Aber sie hatte gar nichts erreicht. Ihr Vater war noch immer im Gefängnis, Buruu weiterhin an die Erde gefesselt, bis er sich im Winter wieder mausern würde. Wie sollte er ein halbes Jahr in dieser stinkenden Grube überstehen? Und ihr Vater die lange Zeit in seiner Zelle?

Das werden sie nicht. Sie werden in diesen Löchern sterben.

Sie verengte die Augen und ballte die Hand in dem Panzerhandschuh zur Faust. Das Elend drohte sie zu überwältigen. Doch dann sah sie etwas im Licht der untergehenden Sonne auf ihrem Nachttisch glitzern: Es war der kleine mechanische Arashitora, den Kin für sie gemacht hatte. Sie setzte ihn sich auf die gepanzerte Handfläche und hob ihn vor ihr Gesicht.

Das Spielzeug war wunderschön, ein kleines Meisterwerk aus Drahtspulen, winzigen Kolben und ineinandergreifenden Zahnrädern. Das Werk geschickter Finger und eines scharfen Verstandes, gefertigt aus dünnem Messing und Räderwerk. Der Zeitvertreib eines Werkmeisters auf dem Krankenbett, der darauf wartete, dass seine Verletzungen heilten.

Ein winziges Gesicht war in das Metall geätzt worden: stolze Augen und ein scharfer Schnabel. Yukiko lächelte. Kin hatte Buruu von Anfang an gemocht, obwohl der Donnertiger ihn nicht hatte leiden können. Es war ein gelungenes Abbild, ein winziges Porträt glücklicherer Tage, das Kin auf Metall gebannt hatte.

Die Flügel waren stabil und leicht zugleich, Reispapier, das mit einem Außenskelett aus Messing verstärkt worden war. Sie strich über die Papierfedern, und da stockte ihr der Atem. Mit weit aufgerissenen Augen zog sie den Arashitora auf. Er sprang von ihrer Hand, flatterte heftig mit den Flügeln und schwebte auf die Bettdecke hinunter. Dabei machte er ein Geräusch, das an Grillengesang erinnerte.

Die geschickten Hände eines Werkmeisters …

»Das ist es!«, flüsterte sie. »Oh, ihr Götter … Das ist die Lösung!«

31

ÜBERRASCHUNGEN

Niemand hier hatte ein Mienenspiel. Es gab nur unbewegte Gesichter.

Ein Bienenstock. Fünf Wände, eine Wabenstruktur. Quarz-Halogen-Lampen flackerten in öligen Gehäusen. Die Luft war erfüllt von der Symphonie der eintausend Maschinen: Die Zahnräder surrten im Chor, Kolben und Hydraulik sangen dazu in schrillem Falsett, Eisen schlug im Bariton auf hohle Messingkörper. Stimmen summten und knisterten. Es war, als tanzte alles eine langsame, aufwendige Choreografie. Geschmierte Kugelgelenke drehten sich, Getriebeflüssigkeit schimmerte im Schein blutroter Augen. Überall stank es nach Chi.

Seine Haut hätte ihn schützen müssen. Die Reinheitsanzeige stand immer auf Grün: Das Gift, mit dem sie die Welt überflutet hatten, war nicht in sein Blut gelangt. Und doch hätte er schwören können, dass er es schmecken konnte, als seien ihm die Abgase in die Kehle gekrochen, als füllten sie seinen Mund. So war es, seit er dreizehn Jahre alt geworden war. Seit seinem grauenhaften Erwachen. Zusammen mit der Metallhülle, die sein Fleisch schützte, und den Schläuchen, die darin eingestöpselt waren, war das ihr Geschenk an ihn: die unablässige Angst, dass das, was er gesehen, was sie ihm in jener Nacht gezeigt hatten, eines Tages Wirklichkeit werden würde.

Die Haut ist stark. Das Fleisch ist schwach.

Es war, als würde jemand die Worte in seinem Kopf flüstern. Das Mantra war eine konditionierte Reaktion auf Selbstzweifel und destruktive Gedanken; es war ihm eingebläut worden, noch bevor er es hatte begreifen können. Er erinnerte sich an eine Zeit, in der ihn das getröstet hatte. Die Fragen zum Schweigen gebracht hatte, auf die es keine Antworten gab.

Damals hatte er noch geglaubt.

Im Gang kamen ihm drei Shatei entgegen, und Kin berührte seine Stirn mit den Fingerspitzen. Er wich gegen die Wand zurück, um der Diensteinheit Platz zu machen, die hinter seinen Gildenbrüder herrollte. Die Einheit hielt inne und betrachtete ihn prüfend mit einem glühenden roten Auge. Zwei ihrer dünnen mechanischen Greifer zitterten wie Fühler. Die Einheit sah aus wie ein gesichtsloser, fetter Mann, der anstelle von Armen Spinnenbeine hatte, in Metall gegossen worden war und auf zwei breiten Gleisketten aus Gummi fuhr. Manchmal tauchten die Diensteinheiten in Kins Albträumen auf, wie sie irgendwo tief im Kapitelhaus schlüpften, glitschig und abscheulich. Nicht gebaut, sondern gezüchtet.

Das Wesen schnatterte und folgte dann Kins Brüdern.

Rauch hing in der Luft: brennende Kohlen und Chi, Lötzinn und Funken. Die Werkstätten des Kapitelhauses lagen wie Kokons nebeneinander, verbunden durch Nabelschnüre aus Stein und Irisblenden aus Stahl, die sich, immer wenn jemand hindurchtrat, öffneten und schlossen. Die großen Versuchsareale der Kriegsgerätbauer, das Labyrinth der Erschaffer künstlichen Lebens, die endlosen Gänge der Hautweber. Ein Dutzend Arten von Werkmeistern, Tausende Maschinen, immer in Bewegung. Hier gab es kein Tageslicht, keine Fenster zur Außenwelt. Nur das ewige Summen von Halogenlampen, die grelles Licht auf klebrigen, rauchgetrübten gelben Stein warfen.

Kin betrat die gedrängt volle Haupthalle. Die Inochi-Techniker begutachteten gerade eine neue Schiffsladung Gaijin: Jetzt, da die großen Schlachthäuser leer standen, waren die Kriegsgefangenen das einzige Vieh, das es in Shima noch gab. Die Techniker wählten einige riesige, wild aussehende Männer aus, die an den Spektakeln in der Arena teilnehmen sollten. Ihnen stand ein kurzes, blutiges Leben bevor: Unter dem Beifall der Menge würden sie ihr Bestes tun, ihre Landsleute umzubringen. Als Nächstes wurden die Starken und Rüstigen in Eisenbahnwagen verladen, die sie zum Marktplatz bringen würden; von dort aus würde es auf eins der endlosen, pollenverseuchten Felder weitergehen. Die Übrigen wurden in Ketten in Richtung der Inochi-Gruben abgeführt, Futter für die Maschinerie.

Kin sah ihnen in die Gesichter. Alte und Junge. Frauen und Kinder. Verwirrt sahen sie sich in diesem Höllenpfuhl um, in dem es nach verbrannten Blumen stank und von metallischen Insektenwesen wimmelte. Ihre Blicke waren starr, als stünden sie unter Schock. Was würden die Menschen jenseits dieser Mauern wohl sagen, wenn sie wüssten, dass ihr glorreicher Krieg gegen die Barbarenhorden nicht geführt wurde, um Ruhm und Ehre zu erlangen, sondern weil beinahe alle warmblütigen Lebewesen des Inselreiches bereits zusammengetrieben und abgeschlachtet worden waren? Verarbeitet in den Inochi-Bottichen. Verflüssigt, um auf den stetig wachsenden Feldern ausgebracht zu werden und jene wogenden, scharlachroten Blüten zu nähren, die das Herz des Shōgunats zum Schlagen brachten. Wie lässig würden die Menschen Shimas noch ihren Tee trinken, ihr Pfeifchen rauchen, wenn sie wüssten, dass die Blume, die ihr Reich groß gemacht hatte, nicht umsonst Blutlotus genannt wurde?

Er sah ein mageres Gaijin-Mädchen, vielleicht fünf oder sechs, das die Hand einer großen, elendig dünnen Frau umklammert hielt. Es hatte keine Schuhe, bloß Lumpen um die Füße gebunden. Die Hinterseiten seiner Beine waren mit Dreck verschmiert, die Wangen tränennass.

Bald ist alles vorbei, Kleine. Der Lotus muss blühen.

Einer der kräftigeren Gaijin hatte seinen Arm um die Frau gelegt. Als die Inochi-Techniker versuchten, die Frau mitzunehmen, brüllte er etwas in seiner kehligen Sprache. Er trat nach ihnen und brachte einen der Techniker zu Fall. Augenblicklich kamen von überallher Shatei, ein Schwarm klappernden Messings und zischender Abgase. Fäuste hoben sich und gingen nieder, ein metallisches Trommeln unterlegte die Schreie der Frau. Kin schloss die Augen und versuchte, die Geräusche auszublenden. Es war leichter zu ertragen, wenn man die Gaijin nicht als Menschen sah, sondern sich einredete, sie seien nur ein Rohstoff unter vielen. Dass sie nichts dachten, nichts fühlten. Dass sie nicht einst geliebt, gelacht und von einer glücklichen Zukunft geträumt hatten. Es war leichter zu ertragen, wenn man sich das einredete. Wenn es einem irgendwie gelang, es zu glauben.

Endlich verstummte das dumpfe Dröhnen der Schläge. Die vertraute Übelkeit war in Kin aufgestiegen, wieder schmeckte er Chi im Mund. Er öffnete die Augen, krank vor Mitgefühl, und sah zu, wie sie die blutende Leiche des großen Gaijin auf die Gruben zuschleppten. Die schluchzende Frau brachten sie mit einer Salve aus einem Shuriken-Werfer zum Schweigen. Ein

Kyōdai befahl, sie abzutransportieren, deutete auf die Blutlache und schalt den Mörder wegen der »Ineffizienz« seines Handelns. Der Geschmack war so intensiv, dass Kin glaubte, sich übergeben zu müssen.

Er wandte sich ab und ging weiter, so schnell er konnte, ohne Aufmerksamkeit zu erregen, durchquerte das Herz des Kapitelhauses und hielt auf den Aufzugsturm zu. In der Kabine aus brüniertem Stahl stieg er in den vierten Stock hinauf. Das Habitat war nüchtern gehalten und schwach beleuchtet; von einem zentralen Knotenpunkt gingen endlos viele schwarze Irisblenden aus.

Er betätigte einen Hebel und betrat seinen kleinen Wohnraum. Sein Mech-Abakus schickte den neusten Erntebericht des Fushichō-Quartiermeisters in seinen Kopf: Kilos Lotus (Ertrag), Anzahl der verstorbenen Sklaven (Schwund), totes Land, das noch immer exponentiell wuchs (Verderbsrate). Zahlen und Kanji schwammen in seinem Geist, flossen durch seine Adern. Das Luftfiltersystem ratterte und summte. Mit einem Seufzer der Erleichterung zog er an einem zweiten Hebel, und die Irisblende schloss sich knirschend hinter ihm. Die Druckdichtung saugte sich fest, es klang wie ein schwerer Atemzug.

Er wartete ein paar Minuten, damit die Lüftung ihre Arbeit tun konnte. Langsam verfärbte sich das Rot der Reinheitsanzeige und wurde grün. Ein heller Glockenton ließ ihn wissen, dass es sicher war, die Haut abzustreifen. Er drückte den Entriegelungsknopf, und die Halsmanschette faltete sich auf wie eine Lotusblüte. Die Gummidichtung seines Helms klebte an seinem Fleisch, als würde sie sich ängstlich daran festklammern.

Er streifte auch seine Handschuhe ab, fuhr sich über das kurz geschorene Haar und versuchte, das kleine Mädchen zu vergessen, die Schreie der Frau. Er war schweißgebadet. Vielleicht würde eine kühle Dusche ihn wenigstens kurz von all dem ablenken. Eine vorübergehende Flucht. In dem kleinen Spiegel über seinem Futon sah er, wie sich bei dem Gedanken seine tief gefurchte Stirn glättete. Er ließ seinen Blick über sein Fleisch wandern. Die Verbrennungen heilten langsam. Er konnte die Gaze leicht von seinem Hals lösen.

Es war nicht so schlimm. Nicht so hässlich, dass er abstoßend war.

Könnte ich ihr gefallen?

Er schloss die Augen und verbannte alle Gedanken an Yukiko. Die Erinnerungen an ihre gemeinsame Zeit in den Iishis hatte er in einem Winkel seines Geistes versteckt – eine geheime, strahlende Freude, die er für sich behielt und nur hervorholte, wenn der Geschmack des Chis zu schlimm und die Tage zu finster wurden. Das war jetzt sein Leben: dieser schnatternde, dampfende Ameisenhaufen. Eine Werkbank, an der er an den Projekten für den Shōgun arbeitete, bis es ihm wieder gut genug ging, um auf ein Himmelsschiff versetzt zu werden. Dann erst konnte er diesem Schlachthaus entrinnen, dem allgegenwärtigen Gestank – immer vorausgesetzt natürlich, dass sie ihn überhaupt wieder fliegen lassen würden.

Sein Vater war ein großer Mann gewesen. Dritte Blüte, ein Flottenmeister. Er hatte Maschinen zum Singen gebracht wie die legendären Nachtigallen, hatte eine Einspritzanlage oder Brennkammer bloß berühren müssen, um zu wissen, was damit nicht stimmte. Kin hatte seine Begabung geerbt, und der alte Kioshi hatte sein Wissen an ihn weitergegeben. Bevor er gestorben und in den Bottichen verarbeitet worden war, hatte er dafür gesorgt, dass sein Sohn von der zweiten Blüte Kensai geschätzt wurde. Kin stammte aus einer bedeutenden Familie. Es war ein ehrenvolles Erbe. Kensais Fürsprache hatte ausgereicht, um Kin einen

Posten auf einem Flaggschiff wie der *Donnerkind* zu sichern. Sogar den Namen seines Vaters hatte er annehmen dürfen.

Das Problem war nur … Er mochte seinen eigenen Namen.

Und nun hatte er sein Gesicht verloren. War gehäutet von einer Hadanashi gesehen worden. Mehr noch: von einer *Unreinen.* Seine Brüder behandelten ihn mit stiller Verachtung, sein Kyōdai rügte ihn zu jeder Gelegenheit scharf. Kensai hatte ein gutes Wort für ihn eingelegt, aber bestraft hatten sie ihn doch. Sie hatten ihn in eine abgelegene Werkstatt verbannt, ihm einen hingekrakelten Entwurf mit Yoritomos Siegel darauf gegeben und angeordnet, dass er die Vision dieses Irrsinnigen zur Wirklichkeit werden ließ. Yoritomo hatten sie versprochen, dass die besten Werkmeister des Kapitelhauses an seinem lächerlichen Sattel arbeiten würden. Dass ein Dutzend Gildenmänner nicht ruhen würden, bis der Shōgun in Händen hielt, was er begehrte. In Wahrheit werkelten bloß Kin und der alte Tatsuo abwechselnd an dem Sattel herum.

Seit Jahren hatte sich im Kapitelhaus die Abneigung gegen Yoritomo vertieft: die Exzesse, die Arroganz, seine Unfähigkeit, die Gaijin endgültig zu unterwerfen … Das letzte Treffen Shateigashira Kensais mit dem Shōgun hatte die Situation jedoch noch einmal verschärft; die Verachtung der Obersten Blüten war nun beinahe greifbar. Ein entrüstetes Schweigen hatte sich herabgesenkt, als sich die Nachricht von Yoritomos Missachtung der Gildengesetze unter den Shatei verbreitet hatte. Für wen hielt sich dieses Prinzlein, dass es sich den Reinheitsbringern in den Weg stellte?

Wir liefern die Waffen, die Rüstungen, den Kraftstoff für die Kriegsmaschinerie. Und wir allein kennen das Geheimnis, wie er hergestellt wird. Wir sind *Shima. Es ist gefährlich, sich gegen uns zu stellen: Was wir dir geben, können wir dir jederzeit vorenthalten.*

Der Shōgun war bereits darüber in Kenntnis gesetzt worden, dass sein Sattel nicht rechtzeitig zur Zweihundertjahrfeier fertig sein würde: Es sei zu »bedauerlichen Verzögerungen« gekommen. Dass Shateigashira Kensai nicht an der Feier teilnehmen könne: »Dringende Angelegenheiten« erforderten seine Aufmerksamkeit.

Im Stillen war Kin überglücklich, dass Yoritomo der Forderung von Kigens zweiter Blüte nicht nachgegeben hatte. Gedanken an Yukiko hielten ihn nachts wach: ihre dunklen Augen, die das Smaragdgrün des Waldes spiegelten. Jene flüchtige, wunderbare Zeit in den Iishis war in seiner Erinnerung so lebendig, dass er manchmal hätte schwören können, noch immer den Wind zu spüren, das klare Wasser auf der Zunge zu schmecken. Er sah ihr Gesicht vor sich und schloss die Augen, um es zu berühren. Sie zu vermissen, fühlte sich an, als hätte er Entzugserscheinungen. Es war ein Schmerz. Sie war immer noch in seinem Blutkreislauf. In seinem Kopf.

Die Haut ist stark. Das Fleisch ist schwach.

Er öffnete die Augen wieder, und da sah er es: Unter seinen Futon aus Formgedächtnispolymer war ein gefaltetes Blatt Papier geschoben worden – eine Ecke lugte hervor. Seine Haut stieß ein leises, hohes Wimmern aus, als er in die Hocke ging und das Papier aufhob. Unter dem Lüftungsschacht lag ein wenig Staub auf dem Boden.

Jemand war in seinem Zimmer gewesen. War durch die Schächte gekrochen und hatte das Papier unter seine Matratze geschoben. Aber wer? Und weshalb?

Er faltete das Blatt auseinander. Es war ungefähr dreißig Zentimeter breit, ein Viereck aus blickdichtem Pergament. Die Zeichnung eines Arashitora. Ein durchsichtiges Reispapier war darübergelegt, auf dem eine Vorrichtung abgebildet war, die ordentlich über der Gestalt des Donnertigers saß.

In die Ecke war eine Nachricht geschrieben worden. Sechs Wörter, die ihn wie eine Faust in den Magen trafen. Sein Herz drohte, aus seinem Brustkorb hervorzubrechen und zur Decke zu steigen.

Ich muss mit dir sprechen. Yukiko.

Masaru erwachte mit einem Stöhnen. Was er im Traum gesehen hatte, glühte in seiner Erinnerung wie die Nachbilder der Sonne, in die man zu lange hineingestarrt hatte. Ein endloses Feld voller Tierknochen in der Dunkelheit. Er hatte eine Fackel in der Hand gehalten und im flackernden Licht Rippen und Schädel mit leeren Augenhöhlen gesehen, die Gebeine überwuchert von blutrotem Lotus. Dann hatte er die Fackel fallen lassen. Das Feuer hatte sich in alle Richtungen ausgebreitet, und den aufsteigenden Rauch hatte er tief eingeatmet. Und er hatte den Schreien zugehört, die durch die Nacht hallten. Den Schreien, die er so oft in seinen Träumen hörte. Und endlich hatte er begriffen, dass er selbst es war, der da schrie.

Er setzte sich auf. Mit zitternden Händen rieb er sich die Augen, als könne er sich den Traum hinausreiben. Die Zelle stank nach altem Schweiß, Kot und Erbrochenem. Seine Haut fühlte sich ölig an, schmutzig. Aber zum ersten Mal, seit … solange er sich erinnern konnte, fühlte er sich sauber. Kein Lotus in seinem Blut. Keine Rauchfäden, die durch seinen Kopf zogen. Als seien Fesseln von ihm abgefallen, ein Gewicht von seinen Schultern gehoben worden, zum Himmel aufgestiegen und in den Gewitterwolken verschwunden.

»Masaru-sama.«

Eine Stimme in der Finsternis vor seiner Zelle. Schlief er doch noch?

»Masaru-sama.« Dringlich. Gedämpft. Die Stimme eines Mädchens.

»Yukiko?«

»Eine Freundin.«

Irgendwo in weiter Ferne musste eine Fackel brennen, denn die Dunkelheit war nicht vollkommen. Er konnte ein Augenpaar erkennen, einen schmalen Streifen schwarz angemalter Haut zwischen den Falten einer dunklen Kutte. Die Gestalt vor seiner Zelle trug am Gürtel eine Sichel und auf dem Rücken ein Schwert – ein Tsurugi, glaubte er –, die Klinge gerade, ein einfaches Kreuzgefäß am Griff. Eine Waffe dieser Länge bei sich zu tragen, war ein Todesurteil für ein einfaches Mädchen.

»Du bist keine Samurai. Wer bist du?«

»Wie gesagt: eine Freundin.«

»Meine Freunde tragen keine Schwerter.«

»Vielleicht sollten sie darüber noch mal nachdenken.«

»Was willst du?« Er rieb sich wieder die Augen und spähte in die Finsternis.

»Dass du dich bereitmachst.« Sie schob ein in Sackleinen gewickeltes, fest verschnürtes Päckchen zwischen den Gitterstäben hindurch.

»Wofür?«

»Für die Freiheit.«

Die Herrin Izanami selbst musste für diese Kopfschmerzen verantwortlich sein.

Yoritomo no Miya schloss die Augen und tat, was er konnte, um sich zu entspannen. Er überließ sich den Händen, die seine Schultern massierten. Geschickte Finger kneteten die Beklommenheit aus seinen Nackenmuskeln. Sanft legten sie sich gegen seine Wangen, zogen seinen Kopf mit einem Ruck nach links.

Es knackte laut in seinen Ohren – wie das Feuerholz des letzten Winters im Ofen –, dann lockerte sich die Faust, die seinen Schädel umklammert zu halten schien. Barmherzigerweise weiteten sich seine Venen, und sein Körper schüttete Endorphine aus.

Der Shōgun atmete tief durch und ließ zu, dass ihn die sanften Klänge der Shamisen davontrugen. Er ließ seine Sorgen hinter sich zurück. Die Geisha, die neben seinen Schultern kniete, erhob sich, stieg auf seinen Rücken und lief mit kleinen, sicheren Schritten sein Rückgrat hinauf und hinunter. Leise Knackgeräusche begleiteten sie auf ihrem Weg über sein Irezumi. Ihr Gewicht drückte ihm die Luft aus der Lunge. Ihre Zehen bohrten sich in seine schmerzenden Muskeln.

Dann hörte er den Nachtigallenboden zirpen, das Flüstern einer Reispapiertür, die aufgeschoben wurde, und runzelte die Stirn. »Habe ich dir nicht gesagt, dass ich nicht gestört werden möchte, Hideo-san?«

»Ich erflehe Eure Vergebung, mein Gebieter, Göttergleicher.« Yoritomo musste nicht aufsehen, um zu wissen, dass sein Haushofmeister sich so tief verneigte, wie sein alter Rücken es ihm gestattete. »Die Herrin Aisha möchte mit Euch sprechen.«

Er seufzte. »Schick sie herein.«

Schlurfende Schritte, gedämpfte Stimmen, Geta auf den Dielen und der Duft von Jasmin. Yoritomo spürte den Blick seiner Schwester. Er hob nicht den Kopf.

»Seii Taishōgun.« Ihre Stimme schwebte gemeinsam mit dem Räucherwerk in der Luft.

»Herrin Aisha.« Er fuhr zusammen, als die Geisha ihre Ferse in einen Knoten unter seinem Schulterblatt grub. »Runter mit dir!«, befahl er.

Das Mädchen gehorchte sofort, wich hastig einige Schritte zurück und hob die Hände wie zum Schutz vors Gesicht. Furchtsame Augen. Ein Bluterguss auf dem Handgelenk.

»Lasst uns allein«, sagte Aisha, und die Musik riss ab. Instrumente wurden beiseitegestellt, dann huschten Schritte davon.

Aisha streifte ihre Getas ab und kam auf ihn zu. Ihre Tabi flüsterten über den Boden. Sie kniete sich neben ihn auf die Matte und begann, mit den Handballen auf seinen Rücken zu schlagen, die Wirbelsäule hinauf und hinunter. Nur das Schmatzen von Haut auf Haut war zu hören. Yoritomo drehte den Kopf, und wieder knackte sein Nacken.

»Ihr seid aufgebracht«, sagte Aisha.

»Und Ihr scharfsinnig.«

»Der Arashitora?«

»Ich hätte das Vieh umbringen sollen. Und die unverschämte Kitsune-Schlampe gleich mit.«

»Aber Euer Traum, Bruder«, sagte Aisha und knetete seine Schultern. »Hachiman hat Euch ein Geschenk gemacht. Ihr habt recht daran getan, es nicht zu vergeuden.«

»Wie dem auch sei. Jedenfalls soll die kleine Hure zusammen mit ihrem Vater im Gefängnis verrotten. Wir werden ja sehen, wie viel von ihrem Temperament noch übrig ist, wenn sie erst ein paar Monate in dem Loch gehockt hat.«

»Doch wie wird sich der Arashitora verhalten, wenn sie nicht mehr da ist? Sie ist die Einzige, die mit ihm sprechen kann. Wie wollt Ihr die Bestie ohne das Mädchen kontrollieren, mein Bruder?«

»Mittlerweile kennt er mich gut genug. Ich habe sein Schicksal und das Schicksal des Mädchens in der Hand. Er wagt es nicht, eine Klaue gegen mich zu erheben, solange ich die Kleine mit einem Fingerschnippen ums Leben bringen kann. Ich will, dass sie eingesperrt wird. Sie soll den Gestank ihres Versagens atmen und im Dunkeln langsam blind werden.«

»Im Gefängnis würde sie sterben, Bruder. Die Aasratten würden sie fressen, das wisst Ihr so gut wie ich.« Sie schüttelte den Kopf. »Nein, Eure Strafe war angemessen. Hart genug, um keinen Zweifel daran zu lassen, wem sie Gefolgschaft schulden. Und gleichzeitig gnadenvoll, haben sie doch keine bleibenden Narben zurückbehalten. Ihr wart weise, Shōgun. Die Bestie weiß jetzt, wer ihr Herr ist.«

»Das steht zu hoffen. Bisher musste ich diese Lektion stets nur einmal erteilen.«

Ein langes Schweigen. Nur das heisere Krächzen eines flügellahmen Spatzen war zu hören. Ihre Hände auf seinem Rücken erstarrten.

»Ja«, sagte sie endlich. »Einmal war immer genug.«

»Doch jetzt bin ich gezwungen zu warten!« Yoritomo stemmte sich die die Höhe und sprang auf – eine plötzliche, erschreckende Eruption. Er lief im Zimmer auf und ab, Kerzenschein flackerte über tätowierte Haut. »Wie lange wird es dauern, bis er sich wieder mausert? Bis ich endlich von seinem Rücken aus meine Heere befehligen kann? Angekettet in einer von den Göttern verfluchten Grube ist der Arashitora mir nichts wert!«

»Weshalb habt Ihr ihm dann die Flügel gestutzt, mein Bruder?«

»Sie haben mich belogen. Mich hinters Licht geführt!«

»Ihr hättet sie auf verschiedene Weisen für diesen Frevel bestrafen können. Sie schlagen oder foltern lassen. Ihnen nichts zu essen geben. Warum habt Ihr dem Donnertiger die Federn abgeschnitten?«

Er antwortete ihr, wie ein Vater einem einfältigen, quäkenden Kind geantwortet hätte. »Weil er *fliegen* wollte, Aisha.«

Sie schwieg, ihr Gesicht eine steinerne Maske, und sah ihm zu, wie er rastlos durchs Zimmer wanderte.

»Doch bis ihm neue Federn wachsen, haben Schwächlinge den Befehl über meine Heere. Keiner meiner Feldherren ist dieses Titels würdig. Nicht einer!« Er fuhr sich mit dem Handrücken über den Mund. »Die Gaijin müssen niedergeworfen werden. Wir brauchen mehr Sklaven, mehr Inochi. Zwanzig Jahre und ein Dutzend Heerführer, und wir sind dem Sieg keinen Schritt näher als zu Vaters Zeiten! Und gegen wen kämpfen wir? Ehrenmänner? Samurai? Nein! Gegen Hautdiebe und Bluttrinker!«

»Sie werden vor Euch in die Knie brechen, Bruder. Es ist nur eine Frage der Zeit.«

»Zeit?«, knurrte er. »Wenn man der Gilde Glauben schenken will, bleibt uns keine Zeit. Ständig halten sie mir ihre Produktivitätsgrafiken und ihre Karten unter die Nase, auf denen sie fein säuberlich die Toten Lande einzeichnen. Sie wollen mich über die ›Grundlagen der Exponentialgleichung‹ belehren. Und jeden Tag verlangen sie, ich solle die Heere vorrücken lassen. Sie verlangen es! Von mir! Dem Seii Taishōgun!« Er schlug sich mit der flachen Hand vor die nackte Brust. »Ich treffe die Entscheidungen! Ich sage, wann wir vorstürmen und wann wir die Stellung halten. Ich entscheide, wo und wann der Todesstoß erfolgt!«

»Natürlich, Bruder.« Aishas Ton war besänftigend. Sie erhob sich fließend und faltete die Hände in ihren langen Ärmeln. »Die Gildenmänner begreifen das nicht. Ihr Verstand ist aus Metall. Sie sind nicht aus Fleisch und Blut wie Ihr. Sie verkriechen sich in ihren Panzern und ihren gelben Türmen und zittern vor Furcht, nur weil ein Kind mit Tieren sprechen kann.«

»Feiglinge«, zischte Yoritomo. »Könnte ich doch bloß ...«

Er sprach den Satz nicht zu Ende. Die Worte hingen in der Luft, ein unfreiwilliges Zeugnis der Ohnmacht.

»Ich habe ein Geschenk für Euch«, sagte Aisha endlich.

»Heute habe ich kein Bedürfnis nach Euren Damen.«

»Nein.« Sie leckte vorsichtig über den nassen roten Streifen auf ihren Lippen. »Es ist etwas anderes. Ein Weg, wie Ihr vielleicht Euren Traum doch noch wahr machen und das Gezeter der Gildenmänner zum Verstummen bringen könnt. Und das Beste daran: Sie werden den Preis dafür zahlen.«

»Was habt Ihr für mich?«

»Das ist eine Überraschung.«

Seine Mundwinkel zuckten; es war beinahe ein Lächeln. Er ließ den Blick an ihr hinauf und hinunter wandern. Plötzlich machte ihm das Spiel Spaß. »Was für eine Überraschung?«, fragte er.

»Eine, die noch geheim gehalten wird.« Sie lachte schelmisch und schlüpfte wieder in ihre Getas. »Ich kümmere mich um die Gilde, um alles, und zu guter Letzt bekommt Ihr Euren Traum. Aber dafür brauche ich das Kitsune-Mädchen. Lasst sie nicht einsperren.«

»Warum nicht?« Yoritomo verengte die Augen zu Schlitzen.

»Die kleine Hure kann sich nützlich machen, um für ihren Verrat zu büßen. Und sollte sie mir trotzen, wird der Gedanke ans Gefängnis ihr wie eine Gnade vorkommen. Sie wird sich wünschen, Ihr hättet sie erschlagen. Ich habe nicht Eure Willenskraft, Shōgun.«

»Ihr habt andere Qualitäten, Schwester. Viel greifbarere.«

Sie wich seinem Blick aus. »Keine Schnüffelei, hört Ihr? Sagt Hideo-san, dass er seine Spione zurückpfeifen soll. Ich möchte, dass dies etwas Besonderes wird.«

»Aisha …«, warnte er.

»Ich meine es ernst!« Sie trat einen Schritt näher. »Wir verlieren kein Wort mehr darüber. Leute werden in der Arena ein und aus gehen und einen heillosen Lärm machen, aber Ihr stellt Euch taub und blind. Und wenn ich Euch Euer Geschenk bringe, müsst Ihr so tun, als wärt Ihr überrascht. Ihr müsst sagen, was für eine kluge Schwester Ihr doch habt. Und dann bekommt Ihr alles, was Ihr verdient. Seid Ihr einverstanden?«

Sie war eine Schönheit: ihr Gesicht so blass, dass es im gedämpften Licht schwach zu leuchten schien; ihre Augen schwarz und unergründlich, mit Kajal geschminkt. Die Farbe auf ihren Lippen war die ihres Clans, die Farbe von Blut – sie wirkte, als könne sie herabtropfen und ihre goldene Jūnihitoe mit einem scharlachroten Muster aus Lotusblüten beflecken. Zwölf Lagen zwischen ihm und dem Paradies.

Schließlich lächelte er und neigte zustimmend den Kopf. »Einverstanden.«

Er beugte sich hinab, um sie auf den Mund zu küssen, aber sie drehte den Kopf, sodass seine Lippen ihre blasse Wange streiften. Sie verneigte sich tief und ging, ließ ihn mit dem süßen Duft ihres Parfüms zurück. Er sah zu, wie sie aus der Tür glitt: ihr schlanker Rücken, die Flut schwarzer Haare, die blutrote Seide, ihre weichen Kurven. Er lächelte still.

Yoritomo liebte seine Schwester. Kein anderer Mann würde sie je so lieben.

Kin hielt eine der abgetrennten Federspitzen in der Hand und fuhr mit den Fingern die Schnittkante entlang. Er spürte eine schwache elektrische Entladung. Die Funken spiegelten sich in seinem rechteckigen Auge.

»Es tut mir leid, Buruu.«

Der Arashitora starrte ihn böse an, rührte sich aber nicht. Er hatte sich um den eisernen Pfahl zusammengerollt. Der Boden der Arena war mit seinen Federspitzen übersät, im flauen Wind flatterten sie schwach. Der dunkle Nachthimmel war mit bedrohlichen Wolken verhangen.

Bald würde der schwarze Regen einsetzen. Das Gift, das die Menschen in den Himmel geblasen hatten, würde wieder auf sie herabfallen, würde alles, was es berührte, in löchriges, zischendes Narbengewebe verwandeln. Kin fand das merkwürdig beruhigend: die Fähigkeit der Natur, sich selbst von dem Schmutz zu reinigen, mit dem sie sie überhäuften. Sollte es dem Planeten irgendwie gelingen, die Infektion der Zweifüßer zu überstehen, würde er sich wahrscheinlich erholen. Kin fragte sich, wie lange es dauern würde, bis die Welt zornig genug war, um sie abzuschütteln. Erdbeben, Sturmfluten, Seuchen und Unwetter. Ein Aufbrechen der Verwerfungen, Regen, der alles hinwegspülte.

Gute Nacht, liebe Leute, und vergesset nur nicht: Der Letzte, der gehet, der löschet das Licht.

Plötzlich erhob sich Buruu, und seine Klauen klickten über den Steinboden. Er starrte in die Dunkelheit, den Kopf schräg gelegt. Kin drehte sich um, und da stand sie, blass, vollkommen, wunderschön.

»Yukiko«, raunte er, seine Stimme ein Fliegenchor.

»Ich bin froh, dass du gekommen bist, Kin-san.« Leise. Ihre Lippen bewegten sich kaum.

»Ich hab dich gar nicht bemerkt.«

»Kitsune sorgt für die Seinen.« Sie zuckte mit den Schultern. »Aber siehst du, was sie ihm angetan haben?«

»Ein Blinder könnte das sehen.«

Ihre Schritte verursachten kaum ein Geräusch auf dem Stroh. Sie ging in der Dunkelheit an ihm vorbei, die Hände zu Fäusten geballt, die Haare im Gesicht. Er sah, dass sie geweint hatte. Sie streckte eine zitternde Hand aus, und der Arashitora schmiegte seinen Kopf an ihre Brust und umfing sie mit seinen verkrüppelten Flügeln. Er schnurrte: ein tiefes Donnergrollen unter dem warmen weißen Fell. Sie umarmte ihn, und ihr Gesicht zerknitterte, als sei es aus Papier, durchweicht von Tränen.

Kin schaute ihnen stumm zu und fragte sich, was sie wohl zueinander sagten. Unwillkürlich empfand er Eifersucht auf den Donnertiger, der ihr Innerstes kannte, ihr ohne ein Wort sein Herz offenbaren konnte. Wie seltsam, dass die Gilde ausgerechnet diese Fähigkeit auslöschen wollte. Was für ein wunderbares Geschenk! Nie allein zu sein. Die Wahrheit in der Seele eines anderen zu erkennen. Vielleicht hatten sie deswegen Angst davor: In der Gilde war Wahrheit ein gefährliches Gut.

Yukiko schniefte und schluckte schwer. Sie drehte sich zu Kin um und strich sich die Haare aus dem Gesicht. Einen Arm hatte sie noch um Buruus Nacken geschlungen.

Götter, wie schön sie ist!

»Ich kann nicht lange bleiben. Sie werden mich suchen.« Ihre Stimme war so leise und zerbrechlich, dass es ihn schmerzte. »Kann man es bauen?«

Seine Stiefel hallten laut über den Steinboden der Arena. Seine Haut spie Rauch in die warme, stickige Luft. Er spürte das beinahe überwältigende Verlangen, sich seinen Helm vom Kopf zu reißen und sie mit seinen eigenen Augen zu sehen.

»Ich glaube ja.«

»Hilfst du uns?«

»Es gibt nichts auf dieser Welt, was ich nicht für dich tun würde, Yukiko.«

Da lächelte sie ihn an, so traurig, schief und perfekt, dass er beinahe in Tränen ausgebrochen wäre. Sie warf ihm die Arme um den Hals, und er wollte nichts sehnlicher, als sie *wirklich* zu halten, ihren Schweiß zu riechen, ihr Haar an seiner Wange zu spüren. Hätte er in diesem Augenblick den Rest seines Lebens hingeben können, um sie nur eine Minute lang an sich drücken zu können, ihr Fleisch an seinem, hätte er es ohne Bedauern getan.

Sie ließ ihn los, und er musste sich mit aller Macht beherrschen, um sie nicht festzuhalten, sie so eng an sich zu ziehen, wie er konnte, sie beide zu verschmelzen, bis sie ein einzelnes atmendes ...

»Wie lange dauert es, was glaubst du?«

Er blinzelte und schüttelte den Kopf. Der Mech-Abakus auf seiner Brust zischte und schnatterte, eine Stimme in seinem Kopf, Räderwerk, Nummern und Wahrscheinlichkeiten. Er konnte den Apparat vor seinem geistigen Auge entstehen sehen, spürte, wie Metall unter seinen Händen Gestalt annahm, sah das sprühende Licht eines Schneidbrenners, roch qualmenden Lötzinn. Ein Werk, das nicht der Zerstörung diente. Keine Kriegsmaschine. Kein Motor, der ein Sklavenschiff oder ein Kettensägenkatana antreiben würde. Ein Geschenk. Ein Geschenk für die Frau, die er liebte, damit sie es der Bestie geben konnte, die *sie* liebte.

Er würde nicht schlafen, bis es fertig war.

»Eine Woche«, sagte er schließlich. »Sie haben mich für die Arbeiten an Yoritomos Sattel abgestellt. Das ist der perfekte Vorwand. Ich kann herkommen, sooft es nötig ist. Ich habe ihnen gesagt, dass ich heute seine Maße nehme.«

Hinter seiner Maske konnte sie ihn nicht lächeln sehen. Das Herz tat ihm weh.

»Eine Woche.« Tränen glitzerten in ihren Augen.

»Kannst du denn herkommen? Beobachten sie dich nicht?«

»Ich habe Freunde im Palast. Sogar Wachen müssen mal schlafen.« Sie zuckte mit den Schultern. »Und Kitsune sorgt für die Seinen.«

»Hoffen wir, dass er auch für mich sorgt.«

»Ich weiß, wie viel du riskierst, um uns zu helfen. Ich danke dir, Kin-san.«

»Du kannst mir später danken. Wenn wir weit weg von hier sind.«

»Wir?«

»Wir«, sagte er und ließ die abgeschnittene Federspitze fallen. »Ich komme mit euch.«

32

WIE EIN MESSER IN DER BRUST

Tagsüber war das Warten beinahe unerträglich. Manche Nächte waren weniger schlimm.

Hiro war ihr nicht länger zugeteilt. Die beiden eisernen Samurai, die nun vor Yukikos Tür Wache standen, hatten bisher kaum ein Wort mit ihr gesprochen. Sie traten zur Seite, wenn die Diener Mahlzeiten brachten, das Bettzeug wechseln oder das Bad füllen wollten. Yukikos Versuchen, sie in ein Gespräch zu verwickeln, begegneten sie mit metallenem Schweigen. Solange die Sonne am Himmel stand, war Michi ihre einzige Gesellschaft. Die beiden Mädchen vertrieben sich die Zeit mit Kartenspielen, lauschten dem Schallapparat und wisperten einander Neuigkeiten zu.

Michi hatte Yukiko kleine gefaltete Karten des Palastes gebracht: Darauf waren die Dienstboteneingänge sowie die Passagen markiert, über die die Dienerschaft von einem Flügel des Palastes in den anderen gelangte. Sie hatte Yukiko gezeigt, dass sie auf ihren Schminktisch steigen und eine Deckenplatte beiseiteschieben konnte. Unter dem Dach gab es einen Hohlraum, durch den sie kriechen konnte. So war es möglich, den Nachtigallenboden ganz zu vermeiden. Michi hatte ihr außerdem von dem verkrümmten Ahornbaum im südöstlichen Winkel der Gärten erzählt: Die Dienstmädchen kletterten daran über die Palastmauer und trafen sich heimlich in der Stadt mit ihren Liebhabern. Anders als der Shōgun glaubte, war der Palast keine uneinnehmbare Festung. Tagtäglich schlüpften Menschen hinein und hinaus, denen er um nichts in der Welt Beachtung geschenkt hätte.

Die Zweihundertjahrfeier der Kazumitsu-Dynastie stand kurz bevor, und der ganze Hof war in heller Aufregung. Große Festlichkeiten waren geplant; Yoritomo beabsichtigte, vor seinem Volk zu erscheinen, was er selten tat. Da die Arena nicht zur Verfügung stand, war die Himmelsturmreihe als Veranstaltungsort ausgesucht worden. Es würde für alle Bürger Kigens etwas zu essen und zu trinken geben, und dann würden der Shōgun und sein Hofstaat in einem prunkvollen Festzug die Prachtstraße hinunter ins Hafenviertel kommen. Nur wenige Stunden, ehe das dritte Jahrhundert der Herrschaft des Kazumitsu-Geschlechtes über Shima anbrach, noch vor der Stunde des Fuchses, würde der Festakt mit einem Feuerwerk in der Abenddämmerung zu Ende gehen, dessengleichen die Stadt noch nie gesehen hatte.

»Wenn die Sonne über der Bucht untergeht«, raunte Michi, »geht sie zum letzten Mal über Yoritomos Reich unter.«

»Was ist mit meinem Vater?« Der Bluterguss auf Yukikos Wange hatte an den Rändern eine hässliche gelbliche Färbung angenommen. »Und mit Kasumi und Akihito?«

»Ihr Himmelsschiff macht morgen am Ankerturm fest, die Papiere für den Rückflug nach Yama sind bereits ausgestellt. Die

Zollbehörde wird nichts daran auszusetzen finden. Das Schiff fliegt unter Phönix-Flagge, aber der Kapitän ist ein Verbündeter von uns. Wir haben außerdem Freunde, die sich im Hafen bereithalten werden.«

»Wo kommen diese ›Freunde‹ her? Sind sie vertrauenswürdig?«

Michi legte den Kopf schief. »Du bist nicht die Einzige, der im Shōgunat Unrecht geschehen ist, Yukiko-san. Aisha und Daichi warten seit Jahren auf eine Gelegenheit wie diese. Die Zeit haben sie damit verbracht, Kontakte zu knüpfen. In einem unmenschlichen System gibt es immer mehr als genug Leute, die durchs Raster fallen. Unzählige, die zwischen den Zahnrädern der Maschine zerquetscht werden.« Sie zuckte mit den Schultern. »Und so wird schließlich aus dem Regen eine Sturzflut.«

»Es wird im Hafen nur so wimmeln von Bushimännern! Und wenn Yoritomo selbst auftritt, sind auch noch eiserne Samurai vor Ort. Gibt es keine sicherere Möglichkeit, sie aus der Stadt zu bringen? Könnten wir sie vielleicht in einen Zug setzen?«

»Bei so viel Trubel und Sake fallen drei Gestalten in der Menge nicht weiter auf. Außerdem werden die Bushimänner und die eisernen Samurai ganz andere Probleme haben. Zumindest wenn du deinen Teil getan hast!«

»Mach dir deswegen keine Sorgen.«

»Bist du sicher, dass du hierfür bereit bist?«

Yukiko sah sie an. Ihr Blick war eisern, ihre zu Fäusten geballten Hände lagen auf ihren Knien. Ihr Unterkiefer war angespannt. Sie saß so reglos und still wie die Mitternacht.

Ein schwaches, grimmiges Lächeln hob Michis Mundwinkel. Sie nickte. »Du bist bereit.«

In der dritten Nacht war Yukiko gerade im Begriff, auf den Schminktisch zu steigen, als sie eindringliche, leise Stimmen vor ihrem Schlafgemach hörte. Sie schlich sich zur Reispapiertür. Drei Männer sprachen miteinander, zwei waren ihre Wachen. Die beiden klangen herausfordernd. Ihre Ōyoroi rasselten und zischten. Als Yukiko die dritte Stimme erkannte, stockte ihr das Herz in der Brust.

Die Tür glitt auf, und da stand er. Er trug einen Kimono aus dunkelroter Seide, der mit Goldfaden bestickt war. Das Kettensägendaishō steckte in seinem Obi, das lange Haar hatte er sich zu einem einfachen Pferdeschwanz gebunden. Licht schimmerte in seinen schönen, meergrünen Augen.

»Hiro«, wisperte sie.

Er wandte sich um und verneigte sich vor seinen Waffenbrüdern, Hand über Faust. Und zum ersten Mal seit drei Tagen zeigten die Männer eine Spur Mitgefühl: Sie schlossen die Tür hinter ihm und wandten dem Zimmer den Rücken zu.

Noch ehe Hiro etwas sagen konnte, fiel ihm Yukiko um den Hals. Sie schlang die Arme so fest um ihn, dass sie fürchtete, seine Rippen könnten brechen. Und als sie sich küssten, als er sie berührte, verloren Geheimgänge, Nachtigallenböden und Ahornbäume für einen kurzen, berauschenden Moment alle Bedeutung. Sie dachte an nichts anderes mehr als an seinen Geruch, den schwachen Geschmack von Sake auf seinen Lippen, das schmerzliche Verlangen nach ihm. Er streifte Seide von ihren Schultern, und als sich sein nackter Leib an ihren drückte, schloss sie die Augen, flüsterte seinen Namen und vergaß den Klang ihres eigenen.

Doch später, in der verschwitzten Dunkelheit, legte sie ihren Kopf an seine Brust, und alles fiel ihr wieder ein. Schuld regte sich wie ein Gift, das in einen kühlen Gebirgsbach sickerte und ihn so schwarz färbte wie die Flüsse, die durch das Herz Kigens flossen. Sie dachte an Buruu und ihren Vater. An Kin, der an seiner Werkbank schuftete. Selbst Hiro, der hier neben ihr lag … Er hatte keine Ahnung, was sie vorhatte. Sie lag in seinen Armen, fühlte sich jedoch schrecklich allein.

»Ich kann es nicht abwarten, von hier zu verschwinden«, flüsterte sie.

»Bin ich denn so schlechte Gesellschaft?« Hiro hob eine Augenbraue.

»Nein.« Sie lächelte und küsste seine Schulter. »Aber alles andere um mich her fühlt sich … verdorben an. Die ganze Maschinerie. Hier gibt es so viele Lügen, die sich in andere Lügen kleiden. Es kommt mir so vor, als würde das auf mich abfärben. Mich verändern. Dies ist ein giftiger Ort.«

»Du wirst noch eine ganze Weile hier sein. Versuch, das Beste daraus zu machen. Wenn der Shōgun nicht mehr so zornig ist, werde ich ihn bitten, dir den Hof machen zu dürfen. Ich habe meinem Vater geschrieben …«

»Mir den Hof machen? In aller Höllen Namen, warum das denn?«

»Damit ich mit dir zusammen sein kann.« Er runzelte die Stirn und stützte sich auf einen Ellbogen.

»Hiro, du bist jetzt gerade mit mir zusammen!« Sie lachte und küsste ihn wieder.

»Damit ich *öffentlich* mit dir zusammen sein kann.« Er sah sie forschend an. »Ohne Erlaubnis hier zu sein, kann mich das Leben kosten, Yukiko. Ginge es nur um mich, würde ich leichten Herzens mehr riskieren, um dich in meinen Armen zu halten. Aber meine Waffenbrüder an der Tür? Die Diener, die so tun, als hätten sie mich nicht gesehen? Wir setzen auch ihr Leben aufs Spiel, wenn wir uns im Geheimen treffen.« Er nahm ihre Hand und strich mit dem Daumen über ihre Fingerknöchel. »Darüber hinaus möchte ich, dass alle Welt erfährt: Du bist mein! Dieses Versteckspiel, dieses Herumgeschleiche, als seien wir Diebe … Es entehrt uns beide.«

»Götter, wen interessiert, was irgendjemand anderes denkt? Es geht nur um uns!«

»Das stimmt nicht. Wir müssen an unsere Familien denken. An unsere Namen. Ich bin durch einen Schwur an Yoritomo no Miya gebunden.«

»Das weiß ich, Hiro.«

»Dann weißt du auch, dass ich zuallererst sein Diener bin. Ich lebe und sterbe nach dem Kodex des Bushidō. Ich muss meinen Eid halten.«

»Ein Eid, den man einem Lügner geschworen hat, ist kein Eid«, murmelte Yukiko.

»Was hast du gesagt?«

Seufzend setzte sie sich auf, warf sich einen leichten Kimono über die Schultern und stand auf. Barfuß ging sie über die polierten Dielen, blieb vor einem kleinen Fenster stehen und schaute in die Nacht hinaus. Der Sommer verblasste bereits. Bald würde es Herbst sein, und dann lauerte schon die tiefe Kälte des Winters. Würde er sie verstehen, wenn er irgendwann allein an diesem Fenster stand? Sollte sie ihm erzählen, dass sie lange fort sein würde, wenn der erste Schnee zu fallen begann?

Sie wandte sich ihm zu und verschränkte die Arme vor der Brust. »Du bist ein ehrenvoller Mann«, sagte sie. »Aber du weißt nicht alles über deinen Herrn. Wüsstest du es, würdest du vielleicht noch einmal überdenken, ob du ihm Gehorsam schuldest.«

»Ein Samurai ist nichts ohne seinen Schwur. Seinen Herrn. Rechtschaffenheit, Respekt, Treue, Ehrbewusstsein. Das ist der Verhaltenskodex der Krieger. Ich bin Samurai, Yukiko. Es ist meine Bestimmung, das Lang- und das Kurzschwert zu führen und im Dienst zu sterben.«

»Jemand hat einmal zu mir gesagt: ›Es kann edel sein zu dienen … Aber nur, wenn der Herr ein edler Herr ist.‹«

»Dein Vater?«

»Ein Freund.« Wieder seufzte sie leise. »Ich wollte, du könntest ihn kennenlernen.«

Sie blickte wieder aus dem Fenster in die Dunkelheit und lauschte dem Wind, der in den Zweigen der verkrüppelten Bäume flüsterte.

Das Tantō in ihrer Hand. Ein dünner Faden Blut lief Daichi über die Brust. Das Geräusch des Messers, das sich in die Dielen bohrte. Daichi, der sie fragte: Warum?

In jener Nacht war sie wiedergeboren worden. War ein anderer Mensch geworden. Ein besserer Mensch.

»Warum redest du so?« Hiros Stimme klang ärgerlich. In seinen Augen stand Verwirrung. »Du sprichst, als wolltest du, dass ich meinen Herrn infrage stelle. Aber ohne meinen Schwur bin ich ein Nichts. Bushidō ist mein Lebenszweck, mein Herz. Yoritomo no Miya ist der Herrscher des Inselreiches. Sein Volk schuldet ihm Gehorsam. Auch du, Yukiko.«

Im trüben Mondlicht sah sie sein Gesicht, seine schönen meergrünen Augen. Ein Mädchen, das einst über den Iishis abgestürzt war, hatte von diesen Augen geträumt. Wie lange war das her! Die Oni, die Kage, der endlose wogende Ozean aus Laub und Dämmerung und Regen. Das Mädchen kam Yukiko wie eine Fremde vor.

Sie ließ ihre Robe auf den Boden fallen, kroch nackt wieder zu Hiro ins Bett und schlüpfte zurück in seine Arme. Sie redete sich ein, dass die nächsten paar Tage genug sein würden. Und dass sie ihn nicht mit jedem Atemzug belog.

Er ist sehr, sehr loyal, hat Aisha gesagt.

Sie lag in der Dunkelheit, die Augen weit geöffnet, und lauschte seinem Herzschlag.

Ich darf ihm nichts verraten.

Hideo sah zu, wie das schmutzige Licht der Morgendämmerung mühsam durch das Strandglas drang, wie der Lichtfleck über den Boden auf das Bett seines Herrn zukroch. Die Pfeife in der Hand des alten Ministers hatte einen langen Stiel, der Kopf war ein geschnitztes Tigerhaupt. Rauch stieg aus dem Maul auf. Das Klümpchen Harz war beinahe alle, zwei Züge noch, dann würde nichts mehr übrig sein. Und bald würde das quälende Verlangen erneut einsetzen. Die Sucht, die ihm im Nacken saß, ins Ohr raunte und ihre Krallen in seine Schultern bohrte. Der Dämon, der alle seine Geheimnisse kannte.

Was für ein alter Narr du bist. Haushofmeister des Shōgun. Hast Spione in allen Tavernen, an allen Straßenecken. In diesem Reich kann sich kein Mann, keine Maus vor dir verbergen, und trotzdem gelingt es dir nicht, von diesem elenden Kraut loszukommen.

Er zog ein weiteres Dokument heran, tauchte seinen Kalligrafiepinsel in die Sepiatinte und erteilte der Gewerkschaft der Hafenarbeiter mit drei präzisen Strichen die Erlaubnis, an der Zweihundertjahrfeier teilzunehmen. Es hätte ebenso gut eine Bestellung über einhundert neue Sklaven sein können, die auf den Feldern des Shōgunats schuften und sterben würden. Ein Haftbefehl für einen Dissidenten, der eines Nachts verschwinden und für immer schweigen würde. Ein Todesurteil.

Inhaliere den Rauch. Schließ die Augen. Lass den Drachen deine Kehle hinunterkriechen, sich durch deine Venen schlängeln. Halt den Atem an. Hör zu. Lausche der Leere in deinem Schädel. Gib dich ihr hin. Sei nichts. Wisse nichts. Wisse, dass du nichts bist.

Wie alles andere auch ist es nur eine Illusion, dass du Luft holen musst, dass die Lunge zu brennen anfängt. Atme aus. Öffne die Augen und sieh dir an, wie der Rauch im trüben Licht tanzt.

Er blickte auf den Kalligrafiepinsel hinab und stellte sich vor, er sei ein Schwert. Eine Waffe, die mehr Männer erschlagen hatte, als ein Bushimann oder ein eiserner Samurai es je könnten.

Ich bin im Bunde mit der Herrin Izanami, der Mutter des Todes. Die Tinte ist das Blut meiner Opfer.

Yoritomo gähnte und setzte sich im Bett auf. Er sah sich verwirrt in seinem Schlafgemach um und fuhr mit der Hand über sein Irezumi. Die raue Handfläche kratzte über seine Haut. Endlich landete sein Blick auf dem alten Minister, der im Empfangszimmer auf der anderen Seite der Tür kniete.

»Ich habe angeordnet, dass die Dame in ihren eigenen Gemächern wartet, mein Gebieter, Göttergleicher.« Hideos Zunge fühlte sich geschwollen an. »Falls Ihr es wünscht, kann ich nach ihr schicken lassen, wenn wir hier fertig sind.«

Yoritomo nahm einen Schluck Wasser aus dem Glas, das neben seinem Bett stand, und zog eine Grimasse. Hideo wusste, dass es chemisch schmeckte.

»Nein«, sagte er. »Schick sie zusammen mit ein wenig Eisen für ihre Mitgift zu ihrem Vater zurück. Ryū-Frauen sollte man nie zu lange genießen, sonst bleibt ein fader Nachgeschmack.«

»Wie Ihr wünscht, mächtiger Gebieter. Die Dame wird zu ihrer Familie zurückgebracht, sobald die Male Eurer … Zuneigung verblasst sind.«

»Irgendwas von Bedeutung heute Morgen?« Yoritomo deutete auf den Dokumentenstapel auf Hideos Tisch. Rauch aus dem Maul des Tigers waberte über die Seiten. Der Minister klemmte sich den Pfeifenstiel zwischen die Lippen.

»Hiro-san bittet erneut darum, in eigener Person Eure Vergebung erflehen zu dürfen, Seii Taishōgun. Er scheint aufrichtig zerknirscht zu sein und möchte seine Ehre vor seinem hohen Herrn wiederherstellen.«

»Hiro«, knurrte Yoritomo. »Ich hätte ihm befehlen sollen, Seppuku zu begehen!«

»Meine Schwester und ihr Ehemann haben mich darum gebeten, Euch ihrer ewigen Dankbarkeit zu versichern, da Ihr ihren einzigen Sohn verschont habt, mächtiger Gebieter. Hiro bedeutet ihnen alles.«

»Er ist zu jung, um die Ōyoroi und die goldene Jin-Baori zu tragen. Zu jung, um zur Elite Kazumitsus zu gehören. Du verwöhnst ihn, Hideo.«

»Meine Söhne sind tot, hoher Herr.« Das traurige Lächeln eines alten Mannes, die Augen gerötet vom Lotusrauch. »Vor ihrer Zeit im ruhmreichen Krieg gefallen. Grüne Bäumchen, gefällt unter der Flagge des Reichs. Könntet Ihr da nicht einem Onkel seine Nachsicht verzeihen und Euch die Zeit nehmen, Hiros Flehen zu lauschen?«

Yoritomo seufzte und nickte. »So sei es.«

»Euer Großmut ist grenzenlos, Seii Taishōgun. Ich danke Euch von ganzem Herzen.«

»Was gibt es sonst noch?«

»Die Vorbereitungen für die Feierlichkeiten schreiten voran. Die Reihenfolge der Höflinge während des Festzuges steht *endlich* fest.« Hideo gestikulierte mit seiner Pfeife, während er sprach. »Selbstverständlich führt der Tora-Clan die Prozession an. Die Delegation der Ryū wird vor den Fushichō marschieren, die Kitsune hinter ihnen. Das gesträubte Gefieder der Abgesandten vom Phönix-Clan ließ sich nach einigen Anfangsschwierigkeiten glätten.«

»Was hast du ihnen versprochen?«

»Dass Ihr einen Phönix-Feldherrn in Erwägung ziehen würdet, sobald Ihr Tora Hojatsu als obersten Heerführer der Gaijin-Invasionsarmee ablöst.«

Yoritomo schnaubte. »Wenn sie die gesamte Armee anführen wollen, sollten die Fushichō mir vielleicht erst einmal dort zum Sieg verhelfen, wo ich sie bereits eingesetzt habe.«

»Ich habe versprochen, dass Ihr einen Phönix-Feldherrn *in Erwägung zieht*, mächtiger Gebieter. Nichts weiter.« Er lächelte müde. »Jetzt, da diese kleinlichen Streitereien beigelegt sind, läuft alles wie am Schnürchen. Das Feuerwerk ist aus Yama gekommen. Fushichō Kirugume hat ein Musikstück komponiert, das zu Euren Ehren gespielt werden soll. Ich habe läuten hören, dass ihn ein fünfzig Mann starkes Orchester begleiten soll. Der ganze Hofstaat ist recht aufgeregt.«

»Sehr schön.« Der Shōgun marschierte zum Korallenbassin und spritzte sich lauwarmes Wasser ins Gesicht. »War das alles?«

»Eine Angelegenheit wäre da noch, mein Gebieter.« Hideo runzelte leicht die Stirn. »In den letzten Tagen war es in der Arena ... unruhig. Werkmeister kommen und gehen zu merkwürdigen Zeiten und machen viel Tamtam um den Arashitora. Für einen einfachen Sattel erscheint mir der Aufwand übertrieben.«

Yoritomo lächelte. »Kümmere dich nicht weiter darum, Hideo. Meine Schwester bereitet ein Geschenk für mich vor.«

»Die Herrin Aisha ...?«

»In der Tat. Und sie möchte, dass es eine Überraschung wird. Sei also unbesorgt.«

Hideos Augen verengten sich leicht, und er nahm endlich den letzten Zug aus seiner Pfeife. Warm und süß strich der Rauch seine Kehle herab. Seine Lunge weitete sich. Vom Kehlkopf in die Bronchien, von den Lungenbläschen in den Blutkreislauf und dann – Seligkeit. Der Drache, die schlangenhafte Gestalt seiner Paranoia, regte sich in ihm. Glitzernde Schuppen. Mit einem kalten Zischen verlieh er Hideos Misstrauen eine Stimme.

»Eine Überraschung, mächtiger Gebieter?« Der alte Mann lächelte. Rauch quoll zwischen seinen Lippen hervor. »Nun, wer freut sich nicht über eine Überraschung?«

»In zwei Tagen.«

Yukiko sprach gedämpft. Unruhig wanderte ihr Blick durch die Arena, sie lauschte auf die Schritte der wachhabenden Bushimänner. Kurz nach Sonnenuntergang war sie aus dem Palast geschlüpft und hatte sich über die Gartenmauer gestohlen. Aus einer schmalen Gasse heraus hatte sie die Soldaten beobachtet, die um die Arena patrouillierten: Sie waren zu viert – zwei marschierten im, zwei gegen den Uhrzeigersinn –, und nach jedem zweiten Rundgang traten sie durch die Bögen und inspizierten die Ränge. Für jede Runde brauchten sie beinahe zehn Minuten; ihr blieben weniger als sieben, dann musste sie wieder in den Schatten verschwinden. Auf dem weiten Kampfplatz fühlte sie sich exponiert. Sie kauerte bei Buruus Vorderbeinen, eine Hand auf seine Brust gelegt. Bevor jemand sie vermisste, musste sie zurück im Palast sein.

Der Werkmeister beugte sich über Buruus Flügel und schob eine Reihe metallener Manschetten über seinen Daumenfittich und die Oberhanddecken. Die passende Länge und Breite bestimmte er mit einem kleinen, klickenden Rollbandmaß. Der Mech-Abakus auf seiner Brust ratterte und summte beständig, als sei er schwer damit beschäftigt, eine Gleichung des kommenden Aufstandes aufzustellen.

»Zwei Tage«, bestätigte Kin und tauschte eine Manschette gegen eine andere aus. »Bis dahin bin ich fertig.«

»Das musst du auch sein, Kin-san. Die ganze Stadt wird bei der Zweihundertjahrfeier sein. Beinahe alle Bushimänner im Palast sind Teil der Prozession. Die eisernen Samurai ebenfalls. Alle Augen werden auf den Himmel gerichtet sein. Wir haben bloß diese eine Chance.«

»Du kannst dich auf mich verlassen.«

TRAUST DU IHM?

Habe ich eine andere Wahl?

SEIT DU IHN GETROFFEN HAST, LÜGT ER DICH AN. VERBIRGT SEIN GESICHT HINTER EINER MASKE. GLAUBT, DASS DIE WELT SO DIE VERDERBTHEIT NICHT SIEHT.

Er ist nicht wie die anderen.

SIE SIND ALLE GLEICH.

Sie schob die Fingerspitzen zwischen die glatten Federn an seinem Kinn und kratzte sanft über seine Haut. Sein Schnurren war ein kleines Erdbeben, das tief in ihrer Brust vibrierte.

»Ich möchte dir danken, Kin-san«, sagte sie und sah forschend in das ausdruckslose Messinggesicht. »Du riskierst so viel für uns. Und ich verstehe nicht einmal, wieso …«

»Wirklich nicht?« Aus seinem Helm drang das vertraute heisere Summen. »Kannst du es nicht erraten?«

Sie leckte sich die Lippen und sah zu Boden.

ER WILL SICH MIT DIR PAAREN. DESHALB HILFT ER UNS. ES GIBT KEINEN ANDEREN GRUND.

»Kin, ich …«

Er hob eine Hand, die in dickem Leder und schwerem Messing steckte und mit surrendem Räderwerk besetzt war. Yukiko sah ihr Spiegelbild in seinem blutroten Auge, sah sich als die Lügnerin, zu der sie verkommen war. Sie wusste, dass Kin verliebt in sie war. Doch wenn sie ihm sagte, dass sie seine Gefühle nicht erwiderte – würde er sie da nicht im Stich lassen? Würde er Buruu in dieser Grube sterben lassen? Sie brauchte seine Hilfe.

Aber würde sie sich selbst dafür vergeben können, im Namen eines höheren Ziels zu lügen? Diesen Jungen zu täuschen, damit ihrem besten Freund Qual erspart blieb, ihr Vater aus dem Gefängnis kam? Waren zwei Leben es wert, jemand anderem das Herz aus dem Leib zu reißen?

»Sag jetzt nichts«, bat Kin. »Erst einmal verschwinden wir von hier. Wenn wir am Horizont nur noch Smaragdgrün und Tiefschwarz sehen, dann können wir in Ruhe miteinander reden. Uns alles sagen, was wir zu sagen haben.« Er stopfte die metallenen Manschetten zurück in seinen Gürtel und warf einen letzten prüfenden Blick auf Buruus Flügel. »Ich bin rechtzeitig fertig, Yukiko-chan. Zwei Tage. Ich gebe dir mein Wort.«

Er berührte seine Stirn mit zwei Fingern, nickte Buruu zu und stampfte aus der Grube hinaus und in die Dunkelheit davon. Nur der schwache Gestank nach Chi blieb zurück. Yukiko stand auf, schlang die Arme um Buruus Hals, drückte das Gesicht in seine Federn und atmete tief seinen Geruch ein. Er war so warm und weich wie die Decken, in denen sie als kleines Mädchen neben der Feuerstelle gelegen hatte. Sie wünschte sich weit fort. Wollte den kühlen Wind im Haar, den sauberen Regen auf dem Gesicht spüren. Quicklebendig sein.

So will ich nicht leben. Ich hasse das.

ES IST BALD GETAN. ZUMINDEST DAS UNSERE. DIE KAGE WERDEN IHRE REVOLUTION BEKOMMEN. DER LOTUS WIRD BRENNEN.

Das kümmert mich nicht. Was bedeutet es schon? Nichts, gar nichts.

NATÜRLICH BEDEUTET ES ETWAS. DU BIST TEIL DIESER WELT. DU HAST DIE MACHT, SIE ZUM BESSEREN ZU VERÄNDERN.

Wie viele Menschen werden in dieser Revolution sterben?

WIE VIELE STERBEN, WENN ALLES SO BLEIBT, WIE ES IST?

Aber ich will nicht diejenige sein, die den Umsturz herbeiführt! Ich will bloß meine Familie zurückhaben. Meinen Vater in Sicherheit wissen. Dich befreien. Mehr will ich nicht.

DAFÜR BRAUCHST DU DIE KAGE.

Ich weiß, ich weiß! Und Yoritomo verdient den Tod. Er hat meine Mutter auf dem Gewissen. Meinen Vater gefoltert. Ich hasse ihn so sehr, dass es mich von innen her auffrisst. Aber bin ich denn besser als er, wenn ich ihn ermorde? Und was, wenn durch seinen Tod alles nur noch schlimmer wird?

SCHLIEßLICH UND ENDLICH LÄSST SICH ALLES AUF EINE FRAGE REDUZIEREN: WIE VIEL BIST DU BEREIT ZU OPFERN, UM ZU BEKOMMEN, WAS DU HABEN WILLST?

Ich würde mein Leben für euch alle geben.

ZU STERBEN, IST NICHT SCHWER. JEDER KANN ERHOBENEN HAUPTES AUF DEN SCHEITERHAUFEN STEIGEN UND ZUM SELIGEN MÄRTYRER WERDEN. DAS LEIDEN ZU ERTRAGEN, DAS AUF EIN OPFER FOLGT – DAS IST DIE WAHRE PRÜFUNG.

Sie war wieder auf der *Donnerkind*, hörte die Stimme ihres Vaters.

Irgendwann verstehst du das. Dass man manchmal Opfer für etwas bringen muss, das wichtiger ist als man selbst.

Sie nickte. Dann wischte sie sich die Tränen aus den Augen, verschloss ihren Kummer in ihrem Herzen und warf den Schlüssel fort. Sie würde sich keine Zweifel mehr erlauben. Kein Bedauern. Es gab sicher genug Leute, die zu wissen glaubten, was

»richtig« war, die im Geiste einer vagen Ideologie entsetzt die Köpfe schütteln würden. Sie würde es trotzdem tun. Für die, die sie liebte – für ihre Familie.

In Ordnung. Zetteln wir einen Krieg an.

»Was machst du hier?«

Yukiko fuhr zusammen. Buruus Knurren ließ den Boden erbeben, sie spürte es durch die Fußsohlen hindurch. Die Federn in seinem Nacken und sein Rückenfell sträubten sich, seine Augen blitzten. Sie spähte in die Dunkelheit. Die Stimme kannte sie. »Hiro?«

Er trat aus dem Halbdunkel. Seine Brust unter dem halb offenen rotseidenen Kimono war bloß. Über die Ärmel schlichen goldene Tiger. Er trug einen schwarzen Obi, hinten in seinem Kreuz steckten die lackierten Scheiden des Neo-Daishō. Sein Haar floss ihm offen über die Schultern. Die schönen, meergrünen Augen, von denen sie in einem anderen Leben geträumt hatte, blickten finster.

»Ich wollte dich sehen, aber du warst nicht in deinen Gemächern. Was machst du ohne Begleitung hier draußen, Yukiko?«

»Ich besuche Buruu.«

»Wie bist du aus dem Palast gekommen? Die Wachen haben dich nicht gesehen.«

»Kitsune sorgt für die Seinen.« Sie setzte ein schüchternes Lächeln auf und hoffte, ihn so für sich einzunehmen.

»Und der Gildenmann?« Er verengte die Augen und sah in die Richtung, in die Kin verschwunden war. »Warum war er hier?«

»Ich habe ihn nicht gefragt.« Sie zuckte mit den Schultern, die Hände hinterm Rücken verschränkt, damit er nicht sah, dass sie zitterten. »Gildenmännern habe ich nichts zu sagen. Ich könnte mir vorstellen, dass er an Yoritomos Sattel arbeitet.«

»Yukiko.« Hiro starrte sie an. »Wenn die Gilde böse Absichten hegen sollte …«

»Niemand hegt irgendwelche Absichten.«

»Du lügst. Ich sehe es dir an.«

ERZÄHL IHM NICHTS.

»Hier geht nichts Unrechtes vor sich«, beharrte Yukiko. Sie ging zu ihm, schlang die Arme um seine Taille und drückte sich an ihn. »Du machst dir viel zu viele Sorgen. Buruu ist mein Freund. Nachts ist er einsam, und ich wollte ein bisschen mit ihm allein sein. Er fehlt mir, Hiro. Das ist alles.«

»Schwöre es mir.«

»Ich schwöre es.« Sie blickte ihm gerade in die Augen, und die Lüge schmeckte wie Asche auf ihrer Zunge. »Du hast nichts zu befürchten.«

Hiro schaute ihr ins Gesicht, und seine Miene wurde weicher. »Verzeih mir.« Er strich ihr eine Haarsträhne aus den Augen und ließ die Hand an ihrer Wange liegen. Seine Stimme war sanft. »Ich weiß, dass du deinen Freund vermisst. Ich weiß, dass er dir mehr bedeutet, als ich begreifen kann. Aber du solltest dich nicht ohne Erlaubnis aus dem Palast schleichen. Du hast den Shōgun schon einmal getäuscht, als ich für dich verantwortlich war. Ich habe …« Er schüttelte den Kopf. »Ich habe nur Angst, er könnte seinen Glauben zu Unrecht in mich setzen. Sollte ich ihn noch einmal enttäuschen …«

Und da, in der zunehmenden Dunkelheit, sah Yukiko ihn zum ersten Mal wirklich, als sei der Abend auf mysteriöse Weise heller als der Tag. Hiro war anders als ihr Vater. Er diente Yoritomo nicht unter Zwang oder weil er bedroht wurde. Hiro diente ihm, weil er glaubte, dass es das Richtige war. Ehre, Treue, Bushidō – das bedeutete ihm alles. Er würde sterben, ehe er gegen den Kodex verstieß, einer von Buruus seligen Märtyrern. Ohne seinen

Herrn war sein Leben bedeutungslos. Er war ein rasiermesserscharfes Rädchen im Getriebe, das sich eifrig drehte. Privilegiert geboren. Er hatte sich nie gefragt, ob das, was um ihn her geschah, Unrecht war.

Das alles war ein Fehler.

Im Grunde ihres Herzens hatte sie es schon die ganze Zeit gewusst. Er hatte ja nie vorgeschützt, anders zu sein, als er war. Nur hatte sie sich so gewünscht, dass sie beide falsch lagen, dass mehr in ihm steckte. Wenn jemand wie Aisha über sich selbst hinauswachsen und die Dinge so sehen konnte, wie sie waren, musste das doch jeder können.

Jeder, der willens war, hinzusehen.

Buruus Geist berührte ihren. Er verurteilte sie nicht und machte ihr auch keinen Vorwurf. Dabei hatte er versucht, sie zu warnen, hatte ihr gesagt, dass Hiro ein Teil der Kontrollmaschinerie war. Sie wollte, sie hätte auf ihn gehört.

Hiro hielt sie fest, die Hände auf ihrem Rücken, und starrte sie mit jenen Augen an, die sie einst bis in ihre Träume verfolgt hatten. Er öffnete den Mund, und die Zeit schien langsamer zu laufen, als er sich anschickte, ihr zu sagen, was sie nicht hören wollte.

»Ich lie…«

Sie stellte sich auf die Zehenspitzen, warf die Arme um ihn und küsste ihn. Die drei furchtbaren Worte erstickte sie. Wenn sie zuließ, dass er sie aussprach, würden sie sie bis auf die Knochen aufschneiden, und dann würde sie sich ansehen müssen, was die Lügen in ihr angerichtet hatten. Also küsste sie ihn, bis er vergessen hatte, was er ihr hatte sagen wollen, und eine weiche, gesegnete Stille sie umfing.

Sie küsste ihn, als sei es das letzte Mal.

In ihrer tiefsten Seele wusste sie, dass es so war.

Ein Messer in der Brust.

Ein scharfkantiger Splitter verrosteten Eisens, der ihm zwischen die Rippen gestoßen worden war, der sich drehte, um und um. Er konnte nicht atmen. Nichts sehen. Übelkeit und Schwindel, die Welt schwankte in einem nicht spürbaren Wind, der Boden klaffte unter seinen Füßen auf. Ein Abgrund gähnte.

Kin lehnte an einer Wand, die Finger auf dem Beton ausgebreitet, während sich das Universum um ihn herum auflöste. Das Rollbandmaß fiel ihm aus der zitternden Hand, die Zahlen, die er noch einmal hatte überprüfen wollen, schwebten in einen dunklen, vergessenen Winkel seines Geistes davon. Er starrte Yukiko und den Samurai an, die einander in den Armen lagen, und Galle stieg ihm in der Kehle auf. Er schmeckte Zorn im Mund, hart, metallisch, scharf wie eine Klinge.

Was für ein Narr du doch gewesen bist!

Er wandte sich ab und taumelte davon, eine Hand aufs Herz gedrückt, als müsse er eine Blutung stillen.

Was für ein dummer, blinder Narr.

33

DER STURM ZIEHT AUF

Ein ganzes Leben. Ein Wimpernschlag. Zwei Tage.

Geflüster hinter einem Vorhang aus Dampf im Badehaus, übertönt vom seidigen Rascheln der Gewänder. Michis blasse kleine Hände kämmten ihr langes, dunkles Haar. Das Mädchen hatte Schwielen vom Üben mit dem Schwert, die Yukiko zuvor nicht bemerkt hatte. Geflüster, das in lieblicher Koto-Musik, dem Aufgießen des Tees und dem Schlagen mit dem Teebesen ertrank. Aishas diamantharte Augen verrieten nichts. Im Hafen wartete ein schnelles Fushichō-Schiff mit gefälschten Papieren. Eine Nachricht traf ein, verfasst in Akihitos breiten, ungelenken Kanji: Er versprach, dass Kasumi und er den Kage helfen würden, Masaru aus seiner Zelle zu befreien. In einer Woche würden sie sich alle in Yama wieder treffen. Schlaflose Nächte, Ausflüchte, um Hiro nicht sehen zu müssen, und lange einsame Stunden, während denen sie im Dunkeln an die Decke starrte.

Und kein Wort von Kin.

Der kleine Arashitora stand auf ihrem Schminktisch, Mondlicht flimmerte auf dem Messing. Yukikos Magen flatterte nervös. Heute Nacht würde sie kein Auge zutun. Sie wollte, der Mond würde sich auf seiner Bahn ein wenig beeilen. Wollte, die Morgendämmerung bräche herein. Dann endlich würde Yoritomos Festtag beginnen, die Wachen würden abgelenkt und die Arena so gut wie leer sein. Wäre es doch nur schon so weit! Wären sie doch schon frei.

In weiter Ferne züngelte ein Blitz auf: Der erste Herbststurm kam vom Gebirge herangeweht und streckte dunkle Finger nach der Kigener Bucht aus. Yukiko flehte Susanoo an, er möge den schwarzen Regen zurückhalten, damit das Fest stattfinden konnte. Nur dann konnten sie hoffen, dass Yoritomos Soldaten abgelenkt waren.

Sie umklammerte ihr Tantō und sah vor ihrem geistigen Auge ein glasklares Bild: Yoritomo, hoch aufgerichtet auf einem Podium, die Arme ausgebreitet. Die Sonne war gerade versunken, und er hatte den Befehl gegeben, das Feuerwerk solle beginnen. Die staunenden Gesichter der Menschen waren dem Himmel zugewandt, den Drachenkanonen und Feuerräder in Brand steckten. Bunte Flammen und blauschwarzer Qualm, der all die braven kleinen Jungen und Mädchen langsam ersticken würde. Und dann würden sie aus den Gewitterwolken herabstoßen, inmitten von Donner und grellen Blitzen. Und Blut und Schreie würden ihr Gefolge sein, und wenn sie wieder aufstiegen, würde der letzte männliche Erbe des Kazumitsu-Herrschergeschlechts leblos am Boden liegen.

Ein verwaister Thron.

Ein Neuanfang.

Krieg.

»Die Götter sollen diese vermaledeite Hitze verfluchen!«, schimpfte Hajime.

»Auweh«, murmelte Rokurō. »Dein Gejammer macht die Sache auch nicht besser.«

Die beiden Bushimänner standen verschwitzt und mit hängenden Schultern im kaum vorhandenen Schatten des Gefängnistores. Die Luft war schwül wie vor einem Gewitter, im Norden türmten sich Wolken auf und drohten, über die Stadt hinwegzuziehen. Hajime wischte sich mit der unteren Kante seines roten Wappenrocks die Stirn ab und warf einen kummervollen Blick in Richtung des Hafens. Er konnte Musik und den Lärm einer großen Menge hören. Die Feierlichkeiten hatten längst begonnen. In den Chor der abertausend Stimmen mischte sich das Knistern von Rauchstäbchen und Funkensprühern. Er stellte sich vor, wie die Augen seines Sohnes leuchten würden, wenn er heute Abend das richtige Feuerwerk sah.

Am Horizont flammte ein Blitz auf.

»Wenigstens können wir bei Einbruch der Dämmerung hier verschwinden«, seufzte er. »Dann geht's am Hafen erst richtig los. Wenn das Gewitter nicht losbricht und alles ins Wasser fällt ...«

»Du gehst so selbstverständlich davon aus, dass uns jemand ablöst. Letztes Mal hat sich Daisuke beim Feiern so zugeschüttet, dass er nicht zu seinem Wachdienst erschienen ist.«

»Ha, wenn die uns hier die ganze Nacht hocken lassen, werd ich ...«

Aber er brach ab, denn ein Mädchen in einem ärmellosen Kimono mit seitlichem Beinschlitz kam um die Ecke getänzelt. Es hielt einen riesigen Korb in den Armen. Um einen Oberarm wand sich ein prachtvoller Tiger, über den anderen schickte die Reichssonne ihre roten Strahlen. Makelloses Make-up, eine polierte Schutzbrille und glänzende, bonbonpapierrote Lippen.

»Michi-chan«, begrüßte Rokurō das Mädchen. Er straffte unauffällig die Schultern und zog den Bauch ein.

»Guten Tag, tapfere Bushimänner!« Michi lächelte.

»Warum bist du nicht beim Fest? Die Prozession muss doch bald losgehen.«

»Meine Herrin hat mir aufgetragen, all den mutigen Seelen Erfrischungen zu bringen, die ihrem Bruder Yoritomo no Miya heute so treuen Dienst leisten! Eine Anerkennung dafür, dass sie ihrer Pflichten wegen auf die Festlichkeiten verzichten.«

Michi salutierte spöttisch, dann griff sie in ihren Korb und holte zwei Flaschen Reiswein und zwei reife Nektarinen hervor. Die Augen der Wachmänner wurden groß: Eine Nektarine war mehr wert, als sie in der Woche verdienten. Sie verneigten sich, nahmen die Gaben an und grinsten einander zu.

»Doch nicht so schlimm, heute Dienst zu haben, hm?« Rokurō nahm einen tiefen Zug aus seiner Flasche.

»Deine Herrin ehrt uns sehr, Michi-chan.« Hajime verbeugte sich noch einmal. Er streifte seine Panzerhandschuhe ab, schnitt die Nektarine auf und warf sich ein Stück in den Mund. »Götter, wie *lecker!*«, stöhnte er.

Rokurō verschlang sein Obst, doch Hajime besann sich gerade noch rechtzeitig auf seine guten Manieren und bot dem Dienstmädchen ein Stück Nektarine an. Michi errötete und verneigte sich tief, den Blick auf den Boden gerichtet. »Ich danke dir, Herr, aber das Geschenk ist ganz allein für dich.«

»Du könntest wenigstens einen Schluck mit uns trinken.« Rokurō setzte wieder seine Flasche an die Lippen, trank und blinzelte zur Sonne auf. Er sah sie doppelt am Himmel stehen, der ein wenig verschwommen wirkte.

»Hai, trinkt und seid fröhlich, dankt Yoritomo no Miya, dem nächsten Sturmtänzer Shimas!« Hajime lachte und taumelte rückwärts gegen die Wand des Gefängnisses. Verwirrt runzelte er die Stirn und blickte auf die Frucht in seiner Hand hinunter. Das Pflaster unter seinen Füßen war nicht mehr fest, sondern schwankte heftig.

Dann ein Keuchen. Ein lauter Aufprall: Metall schlug auf Stein. Es stank nach Urin.

Aus den Schatten tauchten Gestalten auf. Zwei Männer packten die bewusstlosen Wachen an den Jin-Baori und zerrten sie in eine Gasse. Ein Junge leerte schwungvoll einen Eimer Brackwasser aus, um den Urin und die Blutstropfen wegzuschwemmen.

Akihito kam um die Ecke, einen breitkrempigen Strohhut auf dem Kopf. Unter seiner halb offenen Uwagi lugten seine langen Narben hervor. Kasumi folgte ihm mit katzenhafter Eleganz, ihren Bō in den Händen.

»Kann's losgehen?«, fragte der Hüne.

Michi spähte in die Gasse: Die beiden Männer, die die Bushimänner weggeschafft hatten, kamen in deren Uniformen zurück. Einer warf Michi einen Schlüsselbund zu, der im Sonnenlicht scharlachrot glitzerte. Sie fing ihn mühelos, blickte von Akihito zu Kasumi, nickte und holte ihr Tsurugi aus dem Korb. Die Klinge des Schwertes war gerade und zweischneidig.

»Jetzt ja«, sagte sie.

In der Ferne grollte Donner.

»Keine Gnade!«

Yukiko kam auf Socken in die Arena, die Hände in den Ärmeln ihrer Uwagi versteckt. Sie nickte dem Bushimann zu, der Wache stand. Er erwiderte ihr schüchternes Lächeln mit einem anzüglichen Grinsen und hob die Hand, damit sie stehen blieb. Sein lederner Panzerhandschuh war mit Metallbändern beschlagen.

»Was machst du denn so ganz allein hier draußen, Kleines?«, fragte er.

Ein markerschütterndes Kreischen erscholl aus der Grube und wurde zwischen den Steinwänden hin- und hergeworfen. Der Bushimann drehte sich um, schirmte die verengten Augen ab und griff nach dem Streitkolben an seinem Gürtel.

Die Spritze wog schwer in ihrer Hand. Sie ließ sie aus ihrem Ärmel gleiten; die schwarze Flüssigkeit darin schwappte träge. Sie trat dicht an den Bushimann heran und schob die Nadel unter seiner Achsel durch eine Lücke in seinem Brustpanzer. Erschrocken griff er nach der Einstichstelle, brach aber gleich darauf ohnmächtig zusammen.

Das Echo von Buruus Kreischen war verklungen, als der zweite Wachmann vom Abtritt zurückkam. Er war noch damit beschäftigt, seinen Hakama zuzubinden. »Warum in aller Höllen Namen macht er denn jetzt schon wieder Krach?«

Der Bushimann blickte auf, sah, dass sein Kamerad bewusstlos am Boden lag, lief zu ihm und sank neben ihm in die Hocke. Er riss sich den Panzerhandschuh herunter und tastete nach dem Puls des Mannes. Hinter ihm trat Yukiko aus den Schatten, ihre Schritte so leise wie der Atem eines Säuglings. Die Nadel glitzerte in ihrer Hand. Sie stieß sie dem Bushimann in den Nacken, und er fiel vornüber auf seinen Kameraden.

Die anderen beiden Wächter standen auf den obersten Rängen auf der gegenüberliegenden Seite der Arena: Von dort aus konnte man über die Bucht blicken. Der heiße Wind trug Musik heran, und die beiden Männer verfluchten mit gedämpften Stimmen ihr Unglück. Wie ein Geist erschien Yukiko hinter ihnen, ihre Tabi verursachten kein Geräusch auf dem Steinboden. Matt leuchtete die Sonne auf den Stahlbesätzen der Spritzen; sie hielt in jeder Hand eine, die Daumen auf den Kolben. Die Blutstropfen, die aus den Einstichstellen austraten, färbten den roten Stoff unter den Achseln der Männer ein wenig dunkler. Ohne einen Laut sackten sie in sich zusammen. Das Klirren der eisernen Rüstungen hallte zwischen den leeren Rängen wider.

Yukiko blickte auf die besinnungslosen Wachen hinunter und erinnerte sich an ein Haiku, das ihre Mutter ihr beigebracht hatte, als sie noch ein kleines Mädchen gewesen war:

Stolz brüllt der Tiger.
Drache schwimmt und Phönix steigt,
Der Fuchs schlägt das Huhn.

»Kitsune sorgt für die Seinen«, flüsterte sie. Sie ließ die leeren Spritzen fallen und berührte die Tätowierung auf ihrem Arm wie einen Glücksbringer. Buruu knurrte in der Grube.

DER STURM KOMMT NÄHER.

Ich weiß.

Sie sah zu den dunklen Wolken auf, die sich langsam vor die Mittagssonne schoben, und hoffte verzweifelt, dass Kin bald käme.

Hier unten gab es beinahe kein Licht; die Funzel, die sie bei sich hatten, reichte nicht weit. Daher kam die Kette aus vollkommener Finsternis geflogen und schlang sich um seinen Hals, ehe er reagieren konnte. Er sperrte den Mund auf und riss mit zu Klauen verkrümmten Fingern an den Kettengliedern, die ihm den Kehlkopf zu zerquetschen drohten. Dann tauchte ein Hüne vor ihm auf und ließ seine gewaltige Faust auf seinen Kopf herunterkrachen.

Der Bushimann stürzte zu Boden. Schwarze Shuriken sausten an Akihito vorbei und trafen den zweiten Wächter, der gerade Atem geschöpft hatte, um zu schreien. Blut spritzte an die Wand und zeichnete willkürlich scharlachrote Muster auf grauen, schwitzenden Stein.

Michi trat ins schwache Licht; sie hatte sich weitere Wurfsterne zwischen die Finger geklemmt. Kasumi folgte ihr und warf nervöse Blicke über die Schulter zurück. Akihito sah, wie angespannt sie war. Sie umklammerte ihren eisenbeschlagenen Kampfstab so fest, dass ihre Knöchel weiß hervortraten.

»Alles in Ordnung?«, flüsterte er.

»Ich mache mir Sorgen um Yukiko …«

»Hier lang!«, zischte Michi.

Sie schlichen den Gang entlang, durch eine Tür und eine gewundene Treppe hinunter. Das Quieken und Fauchen von Ratten begrüßte sie. Je weiter sie nach unten kamen, desto schwüler wurde die Luft. Der Gestank verrottenden Fleisches und menschlichen Kots blieb in ihren verschwitzen Kleidern hängen. Die feuchten Steinwände schienen immer näher zu rücken.

Als sie wieder einen schwachen Lichtschein sahen, gab Michi das Zeichen, anzuhalten, und stahl sich um die Ecke. Akihito und Kasumi hörten die unverkennbaren Geräusche eines kurzen, verzweifelten Kampfes. Leder und Metall schabten über Stein. Ein leises Gurgeln. Dann war sie wieder da und gestikulierte, dass sie ihr folgen sollten. Das Blut ihrer Gegner war ihr gegen die Stirn gespritzt und lief ihr zähflüssig über die Wange. Schwarz schimmerte das Tsurugi in dem trüben Licht.

»Du hättest sie nicht gleich umbringen müssen«, murmelte Kasumi.

»Glaubst du, diese Männer würden *dein* Leben verschonen, Jägerin?«

»Warum machst du das alles?«, raunte Akihito. »Warum hilfst du uns?«

»Yoritomo muss sterben«, erwiderte Michi ausdruckslos und spähte in die Dunkelheit voraus. Sie kamen an einer T-Kreuzung an und blieben stehen, um zu lauschen, die Rücken an die feuchte Wand des Ganges gedrückt.

Es war vollkommen still.

»Er hat dir Leid zugefügt?«, fragte Kasumi leise.

»Schau dich in der Welt um, Jägerin«, knurrte Michi. »Er fügt uns allen Leid zu!«

DA IST ER JA.

Yukiko spähte aus den Schatten auf der Tribüne in Richtung der Geräusche: Zahnräder surrten, Kolben pumpten und zischten. Ein Werkmeister kam aus einem der Bogengänge und sah sich zwischen den Steinbänken um. Er hatte ein mechanisches Wesen auf Gleisketten dabei: eine Diensteinheit. Sie zog einen vierrädrigen Anhänger hinter sich her, der mit einer schmutzigen grauen Plane abgedeckt war.

»Kin-san!« Yukiko sprang die steinernen Stufen hinunter und fühlte sich so leicht, als könnte sie fliegen. Unwillkürlich umarmte sie ihn. »Du bist gekommen!«

Der Werkmeister machte sich von ihr los. Seine Stimme knisterte wie trockene Käferpanzer unter Schuhsohlen. »Ich hatte es dir doch versprochen.«

»Du hast dich nicht mehr gemeldet … Da hatte ich Angst, dir könnte etwas zugestoßen sein.«

»Wir sollten mit der Arbeit anfangen.« Er wandte sich dem Wagen zu und schlug die Plane zurück. »Wir haben nicht viel Zeit.«

Yukiko half ihm, alles in die Grube zu tragen. Der Donnertiger betrachtete die Konstruktion des Gildenmannes und klemmte den Schwanz zwischen die Hinterbeine. Lange Stangen aus hohlem Metall, die schillerten wie die motorisierten Rikschas des Shōgun. Behandeltes Segeltuch – dasselbe leichte Material, aus dem die Ballons der Himmelsschiffe bestanden. Hydraulik, Kolben und Zahnräder.

IRGENDETWAS STIMMT NICHT MIT IHM.

Was meinst du?

ICH WEIß ES NICHT GENAU. ABER ER BEWEGT SICH KOMISCH. REDET KOMISCH.

»Ist alles in Ordnung, Kin-san?« Yukiko krauste die Stirn.

»Bitte Buruu, die Flügel auszubreiten, ja?« Kin hob ein Ledergeschirr auf, das mit einer langen Reihe ineinandergreifender Zahnräder und Kolben besetzt war. »Hiermit geht es los.«

Buruu entfaltete die Flügel. Funken fielen von seinen beschnittenen Federn. Kribbelnd stellten sich die Härchen auf Yukikos Armen auf, und der Geruch nach Ozon verdrängte den Gestank nach Lotus. Sie wich ein Stück zurück und sah Kin zu. Unmöglich, sich vorzustellen, wie der Apparat funktionieren würde, den er Buruu auf den Rücken schnallte … Sie beobachtete seine ruckartigen Bewegungen. Sein Atem, der aus der Blasebalgvorrichtung pfiff, klang unregelmäßig.

»Kin, was ist los?«

»Nichts.« Er schüttelte den Kopf. Sein Auge glühte im Licht seines Schweißgerätes. »Ich muss mich konzentrieren.«

Also schwieg sie und schaute dem Funkenregen zu. Seinen Händen, die sein Werk zusammenfügten. Er befestigte lange gebogene Metallstäbe an Buruus kräftigen Schulterfedern; sie ragten über die gekürzten Handschwingen hinaus. Dann schnallte er die Segeltuchbahnen auf das Metallskelett und bastelte an dem Räderwerk und der Reihe Kolben und Zahnräder herum, die sich wie eine zweite Wirbelsäule über Buruus Rücken zog.

Yukiko merkte kaum, wie die Zeit verging. Als Kin beinahe fertig war, fiel ihr auf, dass sie kaum noch atmete.

»Wie wunderschön«, flüsterte sie.

Kin hielt kurz inne und seufzte.

Schließlich zog er sich ein paar Schritte zurück. »Fertig«, sagte er zu Buruu. »Probier sie aus!«

Der Arashitora wirkte unsicher, streckte aber dennoch die Schwingen aus. Kins Apparat surrte, und dann fächerten sich dort, wo Buruus Flügelspitzen hätten sein sollen, Segeltuchfedern auf. Knochen aus schimmerndem Metall, hydraulische Muskeln und verstärkte Gelenke. Probeweise schlug Buruu mit den Flügeln, sprang in die Höhe und hing ein Stück über ihnen in der Luft. Elektrizität lief knisternd über das schillernde Metallgestell. Kins Erfindung funktionierte einwandfrei: Die geschmierten Zahnräder sangen, die Flügel brachten die Luft zum Brausen und das Stroh auf dem Boden zum Tanzen.

RAIJIN, KANN DAS WAHR SEIN? DER JUNGE HAT ES GESCHAFFT!

»Oh, ihr Götter, es klappt!« Yukiko strahlte. »Er fliegt!«

Buruu setzte auf dem Boden auf, nur um gleich wieder in die Luft zu springen. Dieses Mal schlug er heftig mit den Flügeln, stieg fünf Meter hoch auf, dann zehn, segelte im Kreis über ihren Köpfen dahin, den Schnabel fest geschlossen, um das triumphierende Kreischen zurückzuhalten, das aus ihm hervorzubrechen und die ganze Stadt zu alarmieren drohte.

SIEHST DU DAS, YUKIKO? SIEHST DU MICH?

Yukiko lachte, warf die Arme um Kin und gab ihm einen Kuss auf die Messingwange. »Kin-san, du hast es geschafft!«

Wieder entzog sich der Junge. Er legte einen Schalter an seinem Gürtel um, und der Schneidbrenner an seinem Handgelenk leuchtete blau auf. »Noch ist er nicht frei.«

Buruu landete, und seine Klauen schlugen Funken auf dem steinernen Boden der Grube. Er schüttelte sich wie ein nasser Hund. Der Gildenmann machte sich daran, die fünf Zentimeter dicke Eisenschelle an seinem Hals zu durchtrennen. Geschmolzener, rot glühender Stahl tropfte auf die Steinfliesen. Der Arashitora rieb sanft seine Wange an Kins Schulter und schnurrte: ein leises Dankeschön, das Yukiko das Herz aufgehen ließ.

Bald sind wir wieder zu Hause, Buruu.

In der Ferne war schwach der Lärm der Festlichkeiten zu hören, der sich mit dem Grummeln des heraufziehenden Gewitters mischte. Yukiko dachte an den Flug, der vor ihnen lag, den Flug ins Herz des Monsuns. Sie würden die stinkende Stadt weit hinter sich zurücklassen. Frei würden sie sein, zu guter Letzt.

Plötzlich fiel ihr der kleine Arashitora ein, Kins Geschenk. Er stand noch auf ihrer Frisierkommode. »Oh«, rief sie bekümmert. »Ich hab das Spielzeug, das du für mich gemacht hast, in meinem Schlafgemach vergessen!«

Kin machte ein Geräusch, das verzerrt aus den Lautsprechern seines Helms drang. Ein Auflachen. Es klang höhnisch. »Vielleicht kann Herr Hiro es ja für dich holen.«

AHA.

»Was ... Was hast du gesagt?«

JETZT VERSTEHE ICH, WAS LOS IST.

Kin richtete sein glühendes Auge auf sie. Sie sah ihr eigenes Gesicht darin, blau-weiß beleuchtet vom Licht des Schneidbrenners. Sah zu, wie die überschäumende Freude in ihren Augen erlosch.

»Du hast mich schon verstanden«, summte Kins Fliegenstimme. »Wo ist Herr Hiro eigentlich? Brauchst du deinen ›Beschützer‹ gerade nicht?«

Sie fühlte Buruu in ihrem Geist: das vage Triumphgefühl, weil er endlich das fehlende Puzzleteil gefunden, das Rätsel gelöst hatte. Aber gleichzeitig sorgte er sich. Wie gefährlich war Kin jetzt?

ER WEIß BESCHEID.

Sie stiegen noch zwei weitere Treppen hinunter. Glatter Stein unter ihren tastenden Füßen, ihr Atem zu laut in der feuchten Dunkelheit. Michi hatte darauf bestanden, keine eigene Lichtquelle mitzunehmen: Die Gefahr, dass sie entdeckt wurden, war zu groß. Und sie kannte sich auch im Dunkeln aus. Zielsicher führte sie die Jäger durch die Gänge, vorbei an rostigen Eisengittern, winzigen Zellen und den armseligen, wimmernden Vogelscheuchen, die darin lagen. Die Türen aller belegten Zellen schloss sie auf, doch die ausgezehrten Männer mit den stockdürren Armen und Beinen hoben kaum die Köpfe. Als sie an der sechsten Tür ankamen, blickte eine Ratte von ihrem Festmahl auf, die doppelt so groß war wie Aishas Hund. Sie stieß ein warnendes Zischen aus, das blutige Maul weit aufgesperrt.

Die Männer in ihren Lumpen erinnerten Michi an die Kinder in ihrem Heimatdorf: Die Haut hing an ihren Knochen wie ein durchscheinendes Tuch, die Ellbogen, Knöchel und Wangenknochen ragten spitz hervor. Mädchen und Jungen, die inmitten üppig bestandener Reisfelder verhungerten. Manchmal tauchten sie in ihren Albträumen auf: schweigende kleine Gestalten, die zwischen den brennenden Häusern standen und der Exekution ihres Onkels zusahen.

Eines Tages, wenn das alles vorbei war, wenn die Gilde und der Shōgun nur noch eine böse Erinnerung waren, würde sie ein Buch schreiben: ein Geschichtsbuch für Shimas Kinder, in dem keine Lügen standen. Sie sollten erfahren, welchen Preis ihr Land *wirklich* für Kraftstoff und Macht gezahlt hatte, sollten die Namen derer kennen, die sich gegen die Tyrannei aufgelehnt und gekämpft hatten – die gestorben waren, damit sie eines Tages in Freiheit leben konnten.

»Der Lotuskrieg«.

So würde sie es nennen.

Die nächste Zelle war Masarus. Kasumi sank vor den Gitterstäben auf die Knie und streckte die Hände nach ihm aus. Ihre Stimme klang tränenerstickt. Michi fand, dass er besser aussah: Der Reis und die getrockneten Früchte, die sie ihm gebracht hatte, hatten ihm gutgetan. Er wirkte ein wenig kräftiger und geistesgegenwärtiger, und seine Haut war nicht mehr so grau. Aber natürlich war er längst nicht kräftig genug, und die schwüle, stinkende Hitze und das fehlende Sonnenlicht hatten ihm zugesetzt. Noch immer war er in Schmutz und Lumpen gekleidet.

Sie schloss die Zelle auf und wandte sich zu Akihito um. »Kannst du ihn tragen?«

Ohne ein Wort drängte sich der Hüne an ihr vorbei und zog Masaru in eine Bärenumarmung, ein falsches Grinsen auf dem Gesicht, das verbergen sollte, wie weh es ihm tat, seinen Freund so zu sehen. Kasumi ergriff Masarus Hand und küsste ihn auf den Mund.

Bei dem Gedanken daran, wie seine Lippen schmecken mochten, zog Michi die Nase kraus. »Wir müssen verschwinden!«, zischte sie und schaute den dunklen Gang hinunter.

»Das müsst ihr in der Tat.«

Zischend flammte ein Schwefelholz auf, erleuchtete ein faltiges Gesicht und eingesunkene, harte Augen. Minister Hideo zog an seiner Pfeife, und die Glut flackerte im Pfeifenkopf zwischen seinen Fingern. Das Licht glänzte auf den Brustpanzern der Bushimänner, die um ihn herumstanden. Blankgezogene Kodachi glitzerten in ihren Händen: kurze, einschneidige Schwerter, die gut dafür geeignet waren, in geschlossenen Räumen zu kämpfen. Zwar befanden sich keine eisernen Samurai unter den Soldaten, doch die Verschwörer waren zahlenmäßig unterlegen: Auf der Gegenseite standen mindestens zwölf Männer mehr.

Auf der Treppe erklangen Schritte, und Michi sank das Herz in der Brust. Weitere Bushimänner, die ihnen den Fluchtweg abschnitten.

So viele.

Zu viele.

»Wir sind verraten worden«, flüsterte sie heiser.

»Kin, es tut mir leid …«

»Hör auf.« Der Gildenmann öffnete den Verschluss seines Helms. Seine Halsmanschette faltete sich zusammen. Er riss sich den Helm vom Kopf, entkoppelte ihn von seinem Panzer und schleuderte ihn auf den Boden. Sein Gesicht glänzte vor Schweiß, auf seinen Wangen brannten rote Zornesflecken. »Ich komme mir sowieso schon vor wie ein Narr! Mach es nicht noch schlimmer.«

»Kin, ich *wollte* es dir sagen …«

»Aber du hattest Angst, dass ich dir dann nicht mehr helfen würde, hab ich recht?«

»Ja, aber …«

»Also hast du mich stattdessen belogen. Tja, herzlichen Glückwunsch. Du hast, was du wolltest. Ich hoffe, du bekommst außerdem, was du verdienst!«

»Ich hab dich nicht belogen, Kin. Ich hab dir nur nicht die ganze Wahrheit …«

ACHTUNG!

Yukiko runzelte die Stirn. Von fern her hörte sie metallene Stiefeltritte.

Was ist los?

INSEKTEN. VIELE. SIE KOMMEN HIERHER.

Die schweren Schritte wurden lauter. Kin wandte den Blick von ihrem Gesicht und schaute sich um, als sich der Lärm von Ōyoroi und Kettensägenkatanas näherte. Ratternder Stahl und zischendes Chi.

»O nein«, wisperte Yukiko.

Zwei Dutzend eiserne Samurai stürmten die Arena von Osten und Westen her: Flatternde goldene Jin-Baori und Neo-Daishō, die die Luft mit dem Grollen ihrer gezackten metallenen Zähne füllten. Dann kam Yoritomo: Sein langer rotseidener Umhang bauschte sich hinter ihm, die Hand lag auf dem Griff seines Katanas. Vier tiefe Kratzer zogen sich über seine Wange und über seinen Hals. Seine Hände und sein bleiches Gesicht waren blutbespritzt, eine weiße Maske mit roten Sprenkeln. Seine Augen waren glasig. Neben ihm ging ein weiterer eiserner Samurai.

»Oh, Kin … Nein!« Ungläubig drehte sie sich zu ihm um. »Du hast uns verraten?«

34

STURMTÄNZERIN

In der Finsternis fiepten die Ratten.

»Legt eure Waffen nieder.« Hideo ließ den Rauch aus Mund und Nase strömen und verbreitete süßen Lotusgeruch. »Oder ihr sterbt hier und jetzt.«

»Hurensohn!«, entgegnete der Hüne. »Dich und deine kleinen Freunde bringe ich doch mit links um.«

Er stellte den Schwarzen Fuchs auf die Füße und trat in den Gang hinaus. Die Nachhut der Bushimänner hatte eine Lampe mitgebracht, und in ihrem trüben Schein sah Hideo mit einem Anflug schwacher Belustigung, dass der Narr seine Waffe nicht gut gewählt hatte: Der Gang war viel zu schmal, um die Kette des Kusarigama richtig schwingen zu können. Weder die Sichel noch der Bō der Frau würden viel gegen die Bushimänner mit ihren Kodachi ausrichten können. Das Mädchen mit dem Tsurugi war gefährlicher. Allerdings war Michi die Einzige, die Hideo noch brauchte. Seit Jahren versuchte er, die Kage-Zelle in Kigen auszuheben; er war überzeugt davon, dass es neben ihr noch andere Ratten im Keller gab. Nach ein paar Tagen in den fähigen Händen der Foltermeister würde das Mädchen schöner singen als jede Nachtigall.

»Gewalt ließe sich vermeiden.« Der alte Mann lächelte. »Ergebt euch, und euch wird Gnade gewährt.«

»Wie den Menschen aus Daiyakawa?«, fauchte das Mädchen.

»Wie Kapitän Yamagata?«, fragte die Frau höhnisch.

Hideo seufzte und stützte sich schwer auf seinen Gehstock. Er wurde wirklich zu alt für diesen Unsinn. Wenn er ehrlich war, würde er jetzt lieber ein langes kühles Bad nehmen. Er wandte sich dem Hauptmann der Bushimänner zu und zog gemächlich an seiner Pfeife. Der Lotusharz im Maul des Tigers glomm hell auf und spiegelte sich in den müden, geröteten Augen des Alten.

»Bringt mir das Mädchen lebendig.« Der Drache schlängelte sich über seine Zunge. »Erschlagt die anderen.«

Die eisernen Samurai umstellten den Kampfplatz und zogen ihre Schwerter. Die Sägeblätter mit ihren scharfen Zähnen rotierten, die Motoren heulten. Finster blickten die Krieger über ihre Oni-Halbmasken hinweg. Die dunstverhangene Sonne verlieh ihren schwarz lackierten Ōyoroi einen blutroten Schimmer. Buruu stieß ein warnendes Brüllen aus, das die Eisenteile der Rüstungen zum Vibrieren brachte. Statische Elektrizität hing in der Luft; kleine blaue Blitze zuckten über das schillernde Metallskelett seiner Flügel. Sein Blick fiel auf Kin: Er würde den Jungen zerreißen.

»Wie konntest du nur?«, fragte Yukiko.

»Was?« Er flüsterte nur.

»Wie konntest du uns verraten?«

»Du glaubst, ich hätte euch *verraten?*«

»Warum sind sie sonst hier?«

»Ich habe dir mein Wort gegeben!« Er sah sie verletzt an. Seine Stimme bebte. »Meinetwegen kann Buruu wieder fliegen. Ich würde dich niemals betrügen, Yukiko. Niemals!«

Yukiko schaute ihm prüfend in die Augen: Er sagte die Wahrheit. Sie musste den Blick abwenden, so sehr schämte sie sich, dass sie ihn verdächtigt hatte. Er hatte Kopf und Kragen für sie riskiert. Obwohl er herausgefunden hatte, dass sie ihn getäuscht hatte, hatte er sein Versprechen gehalten.

Aber wenn nicht Kin sie verraten hatte …

DIE SCHWESTER.

Yukiko blickte den Shōgun an. Er stand ihnen auf dem Kampfplatz gegenüber und wirkte belustigt.

»Aisha?«, fragte sie heiser.

Yoritomo lächelte und fuhr mit den Fingerspitzen über die Kratzer auf seiner Wange. »Nein, meine Schwester hat sich geweigert, mir zu sagen, was vor sich geht. Und dennoch hat sie es gewagt, um Gnade zu flehen!« Bei der Erinnerung glomm ein Feuer in seinen Augen. »Sie hat keine gefunden.« Er ballte die blutigen Hände zu Fäusten. »Auch ihr braucht mit Gnade nicht zu rechnen!«

Yukiko schluckte schwer. »Aber woher wusstet Ihr dann …«

Der eiserne Samurai, der neben Yoritomo stand, griff in seinen Wappenrock. Er holte einen kleinen, funkelnden Gegenstand hervor und warf ihn ihr vor die Füße. Er hüpfte und rutschte über die Steinplatten und kam schließlich im schmutzigen Stroh zu liegen. Es war Kins Geschenk: der winzige mechanische Arashitora.

»Minister Hideos Aufmerksamkeit entgeht nichts«, sagte Yoritomo. »Er hat überall Spione. Du hattest dich als wenig vertrauenswürdig erwiesen, und Hiro-san hier war erpicht darauf, seine Ehre wiederherzustellen.«

Yukiko holte zittrig Atem. »Hiro?«

»So hübsch anzusehen.« Die Stimme des eisernen Samurai drang hohl aus seinem Oni-Helm hervor. Seine Augen waren wie grünes Glas. Leere, flache Spiegel. »Im Inneren jedoch hässlich und verdorben. Du bist eine Lügnerin. Eine Hure. Kitsune-Abschaum.«

Sie taumelte einen Schritt zurück, als hätte er sie geschlagen.

Buruu knurrte und grub die Klauen in den Boden. Steinplatten zerbrachen. *SAG NICHTS. ER VERDIENT WENIGER ALS NICHTS!*

»Und doch steigt ein hochwohlgeborener Tora-Samurai gern mit Kitsune-Abschaum ins Bett, wenn für ihn was dabei rausspringt, hm? Du bist die Hure, Hiro! Liegst dein ganzes Leben lang auf den Knien und schaust nie lange genug auf, um zu sehen, was den Leuten um dich her angetan wird. Du dienst einem Herrn, der das Land zu Asche verbrennt! Sein Volk ersticken lässt!«

Yoritomo lachte und schlug Hiro auf das breite, flache Schulterstück. »Sie hat immer noch Feuer, hm? Wilde kleine Bäuerin.«

»Und Ihr?« Yukiko funkelte den Shōgun an. »Diese Ödnis, die Ihr geschaffen habt, nennt Ihr ein Reich? Ihr seid ein Parasit. Ein Egel, fett geworden vom Blut Eurer Untertanen!« Sie spuckte aus. »Säuglingsmörder!«

Das Lächeln erstarb Yoritomo auf den Lippen. Langsam zog er sein Katana aus der Scheide, neunzig Zentimeter glänzenden Stahls. Lichtmuster tanzten über die Klinge wie Sonnensprenkel auf einem rasch dahinströmenden Bach. Er richtete die Spitze auf Yukikos Stirn.

»Lasst den Arashitora am Leben«, knurrte er. »Die anderen Verräter bringt ihr um.«

Masaru konnte kaum stehen. Der Atem pfiff ihm in der Kehle. Er sank gegen die Wand und beobachtete, wie die Schemen im schwachen Licht miteinander tanzten. Michi war flink, ein Schatten, der immer wieder mit der Dunkelheit verschmolz, hier verschwand und dort wieder auftauchte. In einem funkelnden Bogen schwang sie ihr Tsurugi und zog die Klinge einem Bushimann über die Kehle. Wie ein Kreisel drehte sich der Mann einmal um sich selbst, während er seinen Hals umklammerte. Sie glitt in einen Spagat, wobei ihr der Kimono bis zur Hüfte hochrutschte, und stieß einem anderen Soldaten die Klinge in den Schritt.

Akihito blutete aus einer Schulterwunde. Kasumi und er kämpften Rücken an Rücken. Sie schlug einem Bushimann die Waffe aus der Hand, brach ihm ein Bein und stieß ihm zweimal hintereinander rasch das eisenbeschlagene Ende ihres Kampfstabes ins Gesicht. Mit einem gurgelnden Ächzen taumelte der Mann rückwärts, doch sofort nahmen zwei weitere Bushimänner seinen Platz ein und griffen so heftig an, dass Kasumi nicht rechtzeitig parieren konnte: Einer von ihnen schlug ihr drei Finger ihrer linken Hand ab. Sie schrie auf, konnte kaum noch ihren Bō festhalten und prallte gegen Akihito. Der Boden war rutschig von Blut. Sie kämpften tapfer, aber ihre Gegner waren zu zahlreich. Es würde nicht lange dauern, dann würden sie überrannt werden.

Der Tod war zum Greifen nah, da dachte Masaru in der Dunkelheit seiner Zelle an seine Tochter. Wie sie ihn durch die Gitterstäbe hindurch umarmt und ihm vergeben hatte. Wie sie als kleines Mädchen mit ihrem Bruder durch den Bambuswald gerannt war. Gemeinsam hatten sie mit ihrer neu entdeckten Fähigkeit um sich getastet und den schwachen Lebensfunken nachgespürt, die sich im sterbenden Bambus noch regten.

Er hatte sie beschworen, diese Gabe vor aller Welt geheim zu halten.

Die Gabe, die er ihnen vererbt hatte.

Er, Bruder der Yōkai.

Jagdmeister war er geworden, der Schwarze Fuchs Shimas. Von Kindheit an hatte er geheim gehalten, was er war – sogar vor seinem Sensei. Hatte es noch immer verborgen, als er seinen Meister in den Schatten gestellt hatte und zum besten Jäger des Inselreiches geworden war. Rikkimaru hatte oft gescherzt, dass Masaru ungewöhnlich begabt sei. Hätte der alte Mann geahnt, wie recht er damit hatte …

Naomi hatte es gewusst und ihn umso mehr geliebt. In ihren Augen war das Gespür ein Geschenk der Götter gewesen. Er erinnerte sich an ihre Freude, als sie ihm gesagt hatte, dass er seine Gabe an die Kinder weitergegeben hatte. Doch war sie ihm damals bereits wie ein Fluch vorgekommen: Ein Segen, den er missbraucht, den er nur dafür eingesetzt hatte, effizienter zu töten. Er hatte Wölfe in seine Fallgruben, Füchse in seine Schlingen gelockt. Der letzte Adler, den er je gesehen hatte, war durch seinen Pfeil gestorben. Auf seinen Befehl hin hatten die Schlangenkinder der Nure-Onna einander vor den Augen ihrer Mutter verschlungen. Und so war die letzte Yōkai blind vor Tränen durch sein Schwert gefallen. So hatten es die Götter nicht gewollt. Kitsune hätte sich für Masaru geschämt.

Nach Naomis Tod hatte er daher nicht nur seinen Schmerz, sondern auch das Gespür in Alkohol ertränkt und in Lotusrauch erstickt. Er hatte vergessen wollen, was aus ihm geworden war. Was er aus dem Geschenk gemacht hatte, das ihm zuteilgeworden war. Er hatte seine Gabe wie eine Gefangene in einem finsteren Kerker in seinem Geist eingeschlossen, hatte gehofft, dass sie verkümmern und schließlich verschwinden würde – und mit ihr die Erinnerung an das viele Blut, das er vergossen hatte.

Aber die qualvollen Stunden des Entzugs hatten seinen Kopf geklärt. Ganz deutlich sah er jene Tür vor sich, die er vor so langer Zeit verriegelt hatte.

Noch tobte der Kampf vor seiner Zelle. Er hörte Michi aufschreien. Sah, wie ein mächtiger Hieb Akihitos Oberschenkel traf und den Hünen schwer verwundete, wie sich eine Klinge in Kasumis Bauch, eine zweite in ihre Brust bohrte. Blut sprühte ihr von den Lippen. Masaru ging in seinem Geist den langen staubigen Gang hinunter und blieb vor der verrosteten Eisentür stehen. Er streckte eine zitternde Hand aus, schob den Riegel zurück und öffnete die Tür.

In der Finsternis des Gefängnisses spitzten die Aasratten die Ohren und lauschten.

Die eisernen Samurai stürmten auf sie los.

Instinktiv streckten Buruu und Yukiko die Sinne nacheinander aus, und seine Kampfeslust sprang auf sie über. Zwei Paar Augen, sechs Beine, die fest auf dem Boden standen, die Kraft ihrer Schwingen, das Tantō in ihrer Hand. Sie waren wieder in den Iishis, Izanamis roter Kriegsherr brüllte im Regen, und sie schmeckten schwarzes Blut auf der Zunge. Yukiko sprang auf Buruus Rücken und schlüpfte in seinen Geist. Sie fletschten die Zähne und schrien herausfordernd – ihr Gebrüll übertönte das Grollen der Schwerter, das Zischen und Fauchen des gepanzerten Todes, der über sie herfallen wollte.

Zu viele Feinde, um siegreich aus der Schlacht hervorzugehen.

Aber nicht zu viele, um zu kämpfen.

Kin zog einen Messingzylinder aus dem Gürtel und schlug ihn sich gegen die gepanzerte Brust. Es knallte, ein Ende glühte rot auf, dann schleuderte er den Zylinder den Samurai entgegen.

Eine lautlose Explosion. Eine weiße Lichtkugel, durchscheinend rot an den Rändern. Rasch dehnte sie sich aus und umschloss vier der Krieger. Und plötzlich schwollen Treibstoffschläuche an und platzten. Es stank nach verdampfendem Chi. Blauschwarzer Qualm stieg von den in der Bewegung erstarrten Rüstungen auf, die Motoren von Kettensägenkatanas husteten und erstarben. Unter der Last ihrer leblosen Ōyoroi brachen die vier Samurai zusammen.

Buruu und Yukiko schossen auf die Lücke zu, die Kin in den Kreis der Angreifer gerissen hatte, sprangen einen Krieger an und zerfetzten ihn; seine Glieder flogen in alle Richtungen davon wie Blätter im Sturm. Sie schwangen sich in die Luft und spürten die Hitze der emporgereckten heulenden Schwerter unter ihren Flügeln. Landeten im Rücken der Samurai, griffen sie von hinten an. Metall riss wie Papier, Blut spritzte hoch in die Luft und regnete auf sie herab, sie rochen nichts anderes mehr. Sie hatten Augen vorne und hinten im Kopf, flossen wie Wasser dahin, trennten Arme ab, schlitzten Kehlen auf und katapultierten sich wieder in die Höhe, ihre Schwingen schlugen so heftig, dass sie nur verschwommen zu erkennen waren. Gurgelnde Laute. Zerbrochene Steinplatten. Die Blutspritzer wie Schriftzeichen, mit frischer roter Tusche hingeworfen.

Ein Lichtblitz: Kin hatte eine zweite Granate geworfen. Wieder stieg blauschwarzer Rauch aus zerstörten Rüstungen auf. Die Männer, die darin gefangen waren, kippten um und lagen dann frustriert schreiend am Boden.

Buruu und Yukiko hoben ab und kreisten über dem Getümmel. Kin hatte nicht genug Zeit gehabt, Buruus Halsschelle zu durchtrennen; die Kette spannte sich, ächzte, hielt jedoch. Sie stießen hinab, und die Kette schnitt so mühelos durch die Samurai wie ein Sensenblatt durch Gras. Sie waren ein Schleuderstein an einer Schnur aus Eisen. Dampf zischte, Blut durchtränkte alles. Die Sonne glänzte auf dem Metall ihrer Flügel und dem Tantō in ihrer Hand und brachte ihre rote Kriegsbemalung zum Leuchten.

Dann wandten sie sich dem Verräter zu. Er stand Kin gegenüber. In seinen meergrünen Augen brannte Zorn, das Neo-Daishō brummte aggressiv in seinen Händen. Er rannte auf den Gildenmann zu und trat ihn vor die Brust. Sein Katana streifte den Panzer, Funken stoben auf. Kin wehrte den Schlag mit seinen Unterarmen ab und geriet unter der Wucht des Angriffs ins Taumeln. Der Ladekran auf seinem Rücken schwang herum und schnappte wie eine zischende Klapperschlange mit Eisenkiefern nach Hiros Kopf. Der zog ihn ein, und der Ladekran erwischte stattdessen das Kettensägenwakizashi und entriss es dem Samurai.

Man konnte über die Gildenmänner des Inselreiches sagen, was man wollte: Narren waren sie nicht. Sie hatten den Samurai Waffen gebaut, mit denen sie in Sekundenschnelle durch Fleisch und Knochen schnitten. Ganze Armeen schlecht gepanzerter Männer konnten sie vernichten. Aber die Haut eines Gildenmannes durchdringen? Hiros Waffen waren wie Buttermesser, mit denen er auf eine Mauer einhackte.

Allerdings war der eiserne Samurai kampferprobt. Jahrelang hatte er täglich auf dem Übungsplatz gestanden, während Kin sich über eine Werkbank gebeugt hatte. Und so trat er ihm die Beine unterm Leib weg. Kin stürzte schwer, und Abgase entwichen zischend aus seinem Atmos-Panzer. Hiro trampelte über ihn hinweg und hob einen schwarz lackierten Eisenfuß, um auf seinen ungeschützten Kopf zu stampfen.

Ihr Brüllen hallte wie ein Donnerschlag über den Kampfplatz und brachte Hiros Rüstung zum Klappern.

Keuchend fuhr er herum. Als er sie sah, riss er sich den Helm vom Kopf, sodass sie sein verschwitztes, furchtloses Gesicht sehen konnten. Dann ging er in Kampfstellung, den Griff des Kettensägenkatanas mit beiden Händen gepackt. Seine Augen loderten, und er bleckte die Zähne.

Yukikos Stimme klang wie ein bedrohliches Knurren. »Du kannst nicht gewinnen, Hiro.«

Er trommelte mit den Fingern auf den Griff seiner Zweitwaffe und spuckte auf den Boden. »Es ist meine Bestimmung, das Lang- und das Kurzschwert zu führen«, zischte er. »Und im Dienst zu sterben!«

Wieder sprangen sie, die Flügel ausgebreitet, und blaue Blitze zuckten über ihr Gefieder. Jene Hände, die sie nachts gehalten, bei deren Berührung sie köstliche Schauer durchrieselt hatten, schwangen jetzt das brummende Schwert nach ihnen. Hiros Gesicht hatte sich zu einer hasserfüllten Maske verzerrt, die ihn zu einem Fremden machte.

Ihr Leib trennte sich: Der, der einst Yukiko gewesen war, sprang vom Rücken desjenigen, der einst Buruu gewesen war. Sie schnitten Hiro den rechten Arm direkt unter der Schulter ab; mühelos drang ihr scharfer Schnabel durch schwarzes Eisen. Es regnete Funken und Blut. Ihr Messer drang durch die Lücke unter seiner Armbeuge und versank bis zum Griff. Klebrig und warm rann sein Blut über ihre Hände. Sie hielten ihn fest und betteten was von ihm übrig war auf den Steinboden.

»Sayōnara, Hiro«, flüsterten sie.

Der Atem brannte ihnen in Brust und Kehle, ihre Herzen rasten. Sie wischten sich mit der Hand übers Gesicht, verschmierten sich die blasse Haut mit Blut. Dann traten sie Yoritomo entgegen.

Der Shōgun ließ sein Katana fallen, wirbelte herum und rannte.

Eine quiekende Schar stürmte aus der Finsternis heran: Rote Augen und schartige Zähne leuchteten schwach im blassen Licht. Haarlose Schwänze, gescheckte Fell und scharfe Krallen – sie waren eine dreckige, fliegenverseuchte Legion. In Kigens Zellen waren sie fett und anspruchsvoll geworden. Das Ungeziefer aus der Gosse war gekommen, um die Elite zu verschlingen.

Minister Hideo kreischte, als sich ein kräftiger schwarzer Kerl mit riesigen Nagezähnen unter seinen Sokutai wühlte und Fleischbrocken aus seinem Bein zu reißen begann. Um ihn herum schrien auch die Bushimänner: Kleine, schnelle Biester schlugen ihre Zähne in die ungeschützte Haut ihrer Kniekehlen und in ihre Fersen. Weithin hallte das Geschrei durch die finsteren unterirdischen Gänge: So klangen Albträume oder panische Kindheitsängste, die alles andere auslöschten.

Michi hackte mit ihrem Tsurugi nach den Bushimännern und tünchte mit ihrem Blut die Wände. Sie stieß sie zu Boden, wo pelzige Leiber wie eine Woge über sie hinwegspülten. Spitze Zähne bohrten sich in weiches Fleisch, entblößte Kehlen, Augenlider. Blut lief über den Boden. Es war ein schrecklicher Tod; und es war beinahe ebenso schrecklich, ihn mitansehen zu müssen.

Hideo brach in die Knie und schlug wild um sich, als die schwarze Flut ihn zu ertränken drohte. Der scharfe Schmerz der Bisse drang durch die Benommenheit des Lotus. Die Knochenpfeife war ihm längst aus den zuckenden Fingern gefallen. Michi stand über ihm, als er sich schreiend am Boden wand und sie anflehte, ihn zu erlösen.

Kalt blickte sie auf ihn hinunter und schob die Waffe in die Scheide auf ihrem Rücken. »Erinnere dich an Daiyakawa«, flüsterte sie.

Masaru zog Kasumi aus dem Gang, zurück in seine Zelle. Akihito kroch ihnen hinterher, bleich vor Entsetzen und Schmerz. Er wickelte einen blutigen Lumpen um den tiefen Schnitt in seinem Oberschenkel. Masaru zerriss Kasumis Uwagi und drückte die Fetzen auf ihre Wunden. Sie hustete und biss die Zähne zusammen. Blut sprenkelte ihre Lippen.

»Lass«, keuchte sie und wollte Masarus Hände wegschieben.

»Nein.« Er erhöhte den Druck. »Wir kommen hier raus.«

»Masaru ...« Ein Zittern durchlief Kasumi. Sie schluckte mühsam. »Sie wussten, dass wir herkommen w-würden. Dann wissen sie auch, w-was Yukiko vorhat.« Sie schloss die Augen und krümmte sich zusammen. »Die Arena«, keuchte sie. »Der Arashitora. Du m-musst ihr helfen!«

Masaru küsste ihre Hand und benetzte seine Lippen mit ihrem Blut. Er wollte sie nicht loslassen. Kasumi drückte ihre Handfläche gegen seine Wange. Ein dünnes Rinnsal Blut lief ihr aus dem Mundwinkel.

»Wir müssen weiter!« Michi stand in der Zellentür, von oben bis unten blutbesudelt. »Das Schiff wartet!«

Masaru wandte keinen Blick von Kasumi. »Yukiko ist in Gefahr.«

»Du kannst kaum stehen.« Michi deutete auf Akihito. »Und er kann gar nicht stehen!«

»Bring ihn zum Schiff«, sagte Masaru. »Bring Akihito hier raus.«

»Masaru, du Scheißkerl, noch mal wirst du mich nicht los!« Akihito versuchte, sich hochzuarbeiten, kam aber nicht weit. Er umklammerte sein Bein. »Das lass ich nicht zu!«

»Wenn du nicht laufen kannst, kannst du nicht kämpfen, Bruder.«

»Wenn's sein muss, krieche ich eben!«

Kasumi sah zu Akihito auf. Ihr Blick war ein wenig verschwommen. »Geh mit Michi. Das ist keine Schande.«

Akihito starrte sie an, öffnete und schloss seine Fäuste. Er warf einen flüchtigen Blick auf die Wunde in seinem Oberschenkel, auf die Blutlache, in der er kniete, dann schaute er ihr wieder in die Augen. »Es ist bloß ein Kratzer. Ich kann kämpfen!«

»Kämpf später weiter, Großer.«

Das Gesicht des Hünen zerknitterte, Tränen liefen ihm über die Wangen. »Kasumi …«

Sie lächelte zu ihm auf, die blassen Lippen mit Blut verschmiert. »Vergiss mich nicht, Bruder.«

Stumm kniete Akihito neben ihr, hielt den Atem an und biss die Zähne zusammen: Er wollte das Schluchzen in seiner Kehle festhalten. Schließlich beugte er sich über sie und küsste sie auf die Stirn. Michi trat zu ihm und hielt ihm ihre blutige Hand hin. Mit ihrer Hilfe rappelte sich der Hüne auf. Er schlang einen Arm um die Schultern des Mädchens, blickte auf Masaru und Kasumi hinab und schloss dann die Augen, als versuche er, sich die Erinnerung einzubrennen. Mit hängendem Kopf wandte er sich ab.

Michi warf den beiden Liebenden einen langen, traurigen Blick zu. Akihitos Gewicht machte ihr zu schaffen, aber sie setzte sich taumelnd in Bewegung, und gemeinsam schwankten sie den Gang hinunter. Sobald sie an der trüben Lampe vorbei waren, wurden sie zu Schatten in der Dunkelheit. Die Abdrücke ihrer Schuhe schimmerten feucht hinter ihnen auf dem Steinboden.

Masaru wandte sich wieder Kasumi zu. Nun hielt er ihre Hände. »Meine wunderschöne Herrin«, flüsterte er.

Er erinnerte sich daran, wie es gewesen war, sie zu küssen, in den Armen zu halten, an die wunderbaren, verzweifelten Nächte, die sie unter den verblassenden Sternen miteinander verbracht hatten. Wie blind er gewesen war! Warum hatte er sie nicht geliebt, wie sie es verdiente? Er hätte erkennen müssen, dass er nicht nur sich selbst, sondern auch sie bestraft hatte.

Ich hätte dich heiraten sollen, Liebste.

»Ich …« Er räusperte sich. »Ich hätte …«

»Ja.« Sie lächelte schwach. »Aber ich wusste es auch so, Masaru. Ich wusste es.«

Sie atmete aus. Mit jedem Atemzug kam sie jenem bodenlosen, farblosen Abgrund näher.

»Du wirst mir f-fehlen.« Ihre Augen schlossen sich. »Ich liebe dich.«

Er umklammerte ihre Hände, als könne er sie festhalten. Ihr Gesicht konnte er durch seine Tränen nicht mehr sehen, konnte sie nur spüren, riechen, ihrem Atem lauschen, der immer flacher und schwächer wurde und schließlich ganz verebbte.

»O bitte, warte noch!«, flüsterte er.

Aber das tat sie nicht.

Der Donnertiger brüllte und zerrte an seiner Kette. Yoritomo blickte sich gehetzt um und sah, wie der Gildenmann eine blaue Flamme an seinem Handgelenk entzündete und sich daran machte, die Schelle am Hals des Arashitora aufzuschneiden. Gleich würde er frei sein und ihm auf diesen verfluchten Räderwerk-Schwingen folgen.

Die Gilde hatte ihn betrogen. Den Auserwählten Hachimans!

Er stürzte in die brütende Hitze hinaus und floh über den kopfsteingepflasterten Vorplatz der Arena in die Gassen und Durchgänge, die sich um den Marktplatz herumschlängelten.

Er rief nach seinen Wachen, nach irgendjemandem, doch seine Schreie verhallten ungehört in den leeren Straßen. Nirgends war auch nur eine Menschenseele zu sehen. Der erstickende Wind trug Musik und Gelächter heran. Die Himmelsturmreihe! Die Festlichkeiten unter den Ankertürmen! Er hielt darauf zu, riss sich den Umhang von den Schultern und warf ihn hinter sich. Die Angst hatte ihn fest im Griff. Er konnte nicht innehalten, um nachzudenken, der Fluchtinstinkt war übermächtig. Adrenalin flutete seine Adern. Im Norden donnerte es.

Das ist die Bestie! Sie ist hinter mir!

Wieder schrie er um Hilfe, stolperte über den Abfall im Rinnstein und taumelte auf den Marktplatz hinaus. Er keuchte, und in Erwartung heftiger Schmerzen verkrampften sich seine Muskeln. Bei der Vorstellung, von den schrecklichen Klauen des Ungeheuers aufgespießt und zerrissen zu werden, verwandelte sich sein Magen in Wasser. Hinter ihm erklang erneut das furchtbare Gebrüll: der Auftakt zu Yoritomos blutigem Tod.

Eine größere Gruppe Feiernder verschluckte sich an ihrem Zechlied, als der neunte Shōgun der Kazumitsu-Dynastie in seiner goldenen Rüstung auf sie zugestürmt kam. Die Leute erbleichten, als er sich zwischen ihnen hindurchdrängte und sie rücksichtslos beiseitestieß. Beinahe wäre er die Stufen hinuntergefallen, die zu den Brandsteinen führten. Die schwarzen Säulen ragten über ihm auf und warfen lange Schatten. Ein Kind rief etwas, und einige der betrunkenen Männer fielen auf die Knie. Dem ungewaschenen Pöbel war eingebläut worden, dass sie ihm zu huldigen hatten.

Aber warum fliehen sie nicht? Haben sie keine Angst vor der Bestie?

Yoritomo riskierte einen Blick, die Augen weit aufgerissen. Hinter sich sah er nur das Mädchen. Der blutüberströmte

Donnertiger, der seine Männer in Stücke gerissen hatte, jene Maschine, die nur aus Schnabel, Klauen und Blitzen bestand, war nicht da. Er war so überzeugt davon gewesen, dass sie ihn verfolgte! Aber da war nur das Mädchen, das schwache kleine Mädchen mit dem blutigen Messerchen.

Schlitternd kam er in der Grube zum Stehen, Asche wirbelte um seine Knöchel auf. Seine Hand schloss sich um den Griff des Eisenwerfers in seinem Obi. Er zog die Waffe aus dem Holster. Das Mädchen lief auf ihn zu und knurrte, das Tantō fest umklammert. Seine Augen waren die eines Dämons, sie glühten vor Hass.

Es schien endlos zu dauern, den Eisenwerfer zu heben. Der Lauf blitzte auf, hell wie eine zweite Sonne. Wie ein Donnerschlag hallte der Knall durch die Grube. Eine Kugel prallte vor Yukikos Füßen vom Steinboden ab.

Das Mädchen erstarrte.

Masaru machte gerade lange genug Halt, um sich den Hakama eines gefallenen Bushimanns umzubinden, eine blutbespritzte Schutzbrille vom Boden aufzuklauben und ein Kodachi aus einer zuckenden, halb abgenagten Hand zu ziehen. Dann rannte er durch feuchte, dunkle Gänge, nahm auf den Steintreppen drei Stufen auf einmal, lief an den offenen Zellen und Michis Opfern vorbei, die zusammengesunken in bleichen Lichtkegeln lagen. Vor den offenen Toren wartete gleißend helles Sonnenlicht. Er hob eine Hand, um sich die Augen abzuschirmen, mit der anderen schnallte er sich die Schutzbrille um. Die dicken, gerinnenden Blutstropfen außen auf den Gläsern wischte er notdürftig ab. Zur Arena!

Betrunkene kamen ihm entgegen, nahmen jedoch Reißaus, sobald sie des halb nackten, blutüberströmten Irrsinnigen mit dem Schwert gewahr wurden. Sein verfilztes graues Haar flatterte hinter ihm her, die Hände hatte er zu Fäusten geballt, und seine blutigen Füße trommelten über gesprungenes Kopfsteinpflaster. Masaru rannte, so schnell sein geschundener Körper es ihm erlaubte: durch das Labyrinth verwinkelter Gassen am Kapitelhaus vorbei, über eine breite Steinbrücke, nach Osten auf die Arena zu. Sein Atem rasselte. Salz brannte in seinen Augen, zerbrochenes Glas und Steinsplitter zerschnitten ihm die Füße. Aber der Schmerz war bedeutungslos. Der Gedanke, dass seine Tochter allein kämpfte, allein fiel, war unerträglich; die Angst, das Letzte zu verlieren, was ihm auf dieser Welt etwas bedeutete.

Also rannte er, während sich ihm das Herz überschlug, und keuchte durch zusammengebissene Zähne. Er war schweißgebadet. Die Arenawände überragten die spitzen Dächer und baufälligen, eingesunkenen Gebäude des Hafenviertels; er hielt darauf zu und umklammerte dabei den Griff des Kodachi, als sei seine Hand ein Schraubstock. Alles um ihn her verschwamm, so schnell rannte er; er glaubte beinahe, er könne fliegen. Er packte ein Fallrohr und schwang sich daran um eine Straßenecke. Ein paar Meter weiter kam er taumelnd zum Stehen: Er hatte etwas gehört.

Ein Krachen wie ein Donnerschlag, aber zu nah. Nicht laut genug für eine Drachenkanone, aber lauter als ein Feuerrad. Das Geräusch eines Querschlägers, der von splitterndem Stein abprallte.

Masaru kannte nur einen Mann, der einen Eisenwerfer bei sich trug.

Er legte den Kopf schief, runzelte die Stirn und lauschte dem Knall nach, der durch die Gassen hallte. Gehetzt sah er sich um, schaute zur Sonne auf, versuchte verzweifelt, sich zu orientieren. Dann fluchte er, sandte Kitsune ein Stoßgebet und stürzte wieder los – in die Richtung, von der er *glaubte*, dass es die richtige war. Er hoffte, Fuchs würde noch ein letztes Mal für ihn sorgen.

Die Distanz hatte die Verbindung zwischen ihnen geschwächt, doch Yukikos Angst vor dem Eisenwerfer drang durch Buruus Blutrausch und überlagerte ihn. Allein zwischen den Brandsteinen blickte sie durch Buruus Augen und sah Kin, der sich verzweifelt abmühte, die dicke Eisenschelle zu durchtrennen. In seiner ohnmächtigen Wut war der Arashitora wie von Sinnen.

Tropfen für Tropfen schmolz das eiserne Halsband.

Der König der Plünderer grinste, als die Mordlust in ihr verebbte. Den hässlichen kurzen Lauf seiner Waffe hielt er auf ihren Kopf gerichtet. Die Augen über dem eisernen Visier glitzerten.

YUKIKO!

Buruu …

WARTE AUF MICH!

Ein Schweißtropfen rann ihr übers Gesicht, sie schmeckte Salz auf der Zunge. Die Verfolgungsjagd hatte ihr den Atem geraubt, das Herz hämmerte ihr in der Brust. Feine Haarsträhnen klebten ihr im Gesicht. Yoritomo zog sich auf die andere Seite des Richtplatzes zurück, die Augen verengt: Der Wind trug Staub und Lotusasche von der Prachtstraße heran und wirbelte wolkig um die schwarz verkohlten Säulen. Er hatte zu viel Abstand zwischen sie gebracht, als dass sie ihn noch mit dem Tantō hätte angreifen können. Er würde sie erschießen, ehe sie nah genug herangekommen war. Er lächelte kalt, den Finger am Abzug. Der Lauf war ein bodenloser schwarzer Abgrund.

»Endlich begreifst du, was du bist«, sagte Yoritomo. »Ein jämmerliches kleines Mädchen. Ein Nichts!«

Um die Ränder des vertieften Richtplatzes hatte sich eine Menge versammelt: Mit weit aufgerissenen Augen schauten die Leute zu ihnen herunter. Ein kleiner Junge in einer festlichen Uwagi, der einen leuchtend roten Ballon festhielt, erkannte Yukiko, schrie auf und zeigte mit dem Finger auf sie.

»Arashi no ko!«

Der Ruf pflanzte sich über den Marktplatz fort, als er von zahllosen Stimmen wiederholt wurde. Der Name breitete sich aus wie Wellen auf einem stillen See. Yukiko hörte schwere Schritte über Kopfsteinpflaster marschieren und blickte sich um. Eine Vielzahl Soldaten eilte vom Hafen her über die Prachtstraße auf sie zu, eiserne Samurai und Bushimänner, Kettensägenkatanas und Naginata blankgezogen, alarmierte Schreie auf den Lippen. Es waren Dutzende. Selbst für Buruu zu viele.

Bald würden sie bei ihnen sein.

Sie wandte sich wieder Yoritomo zu, die Hände schweißnass, der Griff des Tantō glitschig. Der gefaltete Stahl glänzte im trüben Sonnenlicht. Sie hatte die Klinge im Blut der Oni gebadet, hatte damit Dämonen aus der tiefsten Hölle aufgeschlitzt. Aber jetzt kam ihr das Messer winzig vor, ein zerbrechlicher Splitter aus Metall, viel zu kurz und viel zu klein.

Er ist zu weit weg. Ich komme nicht an ihn heran.

WARTE AUF MICH!

Auch Yoritomo sah seine Männer näherkommen. Er lächelte: Es war vorbei. Das Mädchen hatte seine Zugfolge gespielt, hatte alles riskiert und verloren. Der König stand noch. Es war keine Kunst, sie schachmatt zu setzen.

»Dein Vater ist tot.« Ein träges Lächeln. Hungrig. »Er, seine Hure und dieser dumme Fushichō-Tölpel. Meine Soldaten haben sie noch im Gefängnis abgeschlachtet. Ein Jammer ... Ich hätte sie gern noch foltern lassen. Wie's aussieht, werde ich mit dir vorliebnehmen müssen.«

Yukiko verkrampfte sich das Herz in der Brust, bittere Tränen schossen ihr in die Augen. Ihr Vater. Akihito und Kasumi. Also war alles umsonst gewesen. Sie würde ihre Familie nie wiedersehen. Der Schmerz und die Wut waren beinahe unerträglich.

Was kann mir dieser Mann denn noch alles nehmen?

Sie schaute zu den Wachen zurück und erinnerte sich an das kleine Bambustal, in dem sie aufgewachsen war, an ihren Vater und ihre Mutter, wie sie nebeneinander an der Feuerstelle gesessen hatten. An ihren Bruder und den alten Hund Buruu. Die wenigen glücklichen Sommertage, ehe jene Zeit unwiderruflich zu Ende gegangen war.

In der Finsternis ihrer Verzweiflung glomm ein heller Funke auf.

Der Wolf! Der struppige, hungrige Wolf fiel ihr wieder ein, der eisige Schnee. Der flammende Zorn, den ihr Bruder und sie empfunden hatten, als das wilde Tier dem alten Jagdhund die Kehle aufgerissen hatte. Sie hatten sein Leben mit ihrem Hass ausgelöscht. Und Satoru … Als er gestorben war, hatte er sie in seinen Geist hineingezogen.

Ich komme nicht an ihn heran. Sie starrte Yoritomo über den Richtplatz hinweg an. *Aber ich muss ihn nicht anfassen, um ihm wehzutun.*

Sie tastete nach ihm, ohne die Hände zu heben; streckte ihre Sinne aus, so weit sie konnte; hörte die Worte ihres Vaters.

Manchmal muss man ein Opfer für etwas bringen, das wichtiger ist als man selbst. Das hier ist wichtig.

NEIN! WARTE AUF MICH!

Ein pulsierender Schmerz nistete sich in ihren Schläfen ein, ihre Augen verengten sich zu papierdünnen Schlitzen.

ICH KOMME!

Die Bushimänner waren nahe. Sie hatten Armbrüste und Nadelwerfer. Naginata und Nagamaki. Buruu hatte keine Chance gegen sie.

Es sind zu viele.

WARTE AUF MICH!

Hilf mir hierbei, Buruu.

WARTE!

»Umbringen werde ich dich, kleines Mädchen«, höhnte Yoritomo. »Wie schon deine Mutter, die Hure!«

Yukiko sah zu dem kleinen Jungen mit dem roten Luftballon auf. Angst und Bewunderung leuchteten hell in den Augen des Kindes.

»Ihr werdet schon sehen, was ein kleines Mädchen tun kann«, sagte sie.

Yoritomo runzelte die Stirn, als ihr Blut aus der Nase zu laufen begann. Tiefrot rann es ihr über die Lippen, wo es sich mit ihrem Schweiß vermischte. Sie spürte den Shōgun auf der anderen Seite des Richtplatzes, griff nach ihm und schloss die Hände um seinen Geist. Irgendwo in der Ferne rief jemand ihren Namen.

Das ist unsere Chance. Hilf mir, Bruder.

»Was machst du …«

Er keuchte, die Augen geweitet, der Mund stand ihm offen. Dann stöhnte er, als der Schmerz in seinem Schädel anschwoll und mit blutigen Fingern in seinen Gehirnwindungen wühlte.

Sein Geist war schlüpfrig, fremdartig, ganz anders als der eines Tieres. Yukiko spürte, wie er ihr entglitt; er war wie eine Schlange, die sich zwischen ihren Fingern wand. Ihr Zorn reichte nicht, um ihn zu halten. Doch dann war mit einem Mal jemand bei ihr, in ihrem Geist, und sein Zorn verschmolz mit ihrem. Eine vertraute Wärme, eine Stärke, als höbe jemand sie auf und setzte sie auf seine Schultern, sodass sie hoch über dem Erdboden thronte und die Welt zu ihren Füßen lag. Gemeinsam verstärkten sie ihren Griff, bedienten sich ihres Hasses, ihres Zornes, packten zu und quetschten. Verwandelten Hirnsubstanz zu Brei.

Yoritomo taumelte. Ein Gurgeln drang aus seiner Kehle. Blut lief ihm aus den Augen, er schlug sich mit einer Faust gegen die Schläfe. Das Weiße seiner Augen hatte sich dunkelrot verfärbt. Der Eisenwerfer in seiner Hand zitterte. Er blinzelte. Keuchte. Drückte ab.

Ein Blitz. Ein donnernder Knall. Jemand schrie ihren Namen. Ein harter Stoß in ihren Rücken. Ein metallener Windstoß pfiff an ihrer Wange vorbei, so nah, dass sie Hitze spüren konnte. Sie fiel. Schwerelos.

Der kleine Junge schrie vor Entsetzen.

Der Shōgun stürzte zu Boden. Blut strömte ihm aus Ohren, Nase und Augen. Sein Leib krampfte sich zusammen, das Rückgrat überstreckte sich, die Fersen trommelten auf den Richtplatz. Er reckte seine zu Klauen verkrümmten Hände in den Himmel, die blutigen Zähne gebleckt. Sie verschränkten die Finger miteinander und machten weiter, würgten, bis nichts mehr übrig war, nur Finsternis und ein Wimmern, als der neunte Shōgun der Kazumitsu-Dynastie sich zusammenkrümmte und auf den aschebedeckten Steinen verendete.

Blinzelnd und keuchend kam sie wieder zu Sinnen. Die Präsenz in ihrem Geist entzog sich ihr wie das Meer bei Ebbe und ließ sie hohl und leer zurück. Sie tastete nach Buruu, spürte, wie er näherkam – aber er war immer noch zu weit fort.

Aber wer …

Sie lag in einer Blutlache, Blut klebte an ihren aufgeschürften Händen und Knien. Es roch nach einer abgefeuerten Eisenkugel. Jemand hatte sie weggestoßen. Aus dem Weg. Jemand …

Sie wandte sich um und sah ihn zuckend auf dem Boden liegen. Blut strömte ihm aus dem Mund und aus dem Loch in seiner Kehle.

Nein!

Sie kroch zu ihm, und ein Schrei entwand sich ihrer Brust und hallte über den Markt.

»*Vater!*«

Am Himmel ertönte ein furchtbares Brüllen, das Heulen eines Taifuns. Die Soldaten stoben schreiend auseinander, als Buruu auf Yoritomos Leichnam landete, ihn mit seinen Klauen zerfetzte und die Steinplatten zerbrach, auf denen er gestorben war. Blitze zuckten über seine Federn, Elektrizität tanzte über die eisernen Fesseln an den Brandsteinen. Leuchtend schneeweißes Fell, kohlschwarze Streifen und darüber ein willkürliches Muster aus frischem Blut. Buruu begann, Kreise um Yukiko und Masaru zu ziehen. Die Bushimänner wichen zurück, als er noch einmal drohend kreischte.

Der Donner antwortete den Schreien der Bestie: Raijin war zufrieden.

In einer Wolke brennenden Qualms sank Kin vom Himmel herab. Aus den Düsen auf seinem Rücken schlugen blau-weiße Flammen. Die Menge wich eilig zurück, um ihm Platz zu machen. Er brüllte die Soldaten an, sich zurückzuziehen, und landete neben dem Arashitora. Seine Messingstiefel knirschten auf Stein. Als er das Mädchen über ihrem blutenden Vater kauern sah, trat ein gequälter, mitfühlender Blick in seine Augen. Yukiko schaute zu ihm auf. Ihre Wangen waren tränennass und bleich vor Kummer.

»Kin.« Sie konnte kaum sprechen. »Hilfst du mir mit ihm?«

Gemeinsam hoben sie Masaru auf den Rücken des Donnertigers. Blut lief ihm aus dem Mund, tropfte auf die Steine, lief über die Haut des Gildenmannes. Als sich Yukiko hinter ihm auf den Rücken des Donnertigers schwang, ging ein Murmeln durch die Menge.

Flieg, Buruu! Flieg!

Ein kollektiver Aufschrei erklang, als die Bestie mit dem Mädchen auf dem Rücken in die Luft sprang. Die Leute warfen die Köpfe zurück und staunten, mit einer Geschichte gesegnet, die sie noch ihren Kindeskindern würden erzählen können.

»Sturmtänzerin!«, flüsterte einer.

Buruu schraubte sich höher und höher, und die Stadt unter ihnen wurde immer kleiner. Die Gebäude schrumpften zu Spielzeugen, die Menschen zu Ameisen: dunkle Punkte, die sich um die schwarzen Säulen auf dem Richtplatz und eine winzige Lache Blut versammelt hatten und in den Himmel starrten. Im Süden erstreckte sich der tiefrote Ozean. Der Wind liebkoste sie, er hieß sie willkommen.

Yukiko hielt ihren Vater und wiegte ihn in ihren Armen. Ihre Hände waren nass; dunkle, heiße Fluten ergossen sich aus der Halswunde, die sie zuzuhalten versuchte.

»Vater«, flüsterte sie. »Bitte, bitte nicht.«

Verzweifelt drückte sie ihn an sich, Tränen und Blut verschmierten ihr die Wangen. Die Schluchzer schüttelten sie. Masaru öffnete den Mund, brachte aber kein Wort heraus. Blut schäumte auf seinen Lippen. Er schob eine zitternde Hand zwischen die Federn des Arashitora, drückte die Finger gegen seine Haut, tastete in der zunehmenden Kälte nach seiner Wärme, nach seinem Lebensfunken, um die Finsternis zurückzudrängen.

Buruu warf den Kopf zurück und verengte die Augen.

ICH KANN DICH SPÜREN, ALTER MANN. WIE DU IN MEINEM GEIST HERUMSTOCHERST.

Ja.

DU HAST MEINE FLÜGEL BESCHNITTEN. HAST SIE MIR WEGGENOMMEN.

Das bedauere ich sehr.

WAS WILLST DU?

Ich muss ihr etwas sagen. Aber die Wunde …

UND WESHALB SOLLTE ICH DIR HELFEN? NACH ALLEM, WAS DU MIR ANGETAN HAST?

Weil du sie auch liebst.

Der Himmel war rot wie Blut. Im Norden, wo sich die Sturmwolken zusammenballten, verdunkelte er sich zu einem bedrohlichen Schwarz. Sie flogen auf den Sturm zu: die mächtige Bestie, der sterbende Mann und das weinende Mädchen. Langsam nickte der Arashitora. Er schloss die Augen, packte die verblassenden Gedanken des Mannes und trug sie über den weiten, leeren Abgrund zu dem wartenden Geist des Mädchens.

YUKIKO.

Vater? Wie ist das möglich?

DU HAST DIE GABE VON MIR GEERBT, TOCHTER.

Du hast mir geholfen. Ich hab dich gespürt.

BIST DU IN SICHERHEIT? IST ES VORBEI?

Wir sind in Sicherheit, kannst du es nicht sehen? Wir fliegen, Vater. Wir fliegen.

ICH … ICH KANN DEN KOPF NICHT HEBEN.

Sie drückte seine Hand und blinzelte die Tränen fort.

Dann sieh durch unsere Augen.

Seine Wimpern flatterten gegen seine blutigen Wangen. Die Insel breitete sich unter ihnen aus, braune und grüne Streifen, ein wogender Ozean roter Blüten. In der Ferne erhob sich das Gebirge, die dunklen Schatten der Iishis, die sich in wabernden Nebel hüllten. Sie sahen die Blitze und spürten den Wind in ihren Federn. Sie rochen Ozon, hörten den Donner. Der Sturm rief sie heim.

ICH SEHE ES, ICHIGO.

Von hier oben ist alles so wunderschön.

DAS IST ES.

Blut tropfte von seinen Fingerspitzen. Es fiel vom Himmel wie sanfter, warmer Sommerregen. Das Lied des Donners schwoll um sie herum an. Er dachte an Naomi, die an der Feuerstelle sang, Satoru an ihrer Seite. Er dachte an Kasumi, die durch hohes Gras schlich. Der Wind spielte in ihrem Haar. Er zeigte ihr die Bilder.

SIE WARTEN AUF MICH.

Nein!

ICH LIEBE DICH, YUKIKO.

Nein. Wage es nicht, dich von mir zu verabschieden!

Sie schüttelte den Kopf, drängte die Finsternis zurück und erhellte seinen Geist mit sturem, warmem Licht. Sie schrie ihren Kummer hinaus, und Buruu fiel ein. Gemeinsam brüllten sie, trotzig, als könnten sie dem Tod Angst einjagen, ihn in die Flucht schlagen.

Bleib bei uns!

ICH KANN NICHT.

Verlass uns nicht!

LASS MICH GEHEN.

Nein. Wenn du stirbst, war alles umsonst!

DANN SORG DAFÜR, DASS ES NICHT UMSONST WAR.

Masaru schloss die Augen. Er spürte den Wind in seinem Gesicht. Das geschändete Land zog unter ihnen dahin. Ein letzter Donnerschlag verklang. Dann war es still.

Er lächelte.

SONDERN EIN OPFER FÜR ETWAS WICHTIGERES.

EPILOG

Sumiko betete.

Der Trauerzug aus Bettelmönchen kam die Prachtstraße heruntergeschritten. Die Männer waren in Totenweiß gekleidet und schritten mit gesenkten geschorenen Häuptern dahin. Sie trugen Gedenkkerzen vor sich her: Die Flammen flackerten in der Dämmerung. Träge erhob sich die Sonne über den schwarzen Wassern der Bucht.

Neunundvierzig Tage war es her, dass der Seii Taishōgun gestorben war. Neunundvierzig Nächte lang hatte er sich vor König Enma verantworten müssen; nun beteten neunundvierzig Mönche für seine Wiedergeburt. Der Überlieferung nach traten Totenseelen in der Stunde des Phönix wieder in den ewigen Kreislauf ein, wenn das erste Tageslicht die Dunkelheit der Nacht vertrieb. Und so marschierten sie auf den Sonnenaufgang zu. Trommeln schlugen einen monotonen Rhythmus, Weihrauch hing in der Luft, und sie sangen Klagelieder, als würde es irgendeinen Unterschied machen. An den Rändern der Prachtstraße hatte sich eine Menschenmenge versammelt, um sich die Prozession anzuschauen. Sumiko war bloß ein Bettlermädchen unter vielen. Die Zuschauer wisperten ihre eigenen Gebete, ließen sich nicht ansehen, was sie dachten, und fragten sich stumm, was nun werden würde.

Der Krieg mit den Gaijin war vergessen; die Zaibatsu rüsteten sich, um gegeneinander zu Felde zu ziehen. Tiger, Phönix, Drache und Fuchs, alle erhoben sie Anspruch auf Shimas verwaisten Thron. In den Kapitelhäusern summte es wie in Hornissennestern, die von ihren Ästen geschlagen worden waren. Die Gildenmänner mahnten zur Besonnenheit, doch längst wurden ihre Erfindungen überall in Stellung gebracht. Zwischen den Heeren lagen weite, rauchende Aschefelder.

Gefährliche Gedanken hatten sich in Sumikos Kopf eingenistet und ließen ihr keine Ruhe mehr: *Es muss einen besseren Weg geben!*

An den Wochenenden versammelten ihre Freunde und sie sich um Mitternacht um den Schallapparat des Armenhauses, lauschten dem Piratensender und fragten sich, ob es wahr sein konnte, was sie da hörten. Eine knisternde, metallische Stimme sprach davon, wie abhängig sie vom Chi geworden waren – und von denjenigen, die es herstellten. Die Gilde, hatte die Stimme gesagt, ermorde Kriegsgefangene und verarbeite sie zu Inochi. Der Kraftstoff, der dem Inselreich Shima zu seiner Macht und Großartigkeit verholfen hatte, sei vom Blut Unschuldiger durchtränkt.

Zwar tat das Kommunikationsministerium die Behauptung ab, aber es ließ sich schwer darüber hinwegsehen, wie rasch der Nachschub an Inochi ausgeblieben war, nachdem Shimas Heere sich von den Fronten zurückgezogen hatten. Wie der Preis für den Dünger in die Höhe geschnellt war, kaum dass die Sklavenschiffer arbeitslos und hungrig heimgekehrt waren.

Kann das wahr sein? Waren wir wirklich so blind?

Die Leute redeten. Viele saßen nachts vor den Schallapparaten. Und sie alle raunten einander dieselbe Frage zu, wieder und wieder: Gründete das Inselreich auf einem Berg aus Knochen?

Nach der Sendung über den Dünger hatte es Aufstände gegeben, die rasch und brutal niedergeschlagen worden waren. Jetzt herrschte ein brüchiger Frieden in den Hauptstädten der Clans. Es kam Sumiko vor, als knirsche immerzu zerbrochenes Glas unter ihren Füßen. Die Gewalt war aufgeschoben, bis die offizielle Trauerzeit zu Ende war. Neunundvierzig Tage zersplitterter, scharfkantiger Ruhe. Neunundvierzig Tage Warten. Dann würde ihnen irgendjemand sagen, wer sie nun regieren würde, da den letzten Sohn der Kazumitsu-Dynastie der Tod ereilt hatte.

Sumiko hielt den Blick gesenkt, ihre Lippen bewegten sich in stummem Gebet. Allerdings betete sie nicht für Yoritomo, Seii Taishōgun des Inselreiches, sondern für die Menschen, die er ermordet hatte. Für die Frauen, die Kinder, die Alten und die Schwachen. Für die Kriegsgefangenen, die ins Kapitelhaus geschleppt worden waren, um dort zu sterben, verängstigt und allein, weit weg von zu Hause. Für die gefallenen Soldaten, die belogen und in einen Krieg geschickt worden waren, der einzig geführt wurde, damit die Kraftstofftanks niemals leer wurden. Für die verhungernden Bettler. Für die zum Schweigen gebrachten Dissidenten. Selbst für den Schwarzen Fuchs Shimas. Für all die Seelen, die Opfer von Gier, Anmaßung und Wahnsinn geworden waren.

Sicher war sie nicht die Einzige, die so dachte.

Zuerst war es kaum der Rede wert gewesen: Nur ein paar vereinzelte Ahnentäfelchen, die an der Stelle gefunden worden waren, wo der Schwarze Fuchs gestorben war. Niemand wusste, wer sie aufgestellt hatte. Doch dann waren mehr hinzugekommen. Plötzlich waren es zehn gewesen, dann einhundert.

Anfänglich hatten die Wachen noch versucht, die Täfelchen und die Papierblumen fortzuschaffen, die sich zu Ehren der Toten um die Brandsteine sammelten, aber bald waren Tausende Ihai über den ganzen Marktplatz verteilt gewesen. Eine stumme Schuldzuweisung. Ein Friedhof für die zahllosen Toten, die nie begraben worden waren.

Sumiko hatte selbst ein Täfelchen angefertigt: ein einfaches Steintäfelchen, in das sie den Namen ihrer Mutter eingeritzt hatte. Die Kanji waren so schwarz gewesen wie das Blut, das sie zum Schluss gehustet hatte.

Ein Schrei stieg aus der Menge auf. Andere Stimmen fielen ein, Finger zeigten zum Himmel. Ein einziges Wort, das durch die Menge lief wie eine brechende Welle. Staunen. Ehrfurcht. Sumiko schaute auf, und das Gebet erstarb auf ihren Lippen.

»Arashitora!«

Eine majestätische Silhouette vor dem heller werdenden blutroten Himmel. Er kam aus dem Norden, glitt über die schreiende Menge hinweg und flog die Prachtstraße hinauf. Chaos brach aus, die ernsten Mönche und die Zuschauer gerieten in heftige Bewegung. Tausende Menschen rannten los, dem Arashitora hinterher.

Sumiko spähte durch ihre Schutzbrille ins schmutzige Morgenlicht und hob eine Hand, um ihre Augen abzuschirmen.

»Götter!«, flüsterte sie.

Auf dem Rücken des Donnertigers saß jemand.

Er kreiste über den Brandsteinen und stieß heisere Schreie aus. Sein Flügelschlag klang wie der Donner selbst. Er hatte die Farbe sauberen Schnees, eine kohlschwarze Zeichnung, und über seine Schwingen zuckten Blitze. Die Augen funkelten, die schrecklichen Klauen waren gebogen, der Schnabel hatte einen stolzen Zug.

Sumiko hatte in ihrem ganzen Leben noch nichts Schöneres gesehen.

Ein metallenes Skelett lag über seinen Schwingen; Federn aus hartem, blutbespritztem Segeltuch waren daran befestigt. Die Bestie sank in einer Spirale tiefer und landete auf dem Kopfsteinpflaster. Die Menschen sammelten sich in einem weiten Kreis um sie. Die wenigen Tora-Wachen sahen furchtsam zu, die Hände schlaff an ihren Naginata.

Sumiko erkannte die Reiterin. Langes Haar, dunkle Augen, blasse Haut. Ganz in Trauerschwarz gekleidet. Das war das Mädchen, über das in den Tavernen auf der Schattenseite der Stadt Kabuki-Stücke aufgeführt wurden. Das Mädchen, das die Straßenkinder imitierten, wenn sie durch die Gassen rannten, mit den Armen schlugen und zum Himmel aufschrien. Das Mädchen, das ihr einmal, im Schatten der Himmelsschiffe, einen vollen Geldbeutel und ein trauriges Lächeln geschenkt hatte.

Arashi no odoriko, Sturmtänzerin. Bezwingerin des Yoritomo no Miya.

Sie stieg vom Rücken des Donnertigers und legte einen Kranz aus frischen Wildblumen auf den Boden. Ein Regenbogen aus Farben; der Duft von Jasmin, Margeriten, Azaleen und Wisteria durchdrang den schwarzen Gestank nach Chi. Behutsam stellte sie ein Ihai aus dunklem Stein zwischen die anderen. Ein einziges Wort war tief hineingegraben.

Vater.

Sie senkte den Kopf, und ihre Lippen bewegten sich, als würde sie beten. Sie trug eine kurzärmelige Uwagi, und Sumiko sah, dass ihr linker Arm schrecklich vernarbt war: Die Haut um ihre Schulter herum war frisch verbrannt. Auf dem Rücken trug sie ein altmodisches Katana in einer schwarz lackierten Scheide.

Endlich hob sie den Blick. Ihr Gesicht war grimmig, eine bleiche Maske aus kaltem Stein.

»Menschen Kigens«, rief sie. »Hört mich an!«

Von der Bucht kam der giftige Wind herangepfiffen, wehte den Gestank von Verwesung und Lotusasche herbei, verklebte ihnen die Kehlen, drang ihnen in die Poren. Die Stimme des Mädchens erhob sich darüber.

»Neunundvierzig Tage lang haben wir unsere Toten beklagt – die wir geliebt und die uns geliebt haben.« Sie schluckte. »Aber die Zeit des Trauerns ist vorbei.

Zu lange haben wir bequem von der Maschine gelebt, die unser Land antreibt. Jetzt sehen wir, wie hoch der Preis für den Kraftstoff ist, nach dem sie hungert. Rot wie Blut sprudelt das Öl, und unsere Häuser errichten wir auf den Ruinen der Häuser anderer Menschen. Und die Maschine, die wir einst steuerten, steuert nun uns.

Die einen werden euch sagen: Blutet für uns! Sie wollen ihre Fahnen dort aufpflanzen, wo gerade noch die Fahne eines anderen Mannes wehte. Andere werden sagen: Entzündet ein Feuer! Ein Feuer, das endlose Felder in Asche verwandelt und jene fünfseitigen Sklavengruben verzehrt. Wieder andere werden euch raten, gar nichts zu tun: Demütig die Köpfe senken sollt ihr, die Schultern beugen und dankbar annehmen, was die Maschine euch zuteilt. Sie sind überzeugt, dass ihr gehorchen werdet, denn sie haben keine Angst vor euch. Doch das sollten sie! Die wenigen sollten die vielen fürchten.«

Sie streckte den linken Arm aus und zeigte ihnen die furchtbaren Narben, wo einst ein Irezumi gewesen sein musste.

»Erst wenn die Motoren, die unser Land und unseren Himmel vergiften, rostend in der Erde liegen, werden wir frei sein. Frei, unser Schicksal selbst zu bestimmen. Ein Schicksal, das uns nicht zwingt, uns oder unsere Welt zu vernichten. Wie es aussehen wird, weiß ich nicht. Aber ich weiß, dass es besser sein wird als das, was uns erwartet. Und dass es noch nicht zu spät ist.«

Sie wandte sich ab und schwang sich auf den Rücken des wartenden Donnertigers. Er öffnete den Schnabel und kreischte. Dann entfaltete er die Flügel mit einem machtvollen Rauschen.

»Jeder von euch muss entscheiden, wo er steht, wo sie steht!«, rief sie. »Wir bitten euch nur um eins: Kniet nicht nieder! Ihr seid das Volk. Ihr habt die Macht. Öffnet eure Augen. Öffnet eure Ohren. Und dann ballt eure Fäuste.«

Der Arashitora sprang in die Luft, Blitze zuckten über seine Federn. Höher und höher stieg er in den roten Himmel, das Schlagen der Flügel so laut wie der Sturm, der kommen würde. Und mit einem wilden Schrei drehten der Donnertiger und die Sturmtänzerin nach Norden ab, um Feuer, Rauch und das Versprechen einer neuen Zeit zu bringen.

Sumiko sah ihnen nach. Der Duft der frischen Blumen stieg ihr in die Nase.

Sie sah sich unter den versammelten Menschen um, den Jungen und Alten, Männern, Frauen und Kindern, die dem Arashitora und der Sturmtänzerin staunend hinterherblickten.

Sie nickte.

Und dann ballte sie die Hand zur Faust und reckte sie hoch in die giftige Luft.

DANKSAGUNGEN

Jay Kristoff möchte seinen tief empfundenen Dank den folgenden wunderbaren Menschen aussprechen:

Meiner brillanten und wunderschönen Frau Amanda dafür, meine Erst- und Zweitleserin und meine härteste Kritikerin zu sein. Vor allem aber dafür, mir diesen absurden kleinen Traum nachzusehen.

Joe »Three-Card« Monti und Jason Yarn, für ihre freundlichen Worte und Ermunterungen während der Geburtswehen: jener endlosen Kette der Zurückweisungen.

Caitie Flum, für ihre grenzenlose Großzügigkeit und ihren klugen Rat, ohne dass sie eine Belohnung erwartet hätte.

Lindsay »LT« Ribar, die mich allem Unfug zum Trotz aus dem Schlamm gezogen hat.

Patrick Rothfuss, der kostbare Zeit damit vergeudet hat, mit einem Fremden auf der anderen Seite der Erdkugel zu sprechen, und dabei sowohl weise als auch wahre Worte gesprochen hat.

Matt Bialer, der meine Hand gehalten, zielsicher geschossen und Eskimos Kühlschränke angedreht hat.

Pete Wolverton und Julie Crisp, die mich gezwungen haben, so lange zu polieren, bis alles geglänzt hat, und die meine Primadonna-Anfälle mit minimalem Spott erduldet haben.

Lance Hewett, Narita Misaki, Sudayama Aki, Paul Cechner und Amber Hart, die mein schreckliches Japanisch ein klein bisschen weniger schrecklich gemacht haben.

Christopher Tovo, der mir in der Gasse hinter der Cherry Bar Liebe zuteilwerden ließ.

Jimmy Orr, der Clan-Abzeichen gestaltet hat, die zweifelsohne vollkommen *orr*temberaubend sind.

Araki Miho, für Kalligrafie, die so schön ist, das man sie ein Leben lang auf der Haut tragen möchte.

Zack de la Rocha, Philip H. Anselmo, Serj Tankian, D. Randall Blythe, Mark Morton, Corey Taylor, Mike Patton, Maynard James Keenan, Billy Corgan, Chad Gray, Robb Flynn, Trent Reznor, Jerry Cantrell, Layne Stanley (†) und Peter Steele (†) für Poesie, die mich weit mehr inspiriert und gestärkt hat, als das einfache geschriebene Wort es vermocht hätte.

Meinen Mitstreitern im Absolute Write Water Cooler und meinen reizenden Bitchez in den Apocaladies.

Meiner Familie für ihre bedingungslose Liebe.

Aber allen voran euch, die ihr dieses Buch in den Händen haltet.

Auf dass sie sich eines Tages zu Fäusten ballen mögen.

GLOSSAR

ALLGEMEINE BEGRIFFE

Arashitora – wörtlich »Sturmtiger«. Ein Fabelwesen mit dem Kopf und den Schwingen eines Adlers und dem Hinterleib eines Tigers. Die Vorderläufe sind Vogelfüße. Greifen galten lange als ausgestorben. Einst waren sie die fliegenden Reittiere jener Kaste legendärer Helden des Inselreiches Shima, die als »Sturmtänzer« bekannt sind. Die Bestien werden auch »Donnertiger« genannt.

Arashi no odoriko – wörtlich eigentlich »Sturmtänzer*in*«. Legendäre Helden aus Shimas Vergangenheit, die auf Arashitora in die Schlacht ritten. Die bekanntesten Sturmtänzer waren Männer: Kitsune no Akira (der den gewaltigen Meeresdrachen Bōkyaku erschlug) und Tora no Takehiko (der sein Leben opferte, um das Teufelstor zu schließen, sodass keine weiteren Yomi-Horden nach Shima vordringen konnten).

Blutlotus – eine giftige Blütenpflanze, die von den Bewohnern des Inselreiches Shima angebaut wird. Der Blutlotus vergiftet die Erde, in der er gezogen wird, sodass dort nichts anderes mehr wachsen kann. Die Pflanze dient der Herstellung von Tees, Medikamenten, Narkotika und Bekleidungsstoffen. Die Samen der Blüte werden von der Lotusgilde verarbeitet, um »Chi« zu gewinnen, jenen Kraftstoff, der die Maschinen des Shōgunats antreibt.

Burakumin – Bürger niederer Geburt, die keinem der vier Zaibatsu angehören.

Bushidō – wörtlich »Weg des Kriegers«. Ein Verhaltenskodex, an den die Samurai gebunden sind. Die Grundsätze des Bushidō sind:

Rechtschaffenheit, Mut, Güte, Höflichkeit, Wahrhaftigkeit, Ehrbewusstsein und Treue. Das Leben eines Menschen, der sich dem Bushidō verschrieben hat, wird von der Vorbereitung auf den Tod bestimmt: Es ist für ihn das höchste Ziel, im Dienst seines Herrn zu sterben, ohne zuvor seine Ehre verloren zu haben.

Bushimann – ein gemeiner Soldat, der geschworen hat, dem Weg des Kriegers, also dem Bushidō zu folgen.

-chan – ein diminutives Suffix, das an den Namen einer Person angehängt werden kann. Es gleicht der deutschen Verniedlichungsform -chen und bringt zum Ausdruck, dass der Sprecher die angesprochene Person reizend findet. Normalerweise wird das Suffix »-chan« für Kinder und junge Frauen benutzt.

Chi – wörtlich »Blut«. Der Brennstoff, der die Maschinen des Shōgunats antreibt. Er wird aus den Samen der Blutlotuspflanze gewonnen.

Daimyō – ein mächtiger lokaler Herrscher, der einen der Zaibatsu des Inselreiches anführt. Gewöhnlich wird der Titel durch Vererbung weitergegeben.

Fushichō – wörtlich »Phönix«. 1. Einer der vier Zaibatsu des Inselreiches. Der Phönix-Clan lebt auf der Insel Yotaku (Segen) und verehrt Amaterasu, die Sonnengöttin. Traditionell stammen die begabtesten Künstler und Künstlerinnen des Inselreiches Shima aus dem Phönix-Clan. 2. Der Kami-Schutzgeist desselben Zaibatsu, eine Urgewalt, mit der die Konzepte der Erleuchtung, der Inspiration und der Kreativität assoziiert werden.

Gaijin – wörtlich »Fremder«. Eine Person, die nicht dem Inselreich entstammt. Das Shōgunat führt seit über zwanzig Jahren einen Eroberungskrieg im Gaijin-Land Morcheba.

Hadanashi – wörtlich »bei lebendigem Leib Gehäuteter«. Eine verächtliche Bezeichnung für die Bevölkerung des Inselreiches, die bei Gildenmännern beliebt ist.

Inochi – wörtlich »Leben«. Ein Düngemittel. Wird es auf Blutlotusfeldern ausgebracht, verlangsamt es die Vergiftung des Bodens durch die Pflanzen.

Irezumi – eine Tätowierung. Mit Stahl- oder Bambusnadeln wird Tinte in die Haut gestochen. Die Mitglieder aller Clans des Inselreiches tragen das Totem ihres Clans auf der rechten Schulter. Städter haben oft ein Symbol ihres Berufsstandes auf der linken Schulter. Je aufwendiger das Motiv, desto vermögender ist der Tätowierte – große, kunstvolle Motive brauchen bis zu ihrer Fertigstellung Monate, manchmal sogar Jahre und kosten Hunderte Kōka.

Kami – Geister, Naturkräfte oder universelle Wesenheiten. Das Wort kann sich auf personifizierte Gottheiten wie Izanagi oder Raijin beziehen oder auf die Elemente wie Feuer oder Wasser. Jeder Clan des Inselreiches hat einen Kami zum Beschützer, der ihm seinen Namen gibt.

Kazumitsu-Dynastie – Geschlechterabfolge der Kriegsherren, die das Inselreich regieren. Die Dynastie ist nach Kazumitsu I benannt, der eine erfolgreiche Revolte gegen die korrupte Kaiserfamilie Tenma anführte und sich selbst den Titel »Shōgun« verlieh.

Kitsune – wörtlich »Fuchs«. 1. Einer der vier Zaibatsu des Inselreiches, bekannt für die Listigkeit und das Glück seiner Mitglieder. Clan Kitsune lebt in der Nähe des verfluchten Iishi-Gebirges und verehrt den Mondgott Tsukiyomi. 2. Der Kami desselben Zaibatsu. Es heißt, er würde denen Glück bringen, die sein Zeichen tragen. Die Redensart »Kitsune sorgt für die Seinen« dient häufig dazu, unverschämtes Glück zu erklären.

Kōka – die Währung des Inselreiches Shima. Die Münzen sind flach, rechteckig und aus geflochtenen Metallbändern gefertigt: wertvollerem Eisen und weniger wertvollem Kupfer. Münzen werden oft in Stücke geschnitten, um kleinere Geschäfte zu tätigen. Diese Münzstücke werden »Späne« genannt. Zehn kupferne Kōka sind ein eisernes Kōka wert.

Lotusgilde – eine verschworene Gemeinschaft von Fanatikern. Die Lotusgilde überwacht die Produktion des Chi und die Verteilung des Inochi-Düngers im Inselreich. Zwar werden die Angehörigen allesamt als »Gildenmänner« bezeichnet, die Lotusgilde besteht jedoch aus drei Teilen: Die »Lotusmänner« sind das Fußvolk, die »Werkmeister« die Mechaniker und dic »Reinheitsbringer« bilden den religiösen Zweig.

Oni – ein Dämon der Unterwelt Yomi. Man sagt, die Göttin Izanami, verdorben vom dunklen Land der Toten, gebar die Oni. In alten Legenden heißt es, es gäbe tausendundeinen Oni. Sie sind die Verkörperung des Bösen und erfreuen sich an Blutbädern und dem Unglück der Menschen.

Rōnin – wörtlich »Wellenmann«, literarisch »umherwandernde Person«. Ein herrenloser Samurai. Entweder ist sein Lord gestorben, oder er ist in Ungnade gefallen und verstoßen worden. Rōnin werden als ehrlos angesehen; sie führen ein Leben in Schande. Ein Samurai, der zum Rōnin geworden ist, sucht sich normalerweise entweder einen neuen Herrn oder begeht Seppuku (die rituelle Selbsttötung).

Ryū – wörtlich »Drache«. 1. Einer der vier Zaibatsu des Inselreiches, dessen Mitglieder als große Entdecker und Händler bekannt sind. In alter Zeit – vor der Gründung des Reiches – waren die Ryū ein Clan der Seeräuber. Sie überfielen die Clans im Norden, plünderten und brandschatzten. Sie verehren Susanoo, den Gott der Stürme. 2. Der Kami desselben Zaibatsu, eine mächtige Geisterbestie und Naturgewalt, die mit Zerstörung, Mut und der Beherrschung des Meeres assoziiert wird.

-sama – ein Suffix, das an den Namen einer Person angehängt werden kann. Noch deutlich höflicher und respektvoller als das Suffix »-san« und in etwa vergleichbar mit »verehrte/r« im Deutschen. Es wird angehängt, wenn der Gesprächspartner einen höheren gesellschaftlichen Status hat.

Samurai – ein Angehöriger des Kriegeradels, der dem Bushidō-Verhaltenskodex verpflichtet ist. Jeder Samurai muss einem Herrn die Treue schwören – entweder dem Daimyō eines Clans oder dem Shōgun selbst. Das höchste Ziel eines Samurais ist es, ehrenvoll im Dienste seines Herrn zu sterben. Die besten und wohlhabendsten Krieger tragen chibetriebene Vollrüstungen, die »Ōyoroi« genannt werden. Daher sind sie als »eiserne Samurai« bekannt.

-san – ein Suffix, das an den Namen einer Person angehängt werden kann. Höfliche, geschlechtsneutrale Anrede unter Erwachsenen. Sie kann unter Personen verwendet werden, die einander nicht kennen oder beruflich zusammenarbeiten, dann wird das Suffix meist an den Nachnamen angehängt und entspricht etwa dem Deutschen »Herr« oder »Frau«. Unter Freunden wird -san ebenfalls verwendet und an den Vornamen angehängt.

Seii Taishōgun – wörtlich »Großer Feldherr, der die Barbaren niederwirft« (siehe Shōgun).

Sensei – ein Lehrer.

Seppuku – eine rituelle Art des Suizids. Nach Entblößung des Oberkörpers schneidet sich der Kniende den Bauch auf und wird anschließend vom »Kaishakunin« (seinem Sekundanten, gewöhnlich einem Kampfgefährten und Vertrauten) enthauptet. Ein Mann, der wegen einer Pflichtverletzung sein Gesicht verloren hat, kann durch Seppuku die Ehre seiner Familie wiederherstellen. Ist die Schande besonders groß, wird ein alternatives Selbstmordritual mit dem Namen »Jumonjigiri« vollzogen. In diesem Fall wird der Kniende nicht enthauptet: Er fügt dem waagerechten Bauchschnitt selbst einen senkrechten hinzu und erträgt sein Leiden stumm, bis er am Blutverlust stirbt.

Shōgun – Erbtitel des Militärherrschers des Inselreiches Shima (vollständiger Titel »Seii Taishōgun«). Das derzeitige Herrschergeschlecht stammt von Tora Kazumitsu ab, jenem Befehlshaber, der einen blutigen Aufstand gegen das Tenma-Kaiserhaus angeführt hat.

Tora – wörtlich »Tiger«. 1. Der größte der vier Zaibatsu des Inselreiches und der Clan, dem die Kazumitsu-Dynastie entspringt. Die Tora sind ein Kriegerclan, die den Kriegsgott Hachiman verehren. 2. Der Kami desselben Zaibatsu, der mit den Konzepten Wildheit, Hunger und sexuellem Begehren assoziiert wird.

Yōkai – ein Sammelbegriff für Kreaturen mit übernatürlichen Fähigkeiten, von denen man annimmt, dass sie der Geisterwelt entstammen. Arashitora, Meeresdrachen und die gefürchteten Oni zählen zu den Yōkai.

Zaibatsu – wörtlich »vermögender Clan«. Bezeichnet die vier großen Clans des Inselreiches Shima. Nach dem Aufstand gegen das Kaiserhaus Tenma belohnte Shōgun Kazumitsu seine Kommandanten mit weitläufigen Ländereien und der Vorherrschaft über die dort ansässigen Clans. Die Clans, zu denen die neu ernannten Daimyō gehörten (Tiger, Phönix, Drache und Fuchs) verleibten sich die Clans der umliegenden Territorien durch wirtschaftliche und militärische Kriegsführung allmählich ein. Die entstandenen Konglomerate sind als »Zaibatsu« bekannt.

KLEIDUNG

Furisode – wörtlich »schwingende Ärmel«. Eine besondere Art des Kimono mit langen Ärmeln, die bis zum Boden reichen. Der Furisode wird von Kindern und unverheirateten jungen Frauen getragen.

Geta – Holzsandalen mit hohen Sohlen.

Hakama – eine Art plissierter Hosenrock mit weit geschnittenen Beinen, der in der Taille eng gebunden wird. Die sieben Falten des Hakama – fünf vorne, zwei hinten – sollen die sieben Tugenden des Bushidō verkörpern. Es gibt auch ungeteilte Hakama, die eher einem langen Rock gleichen und über dem Kimono getragen werden.

Jin-Baori – eine Art Wappenrock, der von Samurai getragen wird.

Jūnihitoe – ein außerordentlich aufwendiges und elegantes Gewand: ein zwölflagiger Kimono, der von Hofdamen getragen wird.

Kabuto – ein Helm mit einem verstärkten Mittelteil, um Stirn- und Scheitelregion besonders zu schützen. Hinten ist ein Nackenschutz aus einander überlappenden Platten oder vernieteten Ringen angebracht. In der Regel ist die Stirn des Kabuto mit Hörnern oder sichelförmigen Klingen geschmückt.

Kimono – eine knöchellange, T-förmige Robe mit langen, weiten Ärmeln, die sowohl von Männern als auch von Frauen getragen wird. Der Kimono einer jüngeren Frau kann längere Ärmel haben, was bedeutet, dass sie unverheiratet ist (siehe Furisode). Es gibt sowohl legere als auch außerordentlich formelle Kimono. Aufwendigere Roben können aus mehr als zwölf Einzelteilen und aus bis zu sechzig Quadratmetern Stoff bestehen (siehe Jūnihitoe).

Mempō – eine Gesichtsmaske, Bestandteil der Kriegerrüstung der Samurai. Mempō sind oft wie verzerrte Dämonenfratzen oder die Gesichter von sagenhaften Bestien gestaltet. Ihr Aussehen soll Feinde in Angst und Schrecken versetzen.

Obi – ein breiter Gürtel, einer Schärpe nicht unähnlich, der üblicherweise zu einem Kimono getragen wird. Obi für Männer sind gemeinhin schmaler, etwa neun Zentimeter breit. Ein Obi für Frauen kann dreißig Zentimeter breit und vier Meter lang sein. Obi werden auf verschiedene Arten gewickelt und im Rücken zu dekorativen Knoten gebunden.

Sokutai – eine aufwendige, mehrlagige Robe, die von männlichen Aristokraten und Höflingen getragen wird.

Tabi – knöchelhohe Socken mit abgeteiltem großem Zeh. »Jikatabi« (wörtlich »Tabi, die den Boden berühren«), eine verstärkte Version, werden ohne Sandalen oder Schuhe von Bauern getragen.

Uwagi – eine Jacke, die im Schnitt einem Kimono ähnelt und bis zur Mitte des Oberschenkels reicht. Manche Uwagi haben lange, weite Ärmel, andere sind ärmellos, sodass sie die Irezumi des Trägers oder der Trägerin zur Schau stellen.

WAFFEN

Bō – ein Kampfstab von etwa 1,80 Meter Länge. Er besteht aus Hartholz und ist mit Metall beschlagen.

Daishō – wörtlich »groß-klein«, ein Schwertpaar, das aus einem Langschwert (Katana) und einem Kurzschwert (Wakizashi) besteht. Die Waffen werden üblicherweise vom selben Schmiedekünstler gefertigt und haben zueinander passende Muster auf den Klingen, Griffen und Scheiden. Das Daishō ist ein Statussymbol, das den Träger als Mitglied der Samurai-Kaste auszeichnet.

Katana – ein Langschwert mit schlanker, gebogener Klinge und einfacher Schneide. Das Schwert hat einen langen, mit Seidenband oder Leder umwickelten Griff, sodass es beidhändig geführt werden kann. Die Länge der Klinge misst mehr als zwei Shaku, also mehr als sechzig Zentimeter. Gewöhnlich wird ein Katana gemeinsam mit einem kürzeren Schwert (Wakizashi) getragen.

Kodachi – wörtlich »kleines, dickes Schwert«. Die Klingenlänge entspricht etwa einem Wakizashi. Das Kodachi ist jedoch breiter. Es lässt sich mit einer Hand führen.

Kusarigama – wörtlich »Kettensichel«. Eine gebogene, einschneidige, sichelförmige Klinge an einem hölzernen Schaft, an dessen Ende eine Kette befestigt ist. Das Kusarigama ist eine Kombination aus Wurf-, Schnitt- und Kettenwaffe und dadurch vielseitig einsetzbar.

Nagamaki – eine Langwaffe für Fußkämpfer, ein einschneidiges Schwert. Der Griff, der etwa neunzig Zentimeter misst, ist länger als die Klinge. Das Nagamaki ähnelt dem Naginata, sein Griff ist allerdings wie der Griff eines Katana über Kreuz mit Bändern umwickelt.

Naginata – eine Stangenwaffe, die Ähnlichkeiten zu einem Speer aufweist, mit einer gebogenen Klinge am oberen Ende. Der Schaft misst zwischen 1,20 und 1,50 Meter, die Klinge kann bis zu einem Meter lang sein. Sie wird geschmiedet wie die Klinge eines Katana.

Ōyoroi – wörtlich »Großrüstung«. Die schwere Ganzkörperrüstung der Samurai, die von Kolben, Motoren und Chi-Kraftstoff angetrieben wird. Die Rüstung macht ihren Träger stärker und lässt sich von den meisten konventionellen Waffen nicht beschädigen.

Shuriken – eine kurze Wurfwaffe. Shuriken sind auch als Wurfsterne bekannt.

Tantō – ein gerades oder leicht gebogenes Kampfmesser, das ein- oder zweischneidig sein kann. Tantō sind nicht länger als 30 Zentimeter. Viele Frauen tragen zur Selbstverteidigung ein Tantō bei sich, da die Waffe leicht in den Obi eingebunden werden kann.

Tetsubō – auch »Kanabō«, ein zweihändiger Streitkolben aus schwerem Holz oder aus Eisen. Am Ende der Waffe sitzen eiserne Stacheln oder stumpfe eiserne Erhebungen. Es gibt kleinere Varianten etwa von der Länge eines Unterarms, die einhändig geschwungen werden können, und größere, für die zwei Hände gebraucht werden. Der Tetsubō wird, ähnlich wie andere Streitkolben, im Kampf dazu eingesetzt, Rüstung und Knochen der Gegner sowie die Beine von Kriegspferden zu zerschmettern. Ein Kämpfer mit einem Tetsubō braucht eine gute Balance und große Kraft – ein verfehlter Schlag kann bedeuten, dass der Kämpfer einem Gegenangriff wehrlos ausgeliefert ist. Oni bevorzugen Eisenkeulen als Waffen.

Tsurugi – ein gerades Schwert mit einer zweischneidigen Klinge und zentrierter Spitze, das etwa einen Meter lang ist.

Wakizashi – ein Schwert, das auch als »Shōtō« (»kleines Schwert«) bezeichnet wird, mit einer dreißig bis sechzig Zentimeter langen

Klinge. Der kurze Griff ist wie der eines Katana über Kreuz umwickelt. Das Schwert wird einhändig geführt. Üblicherweise wird es mit einem längeren Schwert (Katana) zusammen getragen.

RELIGION

Amaterasu – die Sonnengöttin und Tochter des Schöpfergottes Izanagi. Gemeinsam mit dem Mondgott Tsukiyomi und dem Sturmgott Susanoo wurde sie geboren, als ihr Vater aus der Unterwelt zurückkam und sich wusch, um sich vom Makel des Totenreichs zu reinigen. Lange Zeit galt sie als gütig, als Lebensbringerin, wird aber seit einigen Jahrzehnten eher als streng und unversöhnlich gesehen. Mit ihren Brüdern steht sie nicht auf gutem Fuß: Mit Tsukiyomi spricht sie nicht, von Susanoo wird sie ständig gepiesackt. Sie ist die Schutzherrin des Phönix-Zaibatsu und wird zudem oft von Frauen verehrt.

König Enma – ist einer der neun Könige (bzw. Richter), die jeweils über einen Gerichtshof im Totenreich herrschen. Er ist der strenge oberste Richter der Unterwelt. Er entscheidet, in welche Hölle die Totenseelen geschickt und wann sie wiedergeboren werden.

Hachiman – der Kriegsgott. Ursprünglich galt er als gelehrte Gottheit und wurde eher als Lehrmeister der Kriegskunst gesehen. In jüngerer Vergangenheit hat sich dies jedoch geändert: In der Gestalt des Gottes Hachiman spiegeln sich nun die gewalttätigen und kriegerischen Neigungen der Regierung des Inselreiches wider. Daher wird er heutzutage als Verkörperung des Krieges betrachtet und oft mit einer weißen Taube in der einen und einer Waffe in der anderen Hand dargestellt, was den Wunsch nach Frieden, gleichzeitig aber die Bereitschaft zu handeln symbolisieren soll. Er ist der Schutzherr des Tiger-Zaibatsu.

Die Höllen – ein Sammelbegriff für die neun Reiche, in die die Totenseelen geschickt werden. Viele Höllen sind Orte, in denen manche

Totenseelen eine Zeit lang gefoltert werden, um für im Leben begangene Sünden zu büßen, ehe sie wieder in den Kreislauf der Wiedergeburt eintreten. Der Schöpfergott Izanagi selbst hat den neun Königen befohlen, den Vorsitz über die Seelen der Verdammten zu übernehmen, auf dass sie der Erleuchtung näherkämen. Vorher gab es im Inselreich Shima nur eine einzige Hölle: die finstere Fäulnisgrube Yomi.

Die Hungergeister – die rastlosen Bewohner der Unterwelt. Sie sind meist die Geister gieriger, selbstsüchtiger Menschen, die in Yomis schwarzer Tiefe auf ewig zu Hunger und Durst verurteilt sind.

Izanagi – Izanagi no Mikoto, wörtlich »der Mann, der einlädt«, der Schöpfergott des Inselreiches Shima. Er ist ein gütiger Urgott, der gemeinsam mit seiner Ehefrau Izanami die Inseln des Reiches, das Pantheon der Götter und alles Leben auf den Inseln geschaffen hat. Nachdem seine Frau bei der Geburt der Inseln gestorben war, reiste Izanagi nach Yomi, um ihre Seele zurückzuholen. Es gelang ihm jedoch nicht, sie ins Land der Lebenden zurückzubringen.

Izanami – Izanami no Mikoto (wörtlich »die Frau, die einlädt«), die Ehefrau des Schöpfergottes Izanagi und die Urmutter allen Lebens. Sie wird auch »dunkle Mutter« und »Sängerin des letzten Liedes« genannt. Sie starb bei der Geburt der Inseln und kam nach Yomi, ins Land der Dunkelheit. Izanagi wollte seine Frau zurückholen, doch die finstere Macht der Unterwelt hatte sie bereits verdorben: Sie war zu einer bösartigen Göttin geworden, die alle Lebenden verabscheute. Sie ist die Mutter der tausendundein Oni, einer Dämonenhorde, die die Menschen des Inselreiches quält.

Raijin – der Donnergott, Sohn des Sturmgottes Susanoo. Raijin wird als grausamer Gott angesehen, der Chaos und willkürliche Zerstörung liebt. Er schlägt am Himmel Trommeln, um den Donner zu entfesseln. Er hat die Arashitora geschaffen, die Donnertiger.

Susanoo – der Sturmgott und Sohn des Schöpfergottes Izanagi. Gemeinsam mit der Sonnengöttin Amaterasu und dem Mondgott

Tsukiyomi wurde er geboren, als sein Vater aus der Unterwelt zurückkam und sich wusch, um sich vom Makel des Totenreichs zu reinigen. Susanoo wird gemeinhin als gütiger Gott angesehen, schikaniert jedoch ständig seine Schwester Amaterasu, die Herrin der Sonne. Seinetwegen verbirgt sie ihr Gesicht. Er ist der Vater des Donnergottes Raijin, der die Arashitora schuf, die Donnertiger. Er ist der Schutzherr des Ryū-Zaibatsu.

Tsukiyomi – der Mondgott und Sohn des Schöpfergottes Izanagi. Gemeinsam mit der Sonnengöttin Amaterasu und dem Sturmgott Susanoo wurde er geboren, als sein Vater aus der Unterwelt zurückkam und sich wusch, um sich vom Makel des Totenreichs zu reinigen. Tsukiyomi verärgerte seine Schwester Amaterasu, als er Ukemochi erschlug, die Schutzgöttin der Nahrung. Seitdem spricht Amaterasu nicht mehr mit ihrem Bruder – aus diesem Grund stehen Sonne und Mond nie zusammen am Himmel. Tsukiyomi ist ein zurückhaltender Gott, der die Stille und das Lernen schätzt. Er ist der Schutzherr des Kitsune-Zaibatsu.

Yomi – die tiefste Hölle der Unterwelt. Nach Yomi werden die Totenseelen der Bösen und Grausamen geschickt, die dort bis in alle Ewigkeit verrotten. In Yomi leben Dämonen und die dunkle Mutter, die Göttin Izanami.